THE BOOK OF FATHERS

父辈书

Vámos Miklós

[匈牙利] 瓦莫什·米克罗什 / 著

许健 / 译

南方出版传媒
花城出版社
中国·广州

图书在版编目（CIP）数据

父辈书／（匈）米克罗什著；许健译．－－广州：花城出版社，2014.4（2021.4重印）
（蓝色东欧／高兴主编．第2辑）
ISBN 978-7-5360-6867-4

Ⅰ．①父… Ⅱ．①米…②许… Ⅲ．①长篇小说－匈牙利－现代 Ⅳ．①I515.45

中国版本图书馆CIP数据核字（2013）第290233号

合同版权登记号：图字19-2011-087号
THE BOOK OF FATHERS by MIKLOS VAMOS
Copyright© 2000 Miklos Vamos
All rights reserved

出 版 人：	肖延兵
丛书策划：	朱燕玲
出版统筹：	李倩倩　夏显夫　欧阳佳子
责任编辑：	杜小烨
技术编辑：	薛伟民　凌春梅
装帧设计：	棱角视觉 ANGULAR VISION

书　　名		父辈书 FU BEI SHU
出版发行		花城出版社 （广州市环市东路水荫路11号）
经　　销		全国新华书店
印　　刷		恒美印务（广州）有限公司 （广州南沙经济技术开发区环市大道南路334号）
开　　本		880毫米×1230毫米　32开
印　　张		14.25　2插页
字　　数		380,000字
版　　次		2014年4月第1版　2021年4月第4次印刷
定　　价		59.80元

本书中文简体字专有出版权归花城出版社独家所有，非经本社同意不得连载、摘编或复制。
如发现印装质量问题，请直接与印刷厂联系调换。
购书热线：020-37604658　37602954
欢迎登录花城出版社网站：http://www.fcph.com.cn

父辈书

目 录
CONTENTS

记忆，阅读，另一种目光（总序）/ 高兴 / 1
十二代传奇 三百年风雨（中译本前言）/ 许健 / 1

父辈书 / 1

作者注 / 瓦莫什·米克罗什 / 419

记忆，阅读，另一种目光

（总序）

高兴

昆德拉说过："人的一生注定扎根于前十年中。"我想稍稍修改一下他的说法："人的一生注定扎根于童年和少年中。"童年和少年确定内心的基调，影响一生的基本走向。

不得不承认，二十世纪五六十年代出生的人都有着不同程度的俄罗斯情结和东欧情结。这与我们的成长有关，与我们的童年、少年和青春岁月有关。而那段岁月中，电影，尤其是露天电影又有着怎样重要的影响。那时，少有的几部外国电影便是最最好看的电影，它们大多来自东欧国家，几乎吸引了所有人的目光，是我们童年的节日。在某种意义上，甚至可以说，它们还是我们的艺术启蒙和人生启蒙，构成童年最温馨、最美好和最结实的部分。

还有电影中的台词和暗号。你怎能忘记那些台词和暗号。它们已成为我们青春的经典。最最难忘的是《瓦尔特保卫萨拉热窝》。"'空气在颤抖,仿佛天空在燃烧。''是啊,暴风雨来了。'""看,这座城市,它就是瓦尔特。"简直就是诗歌。是我们接触到的最初的诗歌。那么悲壮有力的诗歌。真正有震撼力的诗歌。诗歌,就这样和英雄主义和浪漫主义,紧紧地连接在了一道。

还有那些柔情的诗歌。裴多菲,爱明内斯库,密茨凯维奇。要知道,在二十世纪七八十年代,读到他们的诗句,绝对会有触电般的感觉。而所有这一切,似乎就浓缩成了几粒种子,在内心深处生根,发芽,成长为东欧情结之树。

然而,时过境迁,我们需要重新打量"东欧"以及"东欧文学"这一概念。严格来说,"东欧"是个政治概念,也是个历史概念。过去,它主要指波兰、捷克斯洛伐克、匈牙利、罗马尼亚、保加利亚、南斯拉夫、阿尔巴尼亚七个国家。因此,在当时,"东欧文学"也就是指上述七个国家的文学。这七个国家,加上原先的东德,都曾经是以苏联为首的华沙条约组织的成员。

一九八九年底,东欧发生剧变。此后,苏联解体,华沙条约组织解散,捷克和斯洛伐克分离,南斯拉夫各共和国相继独立,所有这些都在不断改变着"东欧"这一概念。而实际情况是,波兰、捷克、匈牙利、罗马尼亚等国家甚至都不再愿意被称为东欧国家,它们更愿意被称为中欧或中南欧国家。同样,不少上述国家的作家也竭力抵制和否定这一概念。在他们看来,东欧是个高度政治化、笼统化的概念,对文学定位和评判,不太有利。这是一种微妙的姿态。在这种姿态中,民族自尊心也发挥着不可估量的作用。

但在中国,"东欧"和"东欧文学"这一概念早已深入人心,有广泛的群众和读者基础,有一定的号召力和亲和力。因此,继续使用"东欧"和"东欧文学"这一概念,我觉得无可厚非,有利于研究、译介和推广这些特定国家的文学作品。事实上,欧美一些大学、研究中心也还在继续使用这一概念。只不过,今日,当我们提到这一概念,涉及的就不仅仅是七个国家,而应该包含更多的国家:立陶宛、摩尔多瓦等独联体国家,还有波黑、克罗地亚、斯洛文尼亚、塞尔维亚、黑山等从南斯拉夫联盟独立出来的国家。我们之所以还能把它们作为一个整体来谈论,是因为它们有着太多的共同点:都是欧洲弱小国家,历史上都曾不断遭受侵略、瓜分、吞并和异族统治,都曾把民族复兴当作最高目标,都是到了十九世纪末二十世纪初才相继获得独立,或得到统一,第二次世界大战后都走过一段相同或相似的社会主义道路,一九八九年后又相继走上了资本主义发展道路。之后,又几乎都把加入北约、进入欧盟当作国家政策的重中之重。这二十年来,发展得都不太顺当,作家和文学都陷入不同程度的困境。用饱经风雨、饱经磨难来形容这些国家,十分恰当。

换一个角度,侵略,瓜分,异族统治,动荡,迁徙,这一切同时也意味着方方面面的影响和交融。甚至可以说,影响和交融,是东欧文化和文学的两个关键词。看一看布拉格吧。生长在布拉格的捷克著名小说家伊凡·克里玛,在谈到自己的城市时,有一种掩饰不住的骄傲:"这是一个神秘的和令人兴奋的城市,有着数十年甚至几个世纪生活在一起的三种文化优异的和富有刺激性的混合,从而创造了一种激发人们创造的空气,即捷克、德国和犹太文化。"①

克里玛又借用被他称作"说德语的布拉格人"乌兹迪尔的笔为我们描绘了一个形象的、感性的、有声有色的布拉格。这是一个具有超民族性的神秘世界。在这里,你很容易成为一个世界主义者。这里有幽静的小巷、热闹的夜总会、露天舞台、剧院和形形色色的小餐馆、小店铺、小咖啡屋和小酒店。还有无数学生社团和文艺沙龙。自然也有五花八门的妓院和赌场。布拉格是敞开的,是包容的,是休闲的,是艺术的,是世俗的,有时还是颓废的。

---

① 见伊凡·克里玛《布拉格精神》第44页,崔卫平译,作家出版社1998年版。

布拉格也是一个有着无数伤口的城市。战争、暴力、流亡、占领、起义、颠覆、出卖和解放充满了这个城市的历史。饱经磨难和沧桑，却依然存在，且魅力不减，用克里玛的话说，那是因为它非常结实，有罕见的从灾难中重新恢复的能力，有不屈不挠同时又灵活善变的精神。如果要用一个词来形容布拉格的话，克里玛觉得就是：悖谬。悖谬是布拉格的精神。

或许悖谬恰恰是艺术的福音，是艺术的全部深刻所在。要不然从这里怎会走出如此众多的杰出人物：德沃夏克，雅那切克，斯美塔那，哈谢克，卡夫卡，布洛德，里尔克，塞弗尔特，等等。这一大串的名字就足以让我们对这座中欧古城表示敬意。

布拉格如此，萨拉热窝、华沙、布加勒斯特、克拉科夫、布达佩斯等众多东欧城市，均如此。走进这些城市，你都会看到一道道影响和交融的影子。

在影响和交融中，确立并发出自己的声音，十分重要。不少东欧作家为此做出了开拓性和创造性的贡献。我们不妨将哈谢克和贡布罗维奇当作两个案例，稍加分析。

说到捷克作家哈谢克，我们会想起他的代表作《好兵帅克》。以往，谈论这部作品，人们往往仅仅停留于政治性评价。这不够全面，也容易流于庸俗。《好兵帅克》几乎没有什么中心情节，有的只是一堆零碎的琐事，有的只是帅克闹出的一个又一个的乱子，有的只是幽默和讽刺。可以说，幽默和讽刺是哈谢克的基本语调。正是在幽默和讽刺中，战争变成了一个喜剧大舞台，帅克变成了一个喜剧大明星，一个典型的"反英雄"。看得出，哈谢克在写帅克的时候，并没有考虑什么文学的严肃性。很大程度上，他恰恰要打破文学的严肃性和神圣感。他就想让大家哈哈一笑。至于笑过之后的感悟，那就是读者自己的事情了。这种轻松的姿态反而让他彻底放开了。借用帅克这一人物，哈谢克把皇帝、奥匈帝国、密探、将军、走狗等等统统给骂了。他骂得很过瘾，很解气，很痛快。读者，尤其是捷克读者，读得也很过瘾，很解气，很痛快。幽默和讽刺于是又变成了一件有力的武器，特别适用于捷克这么一个弱小的民族。哈谢克最大的贡献也正在于此：为捷克民族和捷克文学找到了一种声音，确立了一种传统。

而波兰作家贡布罗维奇与哈谢克不同，恰恰是以反传统而引起世人瞩目的。他坚决主张让文学独立自主。在二十世纪三四十年代，贡布罗维奇的作品在波兰文坛显得格外怪异离谱，他的文字往往夸张扭曲，人物常常是漫画式的，他们随时都受到外界的侵扰和威胁，内心充满了不安和恐惧，像一群长不大的孩子。作家并不依靠完整的故事情节，而是主要通过人物荒诞怪僻的行为，表现社会的混乱、荒谬和丑恶，表现外部世界对人性的影响和摧残，表现人类的无奈和异化以及人际关系的异常和紧张。长篇小说《费尔迪杜凯》就充分体现出了他的艺术个性和创作特色。

捷克的赫拉巴尔、昆德拉、克里玛、霍朗，波兰的米沃什、赫贝特、希姆博尔斯卡，罗马尼亚的埃里亚德、索雷斯库、齐奥朗，匈牙利的凯尔泰斯、艾什特哈兹，塞尔维亚的帕维奇、波帕，阿尔巴尼亚的卡达莱……如此具有独特风格和魅力的当代东欧作家实在是不胜枚举。

某种程度上，东欧曾经高度政治化的现实，以及多灾多难的痛苦经历，恰好为文学和文学家提供了特别的土壤。没有捷克经历，昆德拉不可能成为现在的昆德拉，不可能写出《可笑的爱》《玩笑》《不朽》和《难以承受的存在之轻》这样独特的杰作。没有波兰经历，米沃什也不可能成为我们所熟悉的将道德感同诗意紧密融合的诗歌大师。但另一方面，需要注意的是，由于语言的局限以及话语权的控制，东欧文学也极易被涂上浓郁的意识形态色彩。应该承认，恰恰是意识形态色彩成全了不少作家的声名。昆德拉如此，卡达莱如此，马内阿如此。赫尔塔·米勒亦如此。我们在阅读和研究这些作家时，需要格外地警惕。过分地强调政治性，有可能会忽略他们的艺术性和丰富性。而过分地强调艺术性，又有可能会看不到他们的政治性和复杂性。如何客观地、准确地认识和评价他们，同样需要我们的敏感和平衡。

一个美国作家，一个英国作家，或一个法国作家，在写出一部作品时，就已自然而然地拥有了世界各地广大的读者，因而，不管自觉与否，他，或她，很容易获得一种语言和心理上的优越感和骄傲感。这种感觉东欧作家难以体会。有抱负的东欧作家往往会生出一种紧迫感和危机感。他们要用尽全力将弱势转化为优势。昆德拉就反复强调，身处小国，你"要么做一个可怜的、眼光狭窄的人"，要么成为一个广闻博识的"世界性的人"。别无选择，有时，恰恰是最好的选择。因此，东欧作家大多会自觉地"同其他诗人，其他世界，和其他传统相遇"（萨拉蒙语）。昆德拉、米沃什、齐奥朗、贡布罗维奇、赫贝特、卡达莱、萨拉蒙等等东欧作家都最终成为"世界性的人"。

关注东欧文学，我们会发现，不少作家，基本上，都在出走后，都在定居那些发达国家后，才获得一定的国际声誉。贡布罗维奇、昆德拉、齐奥朗、埃里亚德、扎加耶夫斯基、米沃什、马内阿、史克沃莱茨基等等都属于这样的情形。各种各样的原因，让他们选择了出走。生活和写作环境、意识形态、文学抱负、机缘等，都有。再说，东欧国家都是小国，读者有限，天地有限。

在走和留之间，这基本上是所有东欧作家都会面临的问题。因此，我们谈论东欧文学，实际上，也就是在谈论两部分东欧文学：海外东欧文学和本土东欧文学。它们缺一不可，已成为一种事实。

在我国，东欧文学译介一直处于某种"非正常状态"。正是由于这种"非正常状态"，在很长一段岁月里，东欧文学被染上了太多的艺术之外的色彩。直至今日，东欧文学还依然更多地让人想到那些红色经典。阿尔巴尼亚的反法西斯电影，捷克作家伏契克的《绞刑架下的报告》，保加利亚的革命文学，都是典型的例子。红色经典当然是东欧文学的组成部分，这毫无疑义。我个人阅读某些红色经典作品时，曾深受感动。但需要指出的是，红色经典并不是东欧文学的全部。若认为红色经典就能代表东欧文学，那实在是种误解和误导，是对东欧文学的狭隘理解和片面认识。因此，用艺术目光重新打量、重新梳理东欧文学已成为一种必须。为了更加客观、全面地翻译和介绍东欧文学，突出东欧文学的艺术性，有必要颠覆一下这一概念。蓝色是流经东欧不少国家的多瑙河的颜色，也是大海和天空的颜色，有广阔和博大的意味。"蓝色东欧"正是旨在让读者看到另一种色彩的东欧文学，看到更加广阔和博大的东欧文学。

二〇一三年十月三十一日定稿于北京

主编简介：高兴，诗人、翻译家，一九六三年出生于江苏省吴江市。中国作家协会会员。国务院政府特殊津贴专家。现为中国社会科学院外国文学研究所研究员，《世界文学》主编。曾以作家、翻译家、外交官和访问学者身份游历过欧美数十个国家。出版过《米兰·昆德拉传》《东欧文学大花园》《布拉格，那蓝雨中的石子路》等专著和随笔集；主编过《二十世纪外国短篇小说编年·美国卷》（上、下册）、《伊凡·克里玛作品系列》（5卷）、《水怎样开始演奏》《诗歌中的诗歌》《小说中的小说》（2卷）等大型图书。主要译著有《梵高》《黛西·米勒》《雅克和他的主人》《可笑的爱》《安娜·布兰迪亚娜诗选》《我的初恋》《索雷斯库诗选》《梦幻宫殿》《托马斯·温茨洛瓦诗选》等。

十二代传奇　三百年风雨

（中译本前言）

许健

瓦莫什·米克罗什①，原名瓦莫什·蒂博尔，一九五〇年一月二十九日生于布达佩斯，是匈牙利最著名的作家之一，拥有广泛的读者群，已出版几十本包括小说、戏剧在内的文学作品。瓦莫什在文化界相当活跃，曾获福布莱特基金，任教耶鲁大学，也做过《国家》杂志的东欧记者，还担任过奥斯卡影片《梅菲斯特》的顾问，并策划主持了匈牙利国内电视收视率最高的文化节目。他所写的戏剧、影视剧、小说等荣获多种奖项，包括"匈牙利终身成就优异奖"。《父辈书》被公认为作家最成功的小说，仅在匈牙利国内便售出二

---

① 本书作者姓名按匈牙利语序排列，即，姓氏在前、名字在后。若按英语排列方式，则是米克罗什·瓦莫什。为方便阅读与记忆，小说中主要人物的姓名也统一为姓前名后（包括在美国出生的人物等）。

十多万册,已译为十三种不同语言在各个国家出版。

该书以十二代长子的故事为线索讲述一个家族纵跨三百多年的历史。故事始于一七〇六年,苏茨沃爷爷带着他的独生女苏珊娜及其遗腹子库尔奈,从巴伐利亚辗转回到匈牙利的克什村定居。苏茨沃爷爷在村里继续从事他之前在德国学会的铅字印刷,与女儿及小库尔奈三人相依为命,缺吃少穿地艰苦度日。然而,周边战火不断,很快蔓延到该村。全村唯一大难不死的小库尔奈继承了苏茨沃爷爷的习惯,记录自己易姓为施坦诺夫斯基后的各种事件,并开始了死后将家族记事簿交由长子续写的传统。其子巴林特发现自己能够回视过去曾发生过的家族事件,藉此知道了连父亲库尔奈都不知道的事情——苏茨沃爷爷藏在克什村自家后院的财宝,并掘出宝藏。在库尔奈创办的玻璃厂破产后,巴林特在当年被炸平的老山洞遗址建了塔楼,携眷迁居于此。之后,第三代长子伊什特万执意与犹太教徒之女结婚,并离家出走,随女方改姓施坦,加入女方家族的葡萄酒生意。在离家之时,伊什特万带走了帆布面对开簿,不仅续写,而且正式将它命名为《父辈书》,此后各代长子的故事均围绕它展开。由巴林特开始的回视过去的能力,各代长子也都继承下来,有些人甚至能预见未来。

从伊什特万改姓施坦、改信犹太教开始,到施坦·理查德、施坦·奥图、贝尔达-施坦·西拉德、贝尔达-施坦·孟德尔,甚至是齐拉格·桑德尔及其他以齐拉格为姓氏的后代,主人公们的个人、家族命运与欧洲犹太人的悲惨历史交织在一起,同时仍与从苏茨沃爷爷时代便存在的匈牙利独立解放战争史交相融合。随着故事的发展,又汇入第一、第二次世界大战及纳粹屠犹惨事如匈牙利大屠杀等。继而推进到二十世纪的美国——齐拉格·亨利克出生的地方,再回到匈牙利布达佩斯一九九九年发生的日食,与二十一世纪相接的同时,回应了故事开头小库尔奈所看到的日食,构成一个圆形结构。

如《作者注》中所指出,该书中的十二代长子各代表十二个星座中的一个。构思故事之前,作者查阅了真实的匈牙利历史,"从中挑选了一百个知名的和不知名的人,开始收集他们的个人档案",然后"决定选出十二个,各自代表十二个星座——他们将代表每一位匈牙利男性",而"每一章中心人物的名字,其首字母都与他的星座首字母一样"。犹如我国根据出生年份将人分成十二个属相,西方根据出生的月与日将人分为十二个星座,但这只是太阳星座,实际上,根据出生的年、月、日、时四要素,一个人又同时具有其他星座,如上升星座、月亮星座等等。不同星座有不同的性格特质,由于一个人同时具有多个星座,人的性格便复杂起来。多一点西方星座常识,有助于我们理解本书第七章贝尔达-施坦·孟德尔的理论及其生活,也有助于理解第十二章中齐拉格·康拉德之母玛丽亚的命运观。因此,前文所说的圆形结构之合拢完成,也意味着十二个星座全部得以出现。

整部作品历史背景宏大、厚重,既包括爱情、婚姻、战争等等人类永恒生活内容,又涉及音乐歌唱、治学研究、赌博占卜、移民经商等等更为个性、多姿多彩的林林总总,情节跌宕起伏,令人欲罢不能。然而,用笔相当洗练、言简意赅,充满人文情感,全无二十世纪开始便不鲜见的无病呻吟式内省或累牍呓语,有深度、广度,而无哗众取宠或阴暗猥琐,堪称当代难得一见的上乘力作。值得一提的是,全书基本上每章为一个长子的独立故事,篇幅在两万字左右,非常适合习惯了快节奏和连续剧的现代人阅读。

本书中译者秉持严复师之"信达雅"理论,力图做到"以'达'为尊、既'信'且'雅'"(此处"信达雅"之概念与理论,详见拙文《以"达"为尊,既"信"且"雅":严复"译例言"及严译〈天演论〉重读》[①],与其他诸家"同名"学说无涉),并在翻译过程

[①] 见许健《以"达"为尊,既"信"且"雅"——严复"译例言"及严译〈天演论〉重读》,《中山大学学报(社科版)》第28至35页,2013年第3期(总第243期)。

中谨记原作者瓦莫什所着意的语言要求:"我希望这部小说的语言能随着我们越来越接近现在而明显地逐渐'年轻化'。"(见《作者注》)

由于匈牙利长期被哈布斯堡皇室统治,上流社会、知识分子阶层使用的语言是德语、而非本国匈牙利语,民间使用的匈牙利语发展缓慢、词汇匮乏。随着匈牙利独立呼声日渐高涨,有志之士亦竭力推动民族语言的革新,如瓦莫什所说,十八世纪末、十九世纪初上半叶成为匈牙利语言更新时期。瓦莫什希望该书可以帮助读者对此有所了解。事实上,他在创作时每章都会使用当时的匈牙利语词汇和语法,特别是在故事发展到一八〇〇年左右的前三章中。具体到他国语言的翻译上,他"深知这不是印欧语译文能轻易再造的东西",惟希望译文能体现出逐步年轻化的特征。不难看出,之前的译本(如英译本)的确对此原则有所体现,前面部分的风格非常雅致,而越是接近当代、越是变得口语化。

中译本也力图体现这一特征,但考虑到小说所面向的广大读者并非都是熟知古汉语的受众,而且,过于咬文嚼字势必影响阅读活动所具有的最基本的审美快感,故仅在翻译故事中的公函、信件和正式书写材料(如小说中的"父辈书")等文字时使用了半文半白风格,小说的叙事文字则采用比较"书面"、"旧式"的语言风格。在后面部分、尤其第十一、十二章,行文基本呈现出我国现当代文学的"正统"语言样貌,亦即:避免使用南中国方言词语,因为我国普通话是建立在以北京方言为主的北方语系基础上的;也避免使用网络用语,因为经典文学与通俗文学在风格上应有所区别,而这部小说无疑将是流传后世的经典之作。

书中涉及很多东欧历史背景,对于国内读者来说可能比较陌生,常常只是一个术语、一个地名、一个人名,便须加注解释。小说作者根据不同情境还使用了一些拉丁语、法语、德语、意大利语、希伯来语、俄语等文字,也为阅读增添了难度。因此,初稿中所加注释多而且长,后恐败了读者享受故事的胃口,便尽力删削(其中包括为方便读者查询、研究而附上的大量外文注释)到目前状态。

译者幼时所读多为中国古典文学,后于中文系学习汉语言文学(学士)及文学理论(硕士),在高校从事外国文学研究教学工作,并在职攻读了英语系"英诗与诗论"博士学位。因长期从事学术著述的撰写,习惯于"一字千金"、"丝丝相扣"的行文方式,但这种风格如果用在小说上,恐令读者感觉紧张、不自在,或多或少破坏了审美快感,故翻译时留意使用"了"、"的"、"吧"、"啊"等字词尽量使句式"放松"一些。

尽管抱着一贯的"完美主义"治学态度翻译此书,一而再、再而三地审查、修改,但洋洋几十万字,总无法做到尽善尽美,更何况"译无定本",同一句话、甚至同一个词都有几种翻译方式,因此,若能得到方家指正,将不胜感谢!如读者或同行对此书有做进一步了解与研究的兴趣,需要时也欢迎与译者联系。

最后,衷心感谢在翻译过程中惠赐鼓励与帮助的各位师友、亲朋,尤其是在收尾阶段令数处疑难迎刃而解的美国友人 Nathan D Beck!

第一章

万物复苏。春意盎然的青葱秆茎一簇簇遍布田野。小芽破土而出,初蕾枝头伸展。鲜柔的草儿生机勃勃,铺满整片草场。茂盛的荆棘丛在山坡上绽放。核桃树挺过了寒冬,尽管鹿角般的枝杈还光秃秃的。新叶如饥似渴地吸吮自天而来的雨露。

赞美主,在祂的一七〇五年四月,我等抵达克什村。该村于当年骤经五次蹂躏,三次来自拉科齐叛乱①之库鲁茨②团伙,两次来自皇帝③之拉班茨④部队,以致其后一年荒无人迹。房屋七十有四,三分之一焚毁或坍塌于地,另三分之一因居住者逃往较为和平地界而人去楼空。故,此处生趣寥寥;田地荒芜,家畜数目亦减。我等准备留居此地之第一夜,孙儿库尔奈以德语问曰:留在家中岂非更好?此乃我等其后再三重复之语。

---

① 指1703至1711年间在匈牙利贵族拉科齐·费伦茨二世领导下反抗奥地利哈布斯堡皇室统治的拉科齐独立战争。
② 库鲁茨,指1672至1711年间反对哈布斯堡皇室的武装起义。义军主要由农奴组成,其中包括信奉新教的农民,但领导者则为贵族,且多是匈牙利贵族。
③ 指当时统治匈牙利王国的哈布斯堡家族之奥地利皇室。
④ 指皇帝的常规部队或正规军。

苏茨沃爷爷①写在帆布面对开簿上的故事就是这样开始的，簿子是他女儿苏珊娜送的。尽管德语、斯洛伐克语、匈牙利语都说得很出色，但迄今为止他只用德语写作。既已返回马札尔之地②，他想用其母语记录他们那些日子的故事，或许是为了让孙子库尔奈长大后阅读。他们三个人从巴伐利亚搭乘马拉大车到达这里，苏茨沃爷爷与他的兄弟逃至巴伐利亚之时，以头号煽动者之姓氏命名的韦谢莱尼密谋案③已尘埃落定。尽管苏茨沃兄弟二人煞费苦心竭力否认与阴谋有任何关系，一些伪造罪证依然泄露曝光，将他们的命运封印：不仅家产悉数抄没，若非仓皇出逃，接踵而来之事甚或更糟。一俟逃过边境，他们很快便掌握印刷工与排字工的技能，并开办了一间印刷社，其后还成为颇有名气之装订商。他们的姓名在图林根④市政厅张贴之时被写成苏茨乌·盖布鲁德。

在狂风暴雨的巴伐利亚，苏茨沃爷爷从未有过真正家的感觉，甚至以某种含糊的方式把降临到他家族身上的一系列死亡归咎于那些豪饮啤酒的巴伐利亚人身上。因此，当他风闻普里姆什王子的特许后便奔跑着到他兄弟正在那儿排铅字的印刷社，就不奇怪了。"我们可以打包行李了！"他在工房楼梯上喊道，兴奋地指着手里那份皱巴巴的《匈牙利快讯》⑤上的拉丁文通告：*返回匈牙利人烟荒灭的村庄可获*

---

① 原文为 grandpa，是 grandfather 的亲近称呼。因原语言没有"祖父"与"外祖父"区别，本着尽可能体现原文化风貌的原则，故本书将 grandpa 通译为"爷爷"、grandfather 通译为"祖父"。

② Magyar 是匈牙利语，指马札尔人、或马札尔语等。马札尔是匈牙利最大民族。故"马札尔之地"意即匈牙利。

③ 韦谢莱尼密谋案是以韦谢莱尼·费伦茨（1664—1671）为首密谋推翻哈布斯堡王朝统治的事件。

④ 图林根，今德国境内。在此处所涉时期，图林根只是一个地理概念，分属于多个小邦国，与巴伐利亚毗邻。

⑤ 原文为拉丁语标题 Mercurius Hungaricus。拉科齐独立战争期间匈牙利对外部世界发布信息的半官方性质通告。

一切赦免。

  费尽口舌亦未说服我家兄弟随我等返乡。他更喜图林根唾手即得之舒适，愿继续从事印刷及装订技艺。自彼时起他便音讯全无。苏珊娜为儿子小库尔奈的状况所苦，他年方四岁便饱受拮据岁月的饥饿折磨，肉类短缺、甚至蛋亦匮乏。

  他们辗转迂回而返，找到一处带庭院的房屋安家，在克什村沿儿圈了地盘。苏茨沃爷爷立即在花园尽头蔷薇丛边掘挖一洞，将其钱财埋于彼处，尤其留心不让孙子和女儿得知地点。只有他们从图林根带来的仆人维尔汉姆一人知晓，因为他帮忙合力掘挖。

  "维尔汉姆，你必须坚守秘密，明白吗？"① 他以毫不含糊的手势警告威廉：用手掌边缘在自己脖子前划过。

  "是！"② 吓坏了的小伙子叫喊出他对每个要求或命令所作的回答。他会说的全部匈牙利语就是一个磕磕巴巴的贾纳帕③——"日安！"

  库尔奈因其瘦小的身躯、干草色的头发、过大且软塌塌的耳朵，以及突然脱口而出的古怪德语词儿，备受其他男孩子们的奚落。他很快便学会匈牙利语，尽管不是在一个有益学习的和平年代。实际上，四面八方传来的都是不祥消息。

  这个骨瘦如柴的小男孩总是挨饥受饿，却从未加入村里那伙吵吵闹闹的少年人当中；尽管家长们对他们严令禁足，那帮人还是整天在田头林间窜来窜去，扒捋任何能吃的东西。库尔奈更愿意与自己的祖父为伴，在苏茨沃爷爷放置带回家来的印刷设备的院子里，一坐便是

---

① 原文为德语。
② 同上。
③ 原文为 Janapat，并非匈牙利词语，只是不正确的拟音。

几小时。库尔奈力图让自己能帮上一点忙,但结果往往不尽人意,从小到大他那双手都没有真正灵巧过。真乃瞎子带瘸子,苏茨沃爷爷心里暗想。他自己那十个小仆从①越来越瘦弱、歪扭,还更加令人不安地哆哆嗦嗦起来。他有个大拇指一直留着长指甲,是挑起盒子里的印张的利器;如今得尽可能留神,这指甲会纵向劈裂,只能用来挠头了。

"你出去吧,跟你的小朋友们玩!"

小男孩一动不动。"我更喜欢听您讲故事!"

苏茨沃爷爷虽然叹了口气,但并非不高兴开侃一个他的掌故。"你知道我已故的亲爱的父亲吗?尚松②的苏茨沃·桑尼斯洛,由于在维也纳战役中格外英勇,被拉科齐·捷尔吉一世封为贵族。"

"我知道的!给我讲讲妈妈的故事,妈妈小时候的!还有妈妈的妈妈的故事!"

苏茨沃爷爷摇了摇头。那些往事仍然经常令他心头隐隐作痛。在图林根的时候,他和一个精明、讲究的德国姑娘结了婚。辛苦操劳却毫无怨言的吉塞拉给他生了六个孩子,除最后的苏珊娜外,他们出生没多久便被主带走留在祂自己身边了。生育弄垮了吉塞拉的身体,接着也加入了那五个小家伙,一起留在主的身边。她过世的时候,苏茨沃爷爷头发白了;每一个早晨都会绝望地把三岁的苏珊娜皮包骨的小身躯紧紧搂在怀里:"愿主让我留住你,我的、我唯一的孩子!"

小姑娘会惊讶地眨着眼:"什么呀,爸爸?"③她还不懂匈牙利语。

---

① 指他的十个手指。
② 地名。原文为 Fels fenyves,译为汉语太长,故取意译(该词意为 top pine)为尚松。位于斯洛伐克境内。
③ 原文为德语。

"哦,你可得留在我身边啊,亲爱的!"① 他答道。

*

苏珊娜出落成身段高挑的少女,与另一户选择回乡的人家的儿子齐拉格·彼得在适当的时候成了亲。齐拉格·彼得幸福的婚后生活没有过足六个月:他出去打猎的时候被马摔下来,头摔在树桩上,就此人事不省。经过两个礼拜生死线上的挣扎,他断了气。

"爷爷!您为什么不给我讲故事啊?"

于是他开始讲述一个非常古老的故事,他自己小时候听来的。库尔奈的曾曾祖父苏茨沃·博蒂札是位技艺熟练的画家,在他那个时代无人能比的肖像画家。他有一双善于捕捉面部和细节的神奇眼睛,从来不需要模特:只需见上一次,他就能凭记忆为他们画肖像。他的妻子卡特琳是远近闻名的美人儿,尽管经常为了丈夫在那儿坐着,她却不是匹拴在婚姻忠贞桩子上的小母马。博蒂札有一回正逮着她跟驻扎在镇上的军官勾搭,但他淡定地为他们把门关上,平静地说了句"你们好好享受",那一对儿一时间不知所措,等他们回过神来,还是决定做他们被禁止做的事。早上,博蒂札把丰盛的早餐送到他们房间,然后请军官去沐浴。在那里,他把军官从头到脚涂上了绿色颜料。这消息如燎原野火传开了。军官没办法擦掉那层绿色,只好尽可能龟缩在他的营地。最后,他不得不派人去找博蒂札,谦卑地恳求他告知除掉颜料的法子,说自己不能余生都作为笑料活着。博蒂札答之曰:"我亲爱的先生,您既已将永难消除的羞辱加诸我身,令您共享我的命运亦算合理。"

"上次他也涂了那个女的!"库尔奈说。

"你说什么?"

"爷爷,上次您不是这么说的……那个画家不是说让他们好好

---

① 原文为德语。

享受!"

"那他说了什么?"

"他说,"库尔奈尽力把声音放低变成爷爷的腔调,"愿你们以彼此为乐!"

苏茨沃爷爷挠了挠后脑勺。"也许我是那么说的,也许我是那么说的……"孙子的这种敏锐心智已不是头一回让他感到惊讶了。就在另一天,小男孩被问起的时候,不仅记得只听过一次的上百位数字,还把它们写在他的蜡板上。"你像你的曾曾祖父!"

"对,我像他一样总是过目不忘。"

"真的吗?"苏茨沃爷爷左手掌蒙住男孩的眼睛,问他道:"那你告诉我今天在我的工作台上都看见了什么!"

库尔奈开始用银铃般的清脆声音清晰无误地列数爷爷称之为工作台的架子①上的东西,好像是在自己的脑袋里清点它们:"两个排字盘,四个绕线球,一个手压②,一个切割机,两个纸刨,两个锥子,三十米排字铁尺,两打隔片,三个放字母和间隔物件的字盘架,七本书,几百张印单,一副眼镜,两个放大镜,两个圆形纸药盒,里面装着你的药,你今天还没吃呢,帆布面对开簿在墨水瓶旁边,四支鹅毛笔……还有一个苍蝇!"他安静下来。

"你是怎么知道什么是排字盘、排字尺或手压③的?"

"我听过这些词……再说,您——亲爱的爷爷,把它们写在对开簿上啦!"

苏茨沃爷爷费了阵儿工夫才记起他的确在图林根打包之前给自己的那些印刷设备列过一个清单。"那就是说……你能阅读了?"

"我真的能!"库尔奈说着捡起一张印单,开始缓慢而肯定地读

---

① 原文为德语。
② 同上。
③ 同上。

出上面的话，全然无错。苏茨沃爷爷戴上眼镜跟着库尔奈读起那些相当特殊的文字来：

上沃达斯①**之拉科齐·费伦茨王子殿下谕**：我们民族及心爱家国在德国暴君治下饱受难以想象之苦难，殿下忍受无妄之苦。

一份公告，面向整个基督徒世界，论匈牙利人为挣脱奥地利王室压迫而组建军队之无罪性。首次以拉丁文、今复以马札尔语发布。

这份被撕碎的王子公告是苏茨沃爷爷在图林根的啤酒馆从一些匈牙利客人那儿捡来的。他曾一度打算自己将它再次印刷。

突然，他摇了摇头。万能的主啊，这个小家伙还不到四岁就能顺畅地阅读了！"是你朋友中的谁教你阅读的吗？"

"不是。"

"好吧，那是谁呢？"

"没谁……就是我自己想出来的。"

"别撒谎！"

"我没撒谎……我就是一直看那些印单直到弄明白不同的字。为什么他们有时候会在应当是 s 的地方用 f？"

"只是在出现 ess-zet 连字的时候，表示 sz。"

"我明白了。但 Auftria 该怎么办呢？"

"嗯，在匈牙利语里，那也应该有 sz……他们漏掉了那个 z……"苏茨沃爷爷几乎忘了那些词，虽然他读这份声明很多次了，却从未注意过这个错误印刷。库尔奈能成为出色的校勘员。他叫出女儿："呵，快来啊苏珊娜，看看这小不点儿能做什么啦！"

库尔奈又开始朗读那份文件："上沃达斯之拉科齐·费伦茨王子

---

① 上沃达斯，拉科齐·费伦茨的领地。今位于匈牙利东北部地区。

殿下谕……爷爷,为什么 A 和 O 上没有标重音呢?"

"什么重音?"苏珊娜问,靠近了些。

"大写字母上不常见,或许是在 A 或 O 上吧。"苏茨沃爷爷说。

"'大学四五'①是什么意思?"苏珊娜问。

"大写的字母,"苏茨沃爷爷严厉地说。这些都是她这些年来本该掌握的东西。尽管她的父亲百般努力,苏珊娜始终没学会读和写。所幸小库尔奈继承的不是苏珊娜的脑袋瓜。

> 我孙库尔奈读出我在此所写之言,我不可责之,他竟已识读,岂不妙哉。概而言之,他于词语方面娴熟非常。抑或他能成为一名教士或大学教授?若非时世艰难,我会乐于携之前往埃涅德或特尔纳瓦②的学院,看教授们对他能有何为。然出村已险,遑论远行。他们说仅需步行一日之处,库鲁茨与拉班茨正准备开战。无论哪方溃逃,均将路过此地。况败兵无仁慈之心。

时值午夜却突然一片光亮。苏茨沃爷爷从床上跳起来跑进院子里,环顾四周想看看邻居们是否也都醒了,在半梦半醒状态中,竟忘了毗邻屋舍本已荒废。下面那个山谷里火光冲天,映红大地,远至瓦拉日德③。

苏珊娜也跑了出来,小男孩趴在她肩头呜咽着,她胳膊上挎着个小包袱,里面备有干粮、一套换洗的内衣、几根蜡烛,还有一些她幸好几天前就打包好的必需品。"快来,父亲!"她喊道。苏茨沃爷爷冲回屋,穿上齐膝长靴,抓起他的披风和帽子,一股脑收起自己的包

---

① 苏茨沃说了"大写字母"的专门术语,苏珊娜因为无知,听成了毫不相关的两个单词。汉语无法与之对应,只好勉强做此译。

② 今位于斯洛伐克西南部,始建于公元七世纪,特尔纳瓦大学是斯洛伐克历史最悠久的大学。

③ 今位于毗邻匈牙利的克罗地亚境内。

袄和对开簿,深深地看了屋舍和他的心爱家当最后一眼。我还能再见到它们这般完好无损的样子吗?他跑上通往黑山的蜿蜒道路。

村民们都朝这个方向奔来——躲进老山洞显然是危难时刻的法子。这个山洞位于公牛草坪上面的岩石深处,洞口可以用一块三角形状的大砾石堵上,不知情的人猜不到石头后面会藏着什么。山洞地面状如一个压平的梨,史前时期就被利用过。克什村的母亲们会拿这个黑窟窿吓唬不听话的孩子们:"如果你不乖,我就把你关进老山洞!"

等苏茨沃爷爷和女儿、孙子到了那里的时候,其他人已经在那儿舒舒服服地安顿好了,他们几乎挤不进去。村民们对苏茨沃一家仍怀着对陌生人才有的那种疑虑。苏珊娜和其他的寡妇一样,也是猥亵闲谈的话题,而苏茨沃爷爷则被传与魔鬼结交了,主要证据就是他左手大拇指的长指甲。半打蜡烛在洞中幽微闪烁,两盏油灯也在一旁使劲,烟云升腾至锈色的洞顶。两个雇工把三角形大砾石搬起来放好,嘈杂喧闹声渐渐低弱下来。

"维尔汉姆在哪儿啊?"库尔奈问。

"他不在这儿吗?他总是偷懒开溜……我可不再管他了。"苏珊娜说。

库尔奈很快便被睡意笼罩。他梦见自己在炫目的白光里看到一位十个手指都套着刀锋般爪饰的老头儿。他用它们在一些木片上刻动物图案;这些动物活了起来,在林间空地上嬉闹雀跃。"这是上帝大叔!"他想道。

苏茨沃爷爷在跟因为瘸了一条腿而免除了服兵役之苦的蹄铁匠多布鲁克·贾什帕谈话。蹄铁匠告诉他说,在瓦拉日丁大肆洗劫的,既非库鲁茨亦非拉班茨,而是巴拉契·法喀什的杂牌军。这些强盗们既不尊重人也不敬重上帝,只一心想着抢掠。

"那我们或许应该给他们想要的!"苏茨沃爷爷说道。

多布鲁克·贾什帕大为震惊。"你是不是疯了,难道我们活该把自己多年的血汗所得拱手送给他们吗？"

"他们反正会弄走的。"

一声爆炸从更近了一点儿的某个地方传来。苏珊娜开始哭了起来。

"安静！"苏茨沃爷爷说道。

克什村的幸存者都集中在老山洞里，屏住呼吸，祷告，从彼此的存在中寻求慰藉。愿主怜悯我等，苏茨沃爷爷祈祷着。此时，巴拉契·法喀什杂牌军的先头部队已经游荡在村里的主要街道上，在群狗咆哮声中挨家挨户地乱窜。骑手们牵着各自的坐骑，拔出刀剑撬开那些荒废屋舍的门，不相信里面一个生灵不剩。刀砍斧劈掉门锁与铁扣：巴拉契·法喀什准许他们肆意妄为。可是各个屋舍里没剩下什么财物，他们一边把不值钱的盆盆罐罐扔出窗外，一边振振有词地骂骂咧咧。稻草屋顶被火炬之吻点燃，熊熊火舌在一个个屋顶上噼啪蔓延之际，棚厩里的家畜哞哞哀号，几乎要窒息的家犬也跟着它们试图逃命，就连远在山洞里的库尔奈都能从中辨别出祖父那条长毛可蒙犬①布尔库什从喉咙里发出的喑哑咽吠。

苏珊娜啜泣起来。"别害怕！"她抽噎着在儿子耳边说，"上帝会救助咱们的！"

"我不害怕。"库尔奈咕哝道。

一刻钟过后，战斗的喧嚣声渐渐熄绝。

"他们可能走了。"地产法警达洛奇·博扎瓦利·巴林特说。

"我可不这么想，"苏茨沃爷爷说，"他们在搞鬼。"

"咱们派个人出去看看吧？"

"迟些吧。"苏茨沃爷爷说。

山洞的深处亮起越来越多的光。苏茨沃爷爷把手伸进他的包袱，尽管他心里明白，摸索自己的那些书写工具毫无意义——他根本就没

---

① 匈牙利大型长毛牧羊犬。

带上。他闭着眼,试图构思倘若带了笔墨就会写下来的字句。

　　我主之一七○六年,四月一日。战祸在头上盘桓,我等不知家园安在与否。我等备有三日之需,节省之下或可四日。苏珊娜泪水涟涟,然库尔奈格外沉着:愈见其心智卓越。倘若我等存活久长,必能以他为傲。愿上主指引其方向,并赐之力量践行之。

　　午夜时分,达洛奇·博扎瓦利·巴林特和其他两个小伙子离开老山洞回村里查看。他们带着油灯,结果根本没有必要,因为几所房屋还火光熊熊。烧焦的梁木横七竖八,到处弥漫着尸体的恶臭。屋舍几乎全部坍塌。教堂尖塔倒了下来。两具尸体横卧在街道上,是威兹瓦利·拜拉和他的妻子波丽什卡。他们肯定是藏在榨葡萄汁的小桶里被匪兵发现了。看样子是被刺刀捅死的,裹在鲜血浸透的衣衫里的尸体已然肿胀。

　　"先生,噢先生!"一个小伙子说,"咱们还是离开这儿吧,上哪儿都行,赶紧吧!"

　　"安静!"

　　能上哪儿去?他想道。战祸逃无可逃。

　　在苏茨沃家门口,他们发现了另一具尸体,估计是维尔汉姆,年轻人的四肢都被强盗砍了下来。在他周围的尘土里,乱七八糟扔着苏茨沃爷爷的铅字、铸造壶和粉碎的铅字盘。看情形维尔汉姆是想保护这些铅字铸造设备,强盗们对铅字不感兴趣,只希望能在铅字盘里找到钱或金子。不远处躺着那只名叫布尔库什的狗,他肯定是帮着那个仆人拼命来着,身体一侧被划开,肠子溢出来堆在他躺着的地方。

　　听着从村里得来的这些消息,苏茨沃爷爷眼中涌满泪水。可怜的维尔汉姆,从他自己的村庄历经九天来到这里,只是为了如此凄惨地结束性命。一俟和平降临,便须告知他的母亲。苏茨沃爷爷决定给她一些钱,并思忖着到底该给多少。

他们以为库尔奈睡熟了，其实小家伙通宵都半醒着。传到他耳朵里的只言片语里，没有关于维尔汉姆或布尔库什的事，他听到的是威兹瓦利·拜拉和他妻子的命运，尽管不大明白死亡是什么意思。他不止一次看到过送葬队伍蜿蜒走向墓地，而且曾经注视着那些松木棺材感受这种时刻的黑暗，听着关于死者的这这那那的低语与呜咽，但他不大明白躺在木头盒子里的便是一具男人或女人的尸体。母亲经常给他讲起他亲爱的父亲的死，库尔奈能想象从马背上跌落、头撞到树桩以致五内俱裂的致命一摔——实际上他经常会用自己的脑壳去磕任何硬的东西。因为见过母亲项坠里的小画像，他总是把父亲构想成苏茨沃爷爷的形象。

接下来的一天，男人们争论是否回家去，或他们还会剩下些什么。达洛奇·博扎瓦利·巴林特认为回去尚为时过早，打砸抢团伙随时可能回来，而且他们的地界有可能会是库鲁茨或拉班茨的战场。苏茨沃爷爷不以为然："我们不能坐在这山里直到世界末日……主恩浩荡，顺应天命吧！"

争论还在延续。苏茨沃爷爷宣布，即便他们都决定待在这儿，他也要下山回村去。天刚破晓，他叫醒苏珊娜和库尔奈："该走了！"

他们收拾了自己的包袱，可是洞口的大砾石怎么也挪不动，直到一个睡醒的小伙子过来帮了把手。

下山途中，刺骨的寒风把他们的脸吹得生疼。在村子尚未最终跃入视线之前，苏茨沃爷爷已经利用路上的时间让女儿和孙子对即将看到的景象有了心理准备。然而，出现在他们眼前的惨状大大出乎他们的想象。苏珊娜呜呜咽咽地哭啊哭，脸像个湿透的枕头，尽管她父亲再三劝告，还是无济于事。库尔奈默默端详着焚毁的房子、死的和将死的家畜，以及村子上空高高盘旋的秃鹫们。看见布尔库什残骸时他也没有哭。他感到这仅仅是什么的开始，虽然他无法用语言表述这个什么是什么。他抓住祖父温暖而有安全感的手掌不放，跟着他到处去。苏茨沃爷爷去的第一个地方不是房子——只有厨房和院子的一部分还有屋顶——而是园子尽头那丛蔷薇花处。这儿还没有被强盗们动过。他点了点头,接着用自己的尿把它们淋了个遍。生平第一次看见爷爷的那根家伙,粗大如一条颇像样的香肠,库尔奈惊讶地圆睁双目。

他们的家具已经成了碎片,衣物及所有的东西不是被掠走就是被撕成一团破布。

"现在我们该怎么办?"苏珊娜问。

苏茨沃爷爷没有回答,而是拖过一个多少还算完整的圆凳到排字架旁,坐下,开始削尖鹅毛笔。他把墨水倒进墨水瓶,在对开簿上写了起来。

悲悼日。我等失去维尔汉姆,虽保住绝大部分细软。设备大已散失,且我亦无力将泥土中剩余物件掘出。我等性命亦危在旦夕。除信托上帝外,我等无能为力。您是我等主宰,一切凭您决判。①

他往旁边扫了一眼,看见自己的孙子正蹲在排字架下、在一张纸片上用铅条笔画拉着,但与此同时,他的右手仍毫不松懈地紧攥祖父的裤腿儿。

"你在那儿做什么呢,库尔奈?"

"亲爱的祖父,我在写字。"

"真的?"苏茨沃爷爷哼了一声,屈膝弯下身凑近那张纸片。令他惊讶的是,那些歪歪扭扭的字体多多少少构成了读得通的字句。"悲悼日。我等失去布尔库什,而我将把它埋葬在园子尽头、蔷薇花下……"

"不能埋那儿!"苏茨沃爷爷冲口而出。

---

① 此句为拉丁语。

男孩不明白。"您说什么，爷爷？"

"不，不能埋那儿……你得把它埋在……干燥的泥土里。我们一起干吧！"他领着库尔奈走到园子里。"告诉我……你在哪儿学会写字的？"

"我是看您呀，亲爱的爷爷。"

在倒塌的栅栏边，他们找到一段烂空了的树根做棺材，把维尔汉姆残留的躯体放进去，埋在屋棚旁，以前的房主在那里栽有一棵小松树。他们为布尔库什在地上挖了个坑，把它包裹在苏珊娜以前为餐桌做的紫色桌布里。他们是在房子前面找到桌布的，已经被撕破，沾满莫名其妙的棕色斑渍。

临近傍晚，其他村民也陆续潜回村子。夜色被每一家人挨近各自门户时爆发的失声哭喊撕裂了。

*

听见砰砰声、马蹄声的时候，已是入夜时分。

苏茨沃爷爷一把抱起还裹在毯子里的库尔奈冲上进山的路。苏珊娜跟在他后面，木底鞋跑得啪嗒啪嗒响。这一次，只有三分之一的村民得以逃进老山洞，多是住在附近的人家。没见到达洛奇·博扎瓦利·巴林特了。除了苏茨沃爷爷，只有两个男人：一个老农民和残疾的老多布鲁克·贾什帕，他曾夸口说即使拖着瘸腿也能跑得比大多数人快。猝然出逃意味着这回他们既短粮食又缺照明，洞里只有一盏油灯孤零零地哔哔剥剥地燃着。

"要是我们在这里挨到明天，我们都得饿死！"多布鲁克·贾什帕说。

"只要我们活着就有希望！"苏茨沃爷爷反驳道，"让我们像一家人那样分享所有吧，直到危险过去。"

他们清点了存货。唯一表示不满的老乡是密斯里威茨老太太跟她的女儿，她们带了六个大面包、两张黄油、一根盐渍猪排和几瓶葡萄酒。苏茨沃爷爷生气地责骂她们:"你们自己没带油灯,可你们却受用了我们大家都分享的光……如果你们不舍得给我们这些食物,那就随你们的便吧!可你们要是留下,就得像基督徒那样接受命运的安排!而现在,让我们记住那些我们已经失去的人吧!"

这下子,妇女们的哀哭齐声响起。达洛奇·博扎瓦利·巴林特的妻子(或者说,现在看来像是寡妇了)发出如此尖锐的高音以至于担心外面都会听见。她不停地把头往洞壁上猛撞,苏茨沃爷爷和多布鲁克·贾什帕用一张马毡把她裹住绑了起来。库尔奈几乎是兴致勃勃地观看这一切。他还没感到害怕,尽管疑心旧的世界已经要彻彻底底最终完结了,在那个世界里,他晚上肚子饱饱、心满意足地坐在啪啪作响的火边倾听祖父的故事。他很遗憾没有带上纸张、鹅毛笔和墨水,那样他就能练习新近学会的书写本事了。

他的祖父也一样,脑子里转着该在对开簿上如何记录这些动荡日子里发生的林林总总。

> 我深知加诸我等之重重打击非我主之意;我等罪孽能深重几许竟至该遭受背井离乡、家破人亡之祸?然而,我等必须,我等必须坚信万能王之威权,今我等既已否极至此,后必泰来上兴。无人欢喜死亡。①

巴拉契·法喀什错误地认为村子仍是鲁克维齐·李古麦雷·伊什特万的财产。鲁克维齐打算在意大利赚大钱,其实早就连人带家产搬去维也纳了。正是谣传中的意大利财宝招致巴拉契·法喀什强盗们把克什村搜了个底朝天,不甘心只弄到些废品垃圾做战利品。

在村头的岔路上,一条绿色的细丝方巾躺在泥坑里。这条岔路往高处的一头蜿蜒攀上山丘,往低处的那端深入通向瓦拉日德的山谷,

---

① 最后一句原文为拉丁语。

再往前则是塞宾①。军需官泰莱格迪·约施卡注意到了它。他翻身下马,捡起来闻了闻:一阵女人香气儿逗引得他鼻子痒痒。他不情愿地伸手到泥水里捞摸,唯恐里面还有些别的什么东西。他的手指碰到一个硬硬的、蛋形物件。他把它搓干净。是某种金属造的装饰蛋。他用牙咬了咬,发现不是金的,最初的欢喜便随之消散。他把它拿在手中翻来转去,敲敲这儿,按按那儿,直到它的顶部啪的一下突然弹开。这是一个精致的计时器,显示日、月,甚至年。表停了。或许是水浸进去了?凑近看了看,他发现日期停在一六八三年十月九号十二点过一点点。想到那个时刻,他的脸沉了下来:那是他父亲丧命的帕尔卡尼战役②。难道它从一六八三年就躺在这里了?不可能——没有锈蚀的痕迹。但不管是谁把它掉在这里,一定还会掉些别的东西。于是,他从附近灌木丛砍了些树枝,胡乱扎成扫把的形状,开始把水往路面上泼洒。他再没捞着什么。

在山洞里的第二夜,苏珊娜的皮肤上暴出水泡,蛆虫开始在她的肉里滋生。她趁砾石被挪开一点以便透入新鲜空气的某个时刻,带着一条厚毛巾和一块肥皂跳了出去。她下到溪边打算洗澡洗内衣,以为有充裕的时间赶在砾石闭拢之前回去。天空层云密布,星月全无。黑暗中她愈发怕了起来,别人自然是看不见她,可她也一样看不大见自己。还没来得及脱掉衣服,地狱里所有的魔鬼便猛然扑到她身上;她的四肢被一些尽是蛮力的手生拉硬拽到林中草地,此时她明白了,是几个残暴的男人,而且晓得他们接下来要干什么。她的嘴被牢牢封住叫不出声;事实上,即便叫了也毫无用处。第一个男人对她猛攻的时候,灼热的疼痛传遍全身。其他人一个接一个地轮着来。她忍受着,虚弱得昏厥过去,两臂像被钉在十字架上的耶稣基督般伸开,脑子里

---

① 今罗马尼亚境内。
② 帕尔卡尼,今斯洛伐克的什图罗沃。帕尔卡尼战役是奥匈帝国与土耳其战争期间于 1683 年 10 月 7-9 日发生在帕尔卡尼镇的一场战斗,以奥地利获胜告终。

默诵着她能记起来的祷词,在痛苦中等待蹂躏的结束。等他们都发泄完,松开了她的胳膊,可某种更为残暴的东西刺透她的身体,如一道闪电,夺去了她的生命。

苏茨沃爷爷早上才注意到女儿踪迹全无。他搞不明白她是怎么从老山洞出去的,要两条汉子的力气才能挪开那块砾石啊。

"她夜里出去的,"库尔奈说,"那时爷爷和另一个人把砾石滚到一边了。"

"她是不是昏了头啊?而且你怎么也不说一声呢?"

"我以为您看见她出去了,爷爷!"

什么也别说了,苏茨沃爷爷想道。"我得找她去!"他示意另一个老农民帮他挪开砾石。那个老头儿反对道:"苏茨沃先生,先生,白天出去是很危险的!"

"这时候没空考虑个人的安全……来,推!"苏茨沃爷爷很快步入光亮。转过身,他对着山洞深处说道:"看好库尔奈!"

这是苏茨沃爷爷最后一次看见库尔奈。

泰莱格迪·约施卡布置了一打手下在不同的哨岗。第一个、接着又一个哨岗报告说山路上有个人往这边走来。他们看见一位衣着朴素、穿着毡靴的老人身挂土耳其式马刀,纷乱纠结的头发和茂密的大胡子被风不停地吹着,状如穆斯林的缠头巾。他们等他走到听力所及的范围,厉声吆喝他交出武器。老人不肯服从,抽出马刀,和攻击者奋勇拼杀直至鲜血淋漓被迫屈服。尽管如此,他仍然靠自己的力气挣扎着跟跄到巴拉契·法喀什审讯他的营地。巴拉契得不到想要的口供,下令对他严刑折磨。还是没能得逞,老人在刑架上结束了自己的生命。

一个眼尖的望哨人发现黑山上有缕青烟绵绵不断地升起,便向泰莱格迪·约施卡报告,后者立刻意识到岩壁上肯定有山洞。他命令一小支人马爬上去仔细侦查地形,把岩壁上每条缝隙都搜它一遍。洞里面的人听得见他们谈话、走动的声音,屏住呼吸僵坐着。

巴拉契·法喀什失去耐性,打算开拔走人。泰莱格迪·约施卡请求让他最后再试一次。他拖来两门小点儿的加农炮架在路上,让炮手瞄准岩石炮轰光秃秃的山顶。

"到底是为了啥要向岩石开炮啊?"炮手问。

"因为这是我的命令!"泰莱格迪·约施卡吼道。

他们钻进炮架清理了炮筒,装上炮弹,夯实。接着:"开炮!"

第一发射远了的炮弹越过了目标。第二发又射程不够近了一点儿,落在老山洞入口出的空地上。

"主啊,救救我们吧!"山洞里年轻女仆中的一个尖叫起来。"他们开火的目标肯定不是我们,对吧?"

第三发校正了距离,正落在山顶上。炸开的岩石裂成几块,稀里哗啦砸落到山洞里。雷鸣般的轰隆隆盖过了一切声响。库尔奈本能地把身子平贴在地上,扑下的时候能感觉到洞顶在他头顶碎开,洞口的砾石则同时向内爆裂,在炫目的光里,什么都看不见了。接着,一切都黑沉下来。

巴拉契·法喀什的手下很快爬上来,现在的老山洞看起来俨然一口掀翻的大汽锅。厚重尘云悬浮在空中。他们跨过死者的尸体把几小捆财物递了出来。巴拉契·法喀什察看了其中一些内容,转身对泰莱格迪·约施卡说:"简直是浪费弹药!"

匪兵一走,立刻陷入静寂。下午,大雨滂沱,但烟尘并未息落,由下至上望去,这座山好像在吸着大烟斗。现在不单是克什村,连它周边的荒野地都成了废墟,甚至野生鸟兽也逃得一干二净。雨泼溅在大大小小的石块上,把凝固的斑斑血迹冲刷成一条粉红色的溪流。过了一阵儿,库鲁茨先头部队抵达。他们远远望见烟尘滚滚,疑心拉班茨在山上安营扎寨了,侦察之后发现竟无一个活物。部队继续向西而去。

第三天早晨,库尔奈恢复了意识,感觉身子沉重如铅、多处碎损。接着又昏厥过去。不久，夜露降临，他晃晃悠悠坐了起来。无法挪动双腿，它们压在一片沉重的岩板下面。天上星光熠熠，而一些不确切的景象则在他的脑海中摇曳、淡逝。他记得发生了某种惨祸，却想不起来究竟是什么。大家都去哪儿了？他开始只是尝试性地、接着便扯开喉咙放声嘶喊救命。他的喊声在峭壁上飞弹四散开去。他试着慢慢抽出双腿，结果却令下半身锥心般地疼痛，进而攫袭全身。他在无助的战栗和哭泣中度过了一夜。他怀疑母亲和祖父碰到了什么严重的事，不然他们会来找他的。他认真地向上帝祈祷，祈求上帝接受他的祷告释放他的双腿，但最重要的是，快快让黎明到来；他在黑暗中倍感恐惧。

天刚亮，他听见森林里有人顺着道路走来。库尔奈想道，不管他们是谁，最好别发出半点声音。身上每一个地方都疼痛不已。他闭上双眼。没一会儿，有什么东西舔他的脸，热烘烘、滑溜溜，吓了他一跳。一副毛茸茸的鼻口，硕大的牙齿，锈色的舌头……他尖叫了一声。

"这儿来，小子，这儿来，混战①！"一个低沉的男声说道。那头野兽顺从地大步慢跑向它的主人。那是条狗，披着厚厚的绳索般毛发的匈牙利种。② 库尔奈瞧见三个男人。一个男人用他的矛挑起些还留在地上的衣物，另两个在谈话。库尔奈听不出他们在说什么。过了一阵儿，他呻吟了一声，男人们马上伸手拔枪，接着注意到是他。

"这有个家伙还活着哩！"一个说道。

"是的，但我被卡住了……"库尔奈说着呻吟起来，不得不再说一遍好让人听明白。

"瑞佳，过来！"他们说道，叫来第三个伙计。他们三个人一起用力才把库尔奈腿上的岩石滚动开去。

---

① 狗的名字。
② 即上文提到的可蒙犬，苏茨沃爷爷曾经养过的那种狗。

"上帝的圣母啊!①"瑞佳看到小家伙的双腿禁不住叫起来。这可怜的生灵活不过今天了。"咱们给他点儿东西喝吧!"他说道,在他身旁蹲下,把自己棕色帆布套里的酒瓶子拧开,往库尔奈嘴里弄了一点儿。流下来的微微发酸的葡萄酒从男孩脸上滴落。

"你叫什么名字?"

"齐拉格·库尔奈。"

"你的双亲呢?"

库尔奈尽其所能回答了他们,问他们是否见过他的母亲和祖父,详细备至地描述了他们的长相。

"他们会……回来的。"瑞佳撒了个谎,"千万别担心,我们会照料你的,直到他们回来。你现在肯定饿坏了吧?"

库尔奈点点头。他们三个当中长得最壮实的是那个被叫作米卡尔的人,把他小心地抱在怀里。库尔奈因为疼痛嗷地叫了一声。这时他才发现两条腿都错位扭曲着,回家的时候母亲给他穿上的土耳其式裤子烂成了条条缕缕,现在被他自己凝固的血粘在皮肤上。陷入绝望的他开始像小孩子那样呜咽起来,痉挛着不停地倒抽气。男人抱着他的时候,他能看见岩石下悬挂的肢体。那个年纪较大的农民躺在曾是山洞入口的地方,脑壳被一块锋利的岩石碎片整齐地一分为二,脑浆溢溅出来。

米卡尔在空地上升了火,第三个伙计帕尔库则在旁边拾掇一只跟小号烤面包差不多大小的灰鸟,把拔掉的羽毛扔进火里,烧焦的味道刺激着库尔奈的鼻子。他不敢提任何问题。他的手指小心翼翼地向大腿摸过去,发觉右膝上嵌着一个又硬又尖的东西,便猛地一下拽了出来,疼得他心脏怦怦直跳,再次晕厥。等他苏醒过来的时候,已经是

---

① "上帝"是由"圣父"、"圣子"、"圣灵"构成的三位一体。"圣母"是"圣子"耶稣的生身母亲,并非"上帝"的"圣母"。此处只是人们日常的惊叹语,相当于我国的"老天哪!"之类。

晚上了。

瑞佳又给他喝了点酒,然后每次一大口地喂他吃了些肉。"炖鸽子。你会发现它能让你强壮起来!"尽管他自己都不相信自己说的话。库尔奈全心全意寄希望于这个承诺。当他把自己吃得撑到要吐的时候,就试着想站起来,但瑞佳阻止了他。"首先,我们要给你包扎伤口。帕尔库是咱们的护理员,他会把你处理妥当的。"

"然后咱们得谈谈接下来该怎么办!"米卡尔说道。

由于所骑马匹被射杀,他们和大部队失去联系已经有一天半时间,拼了命才从战场上逃了出来,下到那个山谷里。夜幕降临的时候,他们躲进一个榨葡萄汁的旧木桶里,在那儿捡到帕尔库因为想起自家的看门狗而决定把它叫做"混战"的流浪狗。早上,瑞佳动身去找吃食,差一点儿就撞上巴拉契·法喀什那帮强盗。他从院子里仓皇蹦跶回榨汁桶。"不知道这一帮是什么人,不过,要是咱们麻利些,可以给自己弄几匹马!"

他们匍匐前进到沟壕边,看出了这班人马实在是训练无素。他们一直等到这帮人绝大多数都走了过去,就希望有一些掉队的落在后面。果然,有四个这样的人,他们一次解决一个,跳到他们身上把他们从马鞍上摔下来,抢了四匹马、四条枪,以及衣物和鞍囊里的东西。其中最值钱的东西要数一把托莱多锻造的宝剑①,它归了帕尔库。米卡尔要了第一个匪兵的马革长统靴,此人肯定是贵族,因为他的口袋里还有一块蛋形的计时器②,瑞佳拿去自用了,以为是银的。虽然他没能让发条动起来,但是等他回到绍莫吉③——上帝允许的

---

① 西班牙托莱多地区铸造的钢剑。
② 由此可见他们打劫的第一个匪兵是泰莱格迪·约施卡,之前他在泥水里摸到了那个蛋形计时器。
③ 现为匈牙利西南部的一个州,南临克罗地亚。

话,他的万金油①兄弟一定会把它修好的。这个计时器记录了日期、月份,还有年份:显示的是我主的一千六百八十三年第十个月第九天的十二点十五分。

照帕尔库看来,在没有得知战情进展之前最好待在这个荒废的村子里,没必要跟库鲁茨武装遭遇,据说他们不留俘虏,很快就把抓到的人结果掉。再加上各类强盗团伙,他们活命的机会就更是微乎其微。米卡尔则提议立刻离开,尽快赶上他们自己的部队,把自己信托给主的慈悲。越晚赶上大部队,就越容易为开小差受罚。瑞佳吸着他的空烟斗,扔给混战一大块肉。他也没想到万全之策。"咱们还是等等,看看明天是个什么情况吧。"

"话说回来,咱们必须为这个小家伙打算一下。"

"天哪,他是不是还活着啊?"

帕尔库已经褪掉库尔奈的破裤子片,把他们的一件衬衣撕成绷带包扎他干瘪的双腿。"他要是又能靠它们奔跑起来,我可要万分惊讶了。"

睡梦中,库尔奈在波涛翻滚的黑暗海角被一些说不出什么形状的东西追逐着,最后他死死地卡在一口井里。刚要醒来的时候,他还有两条腿都困在那口井里的感觉。他摸了摸它们,碰到厚厚的草皮,就全都记起来了。他试着逐一收缩每块肌肉,两条腿可能永远不复从前的想法第一次袭上心头。那三个人当中,有两个在篝火余烬的旁边睡得正酣,第三个抚摸着叫混战的狗,对着它低声絮语,好像它是个人。

库尔奈闭上眼睛。"爷爷,回来!亲爱的母亲,你也回来!回到我身边!你们不在我多么难过啊!"泪水抚慰着他再次入睡,又梦见自己被追赶,这回甚至遭到枪击。

就在天将破晓之际,一支拉班茨巡逻队出现在林间空地,像这三

---

① 即:什么都会点儿,虽不见得精通。

个人一样跟主力部队脱离了。若非瑞佳及其同伙开始向他们乱放枪,他们已经安营扎寨了。在半明半暗里,哪一方都搞不清自己是在对谁射击。新来的人多势众,跳上他们的马,追击着瑞佳一小撮人往山谷奔下去。

库尔奈醒来,金灿灿的圆太阳高高地挂在天空。那三个人不见了。他们除了四匹马之外没带走什么,甚至那条狗也给留下了。库尔奈听见自己的心跳声,过了一阵儿便喊叫起来。如果没人来这儿,他肯定得饿死。他绝望得越发虚弱,沉入几无生机的黑暗。就这么过了几天,或者只是几个小时?混战粗糙的舌头时不时会将他舔醒,活了过来。

独自一人的第二天,他设法抓紧混战厚实的毛外套,立起身来,像疲惫的骑手那样躺在它的背上。他那条好点儿的腿挨着地面,骑在狗身上小心翼翼地蹭着往前,成功地走遍了林间空地的大部分地方。他打开那三个人留下的各种包袱、囊袋,对蛋形计时器非常喜爱,紧紧抓在手中。休息了好一会儿,他又摸索到山洞原来的地面。那里所见的一切,是他永远也忘不了的。死尸因被野兽糟蹋而毁损,腐烂的恶臭让他无处可逃,即便捂住鼻子。哪里都找不到苏茨沃爷爷的对开簿;或许它已埋葬在那一大堆岩石下了。

那条狗把他驮回林间空地。两旁的树啊灌木啥的都披上了它们最苍翠、精美的外衣。库尔奈饿得发晕。一株金合欢树的枝条垂及地面,库尔奈把它的嫩尖儿放进嘴里。细小的花瓣虽然有些发麻,但味道出奇地甜,他尽可能多地嚼下他在躺姿状态能弄到的那些东西。后来他又找到些桃金娘的浆果,有一点儿酸,倒还吃得。

夜晚露降时分,他滚落到草坪上,颤抖着脱掉自己的衣裳,从瑞佳和他同伴留下的衣物中挑了一件干净的衣服。腿上已经干了的血迹把绷带变成锈色,他不敢碰。

第三天,他冒险去了更远些的地方,到了山路下面第一个榨汁处,他们在那儿生过火。从扔在花园里的碎裂酒瓶当中,他找到两个还完好无损的,可是没办法敲开瓶塞。他还找到一些干了的种用马铃薯,立刻狼吞虎咽地生吃了。最后,他把一个酒瓶的瓶颈塞进两片岩石中间,然后从那儿弄破瓶子。虽然葡萄酒洒了一些在干涸的土地上,但大部分他能从断口处咕咚咕咚灌下肚。他很快便打起盹儿来,不再觉得冷了。也许……不管怎样……会没事儿的……最后。也许……不管怎样……

当他感觉腿上有了气力,便能去得更远些。他从周围被毁坏的院子里把每一样觉得能吃的东西都收集回来。靠近林间空地的建筑物多是些葡萄酒榨汁机,库尔奈很快便有了对葡萄酒和烧酒的体验。开始的时候,它们令他觉得恶心,经常会作呕,把酒吐出来,但没过多久便适应了。酒精帮他挨过了那些寒冷的夜晚。他的头发长了,变得像混战的毛那样,缠缠绕绕地打结。库尔奈愈见好转,混战却每况愈下,它找不到自己喜好的足够吃食。只剩下舔食山上的花蜜了,会摇摇晃晃地站不稳,眼睛也开始斗鸡,给库尔奈提供了无穷乐趣。而到了夜晚,它会像苏茨沃爷爷那样打呼噜,库尔奈爱听的声音。

有旁人的时候,库尔奈在他那个年纪上就有的说话方式总是让人格外惊讶,可现在,他自己一个人,几乎不说话了。当他要混战去做什么的时候,说出的话不像他自己的语言,倒更像是那条狗发出的噪声。

他学着在溪流上游捕捉银色的鲛鱼。趴在岸边,把胳膊垂入鱼群习惯来此晒太阳的冰冷水中。等到一条鱼儿游过他小心张开的手掌,他便用难以觉察的慢速度渐渐合拢手指,俨然持续了一个世纪之久,他会突然感觉鱼已被紧紧捉住。他将鱼猛地摔在岩石上,等那湿漉漉的小躯体拍打到筋疲力尽的时候,才塞进齿间咀嚼,把鱼刺吐回溪流中。

他就是这么活过来的,生存方式与森林里的那些野生小动物几乎毫无二致。已经痊愈的那条腿虽然弯曲着,却能让他走得比以前稳当了,必要的时候甚至能跑起来,尽管他大步慢跑的姿态让人想到搜捡食物的三脚狗。

混战的鼻子不停地流血,牙齿松动,有一两颗甚至掉了。长毛遮盖之下的皮肤化脓溃烂,细小的寄生虫在伤口处蠕动。接着,某天早上,它再也没能站起来。库尔奈轻声冲它喊:汪——汪!汪——汪!狗儿没有抬头,它想安静独处。库尔奈不明白这个,轮番交替着不停地摸它摇它,更为温柔地冲它叫唤。

村里的灌木、树篱可能从未如此茂密过,笼罩了栅栏,把它们的花儿撒落在路边。夜晚的空气不再寒凉,即便不喝酒,库尔奈也不觉得冷了。正午的太阳高悬在天,圆熔炉般普照一切景观,只不过,没了教堂的钟声,当然也没有其他人声。从混战受损的下巴上耷拉下来的舌头已经干了。望着狗儿半闭的眼睛,库尔奈被一种不确定的恐惧紧紧攫住:比之前任何情况都要糟糕的命运已经发生,正等着他呢。他的呼吸急促起来,继续固执地叫着,孩子气地相信这样就能阻止厄运来临。

虽然还只是中午,天空却出乎意料地黑沉下来。库尔奈发出一声受伤动物般的咆哮。他觉得这就是终结了:比之前更为可怕的打击即将向他们袭来,他们会像母亲、祖父以及其他所有活物那样死去。这条衰弱的狗无处可逃,他自己也同样没有未来。他仰面躺倒,两只脏兮兮的手紧扣着祈祷起来,然而那些他曾经在梦里都能说出来的词句却怎么也想不起来,能说出来的只有:汪——汪——

天空迅速变黑,太阳的光球日冕逐层转暗,好像有另一个黑色的太阳把自己硬挤过去,每一束紫蓝色光焰如同微细的投枪刺入小男孩的眼睛,于是他闭了起来,像那条狗一样。完了,他们俩都这么认为。库尔奈眼皮下浮现出一些火焰圈圈,而在它们后面,则是一些他虽然从未见过、却似乎觉得熟识的来自过去的影像。如果他还有时间的话,或许能解开它们的含义,可是,悸动的虚无厚重而迅速地降临了。

长着山羊胡的医生洗了洗手,宣布了定判:
"大限已近!"

施坦诺夫斯基太太把脸埋进她的手绢里。"我们该怎么办啊,如果……"她的话没说下去。她的姊妹把她紧紧地搂在怀中,像是怕她会崩溃成碎片似的。

她挣脱出来。"医生,还有多久……"

"我无法预言未来,但是……不会太久。"

"但还有多少……天?"

"几天或者几小时。谁知道?我傍晚会过来的,"他说完走了。门口的女仆把装着酬金的牛皮纸信封递给他,那儿摆着大小各异的花瓶,插着送给病人的鲜花,浓郁的香气氤氲在空气里。

垂死者竭力地吸着气。他的伤口一点儿没好转,尽管医生已经用黄色的抗炎药粉把它敷了个遍。虽然他觉得完全没必要绑上绷带,但还是这么做了,也就是为了安慰家属而已。无论如何,他们看不见那个伤口总会好些。利刃从一个不幸的角度刺入胸腔之上、锁骨之下,以至于穿透了两片肺叶,而且很可能已伤及心包膜。在这种情况下,科学不再有计可施,一切都只能听天由命。

施坦诺夫斯基太太回到丈夫的房间,向他的床前俯下身来。"我亲爱的丈夫或许渴了吧?来点儿新鲜柠檬汁?我让女仆给你榨一点儿?"

他摇摇头。

"吃一两口东西?清汤,或许?"

又是摇头。

"我亲爱的丈夫是不是有别的愿望?"

凹陷的面颊上露出一缕微笑:"谢谢你,没有。"然后闭上了他的眼睛。要是他们能留他一人独自面对死亡的痛苦该有多好啊,他想道。毫无希望。如果这个不幸并非他自己的愚蠢结果,或许更容易接受些。一旦他把灵魂交回给他的创造者,玻璃厂会怎么样呢?他的妻子能够打理它、让它蒸蒸日上吗?他听闻熔化炉已不运作,这真让他忧虑。就因为我要死了便无缘无故让它熄了火！不过，负责玻璃厂生产的总玻璃制造师，小法喀什·伊姆雷，正坐在铁窗后蹲监狱，因为袭击了巡视员。这个法喀什·伊姆雷从一开始就是个难搞的人，太易发火，太易动手。

他的喉咙里发出一声痛苦的叹息。他的妻子又一次试着想用吃的喝的以及好言劝慰引起他的兴趣。他又一次没叫她走开。一个人的妻子应该呆在这儿，当……是的。他努力算着今天是星期几，三月二十或二十一，但他搞不清时间和日子。在一生中，他对年份、季节、星期，甚至日期、时间都相当敏感。他经常令妻子和孩子们惊讶于他精确的回忆——譬如——费尔文茨①那场特大降雪的日期：我主的一七三八年一月的第十九日，而且他甚至知道雪一直下到第二十八日。

他习惯于怀着格外愉悦的心情在亲友中间忆及他生命中值得记忆的日子。他的收获、他的婚姻、他孩子们的出生、玻璃厂的创办、他事业上的成功以及财富上的增长、他被选为镇议员——这些都是他兴高采烈谈论最多的；在这些荣耀之前的那些日子，则最好忘掉。然而，他偏偏没有被赐予遗忘的能力。他曾读到过一首意大利圣歌，说是在阴间边界处，不仅流淌着忘却之水——勒忒河②，也流淌着它的双生河——来自同一源头的欧奈，是记忆之水。他在婴儿时期喝下的一定是欧奈河水——尽管对这件事他倒是毫无记忆。③

他的力气继续衰竭，很快便无法再坐起身来。他是多么乐于把自己在这段可怕时日里的所思所想写进对开簿啊，在未来岁月里它可以用来指引他的妻子和三个孩子。步入成年后，他极少会在一天结束之

① 今罗马尼亚境内的乌尼雷亚。
② 即古希腊神话中冥府的忘川，喝了它的水会忘记过去的一切。
③ 勒忒和欧奈两条河的故事可见于意大利诗人但丁的《神曲·炼狱》：当灵魂涤罪之后，在勒忒河中沐浴以便忘却罪恶记忆，在欧奈河中沐浴以便留住善美记忆。因此，库尔奈所看的意大利圣歌，可能就是但丁的《神曲》，但他的理解与原作有些出入。

时不洋洋洒洒地记录一番,当初他从意大利带回这本又厚又大的对开簿,正是为此目的。据说它是一家著名的圣经缮写房制造的,原本是用来书写神圣经文的,库尔奈在上面书写的时候,总是怀着对其显赫历史的万分崇敬之情。如果他的后继者们想要了解他的有生之年是如何度过的,就能从这里读到一切。

他没法子把自己生命最后几小时记录下来。他不可能在簿页抬头写道:最后一章:我的亡故。所幸他几年前就已经写好遗愿和遗嘱,用三重封印封在在一个铅匣子里,等待有关部门的执行。而且他把遗愿也抄录在自己的对开簿里。

尽管他已经在脑子里考虑过成百上千次,但还是心存犹疑。他把玻璃厂留给巴林特是否正确呢?也许这家伙还没成熟到能管理二十个手下的地步,不足以处理每周每月的各种事务,不会跟商人们砍价钱,也不懂得在贵人们面前尽量低眉顺眼以便签订大宗订单。不过,他还年轻,有时间让他成长。

巴林特没有随他的遗传。施坦诺夫斯基·库尔奈(齐拉格)身量非常小,四肢比它们应有的状态要来得纤瘦、孱弱。尽管他的两条腿还是弯曲的,但他能相当熟练地使用,让不明就里的人看不出他有残疾。没有足够的肉食和酒饮让他长出啤酒肚,而他的脸至今仍是讨人喜欢的长圆形。他的身体多少还算是矍铄,可是,异常隆起的额头上方的头发,尽管只是些微灰白,却变得稀少了。他的须髯从未像成年男子那般浓密过,而是像青春期刚长出的样子,这令他终生感到遗憾。

要是能继续活着该有多么好啊!即使只是让他能听见——哪怕就一次——精心烘干的圆木在熔炉里烧着时突然发出的吱吱声;接着,热能开始起效,这奇妙的热能制造出格外经久耐磨、晶莹剔透的玻璃器皿。甚至家里的铅框窗户都是用他自己生产的玻璃做的,而且会颇为自豪地向来访客人指出这一点。如今他却悲哀地看着阳光透过它们照射下来。在烈火中诞生的它们继续忠诚地为温暖效劳:冬天的时候把它封存于室内,夏日里则将它阻隔在外,而风是总被挡退的。

他脑子里转着这些想法，竟没注意到巴林特进了房间在床边地板上跪下，脸上满是虔敬的关心。他也很快意识到……垂死的人眼里充满了泪水。上帝一定会赐予的。苏茨沃爷爷的形象跃入他的脑海，巴林特外表和他极为相像：虽然他还在成长中，却已然高大健壮，是名副其实的巨人。他的头生子只在一个方面跟他这个做父亲的相像，那就是非同一般的记忆力。任何他听过或读过的文本，甚至仅仅出于偶然，他都能分毫不差地准确复述，从不遗忘。但这男孩儿并没有把它看作是一种真正的福分，因为自小便有父亲在身旁。巴林特更沉醉于他所具有的其他禀赋，尤其是唱歌、跳舞在他学校同龄人中似乎无出其右者。只要有音乐声，他肌肉发达的双脚就开始打拍子。婚宴那晚将是多么精彩的一夜啊，他会和新娘跳舞直到黎明，搂着她纤美的身体一次又一次地贴近他自己筋肉发达的身躯。无尽的伤感啊，他，库尔奈永远不会见到那个女孩了，没有机会做她的公公。那不会太遥远，顶多几年吧，因为巴林特不到两个月就要过十七岁的生日了。

我的遗愿及遗嘱

我已尽己所能；力及至此。

由我妻施坦诺夫斯基太太、娘家名为温迪仕·杨卡，打理玻璃厂及施坦诺夫斯基名下之土地与庄园，其中包括马匹、费尔文茨的连排别墅①和我名下注册的林地，持有方式按下文所述。由她看顾它们使之不至衰微、且尽可能维持并发展之，由她照料我尘世间的财产，如同我仍在她身旁。

我的长子施坦诺夫斯基·巴林特实行继承时须年满二十有一。他将继承玻璃厂和登记册上标注的一至七号林地。届时他也

---

① 此处可能是指城镇的一种住宅，不是独立成栋的房子，而是两座或几座外观一致、独立入户的房子侧墙相连、构成一排建筑。库尔奈用的是单数，即不是一整排，而是其中一户。

将拥有我的对开簿以及其他各类手迹。

我的次子施坦诺夫斯基·佐尔丹将于二十有一年纪拥有家族庄园及马匹，倘若他承诺会好好照料、管理它们。

倘若他不能做此承诺，家族庄园的所有权将移交给我的幼子施坦诺夫斯基·卡尔曼，而后者另外还将继承登记册上标注的八至十二号林地，以及我在托尔达什①所持有的矿山股份。

在庄园与马匹移交给卡尔曼的情况下，矿山股份和登记册上标注的八至十二号林地将变成其兄长佐尔丹之财产。

费尔文茨的房子及与之相关的所有动产，包括其中的金银器皿、珠宝以及总数为一万二千的弗罗林②——她完全清楚放置的地方，无条件归属于我妻一人。

上述乃我于头脑清醒之时本着个人自由意志竭心尽力而写。

我应该在更年轻的时候结婚，这样就会有孙儿们在我的临终榻前围绕。艰难困顿的孩提和青年时期害他无法如此。他的孩提岁月是在生与死之间的舞蹈。至少三次都只是由于神的恩赐才把他从死亡那里救回。第三次是得了霍乱：已经死了过去，他被扔在墓地尽头的公共大坑里。那时正值深冬，黎明的时候他已被冻得僵硬，然而不管如何，生命的脉相又开始在他血脉中搏动。他不得不逃走，到一个没有人知道他得了疫病的地方，回家的话他肯定会被活活打死的。

他一无所有自无地③而来；在十四岁之前，一条贱命尚不及一瓶葡萄酒的价钱。他被吉卜赛人发现，跟他们呆在一起，靠帮助在森林里迷路的人或烧炭人换取吃住。在他的心底最深处，他知道自己比这更有价值，而且让他证明自己的时刻终将到来。在身份极其低微的日

---

① 位于匈牙利境内。
② 匈牙利货币的名称。
③ "无地"（nowhere，或译为"乌有乡"）借自鲁迅先生的《影的告别》。

子里，命运使他学会忍受羞辱与磨难。而且，凭着惊人的记忆力，即便后来在上帝的帮助下命运大为好转，他也丝毫没有忘记过这一点。

他曾经在翁采伊将军的庄园上做小马倌，对照料马匹心满意足。将军开始较为留意这个伶俐的年轻人，有一次发现他的德语说得相当流利。他先试着让他做马夫，然后是骑师，这个职位对于他的体重和弯腿的残疾来说煞是理想。在翁采伊将军安排的赛事上，骑阿拉贝拉①的库尔奈所向披靡、无人匹敌。他到过奥地利、甚至英格兰，在这些国家位居二三名。很多外国贵族给他开出相当诱人的条件，但他始终保持着对翁采伊将军的忠诚；他们回国后，将军把自己三个种马场之一、在噶罗茨台地的那个赏给了他。那地方随这匹马的第一个主人的姓氏被称作施坦诺夫斯基平原。

在库尔奈的经营下，马匹数量和价值飞速上升；在估量一匹马驹受训后能爆发出多少潜力这方面，没人比他看得更准。他在黏性土地上播种从英格兰引进的燕麦和苜蓿草，把多出来的那些以很不错的价格卖给其他马场。就是从那时起，他把施坦诺夫斯基拿来做了自己的姓氏。

传闻说翁采伊将军背叛了王太子。库尔奈对此不以为然，这么好的人肯定不会干出这样的事。白发胜雪的将军如今已是元老级人物，却始终与他平等相待。等他到了二十二岁的时候，他把他叫去谈话。他们在一楼露台喝着葡萄酒。将军并没有转弯抹角："呃，我的孩子，你现在是不是已经有了结婚的打算呢？"

库尔奈脸红了。"目前我……我还没好好考虑过。"

"是时候了。你有土地，还有很高的声望，没什么妨碍你成家立业。不婚的岁月就是休耕的岁月。你是时候结婚了。"

库尔奈缺乏这方面的经验。他一生都为自己弯曲的双腿深感羞惭，永远不会在他人面前脱衣服——如果他能做主的话。被肉体诱惑

---

① 阿拉贝拉是库尔奈坐骑的名字。

折磨的时候，他常常感到精气上冲，尤其在破晓时分，他便趴着让它向前溢出，对他来说，这已足够。这偶然也会发生在马背上。但他连一个女人都没碰过。只有一次，在英格兰，经过好一番良心挣扎，他付钱招了一个妓女，可是最后又改了主意，从他房间追赶着那个边咒骂边哀号的荡妇抢回自己一半的钱。他几乎没有在社交圈搜寻过——即便在噶罗茨台地有很多可供选择亦是如此——在镇上他还是受冷遇的；他打卷儿的德语 r 音背地里被恶意模仿。

他们第二次会面的时候，将军向他推荐了自己的一个有体面嫁妆的侄女。库尔奈觉得不能拒绝这个提议，而且不管怎样他都毫不保留地信任自己的庇护人。

"那么，我什么时候带你去相看这位年轻女士呢？"

"没有必要。她能讨到我的好主人的欢喜，就一定能让我欢喜。"

婚礼于当年晚些时候举行。翁采伊将军做傧相。温迪仕·杨卡果然令库尔奈欢喜，尤其是她的白色肌肤和亚麻色浓密发束。温迪仕家族是奥地利血统的男爵，与翁采伊家族联姻之初，两边不讨好，现在已经过去了一个世纪。让施坦诺夫斯基·库尔奈做新郎的打算几乎没有遭到非议，某种程度是因为翁采伊将军的举荐分量十足。

蜜月是和温迪仕家的亲属在亚得里亚海边雅斯特①的德尔杰斯图穆度过的。他们在马车的颠簸中挨过几日，精疲力竭地抵达山腰上的庄园，房子的每个方位都能看到广阔、壮丽的全海景。库尔奈为无边水域所震慑，自己在有棚阳台的帆布躺椅上度过了他们的第一个夜晚。他的新娘等了一整夜。第二天夜晚，杨卡拉着丈夫的手，把他引到卧室的四帷柱床边。库尔奈犹犹豫豫，眼睛望着粗圆木燃起的壁炉火苗。杨卡背转身去，一层又一层地脱掉外衣、内衣。她裸露的后背在火光的映照下闪烁着象牙光泽。她滑入威尼斯蕾丝床单下面。"我的丈夫，是什么绊住你了呢？"

---

① 雅斯特在意大利境内。

库尔奈木头桩子似的杵在那儿。欲望在他的体内熊熊燃烧,但他没有随新娘上床。

"先得把灯熄了!"

"你在我面前害羞吗?"

库尔奈没有回答,却熄灭了油灯的灯芯。两条弯腿的困难主要在于怎么从常规裤管里磨蹭出来,这就是为什么平时他都选择穿马倌们便于运动的草地马裤。他翻身滚向杨卡,羽绒被感觉凉凉的。他像着了火,全身颤抖。他对该怎么继续一无所知。没人教过少不更事的他。翁采伊将军的临别赠言是:"把主要的事料理妥当!"

杨卡从母亲和婶婶那里蒙赐了大量信息,其要诀是让男人采取第一步行动,而她只消忍耐并把自己调整到最佳体位以缓解疼痛。于是,她等待着,耐心地。过了好长一段时间。她能听到丈夫急促的吸气声。她鼓足勇气,摸到他的肩膀。他和善地予以回应,一个古已有之、探索彼此的手谈——初时缓慢而踌躇——在他们之间展开,惊奇于身体的这或那,就像是一方在说:"天啊,那就是像那样的那个吗?"而被触摸的一方则回应道:"是呀,来更好地了解我吧!"

干柴烈火,血脉贲张,气息蒸腾交混,迸发的声声惊叹破唇而出。库尔奈差不多发了狂。接着,它发生了。

各种影像,栩栩如生的立体画面。并不陌生的场景,他以前,很久以前,在什么地方已经见过的场景。别人的新婚之夜。在第一个画面中,一个笨拙的形象神经质地摸索着他腰带扣上镶嵌的红宝石,而库尔奈知道看见的正是自己死去很久的父亲——在他的新婚之夜;卷发浓密的年轻女子无疑就是他的母亲,那种带着点儿狡黠的笑容也传给了他。随之而来的一个脊柱变形、眼睛头发都乌黑闪亮的男人肯定是他的祖父:只有家具摆设不同,脸上的表情和踌躇神态则完全一模一样。接着是他的祖母吉塞拉,迄今仍是肖像坠里的那位年轻姑娘。正是她的过世让祖父白了头。现在是他的曾祖父母,在他们仓促搭建的木屋里,高高坐落在白雪覆盖的山丘上,他们面露困扰神色的脸庞被开放式灶台里的翻腾火焰照亮。如此这般继续下去,回溯到曾曾祖父母、他们的父母、他们父母的父母,直到未知的祖先们,回溯了十二代人。库尔奈凝视着,凝视着,过去的影像焊入他的记忆。

"出什么事了?"杨卡问道。

库尔奈的笑容令人宽心:"在我生命中从未有过如此美好的时刻。"

他朦胧意识到早些时候曾经历过这种影像的泛滥,但他记不起何时。他归结为是从对开簿上看来的。

在他们的婚姻历程中,库尔奈把维纳斯的欢愉毫不吝惜地给了妻子,但沉降入过去的那种事却再也没有重复发生过。这个世界为何会在我蜜月的第二天被照亮了呢?这是他从未寻获答案的问题。

之后,技艺娴熟的年轻人带着一把燧发枪第一次骑马进入他新近继承的森林深处,他根本不明白究竟是什么促使他在林间空地的中央极为庄严地宣布:"在这个神圣的地方,我们要建一座玻璃厂。"等他回到家,还重复着这句话,只不过把"这"改成了"那"。

"为什么呢?"杨卡问道。

"这样我们就能在光明中做营生,"他回答道,脸变了样。

无论是他妻子明智的论争、还是他庄园总管提供的各种事实和数据,都不能削减他的决心;尚欠事实证据表明,即便是有色眼镜也无法保护他的眼睛免受玻璃加工之白炽炉火的损害。他从萨克森尼[①]引进了两位总玻璃制造师,并在一年之内开始生产第一批木窗框所用的玻璃板。之后是玻璃瓶、运输葡萄酒的容器、葡萄酒醒酒器,以及数不胜数的其他玻璃制品。产品卖得相当不错,全国各地都飞来订单。杨卡问了他上百次:"你究竟是怎么知道的?"

他不敢承认自己的知识非尘世所有。如今,躺在临终卧榻上,无法再与妻子和三个儿子交流他所见的时候,川流不息的影像出乎意料

---

① 即德国的萨克森州。

地重新开始了。他终于明白是什么促使三十岁的他——一位成功的种马场场主——在从妻子亲戚那里继承来的森林中央建了一座玻璃厂。在他眼前展开的是齐拉格家族历史的一系列泛黄的历史画面。他能看见父亲齐拉格·彼得,以及父亲的父亲齐拉格·坡尔,他终老于巴伐利亚,虽然是个鞋匠,但先前在斯洛伐克高地曾有一间生意兴隆的玻璃厂,被奥斯曼土耳其给毁了。他看到自己父系一方的曾祖父约诺什,他在年轻的时候逃离家园,后来死在传奇人物兹林尼·米克洛什①领导的土耳其战役的一场战斗中:他正在刮靴子上的泥土时被一颗加农炮弹炸成碎片。

他能看见还是小男孩的自己,趴在一只毛如绳索、饿瘪了的大狗背上。是的……接下来,很久以前,在那个林间空地,他在失去意识之前出现过一个幻觉,但未意识到应当把这些看起来杂乱无章的影像记录在纸上保存下来。而现在,他看见苏茨沃爷爷正在园子尽头的蔷薇花丛下埋着像匣子一样的某种东西。

"财宝!爷爷的财宝!蔷薇丛……"他想大声喊出来,嘴里却一个词也发不出。

悲痛的亲人们听见他喉头咯咯地响了一声,以为施坦诺夫斯基·库尔奈就此作别了这个世界。有人把一块湿漉漉的敷布放在他眉头上,凉冰冰的水滴滑下他两边的太阳穴。精疲力竭的他闭上了眼睛。他能听见自己所爱的人们在窃窃私语,裙摆、袍服在木地板上擦出的窸窸窣窣声;这让他心烦。他又开始想道,假如他们能让他一个人待着该是多大的福分啊。他看见那只名叫混战的狗,后来是他唯一的伴儿,死在他的怀抱中。或许混战也宁愿独处着离开这个世界吧。

当正午天空突然黑下来、太阳为黑暗所吞噬的时候,他曾吓得要

---

① 兹林尼·米克洛什或兹林斯基·尼古拉(1620—1664),出生于克罗地亚的一个贵族世家,是克罗地亚和匈牙利军事领袖、政治家、诗人。据说,他在一次狩猎活动中,因被一头野猪袭击而受伤致死。

死。后来他得知那是日食。他的眼睛自那次灼伤之后再未痊愈,此后常常泪汪汪的,一直很脆弱。

　　最后算了一下,那么:在我整个人生历程中,我从上帝那里得到的神奇的幻象天赋不下三次。没必要为这第三次来得如此之晚而伤感。祂的力量无穷无尽,而不可预测则是祂的方式。我可以希冀祂的仁慈也将延伸到我的孩子们身上么?

　　他感觉四肢像灌了铅一样倦沉。他把两臂交叉起来放在胸前,就像他曾在雕刻精美的石棺上看到过的那样。我的时间到头了。我把自己交到祂的手中。汝将终了,主啊。①

　　他何以要那么做,把滚烫的茶水泼到总玻璃铸造师的脸上呢?又何以为了结此事而那么做,拔剑与他相向呢?他,施坦诺夫斯基·库尔奈,终究算不得是出色的剑客,而一个玻璃铸造师的残忍据说堪比参加过一打决斗的老手。剑刃第一次相接,玻璃匠就打落了他手里的武器,并顺势深深刺入他的胸膛。他能明显感觉到血沫在自己胸前四溅。

　　他四岁的时候,被好心的吉卜赛路人发现——几乎已奄奄一息。他刚恢复的时候,有好些天都只会哭嚎与皱眉,几个礼拜之后才再次说话。现在,他被摊放在这儿,再也发不出哪怕是最小的声音。现在,黑暗的可憎阴湿再次笼罩了他。

---

① 最后一句原文为拉丁语。

第二章

太阳这颗燃烧的火球在天上劈开一条烈焰之路,俨然高高在上、狂暴好斗的君主。庄稼则是在风中起伏波动的一条条薄绸围巾。天是淡蓝色的,被各种飘散的小东西搅扰了安宁:一段破树枝、一片舞动的羽毛、破布头、沙粒、飘落的蔷薇花瓣,仿佛大地母亲想要抖掉她觉得无用的物件儿。随着空气的渐渐升温,乡间充满大自然的快活声响。一天之中的任何时候空气里都充斥着从马厩畜棚里传出的驴的尖叫、猪的哼哧和马的嘶鸣。鸟儿纵声歌唱,正如很多房舍里那些孩子们的所为。

庄园总管巴都·克洛里那年决定竖一根十分出众的五月柱①。他不厌其烦亲自到领地上的密林深处从枝繁叶茂的枫树里选了最高的一株,林木工人花了几个小时才把它锯倒。他手下的四个汉子紧接着又费尽力气把它拖上小道以便弄上货车。为了展示这根五月节花柱,巴都总管把地点选在福盖齐城堡公园里那个小人工湖前面的缓坡上。被抓差的人们怨气冲天:整个地界上没有比这儿砾石更多的了,可他们偏偏还不得不挖得更深,假如不想让它被风吹倒砸中园艺工小屋,或是另一边、木桥栏杆上那些精雕细琢的窗饰。一切皆是徒劳。巴都总

---

① 五月柱指的是五月或圣灵降临节期间竖立的象征性标志,通常选用高且直的树干加以装饰而成。兴起于16世纪的日耳曼民族及其周边地区,以德国、奥地利为主。

管容不得任何反对意见：他的话就是法律。

巴都总管明白他坚持这个地点是在做什么。种在这儿的话，从路上、花园、宽敞的一楼露台，以及绝大多数人群聚集的庆典场所，都能同样自如地望见五月柱。

地产上闻名遐迩、有两百岁之龄的核桃树纤柔卷曲的叶子都已经变成深绿色，每年秋天，巴都总管都用马车把收成运到能卖上很好价钱的平原上出售。这些树上结出的核桃大小就像小母鸡下的蛋。它们的壳如此之薄，以至于几乎透明了，即便是一个小小孩，也能轻而易举将它搓捏开。巴都总管本人尤其喜欢核桃，简直等不及它们成熟，有时候早在七月初便把它们摇下来，蘸蜂蜜或弄碎撒在意大利面条上、甚或不经加工就直接放一把在他衣兜里，兴高采烈地消费掉收成中的一份儿。他喜欢弄些东西在嘴里嚼巴嚼巴：南瓜籽儿、蜜饯之类，或者竟是烟斗杆儿。

巴都总管已经为伯爵的庄园效了很多年的劳。他是伯爵夫人的母亲的远房亲戚，在她早逝之后便受到或多或少是出于善心的雇用，但凭着他勤劳的本性和敏锐的生意头脑，很快即证明他不需要人家的照顾。他仅仅表现出一个存在已久的问题：无法忍受音乐。他生来就是聋子的耳朵①——两只耳朵都是。可是，福盖齐伯爵和妻子却离了音乐没法儿活，而且他们的很多访客也以每个周末的音乐会、业余歌剧以及合唱音乐为娱乐方式，尤其是在圣灵降临周和圣诞季那段时间。

周二上午，巴都总管要跟伯爵乐队那个正式头衔是"*梅斯特罗*"②的指挥见面，听听计划在本周末表演的节目事宜，而且一定会为了反对客座音乐家演出而照例争执一番，因为他痛恨花费不必要的钱——即便是别人的钱。伯爵固定聘请的音乐家已经不下十七个，其

---

① 只是一种玩笑话，并不是说他真的耳聋。
② 原文是意大利语，即音乐或艺术大师，在音乐方面通常指著名指挥家。

中包括两名歌唱家；为什么不能让他们把猫叫春①的活计包了去，给他们酬金就为了一整年才干那么一点儿微不足道的事么？然而，会赢得这场争论的人是梅斯特罗，因为伯爵一定会站在他那边。

"我洗耳恭听。"巴都总管开场道。

"钢琴需要保养。我已经捎话给夏代尔师傅了。加上运输费用一共是八十个第纳尔②。"乐队指挥说。

"那就照办。还有其它什么吗？"

"要为从里马松巴特③来参加歌队合唱的学者们安排住处。"

"人数呢？"

"我还没收到传话。"

"大概数字：五个？十个？一百个？"

"可能十五个吧。估计是周五晚上。"

巴都总管不情愿地点了点头。"那帮人能干的事村里小伙儿们的唱诗班就干不来吗？"

"复调。无伴奏重唱，即看即唱。"一见巴都总管脸上没有露出表示理解的神情，乐队指挥便开始解释："他们要表演马洛蒂·捷尔吉④的圣歌，我们给他们伴奏。他们对音乐的理解是发自内心的，男低音与男高音、女低音和女高音都很协调……你会听到的，巴都领班，他们发出的声音多么辉煌啊！"

巴都总管所确定的事只有一件：那就是他不会去听。音乐会一开始他就会溜出来到厨房里去，声称自己得查看一下晚膳的准备情况。

等到乐队指挥离开的时候，小伙儿们已经把五月柱竖了起来。它挑起了巴都总管的兴致，要去看看在携露微风中翩翩起舞、熠熠闪烁

---

① 巴都总管没有音乐的耳朵，所以在他听来，艺术歌唱的声音像猫叫春。
② 一种金币的名称。
③ 即现在斯洛伐克境内的里马夫斯卡索博塔。
④ 马洛蒂·捷尔吉（1715—1744），匈牙利著名数学家、历史学家、音乐权威。

的枝头彩带。伯爵乐队的指挥也从花园里看着这番景象。空气太潮湿了,他想道,如果空气不干燥的话,乐器可能受损。但何以天气就不会干燥起来呢?我们还有整整一周时间嘛。

"梅斯特罗!"福盖齐伯爵从露台那儿打手势。

乐队指挥冲他深深地鞠了一躬。

"有句话要说,如果您肯行个方便。您已经开斋了么?"

把那些纸张一股脑扫起来抱在自己怀里,乐队指挥迈着大步向伯爵慢跑过去。"我的确已经开斋了,大人,"他气喘吁吁地说道。他能看出伯爵是刚从早餐桌边起身的:他的胡梢挂着一小片蛋黄。

"舞会上最吸引人的是什么?"

"愿大人能为我们邀请了里马松巴特学院合唱团而感到高兴。"

"啊,是的。他们要唱什么呢?"

"圣歌,最精彩的圣歌,配以管弦乐伴奏。"

"圣歌,是的……"伯爵点着头,有一点点不愉快。"有独唱的人吗?"他记起上次那位波兰女高音的表演为他带来的愉悦。

"这回没有……即便对这个来访团,巴都总管也颇不高兴。"

"这有什么所谓?是我付钱,不是巴都总管!立刻去办吧。"

"大人的愿望就是我的命令。"

伯爵乐队的指挥赶快到总管那儿报告这个好消息。尽管在总管那儿赢了回来让他有些高兴,可这么临时性的通知让他到哪儿去找像样的歌唱家呢,他还真是没什么主意。他心怀忐忑地向总管要到了四轮马车和一对马匹。梅斯特罗到达瓦拉德①的时候已是深夜。他唤醒学院看门人,后者认出了他,打开客房,甚至送来一份已经冷了的晚饭。梅斯特罗曾在音乐学院度过八年的时光。第二天一大早他便出现在院长办公室里。戴眼镜的接待员没有认出他,让他好等了足足一刻

---

① 匈牙利境内巴兰尼亚州的一个村。

钟，结果被雇主狠狠训斥一通：

"居然让昂盖利·提图斯指挥无所事事傻等，啊？咱们最杰出的学者和音乐家？咱们旧生会①的副会长？"

"恳请您的宽恕，大人，"他鞠着躬说道，怯生生地四处东摸西挠。

梅斯特罗和院长互相拥抱、轻拍着对方的后背。

"嗯，我亲爱的提图斯，过得怎么样？什么风把你吹到这儿来了？"

"我来找一位独唱家，独唱的歌手。"

院长把他引入自己的办公室，这二十六年来，一个紫苏壶散发出的香气弥漫在空气中。院长嗜好淡雅幽香。梅斯特罗在凳子上坐下，复陈了伯爵的意愿，但他多少有些误解了，因为伯爵心里想的其实是女歌手。院长摇了摇头：训练有素的歌手并非唾手可得，而眼下学院还没有哪个学员足以让他敢将其作为卓越嘉宾向伯爵的舞会保荐。

但他确实有一个主意。到处游走的约沃夫·阿帕德江湖艺人们最近来到镇上；也许他们当中有合适的人选。戴眼镜的接待员立即被派去询问。头天晚上演出团已在集市支起他们的帐篷。

中午时分，约沃夫·阿帕德本人来到院长小公室。尽管他鞠了好一通躬、帽饰一次又一次扫着了地板，却是爱莫能助，因为他的演出团只有马戏团式的娱乐表演。他打算推荐自己的女骑手萝拉，她骑菊化青马的时候边弹曼陀林琴边唱粗俗的意大利歌曲，可是，院长等不及他列数完她的才艺："绝无可能。"

约沃夫失落地走了——他本来还指望这次召见至少能带来一顿午餐，秘书提议他们或者可以考虑一下施坦诺夫斯基·巴林特。

"我的天啊。不会吧，"院长立即说道。

"施坦诺夫斯基·巴林特是谁？"梅斯特罗问。

---

① 类似今天的校友会。

"他是本地的一个地主。一个奇怪的人。就连他的房子也绝非一般……你要是看到就好了。你不会见过跟它相似的。"

他们爬进学院的车。在平原上行驶了两个半小时,来到一条狭窄的路径,标示上刻着:

施坦诺夫斯基城堡——勿进

"他可不是以好客闻名的,"院长说道。他让车夫在那儿等他们,开始沿着道路步行向前,两只手把斗篷高高地提了起来,因为地上的草都溅满泥浆。梅斯特罗狐疑地跟着。那栋建筑很快便跃入视野。梅斯特罗不得不揉了揉自己的眼睛。一座五角星形的意大利式塔楼矗立在密林中,但没有护墙。就好像暴风雨把它从某处的一个要塞中掀扯了来掷在这片荒野地的中央。灰色的墙壁上,只有取代了窗户的射击孔,狭长地裂开用以射箭。一条像是通往鸡舍的长梯子通往一楼入口处,与其说是门,倒更像是窄窄的洞口。他们爬了上去。一个铜铃悬在绳子的端头;他们拽了拽它。没有任何迹象显示里面已经听见。院长、他那个时代的著名男低音,低沉地隆隆问道:"里面有人吗?"

"是谁啊?"有了回应。

院长报上大家的姓名。

"你们到此地来所为何事?"

"我们来见施坦诺夫斯基老爷,我们的事是唱歌!"

隔着拦住入口的厚重木门能听到好一阵拖拖沓沓的脚步声,并很快闪到一旁让他们进了塔楼。一片黑黢黢,刚开始他们什么也看不见。墙上的两个大烛台冒着火焰。一个驼着背、脸上有烟灰道痕的人带路上了螺旋楼梯:"脑爷的管家。脑爷不久便来会郭下。"①

在梅斯特罗看来,好像是在一个蜂巢里面攀爬。他们到了铺着木

---

① 管家发音不规范,本意分别是"老爷"和"阁下"。

地板、光秃秃未经装饰的餐室层,角落里排有两条长凳,它们中间放着一张餐桌,四条粗柱腿是用坚硬的橡木做成,配着他们那个地区称之为"施威普梅果什"的宽搁脚凳。桌子上首放着一张配了一个同样的搁脚凳的大扶手椅;它简直就是一个宝座,背面的木头上刻着家族徽章:一个角状宝石将一块岩石劈成两半。

管家给他们安排好座位便消失了。他们仍旧站着。三盏烟熏的油灯在半暗的墙壁上简直太不起眼。餐室远远的另一端有个大型壁炉,烈焰熊熊。两条猎狐犬卧在它跟前,舌头耷拉下来;这些陌生人进来的时候,其中一条吠了一声。

施坦诺夫斯基·巴林特进来的时候,地板在他脚下吱嘎作响。他体格健美,肤色白净,丰厚的栗色头发擦着他的两肩;浓密且未经修剪的胡须将他的脸遮蔽了一大部分。他穿着正式礼服,长筒紧身袜裤上满是奢华刺绣。

"愿上帝赐予你们美好的一天。"

"您也一样。"他们礼貌地回应道。

作了介绍后,他们坐了下来,施坦诺夫斯基·巴林特坐在那张扶手椅上。尽管他极尽舒适地陷在椅子里,但依然比那些坐在凳子上的人高出一大截。院长把梅斯特罗赞美了一番,后者等轮到他说话的时候,详细说明了他有幸邀请施坦诺夫斯基阁下参与的那场演出的性质,假如他愿意的话。

"你们因何确信我有歌唱家的能力呢?"

"听郡里的人们说的,"院长说道,"我们认为您会非常好心地给我们展示一番。"

施坦诺夫斯基·巴林特悦耳地笑起来。"我也许会,也许不会。"

"阁下会唱什么呢,哪一段?"

自施坦诺夫斯基·巴林特裤子口袋垂挂而下的一条表链晃来荡去,他把它拉了出来;末端是一块有鹿皮罩的蛋形计时器,他弹开它的顶盖,而后说道:"就到晚上了。先生们将作为我的客人共进晚膳。

然后我们将继续这次谈话，"他拍了拍巴掌。两个年轻女仆进来，迅速为四个人铺好桌子。院长没有忘记他的马车夫，施坦诺夫斯基盼咐在下面的厨房为他提供晚饭。

不久，女主人波芭拉出现，访客们在她的脸上既看不出高兴也看不出不高兴，令梅斯特罗联想到扭结面包卷①。晚餐是极好的。两个年轻女仆按特兰西瓦尼亚②方式把各种东西高高地码在餐桌上。有用啤酒花发的面包、山葵汁牛肉、胡椒鸡，以及配了黄油丝的意大利面。非常相称地佐以三年的红葡萄酒，颇受众人称赞。

"阁下，"院长起了话头，"您怎么会把房子建在如此荒僻之地而非某个安全的镇子里呢？"

"我不相信人。他们干得出最邪恶的事。还是偏僻的好。如果你不在公众视野里，就不会招惹麻烦。"

"我明白您的意思。"院长说道，尽管他眼里流露出的却是别的。

"您在哪里学习的歌唱？"梅斯特罗问道。

"跟我祖父。"

听到这一回答，施坦诺夫斯基夫人把眼睛转向房椽，好像她丈夫正在说什么荒谬愚蠢的事。锡盘都被两个年轻女仆撤走，用土耳其咖啡壶送上了咖啡。

"您在哪里表演？"院长问。

"极少……有时候在家族场合上。"

"您的保留剧目？"

"七百一十四首歌曲和咏叹调。"施坦诺夫斯基·巴林特离开房间，带回一本厚厚的、饱经翻阅的册子，打开来翻到最后面指出：

---

① 一种小面包。最基本的样式是在烤制前将面团搓成长条绾成一个结。在此基础上有多种打结方式与变化。

② 特兰西瓦尼亚高原，原为匈牙利王国领土，1920年成为罗马尼亚一部分。是匈牙利和罗马尼亚两国有争议的领土。

"这是我记录它们曲名的簿子。打叉的那些我还能在小键琴上弹奏呢。"

"成就不小啊。您的祖父一定是训练有素的音乐家。"

施坦诺夫斯基·巴林特审慎地点点头。波芭拉面部抽动了一下，不让人注意到是不可能的。两个来访者相互对视了一眼。

施坦诺夫斯基·巴林特详加解释："我父系那边的祖父齐拉格·彼得是皮匠，他也在图林根镇的管弦乐团弹钢琴。他还为乐团首席小提琴家奥图·封·尼贝梅耶尔的词谱曲。"

女主人捧腹大笑起来，一只手握成拳头放到嘴上。

院长清了清喉咙说："我能否冒昧地问一下为什么……您是否认为我的询问有所失礼？"

"她是觉得我的回答失礼，"施坦诺夫斯基·巴林特答道，"因为我的祖父齐拉格·彼得在我主的一七〇二年就过世了。我的好夫人怀疑我怎么能跟我祖父学习音乐技能，既然他去世二十四年后我才出生。"

两个来访者又交换了个眼神。施坦诺夫斯基继续说道："我明白先生们也对我的话有所怀疑。我还必须告诉你们，我的德语，比方说吧，虽然十分流利，我却从来没有学过这门语言，也全部遗传自我的祖父。"

波芭拉试图控制自己的笑，全神贯注地盯住地板。

"那也可能来自你父亲吧。"

"对。只是我亲爱的父亲把他的德语知识守口如瓶了一辈子。再者，我的弟弟们不说德语：我怎么解释呢？我也说土耳其语，我父亲一个词儿也不懂，而我的祖父却是和两个土耳其玩伴儿一起长大的。天哪①，我父亲对音乐一无所知。"

梅斯特罗谨小慎微地四顾了一下说道："那么……怎么可能师从

---

① 原文为拉丁语，意思为"神的爱"。

某位……"

"的确，我也不了解那个我。我偶尔有能力回到过去，那时我便能感我先辈所感、知我先辈所知。我从未受过音乐训练就能弹会唱。我能够、如果机会到来的话，用他的方式指挥乐队。我能准确地感受到，闭上眼睛，那调子、那叙述，还有……切莫以为我是神志不清了！"他站起来几乎是跑着奔向石砌台阶的角落，扯掉盖在小键琴上的缎罩，开始弹奏。协和的旋律绕着阴冷的石墙回响，石墙放大了它们的音量。

院长闭上了眼睛，而梅斯特罗的双脚开始打拍子。施坦诺夫斯基·巴林特演奏得毫无瑕疵。

"这首叫什么？"访客们问道。

"这是和齐拉格·彼得一起在卢纳堡上学的年轻风琴师所作。他叫巴赫。"

"巴赫？约翰·塞巴斯蒂安①？"院长问。

"他的教名我无缘得知。"

"他相当出名。我几天前才得知他已离大去之日不远矣。我在莱比锡有个做唱诗班指挥的好朋友，他在来信里提到的。"

安静了片刻。

"阁下是否读谱？"

"某种程度上吧。我在小键琴上弹唱的那些曲目，我肯定读得懂谱子。但我没什么练习，几乎没有谱子要读。"

"那么，"梅斯特罗说，一边朝乐器走过去，"阁下不是学会弹这个曲子的，您仅仅是通过您祖父的记忆得悉？"

"差不多。"

"难以置信啊！"

"是的。可它就是如此。"

---

① 世界著名音乐家巴赫的名字。

"那阁下也是以同样方式学会唱咏叹调的吗……"

施坦诺夫斯基点点头。

"骇人听闻。"梅斯特罗说。

"要是其他人也能利用这种……技术,我们这个行当就毫无用处了。"院长若有所思地自言自语道。

施坦诺夫斯基脸上绽开笑容。他突然放声歌唱。他的嗓音醇熟有力,即使是唱到比绝大多数人要高的音域。意大利语的歌词有几处不清晰,他还省略掉了一些,但无论是院长还是梅斯特罗都没注意到,他们如此强烈地迷倒在音乐的魔咒下。等他到了末尾,他们俩都情不自禁地爆发出掌声。

"这支咏叹调得自何处?"

"也是从我祖父齐拉格·彼得那儿。"

"是的,但谁作曲的呢?蒙特韦尔迪①?"

"我不知道。我亲爱的祖父不确定。"

"让我们看看乐谱。"

"我告诉过你们:没有乐谱。"

"但那些词从哪儿来的呢?"

"你们刚才到底听进去没有?我只记得我祖父知道的东西;它就是我所知道的样子!"他说道,不耐烦地摔下盖子合上小键琴。

两位音乐家没有再提问。梅斯特罗询问阁下他愿否在福盖齐伯爵城堡举办的舞会上演出,以及他想在管弦乐队伴奏下表演什么。施坦诺夫斯基·巴林特接受了邀请。尽管对此不感兴趣,他还是表明这一辈子还从未与管弦乐队合作演出过。梅斯特罗确信两天排练时间足够了。

他们以为施坦诺夫斯基会劝他们留下过夜,却见他并无此意,便收拾起他们的东西。他们告别的时候,院长问施坦诺夫斯基:"有了

---

① 蒙特韦尔迪(1567—1643),意大利作曲家、歌唱家、提琴演奏家。

这样的嗓音,您可以在专业领域登峰造极。您为什么没有尝试呢?"

"我甚至不确定在观众面前唱歌是否适合我,尤其是为了钱……我的亲人们会把我骂得左右不是人。我的父亲,上帝安息他的灵魂,可能会跟我断绝关系。"

"那幸亏他……"梅斯特罗幸亏在照直说完想法之前管住了自己的舌头。

"我们衷心感谢您的盛情款待,"院长说道,"上帝保佑您。"

天色已暗,施坦诺夫斯基·巴林特透过窗缝看着那两个男人沿着森林小道摸摸索索地上了路。他们害怕,他想道。即使是在白昼,这一片亦非友善可亲,更遑论夜晚。狼群在芦苇丛附近嚎叫;但是,只要有大量的野雉、鹌鹑、野兔供给,它们是不会渴食人肉的。就连他楼后面仆人房舍里的鸡笼,也不会有危险。

施坦诺夫斯基·巴林特第一次来到此地的时候,古老乡村的痕迹还没落到样样都被罡风、盗贼席卷而去的地步。毁坏的房屋上有时堆积着成丘的黑乎乎尘土。大部分地区都被拔地而起的青葱幼树所侵占,形成一片新的森林。曾经存在过的那个教堂所在的位置,如今变成芦苇荡,仿佛是湖畔岸边。岩石峭壁顶上的峰尖孤独地隐隐约约,色如铁锈,还有一道道雨水形成的小溪流满是成百上千泡沫的从岩石上汩汩而下,把各种东西冲刷到山谷里。居住在此的古老人群所留下的细微生命迹象已经分崩离析殆尽;无论如何,此处无人将它们捡去做纪念品。

他要在贴着嶙峋悬崖的林间空地上起建自己的家园,首先得清空灌木丛和矮树林。在中间的某个地方,有个破了一个洞的铜钵口朝下埋在土里。施坦诺夫斯基·巴林特把它弄干净,还抛了光,从此当成宝贝。

塔楼按照他自己的设计花了两年时间在那个林间空地建成。"这是它该在的地方!"

没人清楚他为什么偏要把它建在这个地点或是为什么要用这种类型的建筑做自己的家。工程花费总是超出预算。施坦诺夫斯基·巴林特并不在意。"该做的就得做。"

得知他在离费尔文茨有好几个小时骑程的地方置了产业,而且还是两个毁坏破败、全是森林和草地的村子,家人颇感绝望。他们谁都弄不清他做这笔买卖和进行建造施工的钱从何而来。玻璃厂的收益自从施坦诺夫斯基·库尔奈把灵魂交付给造物主之后便下滑了。他的儿子巴林特做商人不大成功,而且没为之付出过什么时间精力。他从来都不高兴工作;宁愿睡觉或无所事事地梦想着西班牙或特兰西瓦尼亚的那些城堡。然而,即便生性更勤劳些,他也还是会忽视玻璃厂的。他恨玻璃厂。一个又一个轮轴换、缺乏严密监管的玻璃师傅们心里面所装的,不是他的利益,而是他们自己的。女家长杨卡越来越频繁地召开家庭会议,但无济于事:无论是胡萝卜还是大棒对施坦诺夫斯基·巴林特都没有任何效力。

他的两个弟弟无可奈何地耸耸肩:他们对经营玻璃厂没有发言权。

债台随着他们玻璃制品的生产和促销不再有效可行而高筑,施坦诺夫斯基·巴林特心平气和地接受了玻璃厂要被拍卖的消息。"主赐予,主收回。"他静静地说。

波芭拉怀了他们的第三个儿子(主乐意在不久之后便召回还是吃奶年纪的他),在他面前挺着鼓起的肚子:"难道你没看见咱们会被扔出自己的房子吗?我跟我的两个婴孩儿上哪儿去呢?我在哪儿生这第三个呢?你没想过这些吗?"

"我想过。不要垂头丧气。我已经尽我所能了。"

除此之外他没打算说更多。只是在他们把剩下的家当用几辆牛车载好、每个人都爬到它们上面去了的时候,他欣然发话:"走通往克什的那条路。"

"克什?到底哪儿是克什啊?"

"西边。一直向西走，直到我发话。"

大篷车出发了。几个月后，施坦诺夫斯基·巴林特及其家人从他亲友和债主所能及的世界里销声匿迹了。

他出生的时候那么小，以至于接生婆没想过他能活到黎明时分。

施坦诺夫斯基·巴林特是晚上九点左右来到这个世界的。他不哭，只是在洗了热冷交替的澡之后才发出小小的一声尖叫。他的头被生产时的挤压弄青了，但已被非同寻常的浓密鬈发盖住。到了第二天晚上，他的肤色变得较为正常，脸上露出做梦的神情，这种神情他带了一辈子。

从很早的年纪开始，他在音乐方面的才能便令其父母、老师惊叹。他只需听一遍调子——只一遍——就能立刻重复出来，一个音符一个音符地，哪怕是在几周之后。无论父亲什么时候把他抱到自己腿上坐，都会在他耳边哼唱库鲁茨的那些歌曲，尽管他妻子再三警告说："你迟早会给我们惹上麻烦的！"

"杨卡，别再说了！总得许人唱歌啊！"

许的，而且大声：当然啦，巴林特一整天都不停。他不唱的时候会哼个调子，而不哼调子的时候则会像只黑鸟一样吹口哨。

在他八岁的一天，醒来的时候几乎无法呼吸。从他喉咙里通过的那一点点空气发出可怕的嘶哑喘息声。费尔文茨的医生诊断结果说是白喉，在皮包骨的小家伙床边放弃地摇了摇头："我无能为力。"

施坦诺夫斯基夫人哭嚎起来，哀求主对她的儿子发发慈悲，揣想着她是把什么上帝禁止的咒骂用在他身上了……几天来，巴林特除了可觉察的心跳外，没有显露任何生命迹象。在失去意识期间，他大大游历了一番，在他不知道的地方。他醒来的时候能准确地忆起所见所闻，尽管很长时间以来他并未重视自己躺在生死线上时所知晓的东西。

年复一年，岁月流逝。十六岁的一个中午，他和兄弟们在溪流边追逐蝴蝶。他的弟弟佐尔丹和卡尔曼经常被母亲留给他照看,而他总是认真负责地看护他们。例如,因为他俩看起来都比他、比他们所应该的那样要矮小要孱弱,他不允许他们坐在被露水打湿的草地上,或是在太靠近水边的地方玩耍。

溪流对岸,自家的绵羊吃着草。羊倌即便是在夏日的太阳地里也不脱掉自己的厚羊皮外套,他那条厚皮毛的匈牙利牧羊犬一直冲这几兄弟吠,他们也闹哄哄地汪汪叫回去。在较远处,河道向右弯转,古柳拂溪,枝条一次又一次轻轻抽打着水面。男孩们想方设法溜了出来,躺在树阴下吃背包里的午餐。单调乏味的细微声响很快就让他们打起盹儿来。

被惊动的巴林特转过身去,看见了突如其来、令他炫目的美。一个女孩正在远处河岸上洗浴,几乎全然赤裸。她无瑕的肌肤像天鹅的绒羽那样洁白;丰盛的秀发盘在头上,颜色像最最乌黑的煤炭。她和一只撒欢儿的小狗崽在溪里泼水玩耍。刚开始的时候他还以为自己定是在做梦,最轻微的动作都会让这幅景象消散而去。

到了晚上,他发现自己看见的是卡塔,新来的玻璃师法喀什·伊姆雷第二的独生女儿。他激动难平,整夜没有合过眼:总是一次又一次地看见那个女孩,她最轻微的动作都栩栩如生,她身体的每一条弧线、每一道罅隙都深深铭刻在他脑海里。接下来的那一整天他都神思恍惚:茶不思饭不想;夏日通常的消遣、无论是打猎还是九柱滚球,他都完全没了兴致。他就像根大头针似的钉着,钉在他有可能再瞥见卡塔身影的溪流岸畔。

母亲把他拉到一旁:"你中什么邪了,我的儿子?"

激动的巴林特几乎说不出话:"哦妈妈!哦妈妈!我的心在燃烧!

我爱啊！我要啊！① 我要预啊做妻子。②"

"谁啊？"

"法喀什·卡塔！我要法喀什·卡塔，哦亲爱的妈妈！"

"谁是法喀什·卡塔？"

玻璃师傅的女儿从跟母亲一起住的瓦夏黑伊来到这儿才一个礼拜。她要在费尔文茨住上一个月。施坦诺夫斯基夫人还没见过她。她立马找到法喀什·伊姆雷，可他对此事一无所知。法喀什把他的女儿传唤来。

她耸了耸肩。"我一眼也没有看见过那位年轻先生。我甚至不知道他是白肤金发、还是黑皮肤、或者是狮子狗！"

"狮子狗？"施坦诺夫斯基夫人不解地问道。

"那是我们家乡那边对光头佬的称呼。"

"可我儿子巴林特有一头很棒的黑发！"

"或许是那样吧，但正如我所说，我不认识他。"

玻璃师傅点了一点头。"好。你可以走了。"转向施坦诺夫斯基夫人，他说："您看见了，我的好夫人，没必要当真。这场爱情是您儿子的发明。不过，这么说他到了发生这种事情的成年岁数。可卡塔才刚满十三岁，考虑教堂和孩子③还为时过早。"

于是他们便不再提及此事。一副重担从施坦诺夫斯基夫人肩上卸了下来。尽管她丈夫出身卑微，可她，温迪仕·杨卡，来自奥地利贵族一脉。的确，家族中她的那一支系在艰难时代是没落了，只有少数逃脱了灾难，但为什么我们得和过去绑在一起呢？就凭种马场和玻璃厂，他们已然过上富足舒适的生活，这足够说明问题了。为什么他们

---

① 巴林特太激动，说话太快，把"我爱她"和"我要她"都省略了"她"开头的辅音，和"爱"变成了一个单词，故此处也省去汉语"她"的辅音，译为"啊"。

② 此句也因说话太快，将几个单词合并成了一个，故如是译。

③ 即结婚与生儿育女。

要允许长子跟一个村姑结婚？所以，她一见到他就告诉了他。巴林特什么也没有说，可是心里却做出了别的决定。他千方百计要见上女孩一眼，但既然她已决定不要被见着，他两天中都没发现过她的任何蛛丝马迹。对巴林特而言，这两天就像是两年。他时不时地觉得像是沉甸甸、亮闪闪的片片雪花落在了他的头上。他迷失在一片梦想、欲念和幻象的森林中。

他制订了一个长远计划。从父亲的枪械室，他盗取了施坦诺夫斯基·库尔奈在赛马时使用的望远镜，从各个能想得到的角度监视玻璃师傅的房子。没有卡塔的踪迹。他给她写了封信，对她身体的每一部分那令人赞叹的美都不吝溢美之词，从她头上的秀发到她玉足的趾尖。他恳求给他一个正式自我引见的机会。他把信折成三角形，用父亲绛红色封蜡封好。在外面画了一颗被箭射穿的心，但他对这个设计形状不满意，打算全部撕掉。到了后来却并没有撕，而是集中精神琢磨怎样把信送给卡塔。他猜测周日上午她会到费尔文茨的大教堂去：那将是个好机会。可他在那儿没有见到她。

原因是法喀什·伊姆雷第二是往最坏的地方想问题的，自妻子走后就不让他们的女儿出家门了。他没有费什么功夫去解释自己的决定，而卡塔也毫无情绪地接受了父亲的命令。她会做做自己的刺绣、读读书、到厨房帮帮忙、哼唱她的家乡特兰西瓦尼亚那些既甜又苦的歌曲。

周日拂晓开始下雨。狂风扑打着铺盖房顶的茅草，黑沉的天空雷声阵阵，闪电窜过的时候，制造出亮如白昼的片刻。卡塔吓呆了。她一直犹豫着要不要从他们给她布置在顶楼的房间里逃到父亲那儿，可又不想被他取笑。她哆嗦着地把脸深埋在枕头下面，扯着嗓门高声祷告。她恳求耶稣不要因为她服从了父亲的命令没有去教堂而对她发怒。她相信房间里到处是邪恶的造物，便用越来越快的速度喋喋不休地念着祷告词。

突然,她感到有一只冰冷的手搭在她的胳膊上,正要尖叫的时候,它的手指立刻不是很紧地捂住了她的嘴。她听见又一轮雷声盖过来的沙沙声,闪电中瞥见一个妖魔身影。那显然是一个人的形状。哦不,是厂主的儿子……而且现在开口说话了:

"我恳求你,不要喊叫,我不会动你一指头的,只求你让我把心里面的话说出来!"

她在床上坐起身来,眼睛渐渐适应了昏暗。小窗户敞开着,雨水落在栏杆上。他是爬梯子上来的,她想道。巴林特站在床边,全身透湿,颤抖得比她要厉害得多。卡塔对他心生了怜悯:"赶紧说吧,然后出去,在他们在这儿抓住你之前!"

巴林特跪了下来,却说不出话。他抓住她的胳膊,仿佛那是他在尘世间的最大快乐。就在那个时候、在那个特殊的情势下,幻象开始鱼贯出现,那些过去已经熟悉的幻象、他很久之前已经在病中体验过了的,只是它们的意味那时还晦涩不明。

一个半裸的男人被一个画家或艺术家在某个浴室涂成绿色;那人很难把颜料搓洗掉。那画家一定是某位先人,他想,父亲以前提到过。

一位身处异乡的红胡子老人,一些驮马和堆得高高的马车。巴林特从不知道的一栋大房子,他能清晰地看到里面的家什,那些神秘的抽屉和工具、在外面的院子里。家长模样的人物一定是被库鲁茨或拉班茨害死的曾爷爷苏茨沃。巴林特的父亲从未提及他的名字,仅仅称呼他为"苏茨沃爷爷"。他甚至能认出工作间里那本大簿子封面上的铭文:苏茨沃·巴林特的记事本,其本人亲手所制。现在他明白了,自己的名字是随他曾祖父而取的。

他也知道了曾爷爷苏茨沃是不得不和他的女儿及孙子从巴伐利亚逃到克什去的,于是便明白了这就是为什么他们的房子是那么一番景象。他饱睹了如同揭开昔日的盖子而涌出的一幕幕场景。

他看见曾祖父在园子尽头、蔷薇丛后忙乎着,一个尚不及他现在年纪的小伙子在旁边协助，他的头发颜色令人惊异，黄得像蛋黄色。他们辛辛苦苦挖了好长时间，最后把一个黑色的铁匣子放了下去，之后他们又小心谨慎覆盖好。

"威廉，你必须坚守秘密，明白吗？"①他警告道，他的影子在小伙子身上晃动。

"是！"②

他祖父的悲哀结局也在他面前栩栩如生，一个他从父亲那里已然熟知的故事。齐拉格·彼得在外面打猎的时候，那匹胸膛宽阔的菊花青马把他抛了下来，他坠落的时候在树桩上撞破头颅，再也没有苏醒。

"你不舒服吗？说话呀！"卡塔跪在床上，身上裹的毯子像条披肩。

巴林特发出一声沉重的叹息，打算说出他精心准备好的话，对女孩的美貌大加赞颂，而高潮则是正式要求跟她牵手③。但在他还未能说出一个字的时候，门被一阵拳头猛烈地击打起来：

"卡塔，开门！立刻开门，我命令你！"法喀什·伊姆雷第二的声音降降作响。

"如果你还想活命的话，快跑吧！"女孩喊道，从床上跳下来，把小伙子半推半拽向窗户那边。他似乎并不愿意服从，却不忍把眼睛从卡塔的脸上、从她露出睡袍的两臂和双腿的雪白肌肤上移开。现在不是考虑矜持不矜持的时候，这念头在卡塔脑海一闪而过。"来啦，亲爱的父亲！"

就在巴林特爬上窗外梯子的时候，门被法喀什·伊姆雷用肩膀撞开，他一手举着三叉烛台，另一只手里则握着拔出的剑。他立即明白

---

① 原文为德语，与第一章里苏茨沃爷爷当时说的原话一样。
② 原文为德语，也是第一章里的原话。
③ 意即结婚。

了一切。他纵身窗边,在烛光中看见施坦诺夫斯基·巴林特匆忙逃下梯子。"站住!"他喊道,见没有反应,便把沉甸甸的烛台掷了过去。蜡烛下落的时候向三个不同方向飞出,熄灭了。下面有一条影子倏地逃过,接着脚步声消失而去。

法喀什·伊姆雷旋即盘问他的女儿,但是徒劳无用:无论卡塔说什么他都不会相信。为稳妥起见,他甚至抽了她耳刮子。"你会挨上一百个,如果我再看见他又在你这儿晃荡!"

法喀什·伊姆雷风暴般冲到他的厂主那儿要求一见。秘书哈勒尔不让他进去。"迟些时候吧,玻璃师傅,他正在吃早餐呢。"

"那又怎么样?"法喀什·伊姆雷说道,把干瘪的老人推到一边冲了进去。

施坦诺夫斯基·库尔奈刚开始搅拌自己的茶,他加了一点点朗姆酒在里面。"您到这儿来有什么事?"

哈勒尔在后面徘徊:"我告诉过他了,主人……"

"我发现您的儿子巴林特昨夜在我女儿的卧室。"

"您这是什么意思?"

"我要讨个说法。"

"哈勒尔,你可以走了。"施坦诺夫斯基·库尔奈双手按在桌子上,一直等到秘书出去并在其身后关上门。"我觉得这简直难以置信,我儿子竟会在夜深人静的时候离开我的房舍。"

"大人您是在暗示我是一个骗子吗?"

"我可没那么说。我说的是,我的儿子巴林特没有未经允许就离开我的房舍的习惯。"

"但他就是那么干了。去问他。"

"我会的。这时候他还在床上呢,我确信他整夜都在。"

"我告诉您:他已经不在了!"

"您对我用的是什么语气?记住您在对谁说话!"

"不易忘记。"

"这又是什么意思呢？"

"意思是您的一厢情愿改变不了事实。然而我不允许我女儿的名节有任何最为细微的污损！"

"您还想让我再忍受多久您的粗鲁无礼？"

"我们不要偏离话题：如果我再看到您的儿子在我的女儿身边晃荡，我发誓他将把自己的脑袋放在盘子里带回家。"

"是威胁吗？您是在威胁我吗？欺人太甚！"施坦诺夫斯基·库尔奈从早餐桌旁站了起来，撞倒了装满茶的杯子，立刻浸透了白色的花缎桌布。"您从这儿解雇了！马上离开！"

法喀什·伊姆雷第二爆发出一阵猛烈的嘎嘎大笑，以至于库尔奈以为他发了疯。他向后倒退，试图摸到按铃召唤自己的佣人或哈勒尔进来。法喀什却更为迅捷，一边把按铃推到他摸不着的地方一边吼叫道："您不能这么甩掉我，我一手一脚创建了这个玻璃厂，没有我，它根本无法运作！"

"只要我想让它运作它就会运作！您不是这个世界上唯一的一位玻璃师傅。您会惊讶的，法喀什，您的名字那么快就被遗忘了！滚出去！"施坦诺夫斯基·库尔奈朝他的方向迈上一步。

玻璃师傅像野猪般呼哧呼哧地吼道："厂主以为没有我他能做他想做的事？以为他的子嗣可以用消遣玩乐的方式害我的女儿丢脸？以为您能把我扔出去，像是用过的裹脚布？以为我会在任何事、每件事上都逆来顺受？"

"我再没什么可说的！出去！"

施坦诺夫斯基·库尔奈当胸推了他的玻璃师傅一把。法喀什·伊姆雷第二体型健硕，勉强挺住了这一下子。他开始喊叫起来，用最高的嗓音不连贯地迸出诸如"赔偿"、"合同"、"投诉"、"法庭"等等词语，直到施坦诺夫斯基·库尔奈抓起茶壶把里面滚热的茶水泼到他脸上。有那么片刻，玻璃师傅看不见东西了。之后，他拔出自己的佩剑，施坦诺夫斯基·库尔奈也拔出了他的，但玻璃师拔得更快些，而且在第一回剑锋相交的时刻便打掉了施坦诺夫斯基·库尔奈的武器,并顺势而下把利刃深深刺入他胸口。为此,法喀什几个月后被绞死在费尔文茨的主广场上。那时施坦诺夫斯基·库尔奈则躺在家乡地下六英尺深处的镀铜棺材里。卡塔的母亲过来带了她走,巴林特再也没有见到过她。

父亲葬礼三年后,施坦诺夫斯基·巴林特从他母亲那儿接手经营玻璃厂。他还继承了施坦诺夫斯基·库尔奈的文档和那本簿子。他的兄弟们自是妒忌,尤其觊觎玻璃厂,两个人都虎视眈眈。可施坦诺夫斯基·巴林特①本人实在是痛恨玻璃厂以及所有的玻璃制造师傅,因为每一样都会让卡塔浮现于脑海之中。他尽可能快地结了婚。费文齐磨坊主的女儿带来的嫁妆比他这种身份的绅士所应得的要少,但是,每当他母亲提起这个话题,巴林特都用这样的话截住她:"她会做个好妻子的。这才是重要的。"

玻璃厂在这对年轻夫妇享受蜜月的期间开始衰微。一天夜里,干燥炉窑起火烧了个精光。巴林特满不在乎地压下了这个消息:"本来还会更糟呢。至少我们有一阵子不用干燥玻璃制品了。"

保住了职位的哈勒尔用手直拍自己的头:"可是先生,那不可能。会爆裂的!"

"别小题大做,哈勒尔!有些玻璃会,有些不会!"

无人理解施坦诺夫斯基·巴林特何以能对玻璃厂的迅速衰微如此漠然。他会在和玻璃厂一并继承来的森林里耗去一个又一个漫长的上午。他对妻子说他是在找蘑菇。

"怎么样,我的丈夫,你总是在找蘑菇、而没有找些别的什么?"

"我当然就是在找它们!只不过他们都有毒,就像你本人那样。"

事实上,找蘑菇并非他消磨时光的方式。他发现只有自己在密林中的时候,便会坐下来吃他的干粮。接着,他会唱起歌来。他会唱上

---

① 此处原书误作"库尔奈",但根据上下文,应是"巴林特"。

一整天，当地的居民可以作证。他运足气息时，几英里开外都能听见。

有时候他逛荡得太远没法回家过夜。他不愿寻求别人好客的收留，情愿睡在开阔的天空下。他喜欢躺在黑暗中的草地或沙地上数星星，用他心灵的风磨将记忆研磨得更细。正是在这漫无边际的空想期间，一个念头扑面而来：他非得去克什找到曾爷爷苏茨沃的房子或那个园子不可，以便挖出蔷薇丛下的铁匣子，得到他所埋藏的财宝。他确信上帝赐予他看得见过去的罕见天赋一定事出有因。就是为了补偿他所遭受的一切。

于是，一天下午，他登上那片生长于古老村落之上的森林，立刻就辨认出了它。在深可齐踝的灰黑尘土之下，他知道，雨雪尚未把数年前尽毁于战火的屋舍所残留的灰烬从泥土中洗净。他首先寻找曾爷爷苏茨沃房子的痕迹。在一片几乎完全自然化了的景色中，他发现几乎难以辨认出曾向他活生生显现过的那栋建筑。通往山峦的那条路灌木丛生；唯一明确的路线标志是犬牙参差的悬崖峭壁。施坦诺夫斯基·巴林特兴奋得几近发狂，一路披荆斩棘、与缠绊腿脚的蔓生植物搏斗，全然不顾被植物硬刺、尖穗划破的血道子。他不在乎。他明白无人能撞入过去还可以不付出点儿代价的。

另一条线索是以不及腰高的断壁残垣形状呈现的，是那座教堂的残余。在它上面长出的那片芦苇荡会让一般游人以为它的后面便是湖泊或者河流，但两者皆毫无踪迹。巴林特顺着一条曲曲弯弯、植物生长得没那么茂盛的路线前行，心想这儿或许曾经是条路。等他渐渐到达山顶时，夜幕降临，他挨着一棵树桩坐下，给自己切了些背包里带的面包和意大利香肠。他坐在那儿睡着了，梦见自己的先祖们。曾爷爷苏茨沃往溪水里抛掷石块，将水闸起来沐浴。他呼唤巴林特，后者不情愿加入他，觉得水太冷，可当他最终还是去了的时候，却发觉水是微温的、丝一般滑柔。曾爷爷苏茨沃搓着他的眉额，湿漉漉的手指粗糙生硬。

他醒了过来，发现是一条狗在舔他的脸。

"走开！"他一边说一边赶它走。这畜牲走开几步就停住了，转回身来。它的眼里燃烧着渴望的火苗。他饿了，巴林特想道，扔给它一片意大利香肠。狗打了个鼻息，将它贪婪地狼吞而下。巴林特又扔给它几片，引至他脚边。他身处于一片覆盖着巨砾岩石的林间空地，长着野生灌、乔木，有的跟人一般高。数年后他听说这片林地叫"公牛草坪"。很久很久以前，曾属于当地蹄铁匠多布鲁克·贾什帕的公牛挣脱了束缚，他们就是在这里最终抓住这头不羁造物的。

"就是这里，"巴林特大声喊道。"就是这里，而不是其他任何地方！"

他思忖着，想要把自己在卡塔房间时所见的全部记忆场景都找出来，是否并非一个好主意。但是，唯一有名字的地方就是克什。如果把这一切揭示给他的祂是要指引他去另一个地方，那祂肯定会给出相关蕴意的。

就在当天下午，他碰巧发现了曾祖父园子的轮廓。蔷薇丛早就被杂草扼杀了。他折了一枝柳条在泥土里标出觉得埋有铁匣的区域。谁是他能带来协助挖掘财宝的可靠仆人呢？就像曾爷爷苏茨沃所做的那样，用这种话可以警告谁呢：

"你永远不能说出去，懂我的意思？"①

"是！"

无人可找。让那男孩知道内情是件可耻的蠢行。倘若他们能在灾难中生还，那个德国小伙子肯定会把财宝掠夺去。除了你自己，你不能相信任何人。

多亏有苏茨沃爷爷的财宝，他从此不会再缺钱花了。这个秘密他没有告诉任何人，其秘密程度更甚于他对宝藏的分配和埋藏。有时候他会为良心所困。或许他的弟弟们应该得到一些。他在脑海中常常把

---

① 原文为德语。

所寻获的财宝,或更确切地说,是花剩的那些,堆成三份。然而,他一直推迟着赏赠弟弟们的日期。

无论如何他们都不会相信我是在何地、以何种方式获得这些钱财的。他们对真正的我一无所知。就让他们以为自己占了我的上风吧。

周日下午又起风了,抽打着五月柱上的彩带。高高的枫树那纤细的杆子危险地摇来摆去,有时候像是要断掉似的。城堡的宽广院子里很快便聚满两轮马车和带弹簧的四轮厢车,对园丁们小心翼翼的耕耘成果漠不在意。来宾们下了车驻足停顿,看见五月柱在令人晕眩地晃动着,它那五颜六色的彩带在风中飒飒飘抖得厉害。四个场地维护人员也骑着马进来维持秩序。两名站立在宅第的两个橡木大门处,另两名则守卫在通往楼梯间的入口处。

福盖齐城堡已经为舞会装饰布置完毕。出了名的核桃树林荫道挂着灯笼,假如大风还不驯服下来的话,里面的蜡烛便很难点着了,更别提一楼露台石栏扶手上的那个巨大灯火阵列。跨在人工湖上、两边雕刻华丽的那座桥环冠着鲜花。

巴都总管调度着抵达的马车,事先巴计划好该如何把它们安置在院子里还不至于弄坏草坪或花床。他焦躁不安的时候,把他塞在马甲口袋里的核桃狂嚼一空。他需要这场舞会,如同牛车需要道沟。①

梅斯特罗心里原本是要把二楼露台用来开音乐会的,但不得不报知伯爵,在这种大风里,无论是音乐家还是观众都不会觉得好受;于是他们早早便移至城堡的大厅——伯爵称之为"宏伟大厅"②。仆人们已经在门厅休息室里备下饮品。

施坦诺夫斯基·巴林特被安顿在 U 型建筑三楼尽头的房间里,

---

① 这是一句反话,实际上是说他害怕舞会,就像牛车害怕掉进路边的沟渠里。
② 原文为拉丁语。

他的目光能从窗户那儿饶有兴致地追随那些大呼小叫着进来的人群。他带着自己的双筒望远镜。这也是他从曾祖父的铁匣子里发现的,而且,尽管他从未大为炫耀过,却相信它是用黄金做的。他看得见妻子和两个儿子从一辆黑色四轮马车里下来。小约诺什紧攥着母亲镶褶边的裙裾挤向前方。伊什特万,他的头生子,以四岁年纪上所能有的军人般英豪向前推进,他的小斗篷装饰着牛角扣,右手按在一把小小的佩剑上。

这么说,他们终究还是来了,巴林特想道。波芭拉丝毫不想在她丈夫唱歌的时候到场。"你非得再让自己出洋相吗?"

"你对此知道什么?"

他想象着在观众席上见到儿子们的那种感觉。他不知道他们有没有遗传到一丝半毫他所拥有的天赋。伊什特万还没唱成过一首歌曲,哪怕是简单的,尽管他倒是喋喋不休地说个不停:就是一个话匣子——如果真有这种东西。而另一方面却是,小约诺什只字不言,他们定期和医生心怀焦虑地商探此事。烦躁也没用;凡事各有其时。

楼下的车轮声吱嘎作响,客人们喳喳呼呼地登上露台和门厅休息室。福盖齐伯爵尚未露面,巴都总管在迎接来宾。伯爵的四个孩子——全是女孩——穿着最好的华服在草地上莺声燕语。施坦诺夫斯基·巴林特知道他的家人不会跟他安排在一起,谢天谢地,这种时候他可不想让他们在旁边。他又在脑子里温习跟梅斯特罗排练过几次的曲目,第一次是和后者在小键琴上,之后是和城堡的管弦乐队。梅斯特罗点头表示赞许,认为旋律和小节线都恰到好处,只是就拉丁文本这儿那儿地问了问。"它肯定不是那样写的。"

"我所知道的就是那样。"

"可是如果你看了乐谱你就会明白那文本……"

施坦诺夫斯基迸出话来:"现在没时间学任何新东西。就让它像我学到的那样吧。"

梅斯特罗点点头让步了。如果他要坚持,施坦诺夫斯基·巴林特就会宣称他别无选择。而梅斯特罗则是怎么都无法理解。如果它超出了我的理解范畴，那是理解不了，他想道。

外面的大风把尘土抽旋成短号①的形状，大窗扇的玻璃在框子里咔咔作响。施坦诺夫斯基顺带地想道，它们不可能来自他之前的玻璃厂，因为他们从不生产这种厚度的玻璃。

响起了一阵敲门声。身着制服的男仆鞠着躬说道："恭候阁下用晚膳。"

圆的、方的桌子摆在三间房里，互相敞开着门。镀金的烛台放射着光芒，尽管外面天光尚亮。室内听得到风声。施坦诺夫斯基·巴林特问候了波芭拉，孩子们则亲吻了他的手。在由鸽肉冷盘、小羊肉汤、酒焖鲟鱼、茴香牛肉炖菜、核桃卷组成的五道菜正餐过程中，他们没有说过话。

音乐家们找到他们各自在宏伟大厅的位置，面对面坐成两排，准备开始，梅斯特罗则在钢琴旁边检查他的乐谱。男孩唱诗班靠墙排好队伍，分成三行。

福盖齐·巴勒位居前排，正与他最显贵的客人林布尔格伯爵谈话。他十分突然地朝梅斯特罗那个方向点了一下头，脸却并未扭向他。梅斯特罗接着便对管弦乐队发出信号，音乐会开始了。两位伯爵随着节奏适时地点着头，但一下也没有中断过他们之间的谈话。在唱诗班的无伴奏合唱盖过他们的言语之前，所有人都听得见他们的讨论：费索伦达瓦②打谷人的领袖向郡法院正式上书，指控福盖齐伯爵违反了他们的契约条款，非法扣留他们为数八十弗罗林的报酬。

施坦诺夫斯基·巴林特负责唱第三首、第五首及最后一首。帮忙的人们为他提供了一个乐台，尽管他没有这个需要。该登场的时候，他步上乐台，等候梅斯特罗在起调间奏之后发出信号。别的歌唱家在

---

① 一种号类乐器名。
② 今在斯洛文尼亚境内。

这节骨眼上会随曲调进行调整,做好开始的准备;施坦诺夫斯基·巴林特知道,在那个时刻到来之际,从他嘴里瞬间就会毫无瑕疵地唱出他所遗传得来的一切。所以,他有空闲环视四周。他看到女士们泛着红晕的脸颊、挥动的扇子、不停摇曳的烛光,以及身着制服的男仆们脸上带着感觉无聊的表情倚墙而立,享受着片刻的放松。

正当张圆了嘴准备开声之际,他的脸变得苍白僵住了。梅斯特罗知道过门和手势会再来一遍的,但对巴林特而言,再也没什么能比那雪白面庞、乌黑双眸和梳成发髻的乌黑秀发更让他激动的了。

身陷麻木状态的他无法动弹,想奔去跪在她面前而不能。与此同时,梅斯特罗对自己说了上百次他不该招惹上这个塔楼里的疯子,你永远都不应该跟反常、古怪的人打交道,他明白此理,但现在看来还真是颇有道理。他对院长大为光火,怨他害自己卷入这场闹剧当中。覆水难收,后悔无用。天哪,这会害他失业的。他埋头继续指挥,演奏人员也相当顽强不懈,即便没有歌声,曲子也翻腾汹涌到达了动人的高潮。

施坦诺夫斯基·巴林特那晚在上半场没有别的表演。中场休息的时候,梅斯特罗面无人色地转向他问道:"究竟是怎么一回事啊?"

施坦诺夫斯基一言未发便走开了,如同在梦中般,朝着其身影消蔽了一切的那个造物走去。梅斯特罗没有跟过去,却赶紧走近福盖齐伯爵深深鞠着躬:"我真诚地恳求大人宽恕施坦诺夫斯基·巴林特大人非常令人难堪的这一插曲。我全然不知他是怎么了。"

伯爵消解冲击的能力足以令他对事件采取宽宏大量的态度,咧咧嘴似笑非笑地说:"嗯,我们还是挺过来了,是吧?其他人干得还相当过得去,您不觉得吗?"

他的包厢里一阵点头同意和称赞之声。

"下次安排一个女的演唱,嗯?"伯爵加了句。

梅斯特罗又深深鞠了鞠躬,赶紧回到他的演奏人员那儿。"我究竟去哪儿才能找到一个女的呢?"他气哼哼地想道。她们稀有得就像母鸡的牙齿①。

在这期间，施坦诺夫斯基·巴林特上上下下地搜寻法喀什·卡塔，但一无所获。他离妻子和两个儿子远远地保持着距离。人们在他身后窃窃私语，有些认为他嗓子意外嘶哑了，另一些则怀疑是中了邪。关于住在塔楼里的那个贵族的谣言已然在郡里传得沸沸扬扬。施坦诺夫斯基·巴林特没做出任何道歉或解释，但在音乐会的下半场，他没有到演出人员那儿就座。他流连在后面的一个门口处，越来越躁动不安地扫视着观众席。法喀什·卡塔消失在空气中。施坦诺夫斯基·巴林特觉得自己发了疯。他颤抖着，出了那么汗，以至于一块块湿漉漉的部分透出了衣衫。周围的世界在他眼里现在仅仅是看到个大致轮廓。他简直无法控制双膝的抖动把身子好好站直。他顺着墙壁滑倒在擦拭得锃亮的地板上。

两个站在附近的仆人不引人注目地把他拉到外面走廊，用一玻璃杯的李子白兰地让他恢复了意识，然后帮他回到他自己的房间。等他缓过劲来，便问他们法喀什·卡塔女士在哪里就座。他被告知整个城堡找不到叫这个名字的客人。过了一阵，他的妻子和男孩们求见，但他把她们打发走了，说自己太虚弱。这并非假话；他的惨败带来的悲痛，其强度不亚于当初他突然看见法喀什·卡塔。尽管现在他不再确定自己真的是看见她了。

穆兰伊·埃米尔夫人和她的丈夫及三个幼小的女儿下榻于两间内部相通的房间，最小的女儿，哈伊纳卡②，一直是关心的焦点，始于她出生之时：脐带缠住了她的脖子，如果不是接生婆小心翼翼地解

---

① 母鸡没有牙齿，亦即不可能。
② 名字本身在匈牙利语中是喇叭花或牵牛花。

开,她便会窒息而死。她在解开脐带的时候,新生儿已经变成跟勿忘我①一样的蓝色。

"主啊,发发慈悲吧,"那位母亲轻声问道,"她还活着吗?"

接生婆没有回应,用温水浇泼着一声未出、令人担忧的新生婴儿。更有甚者,婴儿的左眼是天蓝色,右眼却是玉米黄色,而这可能是患有某种疾病的征兆。然而,就在一两天后,穆兰伊·哈伊纳卡活了过来,还快乐地在母亲乳房上吮吸起来,各方面表现都与其他任何同龄孩子差不多。但她每个月都会无征无兆地发作一次:呼吸困难,泡沫从嘴里冒出,皮肤变得像出生时那么蓝,四肢弹腾,或失去意识,心跳会短时间停歇。每当此时,他们就会派侍女毫无意义地跑去找医生:结果一定是,等他赶到的时候,哈伊纳卡已经面带平静笑容正高高兴兴吮吸着她的大拇指,浑然不知自己给周围一圈人造成的恐慌。穆兰伊夫人没有郭绪医生决不会到任何地方旅行:平安总比遗憾好。

她并不介意接受福盖齐伯爵的至诚邀请。她的孩子们参加舞会和音乐会还太小。穆兰伊·埃米尔有另外的想法:一个人有时候总得走出这四堵墙,再说,要是拒绝了,福盖齐伯爵可能会有所误解。自然,他们会带上郭绪医生的:这样一来便没有什么可担心的了。

就在最后一刻,穆兰伊·埃米尔收到了坏消息:你父亲中风了——他母亲写道——他左半边身子无法活动;即刻赶回!所以他未能与她们登上同一辆四轮马车。在骑上他的黑色骏马疾驰而去之前,他保证第二天跟她们在福盖齐城堡碰头,如果有可能的话。穆兰伊夫人预感这次小小的行程不会顺利结束,便确保郭绪医生药箱里带上了全部所需。她的不祥预感在音乐会大概三分之一的时候果然应验了,哈伊纳卡眼睛一翻,呼吸开始困难,进而变成嘶嘶声。当她嘴里开始吐

---

① 勿忘我是一种花的名字,花色通常是深蓝色的,多被人们用来寓意与美好爱情有关的情愫。

白沫的时候,她母亲和郭绪医生包裹住她冲回她们的房间,把她放在床上,在她额头上绑了条绷带,按住她的胳膊和双腿以防她弄伤自己。

"我们赶得算及时,夫人,"郭绪医生轻声说,女孩的稳定呼吸表明,危险已经过去。

"赞美上帝。"

倘若丈夫突然出现在房间,穆兰伊夫人不会不感到高兴的。她几乎不认识任何宾客,而且,没有什么比身处陌生人群成为关注焦点更让她讨厌的了。她想起他们抱着柔弱小身躯从宏伟大厅跑出时所有目光都聚在她身上;她的两颊由于这一天的尴尬和激动而变得绯红。在这种场合,她丈夫总是懂得如何用他那动听的言语和宽而凉的手掌令她平静下来。穆兰伊·埃米尔语速缓慢甚至结巴,总是招来别人带着些屈尊降贵的微笑。他生来便是兔唇,脸上繁茂的胡须掩盖了这一点,但他说话的方式却泄露了秘密。卡塔并未受此困扰;没有哪个男人让她有如此完完全全的安全感,包括她自己的父亲。穆兰伊·埃米尔拥有大约90匈牙利亩的土地,管理得堪为楷模;四面八方的人们大老远地来此景仰。他的地产总管是撒克逊人,把干草垛按照其家乡风格堆成圆柱形;这足以告诉行家这些地是属于穆兰伊·埃米尔的。

郭绪医生的房间在城堡的外围,和其他客人们的仆人在一起。他离开的时候吻了吻卡塔的双手:"我想不出还会出什么问题,不过,如果您需要我,就送个信儿。"

一等到只剩她自己,卡塔立刻脱掉舞会礼服。不顾丈夫怎么抗议,她不想仅仅为一个夜晚便带上自己的侍女;她大可自己脱衣服。由于穿了紧身胸衣,她最好是要个帮手协助;但她没有。她穿上真丝长袍和红色拖鞋,在扶手椅里坐下,听着从半开的窗子透进来的乐声。音乐会结束了,只剩下吉卜赛乐队在露台上表演。卡塔闭上了眼睛。这乐声让她回忆起童年的时候,父亲每天都是用小提琴声将她唤醒的。他跪在她床边,乐器牢牢夹在他的下巴下,动人的旋律在她父亲低柔轻唱的时候从琴弦上飞出:"醒来吧,瞌睡虫,太阳照到你的床上啦……"这是他为女儿做过的事情里最棒的。尽管卡塔的丈夫不会为她或孩子们唱这样的晨曲,但在其他各个方面他都做得更好。她强迫自己不要想起父亲的悲哀结局,而是想想她丈夫的面容来取而代之。我会为两个孩子低柔轻唱的。只要埃米尔能在这儿!

一阵胆怯的敲击声。

"哎?"她说着跳起来到门那儿边去。

从反方向传来声音:"拜托,不要害怕,我是……这是……我是……"

窗玻璃上勾勒出一个黑影。穆兰伊夫人惊叫一声。

"别……原谅我……你没认出我吗?"

女人摇摇头。她拿起烛台向门口走了一步。但她现在知道了,就算没有光线。她在节目单上已经看到施坦诺夫斯基·巴林特的名字,很惊讶他竟会在这里唱歌;她好奇于再见到他时会有何种感觉,多少也是有一些上心的。但哈伊纳卡的发病把这一切赶出了她的脑子。"你旧习难改!你没听说过门吗?"

施坦诺夫斯基·巴林特灵活地进入房间。"我知道……我住在隔了两个房间的地方……我只好爬过那些阳台和……你一点儿也没变!"他的脸上绽放出幸福愉快的笑容。她看起来和那么多年前完全一样,在法咯什·卡塔的顶楼房间。

"请不要这样!"卡塔对生育所造成的破坏并未心存幻想,她的丝袍遮掩住了。她比刚结婚的时候重了二十八维也纳磅。这并未让埃米尔烦心,他经常说,你不能对一个好东西——或者一个好人——要求太多。"但你的确一点没变,"她说了假话。数量巨多的毛发将巴林特从闹腾的小狗变成了多疑的刺猬。"尽管如此,我必须坚持请你离开。不应该趁着夜色闯入已婚妇女的房间。"

"现在只是傍晚,"施坦诺夫斯基·巴林特嘟囔道。

"马上离开!否则我要大喊了。"

"我求你,拜托,不要大喊,我不会碰你一个指头,只求你让我把心里话说出来!"

卡塔忍不住笑了起来。这些话刻在她的记忆里。她回以另一句引文:"赶紧说①,然后出去,在他们到这儿抓住你之前!"

施坦诺夫斯基·巴林特松了一小口气,跪下的时候鞠了一躬。在那一幕之后的岁月里,法喀什·伊姆雷冲进房间的情景纷乱四散地在他面前上千次地回放过。他上千次地预演过他用以打动卡塔的一切。他甚至想到他本该说一些聪明话以缓和她那被惹火了的父亲的愤怒,而不是把自己的小狗尾巴夹着两腿之间仓皇逃跑。每当他想到这些,最后都以覆水难收、后悔无用的结论告终。他从未想象过会有另外一次机会让他在多年后能够和卡塔在一起,只有烛光和卡塔那星般明眸的场景,恰如当年曾经有过的那般。

这次我不会搞砸!他听得见响亮的噼啪声,是他手指发出的。来吧!说出来!然而,说不出。

突然,两人都听见廊道地板的大理石地面响起脚步声:金属跟的马靴有节奏地近了。"真的,不会是……"施坦诺夫斯基·巴林特想道。卡塔的父亲很久以前就命丧费文齐主广场上了呀。

有敲门声。卡塔颤抖着坚定地把他推向窗子方向。

"卡塔,我最亲爱的!"走廊上一个天鹅绒般柔软的声音说道。

"埃米尔!太妙啦!我来啦!"她大声说,但把窗户大大地推开了。她的目光是如此坚定地发出命令,以至于他顺从地登上了扶栏。

"不,它不能再发生了,就像上次那样,不,拜托,不!"他绝望地想道。如果他们像上次那样逮住他,卡塔会永远恨上他,更别说丑闻、决斗……他准备荡过隔壁隔壁阳台的铸铁扶栏。

夜间的露水打湿了金属护栏,他滑倒了,左手抓住木头百叶窗,

---

① 原文中,之前卡塔说的是 Hurry up,这里原文是 Hurry,故翻译的时候省去之前用过的"吧"以示区别。

右臂绝望地伸出去想摸到什么东西——任何东西，接着他掉了下去，一开始直着身，可后来头撞在地面上。力量巨大的砰一声摔落，他的脊背在环绕着宅第的石板路上爆裂。彻底的黑暗。

雾气渐渐散尽。在高处，几扇方窗在黑暗中闪烁着光亮。这儿那儿都点上了蜡烛，脑袋从各个方向望向他。他只搜寻卡塔的面容，一个歉疚的笑容凝固在他的脸上，然而，哪里都没有卡塔的踪影。从下面望上去，他不太确定自己是从哪扇窗户掉下来的，所以，在众多张望他的男人里面，他挑不出穆兰伊·埃米尔，他们都带着匪夷所思的表情，搞不明白他怎么会在这下面，身体和四肢扭曲成奇怪的形状。

痛楚只是到后来才席卷而来，此刻世界已然变得灰暗，各种声音图像破裂成更为细小的碎片。在他眉额后的脑海里，许多先祖的面容开始涌现；场面、景色、时光在他眼前逆转，奔流的影像俨然永无止境。

第一个到达现场的是巴都总管，手里提着灯笼。见到那具扭曲的身体，他一巴掌拍在自己脸上。难道在这片可恶的地产上就不能有片刻的祥和么？这个男人到底发生了什么事？难道他到了这儿来在音乐会上遭受的不幸还不够么？真是一团糟！他蹲下来碰了碰他的肩膀。于是看见草地已被鲜血染红。"上帝的圣母啊！"他说道，直挺挺站了起来。"去叫卡拉西医生！马上！"

可是卡拉西医生晚宴喝了太多酒，就算他们怎么砸门也听不见，只传出震耳的鼾声。不过，郭绪医生赶紧主动跑来，睡衣上搭着条披肩，胳肢窝里夹着医生的急救包。经过一阵短暂检查，他对总管耳语道："传个牧师吧。"

这时波芭拉已经赶到，抽泣哀号着，整个人扑倒在施坦诺夫斯基·巴林特身体上，让后者以为这肯定是夺取他性命的最后一根稻草①。

---

① "最后一根稻草"来自西方谚语故事：骆驼身上因为放了太多的稻草而不胜负荷、几欲倒下，这时又加上了一根，骆驼便倒下了。

在很远的地方就能听见这女人肝肠寸断的尖厉哭声。"哦,亲爱的丈夫,心爱的丈夫,别离开我们,我最亲爱的,别对我们这个样子,哦我的上帝啊,请救救他吧!"

福盖齐伯爵来到的时候,巴都总管正拿来一副没用的床架充当急救担架,他的手下把那个大块头身躯抬了上去。简直像个农民,福盖齐伯爵想道,接着,高声说道:

"这里发生什么事了?"

"他从一扇窗户里掉了下来。"

"哦我亲爱的丈夫,没有你我们怎么办啊?"波芭拉恸哭道。

郭绪医生费尽气力想把她从她丈夫身上拖开,徒劳无用。须得两个人抓住她的胳膊才能把她拖到一边去。施坦诺夫斯基·巴林特很快被抬到有屋顶的地方。在这节骨眼上,伯爵才发现意外事件的受害人是那个没唱出声的歌手。我要问问庄园总管是否已经把演出费付给他了——他显然什么也不配得到。

那具躯体搬到了花园里的小屋中,这样他们就不必冲犯了众人。郭绪医生一直在摸施坦诺夫斯基·巴林特的脉搏、听他的心脏,但始终没什么能让他改变看法的迹象,当波芭拉没有在看的时候,他用摇头回应了巴都总管询问的目光。然而,施坦诺夫斯基·巴林特锲而不舍:他腿部的弹动或眼皮的抽搐都让人注意到他还活着。波芭拉紧攥着他的双手鼓舞着(他在死亡崖沿上摇摇欲坠的时候感知不到)。一种刺痛在脑袋里抽动,瀑布般冲入他的胸口,猛烈攻向身休的每一部分。

他看见了过去,就像从前那样,就像在卡塔的顶楼房间里那样。它先是一站一站地展示父亲的人生,然后是他父亲的父亲,再往前则是他的曾祖父。他感知到这可能是他的弥留时刻,是他最后一次看到那些影像了,不能拿它们怎么样了。他后悔把自己的岁月耗在懒散和漫无目的上。他第一千次地认识到他是造成父亲早逝的原因,为此他永远无法原谅自己。而现在他又痛苦地认识到,他已经剥夺了本该属于他弟弟们的东西,尽管他们不知道它的存在。现在已无济于事了。

他耗费了自己绝大多数的时间却未曾留意它的流逝:懒散、唱歌、沉浸在已婚男人的自满中、无所事事、享受被他人效劳、享受他无须效劳他人。上帝!为什么我不努力一点呢?为什么我没有把拾获的知识传给我的儿子们呢?我本该把它都记在父亲传给我的那本簿子里,假如我想到过我的子嗣。可我只在乐谱上做笔记。我活得多么自私啊!现在一切都太迟了。

一切都没入黑暗。

不知过了多久,他开始恢复知觉。他在塔楼里睡觉的地方,在那个仓促敲打到一起、他用来做床的装置上。他的头和四肢瘫在木板子上。他试着要抬起一条胳膊;肌肉不听使唤。啊……好吧……没关系。他沉回到让自己觉着更为舒适的过去,在那儿,命运还没有罚他不能动弹。

余下的一些天里,施坦诺夫斯基·巴林特无法坐起来、或移动、或说话。但他还是躁动不安。他探索着自己家族的历史、脑海中不知疲倦的旅程,不断琢磨如何传递他所见之幻象所蕴含的意思。哪怕他只是能举起一根指头也好啊,那他或许就能做到,或许就能做个示意。他徒然苦闷着;毫无办法。

波芭拉尽心尽力地照料他,一直到最后都宣称她能与她丈夫交流、从他眼皮的翕动悟出他的所欲所求。但确切地说,施坦诺夫斯基·巴林特并未恢复,因为他再无欲求。

第三章

倾盆大雨没有要停的意思。牧草躺在深深的水下。较高处地面的泥泞深可及踝，有些地方竟高至膝盖。正当夏季眼看无望之际，它却突然把大地猛浇一番，膨胀了玉米、滋养了植物。等水泡过的地方干透后，泥泞结壳起皮、碎裂成泛黄的尘土，覆盖了所有的表面，填充了每一条缝隙。犹如不甘落后似的，玉米飞快地成熟着，呈现出浓烈的金色。黄条蟾蜍①和饱胀的蚱蜢告知其类它们自己已然大快朵颐了。突如其来的热浪对家畜造成了严重破坏；绵羊和猪猡肿胀的尸体开始在刺鼻的空气中腐烂。

郡议会的窗户一律大大地敞开着。六月酷暑使户内室外的一切都停滞了。疲惫倦懒的议员们就连情爱琐事也无心沉迷，而它在其他时候原本是这栋大楼里惯有的生活特色。比起不得不耗在会议室里烂掉所惹来的普遍烦怨，正进行着的磋商更是愈发恼人。他们在讨论来自郡行政官瓦伊达·桑德尔次长的提案：废除约瑟夫二世陛下在位期间所通过的法令。次长对全无欣悦之声的局面感到惊讶与失望，原以为大家会欢迎这个议题。这跟当初公布这些法令时的附和喧闹真是鲜明的对比！现在是君主本人在弥留之际将它们废除。或可认为这是一个举办庆祝活动的理由，因为取消强加给我们的哈布斯堡法令意味着我们能回到自己的祖制之下。次长提案的序文用迂回兜转的言辞敦促

---

① 蟾蜍的一种，背上有黄色条纹。

我们采取其他国家均已采取的行动。他接着列举了需要议会成员投票的数项决议。

拥有地产与其他特权地位之大领主们，法律赋予他们依剑权①决罪人生死之权力：据悉，此权力再次归于他们，亦同样拥有其领主法庭②之权力，与其古老权利及特权之行使相一致。

移除各处奉命涂于房屋墙壁之编号，亦同样掘出标记各村编号与名称之指示牌、每片田地所插之丈量杆。

再者，为确保土地丈量之操作者，意即，外国国籍、非贵族人士者，既不能再强征税费、亦不能以其他任何方式误导民众，今须于收到通告后八日内离开此高贵郡县，逾期若在任何地区发现其人，适者将义务充军，非者将逐出本高贵郡县之境。

强加于此高贵郡县所有事务及通讯之德语，应予取缔，取而代之者，乃恢复使用晚近遭忽视、本为传统之拉丁语。

师范学校应废除近期所习之教学纲目，本高贵郡县之青年不再受授德语，而习从之前古已创立之匈牙利语。

会场慢吞吞地动了起来，只有几声低沉的"*存活！*"③几乎没有异议，投票在静默中进行。只是取消房屋编号引发了一些叫好声。施坦·伊什特万勉强让自己的声音也加入这异口同声的合唱中，他的前岳父所说的话语还回旋在耳畔："约瑟夫二世陛下着手清理这个我们

---

① 原文为拉丁语 ius gladii，本意为"剑之权利"（是 right/ "权利"，而非 power/ "权力"），常被译为"生杀权"。此处为尊重文字原意，直译为"剑权"。

② 也译为"封建法庭"、"采邑法庭"或"庄园法庭"（或"法院"）等。在中世纪多元司法管辖制度时期，与"宗教法庭"或"教会法庭"、"郡法庭"、"商会法庭"（或"法院"）等并行。

③ 原文为拉丁语，乃动词"生活"、"活着"之意。

称之为匈牙利的奥吉亚斯牛舍①正当其时。"无论如何，塔楼已经接受了"111"这个让伊斯特万心里暖洋洋的编号。三个第一，循回往复。

谴责操纵者们的那部分赢得了雷鸣般的掌声。每个人都痛恨非匈牙利的势力所输入的那些傲慢外来官员，他们什么招呼都不打就把劣质小木桩夯进地里解决一个几十年之久的地界纠纷，在田间、草坪、甚至领地上划分界限。即便是对这些，施坦·伊斯特万也无可抱怨——他的地界在针对这儿这儿那儿那儿几处丈量进行了一番争论之后，已经在三个评估人的确认下用桩子标示好了。对德语的废弃得到了大会更为热烈的欢呼喝彩。很多老贵族进而从各个方面嘲弄起德语习惯来，有一位，科图纳②·盖莱伊·亚当，甚至宣称他的看门狗现在都用德语汪汪叫呢。

演讲人瓦伊达·桑德尔难以让喧闹的会场保持秩序、以便宣布全部通过的提案。他吩咐中途休息去进午膳，激起了一些嘘声，因为议员们没打算把下午也耗在这栋大楼里，个个打定主意要享用家里那顿内容丰富、等着他们的膳食。

"还剩下什么工作没完成？"科图纳·盖莱伊·亚当质问道。

次长读出议程。镇中学拉丁语教师巴罗迪·米哈利要求减轻其税费的请愿书，因为仅凭薪水他无法过活；警长对修道院承租人与郡县的合法争执的现状所做的汇报；汉伯格·巴勒的请愿书，声称维也纳皇帝亲自恩准他自由地继续其酒保营生或职业；对什一税的评论回顾及合理调整；郡监狱囚犯的一大堆上述书；等等诸如此类。

在一片抱怨的嘟囔声中，议员们勉为其难地同意给家里送信说他

---

① 来自古希腊神话的典故，意指肮脏腐败污秽之地。据说奥吉亚斯国王的牛舍里养着3000头牛，30年没有打扫过，牛粪堆积如山，大力士赫拉克勒斯将河水引入牛舍，一天之内清洗干净。

② 该姓氏在匈牙利语中意为"士兵"。

们不能如期回去午餐。他们三三两两成群结伴，缓步朝广场远处的菲涅什①酒吧走去。施坦·伊什特万更愿意在会议大楼院子里的长凳上放松一下自己的筋骨。什么天气啊！我都要融化了，他想道，擦拭着热成红螃蟹色的脸庞。近年来他发觉呼吸困难了。他松开衣领。

一个随员搬出一木筐折叠堆放的文件蹩进院子，把它们卸到地上。

"他在做什么呢？"施坦·伊什特万思忖道——他看得出是一些官方公文。等他想明白是怎么回事儿时，那人已经把另一堆摞在第一堆上。他思忖着要不要冲他喊话；这时第三批也到了。那个随员是从档案馆把它们弄出来的。"喂！"

"请您吩咐，先生。"

"你要把那些文件怎么样？"

"它们是要烧掉的。"

"什么？"

"次长的吩咐，先生。"

"那不可能！"

"是真的！"瓦伊达·桑德尔发了话，从一扇窗里探出身。

"为什么非得烧掉它们？"

"这些是和约瑟夫二世陛下当初的命令有关的文件。"

"书籍、文件永远不应该投入火堆……你永远不知道什么时候会需要它们。"

"只管做你的！继续干，约诺什！"瓦伊达·桑德尔打消了随员的顾虑，后者已经停在那儿了。

"不要！"施坦·伊什特万赶紧过去阻止那人再次倒空篮子。

"伊什特万，您干吗要多管闲事？"

---

① 酒吧名字在匈牙利语中乃"明亮"之意。

"书籍和文件永远不应该投入火堆，"他固执地重复道。他对那人命令道："把它们捡起来！"

那人虽还年轻，却已经开始秃头，硕大的喉结现在隐藏在绣花衬衫的领子后面。他探询地望着次长。瓦伊达·桑德尔来到院子里，拿起筐子倒空公文，接着把他冒着烟的烟斗里的东西直接倒在纸堆上。干燥的纸张立刻着了火。暴怒的施坦·伊什特万试图把火踩灭并踢开公文。次长拽住他的胳膊拉开他："现在来吧，别犯傻，施坦！"

施坦挣脱开，又尝试扑火，可是绝大多数纸张现在都实实在在地烧了起来，冒出辛辣烟味儿。

"书籍和文件永远不应该投入火堆！"施坦·伊什特万吼了第三遍，把几张还救得回的纸页上的灰烬踢干净。

什莫拉克一家怀着改善命运的希望，从伦贝格迁到布拉格，之后又到了维也纳。他们抵达帝国首都的时候，正值玛丽亚·特瑞莎女王发布了给他们族类定罪的言辞，这段话传遍她的国土："犹太人比鼠疫更糟。"

尽管她是用德语发布的，但他们完全懂得；这家人所说的语言一直不少于三种。女王的公告并非一纸空文：她严令禁止犹太人进入维也纳和布拉格。什莫拉克一家搭乘一辆马车到达伯索纽姆①，即，女王的普莱斯堡②、匈牙利的波佐尼③，希望在这里开展他们的家具生意，但没有获得必需的当局许可。他们又载上家当南向而行，什莫拉克·亚伦，此时乃一家之长，说了句话："踏上苦难征途。"他们绕

---

① 原文为该地区的拉丁语名称。
② 原文为该地区的德语名称。
③ 原文为该地区的匈牙利语名称。这三个不同名称所指地区乃现今斯洛伐克共和国的首都及最大城市布拉迪斯拉发，毗邻奥地利和匈牙利，是世界上唯一与两个国家接壤的首都。离奥地利首都维也纳不足60公里，是欧洲距离最近的两个首都。

着欧洲中心、一站一站频繁走走停停的流浪生活，历时约八年之久。其间经受了许多困苦和灾难，最令人痛苦的是什莫拉克·亚伦之妻伊利莎的死，她的丈夫、母亲，她的三个女儿海尔格、艾什黛、埃娃，她的两个儿子雅各和约瑟夫，莫不哀恸。在这悲惨的八年之中，什莫拉克·亚伦做着他能做的任何生意，拼尽全力想要保全家庭。倘若问起他的职业，他会带着沮丧的笑容说道："我买进卖出！"

在第八个年头的秋天，他们来到黑吉哈特。图卡伊地区的领主正在找人接管他的村杂货店，之前的租赁人科尔台兹·阿尔敏因为吃了有毒的羊肚菌死了。契约被什莫拉克一家怀着极大敬意用镀金边的镜框装起来，在他们随后为自己盖建的石屋里，占据了壁炉上的最重要位置。每个家庭成员对它上面的话都烂熟于心，就像一首诗。

  于我主之一七五九年一月十六日，黑吉哈特地区领主之杂货店依照下列双方皆认可之契约款项出货与犹太人什莫拉克·亚伦。

  壹、上述之犹太人应于杂货店内进置全类货物、铁及其他必需品，以确保领主欲购农耕之工具、设备或其他物品时店内不至欠缺，而穷困者亦不至被迫为求每样细小物件远距步行。

  贰、准上述之犹太人经营销售食盐、烟草、蜡烛、烟斗及其他类似细小必需品。

  叁、若领主本人或其官员、仆从需特殊物件而其杂货店欠缺，上述犹太人有责任购得、并以适宜价格售予。

  肆、依此契约条款，该犹太人每年须付总数为一百枚莱茵弗罗林之租金，并按惯例分两次交付，每六个月一次。

  伍、上述之犹太人有义务严格按照契约字句行事，倘若他不愿如此，领主本人可对杂货店实施他认为必要的举措。仅当契约条款被充分而和平地遵守、且他举止如体面人士应有之状，则领主将提供之以持久关照与保护，不允任何党众不法袭扰之。本契约之效力为期两年，若第二年间该犹太人有意向领主提出延续或放弃，须提前三个月知会。

印章与日期盖签于上述之我主之年、月、日、地点亦如上所述。

冯伯利·T·博塔兰

什莫拉克·亚伦签此合同时年方三十二岁，头发已经白了，脸上皱纹横生、容颜憔悴。他明白，其家族命运的急剧改变要特别感激两位希望他们过得好的权贵人物，即，冯伯利·T·博塔兰和约瑟夫二世陛下，后者在其不宽容的母亲死后仅一年便发布命令，说犹太人将获得"可接纳之少数民族"的身份，既然他们是"对本国如此有用"。什莫拉克·亚伦甚至把唯一一位遭到废黜的匈牙利国王所喜爱的话当成了他自己的："*直面之下，不过如此。*"① "忍得苦，苦自去。"

约瑟夫二世陛下早在十年前尚与玛丽亚·特瑞莎共同执政时，便决定让犹太人选择"适当的"姓氏。为此，他们去了专门登记帝国国民生死日期的官方机构。既然官方语言是德语，那就意味着犹太人得选用德语姓名。身为本分的公民，什莫拉克·亚伦赶紧骑马去埃格尔镇②为他家族寻找新姓氏。他第一个动作是把两瓶大号葡萄酒放在溅满墨水的办公桌上（此时他们家族已获准按分成的方式耕种一片葡萄园），然后才问那个戴眼镜的官员："您叫什么名字，先生……？"

"施坦·威尔汉姆③，"官员惊讶地回道。

什莫拉克·亚伦挺直身子庄严地宣布道："那么施坦就是我们的姓。"

---

① 原文为德语。
② 位于匈牙利境内北部地区。
③ "施坦"乃德语中的"星星"一词。

"确定吗?"

"是的,是的。"

"也叫施坦?"

"对。"①

施坦·亚伦一路轻摇微颤地返回黑吉哈特,鞍囊里装着更名契。不费吹灰之力就改了个新店名:"施坦与子"。雅各,他的头生子,已经是店里的得力助手。

埃娃如今到了适婚年纪,这些日子经常在两个年轻女仆的协助下忙活着她的嫁妆。施坦·亚伦已经为婚宴预先存放了一板条箱来自香槟②地区的风味起泡葡萄酒。接下来的几年中,她有一打或更多争着要牵她手的追求者,但没发现有她喜欢的。她的姐姐在她这个年纪早已结亲。施坦·亚伦越来越操心:"你确定吗?这个也不行?"

埃娃会有点头应允的一天。她相信父亲有足够耐心等她选到"这一个"。

她在德布勒森③区镇上遇到施坦诺夫斯基·伊什特万,当时她是跟随父亲去进购补给的。客栈的大厅里正举行丰收舞会。施坦·亚伦对优惠条件非常满意,这样就能稳稳当当地买一件令女儿惊喜的晚礼服,颈部装饰着精美的布鲁塞尔花边。活动主要由当地贵族赞助,除了施坦家,外来的还有施坦诺夫斯基家温文尔雅的男孩们,磁石般吸引着每个女孩的母亲一双双用扇子遮掩的眼睛。伊什特万和约诺什站在那儿比众人高出一头。他们的眼光总是回到埃娃身上,她乌黑的鬈发堆散在象牙般的肩膀上。他们俩都在埃娃的舞牌上登记了自己。尽管他们和这个女孩作伴的时间一样长,但从一开始伊什特万的意向就最为严肃认真。施坦诺夫斯基男孩们由于他们叔父的慷慨大方,来此

---

① 此处及以上斜体对话的原文皆为德语。

② 法国地名。生产葡萄酒。旧译"香巴尼"。

③ 匈牙利境内,是仅次于布达佩斯的第二大城市。

王国旅行两个月。几天之后，伊什特万放弃旅行骑马回到黑吉哈特再次去见埃娃，把他的弟弟留在查罗达的旅社里。由于无法见到她，他极其隐秘地传给她三封短笺。他仅收到了一次回复："通往我这里的道路须经过我父亲。"墙越是高，就越是难以征服，施坦诺夫斯基·伊什特万想道，他的热情被她亲爱的手所写的珍贵笔迹煽动得更为强烈。

埃娃忍住没有告诉他，其实她已经对父亲说过了：施坦诺夫斯基·伊什特万就是这一个。施坦·亚伦勃然大怒，咆哮的时候，他的白发都在翻滚："你是不是昏了头？所有人当中偏偏是施坦诺夫斯基家……那人知道我们是谁吗？"

"他知道，确定无疑，亲爱的父亲。"

"你以为他们家会让他带回一个犹太女孩走向圣坛①？究竟有谁想象得出啊？"

"让他操这个心吧。"

施坦诺夫斯基·伊什特万把宣布决定推迟了一个多星期。他母亲心脏孱弱，他明白，假如他现在就说出来，恐怕会要了她的命。波芭拉跟她以前做姑娘的时候不再相像：这些年体重增加很多，多到她现在走几步路就会喘不过气来，嗯嗯哧哧就好像她绕着镇子跑了半圈。医生要她严格控制饮食，她只是装着在坚持。有时候她甚至会在夜深人静时溜出去到食物储藏室里大吃一番。

当施坦诺夫斯基·伊什特万坚定起来要告诉他母亲的时候，波芭拉正躺在帆布躺椅上，两脚吊离地板，消化着她的适量的早餐：仅仅是一份腌肉鸡蛋卷饼、一罐奶油、两个青椒、一杯土耳其咖啡，以及一些虽不在餐单上、却为了有益消化而进食的一些李子干。听儿子说要跟她谈谈，她在一种厌烦的预感中闭上了眼睛，等着听到伊什特万在牌桌上欠了更多债务的消息。"这回是多少？"

---

① 即在教堂举行婚礼。

她儿子试着解释说这次是别的事，他要结婚，根本没让波芭拉回过神来。"这个埃娃是谁？"

"我想娶的女孩。"

"你？"

"是的，母亲，我，而非教皇！"

"可你还是个孩子。"

"我已经二十三岁了。"

"是的，但即便如此……就像那样？说风就雨、说来就来？"

施坦诺夫斯基·伊什特万耐心地解释说，这种事情总是说风就雨、说来就来，希望母亲祝福这个联姻。他没能得到。波芭拉坚持认为，首先要知道这个女孩是谁、打哪儿来、家庭情况如何，以及能带来多少嫁妆。施坦诺夫斯基·伊什特万觉得对话变得越来越不切题。"我是希望您能为这个消息高兴。""为了什么高兴？为了你被贪婪女人缠住吗？"

"我才是缠住她的那个人！"他气急败坏地说，咬紧牙关下定了决心，因为知道最糟糕的事——埃娃的血统——也得冒出来。他一次次想说出自己要订婚的对象是犹太人，可都噎在了喉咙里。"犹太"一词对他来说像把尖刀旋拧插入他的脊背，尽管他自己知道，只有一个犹太人、村杂货商老柯翰，会赊账给任何有此要求的人。但是，如果他真要娶这个女孩，毫无疑问，他必然、必定得分担紧紧纠缠着埃娃祖先及其家族的最黑暗的邪恶命运。

"但为什么是这个我们一无所知的埃娃呢？"

"因为她是我的孪生，另一对父母所生。"

"既然她已经是你的孪生，你干吗还要娶她？"

"母亲，我求你了！"

没多久波芭拉就挖出施坦家的地址和血统。她扯着自己的头发宣称，在任何情形下她都不会跟他们做亲戚。那时施坦诺夫斯基·伊什特万已经去黑吉哈特拜访过几次了，毫不犹豫地认定没有埃娃在身边他不会觉得幸福。自己姓氏的开头与埃娃的姓氏一样,他把这视为来自天堂的征兆。在家里的情况恶化到他和波芭拉不再说话,只通过他弟弟进行交流。"告诉他,约诺什,晚餐很快就好!"

施坦诺夫斯基·伊什特万明白事情不能这样继续下去。一天夜里,塔楼里的人们都睡熟的时候,他和自己的仆人、瘦长的约施卡,静悄悄把装了他自己所有物件的两个箱子、六个大皮袋搬了下去。他的小牛皮背包里装了准备应付灾难的所有东西:他尽可能多弄些的钱、一些家族纪念品,最重要的还是他父亲与祖父的那个簿子——他取名为《父辈书》。他认为这理所应当是他的财产。

牛车在下面等着,还有他的菊花青马,一如他所吩咐的那样。他坐了上去,约施卡当车夫,驶入不祥黑夜。第二天黎明,他们到达黑吉哈特,住进那个宅第在花园里给客人住的小屋,坐落在覆盆子灌木丛中。她的未婚夫不能在旅社开房,因为所有人都会看到的。他打开包袱,打发牛车回去,派约施卡取来笔和纸。他等这些东西一拿来就打开《父辈书》记下了这些话:

> 我的人生历程已发生新转变。离开了父母的家、著名的五角塔楼,或许是永远地,为了在这里、在这丘陵国家,找寻一个妻子及幸福。尽管如此,我毫无畏惧,勇敢地把他们搁置一旁,因为我相信,全能的神守卫着我的步履。每日每时,无不可为。①

施坦·亚伦捎话给波芭拉,向她保证她的儿子既强壮又精神。"我谦卑地听您安排!"他在信末加上了这句。回复不是对他、而是对施坦诺夫斯基·伊什特万说的:"立刻回来,否则我将剥夺你的继承权!"对此他回复曰:"随您的便!"并且留了下来。在施坦·亚伦的监护下,他每晚能够短暂地见上埃娃一面。他们互相说些尴尬笨

---

① 原文为拉丁语。

拙、迟疑不决的话。有一次埃娃谈起她很早就去世了的母亲。施坦诺夫斯基·伊什特万点头道:"是的……肺结核。"

女孩吃惊得下巴都快掉了。"你调查过我们家?"

"足可以说我知道。"

要么就是施坦·亚伦追忆他们在路上的漫长岁月以及在维也纳和布拉格的困难时期。

"踏上苦难征途,"施坦诺夫斯基·伊什特万加了句。

"你从哪儿听来的?"

"我……好吧……你不会相信这个……但有时候我能看到过去。"

施坦·亚伦连珠炮似的提问,问他们自己的历史,得到的回答证明绝对是正确无误的。仿佛这个年轻人通过秘密警察调查过他们似的。施坦·亚伦挠了挠头,"你介意我带你去见我们的拉比①吗?"

"一点儿也不。"

勒夫·本拉比一年半前从布拉格来到此地。他的目的地是敖德萨②,但是没有走对路线。他在颂塔格旅店住了几个晚上。他向人打听有没有同教派的,用的是有点儿蹩脚的匈牙利语——他的 t 音后面带有轻微的 hs 发音。他被指引到黑吉哈特的方向。他抵达那里所叩问的第一家宅第恰好是施坦家。他受到了宾至如归的招待,被留下来吃饭。但拉比就想去看看当地的犹太会堂,听施坦·亚伦说这附近一带没有,颇感吃惊。

"没——有?那咱们的人聚到哪儿过安息日呢?"

"嗯……这里,园子里。"施坦·亚伦不愿承认他们根本就不聚到一起。这里的犹太人只要屁股上长有一个眼儿、且能勤恳劳作就很高兴了;他们可没想着要建一座犹太会堂来惹恼权贵。

勒夫·本拉比明白他的话中话。"我告诉你,这里有会堂。

---

① 拉比是犹太教中对神职人员的尊称。
② 今位于乌克兰境内。

今天。"

"您是什么意思呢?"

"咱们要建一座,咱们大家一起。今天下午你们都到河边来跟我碰头。"

施坦家通知了他们的朋友和熟人。等他们到了那个地点,勒夫·本拉比已经用手锯锯倒了八棵金合欢树,正剥了树皮把它们的两端绑在一起。八角形上还要盖上板条、抹上涂层。他们只在约柜①的上方钉上了屋顶,约柜是勒夫·本的慷慨馈赠,从他的货车上卸下来,摆到了那个位置上。后来大家把建筑抬高了一点,加上了茅草屋顶。

第一晚的服务时间稍微延长了些,因为大家对希伯来语和仪式的理解相当含混模糊。勒夫·本拉比急得直扯自己的胡子:"我从来没见过这样的事!你们什么都不知道!"

"别尖着嗓子叫喊!教我们啊!"施坦·亚伦冲他发出反对的嘘声。

这样一来,拉比在黑吉哈特河边待的时间要比计划的长,大家在那儿很快就给他建了栋房子以便他留居此地。关于其睿智的消息迅速传开,犹太人们大老远地来向他咨询、求教,甚至就为摸一摸他的袍裾,因为普遍认为这能带来富裕生活。婚礼前先去他住的房子成了新人们的习惯。郡里的贵族不止一次试图查封这个犹太教徒集会场所、收回集会权利,可是拉比每次都能以或劝说、或欺诈、或勇猛的方式挫败他们的计划。另一有利条件是,该地区的两个地主之一、西格莱男爵夫人,把犹太人置于她的羽翼下:"犹太人赞颂他们的神对任何人造成什么伤害了吗?尤其是,如果他们酿造出这么出色的葡萄酒!"

勒夫·本拉比能够不受干扰地继续布他的道。

施坦·亚伦知道他难以接近拉比本人;排的长队从园子里一直蜿蜒到河岸的柳树林里。施坦·亚伦帮手建了拉比的房子,很了解它的

---

① 犹太教不允许拜偶像,只可礼拜代表耶和华的约柜。

结构：他带着施坦诺夫斯基·伊什特万直接去了后门。他弄得好像要去仆人的小棚屋，但在最后一分钟右转拐进了大房子的厨房。施坦诺夫斯基·伊什特万迟疑地跟着他。拉比的波兰佣人伊戈尔正在厨房炉子上煮咖啡。他摇着头，但眼神却示意施坦·亚伦应该前进。在屋子里，拉比刚好结束了跟来访者的会话，一个步履蹒跚、大腹便便、个头矮小的老家伙。

"我也不懂，"施坦·亚伦耳语道，"是意第绪语。"

施坦诺夫斯基·伊什特万点点头；他正处于兴奋中，都没留意到他们说的是另一种语言。那老头儿鞠了一躬离开，勒夫·本拉比就让他们落座。他把脸转向施坦·亚伦问道："我能为您做什么呢？"

"拉比，这个年轻人能看见深远的过去；他知道从我们这里无法得知的东西，或全部、或部分地。我很高兴知道你怎么看他。"

勒夫·本拉比从上到下非常彻底地打量了施坦诺夫斯基·伊什特万。最后他说："果然像施坦先生说的那样吗？"

"大体如此。"

"那么，说说我是怎么来到这里住下的。"

"我不会知道的。我只能看见跟我亲近的人的过去。"

勒夫·本拉比更为近前地看着年轻人。施坦诺夫斯基·伊什特万一动不动地站在原地。拉比对他点了一下头。"那就足够了。施坦与你足够亲近吗？"

"近得不能再近了，几乎。"

"那你知道他们特别珍视的一份契约书吗？"

施坦诺夫斯基·伊什特万点点头，开始背诵："于我主之一七五九年一月十六日，黑吉哈特地区领主之杂货店依照下列双方皆认可之契约款项出赁与犹太人什莫拉克·亚伦——"

"对！①一字不差！"施坦·亚伦说。

---

① 原文为德语。

"对。"这声呼喊干扰了勒夫·本拉比。他把一只手放在施坦·亚伦肩上。"如果有人对您的过去比您自己还要了解,这没有什么大不了。无需忧虑。您可以相信这个好小伙儿。但不要在房顶上大吆喝说他有这种超常力量。"说完这些,他坚定地跟他们握握手,打发他们走了。他们走到屋外的时候,他在后面对他们说:"下次您有问题问我的时候,走正门等着轮到您。"

"是,拉比,"施坦·亚伦深鞠一躬,和施坦诺夫斯基·伊什特万挽着胳膊走回家。"真是一位了不起的拉比。"他低声说。

于是决定施坦诺夫斯基·伊什特万可以入赘这个家族。不过,商谈选哪个教堂时多费了些时间。施坦·亚伦坚持在犹太会堂,但施坦诺夫斯基·伊什特万是加尔文教徒,希望用他那个信仰的仪式;而且,他打算让自己将来的后代也加入这一信仰,为此想把通常的*转变信仰书*①作为他们婚誓的一部分。埃娃有意签署一份转变信仰书,可她父亲威胁说她要是签了就剥夺其继承权。

"现在可真绝啦,"施坦诺夫斯基·伊什特万大为感叹。"这个婚礼将意味着两边的家庭都跟我们断绝关系。"从他擅自离家到黑吉哈特起,就没有见过自己的母亲和弟弟,也没有来自他们的消息。

他们会争论上很多年,倘若图卡伊的加尔文教派部长没有宣称曰,就算给他厄尔士山脉②的全部金子,他也不会让犹太女孩嫁给像施坦诺夫斯基·伊什特万这么优秀出众的基督徒。

"好吧,可敬的先生,您无须做任何诸如此类的事!"施坦诺夫斯基·伊什特万说道,留下部长自己站在那儿。他策马飞奔到黑吉哈特。再次从后门闯到勒夫·本拉比面前,后者正在用晚膳,下巴处掖着一条细亚麻布餐巾,他大声喊道:"拉比,您怎么样才能让我做个犹太教徒?"

---

① 原文为拉丁语。
② 现位于德国与捷克共和国交界处。

"这一秒钟吗？或许您可以等我吃完饭？"

施坦诺夫斯基·伊什特万尴尬地开始退后，但拉比热忱地邀请他加入，分享填满了料的鹅颈。在消化美味的时候，他们谈妥了能让施坦诺夫斯基·伊什特万加入黑吉哈特犹太社区的办法。他用了半年时间，每周三次去拉比住处学习一个好犹太教徒的所有须知。当然，勒夫·本解释道，在世俗世界的眼里他变不成犹太教徒，然而，律法并非一切。

山坡上的房子是施坦·亚伦送给这对年轻夫妇的礼物，及时为婚礼准备就绪了。这座宅第的园子设施齐全，不仅有适合音乐会和娱乐活动的亭台，以及喷泉，还有一个舒适的澡堂。当岳父引着他们和婚礼来宾行至他们的新居——他瞒着这对夫妻秘密建造的，施坦诺夫斯基·伊什特万的眼睛蒙上了泪水。施坦诺夫斯基·伊什特万自感无以为报。他充满感情的颤抖声音说："从今天起，为表敬意，我把我的姓氏缩减成施坦！"

这个声明赢得在场所有亲戚（都是施坦家的人，就是说，新郎那边没有来人）的掌声。

施坦·伊什特万早上跟妻子道别的时候总会说："开心过一天，我亲爱的！"

埃娃在园子里种了蔷薇花凉棚，沿着栅栏则是薰衣草丛。它们沁人心脾的香气渗入整座宅第，桌子上的花瓶里也总会放着一两把。施坦·伊什特万在销售岳父的红白葡萄酒这一工作上尽心尽力。他负责的稳定市场远至施坦家都没有听说过的地方。他善于说服生意人签约，而当他们在虚线上签了名、喝上酒的时候，经常会说："哈！千万别被犹太人缠上啊！"施坦·伊什特万只装没听见。

一次，当一大批货物出港运往伦贝格时，施坦·亚伦摇着头匪夷所思地说："以神圣的一切之名，怎么会有这种事呢？他们过去把我们的人都从那儿赶了出去，现在却会花大价钱买我们的葡萄酒？我们所居住的世界可真是疯狂啊！"

施坦·伊什特万感到格外自豪，自从他来效力之后，家族葡萄酒生意兴旺起来。他只给母亲写过一封信，大部分内容都与此有关。

怀着最大的敬意，我没有应验我亲爱的母亲所说的不祥预言，说我将变成无主之人、跪在地上乞求被带回家中。我凭自己双手的劳作养活我的家人。我希望您的愤怒迟早会有所减少、愿意仁慈地造访我们。如果我的好运仍在，我期待到时候会至少有我们三个人来欢迎您。

继伦贝格之后，达诺波①、敖德萨和维捷布斯克②的品酒界也熟知了"施坦"这个牌子。早些时候，如此长途的运输、或仅仅封装在木桶内，很难保证葡萄酒的质量。施坦·伊什特万用薄木条做成的特殊板条箱把二十四个瓶子隔开以确保它们的安全。箱子盖上有一个巨大的S，代表"施坦"，是用烙铁烫刻出来的，就像给动物身上烙印记的那种。对施坦·伊什特万来说，这就像萦绕在他梦里的闪闪发光的蛇。

在他们婚后第一年的年尾，埃娃发现自己怀了孩子。分娩艰难而漫长，接生婆对母亲性命的担忧更甚于对孩子的。

施坦·伊什特万在《父辈书》上记录了他子嗣的出生，就像别人可能记在家用大型《圣经》③上那样。

我们的理查德生于一七七五年七月十七日，比预产期提早了

---

① 现位于乌克兰境内，历史上曾被德国、奥地利、俄国统治。波兰犹太人定居于此，但在17世纪的叛乱中，几乎被驱赶、屠杀一空。"达诺波"是它在德语中的名字。

② 现位于白俄罗斯境内。

③ 供家庭使用的大型《圣经》，页边留有专供记录家庭大事的空白。

一个月。他出生时虽个小却健康；即使是婴孩时期，他也只在痛苦折磨时才哭泣。他的小身体比例匀称、完美无瑕，像一座雕像。他唯一的缺点或许是眼睛，早在小学阶段就按拉克什法尔维医生的诊断戴上眼镜……

我们的罗伯特生于一七七七年的最后一天，比我们所忧惧的情形要容易得多。我的埃娃健康状况突飞猛进……

我们的鲁道尔夫生于一七七九年三月二十三日。跟罗伯特一样，他可能从我这里遗传了很多，至少是在体形上。我的妻子埃娃生他的时候格外痛苦。分娩后她恢复到当年我在德布勒森舞会认识她时的苗条身材。不认识她的人经常把她当成我儿子们的姐姐。我但愿每个人都拥有我的好运所带来巨大欢乐。说真的，我的福杯尚未满溢，只在于我没有获得母亲的谅解，而且非常想去看望她以及我的弟弟。我时常想起他们。我想知道他们是否也想念我。

施坦·伊什特万骑马到五角塔楼去过两次，天真地想象着他能直接上前敲门，但每次他都退缩了，害怕波芭拉会命令他离开。围绕着塔楼的幽谷百合漫地抽芽疯长。这让他生出了别是一番滋味的痛楚。

星期五下午，壮大了的家族会聚集在亚伦祖父的宅第，一起度过晚上和第二天遵嘱不工作的安息日。三个女孩——现在都结婚了——轮流用随着族群规模而数目渐增的锅子、罐子、盘子带来晚餐。食物放在桌上，蜡烛早在下午就点燃了，这样她们从勒夫·本的会堂回来时就不用再做什么。

饭后，孙儿们会恳求亚伦大叔给他们讲过去的故事。这些掌故的听众只有一个人比那些孩子更专注，就是施坦·伊什特万。他在记忆里存着关于施坦（什莫拉克）家族过去的许多片断，它们的含义越发渐渐显露出头绪。亚伦祖父沉醉在掌故的讲述中，经常跑题，一次又一次回到某些细节上。他栩栩如生地刻画出在伦贝格的什莫拉克家，头脑发热的恶棍们往半铺瓦片的房顶扔火把，房子被烧个精光。这是施坦·伊什特万看到过很多次的一幕情景，但只是后来他才发现那是为什么。

孩子们无法理解那些恶棍是谁、他们的脑袋为什么是热的。

"那是大屠杀。"施坦·亚伦说。

"什么是大屠杀？"

"就是没有什么合乎理性的原因犹太人就遭到攻击。人有时会非常邪恶。"

"合乎理性是什么意思？"

这下没有回答了。屋子里静下来，只有壁炉里的木头在噼啪作响。

埃娃攥住年长些的儿子们的肩膀（最小的睡在她腿上）："你们别担心，这里永远不会有大屠杀。"

等孩子们上了床，亚伦祖父对女婿讲述家里图书室几代人收藏的书籍，是如何在伦贝格的草料市场上被付之一炬的。"两个无赖把书从窗子里扔出来，纸片飘飞的时候发出咝咝响声；另外两个则生了一堆篝火，把世界的知识铲到它上面，文学、圣典抄本、一切。纸很快就着火了；书脊烧得很慢，冒出浓烟，令人窒息的气味渗透了我们的衣裳；我们好几天都闻得到。伊利莎的母亲把所有人聚到屋后，带他们到集市，有辆货车在那儿等我们……是的，就是那样。我从此不愿意再买书，因为我第一个念头便是：万一又烧了……愚蠢的念头。"

的确，施坦·亚伦房子里没什么读物：他的图书室里都是年间和历书。几卷律法①是勒夫·本拉比的馈赠，他锁在柜子里。

---

① 《圣经·旧约》头五卷：创世纪、出埃及记、利未记、民数记、申命记。

尽管定期造访，拉比并非施坦宅第的常客。但他却是施坦·伊什特万府上每周都会在的常客。后者从未被称作是施坦宅第：由于屋前的林荫道而总是被称作栗园。拉比对施坦·伊什特万的偏爱令众人颇感稀奇，因为——用施坦祖父的话来说——"他不是真正的犹太教徒，我们接纳他也就是个意思。"

事实上，施坦·亚伦开始生拉比的气了，拉比在这里住下，说到底，得感谢他亚伦，却宁愿关注一个也得感谢他亚伦才能在黑吉哈特住下的人。施坦·伊什特万意识到这种紧张关系，甚至对拉比说起过，后者答曰："我没亏欠施坦·亚伦，没亏欠任何本地人，正如他们也没亏欠我任何东西。我们都只亏欠了我们不能提其名的祂。"

在栗园里进行的谈话很轻松，几案上放着葡萄酒瓶和削了皮的水果，苇编扶手椅里铺着柔软的羊羔皮。勒夫·本拉比说了一个来自塔木德①的寓言，施坦·伊什特万乐于在心里做些笔记，因为，他虽然选择加入了这个民族，但在其历史和传统方面，仍觉得自己是个生手。跟拉比在一起，他一反常态变得爱说话了，甚至发现自己会因说得太急而含糊不清，就像儿时那样。他经常会打断拉比的话，他为这种不体面深感羞愧。

他没少抱怨要融入他们的社群有多么困难。在会堂上，他从来都不确定自己是该鞠躬还是站着，而且有些希伯来文本从来没对他解释过，他只是嘴上在动却不明白它们的意思。说一千道一万，总之他仍觉得自己是犹太人中的局外人。

"在这个世上每个人都是局外人，"拉比说。"就连犹太人也是。法老们把他们赶出祖居之地，他们向四面八方离散。即便在今天，很多地方都不允许他们购置土地。如果经历了那一切之后，你要求加入他们，他们还有何理由不接受你呢？"

---

① 犹太教口传律法的汇编，是仅次于《圣经》的典籍，反映了公元七世纪前犹太教的宗教信仰、口传律法、伦理规范和社团生活的历史发展。

"或者不是他们的错。也许我没有您天生具备的那种才能。"

"那么，您天生具备的才能又会是什么呢？看看周围：哪个犹太人过的生活比你更犹太？您无须告诉我。他们很多人吃了禁止吃的肉食，譬如施坦·亚伦……他们没有遵守犹太教饮食教规，把奶食和肉食的盘子刀叉混在一起，他们对于会堂而言是局外人。做个犹太教徒不是什么有吸引力的事，您得明确这一点。"

他们经常谈论的另一个话题是施坦·伊什特万奇异的记忆天赋。拉比想知道过去究竟是如何对他涌现的。它会不会是由某类特殊行为激发或加速的呢？他能对展开的那些时期有所影响吗？施坦·伊什特万给不出满意的答案；他比较有把握的只是，每当他受刺激或兴奋的时候，那些影像就会来得更为频繁，也更为密集。倘若他处于平静状态，比方说，美餐了一顿，他甚至连自己在《父辈书》上写了些什么都会不记得。

勒夫·本拉比要求看看《父辈书》。他想借阅，但施坦·伊什特万不让他拿走。"请您原谅，我一刻也不想跟它分开。"

"可以理解。我能在这里看吗，您在场的情况下？"

"随您高兴。"

拉比读得越多，他问的问题就越多。仿佛他在写施坦诺夫斯基/齐拉格家族的历史。施坦·伊什特万乐于回答每一个问题，同时悲哀地心想，无论是他亲爱的母亲还是他的弟弟、或是他的好妻子，都没有对他的祖先表现出如此之大的兴趣。他自己的儿子们也没有，虽然他们的兴趣或许以后会滋长；毕竟，就算最大的一个也才将近七岁而已。

"我亲爱的施坦，我想知道：您有没有试过向前看？"

"向前？"

"到未来。"

施坦·伊什特万惊讶地盯着勒夫·本拉比。过了一会儿他说："那种洞察力是我们不能提其名的祂的特权。"

"那个交由我来评判，回答我的问题。"

"不，我从没有看过未来。"

"您是不能还是不愿？"

"我不敢尝试。"

"遗憾啊。您能为自己和您所爱的人们免除多少痛苦和磨难啊！"

这句话令施坦·伊什特万思索了起来。那天夜里，拉比走后，他呆在黑暗的阳台上望着栗树林荫道上拉长的影子，旁边三株小银杉是他在每个儿子出生时栽的。栗树已经高过中等个头的男人（不及伊什特万的身高），而杉树，排列得像管风琴，只分别比他的理查德、罗伯特和鲁道尔夫高了几英寸。十年的栗树能有多高呢？或许比现在高两倍。杉树呢？我们会看到的。希望吧……

他能做到拉比所建议的事吗，他能发现是什么在等待着他——等待着他们大家吗？这个想法让他冒了一身冷汗。他想起在图卡伊告知他命运的那个吉卜赛人。全家人搭货车去贸易展会，每个人都得了纪念品。理查德得到那只小猴子，是一个吉卜赛大家庭收费展出的；它还没有一只中等大小的野兔大。施坦·亚伦认为它一定是只幼猴，但吉卜赛人们发誓说它已经十二岁了，管它叫阿斯特。此后，只在讨价还价的那会儿，理查德才跟受了惊吓、现在蹲在他肩上紧偎着他胸口如婴儿般的小造物分开了一阵。施坦·亚伦不止一次地放弃讨价还价，可每次施坦·伊什特万都重新开始，最后是他出的钱。他不好意思承认是他自己被这个小猴子迷住了、甚过他的儿子。自那晚起，他不顾母亲的抗议，跟那个小造物一起在他床上睡，整日里对它不停地又抱又亲，叫它阿茨提、我的小阿茨提。

吉卜赛家庭最年长的那位女性成员高大、圆胖，从头到脚穿着红色丝绸，能从一个人的手掌、或用纸牌、用她的玻璃球读出那人的命运。让大家惊讶的是，施坦·亚伦付了钱给所有男性成员算命。施坦·伊什特万最后一个走到算命桌前，一只黑色懒猫卷绕住魔法球的铁座占据了桌子。

"它是用什么做的?"施坦·伊什特万问道,琢磨着那个神奇的亮球。

"给我看你的手掌就行了!"那吉卜赛人说,攥住他的手,把手掌拉至挨着她头顶悬着的油灯的光区里。她把各条沟沟线线研究了好长时间,摸摸这儿,戳戳那儿。施坦·伊什特万觉得她的粗壮手指黏糊糊的,想把手抽回来,但算命人不放它走。"我看见了大火,"她终于带着严肃宣布。

"哪一种火?"

"熊熊的火,火焰像人那么高。"

"什么着火了?庄稼秆?原木?或者是屋顶?"

"雪白的、方形的鸟儿翻腾着落进火焰,烧死了。"

施坦·伊什特万从吉卜赛人那儿什么也榨不出。后来他问岳父:"它会是指什么呢?"

"不是什么好事。"

"我还是不明白。"

施坦·亚伦做了个鬼脸:"为了这个我可是给了不少钱的!"

施坦·伊什特万把那个场景想象了上百次。他看见雪白的鸟儿像鸽子;是他自己的房子燃起大火,那些翅膀想试图灭火——那就是它们为何带着自杀式的疯狂冲进去,烟雾暗淡了天幕。但他总是质疑一件事:谁曾见过四方形的鸽子呢?

在一个夏夜里,季节性雷暴雨在房屋上空爆发,电闪雷鸣,震耳欲聋,大雨瓢泼,过去又一次在施坦·伊什特万的脑海里唤出,当他再次经历他以前已经历过很多次的过程时,拉比的问题冒了出来,还有吉卜赛人的预言。现在,他想道,就是现在,否则永不!他闭上双眼等待超人力量在他幻景中启动,这回的幻景是未知的明天。他的心在加速跳动,声音越来越大,让天空里的咆哮都闭上了嘴。于是,于是,呵,破碎的画面出现了,跟吉卜赛人的预言怪诞地相像:巨大的火苗从什么地方一跃而出，白色的斑点在飞舞，更像是白色的草皮片而非鸟雀。但他没机会看真切。他甚至无法确定他被赐予的这些果真是一些未来的微小碎片、而不仅仅是来自吉卜赛人预言的影像。

勒夫·本拉比听了施坦·伊什特万的讲述哼了一声，好像他既信又不信。"这就是全部吗？"

"这就是我所见的一切。"

"别放弃希望。赋予你这些的那一位，会赋予你更多、等时机到了。"

葡萄种植园的利润在那一年格外丰厚。晚夏的热力催得葡萄迅猛成熟，山峦产出了最好的琼浆玉液。从各处涌来订单购买施坦·伊什特万打着 S 标记的装箱酒。施坦·亚伦乐呵呵地对他女婿眨眼："如果持续这样，咱们可就发啦！"

不单是他自己的家，就连整个犹太人社群都对施坦·伊什特万极其满意。他是模范丈夫，给了妻子应有的尊重和物质保障。一位虽严厉却亲切的父亲，儿子们愿意在他需要的时候鼎力相助。一位全区穷人的慷慨庇护者。一位勤去会堂的人。遵律法、守习俗的楷模。智慧、富有，却不装腔作势。没有什么证据表明他不过是……事实上……直截了当地说：他是自愿加入社群的。他也同样受到加尔文教派佃农们的尊敬：在葡萄栽培事务上，他是他们咨询的第一人；他的话广受敬重，甚至是在葡萄酒的品尝问题上。某些佃农会在他们的葡萄酒里加糖掺水弄虚作假：为了处理他们，黑吉哈特和图卡伊成立了葡萄酒保护联盟，弗兰克·提瓦达出任主席，施坦·伊什特万明确拒绝担任这一高层职位——于是他在欢呼声中被选为副主席。

施坦·埃娃以她丈夫为荣，喜欢说自己是唯一一个婚后仍拥有自己姓氏的女人。她只承认丈夫有一个不足：他对婚床的光顾没有她想要的那么勤。她把这个不足归结为丈夫在成功的生意事业上投入过度；他经常很晚回家，不在家吃晚饭是常事。埃娃未曾怀疑过让施坦·伊什特万不归家的并非总是过度工作。他在一个寡妇家度过的夜晚不可谓不频繁,他们是在生意场上认识的,她从亡夫那里继承了图卡伊地区最典范的葡萄种植园。埃娃经常向丈夫提出的请求之一是,他们可以摆脱每日劳作的束缚到什么地方放松一下。施坦·伊什特万不介意让自己的筋骨在路上摇晃摇晃到远点儿的地方去。但是,慢慢地,整个家庭占据了埃娃的视野,甚至亚伦祖父都会督促他们休息休息:"你们出去吧!岁月在你们一刻不闲地忙那些瓶子的时候流逝了!"

来自伦贝格商人泰德斯·韦斯伯格的盛情邀请提供了一个合适机会,要施坦·伊什特万和他的家人们一起去造访他的城堡。"我们离镇子只有一刻钟路程,在湖边,你们可以游泳、航船、享受阳光!"他用蹩脚的德语说道,这是他们平时交流所用的语言,因为施坦·伊什特万不会说意第绪语。

在好一番准备之后,货车和四轮马车塞得满满当当:两个马车夫、三个脚夫、一个内务女佣、九个行李箱、六包衣物、三个帽盒,以及小猴子。埃娃和她的两个小儿子面朝前进方向坐在四轮马车的长椅上;面朝她而坐的则是伊什特万、理查德和他的小阿茨提。各有一个脚夫坐在车夫的旁边,第三个脚夫和内务女佣挤在货车上的行李堆里,他们得看着行李箱,免得它们掉下去。旅程用了整整四个白天,夜晚则在记不住名字的客栈度过。

泰德斯·韦斯伯格拿着给埃娃夫人的一大束鲜花在T形宅第的园子里迎接他们。这座府第的女主人阿格涅斯卡·韦斯伯格尽其所能以确保他们来自匈牙利的客人们过得愉快,她热情得不得了,甚至从沙皇的动物园为小阿茨提弄来适合的滋养品。韦斯伯格家的六个女儿——最幼的尚在襁褓中、最大的已可婚配——陪伴着施坦家的男孩们,脸上带着相似的开朗笑容,但并未令男孩全然舒适,因为他们无法理解这些热情、慷慨的主人们。

"至少现在你们能体会到说外语多么有用!"他们的父亲指出,尽管说实话即便是他自己,有时候也不得不猜测主人们说的是什么。他决心等他们回去之后,他和儿子们都去听勒夫·本拉比的课。事实证明埃娃是最善谈的人,因为她跟她亲爱的母亲伊利莎略学过点儿意第绪语。后者枯萎在艰难旅程中,后来终于被施坦·亚伦安葬于黑吉哈特的犹太人墓地。

泰德斯·韦斯伯格在他们逗留期间每晚都安排了些娱乐节目。要么是音乐家在沙龙演奏舞曲,要么是跟施坦·伊什特万玩一轮纸牌。到目前为止他只会玩匈牙利纸牌游戏;在这里他学会玩塔罗牌,而且表现得格外熟练。每逢获得实质性胜利,泰德斯·韦斯伯格都会举起他的玻璃杯大叫:"好运气!"①

施坦·伊什特万长期被压抑的玩牌热情如一桶开水沸腾而出:他从头到脚都着了火似的。他陶醉在比别人更能做出木然无表情的扑克牌脸的乐趣中。他并不怎么看中赢钱。或许,如果他没有沉浸在游戏里,他就会注意到当地的男人们在发牌期间的低语,而如果他注意到,他几乎会立刻明白。在伦贝格大街上,年轻的流氓恶棍抢掠商店和咖啡屋,把犹太人的商品扔到大街上,在墙上涂写最卑鄙邪恶的标语口号。玩牌的人一致认为,制造太多这样的事件并不是什么好点子。头脑发热的年轻人搞出来的这类过激行为很可能只是骤涨骤消而已。

泰特斯·韦斯伯格是少数派。他无法理解何以绅士们如此自信。一旦情绪爆发出来,无人能真正安全。但对于该做些什么的问题,他也提不出比别人更有价值的意见。有备无患——这是他的座右铭。

"很好,那就让我们患吧,"一个声音说道,"那有济于事吗?"

施坦·伊什特万这时洗好了牌,给每人都发了一手。

"咱们最好是打包回家去!"第二天早上埃娃在早餐桌上在他耳边说。

"你这是怎么了?是你渴望旅行的呀!"

"我没想到咱们会呆在异教徒要杀死咱们的地方。"

---

① 原文为希伯来语。

"杀死咱们？"施坦·伊什特万咕噜道，好像刚从水下浮出来似的。

埃娃把她从阿格涅斯卡那里听来的事告诉他。施坦·伊什特万感到自己的心跳加快了。这些人都疯了吗？他们毁坏别人的财产只是因为他们的信仰不同？

他跑到泰特斯·韦斯伯格那儿。后者在自己较小的那个花房里给植物浇水。"你之前怎么不告诉我这些事呢，韦斯伯格？"他用自己最好的德语问道。

"可是我们整晚什么也没谈啊！"

"我们能不动手打包吗？"

"这些汪达尔人①永远不会到这座宅第为难咱们的……从另一方面说，谁知道明天又会是什么情况呢？"

施坦·伊什特万发觉自己进退两难。一方面觉得像懦夫一样逃跑有失礼貌，另一方面又觉得对自己的家庭负有重任……他越想越不知该怎么办。要是亚伦祖父、或是勒夫·本拉比在这里就好了。

那天中午，应邀来玩牌的绅士们只有塞缪·布拉科一人成功来到牌桌边。他的衣服被撕破，他解释这个的时候说，火把扔上他家的屋顶，家人们都逃往达诺波了。他要赶上他们，很乐意带上任何愿意去的人一起同行。泰德斯·韦斯伯格赶紧吩咐他的女儿、妻子和岳母到四轮马车上去。在达诺波的韦斯伯格一家会照顾他们的。啊哼，四轮马车的弹簧扯拽得岌岌可危，塞缪·布拉科因为不能带上所有的女士而恳请他们原谅。阿格涅斯卡自愿减轻负载，她的母亲也有点儿气哼哼地跟着下来了。四轮马车启程了，韦斯伯格家的女孩们哭喊成一片。施坦·伊什特万立刻贡献出自己的两轮马车，泰特斯·韦斯伯格拒绝了："我们有自己的四轮马车；事实上，我们有两辆。"

埃娃想即刻离开，但施坦·伊什特万首先飞速打包好一切，剩下

---

① 对破坏文明的暴徒的一种称呼。

半小时跟主人们拥抱,互祝万能之主保佑。那时韦斯伯格家也准备停当,已经套在四轮马车上的马匹不耐烦地刨着蹄子。趁我们还来得及赶紧走吧,埃娃想道。他们爬进四轮马车,施坦·伊什特万合上了他充血的双眼。

马蹄声从远方某处传来。

施坦确信那是塞缪·布拉科回来找他忘掉的什么东西。然而,是四十来个骑着马的男人,只穿了兽皮,让施坦·伊什特万想到了往喀尔巴阡山①盆地策马而行的马札尔人。车厢里的小阿茨提发出一小声尖叫,每个人都意识到他们正处在灾难边缘。骑手们到了他们跟前。

施坦·伊什特万跳到马车的踏脚板上,拔出自己的剑,但只是徒然:他首当其冲被长矛刺中脖子扔到车下。围绕着他的喧嚣声似乎减弱,东西的轮廓也变得模糊。就在快要失去意识之前,他看见火焰吞没了房屋的入口,从二楼的窗子里落下现在已熟知了的白色鸟儿。只是当他后来躺在病床上才明白,那一刹那他所目击的是韦斯伯格家出了名的藏书在烈火中焚毁。

以为他死了,袭击者没有去理会他。等他苏醒的时候夜幕已经降临。一些当地农民收容、照料了他。理查德也找到了,在公园里松林里流浪,还有小阿茨提,它发疯的尖叫让施坦·伊什特万抓狂,有好几次都瞄准了这个生物。理查德总是护住它。

身在异乡,既没熟人帮手,又语言不通、缺钱短财,施坦·伊什特万无法得知他妻子和两个儿子葬身何处——如果他们果遭不测的话——应该会被发现。亚伦祖父在满是恨意的几封信里痛斥他,在没照料好他的女儿和两个孙子这件事上永远地诅咒他。要不是理查德和他在一起,施坦·伊什特万早就匕首捅进自己心脏了。

施坦家永远不原谅他。遭遇了一回脱离关系的命运,接着又是一次。

---

① 位于东欧地区,是欧洲大陆第二长的山脉。

最后，他带着理查德和小阿茨提离开，放弃了他在黑吉哈特的财产。施坦诺夫斯基家容忍了他们的到来，但从未完全接受他们。他没有一天不盘算着结束自己在这世上受罪的日子。沉重的良心负担加倍折弯了他的身躯。他的余生毫无生气。他把时间主要消磨在打牌上。他自己的右手玩左手；它们进行着生与死的搏斗。他不愿意跟任何人玩。

施坦诺夫斯基家族的影响力让他在郡议会获得一席之地，他有时会出席会议，但绝少发言。因此，当他反对烧毁与约瑟夫二世陛下法令的废除相关的档案、文件时，大家都很惊讶。他身上燃起了如此强烈的激情，得六个人才能把他按住。他语无伦次地大喊："书籍和文件不能付之一炬！"

他们把他锁在议会大楼一间办公室里。锁孔里一响起钥匙转动的吱嘎声，施坦·伊什特万便冷静了下来，他的脸再次罩上惯有的漠然表情。从锁孔往里面张望的守卫们把这汇报给次长，后者命令放了他。

施坦·伊什特万走回家去。当晚他在《父辈书》里写道：*既听且看，保持沉默；若你要活得安宁*①。他把自己的话留在这本书里，一年后静静死去。塔楼里没有大惊小怪：他们习惯了这里的家长们不说什么或什么也不说就离开人世。

---

① 原文为拉丁语。

第四章

即便是至今光秃的悬崖北面，也出现了生命迹象，绿意点点。果树枝条拂地，被果实压得沉甸甸。户外没几声家禽的高喊大叫；母鸡都忙着在窝里孵蛋。睡莲铺满了湖面。耕者欢欣鼓舞：将会有一个大丰收。缺吃少喝者不像过去那么经常地被不缺吃喝者鄙弃了。有时即便在日间，天空也会升起一轮更为皎洁、橙黄的月亮。

他们会停下工作在这次收割中聚在一起，施坦·理查德想道。他起身抓住囚室的铁栅栏尽可能地拉长自己的身子，一是锻炼，二来也可以看看外面的世界。他从斯匹尔伯格①被带到这儿来后，祈求住在塔楼远远角落里的囚室，可以观察这个斜坡，根据他的地理学知识推断，这里看得到新月。

尽管很远，但他已经能辨认出当地的农夫和他们的伙计。不管怎么样，在喀尔巴阡山脉脚下的蒙卡奇要塞山上的囚室，好过任何库夫施泰因②的奥地利山堡；至少蒙卡奇是在匈牙利。他们说起过库夫施泰因地狱的那些恐怖事件！日夜囚禁在铁窗里，没有书信进出，长达六个月不准到院子里。更有甚者，结核病盛行，几十个人被装进麻包用他们当床来睡的光板子抬着扔进护城河，而不是交还给他们的家人，麻包里几乎连一点石灰都没有，更别说放一铲像样的泥土了。

---

① 在奥地利境内。
② 同上。

施坦·理查德从未期望能够得到赦免;认为他了解自己的命运之线,尽管能纺上好长一段时间,但最终会在蒙卡奇要塞的监狱里被剪断。① 因此他只是尽人事而已。只要眼睛受得了,他就写作;不然就挂身在窗户铁栏杆上让它们饱享景色,这样一来,他双目所能及者便会是外面的世界、而非阴暗囚室,看见的是夏日自然界的一线景观,想到的却是从无旅者生还的阴阳边界。他打骨子里知道,天国的人们是不会承认他的。他从孩提时期便生长在犹太教的信仰中,可如今就算他拼命在记忆中搜索也无法想起他们用来说"恶魔"或"救赎"的词是什么了。犹太教到底有没有恶魔和天使呢?现在几乎不重要了……差别已经毫无价值。

他松开铁栏,落回到劈砍粗糙的石头地板上;膝盖一阵刺痛。七月的温暖给他疼痛的四肢带来了些微缓解。他再也无法弯曲手臂和双腿而不感刺痛的了。用不了多久我就会把它们损耗殆尽了,他想道。但现在那也几乎不重要了;我没指望它们能够为我效多少力。他在粗糙的破桌子旁坐下,对他而言,它具有两个最为重要的职能:写作和吃饭。第三个是角落里的那个木桶,不合尺寸的盖子确保他有恒久不变的恶臭相伴。

他翻开《父辈书》,只有不到三页的空白地方了。施坦·理查德日记写得颇勤,填写的内容比他所有先祖们所写的总合还要多。而且这还包括囚室里被剥夺了灯光的时候,尤其是在斯匹尔伯格;有时他觉得鹅毛笔在黑暗中自己找到了路子。他每隔一天才能得到一根蜡烛,学会了节省使用。

他早年并未想到自己会在《父辈书》上书写记录,尽管很小的时候便把它翻阅得比《圣经》还勤。

"这又是施坦家的一宗罪过:你竟然不去会堂!记住我的话吧,造物主会为此惩罚你的!"他的祖母经常如此抱怨;她倒是想让他把

---

① 古希腊神话认为人的命运是命运三女神纺车上的线,被剪断即寿命终结。

姓氏改回施坦诺夫斯基。

施坦·理查德压根儿没打算这么做。"拜托，波芭拉奶奶，对我省省这些埋怨，安心于我名字的前半部分吧。我把它归功于我可怜的兄弟们和我的母亲，还有我的父亲。"

"别提你父亲！"波芭拉嘎嘎地笑起来，此时俨然童话故事里的巫婆。她庞大的身躯几乎没办法轻松穿过普通尺寸的门。说实在的，很少有这个必要，因为她整天都是在自己那张圆靠背的扶手椅里度过的，椅子是塔楼里什么都会点儿的万金油工头安德拉什专门为她而制。施坦·理查德爱他的祖母，尽管她对他可不怎么样。无论什么时候，一有机会他就会要她唱歌。当波芭拉尽展歌喉时，歌声就会传得很远：*大路在我面前哭泣，小道在我面前悲伤*……祖母一开始歌唱，施坦·理查德立马就会泪眼迷蒙；她知道的所有歌曲都是忧伤的，而他、她的孙子，在这种时刻便能十分清晰地忆起已故母亲在别的时候已十分淡迹的面容。罗伯特和鲁道尔夫的形象则更是深深消失在时间的迷雾里。

我无需华辞丽句；我只会实话实说！

施坦·理查德用这些话开始了他在《父辈书》里的篇章。他被捕后，甚至在等待审判的短暂关押期间，得到了宽大对待。在他的要求下，他幸运地得到了它以及其他书籍。

我无镜子可用，唯用自己的手指查检岁月毁坏的容颜。自被囚禁以来，我从未剃刮过面须，遮盖了儿时留下的、我曾为之羞惭的痘疹疤痕。它让我不愿对别人露脸，总是享受着独处带来的舒适。我手上的毛发成片脱落，现在非常稀疏。胸口上的则不断生长，速度之快，正如这儿这儿那儿那儿在变得灰白。

我被捕的时候还是一个小青年，但在这里，人老得更快，因为无事可做。我鼻子的棱角越发分明，额头皱得像马斯喀特瓜①。我身型瘦长，可所剩无几的肌肉已然开始下垂，尤其是臀部，还有颌下，那儿长出的垂皮就像一个斗篷领子，让我如此反感，以至于一天数次用指甲把它抓挠出鲜血来。更让我不能忍受的则是胸脯上那两个有些女气的凸起，尤其是在我坐着的时候，叠压在我的上腹部。我的手跟其他部分相比较为细小，左手的大拇指没有了，它是我们在伦贝格悲剧之后遇到的一位庸医的受害者：他声称若不连根切除，剑伤造成的坏疽可能感染我的手、手臂，甚至危及性命。

每当想起失去的拇指，他便重温起失去它时的痛苦；一种他从未经受过的更为折磨人的体验，尽管拷问者们也曾无情地使用针刺火烙令他痛得动弹不得，而且可能到死都无法恢复。七岁的他醒来时，看见两个武装到牙齿的男人正在扯掉四轮马车的门。他的母亲尖叫着，被揪着头发拖走；他的兄弟们被弯刀片开，弟弟罗伯特的头颅像被扔出的球一样飞离其身体，而鲁道尔夫血淋淋的肠子则溢在四轮马车的踏脚阶上，漫上了理查德逃跑的唯一出路。正在那时，四轮马车另一扇门被打开，从那边过来一把利刃刺入他的后背，它似乎也刺中了他的脖子和左手。在尚有一星意识的时候，他看见了一系列影像：一个非常面熟的年轻男子，在铁栏里、监牢中。

他长大后渐渐明白，他既承受了伴随着过去记忆的苦楚，也会多少尝到些等待着他的未来。有一次，他醒悟到那个年轻男子就是他自己，于是确信自己无法逃脱锒铛入狱的苦命。幻象头一次让他接触到更为古怪的景象，是他在沙罗什保陶克②学院做学生的时候。他看到

---

① 一种像哈密瓜的水果，瓜皮和哈密瓜一样多皱而硬。
② 位于匈牙利北部地区，亦作"泌罗什保陶克"。

了自己的婚宴，然后是他的新婚之夜，以及他六个孩子的降生，都是男孩。如果这些预言可信，他的新娘将会是一位说异国语言的女士，肤色如蜜、乌发似黑夜，她的右锁骨处有一块三角形的胎记。尽管对其幻象感到恐惧，但他相信它们。

作为一个年轻人，他固执地抗拒着波芭拉所有的积极努力和媒人们的诡计。面对她关于最惊人的嫁妆和社会最渴望的匹配的絮叨，他站稳了自己的立场，告诉祖母说："您将看到有一个更好的、更可爱的人出现；一个适合我的人。"

在沙罗什保陶克学院老师们看来，他的两科——地理和语法——甚至超越了最好的学生。他发觉自己超凡的记忆力格外有用。在学院的第三年，他已经掌握了六门语言。他最喜欢的老师——一位叫德·拉·莫特的法国人，敦促他到外面的世界试试他的运气，为他写了一封推荐信给卡米拉克院士——巴黎大学最著名的法国语言学家，后者回信说，假如这个匈牙利学生具有一半德·拉·莫特所声称的才华，他就肯定会在自己的研讨班上给他提供一个位置。于是，理查德不顾波芭拉的严词遣责前往了法国首都。

"如果你去了的话，你就休想得到我们的资助！"
"我没有梦想做个寄生虫。"

毫无疑问，我根本不知道自己如何在巴黎生存。德·拉·莫特教授强烈支持我的出访，他给我的离别赠言是：上帝垂青勇者！或者用我们的匈牙利话说：命运青睐勇者。然而，当我身无分文地站在鲁特西亚著名的大教堂圣母院①前，我没觉得很勇敢。然而，当我开始指导一些学生，三个是拉丁语，两个是希腊语法，命运便很快青睐于我。

---

① 即众所周知的巴黎圣母院。鲁特西亚是巴黎的古老名称。

施坦·理查德——法语名叫里沙赫——在巴黎大学继续着他惊人的进步，得以早至第二学期便加入了卡米拉克院士的比较语法研讨班。卡米拉克在大学里的学术地位使他被称作"麦思特"①，他参与了一个证明法语之演变与特定地区之普遍状况紧密相连的项目。他选择了三个他相信从手工业、农业和文化事务上看均是最为先进的地区；三个在这些方面他认为不发达的地区；以及三个他认为处于中间状态的地区。他的论点是，公路网与旅行最为先进的那些地方，会有更多人购买报纸、年鉴、娱乐活动入场券——这都是人们很有可能使用严肃正规法语的地方，在麦思特看来，世界第八大奇迹将是最有教养的人们。施坦·理查德持相同意见，虽然他能做比较的只有七种其它的语言，而卡米拉克院士可以用以夸耀的知识则多达十五种，其中包括像巴斯克和布雷顿如此稀有的种类——后者显然是麦思特祖母的母语。三月底，施坦·理查德出现在比利牛斯山脚的弗朗卡卢奇村。在麦思特的清单上，弗朗卡卢奇排在很后的位置。

"里沙赫，你自己去那里收集数据。要确保你遵循了我的指示。"

施坦·理查德复制了一份卡米拉克院士较为简短的教学问答：七十七条要点。尺寸有四个簿子那么大，他夹进《父辈书》里，其结果是，他经常能读读它，即便是在被囚禁的那些年里。在蒙卡奇，它令他反思起来：

多么彻头彻尾的废话啊！竟然想得出在他们水井挖得多的地方、对过去虚拟式的使用会更加微妙！明白我今天所为之后，简直无法理解为什么当时我竟没有指出麦思特的比较理论欠缺任何坚实基础！无疑，我对他所持的那种毫无争议的敬重之情压制了自己的常识性见解，害怕我的论争会被他无比广博的学识压碎，而我则将自取其辱。这个教训是，一个人应当说出自己认为对的

---

① 法语的"大师"音译。

观点，无论代价如何，因为，不坚持自己的信念也是一种失败，而这种想法其后还将继续困扰。

在弗朗卡卢奇，施坦·理查德精心的预算使他可以雇用两个年轻人打下手：一个负责记录村市上的闲谈碎语，另一个则负责搜罗村里、客栈里、酒馆里的通告，以及他发现的任何文字，把正确与不正确的语句例子记录下来，如指导手册所示。他们也翻阅了当地报纸，但没有这方面的东西。施坦·理查德依次拜访了市长、公证人、医生、消防队长及其他官方人员，根据卡米拉克院士的设计向他们提问。他只须记录答话中那些特别好或十分不完善的部分。

弗朗卡卢奇没有旅馆，他接受了本堂神父的款待，后者不仅为其提供住处，还提供了晚饭，并付了适当的报酬给他那个矮粗的女管家。她和丈夫及三个孩子住在离教堂较远的那头，按道理会忙碌于她的房屋、菜园、奔跑的孩子们，可是，似乎一大早就在教区周围用去了她很多时间。有时候，即便夜已颇深，这位学者从自己实验室回到家，还能听到那位好女士又快又含糊的叽里呱啦，他原来是一个词也听不清。本堂神父开导他说："别在意，先生，这个女人孩提时期弄破了下巴，说话就变形了；过一段时间就会听习惯的。"

在囚室里的那些无尽空想之一令他恍然大悟，"女管家"无疑是本堂神父的情人。那时他竟片刻都未往这上面想过。他在这种事情上全然纯真。如果在潮湿的夜晚受梦遗的困扰，他便会自觉地斋戒数日，以为能将自己变得洁净。他对女人们只有仰慕而已，总是无可救药地希望遇上那个不说匈牙利话的女人——蜜色的肌肤、黑夜般的乌发、锁骨上有一个三角形胎记，她将给他带来有六个儿子的福分。这些便是他躺在教区神父的客床上所做的美梦，一边闻着稻草床垫散发的霉味、极尽平静之能事地①忍受着蟑螂②的啃咬（这些扰人睡眠的造物比它们的匈牙利表亲们要小一些，却更加渴血）。

弗朗卡卢奇的居民们怀着格外热切的期待之情盼望着复活节后的第一个星期日，在那一天会有传统的露天娱乐活动，是方圆多少英里范围内最大的一个，就在那个石窟前面的原野上。石窟深深地裂开在位于村子上方的悬崖峭壁里。它狭窄到一个成年人几乎无法挤进去的地步，倘若他要慢慢爬入的话——如果他够胆。石窟的黑暗罅隙中潜伏着邪恶精灵，每年此时都要用一些牺牲来安抚取悦，祷告是由教区的本堂神父引导的，然后是火把游行，接着跳舞到天明。私底下传说过去甚至连新生儿都被用来做了牺牲，但即便是最年老的居民也无法证实这一点；现在则是把一只烤得还带血的公羊扔进裂缝，外加两个大圆面包、几瓶本地葡萄酒和水果白兰地，全部都冠以睡莲花环。

既然两个助手直截了当地拒绝在节日工作，施坦·理查德不知道该在众人欢愉的这一天做些什么好；他觉得自己被派到这里来不是为了享乐。但他没什么可能给自己找到一位睿智的谈伴。尽管如此，在摩肩接踵的集会人群中，他倒是有希望听到其它地方听不到的言辞。他在背包里装上自己的笔记本、鹅毛笔，腰带上挂好墨水瓶，便跟在红脸膛的当地人身后前往石窟而去。等他到了原野上，掷球比赛已然进行中。男孩们和青年男子们挽了袖子站在草地上画好的白色石灰线旁，尽其所能将铁球抛近那条涂成红色的木桩。球被击中或滚得太远的人出局，把球滚到错误方向的人也一样。

森林边上，屠夫们在烤一头公牛。可以买到蜜饼、西班牙塔帕斯、新鲜烘焙的锅形面包，还有产自附近葡萄园、令人愉快的栗色琼浆。随着音乐声，穿木屐的女人们摇摆着加入，与身着黑背心、头戴卷边

---

① 原文为拉丁语。
② 此处原文很可能有误，因为按常理，应该是跳蚤、而非蟑螂。

毡帽的小伙子们一起蹦跳舞蹈。这景象引不起施坦·理查德的兴趣，挤过人群走到石窟口。他把吃饭时间推后了——他喜欢把愉悦保存起来、总是把最好吃的一口留到最后——迄今他才喝了半品脱葡萄酒。

玄武岩石块被风、雨、雪冲刷得粗糙，看起来像未经硝制过的兽皮。洞口已被睡莲环绕；施坦·理查德的鼻子被浓烈花香刺激着。一波突如其来的思乡情侵袭而来，因为他知道——不仅得自《父辈书》而且也得自他的记忆流，家乡的塔楼也是建在洞穴处的；事实上，建造者还使用了来自爆破的岩石碎块。他看见面前的波芭拉软塌塌瘫挂在她的帆布椅上。接着出现的是那个出名的铜臼，他祖父巴林特清除灌木时发现的：现在被波芭拉使用了，自从医生禁止她吃甜食后，便成了藏匿她美味佳食的器皿。她对那些蛋形的淀粉糖块情有独钟。

施坦·理查德想起他离开时玛雅兰①时得到的那个蛋形计时器、一个幸运符。

这块华丽的计时器乃我曾曾祖父所发现，其时他如野狗般在被称作公牛草坪的林间空地求生。成为我祖父的所有物后，他修好了它。从他传给我的父亲——施坦·伊什特万，又不得不亲自修了很多次，以便它能再次显示日、月、甚至年。现在它是我的。但其中残留着一个喜怒无常的小造物，俨然它不是一个计时器，而是在时间里漂泊的旅行者，时不时会丢失一两个月份，偶尔竟能错上十年。

在黎明搭建的摊档边上，一个乳白色面孔的农民正在售卖从他的货车篷子下拿出来的洛林糕②。附近拴着他的两条牧羊犬，它们的毛很不自然地剪短了。施坦·理查德不确定是否该尝尝洛林糕。他的胃

---

① 原文为匈牙利语，意即"匈牙利土地"。
② 用干酪和腌肉等做成的法式奶蛋糕。

经常不舒服，而且恰好刚度过一个糟糕的夜晚，可能是头天晚上吃了马赛海鲜杂烩的结果、浸足了教区本堂神父的女管家家酿的葡萄酒。施坦·理查德没办法无视海产，喜欢生长或孕育于咸水的一切，即便是来自法国南部、里面有各种蟹类和贝类的这种黑鱼汤，更别说还有一些可食藻类了。

新焙的洛林糕的气味盖过了睡莲，施坦·理查德开始舔起嘴唇来。或许他们可以给他半片？正当他踌躇中，身后的人群静了下来，给一辆黑穗四轮马车让开道路，一个面色铁青、身着制服的车夫驾驭着几匹有羽毛装饰的马。这条路转向山谷那个乳白色面孔、卖洛林糕的人停货车的地方。四轮马车放慢速度掉转头。一位贵族装扮、戴面纱的女士从四轮马车窗口向外张望。她看见那两条秃毛狗时叫出声来："多么无礼啊！开车，快点！"

车夫挥鞭打马，它们便突然加快了步伐，使得四轮马车很是颠簸了一下。前轮脱离路面开始向深沟方向滑去。铁青脸的车夫冲着立起来的马匹吆喝，但它们无力扛住四轮马车侧转时所产生的动力。施坦·理查德跃至四轮马车前，想把它拖回到路上，但当四轮马车朝他全速猛冲时，他感到自己的力气在衰减，而车厢正危险地倾斜。当他曲身扛住木轮辐时，喉咙里发出可怕的咔嗒声，仿佛他要被轮子压烂似的；女士惊恐的声声尖叫伴随着他骨头碎裂的噼噼啪啪。

据目击者说，我倒在马车轮子下，四轮马车从我身上碾过，是我的胸膛用它断裂的肋骨阻止了四轮马车和它的贵族主人扎进深沟里。看见的人都以为我已经当场死亡。在千钧一发之际避免了一场灾难。没过一会儿我就忍住惊人的疼痛站了起来，这简直是个奇迹。于是我们两人都重获新生,我和德·勒沃侯爵小姐①:同年年底我们结婚了。

德·勒沃侯爵小姐是一位贫穷男爵的长女;她的极度虔诚是远近几个郡县小道传闻的主题。施坦·理查德对此一无所知。这位面纱女士跳下四轮马车,向他俯下身来非常焦急地问道:"先生,您还活着吗?"

施坦·理查德只说了句:"终于。"

侯爵小姐没听懂。"医生!叫医生来!"她喊道,幸亏人群中有个庸医在场。施坦·理查德闭上眼睛,但还是看见了女士的蜜色肌肤、黑夜般的乌发和锁骨上的三角胎记。他落下欢欣的眼泪,这时庸医给他喝了一种止痛药水。

断裂的肋骨一痊愈,他就到德·勒沃侯爵小姐的领地找到她,优雅地询问他该求得谁的准许才能与她携手。

"我啊,先生②;在这个世上我是一个孤儿。"

最后出现了一位大腹便便的叔父,叫让-巴菩提斯特·德·勒沃,在她尚未到年纪继承其已故父亲赌剩的那一点点遗产时,是她的监护人。叔父乐于给他送上对这桩亲事的祝福,他和其他家族成员私下都以为她会被束之高阁呢。迈向婚姻的最后一道障碍——德·勒沃家是天主教徒——由于未婚夫在婚约中同意转而接受、并允许子嗣受教于罗马天主教信仰,被跨越了。即便他在人生之初是犹太教徒,他寻思道,现在又有什么理由要执著于祖辈的信仰呢?

---

① 实际上她并非侯爵的女儿,她的父亲是男爵。英语中只有对男爵及其妻(男爵夫人)的称呼,人们为表示对男爵子女们的尊敬,会用其他头衔称呼,如,此处的侯爵小姐。

② 原文是法语"主教",但译者怀疑这是英译者的笔误,很可能是把法语的"先生"(Monsieur)误写成"主教"(Monseigneur)了,二者读音相近。故下文均译为"先生"。

当施坦·理查德问起的时候，他们已经订婚了："小姐，我能问一下您为什么在我们初次相遇时认为那个卖洛林糕的无礼呢？"

"我亲爱的先生①，您不认为把狗剃得赤裸裸的是很无礼的吗？赤裸玷污了精神！"

德·勒沃侯爵小姐是一件彻头彻尾的奇珍②。她禁止有她在场的时候谈论任何有关男人内衣、肠道运作或类似的可耻话题。她受不了施坦·理查德在她旁边进食，也受不了与未婚夫同桌用餐。按照侯爵小姐的意愿，他们的婚礼在尼姆大教堂举行，由主教主持仪式。波芭拉在几十个远亲的陪同下参加了典礼，两轮载货马车的队伍似乎永远没有尽头一般。当宣布小姐自此便是施坦侯爵夫人——"咬住暴风雨的关键"③——的时候，从波芭拉那边传来咯咯咯匈牙利式的洪亮笑声。

施坦·理查德只在一件事上不向妻子的要求妥协：他丝毫不想在法国南部过小贵族日子。他的理想是回到玛雅兰故乡，但他明白侯爵夫人没可能跟他去那儿。如果非得留在弗朗卡卢奇不可，他会以自己的能力和努力养活自己和六个儿子，这是他在婚宴上一片掌声和祝福声中许下的诺言。他想继续自己的文法研究，不管它是否能养家糊口，因为真正的男人不能仅仅靠养家糊口过日子。面对夫人的斥责，他回之以从巴黎沙龙学来的妙语：你想让我为了尼德兰④而牺牲荷兰么？夫人面露困惑时，他不得不对这句委婉的俏皮话做出解释：荷兰代表昂贵的花边之类无用的东西，而尼德兰则表示身体的下面部分。街头女郎们为了前者而提供后者。

---

① 与前同，译者认为此处本应是"先生"，但英文译者仍用了"主教"。

② 原文为法语。

③ "施坦侯爵夫人"Marquise de Stern 的法语读音听起来像是 mar‑keys dö störn，在匈牙利语中，mar 有"咬"的意思，key 是"关键"，而 störn 则是"暴风雨"。所以波芭拉觉得可笑。

④ 荷兰的正式名称。

除了文法研究计划，他还有更多基于他荷兰同学的说法而想到的赚钱方案。据那小伙子描述，荷兰有不计其数的风车，不仅用来碾磨谷物，也用来发电，从而使机器运转和灯光照明成为可能；有些地区已经完全用它取代了编织工人的手工劳作。施坦·理查德不大指望能在弗朗卡卢奇寻得对这项计划的支持；那些他选来吐露这些秘密想法的为数极少的听众都对此报以大笑。他百折不挠，决定在德·勒沃领地那座上百年的水磨坊旁边起建另一座用帆捕风的磨坊。他从荷兰带回了设计所需的书籍；为了能够阅读它们，他用六个星期的时间就基本上熟练掌握了佛兰芒语。于是他购置了所需的材料，整日站在那里指导他选中的为数不多、比较智慧的劳工们在领地上建造帆叶。他想象着新磨坊——刚开始挖地基的时候村民们就议论纷纷了——可以交替用来碾磨和发电、用他独创设计的开关设备控制。

等到了这一天，我无法理解我竟是那么羞惭。我的机器设备就连捕捉风力这项最基本的功能都不具备，尽管我事先已经花了很多时间仔细考虑过这事，并以我众所周知的精密作风解决了各方面问题，把所有计算都检查了好几遍。我成了大家嘲笑的对象，侯爵夫人在这件事上永远不会原谅我。

施坦·理查德一直和卡米拉克院士以及在巴黎大学结识的其他杰出学者保持着即时联系，也保持着与沙罗什保陶克学院的联系、特别是在学期间就备享诗人殊荣的措肯雅·巴林特。正是从后者那里，施坦·理查德得悉学院是在极其艰难的条件下建立起来的。这所知名学校的主管们从未面临过如此困境：不仅是书籍、即便是书写用的纸张和墨水，都几乎无法提供。他写道，匈牙利文化这片领域是干涸的休耕地，无人认为它有任何重要性；我们国家的知识精英阅读的是德语，如果他们果真阅读的话；似乎他们连说匈牙利语都不情愿。少数有能力、有办法耕耘我国科学、艺术之人，宁愿在海外度日。这个民

115

族的特性正在迅速消逝。

在字里行间读到的责备激起了施坦·理查德迟早要返回自己出生之地的想法。他用极其委婉的方式探询卡米拉克院士的看法。麦斯特敦促他务必前往玛雅兰，并在该国尽可能宽且广地在旅行。如此一来，他便可以利用这个机会收集数据，看看卡米拉克理论是否在落后如他的国家的地区也站得住脚。这些话刺痛了施坦·理查德的爱国情感。多么法国式的傲慢自大……不管怎么说，我们还没有证明卡米拉克理论在任何地方都全然适用。他很愿意跟侯爵夫人说说他的两难困境，但自从发生了丢人的风车事件之后，夫人煞费苦心地避开他的存在，事实上，最近几个礼拜都拒绝让他进入她的卧室。施坦·理查德并没有为此受太大困扰；即便在好的时候，他的妻子也只允许一种情爱方式：穿过她睡衣上小心设置的缝隙。

在他们结婚周年前夕，施坦·理查德被让－巴菩提斯特·德·勒沃传召，后者拐弯抹角、哼哼哈哈，最后终于说了出来，他的结发妻子对他提起了一项非常严重的控诉。

"侯爵夫人？*我的神啊*①，不会还是风车那件事吧？"

"噢不是，我亲爱的先生，是一件更为严重的事。侯爵夫人想召开会议……*您明白吗？*②"

"我当然不明白！"

"斯通先生③不知道这个会议意味着什么吗？我徒劳无功地劝阻过她，可她不听我的；她会把我们都带进闲言碎语的毒蛇窝里去。我告诉过她的：耐心点，好上帝无疑④会保佑你们有孩子的……"

---

① 原文为法语。
② 同上。
③ 原文为法语，"施坦"的原文是匈牙利语发音的Stern，但在法语里变成"斯通"（Störn）。
④ 原文为法语。

"就是这个问题吗？就是她没有因我而怀孕？"

"正是①。她凭空产生要证明她丈夫是*性无能*②的想法。谁听说过这种事？我们这儿已经近五十年没有召开过这种会议！我知道您现在是什么感受，斯通先生。或许她会再想想的。"

施坦·理查德顺嘴溜出了他所知道的全部法语咒骂词句。他明白自己深深陷入了麻烦的泥沼。侯爵夫人一辈子从不改变自己的主意是出了名的。他既对匈牙利法律一无所知，也对法国法律不甚了了，所以需要帮助、为他提供好的建议。他把尊敬的本堂神父引以为可信之友，后者向他解释说，这种会议本质上就是在专家当场见证的情况下由宗教法庭主持的性交程序。

"如果这就是她想从我这儿得到的东西，那她能够得到！"施坦·理查德涨红了脸发誓道。他们正在喝第二瓶葡萄酒。唉，他的信友未抱信心。第二天，全村都知道玛雅尔③先生器官疲软。窃笑步步紧跟着他。他脸上装出一副对自己的不幸漠不关心的高傲神情。

德·施坦侯爵夫人当真向宗教法庭呈递了诉请。她在申请中表示，为公正起见，恳求安排"十位对此类事情有专业知识的医生和产婆"，而不是依法所定的四位专家。施坦·理查德想就这些事商量商量，但他的妻子把自己封锁在她那一翼的楼层里。施坦·理查德写了一封长信，雄辩地指出，侯爵夫人毫无道理，如果仅仅因为，到她拒绝施幸于他为止，常规性交不少于二十四次。

贴身女仆把撕成碎片的信还给他："夫人抗议说，她不接收如此无礼的言辞。"

"她甚至没有读它？"

---

① 原文为法语。
② 原文为拉丁语。
③ "玛雅尔"就是前文所注之马札尔，即匈牙利人。此处译自其法语读音。

"是的。"

"那她怎么知道言辞无礼呢?"

施坦给她写了另一封信,还是变成碎片回来了。在其中一片的背面写着:"让法律裁决!"

预备检查在尼姆①的一间浴室进行。医学专家们的结论一致认为侯爵夫人已经"无可置疑地被夺去了童贞"。施坦·理查德喜气洋洋。然而,他的喜气洋洋很短命。德·施坦侯爵夫人声称,医生们观察到的只是"她丈夫粗俗而无能的*修好*②结果,而非公认的恰当行为。"当天夜里弗朗卡卢奇的客栈都回响着最新消息:"那个玛雅尔人只能用手指头抠!"

大会将二人召到同一间浴室。根据卡米拉克院士的建议,施坦·理查德呈上一个特殊要求:"确保我妻子沐浴得彻底。她的下身不可使用街头妇女使用过的钳具。"

奇迹中的奇迹,侯爵夫人竟然同意当着证人们的面沐浴,从头到脚遮得严严实实,但对她丈夫说:"先生显然对街头妇女的习性相当熟悉!"

施坦·理查德在转向床上的侯爵夫人之前,吞下了四个鲜鸡蛋黄③,她的帷幔已经被法警小心翼翼地放下。"我要让她怀个男孩,六个的第一个,"他攥紧拳头发誓道。他浑身汗水如注,可下边却毫无动静。"不可能!我会有六个男嗣!六个男孩!六个男孩!"他用自己的母语惊恐地说。

"您被召到这儿来不是为了做祷告!"侯爵夫人鄙夷道。

时间推移。皱巴干瘪的矮小产婆之一在帷幕后屡屡窥视,向众人汇报道:"没有,什么都没有。"

---

① 法国南部城市。
② 原文为斜体 rapprochement,是外交辞令,建立友好邦交的意思。
③ 中西民间都认为鸡蛋黄有壮阳功能。

"我糊涂了！……我被施了妖术！"他像得了气管炎似的咯咯叫道，还加上了些委员会和他极其敬神的妻子都听不懂的匈牙利语脏话。

尼姆市民，以及从弗朗卢卡奇聚集到此的人们，下了大赌注，有的赌丈夫，有的赌妻子。当委员会公布决定的时候，把赌注押在施坦·理查德身上的那些人亏了本。这桩婚姻立马宣告无效，侯爵夫人恢复了本姓德·勒沃，她的前夫被禁足在领地之外，他的所有物用货车拉到了教区本堂神父家，他第二次寄居于此了。

"接受上天的安排吧。"神父说。

"如果你不把上帝掺和到这件事里来，我会感激你的！"

他在巴黎逗留了三天跟师友们道别。他向卡米拉克院士复述细节的时候，后者难以置信地直摇头。这回施坦·理查德加述了他是如何知道这个女人毫无疑问是他注定要娶之人的故事。

"或许你弄错了，结果她不是那个人。"

施坦·理查德耸耸肩，又罗列种种特征，像诗行一般："外国口音，蜜色肌肤，黑夜般的乌发，锁骨上的一个三角形胎记。"

他在弗朗卢卡奇打点包囊的时候发现，除了书，他几乎没有要其它任何东西。他买了一辆有四匹可靠马匹的货车，这样就不会因为要依靠沿途驿站而听他们无休无止的唠叨埋怨。在法国尚未与妻子彻底反目成仇之前，他在集市上撞见德·勒沃侯爵夫人。这个女人挽着一位赤褐色连鬓胡须、戴高顶礼帽的绅士的胳膊，无忧无虑地在摊档间逛着，让人怀疑那是不是真正的她。更惊人的变化是，她的头发竟然变成了浅栗色，法国人称之为深褐发色。施坦·理查德大叫道："侯爵夫人！"

那女人没有抬头看。她继续淡然地走着自己的路。就在同一天，施坦·理查德从领地上的一个马车夫那里发现（作为回报，给了他一张十法郎的纸币），儿时害过的猩红热导致她基本上完全秃了头，从那时起就一直戴假发。"我很惊讶这对斯通先生来说竟然还是新闻……在弗朗卢卡奇这是众所周知的事！"

对施坦·理查德而言，监狱里的时间流逝就像一条烂船浮游的过程，只不过，漂流得极其缓慢，恍若世外。他吊挂在囚窗上的时候深思着时光的神秘特性，贴靠着被汗水弄得滑溜溜、有些温暖的铁栏。他试着抓住它们一点点往高处攀，但手指迟早都会向下滑行，他掉落在粗糙的石头沿儿上，小臂上划破的伤口跟脚镣磨破的痕迹相似。

有时候好像连一刻钟都没有过去，而记录他这无休无止的日子竟似乎比挨过它们还要艰难。然而，不管如何，表面上看起来没有尽头、蜗牛爬行一般的上午、下午和夜晚，开始叠加成周周和月月，当这个囚徒已不怎么期盼的时候，第一个年头过去了。他在《父辈书》里用小勾在他被囚期间的日历上按部就班、小心翼翼地做了标记。这就像是一条被牢牢困在芦苇荡里的船，最后被推开、加速，只不过是为了搁浅在沙洲上再次动弹不得，直到谁也不知道什么时候的时候。不管如何，唉嗨，真是想不到啊，第二个年头也过去了，在它结束的时候突然向前推进，恰如一只鹰在广张两翼、恒久静止之后如闪电般猛然扑向猎物。

当时光之鹰捕捉到它最多汁鲜美的猎物——这个世纪本身，施坦·理查德还在斯匹尔伯格城堡监狱里。教堂的午夜钟声响起之时，他在床边跪下；由于没有桌子，他在《父辈书》上书写时也是这个姿势。会发生什么不寻常的事情么？毕竟，日历不是每一天都能向新世纪翻页的。

什么都没发生。

好吧，至少这个世纪过去了，他想道。他通宵未眠，头一回用祷告、接着是数数来锻炼头脑。他数到九千九百九十九的时候停下来：某种无名恐惧攫住了他，不让他说出有四个零的数字。

在新世纪的头几个小时，一名囚徒开始用低沉喑哑的声音唱起来：大路在我面前哭泣，小道在我面前悲伤……施坦·理查德泪水奔涌而下。他出生的那个世纪终结了，而新开始的这一个则可能除了潮湿的囚墙什么也不会发生。斯匹尔伯格的窗子如此之高,他完全看不到外面。

还是有事情发生的。自从侯爵夫人把他抛到一边,他的生殖器头一回有了动静。他本以为那是他久违了的某种东西。直挺得显而易见。有那么一阵子,他没有费心去攥紧自己的男人气概,而是由它自行衰退。徒劳而已。他不由自主地把它紧紧握在手中享受着,直到它松弛屈服。

波芭拉已经教导过他,一个人在新年第一天无论做了什么,他就会做上一整年。啊,如果这对本世纪头几个小时来说是真的……那我就会陷入无尽的麻烦之中了。从那天起,他几乎没有哪个早晨不梦遗的。由于这个,他饱受负罪之心的拷打。在他童年时代,在塔楼的那些岁月,那位牧师大人会拜访他们,主持弥撒、教导孩子。在他的要求下,施坦·理查德按时汇报他是如何玩自己的。牧师大人摇着头大不以为然:"你万万不可自渎!那是魔鬼干的事!它会腐蚀你的大脑!"

在半黑的牢房里,在他自己体液的蒸腾中,他自我安慰道,他的头脑再也没有别的腐蚀之事可做了。在他那爬也似的漫漫日子里,这是唯一记录的事件。他在斯匹尔伯格分到的空间非常狭小,只有他后来在蒙卡奇的一半。

我的时间如此之多,我的空间如此之小!

他在《父辈书》中用大写字体写道。他仔细琢磨自己是不是偶然发现了哲学真理。难道上帝给了他这么狭小的空间——他的囚室只有五步乘以五步那么大——所以他就分得了大量的时间?反之:他被赐予一个巨大的开放空间,就只能拥有有限的时间?的确,他的祖辈们在他们故土和世界上游走多处,却没有一个活得长久。当他施坦·理查德在法国四处旅行时,周周月月倏忽飞逝;而在这儿,被埋在黑暗的石头匣子里,除了他,时间也被捉住了。

回顾青春岁月,他现在发现自己的孩提时光被伦贝格惨事齐刷刷地一分为二。早年在施坦家获得的温暖安乐窝的气息难以忘怀,而黑吉哈特葡萄园令人发晕的甜蜜气味则更有甚之!他的肌肤还记得亚伦祖父胡须那虽粗糙却令人宽心的触感,他仍能听见犹太语祷告声,那些词语没有被解释过,孩子们得在周日塔木德课上用心学习。其中一些施坦·理查德仍旧能低声背诵,如果他闭上眼的话:*巴鲁克·阿塔·阿多奈……*怪哉,你眼睛一睁开就不行了。

对于孩子们来说,施坦家的世界是名副其实的天堂,他在冷冰冰塔楼里为此而哭泣,在后一个地方,波芭拉用柳条惩罚他微小的违规行为,更严重的则用带挽手圈的马鞭。小阿茨提,施坦·理查德的小猴子,更是难以忍受这个政体,在伦贝格灾难之后不久便开始显露出崩溃垮掉的迹象,到了夜晚便爬进最不可能的地方。他从食物贮藏室微小的通风阀门处挤了进去,早晨的时候,地板上撒满蜂蜜、油脂、果酱以及陶器碎片。波芭拉命令施坦·伊什特万扔掉"那个怪物"!

施坦·理查德紧紧抓住他父亲的手掌,呜咽道:"亲爱的爸爸,不要,拜托!亲爱的爸爸,拜托您别让她这么做!"

小阿茨提那次是逃脱了。可是下一回,他迂回进入正点火烘焙的烤炉,把胳膊、眉头、肚子烧得炭黑炭黑,半疯狂地跳上跳下,痛苦地尖叫,进而在盘碟锅杯中间发泄地大搞破坏;接着,他被追赶的时候,从一个炮眼钻到塔楼墙外,跳到台沿上,途中弄掉了一个百叶窗。他不顾一切的嚎叫声只有波芭拉刺耳的怒吼才盖得过。

"我亲爱的小子,"他父亲说,"我们别无选择,只能把小阿茨提送回他的来处。"

他徒劳无用地呜咽、哀求,小猴子永远从他的生命中消失了。据说他们找到了那些吉卜赛人,把他还给了他们。现在,回想起来,他莫名其妙地确信他们是弄死了阿茨提,尽管他父亲对此显然没有责任。施坦·伊什特万的心肠太温良,做不出这种事来。

阻止我窥探未来的第一次惨败是我在弗朗卢卡奇的婚姻；第二次则是我从蒙卡奇获释。我相信我的囚门永远不会打开了，我的牢狱之禁将持续到我的日子尽头。正是这个预感使我在这本书上如此详细地记录下关于自身我的各种经历。我不再怀抱有希望、以为用六个儿子来引诱我的那个误导式预言还可能实现。我怀疑自己不会拥有能够受惠于我的训诫与忠告的后代了。可是上帝似乎有别的想法，决定对我另作安排。我被释放了，跟那么多年前我的被捕一样令人出乎意料。

施坦·理查德在释放他的德语文件上签了名；他只把它粗略瞄了一眼，因为知道它是说什么的：他没有资格对其被囚提出补偿要求，无论是现在还是将来；而且，他保证将来尊重、不违反奥地利皇帝的法律制度。

尊重！我早年也是那样做的；可我沦落至此。我的全部罪行加起来不过是在跟一些文化巨擘通信时谈及匈牙利语的语法问题、却不知道他们是共济会①分会的成员。时至今日我对那个神秘、隐秘的社团也没有一个清晰的概念；我只知道我的目的就是想要搅一搅匈牙利文艺与科学这片浑水。如果那就叫破坏法律，那法律就是狗屁。

施坦·理查德被捕之时，詹姆斯党阴谋②的元凶一案已经了结。

---

① 共济会也称"美生会"，字面含义是自由泥瓦匠。中文"共济会"一词取其组织性质。其会员被称为"美生"，中国美生会员则称之为"兄弟"。
② 詹姆斯党，指支持斯图亚特王朝君主詹姆斯二世及其后代夺回英国王位的一个政治、军事团体，多为天主教教徒组成，英国本土及法国均有参与者。

科辛奇·弗伦茨①，他曾与之有过书信来往的法国杰出文学家，被判处死刑。这激怒了施坦·理查德，他联合措肯雅·巴林特上书陛下，乞求王室赦免，并让很多沙罗什保陶克的前拉丁语学生签了名。给他捏造的案子主要就基于这封甚至还没有送出的信：法院裁定签名者所使用的立论相当于叛国罪。

他被释放的时候，不知道该去向何方。他在受审期间已经收到波芭拉祖母的死讯。按她的要求，她被安葬在围着塔楼的花园里，挨着她的儿子施坦·伊斯特万，后者在理查德尚在沙罗什保陶克做学生时就到他的创造者那儿去了。他首先朝觐的就是这两座坟冢，虽然他知道塔楼现在属于陌生人了，因为他的处罚包括没收其财产。

波芭拉祖母后来迁居到德布勒森，其生活方式变得极其局限。他的叔叔阿诺什已经消失得无影无踪。他的一个酒友声称，他在维也纳做龙骑兵队长，用的名字是约翰·施坦诺夫。然而，他向各种军事指挥所发出的问询信件，得到的答复完全相同，由一个德语单句构成，要是复杂些的话，便是："经过详尽的查询以回应您的书面请求，我们很荣幸地通知您，您所寻找的有关人员，在陛下的这支军队中不存在，无论是在武装军人还是在非作战服务人员当中，都没有任何人姓施坦诺夫、施坦或施坦诺夫斯基。"

施坦·理查德在父亲和祖母坟墓上放置了用山谷中的百合花扎成的花束，从中午到日落都跪在那儿，哀悼、回想、祷告。然后，他把自己托付给神的怜悯，从坟后的那株树上折下一截，扔向貌似没有尽头的空间——他现在有很多了。不知道我还剩有多少时间？他再也不敢相信那些未来的幻象，它们回来困扰他、甚至在他跪着的时候，主要是以一个妻子、六个儿子的形式。但新娘总是与他全无欲求了的侯爵夫人德·勒沃相像，于是他一个激灵把自己从幻景中释放出来。

---

① 科辛奇·弗伦茨（1759—1831），匈牙利作家，18 世纪末、19 世纪初振兴马札尔语言的重要人物。

他开始享受既没钱又没具体目标的生活，根据车主对他邀请的温暖程度选乘一些马车四处旅行。经过一番漫长而迂回的旅程，他来到沙罗什保陶克，学院看门人扫了一眼他的衣着和蓬乱的胡须，没有任何犹豫便把他领向为旅途中的绅士们所保留的普通住所。在这里，他还得到了一碗稀粥和一罐鲜奶。第二天早上他睁开眼，发现一名男子坐在他旁边的凳子上，被清晨斜阳照得半亮。这男子正望着他。他似乎很面熟，至少是那双闪闪发光的黑眼睛。

"理查德！施坦·理查德！"那人惊呼道。

"天哪，措肯雅·巴林特！"

"理查德……您出了什么事？您去了哪里？"

他们互相拥抱，却说不出话；他们用深埋于男人心底的无声呜咽哭泣着。过了一会儿，他们平静许多，各自向对方讲述自己在监狱里遭受的折磨、降临在他们家人身上的灾难，交换其他种种消息。措肯雅·巴林特自始至终都被羁于库夫施泰因，与之相比，斯匹尔伯格或蒙卡奇便是温泉度假胜地了。施坦·理查德头一次得知科辛奇的死刑判决由于国王的恩典而改为无期徒刑；所以他仍在监狱中，尽管在理查德获释后不久他便被转到蒙卡奇的那座施坦·理查德相当了解的监狱。科辛奇能够看到外面的山上么，他揣想道，或者，他得到的是斜坡那一侧的囚室么？对于这个问题，施坦·理查德多年后才得到答案，当他阅读科辛奇记述狱中岁月的日记时。

措肯雅·巴林特在学院担任希腊语和拉丁语助教。他已经闲了九个月左右。他提醒施坦·理查德说，间谍和线人无处不在，他得把这个牢记于心，必须言行得当。

"有时甚至隔墙有耳！"他低声说。

他答应施坦·理查德说，他会跟学院语法研究系主任、著名教授特勒第说说。于是，因为措肯雅·巴林特的关系，施坦·理查德在母校得到一个做法语助理的工作机会。他的任务是维持图书馆里法语书籍的正确秩序，并修订编目。他发现这个工作与自己倒是相宜，他一戴上合适的老花镜——他的视力已被狱中岁月大大削弱——便会在他负责料理的珍贵书籍当中或蹲或跪上一整天。他很少会拿到一册书却不阅读的，至少也要读一部分。他很快便适应了这种生活方式，而且不难想象他可能会作为一个戴眼镜的书呆子度过余生。

他接受了措肯雅·巴林特的建议，跟任何人交谈的时候都不会放松警惕。可是他不能、或者说是不想抵制恢复通信联络的诱惑；在监狱里，也许正因如此，他错失了太多东西。他用学院的黄纹纸写信，并用紫色封蜡将护封封上。他把自己获释的消息发给卡米拉克院士，但来自巴黎大学的简要答复说，麦思特已提早两年退休，而且不久便去世了。弗朗卢卡奇的本堂神父告诉他说，在他的风车曾经竖立过的地方，从图卢兹来的一个异国舞女开了家妓院，传闻她已经受到法国南部所有主要城镇的驱逐。侯爵夫人的健康状况良好，还是没有子女；她的第二任丈夫得了一场重病，已经进了坟墓，有人说是非洲梅毒的变异。

他也恢复了跟他文学界朋友的联系。他最忠实的通信人是丹碧斯基·恩德雷，后者娶了措肯雅·巴林特的姐姐，搬到德布勒森的系里教书。他与另外两名德布勒森教授合作，正致力于具有开拓意义的《1795 德布勒森语法》的修订本和新编本。在这种联系中，施坦·理查德对他们发表了一份很长的备忘录，反对德布勒森地下社会的基本信条，认为它们过度依赖传统观念。

> 按照一定规律从旧有词语中创造出新词、在类推法的基础上从他国借用无悖于匈牙利精神的语词，不仅是合法的，而且我们必须积极鼓励作家和学者创造这种语词；出现在文学作品中的语词结构若有使用价值，则应以列表和辞典的形式公之于众。

措肯雅·巴林特坚决反对这种观点，他姐夫也是。"我们父辈的语言是神圣不可侵犯的。在现代性的口号下，像破衣烂衫似的对它修修补补是不妥当的!"

晚上在学院房间里进行的辩论会变得如此激烈,以至于他们的教师同事们抱怨太吵。时值科辛奇·费伦茨从监狱里获释,他们都尊此人为权威,一弄到他的地址便寄去一封联名信提出他们的问题。一直没有得到科辛奇·费伦茨的回复,可能由于某种原因护封没能到他手上。

施坦·理查德惊讶于他竟如此突然、如此强烈地感觉到了父母的缺席,还以为这类感觉在他的心里早就死亡了呢。他即做梦又看见幻象,其中出现得较多、较频繁的是他母亲,无论是在夜间还是白天。他脑海中所保留的她的形象,恰恰随着时间的流逝而产生了魅力:眼角的鱼尾纹渐渐消失,疣状的额头变得平滑,多层下巴紧致成一个。在她儿子的想象中,她的身材变得更为苗条。她的短粗手指生得长了、细了,笨重的脚踝修整得雅致。同样的神奇变形也发生在他父亲施坦·伊斯特万身上,还有他的两个兄弟罗伯特和鲁道尔夫,程度上没么大而已,他们俩不会像他自己那样已然老去,即使是在他想象中也不会。

这些一厢情愿的想法促使他写信给施坦家的人——他在黑吉哈特的亲戚们。他仔细掂量要写在纸上的每一个字词;他不知道他所记得的人们有谁还活着,也不知道亚伦祖父在伦贝格惨事后对其女婿的恨意还剩下多少。来自亚伦祖父本人的回复快得出乎意料,一开头就说明了他的手已经颤抖得再也无法书写,这封信是他口述给曾孙女丽贝卡的。丽贝卡是他的孙子本杰明的第二个孩子,本杰明是亚伦的女儿艾丝黛尔的儿子。他,施坦·亚伦,对自己活到第七十九个年头深感惊讶,全家人正群情激昂地进行着庆祝他八十岁生日的筹备工作。他们认为活到这样的耄耋之年是一种成就,然而它更是一个负担,他写道,因为大量的痛苦记忆就那么增了又添、添了又增。就这一点,曾孙女在信中插入一个括号注曰:亚伦大叔热衷于抱怨,可是照这个样子下去的话,他会活到一百岁。

信件一封接一封,施坦·理查德不久便收到诚恳邀请参加亚伦大叔八十寿辰的庆祝,这将是远近亲族齐聚一堂的场合。他热情地感谢他们的邀请。

我在九月三日启程。我恳求马车捎上我一程又一程。夜幕降临时分我还在田间,但第二天就到了图卡伊。我从那儿靠自己的两条腿步行到黑吉哈特,比我的预期提前一天到达。

我到村里的时候,太阳高挂天空、被蓬松的云彩所遮盖。我沿着沉甸甸载满胖鼓鼓葡萄串的匝密葡萄架走着,心跳到了嗓子眼。这将是一个葡萄丰收的好年头。

道路陡然转弯,就像人的胳膊肘,山上是一片墓地。他垂着头走进墓园,按照犹太人的习俗戴上他的帽子。当他用食指顺着灰棕色石头上的刻痕进行描画之时,脑子里升起遥远的过去残留下来的希伯来字符,拾得了那些名字、或多或少。他内心在震颤,害怕痛苦会随之而来、假如在这些古老符号中他偶然发现一个是家人或朋友的人。但他发现没有。后来他听说,亚伦爷爷想为丧生于伦贝格的那些人立一块纪念碑,但勒夫·本拉比——那时还健在——没有允许。拉比自己的墓碑,按照他的意愿,只有一句古老的犹太祷辞。

施坦·理查德继续向前,更远更深地进入自己的过去。在溪流急转弯的地方,老颂塔格客栈还在,如今额外扩展了一层,还加建了一翼;招牌新粉刷过:拉比诺维茨和伯克。一个较小些的告示宣称:一流的洁静①饮食——请勿②赊账。施坦·理查德有一种要纠正告示拼写错误的冲动,但压制住了他好为人师的本能,继续走他的陡峭道路。会

---

① 原文为 koshere,比正确单词 kosher(意为符合犹太教规的洁净食物)多了一个 e,故将"净"写成"静"以示别字。

② 英文版原文中,告示把 ask 写成了 aske,故译者将"勿"写作"匆",以接近原貌。

堂似乎扩大了不少。它用大石板重建了。在它的背后，一段河床也拓宽了，几级花岗岩台阶把它与河岸连接起来。四位非常年老的男人坐在打着旋的冷水里发出咝咝咯咯声，眼睛闭着，他们的白胡须像树皮筏子一样漂浮在水面。沐浴净身的仪式，施坦·理查德想道，依稀记起曾和他父亲及祖父共享过一回，感觉到冰冷的水在他皮肤上流动。

"理查德！施坦·理查德！"他从溪水里起来时用玛土撒拉①之一的声音喊道，一只手朝他挥舞着，像只瑟瑟发抖的鸟。

"亚伦爷爷，"施坦·理查德磕磕巴巴地说道，凭的是推断、而非认识。他的祖父曾是强壮、魁梧的身形；而这位老先生更像是一个孩子，他的皮肤干巴巴像羊皮纸般围绕着他的骨头，他的遮羞布露出的部分已变成了灰色；施坦·理查德不得不强迫自己望向别处。"我必须走过去，拥抱他，亲吻他！"来自过去的感觉涌了上来，当他将这古老的、被时间磨得破败的身躯拥在怀中时，当他抚摸这潮湿的、布满鸡皮疙瘩的皮肤时，当他又听见这高调们嗓音一遍又一遍重复他的名字、又笑又哭时，他明白了，他突然明白了，他终于回到家了。

在他出生的房子里，现在住着他的姨母艾丝黛尔。一切都是那么熟悉，但不知何故有点陌生。

施坦·理查德②跟他的亚伦祖父共进了晚餐。他到来的消息在一天工夫里便传到所有住在黑吉哈特的亲戚那里了，一个接着一个。原本施坦·理查德无法把面容与名字对上号，尽管他的确用心记着后者。没有任何人提及，但他重新发现的这个家庭明白，正如施坦·理查德自己明白的那样，在未来，他将住在这里，跟他们一起，为了他们。在学年结束时，他告别了沙罗什保陶克的学院，搬到黑吉哈特。他原本享受着亚伦祖父的款待，但次年春天，家中的男性成员联手给他在山上的墓地上方建了一栋房子。

---

① 希伯来《圣经》中最长寿者的名字。此处意味非常苍老。
② 英文版将施坦·理查德误作施坦·亚伦。译文加以更正。

他继续做他的教师，为黑吉哈特犹太神学院的学生带去他在外语方面的才华，与此同时也不懈地继续着他自己对知识的追求。他学习希伯来语，尤其探索犹太法典，同时他也没有放弃对匈牙利语的研究。在作家、编辑人科辛奇·弗伦茨为促进语言所做的全国性努力中，他发挥了重要作用。他为匈牙利语所创造的六个词语得以及时普及应用，在他活着的时候就看到它们被录入辞典。他的全部收入都花费在书籍上。

科辛奇跟比他年轻二十多岁的伯爵夫人索菲·托罗克结了婚，当他发现自己陷入经济困境时，便把藏书卖给了沙罗什保陶克的学院，施坦·理查德发现后大怒。他给诗人写了封电闪雷鸣般的信。*不应当从学院那里获利，愿它得到一千次祝福*。这封信，他也从未收到过任何答复。这促使施坦·理查德坚定了自己的意愿：在他死后，他的书籍和著作将无偿赠与学院。

他的姨妈艾丝黛尔经常摇着头说："你最好还是结婚吧。"

"现在为时已晚。"

"净瞎说！"艾丝黛尔开始列数黑吉哈特当前和近来的新郎们，全部都是他那个年龄段。成功者的名单继续着，直到施坦·理查德插嘴道："别再说了，亲爱的姨妈……记住，我已经尝过婚姻的滋味，我可不想再来第二次！"

"不要一朝被蛇咬、十年怕井绳，只是需要再试第二次而已！我们会给你找到一个让你流口水的女孩！"

施坦·理查德铁了心要结束这种交谈："我的新娘必须有蜜色肌肤、黑夜般的乌发——是真头发而非假发套，还有一个三角形胎记——在她的锁骨上。最重要的是，她必须说外国话。这就是我的梦想。*言出必行！*①"

他很肯定自己是在缘木求鱼，当他被引见给本地区适婚女子们的

---

① 原文为拉丁语。

时候大感困惑,她们所有人都讲外国话,譬如斯洛伐克语、俄语,或意第绪语。也不缺少蜜色肌肤或真正的乌黑头发——只是没有三角形胎记。施坦家族的妇女们把脑袋拱在一起商量道:咱们可以做一个胎记,所需要的不过是一点点墨水罢了!但在她们实施计划之前,一个非常远、非常穷的布拉格亲戚雅娜来拜访他们。看见她的那一刻,施坦·理查德如雷轰顶。

从雅娜身上我才知道竟有人比我所能想象得还要出色,无论是内在还是外在。那番描述完全适用于她:她的肤色像当季的蜜糖,她的头发色如乌木,而且她只会说支离破碎的匈牙利语,她的母语是捷克语。说真的,在我们的新婚之夜,当我脱下她光闪闪的婚纱礼服时,并没有在她雪花石膏般的躯体上发现胎记;但我立刻在她的脖子上挂了一块三角形石头,黑色的,用金链穿着,我买给她的。从此以后,她一直戴着这块珍贵的石头,无论白天或是夜晚。多年来我不敢相信会实现的幻象预言,就这样应验了。

他们第一个孩子适时出生了,是个儿子,强壮而健康。他被命名为奥图。在他之后,每隔约两年的时间,降生了费伦茨、伊格纳茨、米哈利、尤瑟夫和约诺什。

施坦·理查德在家人的怀抱中活到了耄耋之年。

如今,七个荒年也许终于过去了。我的祖辈和我都饱尝了我们的磨难;从今天开始,让幸福岁月招手。如果我们有一颗星,它将永恒存在,甚或更久。

第五章

尽管白炽的热浪高涨，叶子却一片不动；时间似乎慢得停了下来。如同发着闪闪微光的毒蛇，热力甚至一点点钻进了地窖的深处。葡萄酒在变质、发粘，酒劲和酒香都慢慢蒸散了。倦怠的蜜蜂围着甜滋滋的马尔瓦西亚葡萄①懒洋洋地绕圈子。地里龟裂的缝隙不断扩大，就连最老道的行家也认为查视乃不智之举，免得他们的脸被地狱里吹出来的疾风烧焦。白喉莺、凤头百灵和山雀的歌声在这片土地上已甚少听到。只有布谷鸟的叫声偶尔打破寂静，还有啄木鸟在干巴巴的树干上固执地轻叩。

上流人士定期造访纳吉法鲁客栈找乐子。博尔达斯·贝内德克起初只是瓦尤拉布什②一个普通酒保，但随着岁月流逝，他意识到，顾客层次越是有钱，他就越有赚头。他卖了自己路边的酒馆，在纳吉法鲁③建了一家客栈，在水闸看管人的小屋旁边。在这里，最好的吉卜赛乐队倾力演奏，特兰西瓦尼亚最好的厨子们在厨房忙碌，赏心悦目的鲁塞尼亚④乡下小姐们伺候在橡木餐桌间。饱餐的绅士们可以在客栈宽敞的客房放松放松，从美味佳肴的纵情狂欢中恢复过来。博尔达

---

① 马尔瓦西亚葡萄是匈牙利地区所产的一种酿酒葡萄。
② 在匈牙利境内。
③ 现位于斯洛伐克境内。
④ 对东欧古俄罗斯地区的称呼。

斯·贝内德克打理得精心，装了镜子的洗漱台上总有挺括纤薄的餐巾纸摆在一旁，而床头柜上则总有一碗水果，配以黎明时分新鲜出炉的扭结面包卷。

热情的乡下小姐成打成打地流连于客栈，她们当中有些人身世不清，另一些——尤其是来自波夏哈罗姆和卡萨博克尔两地之治安盲区的——倒是傲慢地高扬其首。一群特别放荡的常客解下博尔达斯·贝内德克沉甸甸的钥匙串，拿着它奔向小蒂萨河，打算把它扔进河里，宣称"从今往后纳吉法鲁客栈永远不会关闭它的那些房门！"

而它从来没有关闭过。最好的葡萄酒源源不断地从桶里往玻璃酒杯一倾而尽，与此同时，他们还在火上烧烤、烘炙着大量野味和家禽，特兰西瓦尼亚厨子们总喜欢在它们的肚腹内藏些令人惊讶的东西：或是一整只烤熟的小些的鸟，或是一个内里掏空、塞满心和肝的苹果。但是，绅士们并不总是要求端上这种厨艺杰作，博尔达斯·贝内德克价目牌上更为简单的、自制的常规佳肴颇受欢迎：例如微温着端上的猪肉油渣，或是和腌肉一起炸的面团。

在门厅的一块木板上宣称："可按要求准备任何菜肴，如果材料可得。"客人们有时对博尔达斯·贝内德的声明会进行最为苛刻的测试，但他几乎总能兑现承诺。唯一让他提心吊胆的来客是汪达尔①团伙。这些粗鲁的家伙令左邻右舍恐惧。汪达尔团伙无所畏惧，几乎没有哪个星期能安然度过——没有他们的决斗、狂欢、或其它盘桓在吧椅周围的冒险事件。某个八月里，在整夜的豪饮和酗酒狂欢之后，他们把纳吉法鲁的基督受难像涂成红色——愿上帝饶恕他们的罪孽——还在十字架上的基督嘴里塞了一个柠檬。还有一次，他们强迫吉卜赛乐队脱光衣服，把他们倒吊在客栈门口旁边的橡树树枝上，并命

---

① 如前文所注，汪达尔人原是古代日耳曼民族的一支，后被用来指称故意毁坏文物、文化等人类文明的野蛮人。此处亦即流氓、暴徒，或街头混混等。

令屈辱的乐手们吊在那里演奏他们喜欢的乐曲。装饰着镜子的大堂几乎每个月都会被他们捣毁。虽然他们有钱的父母一定会赔偿损失,博尔达斯·贝内德克还是无法忍受他们。每当他听见他们雷鸣般的马蹄声在平原上响起——他的耳朵如今对此相当敏感——他就祷告曰:"愿天花要了你们所有人的命!"

可是天花有别的事务要处理,从来没有要了汪达尔团伙的命。他们每个星期都骑着马来,有时候,令主人大为懊恼的是,每天都来。那些已经快活了的人们想方设法地避开他们;酒吧间里甚至没有一个人仍旧在他们的桌旁坐着。他们齐膝的马革长靴在进门时粗野地踏响地板,最后进来的则砰地一下摔上身后的门。他们来到角落的那张桌子,用自己的马鞭往下啪地一抽,施坦·奥图、长着狮子鬃毛般泛红头发的老资格汪达尔,则立即大吼道:"葡萄酒!白的!最原汁原味的!"他有力的话音令人肃然起敬:吧间里的苍蝇都安静了下来,只听得见厨房里的肥胖苍蝇还在嗡嗡作响。

负责保持桌面清洁的老欧希拿着抹布冲过来,但没有拒绝他们,否则她的臀部一定会挨一掌掴。六个高脚酒杯瞬间空了,博尔达斯·贝内德克可以来上第二轮。很快就是第三轮。汪达尔们知道怎么喝,别无他样。小约诺什,最年轻的一个,总要跟所有的女招待跳舞,有时甚至会拖住欧希围着桌子打转。其他来客不敢发笑;他们已经明白卷入这种遭际是不明智的:流血事件从未远离。由于这些造访,博尔达斯·贝内德克几乎总是发现需要驾上他的马车、带着写下的清单去找他们的父母,往往有几页之长,为那个特殊夜晚的闹饮提供了历史记录,实际上,是极其详尽的描述。他们的父亲、施坦·理查德,则是这些描述的热心史学家。"它完全超出了我的理解范围,他们怎么会如此乐于捣毁一家客栈呢,"他自言自语地抱怨嘟囔,一边在自己的皮钱袋里摸寻。

"他们就是年轻、昏头而已!"雅娜咕哝道。

博尔达斯·贝内德克心下想道,如果这些汪达尔是他自己的儿子，他会把他们劈成两半，但他保留了自己的想法。施坦·理查德是个书卷气十足的人，在当地广受尊崇，因此在其六个儿子的丑行上获得宽宥。施坦家族管理着该地区葡萄酒酒商、零售商声誉最高的公司，尽管看起来主要是妇女们在工作，以便让她们的丈夫有钱可花在他们的突发奇想上。地板坚固、饱经风吹雨打的办公室，掌握在艾丝黛尔·南纳手中，一位年近八旬的佝偻老太。她戴着椭圆眼镜如此近地贴视着折叠起来的账目单张，以至于鼻子尖上经常沾有墨水痕迹。

在运酒商贩中间流传说，不跟艾丝黛尔·南纳打交道就不知道什么是讨价还价。艾丝黛尔·南纳被暗地里称作最后的犹太人①，这是当时指称匈牙利塔罗牌的第一张牌"异教徒"的术语。她用鞭子把一个侮辱她的罗马尼亚商人抽得差点瞎了，从此无人敢当着这个尖脸老妇人或她家人的面冒犯她的祖先。那时她大概年届七十，力气却丝毫不减。她齐腰的灰色长发总是精心盘成一个庄重的发髻；每当她脾气上来，一绺头发就会挣脱开来，开始有它自己的生命，像个微型信号旗般飘动。

雅娜——施坦·理查德的妻子，现在即将过完她的第五十个年头，还保留着她原来的肤色和发色，她的丈夫为它们愿意走遍佩斯 - 布达②所有的地方；无论是她肌肤的蜜色还是柔滑发丝的乌木色，都没有消退，只有在眼睛的周围生了些小鱼尾纹，揭示了岁月的流逝。雅娜成了艾丝黛尔·南纳的左膀右臂。她如此自然地掌握了葡萄栽培的奥秘，仿佛天生就是一个施坦家的人。这两个女人无需交谈便能相互理解。没有哪个人让施坦·理查德嫉妒的，除了艾丝黛尔·南纳，她似乎要求雅娜效力的时间相当长。如果他提出抗议，艾丝黛尔·南纳会用片言只语截住他："什么都别说，理查德。你躲进象牙塔把自

---

① 原文为拉丁文。
② 即今天的布达佩斯。原是在多瑙河畔隔河相望的两座城，右岸为布达，左岸为佩斯，后经过几个世纪的变迁并成一座城。

己埋在你的书本里，总得有人打点店铺啊。"

雅娜以施坦·理查德的名义负责制定整座山丘上的葡萄园的管理规则，它们随后为所有生产商所接受。由一些缩写和标志所确认的特许执照悬挂在山丘葡萄园行会总管办公室里，其行文内容每个月都要广而告之一次。汪达尔团伙甚至会把它唱出来，由吉卜赛乐队伴奏，在夜出活动高潮的时候，用变了味儿的库鲁茨歌曲《帕尔科好汉》的旋律。

> 由于开辟太多路径对葡萄树有害，现规定各人保持其旧有路径。若陌生人走辟新径，行会总管将予以逮捕，且从陌生人处所查获之物皆归其所有。
>
> 如有人偷窃葡萄、携归自己酒窖，盗窃行为一经查实，将没收那些葡萄。若行窃者乃未得父亲同意而偷盗之孩童，则上述处罚可免。
>
> 在此山聚众斗殴将被罚款十八个弗罗林，五个归市政当局，其余归所有者。如造成损害性后果，则将进行评估，另处罚款。
>
> 若出于敌意携带剑或火枪，行会总管将拘捕当事人，并将其锁在他的房屋内。那些没有管好围栏而使牛群散走者，应赔偿损失。
>
> 未告知行会总管之前，任何人不得径自销售其葡萄，也不得转让其租约。违者仍将支付罚金二十个弗罗林金币……

雅娜为自己的话被吟唱颇感自豪。施坦·理查德却失态地说："可怜的狗杂种们！你们就没个正经！"

通常而言，每两个月他就对儿子们彻底地大发一次雷霆。他会让他们在塞满笨重、晦暗家具的餐厅里列队站好，每次都或多或少地揍他们一顿。现在，你以为你究竟是在干什么啊？为什么他们以为自己可以随心所欲呢？以为他们拥有一切、包括那些核桃树？家里不得不为他们的胡闹埋了多少次单啊？他们会长大吗？

男孩们的眼睛直勾勾盯着地板听着这番讲话。等他们的父亲发泄完，奥图做了他们的发言人。"亲爱的父亲，就请您不要太沮丧吧，我们只是让自己消遣消遣罢了！"

然后他们就从施坦·理查德的话里挑刺儿，他摇摇头原谅了他们。"看在老天的分上，做些有用的事吧！"说完他便走进自己的书房了。那年他正在将一些希伯来语祷告词译成匈牙利语，以便那些不懂《旧约》语言的人愿意的话也可以做做祷告。（他也首次制作了一个希伯来语－匈牙利语的词汇表，几乎是在九年后，伯格·伊西多印刷厂印制了一百五十份。当他细查印章清晰度和排版质量时，施坦·理查德不禁想到，这一定会得到他的先祖苏茨沃爷爷的赞许。）

这六个汪达尔当晚回到纳吉法鲁客栈。施坦·奥图要求送上一个黄花闺女，等他得到了，又用剑尖把她追赶出他的房间，大吼大叫道，如果这个妓女是处女，那他就是帕卡索斯飞马①。最后他的兄弟们设法使他平静下来。小约诺什提议玩纸牌游戏。施坦·奥图却不愿意："为什么我要把我自家兄弟身上的衣服脱下来？咱们跟其他人玩！"但是没有人真的想和这六个汪达尔分享一张绿毡桌台。"我觉得好无聊！"施坦·奥图粗声粗气地说道，"咱们骑到下面的大蒂萨河②比赛游泳吧！"

"这个星期我们已经玩两次了……而且你总是赢！"米哈利说。

"那就击剑比赛！"

"你也总是赢。"

"那你给我讲个故事！"

可他的兄弟们都不像他那样是擅长讲故事的人。他们会哄笑、狂

---

① 古希腊神话中生有双翼的神马，其蹄踩踏之处有泉涌出，诗人饮后可获灵感，故亦指代诗人的灵感。

② 中欧地区的一条主要河流。

饮葡萄酒及烈酒，但到最后还是施坦·奥图给其他人讲了一个故事，讲他自己在关于过去和未来的幻象时刻所看到的一切。他的兄弟们不确定是否该相信他。最倾向于相信他的是老四米哈利，后者宣布自己将来要做著名将军或政治家时，还穿着他的短裤呢。他心目中的英雄是亚历山大大帝。他希望在自己的事业生涯中会遇到一个像戈耳迪绳结①那样的结子，他就会用自己的军刀将它一下劈断。他吃了一惊，当施坦·奥图告诉他："你不会成为将军，但你会当选为国会议员……下个世纪将有一条街道以你的名字来命名，在佩斯-布达……这就是说在布达佩斯。"

"布达佩斯？"五个年轻人全都爆发出一阵大笑。事实上，是六个人，因为这个词对施坦·奥图而言也一样可乐。

这个预言成为其他四兄弟对他进行无休止戏谑的由头，他们自此便叫他诺巴迪·诺比②。奥图的宣告没人当真。他自己也弄不明白的唯一一件事是，为什么是他的眼睛被来自上天的神力选中、得以观看时间之流。他童年的时候还以为那些过去和现在对大家来说都是可见的，至少有时候是。他尤其想说服自己的兄弟它不是开玩笑的事。要是他能够预言在不久的将来很快就会到来的东西就好了！可是没有这样的机会出现。

六个人中，诺巴迪·诺比是最严肃、最勤恳、最智慧的。年长过他的两个小伙子，费伦茨和伊格纳茨，与奥图在同一层次的是他们的

---

① 戈尔迪是古希腊神话传说中小亚细亚弗里基亚的国王，他在自己用过的一辆牛车上打了个分辨不出头尾的复杂绳结，并把它放在神庙。神示说，能解开此结者可统治东方。但无人能解。几个世纪之后，亚历山大统一了希腊全境，以征服者姿态来到弗瑞吉亚，得知戈尔迪绳结预言，拔剑辟开绳结，解决了这个难题。后来他果然统治了东方，而且建立了横跨欧、亚、非的亚历山大王国。

② 原文为 Nobby Nobody，Nobby 是从 Nobody 空造出来的，二词构成一个人名，实乃笑他是"无名小卒"。

体力、而非智力。他们甚少说话，如果想要什么东西，会直接武力夺取。女孩们恐惧地躲着他们，哪怕是出身最卑微的。然而，随着米哈利的到来，好像有一股其他类型的血液输进这个家庭，而随他之后到来的小尤西①和约诺什，外形上像他多过像奥图。尽管这三个年轻小伙儿们加入了兄长们的娱乐活动，但破坏和暴力几乎都是其他几个所为。

施坦·奥图以军队式的精准来组织汪达尔团伙的活动，他只要一声令下，就不容许有任何反对："我们到蒂萨河游泳，骑马到埃兹拉②集市！"

他们都觉得在集市上会发生些骚乱，令他们头发花白的父亲不得不再次把手伸进自己的钱袋，并给他们好一顿训斥、而且还是公正应当的。在这些例行的责备过程中，经常都是在对奥图说的，是时候让这种狂欢落下帷幕了，要么便是至少别让米哈利、小尤西和约诺什过这种败家子儿的生活；以他们的情况，应当在心智上得到教育。"可以把他们送到学院里去！"

雅娜不愿听到这话。"他们还是在这里喝酒胡闹的好。葡萄园迟早传到他们手上，要学习那种生活的来龙去脉，最好是在这里。"

施坦·理查德不同意，但此时他关注现实世界的能力已大大丧失。看起来六个人当中没有一个会受到体面的教育了。这有时令施坦·奥图烦恼，但他把此念一挥而散，如同一头动物的尾巴赶走了一只苍蝇。

施坦·奥图把他紧握的拳头捶到纳吉法鲁客栈的实木餐台上："起床啦！你们还等什么呢？"

博尔达斯·贝内德克慌里慌张地跑了来。"我能为您做什么呢，先生？"

---

① 尤瑟夫的昵称。
② 在蒂萨河畔。

施坦·奥图像往常那样为十二点叫了餐，以及新的女人。店主委婉地询问他是否有钱。施坦·奥图前几日从他母亲那里得到了些，故而傲慢地厉声回答"我不会欠你的账！"仿佛是在回答一个毫无道理的问题。他从不会让自己的兄弟们付账，也不会让任何其他人来付账。有时候他脑中确实闪过事实上都是别人在支付啊：他的父母。他耸了耸肩。提前使用我继承的财产，做我想做的事。

他命令吉卜赛人过来。乐队跟在他们卑躬屈膝的领头儿后面。施坦·奥图起了歌：*大路在我面前哭泣，小道在我面前悲伤……*这是他们的父亲最喜欢的歌曲。他总是被它感动。奥图已经从过去的场景中看到过几次波芭拉（父亲的祖母）把这首歌教给她的孙子。他的五个兄弟立刻加入进来：他们都从他们的曾祖父施坦诺夫斯基·巴林特那里继承了音乐天赋。这时候，菜单上的第二道菜①已经到了。施坦·奥图握着她们的下巴把她们一个挨一个地检查。姑娘们不是太瘦就是太嫩，没有哪个看起来像是有过卧室经验的。"我说的是女人，不是儿童！"

博尔达斯·贝内德克张口结舌，做着最坏的打算。"先生想要贞洁的……至于年岁大些的人，我可不能担保年长者的贞洁了。"他但愿施坦·奥图下地狱。要是这个呆瓜知道找到新鲜妓女有多难就好了！这个地方的女人已经让汪达尔们用了个遍。有女儿可卖的一贫如洗的家庭，一直在哄抬她们的价钱。而最后都是这位可怜的老店主来支付一切。

与此同时，施坦·奥图催促他的兄弟们挑选各自的女孩，但他们都磨磨蹭蹭的，没有兴致。奥图也没有。他不明白自己这是哪儿不对劲儿了。一个人的青春就是用来吃、喝、跟女人和哥们儿厮混的。我是不是今天上午把我的青春留在家里了？

正当他琢磨这个，米哈利说道："咱们和和气气地离开这里吧。

---

① 指奥图要的妓女。

咱们去做高尚些的事情。"

很显然,其他四个有相同的想法,他们开始把自己的东西收到一起。施坦·奥图爆发出无法遏止的愤怒,用他的胳膊把酒瓶、酒杯一下子扫下桌子,在地板上摔得粉碎,跟着他的兄弟们抬脚便走。

博尔达斯·贝内德克挡住他的去路:"那谁来付钱呢?"

施坦·奥图往地上扔了一把票子,用胳膊肘推开闻起来有股子大葱味儿的店主。他走到大门口时,其他人已经在马鞍上了。"嘿!等一下!现在上哪儿啊?"

"回黑吉哈特去,"小尤西说,"在会堂里有个集会。"

"什么样的集会?"没有人回答。兄弟们已经踢马跑开,施坦·奥图跟在他们后面。他的心情已经变糟了。他觉得很受伤,他的弟弟们似乎滑离了他的控制。五个弟弟在他们成长过程中无条件地把他作为领导者来接受;而现在,他们那无限崇拜的神圣光环滑落了。但他决定慷慨地准许这次偏离作为特例。为什么他们不能去一次尤西和其他人愿意去的地方呢?

溪流满涨起来,肯定是他们在客栈的时候升起来的。一路上的水都到了马肚子那儿;现在他们不得不把靴子从马镫子上抽出提起来以保持干燥。水流卷过来一只死猫,施坦·奥图的马惊得连连后退;他用自己的大腿内侧夹紧这匹动物以使之保持平静。

他们到达犹太神学院的时候,已经有三十来匹马在草坪上打着响鼻。由于还有很多人可能是步行前来的,两间互通的房间已经满员,有些人站在狭窄的走廊里。

"我们来得太晚了!"米哈利说道。

"得了吧!"施坦·奥图说,率先跨上一扇穹顶窗户,而不是打门口进入。他的兄弟们跟着上。里面的人嘘嘘嘘地要求他们安静些。台上,施坦家的远房亲戚施坦·米卡萨正在朗读一页纸,他把蜡烛举得如此近,以至于施坦·奥图觉得它随时可能着火。

施坦·米卡萨的尖嗓音不停地打住;他感动得眼泪都出来了。

"鉴于我们马札尔母语已陷入不完善的泥沼被冷落了几个世纪,我们今日在此相聚,受启于我们对母语的热爱,应我们高度尊重的、博学的黑吉哈特犹太神学院匈牙利语教师及哲学与艺术博士布洛克·拉约什先生的邀请,成立一个马札尔协会……"①

听众们鼓着掌。布洛克·拉约什坐在前排,被一而再地提示站起身笨拙地鞠着躬。等安静下来后,施坦·米卡萨继续道:"我们盼望在家园的圣坛上,聚结我们谦卑的想法和努力,尽我们的绵薄之力。让我们马札尔协会为我们的语言教化、为哲学与纯文学之花而努力。让伟大的马札尔神作为指导我们努力的精神,如此,达到我们预期目标之际,我们便能为我们自己及跟随者的可见成果而颇感欢欣。"

掌声又一次响了起来。施坦·米卡萨一再鞠躬,他的右手掌伸出来指向布洛克·拉约什。

"万岁!万岁!"四面八方呼喊着,而施坦·奥图的声音则高扬在大合唱之上。

有几分钟场面一片混乱。听众们、主要是黑吉哈特青年精英们,把帽子抛上天,互相拥抱,大力地握手。这种热情捕捉并攫住了施坦兄弟们,觉得他们成了特殊历史时刻的一部分。

台上一个约摸十四岁的红脸黑发男孩显然是在等着轮到他自己。施坦·米卡萨开始发出咝咝声试图遏制观众的激情。由于这证明徒劳无效,他便敦促男孩开始。可他费了好长时间才准备好。

米哈利向奥图靠过去在他耳边轻声说道:"可是,我们是犹太人,为什么要成立一个马札尔人协会,而非半马札尔、半犹太人的呢?"

施坦·奥图思考这个问题的时候,下一个问题又出来了:"而且为什么只是伟大的马札尔神是我们的指导精神呢?那我们的信仰怎

---

① 这段话用的是文绉绉拗口的书面语。

么办?"

"马札尔语跟马札尔神是一起的。"施坦·奥图说道。

黑发男孩站在台上好长时间。他在朗诵被他们称为"匈牙利的贺拉斯①"的诗人维拉格·贝内德克②写的一首诗:

> 当青春尚绽笑颜,
> 带着意志的力量,
> 你应踏上荣光之路:
> 缪斯之所持
> 非银,亦非金,
> 乃桂冠及虽死犹生。

施坦·奥图的心情出乎意料地发生了变化。事实上,从事母语、哲学、纯文学、科学等等研究是多么高尚的工作啊!父亲为这些事情贡献了毕生精力,为什么我们不该为它们献身呢?他简直等不及朗诵结束了。掌上还未平息他便推挤着来到人群的中央,用他洪亮的嗓音宣布:"我以施坦家族的名义承诺一千弗罗林,支持马札尔协会的高尚目标!"

彻底静默了一阵子,接着爆发出足以把屋椽掀起来的雷鸣欢呼;施坦·奥图也被协会创办者们抬得齐肩高,往他们那个方向抛去。(他的兄弟们担心他们会把他摔下来,因为非常清楚这个身躯的实际重量。)贝莱兹内·西吉斯蒙德要求上台发言;山坡上的地曾经一度属于他的家族。"如果犹太人都能如此慷慨,我们也会尽可能地多捐些!"他承诺了捐赠两千。

---

① 贺拉斯(公元前65年至公元前8年),古罗马著名诗人及文艺理论家。
② 维拉格·贝内德克(1754—1830),匈牙利启蒙运动时代的著名诗人。

很多人陆续以他们为榜样：数目如此迅速地增大，施坦·米卡萨几乎都跟不上了。为了庆祝匈牙利协会的成功创立，碰一杯的建议被提了出来。施坦·奥图自豪地挺起他壮硕的胸膛；也为他今晚使局势利于自己而感到高兴。在他们以一种舒适的慢跑方式骑马返回的途中，米哈利问道："可那数以千计的钱是打哪儿来的呢？"

施坦·奥图哼了一声："会有的……"可当他想到又得伸手要钱时，喉头便紧缩起来了。父亲肯定会对一项良好的文化事业予以支持的！毕竟，他为此献出了自己的一生。当然啦，找母亲更为明智些，她在金钱方面比较心软。不过，一千弗罗林是笔真正的财产……或许五百就已经够了……或是三百……嗯，现在为时已晚。他决定回头再考虑这件事。他也可以等到第二天再为它烦心嘛。

到了晚上，他在自己的记忆中起劲地搜寻有助于他发现马札尔协会前景的东西，看看能否找到支持他向父亲提出恳求的论据。可是，他所希求的东西压根儿没有出现；而只有关于他本人的记忆和早前发生的事情在他脑海中翻卷。他趴在那儿，想着姑娘们——没睡着的时候总是这样的，是他在博尔达斯·贝内德克的客栈享受过的那些，而不是他作为求爱者追过的那些。他最投入追求的是拉卡玛兹①海德哈西男爵排行中间的女儿克拉拉，可那个家族没想过要接近像施坦家族这样的小人物。

施坦·奥图也不能完全确信他会在嘴唇毫无血色、总那么苍白的男爵小姐身边度过余生，尽管随她而来的丰厚嫁妆着实多少增强了他对联姻的兴致。如果在他认识的圈子里有个适婚姑娘能用那些小荡妇们的姿态点燃他的激情，那该有多妙啊，她们的破衣烂衫虽然散发着森林的霉臭，皮肤却像大理石一般光滑无瑕。

雅娜急切地盼望奥图能尽快成家，艾丝黛尔·南纳也同样催促他。"我想要六个男孩，就像你的好母亲生的那样，趁我还能享受他

---

① 位于匈牙利东部地区。

们带来的乐趣。"

当然了,他的母亲和祖母想象在他身边的是那种富裕的犹太女孩。施坦·奥图知道——他看得到——他只会有一个孩子,而且不会是由犹太女人将其带到这个世上的。但他不愿扫雅娜和艾丝黛尔·南纳的兴。

第二天早上,他咬紧牙关鼓起勇气把那一千金币的事带到早餐桌上,但施坦·理查德感觉不大舒服,没有下楼吃早饭。接下来的一天,施坦·奥图在拉卡玛兹度过,所以,支持匈牙利文化这件事在施坦家里又没有讨论成。施坦·理查德、雅娜和艾丝黛尔·南纳是从派送到各个赞助人家里的马札尔协会公报的栏目里得悉了他的高尚姿态。回应施坦·奥图早晨问安的,是父亲的一顿皮鞭子:"你那脑壳里是不是连一点理智都没剩下了?你怎么就觉得我会为了你最近的蠢行开咱们的保险箱呢?你都没有廉耻了吗?你是不是高兴在每个人面前都丢了你的自尊?因为你会的!因为我们不打算给钱!你已经把家里的钱财倒腾得够多够久了!"

施坦·奥托架起胳膊护着自己的头,挡住雨点般落下来的抽打。"可是父亲,匈牙利语和艺术的悲哀现状怎么不让您心寒吗?您,所有的人!"

"匈牙利语言和艺术,没那回事!你是不是把那种无稽之谈都囫囵吞下了?你签上自己名字的那些东西究竟读了没有?为什么你要把钱浪费在那上面?几个急性子头脑发热的人领导不了语言的教化活动。如果你想支持文化事业,你该把你的钱捐给苟延残喘的可怜学院!我干了什么呀竟然得了你这么个白痴?这就是你给你兄弟们树立的榜样!别让我看见你,你这没用的东西……"他吼叫着,用鞭子把他上上下下从左到右抽了一个遍。施坦·奥图令他失望。

"够了,父亲,因为我不能保证自己不动手!"他比施坦·理查德高出一个头,而且宽出许多。他们俩都气喘吁吁的,目光对峙了好一会儿;接着,儿子转身走了出去。他走进楼上的图书室,在壁炉前的熊皮上躺下。思绪在他头脑里打旋。如果父亲不给钱,他就会被烙上了不可磨灭的耻辱印记,那就不得不离开此地。另一方面,根据他预见到的未来,在别的地方有他的容身之所,新的地方,他的儿子会在那里来到这个世界,一个儿子,他的名字将是——如果那些符号可信的话——西拉德。

他听见父亲在跟母亲争吵、在艾丝黛尔·南纳介入之前,然后砰的一声门关上了,施坦·理查德骑马出去消解他的怒气。我的弟弟们会在哪儿呢?

屋舍陷入一片静寂,只听得见外面小溪的潺潺水声。躺在地板上,施坦·奥图可以看到铅条玻璃窗的外面:园子里柳树树冠长得如此巨大,修剪的人可以轻易爬上去钻到它上面去。不过,也许反之亦然,有邪恶企图的人可以钻进去;他应该跟父亲说说得把枝条修剪修剪。一阵甜丝丝的刺激气味撩拨着他的鼻子。蜂蜜面包……他最喜欢的美味。他犹豫着:该不该走下咯吱作响的楼梯要一片呢?但这可能只是他的感觉在捉弄他。外面的太阳猛烈地照射下来。倘若克拉拉如太阳般微笑青睐于我,那简直就是苹果树大结其果、实在是太好了,他想道——下周是克拉拉的命名日。我要带花给她。还有一箱最好的葡萄佳酿,如果艾丝黛尔·南纳准许我的话。如果不准,我就自己偷一箱。

他翻了个身。身子下面的地板吱嘎了一声。有一块地板明显翘了起来。这是什么?顶楼是他父亲早些年加建的;那个嗜饮烈酒的建造商弄得错漏百出,施坦·理查德扣住了一些工钱,一些是暂时性的,一些则是永久性的。施坦·奥图把熊皮折叠起来。一块地板翘曲了,就要滑到托梁上。他抬起它,露出一条铺填了毡子的长缝。一个大金属箱横卧于此,还有两本用上等白色细麻布包裹的书。他能看到其中一卷是法文的,是本颇有年头的圣经。另一本是……嗯,嗯……《父辈书》。他从很多渠道知道它的存在,但从来没有获赐一睹。任何这类要求都遭到果断拒绝:"到时候你会拥有它的!"

施坦·奥图犹豫了。他敢不敢打开它呢？假如父亲发现他在这儿偷窥藏在地板下的东西，肯定要揍死他。可他无法抗拒诱惑。到最后，他还是用颤抖的手指翻开了已磨损的簿子。已经写了三百二十页。施坦·理查德甚至在封面的内侧也龙飞凤舞了。

打这一天起，施坦·奥图抓住每个可能的机会流连在图书室里，偷偷地阅读《父辈书》。施坦·理查德不明就里："你在想什么呢，我的小子？你以前可是什么都不读的呀！"

"我已经决定了，父亲，"他撒谎道："我要振作，申请进学院。"

"说得好！"施坦·理查德列了一份长长的、他必须了解的著作清单。

施坦·奥图把其中的一些摆放在他身边的地板上，但一俟他独自一人，便会拿出《父辈书》来。他觉得最重要的知识存在于它的封面后。他进展缓慢，因为只有在没有危险——书在手时被逮个正着——时才能集中精神。

他毫无困难地阅读了齐拉格·库尔奈的整洁手迹，尽管不得不猜测很多拉丁文标注。齐拉格·库尔奈一定是个一丝不苟的人：不仅清楚地给出了日期，而且每年都把他的资产和债务做成收支表。施坦·奥图发现，他的遗嘱和声明显示了他对世上重要事务的态度，也对齐拉格·库尔奈所了解或声称了解的已故父亲齐拉格·彼得及抚养他成人的苏茨沃爷爷做了详尽概述，其中包括了后者的纪念卷，内容长达二十四页，齐拉格·库尔奈起的标题是：记录我最美好的回忆。

施坦诺夫斯基·巴林特写了较少页张，而且，他那蛛网般的涂鸦很难破译。看来他只对音乐感兴趣。在一页末尾，他把一串音符涂鸦成一个圆圈。

施坦·伊什特万充满激情地详细记录了其家人在伦贝格遭遇的悲剧，似乎《父辈书》对这些可怕场景的成功描述会确保它们在此后的日子里困扰着他。

阅读施坦·理查德狱中日记的整个过程中，施坦·奥图都在抽泣,咬住嘴唇以免哭出声。

等他读过每一个字,他理解了为什么施坦·理查德不许他在时机成熟之前打开《父辈书》。不仅是他父亲,还有他的祖父,都描述了他们对未来的怀疑,而这一点令他知道自己也活不长:他的死亡会是突然而迅速的。与此同时,施坦·伊什特万的预言令奥图明白他也会跟自己预见到的命运一样:他只会有一个儿子,名叫西拉德。危险还离得远,他暗自想道,因为我还没有结婚呢,而孩子得在那之后才能怀上。他试着回想他的未来妻子是否在自己的幻视中露过面,却没有发现此人的任何痕迹。会是克拉拉吗?或完全是另一个人?

他把《父辈书》塞回窟窿里,盖回地板。他茫然地凝视前方。好像有什么东西随着簿子的填写而终结,如齐拉格·库尔奈所说,它是专门从意大利带回来的。据说是用著名的圣经缮写纸做的,原本是要承载神圣的经典,但由于某种原因,它未曾作此途用,倒成了这个家族的个人圣经。只不过现在它写满了,而这似乎是一个不祥之兆。犹如故事已经走到尽头。

施坦·奥图的解决办法是从意大利带回另一本簿子,忠实地复制着一本,而他将是第一个在上面书写的人。这样一来,尽头就变成了新的开端。但他必须极其秘密地行动,以免施坦·理查德立刻猜到他的一个儿子读过了《父辈书》——怀疑肯定会落到他身上。仔细掂量了一番,他认为最好是从赛伦奇纸制品厂订购一册大幅对开本,适合手写的贯纸。这可能会比原来的《父辈书》大五分之一,但厚度相同。封面上有鹿皮装订孔做装饰:是一个蛇形的 S,它已成为众所周知的施坦葡萄酒瓶、箱上的印章。然而,S 的涂金很快就会磨掉。

愿汝平安①。我重新开始,或者更确切地说,在这一天继续写《父辈书》,以我个人的名义和权利。作为施坦家族这一代人

---

① 原文为希伯来语,是一句问安用语。

的头生子,我代表我的家族和我的家庭祈求不可指名的祂在我们的道路上赐予保护和支持。

凭这几行文字,我结束了自己放荡的青年阶段,且正式承诺,在剩余的时间里,我不再干那些幼稚的勾当,取而代之地服务于公益事业。首先,我必须靠自己的劳动赚取我答应给匈牙利协会的那一千金币。因此,我发誓全副身心投身于家族的葡萄酒生意。

当雅娜和艾丝黛尔·南纳在一早来上工的马车夫当中发现了施坦·奥图,还以为她们看见幽灵了,他的块头和身高跟他们的确挺相称。"你想要什么?也许我该问:多少钱?"艾丝黛尔·南纳问道,以此代替了打招呼。

"工作。一整天。"

在一片不相信的叹息声中,他被分配去抄写装货清单。施坦·奥图抓鹅毛笔的动作一开始的时候实在是笨拙,但很快他就写出相当清晰可辨的文件了,尽管手指又粗又短、像他的裤子一样被墨水弄得斑斑点点,以至于雅娜最后只好扒拉出一条旧皮围裙给他穿上。到了下午,丽贝卡和随其后而至的施坦·理查德本人走进办公室,要亲眼看看这不是幻象或恶作剧:他们的大儿子竟自愿发奋工作了。

他的兄弟们无法解释施坦·奥图的大转变,吃过晚饭便轰炸似的向他发问。施坦·奥图回答道:"汪达尔团伙的时代一去不复返了。"

夜幕降临的时候,费伦茨和伊格纳茨在纳吉法鲁客栈;米哈利、小尤西和约诺什没跟他们在一起("如果奥图留下,那我们就不去了。我们上周已经把它涂得够红啦!")。

施坦·奥图也暂且不去拉卡玛兹了。他的勤恳和活力让人想起施坦·伊什特万全盛时期的最早那代人。施坦·奥图的长相也开始像他父系这边的祖父,尤其是他的脸,以及他修剪过了的头发和胡须。

下过第一场雪的时候,艾丝黛尔·南纳和雅娜让总会计师做了全年业务的收支表。其时，大部分的营业额均已完成，而签下的合同也足以偿付债务。"施坦葡萄酒商场"已有一年了，超过了历年业绩。每个人都认为这在很大程度上要归功于施坦·奥图，艾丝黛尔·南纳把桌上的铁钱箱推向他："你觉得该拿多少钱就拿多少吧！"

  施坦·奥托拿出二百弗罗林，然后，犹豫了一下，又拿了一百。那天晚上，他数了所有的钱放入施坦·米卡萨手中，要了收据。"接下来还有，"他说道。他要在三年内兑现自己的承诺。幸运的话，可能更快更早。他时不时会消失一天，没人知道他去了哪儿——艾丝黛尔·南纳和雅娜希望他是在偷偷追求某个适婚女孩，譬如拉卡玛兹的那个。

  哈努卡节①过后，米哈利告别了家人，搬到德布勒森，学院——多亏丹碧斯基·恩德勒出面——给他在那儿安排了住处。施坦·理查德自豪地拍拍他的背："你可别给我丢脸啊……那里很多人都认识我。"又靠过去贴近他的耳朵低声说："没必要宣传你来自什么家庭……明白吗？"男孩茫然地对他眨巴着眼睛，他声音更低地补充道："我们是犹太人，但这是我们自己的事，对吧？"

  施坦·奥图鼓动小尤西和约诺什以米哈利为榜样，反正还有时间，但家庭会议决定这两个男孩还不该离家。而费伦茨和伊格纳茨希望到维也纳旅行，并且，受了什么人的影响，请求上警校。施坦·理查德想到自己的儿子要做皇帝的军官，便飘了一身冷汗，正是这个皇帝的特务机关剥夺了他这么多年的生活啊。但他只表示了一次反对意见，即便如此，语气听起来也更像是阴郁而非命令。伊格纳茨和费伦茨答曰，时代变了。

  施坦·奥图耸耸肩："葡萄熟了就得摘。"如今他表达自己的时候只用葡萄栽培来打比方了。当父亲要他解释这句格言式话语时，他

---

  ① 哈努卡节，也叫光明节，犹太教节日。自犹太历的3月25日起，为时八夜，一般是在公历11月下旬到12月下旬之间。

明确地说:"让他们玩当兵的游戏去吧,如果这就是他们想要的。"

春天带来了大量雨水,褐色的泥流顺着山坡蜿蜒而下,溪水成流、流水成河。眼看着倾泻而下的水流涌入地势较低的葡萄园,酒商们的心直往下沉。他们挖壕沟排水,筑起沙堤,所有工具都用上了。施坦·理查德山顶的房子是安全的,老施坦房舍四周几乎被涨水的溪流包围,泛滥的河水冲进地窖,拍打着围墙外侧。那都是用当地红石头建造的,但是,用晒干的砖头砌成的后墙几乎在水里土崩瓦解了。木匠被叫来用梁柱撑住椽木两端。尽管如此,仍是岌岌可危;如果自天而降的大水还不停歇,可能出现更严重的情况。

正当整个黑吉哈特——从最年轻到最年长的——都在为洪水忧心忡忡之时,管理委员会的弗朗茨·纽锡德勒伯爵微服私访到此,下榻纳吉法鲁客栈。他将郡议会大楼作为拜访的第一站,向次长小卡托纳·盖雷伊·亚当送去拜访名片,后者立即接待了他。弗朗茨·纽锡德勒伯爵毫不掩饰其蒂罗尔[①]出身,用一种唱歌似的德语声称,他作为皇室特派员有一项机密任务,负责调查一个叫温克·利波特的图卡伊居民提供给警方的报告。据温克·利波特说,这里成立了某种以颠覆破坏为目的的秘密社团,其成员自称是公民自卫队,并穿着制服进行武装训练。元凶是无业法学家施坦·米卡萨和药剂师文巴辛格·南德尔。在与此案有关的各项事务方面,次长需竭诚服从专员指示。

小卡托纳·盖雷伊·亚当吃惊得张大了嘴。据他所知该地区根本不存在这种组织啊。他召来办公人员向先生们保证,无论是在图卡伊还是黑吉哈特都没有姓文巴辛格的药剂师;当地人得把他们的处方送到塞连驰[②],那儿有个叫费伦齐·伊奥佐欧的药剂师,是位惯于静坐自处的独居老鳏夫,很难被怀疑会参加这样的活动。施坦·米卡萨确

---

① 奥地利西南部的一个州,地处阿尔卑斯山脉。历史上曾建蒂罗尔公国,1363年后为哈布斯堡王朝所有。

② 位于匈牙利北部地区。

实成立了一个马札尔协会以促进匈牙利文化,但这样做是已获书面许可的。该文件正式提交给特派员。弗朗茨·纽锡德勒伯爵会心地笑了笑:"因为你不知道的事,并不意味着它就不存在。立即把施坦·米卡萨带来。"

法警没能在傍晚找到施坦·米卡萨,于是,审讯推迟到第二天。

当晚施坦·米卡萨在塞连驰的"郁金香之家"。这栋简朴的建筑隐藏在高高的石头围栏和百年老橡树后面;只有那些以口口相传的方式听说过它的人才知道它的存在。它的名字得自铸铁大门上的四瓣郁金香花冠。这房子只有一层,厚厚的墙壁直耸到拱顶,屋顶铺了瓷砖,门窗如此狭窄,以至于即使在白天也要燃蜡点灯。它由六个正方形房间、一个厨房、一个浴室和一个厕所组成。各个房间完全相同,而且,打开相互间的门就可以连成一个巨大空间,其代价当然是个人隐私了。这样的安排适合郁金香之家目前的用途:绅士们正在玩赌注骇人的扑克牌。

施坦·奥图是常客之一,施坦·米卡萨不常来,宁愿当狗头军师——如果他们让他当的话。施坦·奥托玩得咬牙切齿特别上心,如果没有带着翻了三番的钱离开,他会非常非常地不满足。施坦·米卡萨下注较小,可最后都得输掉。他从不赊欠;在这种时候,他就会气哼哼起身离开牌桌,观看别人在没有他的情况下如何继续战斗。

施坦·奥图那天一点也不走运。他被四个经常在一起玩的烟草商围在桌上,他们互相之间只消垂垂眼皮就能心领神会。当他带来参赌的钱悉数转移到了玩伴那儿的时候,施坦·奥图挣扎着站起身,拿着他的马刺、鞋跟咔哒作响地离开。施坦·米卡萨像普利狗[1]一样跟着他。"现在上哪儿?"当铁门砰一声他们身后摔上的时候,他问道。

"这与您何干?少管闲事。"

"别生我的气,我是站在您这边的。我觉得您代表协会所做的努

---

[1] 一种匈牙利长毛牧羊犬。

力很感人。"

"不是代表协会,是代表我自己。我遵守诺言。"

他们朝镇中心走去,他们的坐骑拴在那里。从来没有人把马拴在郁金香之家,免得泄漏它们的主人在里面。施坦·奥图朝一块圆石头狠狠踢了一脚,以至于它飞出去约两百厄尔①,哐当当击中了一根柱子。

已经过了午夜,两位骑者到了黑吉哈特河的第一个弯道。洼地已经淹了,水到了倦马的膝盖处,它们的蹄子危险地打着滑。施坦·奥图掉转了方向。他的堂兄弟以为他要找个浅滩,但施坦·奥图决定前往纳吉法鲁客栈。他翻身下马,重重地敲响木门。没有人应答。于是他便用双拳用力砸门,那么使劲,每一下都让木头明显地凹了进去。一个披着黑头巾的老妇人从窥视孔中往外探看;她一定是从床上翻滚下来的——有根灰色的羽毛在她头发上飘动。"别吵了!"

"他们从什么时候开始锁门了呢?"施坦·奥图问道。

"上帝的圣母啊!"老妇人柔声说道,钥匙哗啦啦响地插进锁眼。"好一阵子了,自从先生最后一次大驾光临!"施坦·奥图默默无语地走到吧台。只有两个醉鬼不省人事地躺在桌子上,扭拧成一团。吉卜赛乐队的乐器堆在一个角落里,用几层破布包着。施坦·奥图吼了一声:"这儿究竟是什么地方?牢房吗?"

两个酒鬼醒了,困惑地对着他眨眼。博尔达斯·贝内德克忙不迭地跑出来,睡衣外面匆匆裹了件袍子。"施坦先生,先生,……这么晚了啊?"

"就这样。拿一品脱你最好的红酒来!"他瞟了一眼施坦·米卡萨:"他也一样!"

"谢谢您,但我宁愿……"他刚想说,但施坦·奥图眼里闪现的怒火令他咽了下去。

---

① 旧时英国等欧洲国家量布的长度单位,等于45英寸。

上葡萄酒的时候，施坦·奥图一大口就喝光了他那杯，然后揪住店主的皮围裙把他拉近些问道："你有什么姑娘吗？"

"有的。"

"哪种？"

"先生希望是哪种？"

施坦·奥图思忖着他的答话。他已经很久没有碰过女人了；欲望重新在他的心中升起。"丰胸、细腰、经常洗澡的！"

博尔达斯·贝内德克跑到客栈后面的侍女住处。现在只剩下两个，其他人都走了。热情似火的吉卜赛女郎波尔恰，以及从很远的地方找到这里来的法蒂玫。博尔达斯·贝内德克琢磨了一下该叫醒哪个，就选了法蒂玫，她的门离得较近。法蒂玫按照她家乡的习俗穿着打扮，看起来像是被土耳其祈祷垫包了起来。她在里面颤抖着问："谁呀？"

"开门。我给你个活儿干。"

法蒂玫的黑色瞳仁还笼罩着雾一般的蒙眬睡意。

博尔达斯·贝内德克觉得对不住她。"我也不高兴这样，在这种时候……"他打了个哈欠。

"我们走吧！"法蒂玫说道。

施坦·奥图在里间等着。他盯着窗外，想知道外面那些手指状的淡玫瑰红色果真是第一道曙光呢，还是纯属眼睛带给他的错觉。

他们敲响了门。施坦·奥图让姑娘进来。

"为您效劳。"

"你叫什么名字？"

"法蒂玫。"

"我不记得你以前在这里啊。"

姑娘没有回答。她扭扯着自己的衣服，眼睛定定地瞅着地。施坦·奥图把她的下巴握在自己手里凑近打量她。继而悄声地问道："你是犹太人吗？"

155

"我当然不是犹太人！"法蒂玫因气愤而把嗓音提得那么老高，让施坦·奥图觉得刺耳。

"那么，你打哪儿钻出来的？"

"对你来说不都一样吗？"

施坦·奥图冲她咆哮："我问你话你就答，否则我会……"

可是，在他有机会揍她之前，法蒂玫就开始脱衣服了，她柔软的裸体熠熠发光，比点燃双烛台还要亮。施坦·奥图以一种他认为男人在女人身上寻欢作乐时该用的方式扑到姑娘身上。法蒂玫抓住他的胳膊："不，好先生，不是这样的。让我把您的衣服好好地脱下来。躺下，闭上您的眼睛，剩下的交给我来。"

施坦·奥图的愤怒——如果是他付钱，就由不得哪个小婊子告诉他该做什么——出乎意料地消散了，孩提时候的那种温暖感觉在他体内蔓延开来，有好一会儿，他像是在母亲雅娜怀里吃奶的婴孩。接着，他从姑娘那里接受到他从未经历过的某种东西。迄今为止，获取肉体愉悦对他而言是一场搏斗：他越发狂暴激烈地征服女性物种，就越发觉得自己是个征服者，而他的快感也正来自于此。法蒂玫驯服了他，把这头凶猛的野兽诱哄成一只可爱的家养宠物。

他早上醒来的时候，那个姑娘已经走了。施坦·奥图正盯着天花板默想夜里发生的事情时，两名法警冲进房间，命令他到吧台去，而且，由于他的反抗，他们打嗯哨多叫了两个同行来，一起制服了他，把他绑起来，带着他穿过走廊进入正沐浴在阳光下的大堂。已经在那里坐着的是施坦·米卡萨，他身体的每一块肌肉都在颤抖，双手反绑在背后，与小卡托纳·盖勒伊·亚当和管理委员会的弗朗茨·纽锡德勒伯爵面对面。在擦拭自己须髭的那位——他们刚喝过葡萄酒——用帝国官话开始发问："您说德语吗？"

"是的……像我不得不说的那样多。"施坦·奥图答道。

"好家伙！我派人到处找您的时候，您竟然藏在这家客栈，离我过夜的睡床只隔了投石之距。"

"我在这儿跟在家一样。"他冲施坦·米卡萨吼道:"您若不停下来的话就会把自己哆嗦死!他们不会吃了您!

"叫您说的时候您才说!"弗朗茨·纽锡德勒伯爵怒喝道。

施坦·奥图向他投去杀气腾腾的一瞥。迅速翻阅自己的文件开始讯问的皇室特派员对此不以为意。

这个特殊协会的目的何在?何以对他们而言使用原始匈牙利语比使用德语或拉丁语更为重要?协会把制服和武器收藏在何处?否认是没有用的:真相总会大白。如此等等,持续了几个小时。施坦·奥图有时失控地咆哮或说些威吓的话,但次长总是叫他遵守秩序;而且由于冒犯了跟他同等级的人,他有可能被罚款或监禁。施坦·奥图感觉越来越糟,额头哗哗淌汗,但他却无法擦拭;绳子深深陷入他的皮肉;他的脊背被椅子的硬靠背弄得疼挛;但最主要的是,他极其愤怒了:他们凭什么像对罪犯一样审问他?他害怕会遭受跟他父亲一样的命运,后者在年富力强的时候被无缘无故投入奥地利皇帝、匈牙利国王的监狱。回过头来想,他有什么充分权利来统治我们?难道奥地利对他来说还不够吗?我们为什么没有自己的匈牙利国王?一个说我们的语言、了解我们的习俗、关心我们的利益的国王……当他想到这一点,突然明白他们就应该做他被冤枉已经做过了的事:穿上制服,拿起武器,投身反抗暴政的战争;是暴政本身逼迫我们在远离维也纳的地方如此行事,因为权力行使得太粗野、太不明智。他感到有团东西在自己头颅和胸腔里愈益长大,他像铁匠的风箱一般喘息着粗气。

"您不舒服吗?"小卡托纳·盖勒伊·亚当问道,向一个法警示意给被告拿点水。施坦·奥图要接杯子,却忘了自己的两只手被绑在背后。他从椅子上向前绊倒,下巴在桌子上砸碎,连委员也为之一抖。

施坦·米卡萨发出一声尖厉喊叫,听起来就像女孩的声音:"奥图!"

弗朗茨·纽锡德勒伯爵从桌子后面走了出来。"我们得暂停一下。你们尽快把他弄醒。"他抓起葡萄酒瓶和自己的杯子,走到客栈的花园里。夏天可以在外面就餐,X形桌腿的餐台涂成绿色。他在其中一条长凳上坐下。

伯爵要坐下的时候,博尔达斯·贝内德克赶紧跑出去擦拭木桌,瞬间铺上一张蓝白相间的桌布。"天气不错啊!"他用匈牙利语对伯爵说道。

弗朗茨·纽锡德勒伯爵对他视而不见。多亏他的母亲,阿娜玛丽亚·罗兰蒂菲,这种语言他讲得很流利,但代表奥地利皇帝的时候,他不能偏离官方语言。

事实证明,服从他的命令给施坦·奥图注入点儿生气是不可能的,尽管他们已尽力唯命是从了。最后,他们不得不请伯爵给予新的示下,后者把两个嫌犯关进郡议会的牢房,手脚用镣铐锁在墙上。施坦·奥图以坐姿被放在冰冷的石头上。施坦·米卡萨的锁链与施坦·奥图的靠得近,足以让他的手掌摸得到他的头。他把手指放到嘴里收集口水,好喷到施坦·奥图脸上,尽管后者没显示出什么生命迹象。施坦·米卡萨抽泣着,思忖他年迈的父母知道了会怎么说。

金色的蜂蜜从蜂巢上轻轻滚动到某种平面上,蜜蜂在他头顶发出令人宽心的嗡嗡声。当艾丝黛尔·南纳以熟练的动作涂抹蜂蜜时,裹在褴褛中的施坦·奥图观看着。现在,施坦·奥图能看出那个浅色的表面是铺开的果馅饼点心,盖住了整张桌子,像桌布一样。在蜂蜜之后又撒上罂粟籽儿、葡萄干和碎核桃仁,最后扑上一层薄薄的细白砂糖——这是施坦家的果馅卷饼配方。

施坦·奥图清醒了,可是,他只记得这个。又黑又潮的地牢石板背景,表明这不过是一场梦而已。在有关过去的那些影像之后,还惠赐了一个未来的征兆:他看见一场洪水,然后是大火,还有大量的血沫子:我们将面临艰难岁月。他看见儿子西拉德诞生。他看见在一张闪闪发光的木头平台上点着许多蜡烛,烛光中,比划着手势的人们直抒胸臆,业已成人的西拉德在对他们低声咕哝着对他而言甚是古怪的词语……

他越发痛苦,再次陷入了无意识中。

当他再次醒来的时候,已是夜晚,他觉得很冷。附近有人在打呼噜,伴随着更像是某种低哑的嘎嘎声(根据他的家族历史,他猜那是一条狗)。他觉得口袋里的表不见了,那块蛋形表,他最珍惜的财物!他试图摸到自己的口袋——只要镣铐允许,却发觉锁链没有了,有人把它取掉了。侍从吗?或是那个姑娘?她叫什么名字来着?法蒂玫……

这个损失比所有肉体上的折磨更让他痛苦。他的牙齿咯咯打战。如果他无法前瞻,那他实在不能平息自己不祥的预感,即,这毫无疑问就是终结了。但他知道他会有一个儿子,这只有在他逃脱这座污秽的监狱、污秽的事件、污秽的时代之后才有可能。

弗朗茨·纽锡德勒伯爵还在早餐桌上的时候便收到消息,一名嫌犯夜里断气了。

"可惜。这意味着他将无法接受审讯了。"

几个小时之后,他从收到的密封快件中发现自己从维也纳徒劳无功地走了这么远。文巴辛格尔·南德尔(不是文巴辛格)① 和施坦·米斯卡(不是米卡萨)② 秘密成立公民自卫队的黑吉哈特,是另一个黑吉哈特,在国境那头,离帝国的首都仅一天骑程。委员立即向维也纳发出指示,将犯下抄写错误过错的人撤职。

小卡托纳·盖勒伊·亚当:"我们该拿施坦·米卡萨怎么办?"

"他是贵族吗?"

"不是。他是当地的酒商互助会的。"

"鞭刑。"

"多少下?"

---

① 前者是 Wimpassinger,后者是 Wimpassing。
② 前者是 Miska,后者是 Miksa。

"二十五。"

"当众吗？"

"随您便。"

弗朗茨·纽锡德勒伯爵是最后一个乘着四轮马车离开下村的人，水漫进马车齐膝高时，他把脚抬起来放到了对面的座位上。这儿没有其他外人。三分之一的房屋，主要是沿着河流低洼河岸的那些，处于倒塌的危险中。酒窖变成了浴缸，墙壁全都湿透，行将崩解。第二天，水位又上升了，淹了一些家禽，各种物件被洪水卷入漩流冲走。

溪流沿岸的人除了把能搬的东西转移到地势较高的地方，别无他策。所有的船、筏，以及其它找得到、做得出的可用工具，都不够用。住在高处的那些人家也认为最好还是把他们的货物一点点转移；有货车之类的人家都用上了；没车的就用像手推车似的装置。

洪水毁坏了二十三间房屋，其中十四间坍塌。堤坝决了口。不曾消退的水势又持续了一周。损失严重的也包括施坦家；尽管他们的家园幸未坍塌，但绝大部分货物都没了。在一片混乱和动荡中，施坦·奥图的死亡事件无人理会便过去了；甚至连他的葬礼他们都是在一个月之后才筹备的，即便那时也进行得全然不顺。他的身体那时已经相当肿胀，不得不做一口比通常尺寸大得多的棺材。

墓地水位升得如此之高，根本不可能挖墓穴；即便是中等深度的葬坑也会马上变成池塘。安放施坦·奥图的遗体，是先用石块密密地砌实他墓室侧壁，然后在下葬前的几小时里用水桶清空持续渗入其中的泥浆。当掘墓人把土抛到棺材上时，送葬的人们担心土块会立刻浮起来，他们眼看着水再次盈满了。

"我们已经力尽所能，"艾丝黛尔·南纳喃喃地说，投上自己的小卵石。她一直在想，这个心爱的小男孩酷爱游泳。她的眼睛火辣辣的，没有眼泪，回想起了六个汪达尔游过蒂萨河，像一群脱缰小狗似的互相催促，施坦·奥图是他们的头儿，他肌肉发达的臂膊在河里划拉着、挥旋着，红色的头发炽烈如圣经中燃烧的荆棘。

第六章

腐败气息初拂大地：秋天到了。虽然色彩、香气、美味还剩余颇丰，谷仓却早已堆满谷物，木桶里尚未发酵的葡萄果汁也满得溜沿儿。草木卸掉沉重的担子，松了口气。她的珍宝一收获完毕，大地母亲马上就不那么在意自己的外貌了。绿意被金黄冲淡，为褐色的到来开路。狗儿们现在对猫科团伙也不再像之前那么容忍了。后者从它们跟前尖叫着逃跑，嗷嗷叫着躲到院落尽头、篱笆顶、阁楼上或烟囱里。

"上帝在造您的时候肯定是忘了生育这档子事儿，"大汗淋漓的接生婆对娇小玲珑的少妇说道，当最后一阵产痛结束的时候，那个相当胖大、比通常沾了更多血迹的婴孩出现了。

"平安、健康。"接生婆说道。

婴儿发出一声微弱啼哭。像麻雀叫似的，精疲力竭得几乎睁不眼的母亲想道。

孩子受基督教洗礼时起名苏拉德。她母亲所在的地方喜欢用这个名字叫小狗儿。明亮的双眼、总是老气横秋皱着的眉头、看起来软塌塌的四肢，苏拉德的确在很多方面都像一只小狗儿。即便成年，他的脸还是会让人想到营养良好的小肥狗的口鼻。正是出于这一原因，他很少被人当成一回事来认真对待。在成长过程中，没有哪个孩子像他那么乖顺温和的；他比伙伴们突出的唯一一点也许是总爱说个不停。他被祖母照料着在滨海村庄度过了童年。

我一生最美好的岁月是在知悉自己的磨难或不幸之前。我的存在与荒原野兽毫无二致。我与其他男孩旗鼓相当,而且,凭借我体格上的勇猛,甚至能赢得他们的尊重。我擅长奔跑、游泳,以及捕鱼或钓鱼。

等他到了受教育的年纪,祖母带他去了当地的学校,四个班一起坐在同一个大厅里,老师轮流给他们灌输知识。

就在同一周,母亲把他带走了。两个女人就孩子的未来观点不同,吵得不可开交,以至于邻居们都考虑要不要上前干涉。被苏拉德叫作巴布卡的祖母认为,把孩子从正常环境中拽出去简直是逆天罪行。"你说你终于安定下来了,但是同样的话你之前已经说过多少次了?谁知道下次什么时候你屁股痒痒待不住,苏拉德就又碍你的事了!这是一个小小的人儿,不是你一冲动就抵押到你母亲当铺里的东西!"

"我发誓那些日子已经过去了!我已经有家了,那我就要让孩子和我在一起!终于到了他受管束的时候了。"

"而你是这个能给他些管束的人吗?嗯?"

"是的,我!是的!"

"呃,我不会让你带他走的。"

"你有什么权利……"

"这不是权利的问题!"

"这就是!"

苏拉德在厨房胆战心惊地听着这场争吵。他蜷缩在炉边,膝盖上趴着一只黑猫,都在享受燃得噼啪作响的圆木带来的温暖。这是巴布卡今年第一次在早上生火。苏拉德记得,他母亲每次来访都会和巴布卡吵得像猫和狗;你简直能听见她俩咬牙切齿的声音。孩子气的轻信令他全心信任巴布卡和母亲——巴布卡叫她玛图什卡。他知道正在争论的是自己的未来,但他并不忧心。她们没有谁会想要他过得不好。

一个半小时过去,玛图什卡打开门。"去穿衣服,我的孩子,我们要去看望你的祖父。"

两个身穿黑衣的女人走在孩子两边,牵着他的手在通往山上墓地的崎岖道路上走。苏拉德从没见过祖父。当他第一次被母亲带到这里时,帕尼大叔已经在他的墓穴里躺了一段时间。他从未见过巴布卡穿过除丧服之外的任何衣裳;在他更年幼的时候,还以为所有妇女都一直穿黑色衣服呢。

在坟墓旁,母亲和女儿之间突然迸发出和平。如同排练好似的,她俩用一个小铲子除草,把刻了些旧式古斯拉夫字母——苏拉德还不会读——的墓碑弄干净:波尔丁·威库利茨·佩恩,逝于一八二五年。愿坟墓勿使他负重。她们在硬纸套筒里点燃两根蜡烛,祷告了好长时间,时而静悄,时而高声,在这哀悼二重奏中,巴布卡低沉浑厚的祷告声藤蔓般萦绕,伴随着玛图什卡的高音和唱。苏拉德晓得"吾等之父"和"万福玛利亚",他细小的嗓音在这里便会加入其中。

两天后,她们①娘仨都坐在带篷马车里了。巴布卡想亲眼看看自己的孙子要去的地方。苏拉德的所有物品都装进他祖父的军用箱里,箱子用浸了醋的抹布擦磨得干干净净。为了这趟旅途,巴布卡准备了苏拉德喜爱的食物:夹着油煎嫩猪腰的白面包片。玛图什卡不想吃:"让我觉得胀气。"

"胀气个脚丫子②!"

她们又扯起嗓子吵起来。苏拉德没上心;他越发如此了。

---

① 为体现这是个以女性为主导的群体,此处使用"她们"而非传统的"他们"。实际上,群体中但凡有男性便须用"他们"的语法规则,是父权社会的遗迹。语言是约定俗成的,会而且应当随时代的发展而改变。

② 表示没胀气那回事。

玛图什卡不停地尽心描画她们田园诗般的未来。苏拉德应该想象的，不是一个鸟不拉屎的破败小地方；他会搬到一座相当大的城市去，那里的路都铺得很平，周日有铜管乐队在中心广场表演，而玛图什卡是这精彩社团的创办者和收银员，每周在金羊羔客栈的宏伟沙龙里表演两次。"但还不是全部。我们有自己的房子，感谢上帝，在下城区；我们春天还要在花园里种上紫罗兰和勿忘草！你会看见它有多么绚丽！"

"菜园子呢？"巴布卡高声问道。

"在后面。但我们不再需要它了。"

"你别太得意了！别忘了会有荒年。"

苏拉德遗憾没有带上的东西只有一样：那只黑猫。巴布卡相信，猫儿们和她们的房子同属一体，如果把它们带走，房子会渐渐荒废掉的。苏拉德哭得一塌糊涂，极其深情地抚摸它富有光泽的黑毛。

"夏天没过完的时候我们就会回来看看的！"玛图什卡说。由于这句话毫无效果，她向苏拉德许诺另买一只全新的猫咪，苏拉德又抽搭、哽咽了许久才最终平静下来。小男孩道别的时候，黑猫却连眼都没有眨一下。

这只是他母亲第一个没有兑现的承诺。随之而来还有更多。没有弟弟或妹妹出生。他没有进花费昂贵的学校。他没有成为富有的地主。他没有成为社区里受敬重的人。他没有长寿。

在马车里颠簸了数日之后，他们在午夜的狂风暴雨中来到一座小镇，鹅卵石铺成的路面让马车后轮发出很响的咔嗒声，把苏拉德从梦中惊醒。她们在一个广场上从车上爬出来，广场的四周都被高得惊人的房屋环绕，但一阵刺骨寒风在车夫卸下她们的行李时席卷而过。玛图什卡向苏拉德伏下身来，指出她们的新家："到了！"她说话的时候，围巾像一面旗似的在风中飘舞。

苏拉德睡意蒙眬，不明白母亲为什么说这个。她们把箱笼留在鹅卵石路上，顶着风前行，最初的晨曦带来了些许光明。她们朝广场弧形的敞口方向走去。在第三座房子的木门重重敲了敲，一个围着披巾的仆人来到门前，声音像山羊在咩咩叫，她把她们迎进拱门，有条路通往院子，然后穿过几道房门。一个男人出现了，他的声音也像羊叫，但这次苏拉德不觉得那么怪，因为他留着山羊胡须呢。他还戴着夹鼻眼镜，像回到家的教师。他抱起苏拉德，把他冲着油灯方向高高举起。他放声大哭，母亲把他接了过来。"哦，哦。没事的。他说他很高兴你来这儿！"

"谁说？"苏拉德问道。

"我的丈夫，他呀！"玛图什卡回答道。

"上帝啊！"巴布卡惊呼，"你结婚了？"

"当然啦！我告诉过你了！"

"你说了那么多……可非得是这么个饭桶么？"

"他绝不是饭桶，他叫贝尔达·贝拉，诺贝尔郡的镇书记！"

听见自己的名字，男人变得更为激动，握住巴布卡的手摇晃着，用山羊叫似的声音絮絮叨叨。

"我听不懂……他说的是哪国话？"巴布卡问道。

"你问哪国话是什么意思？当然是匈牙利语了！"玛图什卡回答道。

"你也没告诉我这个啊。"

"哦，母亲！我们毕竟是在匈牙利啊！你以为他们在这儿说什么话？罗马尼亚话吗？"

苏拉德仍然在哭，而诺贝尔郡的镇书记贝尔达·贝拉则不明就里。他原本设想了一个无限欢欣的场景来迎接这位妇人和孩子——他慷慨大度地同意来自己家住的孩子。贝尔达·贝拉喜欢给东西和人起名字和昵称。他称他的妻子为"计数女"（因为她是收银员）或"艺术女"（鉴于她另外的那些角色），而且认为这些词语特别富于巧智。他事先已决定得好好的，要管这个小男孩叫"活泼兔仔"，他觉得它非常有趣。只是对于他的岳母，还没找到合适的昵称；他原以为自己见到她的时候就会灵光乍现出一个来。后来他听到"活泼兔仔"叫她巴布卡,便开玩笑地从这个"巴伯奇卡"① 得出了"小豆子",对那位独特的女士来说一点也不恰当。

"活泼兔仔"没有固定成苏拉德的昵称,他的同班同学们在学校里用来叫他的谐音"西拉德"更为持久。他在学校里度过的第一天饱受冲击:老师们说的话他连一个词都听不懂——似乎轮番上了好多的课。他觉得自己被永远地排斥在把匈牙利孩子们团结在一起的那种怪腔怪调之外了。他无法开开心心地跟陌生人说话,即便他们说的是他的语言。玛图什卡安慰他道:"你很快就会轻松自如啦,不用担心。要是像我这种笨脑壳都做得到的话!你在家也听得到匈牙利语。"

男孩每个夜晚都哭个不停;他的枕头上留下一道道泪痕。巴布卡回去之后,他觉得非常孤独,一有空就会在今已枯萎的丁香丛后面的院子里徘徊。贝尔达·贝拉把他的鸽棚建在那儿,里面有上百只黑鸟。西拉德更高兴学习它们的语言,几个小时地跟它们咕咕咕。贝尔达·贝拉自然也给他的鸟儿们起了昵称,例如,他最喜欢下蛋的那只,叫做伊卡洛斯②,西拉德则更喜欢那只被叫做皮灵伽的公鸟,它的喙非同寻常地长而且直,真的很像这个词在马札尔语中所表达的刀刃。

尽管会被禁止,他还是很快掌握了爬上鸽棚的本事。他母亲会把他喊下来是因为秋天的风冷;而贝尔达·贝拉更关心的却是他在这儿维持的模范秩序:"如果你把这些鸟搞得乱七八糟,你就得自己动手清理!"

男孩对这些恐吓置之不理,仍旧高兴把自己的时间耗在鸽棚里。

---

① 巴布卡是 Babka,跟 Babotchka 谐音,而 babot 在匈牙利语中是"豆类"的意思。
② 古希腊神话中的人物名。传说他用蜡粘的羽毛双翼飞得太高,蜡被太阳烤化,羽毛散开,没入大海而亡。

毫不出奇，贝尔达·贝拉不失时机地封他为"鸽群爱斯①"，谐音用的是匈牙利塔罗牌中最大一张牌的意思，而且，他每次说出这个绰号时都会为自己的巧智而得意地哈哈大笑。见没人采用这一绰号，贝尔达·贝拉便又感慨别人对复杂的语言幽默都充耳不闻似的。

西拉德害怕他的继父，跟他在一起总是无所适从，因而尽可能地躲开他。他也避着母亲，因为她一定是站在丈夫那边的。西拉德与母亲一直亲近不起来；他更喜欢巴布卡，因为她不在身边而痛苦非常。他在学校里的朋友们那儿也找不到依靠；他们不断模仿、取笑他把匈牙利语的 a 都卷成了 á 的发音方式，以及他那些惹人注意的 s 音。自己已经不是头一回遭遇这种事了，他被这个模糊的记忆折磨着。只有跟鸽子做伴，他才能找到心灵的平静与满足。他紧紧拥住它们温暖的小身体，这样就不会再觉得冷；他成功模仿了鸽子用它们的小嘴发出的呢喃声。如果他确定没有人在看他，便会笔直地站在斜斜的鸽棚屋顶上，张开双臂，好像在飞翔。快乐有时就像这个样子、如温暖的小鸟群般在他灵魂中翻飞。

他那番光景一定够骇人的，纤弱的胳膊在秋日天空中划拉，眼睛闭着，头歪向一边，像只鸽子似的一次又一次抬起自己的一条腿。屋里的人们没有注意到他，院子里那些高高的柱子遮住了他。他坚定地相信那一天终将到来，经过不懈的练习，他能飞向天空，绕着院子翱翔几圈，然后飞走，远远离开，到巴布卡居住的偏远滨海村庄，那里有他记忆中最后的快乐。自从他住到这里，他确信就连天上的星星都比那里要少些。

即便下雨也无法阻止他去鸽棚；他欢喜小雨点落在脸上。在这种时候，雨点在他心中激起了比平时更强烈的南飞渴望、循着候鸟们的轨迹。他踮起了脚尖。

"马上下来！"母亲冲他大喊，她从厨房的窗户里看见男孩淋得

---

① 就是扑克牌里的 A。

透湿。

突如其来的大叫令西拉德吃了一惊,有一会儿失去了平衡,脚底跟跄着没能在湿滑的木板上站稳;他从屋檐滑落,虽然他伸出了胳膊,却是徒劳,头冲地面栽下来。他感到自己的膝盖勾住了鸽棚的一道支撑梁,有那么瞬间似乎挂住,只是,朽木断裂成两截,支架也跟着落下,在男孩落地的时候正砸在他的头上,鸽子们在他飞行的时候一哄而出。

住在附近的医护员穿着围裙和拖鞋跑了过来,旋即放弃了他。"瞧瞧,贝尔达镇书记,头骨大大裂开了,大脑已经受损,我束手无策;我能做什么呢?"

他的母亲歇斯底里,人们不得不把她从西拉德躺着的血迹斑斑的长凳旁拖走。西拉德的唇上挂着一丝微笑。现在,他终于能够做他准备了这么久的事:飞走。

他看见齐拉格·库尔奈为他自己说的匈牙利话带着德国口音而被嘲笑和模仿。

他看见施坦诺夫斯基·巴林特孩提和年轻时代从窗户上掉下来两次。

他看见伦贝格之难中的施坦·伊什特万。

他看见宽大双人床上的施坦·理查德在听证会面前挣扎——关于这个以及太多的事情他全都不明就里。

他看见施坦·奥图脖子上戴着黄色小花编成的花环——金凤花?金盏花?锦地草?他觉得自己特别受这个眼睛大大、长发飘飘的男人吸引。

他看见玛图什卡,披着头发,衣着暴露,施恩于一些陌生人。这是什么?当他看到这一幕以及男人们是怎么触摸他母亲时,感觉到一阵锥心痛楚。

一幕幕活生生的景象在他眼前倾泻而过,绕着他盘旋。当前支离破碎的景象也浮在表面:窗帘蜜色的柔光在窗户上闪烁,他的母亲两颊满是泪水，一个留着络腮山羊胡、手上汗毛浓密的男人——从医院请来的医学教授，最后做出有悖其专业判断的决定，还是缝合了数英寸长的伤口："现在我们只剩希望了。"西拉德承受住了手术——医生说会特别疼——一声没吭，他如此沉迷于自己对过去的逆旅中。他发现了《父辈书》，而且能找到它的下落：完整本在施坦·理查德的图书室，藏在地板中间的一条缝隙里；由施坦·奥图开始的那本则在"施坦与施坦葡萄酒商场"办公室的架子顶上，埋在一堆旧账单下。

几个月过去了，男孩还是昏迷不醒。一天，科赫·尤瑟夫医生路过此镇，他被皇帝钦点为御医，其祖上七代都是著名的从医人士；他的三个兄弟也选择了同样职业。他下榻于金羊羔。玛图什卡跪着求他去看一眼徘徊在鬼门关的西拉德。盘桓在后面的镇书记贝尔达·贝拉卑微地笑着反复说道："钱不是问题。"

"但它会是的，如果我贪钱的话，"科赫医生说道，"然而，一个人只该收取合理酬劳。"

科赫·尤瑟夫医生的收费相当于镇书记贝尔达一个月的薪水，但是这无济于事；即便是他也对西拉德的状况无从疗救。"就算他能重新站起来，尽管我完全不认为有这可能，那他肯定也会痴呆。"

"我们自己已经得出这个结论了。"贝尔达·贝拉发表意见说。

"安静！"玛图什卡气呼呼地说。

贝尔达·贝拉十分确定他的银行女①已经失去理智。她暂时放弃了剧场活动，把全部时间都用来照顾她的儿子。过去即便为了他也不愿放弃舞台的那个骄傲的艺术女哪里去了？

"我会为了舞台离开任何男人，但能让我为之放弃舞台的男人还没出生呢！这是你永远无法理解的……你……镇书记！"

他们是通过剧团相识的。一个由三人代表团到访郡议会，向诺贝尔郡寻求对他们请愿的支持，代表团的一名女成员用银铃般的声音述

---

① 贝尔达·贝拉给玛图什卡起的外号。

说他们的请愿。贝尔达·贝拉支持这个请愿，但实际上他是对这位女发言人想入非非。一个委员会成立了，其目的在于探讨镇里做些什么才能推动匈牙利语戏剧活动、提高其地位、并确保在金羊羔的演出能享受到精英群体的支持。

丁香丛鲜花盛开的时节，西拉德能在床上坐起来，到了葡萄收获的季节，他能下床了。他过去的那些衣服已经可以装下两个他，母亲只好用绳子把裤子给他拦腰系住。他在余下的生命中一直都身体羸弱，尽管被最滋补的饮食喂得饱饱的。他看了一个又一个的内科医生，开了许多强化混合药物和深海鱼油之类的药方，或是到海边和大塔特拉山区①消夏；全不起效。

"这个男孩的骨头上由于某种奇怪原因似乎长不出肉来。"山区疗养院的医生说。

尽管他身上没长多少肉，灵魂却承受着重负。在死神大门敞开之时的所见所感永远留在他的记忆中，而且随着年龄的增长，他越发觉得有解开它们含义的迫切需要。第一个迹象来临之际，他正无知无识地在他母亲的写字台上翻来翻去：他偶然发现一条断掉的金项链，吊着一个非常小的金盒。西拉德觉得，跟其他闪闪发光的玩意儿相比，这个散发着温暖之感，把它拿在手里紧紧握了几分钟。此后一有机会，他就会到母亲的写字台那儿，并立刻找出小盒子，把它紧紧握住。他把那种似乎源自小盒子的温暖当作来自遥远过去的一个信息。他用手指一遍遍地抚摸它，以至于小盒盖突然弹开了。一个熟悉的形象跃入他的眼帘。

施坦·奥图的画像是德布勒森的一个金匠做的。雅娜为她所有的孩子定制了草图，但只做出了三个，因为金匠在一宗发生其店内的抢劫案中丢了性命。施坦·奥图恳求要回自己的那枚，打算把它送给克拉拉，但最后他重新考虑一番决定不送了。

---

① 在斯洛伐克与波兰交界处。

西拉德也发现了蛋形计时器；这没什么出奇的，因为他在自己的幻象中曾见过多次。他渴望了解更多，但他母亲毫不妥协："把所有古老历史丢一边去；就连我知之甚少的那一点儿我都巴不得忘记。"

"好吧，但你为什么不说谁是我的父亲？还有我的祖父？"

"现在你的父亲是贝尔达·贝拉镇书记，就是这样。你这不幸的家伙，高兴起来，别再闷闷不乐啦！现在，幸福在向我们微笑，为什么要不停地搅动那把插在我心上的匕首？"

西拉德叹了口气，不再提它。一旦母亲扮上她演过的戏来，真理就飞出了窗口。只剩一个确定的来源了：过去之泉。可是，如何再次开启那些景象的万花筒呢？他一夜又一夜地沉吟着，感到浓浓的黑暗最有可能发生那渴望已久的奇迹。然而很长一段时间过去了，脑海中只有他在因头部受伤而生命垂危时幸获的那些幻象。他仍能感觉到头骨上不能完全愈合的小槽；他的头发在那儿长得很稀疏。他的母亲为儿子的伤口感到羞愧，不断试图用便帽或礼帽或梳理他的头发来遮盖它。对西拉德来说，这不是个问题；这令他独一无二。他的手指经常摸到凹陷处，细致入微地勾画每一个微小地标。他在小心抓挠小槽的事情上找到很多乐趣，就像其他同龄男孩喜欢自己的阴茎。每当母亲把他逮个正着，都会用大致相同的方式责备道："别弄它！"

然而徒劳。在他独处的黑洞洞的夜晚，他可以把五根手指全部插到凸凹不平的伤口里，思想变得更为专注，仿佛他的指甲抓的是大脑表层，将任何沉睡其中的东西弄醒。在这种时候，他最有可能成功展开他所热望发现的一切。

此时母亲并没有注意到他——更大的事情正在酝酿。镇子正处于动荡之中。匈牙利贵族越来越不愿遵守皇帝的旨意，认为其命令越来越粗暴可恶。发生了一件引人注目的丑闻，皇帝的公使在主广场接受的欢迎致辞竟然是匈牙利语，而且没有被翻译过来。在短短几分钟内，这凝聚成一个口号很快就在每个人的唇间传诵——事实上还成了本地报纸的标题："他不懂我们的语言就不可能真正懂我们！"群众开始欢呼鼓掌。皇帝的公使,一个大腹便便、山羊胡子的小个子,误解了这个情势,竟站起身开始朝各个方向鞠躬致谢。他得到一片嘘声和"滚!滚!"的喊叫声。

那天晚上在金羊羔,剧团正在演出当地剧作家赛尔达埃里·卡斯珀的悲剧《不快乐的匈牙利人们》。剧情设置在十三世纪鞑靼人入侵时期,但邪恶的鞑靼人穿的却是奥地利军装,他们的台词还夹杂着德语。这部戏剧如此成功,令金羊羔的观众一直呆到后半夜,剧团不得不安排重演第五幕。西拉德的母亲扮演女主角,一个在部队里贩卖东西的乡下姑娘,受到了普遍好评,她长发飘飘,穿着很短的裙子,不仅露出脚踝,有时连她的小腿都能闪现。贝尔达·贝拉禁止西拉德去看这出悲剧,部分原因是演出时间太晚,部分原因则是他在学校表现欠佳。西拉德躲在其他孩子的后面看了演出。此时此刻,他头一次发现,他的母亲是多么美丽,多么受爷们儿爱慕。这是一种古怪的、刺痛的感觉,使他通宵未眠。

第二天,诺贝尔郡一致投票通过决议。贝尔达·贝拉带回家一份副本在餐桌上自豪地读起来。西拉德的母亲记住了。她经常背诵它,即便没有什么显而易见的理由或观众、甚至是在做家务的时候。它也刻在西拉德的记忆中,他听了这么多次。

在皇家议员雅各西茨·恩德雷大人(来自巴托梅祖)、郡法院法官莫洛茨阿·尤瑟夫先生和丹尼尔·费伦茨先生、警长瓦拉斯第·安塔尔及镇书记贝尔达·贝拉主持下,代表诺贝尔郡的成员们就本郡欲建民族剧团以适应匈牙利语戏剧发展之事宜,谦卑恭敬地恳请吾国各界对下列提议予以关注。

剧团除其他进项外的所需援助在此可得到保证,其中包括提高投入资金,以及诺贝尔郡的捐赠。然亟须相邻诸郡参与商讨支持剧团不仅限于在诺贝尔郡进行匈牙利语演出,因本剧团作为一道屏障、堤坝，以便抵制来自奥地利与施蒂利亚①方面、向我们涌泄而来的德语化影响。

进一步援助可包括匈牙利剧团五年来二十一场演出所获得的观众捐赠。此外，应设立一项基金，其中常设资金将有助于该剧团实现目标、为之努力。最后，此地各个片区所有警长应召集所有地主、教士、殷实富裕之贵族，为推进民族剧团发展做出贡献。

一天夜里，西拉德突发奇想，如果他再次爬上鸽棚，他就能像吸鸦片似的得到一些久已逝去的那些世界的信息。他拽了一件袍子套在自己睡衣外面，偷偷溜到院子里。一道道不祥之兆布列在空中，朦胧地遮住了一轮满月。从什么地方传来一只难眠狗儿的绝望吠叫。西拉德在颤抖，夜晚凉丝丝的小草扎着他赤裸的双脚。鸽棚在黑暗中隐隐约约显得很是巨大，比在日光下大得多。费了好大的劲，他才设法爬了上去。他最近已经长大，比过去重了不少；撑杆被他的重量压弯了。几只鸟儿惊醒，义愤填膺地咕咕咕叫着。

"只有我啊。"他安慰它们说。他用手掌抚摸附近挤在一处的鸟群的羽毛，感觉就像他们留卜的那只黑猫的皮毛；天啊，他想她想了多么久呀。或者是想巴布卡；要想起她的面容，比想起那些他在幻象中遭遇的施坦家的人还要难。

他站在鸽棚边缘，闭上了眼睛，把右手手指插入他头骨上的伤口里。在那里，在嘎嘎作响的木板上，摇来晃去如同夜风中的芦苇，就在栽入深渊的千钧一发之时，他终于得到了自己所想要的东西。

他对母亲的憎恶便始于这个夜晚。他不屈不挠的无情发问不止一次震得玛图什卡哭起来，以至于只有强效药才能止住她心头的血。贝尔达·贝拉直截了当地命令西拉德停止对他母亲的这种折磨，但他可

---

① 奥地利东南部的一个州。

不打算再次被无视了。他们揍他、威胁要送他去寄宿学校、把他锁进地窖、令他跪在玉米棒子上，全是枉然——没有一样管用的。他一旦处于母亲的听力范围内，就会开始唠叨："我的父亲叫施坦·奥图，对吧，而且他在监狱里发作了心脏病吧？我的祖父是作家，对吧，谁完成了《父辈书》？你是客栈里的妓女，对吧，为了钱允许男人用他们的方式跟你在一起？我本该有两个兄弟或姐妹，是天使的造物主解脱了你的负担吧？不是这样吗？"

没有回答。贝尔达·贝拉一发现他又骚扰他母亲，便用长马鞭或短马鞭把他从房子里撵出去。这个妇人的体重开始清减，变得跟她儿子的身材一模一样了。

"难道你没有看见你是在杀她吗？你会害死你母亲的，你这白痴！"

西拉德做出同情状点点头："当然，害死她的会是我，而不会是她通过否认一切关于我的信息来害死我！"

"好极了！问我吧，我会回答你的每一个问题！"

其实，镇书记贝尔达·贝拉对妻子的过去几乎一无所知。西拉德令人震惊地指责法蒂玫是什么妓女，他毫不迟疑地予以否认。完全不可能。但怀疑的种子已然在他心里播下。他第一次认识她的时候，她已经是剧团演员，和他们一起住在金羊羔最破烂的阁楼房间。即便是对他，她也不准备敞亮自己的过去："过去那些已经消逝；如果您想要我，您想要的一定是现在这个样子！"

但是，戏剧界的女人是什么样子当然是众所周知的，贝尔达·贝拉此刻思忖着，凝视着西拉德的双眼，它们就像是一头精疲力竭的猎犬的眼睛。而现在，他们俩都被过去弄得心痛。可是，当贝尔达·贝拉被滋长的嫉妒所折磨时，在贝尔达·西拉德——他正式收养了他——心里，他所确知的那些，则像撕开的伤口般抽搐着。

在他十六岁生日那天，贝尔达·西拉德从母亲和继父的宅第溜走了。除了身上穿着的衣服，他还带了一套换洗内衣和一些个人物品，都塞进巴布卡为他缝制的皮革挎包里。他知道那块蛋形计时器是从父亲那边继承来的。他也如此看待那条带有一个挂饰的断了的金项链——因为它有父亲的一幅照片。他把母亲秘密抽屉里用亚麻布包裹着的金币数了一半出来给自己——他认为等他到了法定年龄，这些都是他应得的。这不过是提前犯了一桩可恕的罪过而已。他在卡片上详细记下每一样，放进抽屉。

他行过一片片田野和森林，有时徒步，有时则蜷缩在颠簸的马车上。这个国家有些体面人家在他们的餐桌上给他提供了饮食；如果问到他自己，他就回答说他是一个流浪的读书人，在寻找自己的父亲。他没有具体目标；只是凭感觉行进在陌生道路上。走过很多荒僻路径，几经周折，来到了他在幻景中见过的乡间，葡萄架上的藤蔓冒出卷曲新芽，如饥似渴地蓬勃向上。

他没有必要去寻找河道的急弯——刹那间他就在水畔了，他的耳朵被缓流细语抚慰着。小小的鱼儿跃出水面，又一个小猛子扎了回去。

"嗯，看起来像是的。"西拉德舒了一口气说。

他没必要去问施坦·理查德的房子位置，两条腿自动驮着他到那儿去了。他在门前站了一会儿，等待有人出来或进去，然而没有。他便信步走向街道的另一边，来到用作"施坦与施坦葡萄酒商场"的楼旁，它的前面铺设了一条颇具吸引力的人行道，在他最后一次看见它的时候还没有——如果"看见"是表达他如何知道这个场景的合适动词的话。

崭新的葡萄酒桶被劳作的人们装上牛车，一位头发花白的老妇人在指挥，西拉德认出她就是雅娜——他父亲的母亲。他不敢对她说什么；他只是看着，用一只狗的那种悲伤目光，他的肩膀耷拉着，嘴唇向下弯撇。老妇人很快便注意到了他，皱起眉头反复抬头朝他的方向张望。最后，她走到他那儿，带着点儿强势地说道："那么，您想要什么呢？"

西拉德无法回应。感动之余，他在老妇人的脸上细察家族的相似点。雅娜清清嗓子（最近她开始秘密地抽上了烟斗），自己也不明白她为什么会说得这么轻柔："您想来点儿热汤吗？之后会来一瓶酒。"

她领着他穿过房子的一楼，那儿有一打人在办公桌旁面对面写东西。在三个互通的房间尽头，他们到了一间狭长的仓库——用来存放葡萄种植所需的很多各式各样的工具。一张很有质感的桌子，葡萄评估程序中用的，占据了房间中央，还有一个嵌入墙壁的烤炉①，里面燃着火。雅娜把装了午餐的锅子略推了一下②。有足够文员们吃的食物；足够这个纤弱、显然是挑剔的食客吃了。"我能问问您叫什么名字吗？"

"贝尔达·西拉德，为您效劳。但真的……我不敢。"

雅娜把她的手放在胯上："您在怕什么呢？我又不吃小孩儿。多大了？"

"我十六。"

"那么，是个成人了。"

对于这个，西拉德终于报以微笑，闪烁出细珍珠般的细小牙齿。

文员们在吃饭的时候矛头针对着他、竭尽所能要让他感到自己不受欢迎。每个人都有自己的木制盘勺。雅娜给了他一个干净的盘子和一个那么老大的勺子，他只能使用它的边缘，而且因此不停地把汤滴在自己衬衣上。他知道这种搏斗肯定显得很滑稽，迫不及待地盼着用餐结束。

当雅娜用一种外国口音表示希望他们喜欢他们的餐饭时，西拉德以勉强听得见的声音用自己的母语说了谢谢。文员们回到各自的桌前。一个年轻女仆用沙子冲刷盘子。

"好了，现在，说吧！"雅娜说道。

---

① 这种款式显示出屋主经济条件颇佳。
② 这是示意对方享用其中食物的动作。

"嗯，您瞧……我知道这叫人有些吃惊……可是……我……好吧，我也属于这里……我是施坦家的一员……我是一个私生的施坦成员。"

"什么！"

他对她说了自己所知道的一切。雅娜一个字都不相信。由于他们如日中天，不计其数的坑蒙拐骗之徒不惜余力地想用各种方式软化她的心，好为他们打开她的钱包。但雅娜是用更为坚硬的东西造的①。她中途打断他："如果，我说如果，事实证明这都是真的，你想从我们这里得到些什么？"

"我没有要求。或许我可以跟理查德大叔认识认识，愿上帝保佑他……"

雅娜喝住他："您应该晓得，根据我们的信仰，我们不能说出祂的名字！"

"我真心请求您的饶恕。"

"饶恕权在祂手里。"雅娜说，大拇指猛地朝上向着天。

那天晚上，她把这位新来者介绍给家人。他们带着疑心听着。他们看到的真是施坦·奥图的后代吗？他们都等待理查德大叔做出决定。施坦·理查德六十六岁了，从他双手和脖子的震颤可以看出他只能通过吸管摄取液体了。他打量着这个男孩，耗了一番时间来研究最微小的细节。他回想起自己到这里寻找他久违族人的那一天，惊讶地在男孩眼眸里发现了自己当时心情的影像。他长舒一口气："您能用一些具体证据支持您的话吗？"他用颤巍巍的衰老嗓音问道。

西拉德展示了他用自己的生命卫护的那个怀表和挂饰。当她的头生子从金盒子里注视着她的时候，雅娜发出一声欢乐的尖叫。施坦·理查德一只手钩子似的把西拉德拉向自己，老人的湿吻雨点般洒向男孩。我们就是这样的，施坦·理查德感动地想道：我们不断失去家庭

---

① 亦即，她坚强而勇敢。

177

成员，只是在一段时间过后又会复得之。他拥抱着孙子，后者的肌肤能感觉到老人的颤抖。随后而来的是叔叔们，由于他回到过去的那次旅程，西拉德能立刻说出他们的名字：费伦茨、伊格纳茨、米哈利、尤瑟夫、约诺什。没有人感到惊讶。

"您老了很多，自从……自从……您知道……"西拉德结结巴巴地说。他的声音被三十来口家族成员的喧嚣淹没了。问题成打成打地雨点般落到他身上。他的母亲？他的继父？他在哪里出生？他住哪儿？他之前为什么不让他们知道自己？他怎么会姓贝尔达？

西拉德详细地回答。接着，他要祖父给他看那本藏在地板下面的完整的《父辈书》。施坦·理查德高兴地把他带到图书室，跪下来把尘封的簿子变魔术般拿了出来。那天晚上和夜间，西拉德没有踏入为他准备的客房，而是趴在图书室里，把一支又一支的蜡烛一燃到底。他贪婪地饱览着，将其在想象中与他之前通过幻象所知道的事情全都连在了一起。他在点缀着雪茄燃烧瘢痕的旧地毯上欣喜若狂地度过了几个小时。令他印象尤其深刻的是，先祖们不仅获赐了知悉过去的能力，而且也能稍稍了解未来。他，竭其所知也无法了解未来。尽管他不明白自己看到的某些影像，但它们很可能也预示了即将发生的事。我们看看吧，他想道。

翌日，他把施坦·奥图的簿子也拿到了手，因为他能告知家人它的确切位置。这使他一下子成了真正的名人。然而，他不得不等候着轮到他，因为破译这本更具挑战性手稿的优先权，首先属于施坦·理查德，然后是雅娜及施坦·奥图的五个兄弟。

"这会不会太冒昧，假如我怀着最谦卑的心情请问我能否被准许续写这本记事？"

施坦·理查德感动得难以作答。"你父亲起头的东西，不用说当然是你的！"他用一种庄严的姿态把它交给了西拉德。"《父辈书·卷二》。现在它是你的了——除非有什么特殊情况——趁为时未晚。要像守护你的灵魂一样守护它！"

时间已经很晚了。西拉德觉得再待下去便是在滥用他们的好客热情。施坦·理查德不住地反对。"你匆匆忙忙要去哪儿呢？这么多年我们都不知道你的存在！我们有这么多东西要谈！"

贝尔达·西拉德在祖父家沐浴了将近一个月的温暖。这种温暖他无论是在巴布卡还是母亲那里都没有感受过。可他不熟悉那些祷告、习俗以及这里的人们日常表达方式；他甚至不懂他们的语言，他却很高兴在他们举行敬神仪式的时候把借来的圆顶小帽戴在自己头上，他欣喜若狂地接受了祖父放在他身上的那些小经匣①。虽然他知道自己的决定在这个家族中并不是殊非寻常之举，可还是为他在圣桌旁所做的宣告带来的欢呼喝彩感到惊讶："如果你们不反对的话，我想尽快用施坦做姓氏。"

我回到自己的合法居住地，设法把偷拿的金币放回原处而不被发现。我把自己的决定告诉了母亲。其反应比我所预期的要激烈得多：她威胁说要跟我脱离关系，镇书记贝尔达·贝拉由衷赞同，说我是忘恩负义的狗崽子。他反复提到他的慷慨和对我的善心，以及他因将自己的姓氏给了我而产生的实际债务。尽管我觉得他说的话有一定道理，但我别无他法。让明眼人自己看吧。虽然有一句《律法书》中的引文或许更为合适，但我还远远不会使用古犹太语。

折中很快达成：我到埃格尔镇的学园②读书，所需费用由我的祖父施坦·理查德承担，他，唉，于同年十一月仙逝而去。我极为悲痛，而且我的伤心从未消减。

中学为当地人称之为学生绅士的年轻学子提供了多样化课程。令我非常高兴的是，我能学到的科目不仅包括希伯来语，也

---

① 犹太教徒祷告时在前额和左臂所系之放有羊皮经文的小匣子。
② 原文为 lyceum，相当于中学。

有被称为观星科学的天文学。学园大楼顶层安置了"观测镜",其所耗资金与整座大楼相当。"观测镜"是享誉整个地区的天文观测台,要爬三百二十级台阶才能到达。在那里,我可以花上很多个夜晚来探索天上闪闪发光的奇观、用英国制造的最新式光学仪器;而在日间,我则将大量时间耗在旋转穹顶台上的暗房里。明亮的阳光下,外部影像在白色底面上投下影子:埃格尔的生活场景、散步的人们、花园、房屋、空中的飞鸟,等等等等。杰出的天文学家瓦拉赫教授准许我充分利用我自由的晚间来清洁、抛光这些贵重仪器。

西拉德在学园里的各种列表上都用"贝尔达-施坦"注册。他每个月会从母亲和继父那儿收到一大篮子吃食,都是厨房和园子里最好的东西。施坦家也会以类似的规律寄来信件,总是由雅娜开头,然后把鹅毛笔轮流传递给其他亲人。有时候,一方或双方会有来人探望,但最为经常的还是雅娜的埃格尔之旅,由她的一个孙子陪同。她自豪地听取男孩就其学业上的进步所做的汇报。贝尔达-施坦·西拉德有一次试图跟祖母说希伯来语,但很快便不了了之,因为雅娜的意第绪语与他们正在翻译的律法古卷鲜有共同之处,他们的翻译工作是在古典与前古典语言学者福赫施·谢维尔教授的帮助下进行的。

除了星星,令他全情投入的另一件事便是激动人心的中学社团。靠近祈祷室的大礼堂用于学生的演出活动,有大型观众席和一个厚实、凸起的木质舞台。贝尔达-施坦·西拉德无法克服自己的羞怯,所以从来没有主动请缨演出过任何剧中角色,但是,作为剧团里什么都懂一点儿的万金油,他在提词工作中获得了巨大成就感。他表现出极高天赋,能从下一行台词里精心挑选出一个关键词,使台上那些支支吾吾的演员们马上便能继续下去。贝尔达·贝拉虽然对他这种把时间浪费在无聊琐事上的行为极为反对,却不敢阻拦他,因为不得不承认这男孩确实继承了某种对这个诗意舞台的爱好。奇怪的是,他母亲也不赞成他这样浪费时间："我是希望你能燃起比这更为严肃的激情!"

"所有人当中我非得听你的唠叨吗?①"

"我是你的母亲,我想让你过得比我好。"

事实上,贝尔达-施坦·西拉德并没有打算把在剧团当杂役当作自己的毕生职业。他真正视为可能性事业的,是探索星际的秘密。对这个科目,他投入的时间要比课表所规定的多得多,会在天文台逗留到清洁工们令他离开为止。他蹲在望远镜下闭上一只眼睛,右手调焦,左手做笔记——他是左撇子,在这种情况下便具有了明显的优势(小学教师的责打迫使他改用右手写字,而且有旁人在的时候,他也不敢换另一只手,免得他们戏称他为"掉队"②)。

在学园尽头坐落着可能是匈牙利地区最好的教堂,无论就内部还是外部而言,都值得远近参观者瞻仰。贝尔达-施坦·西拉德也带了他所有的访客去过教堂,还带他们参观了用作国宝级精选画廊的主教宫。他一有机会就把时间花在广场上,徜徉在主教花园的树木丛中。极宜入画的美景在某种程度上被破坏了,在白天是一打或差不多这个数目的乞丐,而夜晚则是类似数目的流莺野花③,学园的严格规定禁止他打探后者、尽管他通过天文镜看得见她们衣着暴露、傻里傻气地对路过的男人们假笑。看到她们,他总是感受着两种烧灼般的痛苦,一是因为自己的母亲,另一原因则是他膨胀的雄性欲望。

一个沉闷的午后,他在学园广场遇到亚沃尔菲·卡尔曼的剧团。这群演员计划在埃格尔演出两场,而且想在学园的大礼堂演出。他们打算上演著名的喜剧《玛蒂尔德》。但主教大人在最后一分钟决定收

---

① 此句话的意思实际是:就算所有的人都有资格指责我,也轮不到你。这句话反映了他心底对母亲的不齿。

② "左撇子"是 left hand,"掉队"是 left behind,二者谐音。

③ 暗指妓女。

回自己对该场地使用权的许可。剧团因此不得不寻找替代场地,最后是在"施皮茨餐馆"演出的。在这些晚上,观众席连一半都没有坐满。贝尔达-施坦·西拉德在两场演出中都坐在前排。票房居然只挣了五十一个弗罗林,亚沃尔菲·卡尔曼向《匈牙利生活杂志》记者抱怨道。记者评论的结论是:"你们有祸了,可怜的演员们!自此,你们亦将不得不一个接一个地悄然离去,或是无偿演出的同时与饥饿作殊死搏斗。"

他决定以此作为自己新生活的座右铭,而且,在埃格尔的最后一个夜里,将它抄录到《父辈书》中。剧团里笑颜常开的女高音扎莱伊·玛莉丝卡夺取了他的心。亚沃尔菲·卡尔曼获悉他有提词的本事,给他提供了一个临时工作,贝尔达-施坦·西拉德明白自己不得不接受;他别无选择。他打包了自己的家当,一大早就放到大篷车上。他睡眼惺忪的时候发现扎莱伊·玛莉丝卡比其他任何时候都更具吸引力了,他们在第二辆货车上一坐稳,他便紧紧握住她的手。

他们在吹得发如飞蓬的刺骨寒风中告别了这座镇子,向豪特沃尼门进发。在前往每周一次的集市途中不断地靠边停下,避让在颠簸的鹅卵石路上哐当当响的农民们的超载货车。南大门的门扇都用固定不动的链子吊着;在它们上方,防御工事在黑暗中隐现。

就在埃格尔几乎从视野中消失的时候,他们看到一些绞首架,上面摇荡着七具现在已经发黑的小偷尸体。剧团中的女人们开始尖叫起来。浓重的腐烂气息弥漫在空地上;扎莱伊·玛莉丝卡一把抓住她那把饱浸科隆香水的小折刀,有些激动地扑进贝尔达-施坦·西拉德怀里。虽然他试图扮演硬汉,却明白这七个不幸的人会在他自己的梦里赫然出现上一段时间。

他从旅途的第二站捎信给母亲以及到施坦家的人,要他们对他的决定予以祝福和允准。不是母亲、而是贝尔达·贝拉给他回了一封冷冰冰、凶巴巴的信,满篇尽是"无用"和"毋庸赘言",八处充斥着"断绝关系"和"取消继承权"。雅娜则较为简短:*你在世上如何行*

事你说了算。我希望你找到一个最能发挥你才华的地方。封皮里夹有一张大额纸币。贝尔达-施坦·西拉德把两封信都用浆糊黏在了《父辈书》里。

他的职责被亚沃尔菲·卡尔曼描述如下:"我的孩子,你得像女仆一样干各种工作。所以,如果有人要开水,你就赶紧跳起来去给她烧,如果她要求是冷水,你把它吹到凉……你明白我的意思吗?"

他点头表示同意。他没打算让剧团经理意识到他其实很明白舞台上的女士们是什么样的人,这一明白是从某个触及他痛处的地方得来的。他真心热爱的工作是提词,当他感觉似乎整个演出的成功取决于他敏捷的巧智、而观众对此却一无所知时,他便充满近乎情欲挑逗般的快感。这就像古籍抄本的佚名作者的工作:我们在他们的抄本中发现了很多东西,却对这些谦卑的无名献身者的精神几乎一无所知。

当他问扎莱伊·玛莉丝卡是否同意等他够了岁数就做他的终身伴侣时,她脸上的惊讶包含了两种不同情感:"西拉德,我亲爱的男孩,我怎么知道呢?你现在还只有十七岁,不是吗?而且在任何情况下都不要忘了我比你年长八岁。到了你可以娶我的时候,我就快成老处女了。"

贝尔达-施坦·西拉德表示了抗议,当扎莱伊·玛莉丝卡对他的求婚仍然拒绝时,他便落落寡合、离群索居了。他觉得自己遭到了背叛。怀着现在已经找到自己另一半的信念,他已经退了学。他要在这种不确定的状态中熬上多久呢?他在与日俱增的悲哀心情中想念起学园来。他在那儿的日常生活最令他怀念的部分,是与群星度过的那些时光,他决定一有时间和足够资金,他就要自己做个望远镜,以便能继续自己在夜空奇观中的流连。他凝视遥远星光时所产生的感受,与他在看得到逝去岁月时的感受是一样的。扎莱伊·玛莉丝卡坚持无论他们在哪个城市落脚,她都要独自住一间房,声称如果她跟别人同住,就没办法准备自己的演出。贝尔达-施坦·西拉德总是不得不和马车夫之一同住,虽然他闻到后者浓重的汗臭就直泛恶心。有些夜晚,他会潜入扎莱伊·玛莉丝卡的房间:他们约定如果窗口燃了一支蜡烛或一盏灯,他就可以来;否则他便不得入内。随着时间的推移,窗台范围闪现灯光的夜晚在数目上逐步地缩减。贝尔达-施坦·西拉德默默忍受了。他的痛苦只有亚沃尔菲·卡尔曼注意到,有一次,他就"戏子善变"赠了小伙子一席意在安慰他的话:"宁信毒蛇,勿信戏子!"

贝尔达-施坦·西拉德竭力不表现出他听到的这些话如何令他崩溃。可是,他越是琢磨它,就越明白经理说的是对的。毕竟,他从自己母亲婚前是哪种女人就应该知道的。然而,他还是花了一年中的大好时光来强化跟扎莱伊·玛莉丝卡分手的勇气;而且,他不得不以退出亚沃尔菲·卡尔曼剧团的方式来实现。他加入了波佐尼①的匈牙利剧团做类似工作,尽管报酬又少了一半。

在这座有一个永久性匈牙利剧团的镇子,我找到了一直在寻求的东西。除了我的剧院工作,我还计时教授拉丁文赚了一些收入。离奇的命运使我遇见一位女士,伽兰泰·玛尔吉特,狂热的戏剧爱好者,当我明确表达了自己的严肃意图后,她告诉我说她父亲伽兰泰·马顿是该镇书记。出于这一机缘,我向母亲和继父寻求对我婚姻的赞同,随后我果然如愿以偿。

妻子为他生了一个男孩和一个女孩。他们的名字是孟德尔和汉娜,是他们父母从其时流行的戏剧主人公名字里选出来的,不过,他们并没有为这事太过费心。

贝尔达-施坦家的大门向所有人开放,镇上许多最显赫的市民都进出于他们的家门。周四下午,他们在五点钟安排了喝茶时间,有天赋的业余爱好者朗读自己的诗作。匈牙利语言文学教师托尔奈·班代古斯尤享成功,其作品《暴风雨前的静寂》录印在《文集》中。贝尔达-施坦家订阅了大量文学与科学期刊,都是在西拉德看来文化人

---

① 原是匈牙利王国一部分,现在是斯洛伐克的布拉迪斯拉发。

之书架上不可或缺的。他很高兴为此花钱。必须一提的是，在其他事情上他却完全不乐意有所开销。他们的家庭幸福被成行结队的财务事务打扰。玛尔吉特经常指责丈夫是个吝啬的阿尔巴贡①。贝尔达-施坦·西拉德则反过来指责妻子挥霍无度、甚至肆意挥霍他们的钱财。

令人不安的消息从佩斯-布达传来，那里的青年作家们不断在审查办公室争吵。在贝尔达-施坦的沙龙上，小说家尤卡伊②和诗人裴多菲的名字被怀着敬畏提及。印着"新闻自由！"大标题的《生之图》最新一期到达后的那个晚上，他们在托尔奈·班代古斯家举办了一次特别集会。诗人情绪激动得要命，声音颤抖，想把杂志全文读给在座听，但由于他到处都找不着自己的眼镜，便把这一荣耀移交给贝尔达-施坦·西拉德了。重要社论以此起头道：革命已经开始了。玛雅兰开始了它的光荣生活。我们在该地区的记者应当知道他们今后必须写些什么。这些话被无比喜悦地听取了。聚会一直到午夜或更晚才散去，为"三月青年"③、革命以及匈牙利新曙光的到来干了一次又一次的杯。

贝尔达-施坦·西拉德的公共阅览室招致了最奇怪的后果。当皇帝的军队占领了镇子，郡长全权代表拉特·盖佐的第一项任务就是把叛逆分子首领集中起来。名单上贝尔达-施坦·西拉德的名字后面紧跟着一个词：同谋。

我会被关进监狱写自己的诀别信，这还是超出了我的理解范围。我犯了什么反对皇帝的罪行？它一定是小得连他都难以觉察

---

① 法国十七世纪古典主义喜剧大师莫里哀喜剧《吝啬鬼》的主人公。
② 尤卡伊·摩尔（1825—1904），匈牙利剧作家、小说家。另名为尤卡伊·毛鲁斯。
③ 裴多菲等青年革命领袖所组成的进步组织，在1848年匈牙利独立革命中起了重要作用。

的事情。但特派员要拿我做榜样,不惜任何代价。现在我突然醒悟了,我的确看到了未来,因为我无数次向下凝视瞄准我胸口的枪管,只是我——我这误入歧途的家伙,以为自己是在重温苏茨沃爷爷的最后时刻。

他分别给儿子、女儿、妻子、母亲和施坦家族写了信,尽管所说的话大体相同。

在第一道曙光中,值班卫兵望进来,行了一个军礼。"最后有什么要求?"
"把这些交给收件人。"
"会的。"
"我的最后愿望是,我的墓碑上不刻字,只刻星星。"
"星星?为什么?"
"这是我最早的祖先所使用的匈牙利语美好姓氏。"
卫兵点点头。误入歧途的家伙啊,他想道,竟以为被处死的人还能得个墓碑啥的、而非扔进墓地尽头的沟里了事。"你还剩一个小时!"他说,两个脚后跟咔嚓碰了一下,留下贝尔达-施坦·西拉德沉思默想。

贝尔达-施坦·西拉德的生命于一八四九年六月十八日上午六点钟被四人行刑队熄灭。两个瞄准他的心脏,两个瞄准他的头。一颗子弹击中一只眼睛,刽子手用来蒙他眼睛的帕子浸得鲜红。他的尸体用帆布卷起来扔进墓地尽头的沟里,只盖了为数很少的几铲子土和用来消毒的石灰。

不可思议的是,几百年后,在沟里那颗潮湿的心上,成打或更多的马铃薯幼苗开始发芽。它们的块茎被西风爱抚。这也是贝尔达-施坦·西拉德在某种程度上曾经感知到的。马铃薯苍白的伤心花朵在他的幻象中绝非罕见。

第七章

几股冷空气袭来。燃烧树叶堆的焦味与更为浓重的熏烤葡萄酒桶的烟味以及加料葡萄酒热饮那肆意弥漫的香味融混在一起。到处都弥漫着葡萄果汁发酵的味儿,人们热切关注着其表层的变化。在地窖里,酒桶背后的玻璃管里的水冒着泡,发酵产生的气体顺着纤细的管子咕咕而出。那些葡萄酒收获完毕的人们已经可以在这一年的葡萄酒桶上敲钉玉米壳封条了。景观的不毛之相与日递增;秋天则为之涂染着苍茫暗色、坚定不移地将鸟巢逐步清空。

从他很小的时候起,一通好觉醒来,嘴里便能品尝到新鲜采摘、露水斑驳的覆盆子浆果,留在舌尖上的那种清凉果味一直到早上喝咖啡的时候才消失散尽,而让人把咖啡送到自己床畔,已经是他从小到大养成的习惯。他最想要的莫过于土耳其浓咖啡了,放大量的糖,并以松软牛奶盖顶,跟他母亲一样,他称之为奶油泡沫。他的仆从和侍女们没有谁觉得他好伺候——他们一个接一个几乎每月更换——得把咖啡飞奔着送入卧室,因为他们的主人喜欢它滚烫烫的。不过,比一个凉杯子更为糟糕的是把它里面的东西泼洒到银托盘上,而这却是在如此匆匆忙忙中经常发生的事;倘或发生了,他会义愤填膺地把它打发回去。此外,若是咖啡总量不对,他能一次不漏地注意到,他坚持要求必须使用那个铜制的厨用小秤精确称出所需分量:精确到每杯十分之一维也纳磅。要满足他那杯晨间饮品的要求,经常得折腾三次。他的仆从们一听到他单音节的问句,背上就会起鸡皮疙瘩:"餐巾纸？干净？煮了？暴沫①？隆吗②？"他发不好 r 音。

唯有一个人端来的咖啡贝尔达 - 施坦·孟德尔无论如何都会接过来的，那便是他的妹妹汉娜，他管她叫哈密，这缘自他很小的时候尝试叫她名字的结果。他们的母亲去世之后，哈密成了他生命中最为重要的人，照他的说法便是王牌中的王牌。

他尚在蹒跚学步时期即对扑克牌表现出明显的渴望。在他父母的宅子里，他们定期哗啦啦地飞快翻阅《魔鬼的圣经》③，绅士们玩梅花杰斯或马亚吉，女士们玩金罗米④，虽然从来都不是为了赢钱。还不到四岁的时候——就在他父亲入狱前不久——他就给自己做了一副牌，从一个纸板箱上剪出了二十四张牌，画上去的图案颇有些像模像样。

"这是什么呀？"父亲跪在他旁边地板上问道。

"白！给你看我怎么玩白！⑤"

小贝尔达 - 施坦·孟德尔带着些专业架势洗牌、切牌，同时还做着解释，他父亲惊奇得张大了嘴听着。这孩子发明了一种全新游戏，其规则跟匈牙利塔罗牌⑥的规则实在不像，而是建立在纯逻辑基础上的。最大的一张王牌是母亲，类似战无不克的大鬼。

贝尔达 - 施坦·孟德尔画的母亲戴着一顶看起来像水果篮的帽子，脖子上挂着房子和储藏室的钥匙。出现在牌中的人物包括有他的妹妹和狗儿摩萨，以及来自黑吉哈特的施坦家人尤瑟夫和约诺什，他们两人的胡须都拖到了地上。他父亲所分到的价值略高于看门狗：只

---

① 他要说的是"泡沫"但发音不准，故译作"暴沫"。
② 同上，他把"浓"发成"隆"。
③ 历史上的确存在与正统《圣经》相对的《魔鬼的圣经》（即 Devil's Bible，或称 Codex Gigas），但此处可能是用来比喻扑克牌游戏。
④ 梅花杰斯、马亚吉、金罗米，都是扑克牌游戏。
⑤ 由于发音问题，他把"牌"说成"白"。
⑥ 该词用的是匈牙利语。

能靠他那两条腿的形状认出是他，只不过比现实生活中更加 X 型了一点点。无论如何，儿子的这副牌令他反思自己准许妻子在家如此频繁地穿裤装是否正确。然而，没机会重新考虑这项方针了，因为几星期后他就被捕了。

他的母亲最初坚持说爸爸已经远走高飞了。贝尔达-施坦·孟德尔后来知道了真相，并读了给他的诀别信，才意识到自己在贝尔达-施坦·西拉德向下注视着枪管的时刻做了一个很奇怪的梦。一个体格匀称、圆胖的男人在一顶帐篷的阴影中，一个棕色皮肤的女人在他耳边低语。桌子上有扑克牌和一个神秘的水晶球。贝尔达-施坦·孟德尔能清楚辨别出女人说的话："雪白的鸟群投入火焰燃烧而亡。"

同一个男人，在其他人的陪伴下，手里拿着五颜六色的牌，在他面前有一大堆皱巴巴的钞票。

一个块头更大的男人，在无垠苍穹下的草地上滚来滚去，尽情地放声歌唱，他洪亮的声音回荡得又远又广。

一个儿童身材的男人，骑在马背上，穿着黑白制服，与其他骑马的绅士们驰骋着。终点线用一条白粉画的线标示，他是第一个跨越它的，得得的马蹄声变成观众的欢呼声。

贝尔达-施坦·孟德尔醒来时四肢酸痛，就好像是他自己骑了马。多年来这些不解其意的梦一直萦绕着他。

他开始变声的那个秋天，他们搬到胡门内①，因为他母亲要接管那里的花边制造厂，原来一直是由比她年长很多、长期体弱多病的姐姐打理的。她准备自己的嫁衣时便显示了出众的女红技能，是从她的祖母那里学来的，后者在相对还年轻的时候便过世了。工厂生产衣领和裙裾适用的镂空轻花边，以及桌子、家具用的垂饰重花边，均采用国外的设计。贝尔达-施坦·孟德尔陶醉于车间内永远潮湿的空气，还有那些由木框架上的白色花边所组成的丰富多样的"蛛网"。他尤

---

① 现在斯洛伐克境内。

其喜欢把时间花在与秤纱线的巨型磅秤的玩耍上。

学校里有个由师生组成的扑克牌圈子。贝尔达-施坦·孟德尔闭着眼睛都能打败别人。在学校的守护圣人圣安东尼节日那天,举行了互斗智慧的师生混合赛。无论谁跟贝尔达-施坦·孟德尔搭档,比赛结束时都能拔得头筹。他的成功基于以下三个要素:首先是他的记忆力,能准确无误地记住出过了的牌,因此就能确知还有哪些牌留在玩家手中。其次是他的心理洞察力。没有一丝眼皮的颤动、也没有一下几乎难以察觉的手指触摸能逃脱他的注意。第三是他的嗅觉。他的鼻纤毛已经学会毫无差错地侦测兴奋、恐惧或冒险的气息。他甚至能识别它们的通感色彩:他所知觉到的恐惧是深绿色的,而冒险是血红色,兴奋是金黄色。这些技能使他有可能立刻觉察到是否有人在说谎或是要欺骗他。

他的母亲希望孟德尔能到花边厂帮忙,可他表现得既无意于此、亦不具备随她入行的能力。有段时间似乎他有可能走他父亲的路,他成功组装了贝尔达-施坦·西拉德的望远镜及其他仪器用来窥探天空的秘密。在星光灿烂的夜晚,他会爬到阁楼上,扒开房顶的几片瓦,把望远镜戳出去。他会一盯就是几小时,聆听静谧的纤弱妙音及偶尔老鼠发出的声响。在这种时候,眼前是一片广袤无垠的黑色天空,而脑海里,过去的大门便会向他开启。但他越是进一步深究过去,就越是渴望识破发生的事件,像他的一些先祖那样。

十七岁的时候,他自认为已是专业赌徒,然而,这种凭运气所作的生死搏斗不得不等他到了法定年龄才得以进行。接下来,他决定去见识见识世界。他浪迹于任何能拼杀的地方,在方的、圆的桌子上为钱财鏖战通宵。他顺着法国度假胜地一路行去,在那里,英国贵族和俄罗斯富豪们会昂首挺胸地输光所有。他造访了瑞士的赌城,那儿的荷官比其他国家的同行们维持起秩序来要更为严格。但他最愿意把时间花在莱茵河沿岸诸镇的赌场里,来自欧洲各地的渴财赌客们在此流连。他遇到过悲苦的下注者,他们小心谨慎地分出一份钱来,以便无风险地赚到他们的住宿费和每日一餐热饭菜。但跟他关系密切的人中也有少数钱多得花不完的人。他最亲密的朋友之一是洛歇姆耶王子，一个放荡不羁的贵族，心情好的时候可能会扔金路易给街上的穷人；或是阿里·易伯拉罕·帕沙，一位富得超乎想象的东方储君。

现在，由施坦·奥图起头的《父辈书》在我最重要的生日当天为我所有。以我之见，似乎应当把我生命中的经验教训记录于此，既可承继先祖传统，又能启迪我的后嗣。

我的母亲将它交给我的时候说其中的内容很是吓人。我不明白她是指什么；在我这一方面，恰是得到了我所期盼的东西。我的父亲与祖父在这本书中写的相对来说比较少。对我来说，唯一的创新之处是父亲给母亲的诀别信，它与他给我的信字字相同。很显然，他希望我们所有人都能对同一件事确知无疑，那便是他爱我们、那便是他以我们为傲、那便是我们应通晓事理且小心谨慎、那便是我们应该照料自己并互相照料。

我并不羞于承认我已将自己的生命献给福耳图娜①。我比较走运的日子，是那些不是我侍奉她、而是她侍奉我的日子。但这并不经常发生。我仍有很多东西要去学习、要去思考、要去体会。

对我来说，识破未来是出于需要而非激情，是为了让我更确信我的技艺。一个人在轮盘上、牌桌前，不可避免会输，除非能看出下一瞬间的端倪、预知即将发生的事情。这就是为什么我如此强烈地关注着透露未来的方方面面。

在《父辈书》中，他记录了自己的输赢账目。后来证明，这些记录主要是对他妻子有用，她所委托的人们因此能够从诸多城镇的货

---

① 古罗马神话中的幸运女神。

币兑换商和放债人那儿收回数目可观的钱财;贝尔达-施坦·孟德尔按照赌徒们的通常做法,在那些地方存入了数额大小不同的资金,以防自己周转不灵。他跟妻子在一起的时候是那么抠门儿,因而使他在自己消失期间所表现出的豪气大方越发令人惊讶咋舌。不过,在这发生之前,莱茵河、塞纳河及其它大河的桥下须得水位上涨,因为贝尔达-施坦·孟德尔是如此喜欢在中午时分醒来后能从自己的酒店窗口看到风景、嘴里则品尝着带露的覆盆子浆果。他会摇铃唤来他的仆人要咖啡,滚烫的、有奶油泡沫。无论是价位多么高的酒店,他都要坚持带上自己的仆人们。

喝完咖啡,他便起床泡个冷热浴,在内衣外面穿上一件农夫衬衫和胡门内商人喜欢的宽褶裙裤,他们叫它"穆苏伊"。接下来的几个小时则用于阅读与写作的冥想上,然后才会传唤理发师给他刮胡子、打理头发。他最好的想法来自他在扶手椅里闭目放松的时刻、盖在理发师的白色围布下、剃刀在他脸上来回纵横。

送到他房间里的午餐很是丰盛。如果要选择的话,他会吃野生动物的肥腻五花肉。倘若可能,他也很喜欢在每道菜之后喝上一点儿以梅干调味、用血做的辣味黑汤,像是在他出生的镇子里那样。如此一来的结果是,他开始有大腹便便之势,但被专业定制的服装掩盖了。有不少侍女直勾勾注视着他栗棕色的眼睛。①

他年纪轻轻便结了婚:新娘是哈密最好的朋友,艾莲罗拉·波尔。他立刻被这个苗条女孩吸引住了,部分原因是她跟他一样注重安静,部分原因则是她的父亲波尔·利奥波德也在一八四九年被捕过、因为参与镇上的"自由国民卫队"建立活动。波尔·利奥波德认为在军事法庭上决定了自己命运的是自己的犹太血统:他被判入狱八年,尽管六年后便获得释放。他的资产被没收了,只好回到他妻子的领地上,除了帮手经营一下,他别无它用。女婿是他长期以来第一个

---

① 此句意在说明他相当出众、引人注目。

与之无所不谈的人。他们找到了一个任何一方都永远不会厌倦的话题：波尔·利奥波德也试图在花园小屋里透视未来，他最初建造小屋原是给艾莲罗拉用来玩耍的。

正是在关押期间被迫闲散的无尽日子里，波尔·利奥波德意识到，如果他全神贯注于命运赐给他的那些片刻迹象，便能预测出自己人生的一些阶段。他童年的恐水本应警示他阻止自己的父母水路旅行，那他们就不会遭遇波德罗河上悲喜交集的意外事故而英年早逝了。无论何时，只要他触到金属物体——特别是铁和铅——他的皮肤就会突现丑陋鞭痕：这应该是在警示他，号召镇上的青年武装起来会导致他受到严厉惩罚。

"未来的秘密，"他对女婿解释道，"藏在人神知识的差别中。这在古老世界已为人所知。你听说过德尔斐神谕①吗？"

"是的，"贝尔达－施坦·孟德尔答道。"是在阿波罗②的圣林里，宙斯③在那儿杀死了龙。是的。问题是，预言经常都是徒劳无功的，因为其要旨只能在回溯时才被理解了。德尔斐的女祭司皮提亚告诉马其顿国王菲利普二世、亚历山大大帝的父亲：'当心战车！'他被刺死的时候，鲍桑尼亚的剑上刻有一辆战车。"

"我看你是个经验丰富的人，贝尔达。"

"叫我孟德尔，或贝尔达－施坦。但我一点经验也没有。我所知道的一切都来自我的父亲。"

波尔·利奥波德把这个解释当成了谦虚的表示。他跟女婿喝酒盟誓，从今往后他们互相以名字称呼。

"唯一的问题在于，人渴求神的知识对不对呢？"贝尔达－施坦·孟德尔问道。

---

① 德尔斐是古希腊城市，以其阿波罗神庙著名。
② 古希腊神话中的太阳神。
③ 古希腊神话中的至高主神。

"如果祂不愿意如此，祂肯定就不会允许它发生了。"

贝尔达-施坦·孟德尔告诉岳父，无论何时，只要他听说有哪个通灵人，就一定会去拜访她。他用扑克牌、铅、咖啡渣、水晶球看过自己的运势，不过，最经常的方式当然还是通过他的手掌来看。他还坦言道，他在意外之旅中所进行的并非投入身家资产的商贸交易——如他公开所说——而是去造访一些聚赌的秘密城堡，那才是他定期收入的真正来源。父亲给他留下只不过是债务而已，施坦家族提供的些微年金则仅够维生。

"每个人都得自食其力。"波尔·利奥波德说。几杯陈年葡萄酒过后，他郑重地拿出自己最宝贝的珍藏，《世纪预言》，诺查丹玛斯①大师的预言。

"先知之王。"贝尔达-施坦·孟德尔充满敬畏地低语道。

这一卷出版于里昂市。波尔·利奥波德用胡门内出产的紫红色皮革装订。

"你懂法语吗？"他问道。

"懂的。我的曾祖父施坦·理查德是法语教授。我的法语是从他那里遗传来的。"他带着些踌躇借机解释自己的知识只是得自记忆、而非任何形式的学习。

波尔·利奥波德不确定是否该相信他。"咱们合力试解这些四行体诗②和预言吧。"

他们花了一个下午安安静静地研究诺查丹玛斯，即米歇尔·德·诺特雷丹③大师的那些四行体诗，贝尔达-施坦·孟德尔亲手抄录了其中的大部分。他疑心诺查丹玛斯大师也认为其知识绝大部分是来自

---

① 诺查达马斯（1503—1566），法国犹太裔占星学家。《世纪预言》是其流传很久远的著述之一。
② 诺查丹玛斯的预言多用四行诗体的形式写成。
③ 米歇尔·德·诺特雷丹是诺查丹玛斯的原名。

他自己的祖先。他在一场瘟疫中失去了自己的孩子们和第一任妻子，而他则藉此成为权威人士……多么悲哀忧愁的命运啊。

这位著名犹太医生①的混合语②颇伤人脑筋。他使用了意大利语、希腊语、拉丁语、甚至普罗旺斯语③的表达方式和扭曲变形的语句。对于普罗旺斯语，贝尔达-施坦·孟德尔略通一二（他的曾祖父研究过这个方言），但对希腊语，他则不得不依赖波尔·利奥波德。他的想象力得以在先知之王④那些业已应验的预言上大展拳脚。譬如，对亨利二世之死的预言，贝尔达-施坦·孟德尔是从一首四行诗里演绎出来的：

一少狮向至尊老狮迎上，
一皇战待发于双强；
一明眸穿金笼刺盲，
两处创伤，然惟其一预告死亡。⑤

它揭示的正是这个事实：国王戴着金色头盔参加了一场骑士比武大会；他打败了两名对手之后，在与蒙哥马利伯爵的第三个回合中被后者断成两截的长矛之一刺穿了金面甲、正击中眼睛。第一个伤口是在眼睛，第二个则在他的脑部。

在一千二百首四行诗中，他们发现其中之一是关乎匈牙利的。经过一番热烈商榷，他们合力译出了一个忠实的版本。他们把它与一八

---

① 亦指诺查丹玛斯，他学医济世，获博士学位。
② 原文为德语。
③ 诺查丹玛斯生于法国普罗旺斯。
④ 即诺查丹玛斯。
⑤ 原诗音韵特征：四句押同一尾韵 old；前三句分别以不定冠词 a、a、an 开头，在词义上均为"一"，同时也构成相同头韵；第四句开头是 two（"二"），意义上承接前面的"一"，同时不再押前面的头韵。故有此译。

四八至一八四九年匈牙利独立战争岁月对应上。

> 马札尔性命几死难存，
> 发布之新令比奴隶制更加臭不可闻。
> 他们城中的悲痛哀号上达天庭，
> 卡斯托尔与波鲁克斯①相煎鏖战势在必行。②

他们的争执在于，哀号上达天庭的是佩斯－布达、还是已被攻陷的特兰西瓦尼亚主镇之一。或许，是十三位匈牙利革命烈士在那儿被处以绞刑的阿拉德③？

他们订购了更进一步研究诺查丹玛斯和占星术的书籍。就后者而言，贝尔达－施坦·孟德尔也在他父亲的遗物中发现了些相关材料。在埃格尔学园的收藏中，贝尔达－施坦·西拉德找到了开普勒用庞大复杂的拉丁语写就的三卷本著述《宇宙和谐论》④，以他自己的方式阅读了它们。他记下了如何以准确的出生时刻为运算基础来测算一个人的星座十二宫的方法。

在尼斯⑤旅行的时候，贝尔达－施坦·孟德尔无论是在钱财还是努力方面都毫不吝惜，试图弄到让－巴普蒂斯特·莫林·德·威尔弗

---

① 此二者乃古希腊神话中的一对孪生兄弟，被主神宙斯变作天上的星星，即双子星座。故此处将二人之间即将发生的激烈战斗译作"相煎鏖战"，借自汉诗"本是同根生，相煎何太急"。

② 该诗原文头尾皆押有韵：四句之首均押 T 韵；第一、二句押尾韵 eath，第三、四句押尾韵 en/on。受内容所限，译文将头韵押在每句首字的韵母上，而非如原文押首字母般押在声母上。

③ 今在罗马尼亚境内。

④ 《宇宙和谐论》(1619) 是德国天文学家、数学家开普勒（1571—1630）最重要的著作之一，认为行星与太阳之间的距离同它绕太阳椭圆形公转的时间相关。

⑤ 法国地中海岸的度假城市。

朗施①二十六卷本的《法国占星术》。他设法得到了这部巨著的一本法文版概要。四天四夜他都没有离开过自己的房间。他明白，在占星术中，行星的意义取决于它们落在哪一宫。决定他自己命运的计算在很多方面都根据莫林·德·威尔弗朗施的参数做了修改；从开普勒那儿，他发展出自己的结构，并把自己在这个结构里读出的东西也插了进去。他用复杂的计算进行试验，以揭开覆盖在未来年岁、月份、日子上的面纱。他虽然是来尼斯赌博的，但这一次却不是踏进赌场的大门。第五日上午，他急匆匆赶到金铺一条街买了一枚昂贵的蓝宝石金戒指，并结清了自己的酒店账单，尽可能挑最短的路线回家。他的旅程十分不易：正要姗姗离去的一月用硬霜冻和暴风雪的形式与世人道别。大约中午时分，他到了自己胡门内花园的苹果树林，往房子的后翼跑去，那是他们刚结婚时住进的地方。他脱下自己的靴子、毛皮帽和外套，吻了艾莲罗拉三下，然后对她说："亲爱的，我太高兴了！今年年底，十一月十四日，我们将有一个儿子，我们要给他起名叫西格蒙德，尽管他会宁愿被叫作桑德尔。"

"哦，少来啦，我亲爱的孟迪②，你这究竟是整的哪一出？"艾莲罗拉抬头问道。

"不是整的。是我算出来的。但由于某些原因，这男孩会在特兰西瓦尼亚的纳吉瓦拉德③降生。"

"纳吉瓦拉德？可我从来没有去过纳吉瓦拉德。"

"我也没有。"

他在接下来的一趟行程中赢了九万法郎。整个晚上他都固执地把钱小小地赌在数字七上；他输了一回又一回，但一直等到他自己的那

---

① 让-巴普蒂斯特·莫林·德·威尔弗朗施（1583—1656），法国数学家、星象学家。
② 孟德尔的昵称。
③ 现位于罗马尼亚境内。

轮、转第七十七圈时,才把所有的钱都押在七号。球弹了出来,看起来它好像会落到附近的槽里,可是最后,它决定正正地跳进七的位置。贝尔达-施坦·孟德尔怔在一片贺喜声中不知所措。他赢的钱装在一个木箱里由跟在他身后的男仆扛着。第二天他走了,因为他的计算显示,他将进入一个不确定时期,犯不着冒险。

在这次历险之后,他还去了马赛。在旧港口市场里一共有三个算命人,他挨个都去拜访了。最后那个用塔罗牌算他运势的女人告诉他:"您已经迈上成功之路。行程无往不利,好计良策酝酿于您的头脑中。"

贝尔达-施坦·孟德尔点了点头。付钱后他问道:"这副牌多少钱?"

"什么?请再说一遍。"

"我愿意买您的牌。整副牌。"

"您在想什么呐?"

"一百。"

"阁下,它们不会为您所用的。"

"一百五。"

"我告诉你,没……"

"两百。"

"拜托!"

他为这副十分破旧的牌花了三百。他已经学会如何排列凯尔特十字阵①,但在黑暗的帐篷中,他没机会好好研究色彩各异的牌。在途中所停留的第一家酒馆里,他为自己要了一罐香槟酒,研究起塔罗牌上五颜六色的图画来。它共有二十二张,其中一张未编号:LE MAT——愚人。此外,第十三号没有名称;画的是蓝色花田上堆有头、手、脚的骷髅。

---

① 塔罗牌算命时排列的牌阵之一。

他把牌研究了一遍又一遍。他在第七号牌上停了下来：战车。一个戴着皇冠的金发男人站在类似讲坛的车上，由两匹马拉着，一匹是蓝色的，另一匹则是红色。战车上有一个盾形徽章，写着两个字母：M. S.。施坦·孟德尔？贝尔达不见了。

波尔·利奥波德后来提点他说，M 代表墨丘利或汞，S 则是硫。在炼金术中，这两个元素非常重要。"如果我们想要炼金的话，就会需要它们。"

贝尔达－施坦·孟德尔"嗯"了一声。他已经有炼金的办法了。虽然他并没有真的这么说出来，却从第七号牌上面御车王的特征里探察出了他自己，尤其是因为那双如杏大眼和不匀称的小嘴。那么，我赢在七号上就不足为奇了。塔罗牌和占星术计算相互印证。他只有一点小小的困扰：算命的人一般用"收割者"的图来解释号码七（当然，不是塔罗牌和罗马数字里的七：VII）。

艾莲罗拉确实怀了孕，她的肚子开始大大地鼓起来；依她丈夫之见，在他两次旅行之间发生的这种增大也实在是太惊人了。他们面临着不言而喻的问题：他们怎么去纳吉瓦拉德呢？除了他的妻子，贝尔达－施坦·孟德尔还跟另外两人讨论过这个问题。波尔·利奥波德认为，这个问题就留给命运去解决；如果孩子注定会在纳吉瓦拉德来到世上，那命运就会让他的父母及时到达那里。他的妹妹哈密则从反面劝说他："去纳吉瓦拉德旅行有什么问题吗？当然不会有任何害处。可如果你留在家里出了什么乱子……你们永远都不会原谅自己了。"

他们收到一封来自施坦家的信。贝尔达－施坦·孟德尔现在更不愿意接受他们的金钱和礼物了，因为他们不再需要。但他知道，如果他拒绝了，对他们将是致命的冒犯，这也不是件什么好事。他几乎不认识施坦大家族的成员；除了为数甚少的拜访之外，他跟他们没什么联系。他最后一次拜访他们是向他们介绍艾莲罗拉。

他们从黑吉哈特搬到了图卡伊。"施坦与施坦葡萄酒商场"，以及当地的家族成员，在一八六六年遭受了一场严重火灾，房屋财产损失惨重，之后便搬到图卡伊。贝尔达-施坦·孟德尔闻及此事，便给他们寄去一封表示关心的信笺。

一个年轻的农场工人带来一个装有回信的封了口的帆布挎包。长信是施坦·莫里茨写的。贝尔达-施坦·孟德尔经由自己对过去时光的历险已知莫里茨是蕊贝卡的长子。蕊贝卡的父亲本杰明很早便死于肺结核。他的母亲艾丝黛尔是施坦·伊什特万妻子埃娃的姐妹。贝尔达-施坦·孟德尔已经无数次地看到过伦贝格惨事：五岁的罗伯特和三岁的鲁道尔夫命丧刀剑。他倒是很乐意能看多到些。然而，他回视过去的那种天赋还不足以让他自己能够做主选择要看到什么。

我们亲爱的孟德尔：

您不会相信您是这么经常地出现在我们的脑海中，特别是自我们搬到图卡伊之后。我们很多心爱之物成了那场大火的牺牲品，其中最重要的是那个铜钵，熔成了面目全非的一团，施坦诺夫斯基·巴林特建造塔楼时在林间空地上发现的——您会知道的，因为您是我们家族的人、是您可敬的父亲的头生子。得到回视过去之天赋的那些人能够感觉到灾难的威胁。可以肯定的是，严重事件即将降临到我们头上。正是出于这个原因，我把一些家族文物、特别是其中最为重要的第一本《父辈书》寄送给您，请您加以照看和保护。它已然在您的身上得到了延续。可能我在不久的将来还会不得不提出进一步的要求，希望您对我们的感情能更多来自血缘的维系、而不为距离所削弱。

单是看见《父辈书》脏兮兮的封面便令贝尔达-施坦·孟德尔感到不快了，所以直到第二天他才打开它，尽管他原本倒是乐意带着它冲去找波尔·利奥波德，以便两人一起浏览施坦、施坦诺夫斯基和齐拉格家族的历史。但这一切只是他自己的事。他花了很多个漫长而孤独的夜晚翻阅那些羊皮纸页①。他在页边空白处写批语。他觉得很难想象自己竟能受托来保管这件珍品。当他在黎明时分放弃阅读和遐想的时候，便会熄灭烟熏火燎的蜡烛，在令人目眩的黑暗中像母亲拥抱她的婴孩般拥抱着厚厚的卷册。

夏尽之时，苹果树和柑橘树的枝干在风中变得光秃秃，一个送信的男孩从施坦·莫里茨那儿带来消息："施坦先生请您不要拖延，立刻去图卡伊见他。他在等回复。"

"明天日落前我会到达那里。"

贝尔达－施坦·孟德尔收拾行装。看到他在做准备，艾莲罗拉脸上乌云密布。"孟迪，这次你要去哪里？"

"他们要我去图卡伊，刻不容缓。"

"我不能跟你去吗？"

"如果你的情形允许的话，有何不可呢？"

离孩子出世还有一个半月。贝尔达－施坦·孟德尔说服哈密加入了他们。除了那个车夫外，他们带了一个男仆和一个贴身使女，乘坐一辆较大的四轮马车上了路。他们没带多少行李，最重的东西是堆满了礼物的那只木箱，这样他们便不会空着两手到那儿去了。里面装着两个完整的卡萨火腿、三块小磨盘大小的胡门内奶酪、几大瓶用本地配方酿制的苹果酒，还有四匹厚重的波佐尼②家织，是挂在墙上或做床罩用的理想选择。

施坦家族在图卡伊山谷几乎占据了整条街。高耸的葡萄酒商场隐约可见，但尚未完工。一个小塔坐落在两根科林斯式样③的柱子上，

---

① 并非真正的羊皮，仅表示纸张厚实质地精良，如我们所说的牛皮纸亦非真由牛皮制成。

② 今作"布拉迪斯拉发"，是斯洛伐克共和国的首都和最大城市，紧邻奥地利和匈牙利两国边境。历史上曾是哈布斯堡王朝治下的匈牙利王国的首都。匈牙利语中被称作"波佐尼"。

③ 源自希腊建筑艺术风格，一般是指钟状柱顶带有叶形装饰的柱子。

其顶部是由意大利建筑师设计，眼下呈现出圆柱形的轮廓。这里处处都一派狼藉不堪的景象；看来该建筑工程是已遭废弃、而非尚未完工。石灰坑上的木板被掀了起来，房子前面到处溢散着乱七八糟的白色物质。梯子和脚手架一副饱经风雨的样子。上面裸露着的大梁泛出黑色，仿佛屋顶已被烧毁。这儿发生了什么事？

施坦·莫里茨在二楼沙龙用茶和符合犹太教规的梅子白兰地接待了访客。"谢谢你的到来，我的血亲，"他不停重复地说道，有种孩子气的憨态（至少贝尔达－施坦·孟德尔是这么认为的）。虽然施坦·莫里茨比他年长，但不超过九岁，可由于瘦削单薄、蓬头垢面以及星星点点花白的胡须，看上去像个老人。

下午茶似乎没有尽头，不知不觉就变成晚餐，亲眷们为此六点左右便开始陆续到来。他们一个接一个来到他俩面前，贝尔达－施坦·孟德尔从他们脸上那种开场白式的笑容里似乎侦测出同样的孩子气憨态。他等着被告知何以他被召了来。尽管他随身带来了两卷《父辈书》，但暗自决定，假如他们问他要回第一卷，他就说自己没有随身带来。

施坦们扮出一副纯粹是为了吃一餐欢乐家庭饭而聚集一堂的样子——平时的笑话、祝酒词和美好祝愿一样都不少。他们品尝了公司里最好的葡萄酒，男人们的脸颊很快变成玫瑰粉色，白色衣领的扣子也解开了。炉火令汗水淋漓，刺鼻的汗味无法被食物的气味掩盖，即便已增加至八道主菜。等他们喝过果汁冰沙，男人们移步到图书室抽雪茄。房间里既没有书籍也没有书架的踪迹；而木匠们在这里仍大有可为①。雪茄和点烟斗的火捻已经在绿呢台布牌桌上备好，旁边安置了七头烛的金烛台。有那么一会儿，只听得见心满意足的噗噗声和轻微的嘶嘶声。

随后，施坦·莫里茨站起来发话了："现在，我们都在这儿了，

---

① 意思是家具、装饰都很简单。

施坦家族每一个成年的、负责的男子,让我们考虑一下吧,在即将到来的灾难中,该如何维持我们自己和我们家族的完整性。"

"什么样的灾难呢?"贝尔达-施坦·孟德尔问道。

周围一片宽容的微笑便算是回答了。

施坦·莫里茨把手掌放在他的脖子上,贝尔达-施坦·孟德尔能感觉到他手指相当严重的震颤。"您还不会知道。也许在您那边——北方,还是和平的。但在这里,盲目的激情已经决堤,自从他们投票立法维护我们的平等权利。"

"谁投票呢?"

"议会呀!您是在哪里生活啊,年轻人?自去年十二月十七日起,犹太信仰的匈牙利居民已被宣布有权行使与基督徒相同的公民权利和政治权利。但这并没有令所有人高兴。"

贝尔达-施坦·孟德尔想起似乎听到过一些与此相关的什么,但无论是什么,他旋即便抛诸脑后忘记了。他的人生都用在赌场上、牌桌旁;其间的日子对他而言则像是别人的夜晚休息。突然间,他像其他人那样被同一种激动不安紧紧攫住。负面性的暗示有时会困扰他,但因为不理解那是为什么,他便把它们跟他自身以及他的赌注关联在一起。现在他明白施坦家族的个体成员是如何在各个城镇被乌合之众攻击的了。一次又一次,来自过去的那个可怕的词在人们唇间响起:"大屠杀"。脑中浮现出那些被捣毁的店铺的鲜明形象。在图卡伊的商场一周前也遭到了这样的攻击。幸运的是,无论是这里还是别处的施坦家族成员都未曾遭受到身体上的伤害。"暂时而言!"施坦·莫里茨意味深长地说。

家族首脑理事会决定,必须采取某种行动以保障自身的安全。这便是他们今天要彻底厘清的事,这便是为什么他也被请了来。"您,我亲爱的孩子,无疑是我们当中的一员!"施坦·莫里茨补充说。

贝尔达-施坦·孟德尔汗流如注。他没有足够的勇气说自己是个赌徒、而不是什么犹太教徒。波尔一家并没有像现在所谓的犹太教信奉者那样坚持犹太教传统，他和艾莲罗拉所过的并非犹太教徒的生活方式。然而，他在这个朴素的房间里有一种如家之感，从氤氲的烟雾到嘶哑的嗓音，这里的每样东西都令人熟悉得安心。

"了解我们的历史、回视过往、有时也能预见未来，这是我们头生子们的特权，"施坦·莫里茨继续道，"我们是同一个家族的成员。让我们齐心协力，将我们各自的所有毫无保留地倾囊而出！"同时向贝尔达－施坦·孟德尔望去。

一片寂静，只有未加雕琢的石头壁炉里的原木烧得噼啪作声，还有呼吸声，以及吸雪茄的微小噪音。过了几分钟，贝尔达－施坦·孟德尔意识到所有的目光都集中在他身上了。这便是为什么他被邀请来了，将他所知道的东西公之于众。他清了清嗓子："承蒙惠准，这很难……"他陷入沉默。他必须回顾或思考自己的所见以及从各种幻象中能得出什么结论来。他想起自己的运算是基于星星的位置、塔罗牌上读出的迹象以及先知之王的预言。

"说出来吧，即便您不得不说的是最可怕的那种。"施坦·莫里茨说。

贝尔达－施坦·孟德尔擤了擤鼻子。"对我来说这副担子太重了。但我知道，譬如，十一月十四号我们将有一个男孩出生，我们应该给他起名叫西格蒙德，尽管他会更喜欢称自己为桑德尔。而且，这个小孩会出生在纳吉瓦拉德，尽管我们从未去过那儿，在那儿也没有别的事务……"

施坦·莫里茨听到这些话，明显地兴奋起来："纳吉瓦拉德吗？"他强调地重复道。

很显然，施坦·莫里茨正在考虑，收集起贵重物品阖家移居到一个犹太人不受打扰的区域，这是否明智可行。尽管目前还不清楚这样的区域会是哪儿。反对他观点的是德高望重的施坦·利波特。施坦·利波特是施坦·米哈利的儿子，已经是一位著名的拉比了。他在拜赖门德①乡村偏远地方已任职副拉比和社区传教士,以他的年纪之轻和经验之少来说,这被看作是极大的殊荣。他的第一项举措是提议建一所新学校,他自己则亲自设计教学大纲,后来被附近许多地区的犹太社区作为范本加以采用了。

施坦·利波特认为逃亡是无用的。问题在于,匈牙利犹太人一部分疏离传统,而另一部分却又死裹于其中。这些极端的行为模式引发了负面情绪实乃事出有因。"让我们怀着一颗纯洁的心贴近精神家园,接受三重性的大趋势:我们同时是人、匈牙利人和犹太人。我引用勒夫拉比的话:'解放与改革是紧密相连的,希冀前者就不能拒斥后者。'我们必须将国家的终极理想当做我们自己的终极理想来接受。让我们在会堂里讲匈牙利语吧,好让每个人都听得懂我们的话。如果他们能明白我们的目的何在,便不会再大动肝火了。"

"只可惜到那时候我们的房子和店铺早就被捣毁了,而且这也不表示我们肯定能熬过街头暴民的袭击!"施坦·莫里茨反驳道。

"我们无法逃避自身的命运。"

"如果有什么事情发生在我们身上,谁来养育我们的孩子呢?"

"是谁养育了田间百合、林中树木呢?"

争论变得越来越激烈,对于施坦·利波特教条式的论点,施坦·莫里茨予以现实性的回答,令拉比怒气益增。他的声音变得尖锐刺耳,瘦长的脑袋开始剧烈地颤抖。他唇溢白沫,噎住了声,痉挛着倒在地上。外科医生施坦·马顿扑到他身上,用刀尖撬开他的牙关,把他的舌头拉出来,将一个平底小烧瓶里的药水从牙缝间倒了些进去。只有贝尔达-施坦·孟德尔被吓坏了;这个家族倒是经常看到这样的场面。几分钟后,拉比回过神来,目光清澈,脸上的皱纹也舒展开来,痉挛没有留下任何后遗症。"我说到哪儿了?"他平静地问。

"葡萄酒和蜂蜜的比喻。"施坦·马顿医生说道。

---

① 在匈牙利境内。

"啊,对的。那你是完全明白我的观点了。匈牙利的犹太人必须联合起来,无论他们是旧派还是新派。我们必须去参加纳吉瓦拉德的会议,必须将成立全国性犹太组织作为主要事项提上日程。"

又是一片沉默,贝尔达-施坦·孟德尔再次成为每双眼睛的注视对象。他又擤了擤鼻子——他一定是在来这儿的路上受凉了——然后非常镇定地说:"我要说一些我琢磨了很长时间的事,希望你们的智慧或许能悟出其中精髓,而对我来说还是谜团。伟大的诺查丹玛斯、先知之王写了一个让我百思不解的预言。是这样的:

    自此我们面临食不果腹,
    由此我们欣受餐丰饮足:
    犬目贪睁的海洋
    用油与谷令我们惊异连连。[①]

"请再说一遍,如果您不介意的话。"施坦·利波特说道。

他把这首打油诗重复了一遍。

谈话停顿了很长时间。施坦·利奥波德摘下夹鼻眼镜,在他的吸烟夹克[②]的下摆上擦了擦。"这是一枚我捏不烂的坚果。"他喃喃说道。

对我来说也是如此,贝尔达-施坦·孟德尔想道。我们不是生活在一个无端杀戮、毁人家产的野蛮时代。现在是法治社会,如果有强徒作梗,当局会采取必要措施的。

拉比背着两手走到窗口,向外凝视了一会儿,之后郑重地宣布道:"几分钟后便是安息日。我们必须把讨论延迟到二十四小时

  [①] 该诗韵脚为 aabb。头两句首词分别为 Whence 和 Thence,故译为"自此"与"由此",将韵压在"此"上。

  [②] 吸烟时穿的专用罩衣。

之后。"

每栋房子里的蜡烛都通宵达旦地燃着，因为把它们熄灭跟点燃一样也算是工作。食物被斯洛伐克女仆端了上来。在安息日期间，施坦·莫里茨认为最好不要从自己的卧室里出来，觉得这是最恰当不过的了——如果祂将这一天指定为休息日是要让人们沉浸于睡眠之中。无怪乎他的肚子已经臃肿成了大西瓜，正在测试他裤腰带的极限。

贝尔达-施坦·孟德尔、艾莲罗拉与哈密在施坦·莫里茨家的一楼分得两个房间。他们的随从则住在仆人区。贝尔达-施坦·孟德尔只对哈密透露了讨论内容，而不想让孕中的妻子产生不必要的激动。哈密搞不明白："孟迪，我亲爱的，这意味着我们现在应该害怕吗？"

"嗐，瞎说。每个郡都有一小撮喝多了就有点儿狂躁的年轻人。没必要为此操心。你一点儿都不用担心，我亲爱的。"

然而，他自己完全不认为施坦家族的恐惧是空穴来风。那天晚上，他在莫林·德·威尔弗朗施方法的基础上着手进行他自己的全套运算，根据星历表，锁定在一个既定地理位置和时间段上。当结合上他自己的星座时，运算结果在过去经常帮他在赌场上大赢特赢。他知道，凭这点智慧，他能收集到一些指示未来的迹象，只不过他从来都无法确定它指的是周、月还是年。无论这样还是那样，星位所预示的都不大好。在十二宫里，八个占星体排得相当不吉利：月亮、太阳、水星、金星、火星、木星、土星、天王星。尤其是土星，跟火星组成了一个可怕的五点梅花状，而这一切都在第十二宫……啊糟糕！如果现在是在他的挣钱之旅中，他会对那些赌博窝点敬而远之的。

蜡烛向镶嵌着木板的天花方向释放着打旋儿的乌烟。外面现出第一道光芒。贝尔达-施坦·孟德尔感到精疲力竭，但疑心自己不可能睡得着。他拿出较厚的那本《父辈书》，这儿这儿那儿那儿地读了一两页，尽管说实在的，他凭心便知其绝大部分的内容。

他突然有一种预感，进一步的乘除①看起来也是支持的。他蓦地意识到，占星能力落在他身上不会是件意外之事。他知道自己的星座是天秤座，而他父亲贝尔达-施坦·西拉德则是处女座。对于黄道与东方地平线相交之点所具有的决定性，也就是说决定了上升星座，他也非常精通。他是天蝎座，他父亲是天秤座。

他开始领悟了，他先祖们的黄道十二宫是随了托勒密十二进制体系的模式：施坦·奥图是狮子座，施坦·理查德是巨蟹座，等等。但是，在他能运算出上升星座的同时，它也遵循了古老占星顺序，生辰星座总是会一个接一个地呈现。这便是为什么他的上升星座是天蝎座，而他父亲是天秤座。若果真如此，那便能算出他任何一位先祖的星座及其黄道十二宫序列。因而，譬如说，齐拉格·库尔奈的星座只能是白羊座，而他的上升星座则是金牛座。光是推算星座不可能证明这点，因为他只确知自己父亲和祖父的出生时辰。

有鉴于此，他对未来的所见竟完全正确，这实在是惊人啊：他的孩子贝尔达-施坦·西格蒙德并非出于偶然才会于十一月十四日降临，而是符合这个神秘规则的，因为下一个便是天蝎座，古时候的占星家还称之为"鹰"。天蝎座是极端的人，要么非常好，要么非常坏，但无论如何都是充满激情的，不思反省，跟他的本能斗争——我们会为他折腾得手忙脚乱。与此同时，上述确实的话，那毫无疑问他的上升星座就是射手座，能对天蝎座特性大为调整。

他迫不及待想让集会的男性们关注这一切。他对光线的不吉利角度所做的费解阐释没有达到他的预期。他甚至还没说到先祖们的星座。一张张目瞪口呆到几乎敌意的脸向他盯视过来。施坦·利波特最无动于衷："您是在严肃地建议我们应该相信天上的星阵、而非我们古老的信仰吗？"

"这不是我的建议，但占星学几千年来就是这样看待事物的。"

---

① 即乘法和除法，指他进行的占卜计算。

"难道您不认为天上事物也是由那位'永生'① 在运作,而祂的意志不会这么容易揣测得到吗?"

贝尔达-施坦·孟德尔对此未作回答。

"咱们刚才的话题不一样,"施坦·莫里茨以和解的语气说道。"让我们讨论一下该做些什么吧!"

贝尔达-施坦·孟德尔不打算再说别的,他气愤难当。我告诉他们真相,他们却用泥巴封我的嘴,他想道。当拉比再次把全家参与会议的问题提出来时,他主动为之助阵。他打定主意,若论匈牙利犹太改革教派人士的自治聚集地,他肯定会收拾行李、赶着马车、带着妻子前往纳吉瓦拉德。这不会有任何害处。他认为哈密自然得跟他们一起去。十月底的时候他们终于动身前往纳吉瓦拉德了。

纳吉瓦拉德正一边出着太阳一边下着雨。懒洋洋的阳光沐浴在夹雪大雨中。

尽管施坦·利波特极尽努力,会议没有得出什么结论。犹太社区的大多数代表害怕无论他们建立什么组织都会给自己招来当局和君主的愤怒。最好还是保持安静、低调。

"难道我们该顺从这一切吗,"施坦·利波特说,"我们将时不时地被憎恶我们的人打击吗?尽管有法律明文保证,我们在自己的家园永远得不到平等地位吗?我们由于自己的出身而永远地担惊受怕吗?"

"与其爆发,不如控制!"佩奇②的犹太拉比施瓦布·西蒙喊道,他早就对施坦·利波特怀恨在心了。他怀疑施坦在拜赖门德的职位只是想爬上他这个薪水丰厚的职位的跳板。

贝尔达-施坦·孟德尔在会场耐心地从头坐到尾。他有时间;还有四天才到十一月十一日。他已经为他们的那一天预定好了三玫酒店的观景套房,不仅请好了镇上最有名气的产婆,还请好了一位医学教

---

① 指造物主。
② 地名,今在匈牙利境内。

209

授。分娩的时候哈密也在场——是她把婴儿包裹好递给眼睛布满血丝、浸透汗水的母亲的。

我的儿子贝尔达－施坦·西格蒙德经过三个半小时的辛苦努力降生了，裹着胎膜离开子宫，我把这当作比任何星象都更为吉利的迹象，尽管医学教授和产婆或许互相妨碍着，难以将孩子从中剥离出来。我乞求一切高高在上的力量，来自所有宗教的、甚至是那些不可提名的宇宙的统治者、天地的创造者，祝福、保佑我的儿子，赐予他和我们所有人健康、丰足与和平。

纳吉瓦拉德，意思接近于"伟大城堡"，证明是名副其实的；相比之下，胡门内便是一个尘土飞扬的渺小陋镇。贝尔达－施坦·孟德尔很喜欢在主广场散步，在咖啡馆喝啤酒、咖啡，想象着春夏时节这里该有多么宜人，那时圆桌挪到外面人行道和花园里，条纹遮阳篷在头上撑开，遮挡住太阳的强光。他没费多大力气便找到了秘密的玩牌沙龙，一下子就成了常客。多亏星星和自己的技术，他着实将那些在绿呢牌桌上跟他碰运气的人们的口袋给减轻了。

他一点儿也不想回乡，写了各种托辞回复波尔·利奥波德敦促他回去的信件。然而，他的岳父厌倦了写信，直接到镇上来了。他还没跟他们打招呼便责问上了："你们为什么在这里浪费时间金钱而不打包行李？你们还等什么呢？"

"冷静些。显然您已经迫不及待想干一架了！"贝尔达－施坦·孟德尔继续往杯里倒犹太梅子白兰地。

波尔·利奥波德把酒放下："发生了什么事吗？"

"一切都绝对顺利。小西格蒙德健康强壮，就像他母亲一样。只有一点……我们在这儿的感觉真的很好。"

这些话并没有打消波尔·利奥波德的疑心。他像猎犬一样查闻踪迹，审问他的女儿、仆人，检查他的孙子，还在他们住的三个互通的房间里搜索着每个边边角角。"能请你告诉我你打算在这里呆多久吗?"

"等小西格蒙德长到有力气为止!"艾莲罗拉说道。

那天下午,贝尔达-施坦·孟德尔向岳父透露了他能了解先祖命宫的全部实情。波尔·利奥波德兴奋得发狂:"也许每个家庭都是这样的。就是说,如果我是水瓶座,我的女儿……不,不,不对,艾莲罗拉的星座是双子座……至于关乎上升星座……这种双重系列只在你的家族进行……"

直到今天我也不明白命运为何注定我们该到纳吉瓦拉德来。在那个镇上,我玩牌的手气相当好,赢钱数额巨大。我不知如何才能安全地将它随身带走:森林中遍布贼人,频繁窜上客、货马车。我发过誓,如若遇袭,我将拼死反抗、直至流尽自己的最后一滴血。我仔细研究了为此目的而弄到的左轮手枪和弹药。在"老林子"里的一块林间空地,我已经对我的两个仆人进行了战略战术训练。虽然星象预示我们现阶段没有危险,但小心驶得万年船。

波尔·利奥波德很快就回胡门内了,跟哈密一起。贝尔达-施坦·孟德尔跟妻子留在纳吉瓦拉德。艾莲罗拉发现自己又怀了孩子。

从图卡伊很快传来消息,施坦家族的产业被暴民抢掠,在一次纵火中,他们的葡萄园也被烧毁。施坦·莫里茨衰弱的心脏承受了太多压力,终于撒手人寰。

贝尔达-施坦·孟德尔带着一个男仆乘坐一辆带穗的四轮轻便马车赶赴葬礼。肃杀严冬首先肆虐在蒂萨河上,将浮冰横扫而下;摆渡人那天不肯横渡危险的河流,不管贝尔达-施坦·孟德尔喜欢与否,不得不把马车遣回纳吉瓦拉德。在几个穿羊羔皮外套的商人陪伴下,他试图付钱给五个酩酊小伙儿带他们到大船上,在适合的天气里,这船是来回于两岸之间的辅助交通工具。他们是来自斯洛伐克高地的施瓦本①人，匈牙利话说得很蹩脚。

"绝对不可能，只消看看河水和浮冰！"一个船夫说道。

"我们可以等它平静下来，然后赶紧横渡！"贝尔达-施坦·孟德尔说道。他换成德语说："我真的必须渡河。"

"他说了什么，他说了什么？"商人问道。

"*连夜！*②"贝尔达-施坦·孟德尔朝那个船夫说，认为最关键的还是钱。他出了一个他在绿呢牌桌上惯用的价码，也代表了那些商人。价码最后涨到其中三个施瓦本人现在愿意成行。船客们很难从岸边通过木板渡桥登上在风浪中汹涌起伏、吱嘎呻吟的大船。两个小伙子竭力让它在某种程度上保持水平，第三个则连拖带拽地把他们拉上去。"仰面躺下，如果你们还想活命！"

他们头顶着踏脚板，后颈不停地撞着泼溅得湿漉漉的铺板。小伙子们一起航，船立刻任由仁慈的海浪摆布，几乎垂直地竖起来。他们全都滚到一端。贝尔达-施坦·孟德尔被压在人堆最下面，跟他的男仆亲密到他只允许妻子如此的地步。他现在后悔自己试图渡河，尽管他是唯一一个觉得肯定能成功的人，因为还有相当长的一段生活等着他呢——至少他看到的前景是如此。但在那一刻，他发觉这简直难以置信：他的骨头浸在冰冷彻骨的水中，凛冽寒风刺痛了他的眼睛。

施瓦本船夫与波涛汹涌的河流和杂沓而至的浮冰奋力搏斗。蒂萨河在这个位置转了个大弯，当地人都知道这一侧水域有最危险的漩涡；船筏只要能从这个中点挣出活路，安全抵达远处彼岸就几乎是可以肯定的了。这一次他们刚到想象出来的中途线时，水域也像听指挥似的平静安详了。与此同时，越来越厚的浮冰越来越快地涌来；一个船夫不再划船，而是把时间花在用自己的桨挡开它们。河流的咆哮声

---

① 施瓦本是一个边界模糊的地区，在德国境内。
② 原文为德语。

越来越猛，震耳欲聋，尽管竭尽了全力，还是有冰块重重地撞击船体两侧。小伙子们互相高声警告想要尽力避免灾难的发生，可是，这么多浮冰在汹涌波涛中顺流而下，船几乎不可能毫发无损地从中穿过。一块相当重的三角形冰板击中船身发出巨响，豆大的填缝颗粒迸散到踏脚板上。两个商人用他们的母语急促含混地祷告起来，贝尔达－施坦·孟德尔由此听出他们竟都不是马札尔人，而是俄罗斯人。

其时，船被浮冰团团包围，小伙子们徒劳地尝试用桨和篙撬松它们：它们纹丝不动。木材吱嘎噼啪的凄厉声响越来越大，就像船夫们的施瓦本语叫喊声——全木的结构会被浮冰的力量夹挤成两半。

"噜嘞，噜嘞！瑙赫迈！噜嘞！"施瓦本人们叫道。

贝尔达－施坦·孟德尔不明白他们想干吗，但商人知道，他们胳膊挽着胳膊，按"噜嘞"的节奏向左向右地摆动臀部，于是让船从一侧到一侧地摇晃起来，于是——令他们大为惊喜——船从杀气腾腾的浮冰掌控中滑脱出来。

紧接着，施瓦本小伙儿用他们的桨成功靠到了岸边。虽然冷得刺骨，他们却都大汗淋漓。贝尔达－施坦·孟德尔立即前往驿站，可这么晚了，既找不到马匹，也找不到马车。他在驿站对面的旅馆过了一夜。第二天早上他醒来，发现村子没入齐膝深的大雪里，想要动身出发是既不明智也不可能。他很肯定的是，无论如何也不敢想象他还能及时赶上葬礼了。他从稻草垫上起身只是为了出恭；否则就躺在那儿盯着天花板，叫来加了奶油泡沫的滚烫咖啡。他甚至在床上用膳。他的窗口望得见外面肿胀起来的蒂萨河，篷起的浮冰不断向南漂流。

"我亲爱的好先生，我们不该回去吗？"他的男仆问道。

贝尔达－施坦·孟德尔眼都没眨一下。他杀气腾腾的一瞥冻结了仆人嘴里的话。到了第三天，他打发这个男孩去买纸、笔、墨水瓶。他乱涂乱画地计算，叹气声越来越大。后来他在《父辈书》中回忆了这一段。

我在破败旅馆蹉跎了六天六夜，由于恶劣天气，他们毫不犹豫地把陌生人一起安排到一个房间里。我花了一笔可观的数额才给自己弄到一个单间。无所事事的时候，感觉日子似乎永远不会结束，我便有了一个思考一切的机会。迄今为止，在我的人生中，没有发现任何差池：我的幸运星忠实地守护着我，从未弃我于挫折之中。我已经通过扑克牌和轮盘赌桌挣到了足够资金，以确保无论是我还是我的子孙都不会遭受求而不得的匮乏。然而，真正的财富并未在财务上体现出来。

我有祸了！根据我的占星计算、甚至是由塔罗牌得知的未来，我的无云天空很快就会蒙上阴霾。我得到可怕的星象预言：我将再添两个的儿子，班得古斯和约瑟夫，但都会胎死腹中。更恐怖的是：约瑟夫的死亡将导致他母亲的死亡。所有这一切都将在未来两年内发生。若我能对此起疑该有多好啊！若我能修改我们的命运该有多好啊！若天体能错上这一次该有多好啊！

一从天气的囚禁中解放出来，他立刻尽快抵达纳吉瓦拉德。他在那儿非常谨慎地再次检验自己的图表和运算。结果相同。他不知道该如何承受保守这个可怕秘密的重负。"我亲爱的！我们要动身旅行！"他对妻子说道。

"什么时候？去哪儿？"

"现在，直接回胡门内去。"

"出乱子了吗？"

他张张嘴想说，却没有足够力气道出那沉重的话。他嘟囔了些与生意有关的东西。

他想道，回到家中肯定更易于仔细琢磨保卫我们自己的措施。或许我们可以通过某种方式从命运的手中挣脱一点。可是怎么做呢？跟命定之天意的战斗很难打赢。

波尔·利奥波德和哈密带着喜悦泪水迎接他们。贝尔达-施坦·

孟德尔害怕向他们袒露关于未来的重负；或许他们多数都能看到更多。他给自己鼓了上百次的勇气，但都无法继续下去。

"是什么揪心的事情在折磨我的丈夫呢？"艾莲罗拉问道。

"我只是在想事情罢了。"贝尔达-施坦·孟德尔答道，唇边挤出一丝微笑。

"你最近怎么总在我的裙边坐着呢？你放弃对运气的追逐了？"

"我没有放弃，我只是暂停……这样我就可以花更多时间跟我所爱的人们在一起。"

他的妻子知道这并非全部真相，但也知道即便是野马也无法从他嘴里拖出真相来。日子一天天、一周周过去，贝尔达-施坦·孟德尔越来越关注于艾莲罗拉膨胀起来的腹部。不顾这个女人的抗议，他从佩奇和卡斯巴德①请来博学的医学教授给她做检查。他亲自监制他们开的饮食方子，他自己动手、用为此目的而买来的药剂小秤称出草药茶的分量，自己动手浸泡草药混合剂。艾莲罗拉对这种过度热烈的保护颇感压力，但事实表明她丈夫愈发执著了。

尽管做了全部预防措施，小班得古斯出生时呈青紫色，脐带致命地缠住了他细小脖颈。艾莲罗拉情绪稳定，但岳父却伤心欲绝；他苍老了十岁。我会不惜一切阻止下一个悲剧的发生。

他妻子的健康一有所恢复，贝尔达-施坦·孟德尔便极为突然地动身前往佩斯-布达，在英格兰女王酒店要了间房。当天晚上在餐厅里，他认出邻桌就是他在报纸平板画上见过的政治家迪亚克·费伦茨②。他正抽着他一贯的古巴烟。他与他进行了简短交谈。

"在佩斯，三月是最危险的月份，十一月则最为惨淡。"这位哲

---

① 在德国境内。
② 历史上确有其人。参见本书《作者注》。

人同胞说道。现在是四月初。

在他的建议下,贝尔达-施坦·孟德尔叫了果然不令人失望的烤羊肉。他觉得自己应该出去厮混,找找这个城市的玩牌窝点,集中关注在七号上。但他全无兴趣。他不再需要任何钱财,那他为什么要把自己的生命浪费在绿呢牌桌上不保证能赢的战斗中呢?

他搜到并得以进入疏于联络的熟人们的沙龙。他的名片虽然边缘皱卷,但仍敲开了都市风格雕刻的大门。在其他来宾当中,他遇见了通过施坦们而与之有非常远的亲戚关系的实业家瓦尔曼·摩尔。瓦尔曼·摩尔很高兴遇见他,并立刻就佩斯与布达亟须结为一体的势在必行性展开专题论说。贝尔达-施坦·孟德尔采纳了这些意见。这位热情高涨的亲戚往他脑袋里灌了这么多信息,以致他最后捐出五百个克朗给城里的穷人。

"哪个城里的穷人呢?"瓦尔曼·摩尔问道。

贝尔达-施坦·孟德尔选了佩斯。

艾莲罗拉送信儿来催促他回家,他自己也想念得要命。那些信上也签了哈密的名字。接着,波尔·利奥波德寄来用紫色封蜡封口的信,要他好心返回胡门内的家。

> 我深深怀念我们讨论未来、世界命运、诺查丹玛斯等等一切的那些充实的下午。为什么你要在多瑙河畔闲荡呢?

贝尔达-施坦·孟德尔草草回复,宣称有紧急事务让他留在佩斯-布达。但波尔·利奥波德更为强硬,不会满意于这个回应。贝尔达-施坦·孟德尔遭到三天一封的信件轰炸,每封都比上一封更正式。

> 我亲爱的女婿:
> 你反复无常地变换居所已令我们所有人痛苦且不安。是时候

尽你做丈夫的义务了,以免为时已晚!"

他对这个威胁无动于衷。诺查丹玛斯、先知之王,教导统治者要选择阻力最小的道路而行。

佩斯的夏天比胡门内或维也纳要热,报纸在不断重申这个事实。贝尔达-施坦·孟德尔打发掉他现用的男仆,因为后者无法按要求奉上他的咖啡。贝尔达-施坦·孟德尔受到的更多折磨是无聊而非炎热。他从来想象不出会有可能对人类同胞丧失了兴趣。也许哈密是他最想念的人,在他孤独一人用晚膳的时候。

他大部分时间都在阅读。他潜心于对星星的研究中。他做了个原始的望远镜,不停地摆弄来摆弄去。他用心琢磨每一本能搞到的这方面的书。他定期造访哈马沙塔黑吉①上的天文台,开始是交谈,到后来便进行学术性工作了。

一天晚上,在酒店大堂,他被哈密撞见,她扑进他怀里。贝尔达-施坦·孟德尔变得更为活跃了。他把她介绍给每个人,定了上千计划,例如带他心爱的妹妹去哪儿。他想带她看城里的每一个景点,还会拖她去他所知道的所有沙龙。酒店里谣言四传,说她不是他的妹妹而是他的情人——他们经常被看到手牵手。

在头一晚他就向哈密承认是什么让他远离家乡。女孩瞠目结舌。"你怎么竟会相信那东西?"贝尔达-施坦·孟德尔列举了他最严肃的证据,从西格蒙德在纳吉瓦拉德的出生到班得古斯的夭折。接着,他告诉她,他在轮盘和牌桌以及其他碰运气的历险上所赢的大量金钱,都是他或多或少预先算出来的。愿上帝不把它当成一种罪过,但他这次不可能是错的。

哈密哭了起来。"那我们再也不能在家里见到你了吗?"

"你当然会啊。只是我不得不在这个危险的年份里远离艾莲罗

---

① 布达佩斯城内的一座山。

拉，因为……你明白的。"

"那你为什么不把这个向她解释呢？"

"你认为她会信我吗？我敢肯定你不认为。"

他的妹妹走了，没有完成使命。

胡门内的来信枯竭了。贝尔达-施坦·孟德尔不再为此困扰，尽管他高兴读到他的小西格蒙德在身体和精神两方面的成长。他在首都继续过着平静无事的生活。宁静所成，暴力亦能。①宁静致远，能达暴力所不能。

然接到了来自岳父的消息，他失却未来，徒剩过去。波尔·利奥波德金尽可能委婉地告知他艾莲罗拉再次怀孕。不要问父亲是谁——她没打算告诉我。你除了自己谁也怪不着！

贝尔达-施坦·孟德尔知道他是对的。他花了几天时间处理自己的财务事宜，然后行至一个小村庄，位于他就要请准加入皮亚斯特修道会②的地方的后面。修道会遂了他的愿，他再次报以大量钱财做谢礼。他的下落只透露给了哈密，并让她保守秘密。他妹妹屈从了他的愿望。她逮着一次千载难逢的机会，赶去看他。她带来艾莲罗拉第二个孩子约瑟夫胎死腹中、她本人难产而死的消息。

"永远别再来了。我尘缘已了！"

待他妹妹哭着离去后，一度被称作贝尔达-施坦·孟德尔的这个人自挂于窗钩之上。他所用的绳子是他平时做腰带使的。窗钩有一点点低，他尝试了第二次才成功。在死亡的剧痛中，他最后一句话诅咒的是星星。

---

① 原文为拉丁语。
② 根据修道会惯例，入会静修者从此不能出修道院，意味着与世隔绝。

第八章

曙光来临之际，光秃秃的树枝白霜素裹。融霜渗入泥土，泥潭变得更加泥泞了。夜里，就连看门狗都乐于跟牛群或马匹蜷缩在一处，从它们庞大的身躯获得些许温暖。口中呼出的气体犹如烟斗冒出的烟。在这里过冬的鸟儿早已直打哆嗦，而四条腿的野兽则将冰冻的几个月睡了过去。户外的乡间生命几乎停顿。镇上也少有活动，人们都闭门不出。城里的哨兵们、众所周知的*巴克特*①，夜里迈着急促的步伐巡逻于几条较好的街道，他们的灯笼一次次被兜头乱吹的寒风熄灭。

齐拉格·桑德尔怀着近乎歇斯底里的兴奋心情等待着十九世纪的结束。他已目睹了跟他那一口洁白牙齿数目相同的人生岁月，而且所有牙齿都完好无损。他只是从母亲那里继承了这么齐整的扁贝皓齿，因为他父亲的牙齿有很多问题，特别是在他晚年时候。对于这些事，齐拉格·桑德尔不是直接了解到的；仅仅是从哈密那里听来父母的事情，他们俩都年纪轻轻地辞了世。在浅睡的梦中，他看到过他们的面容与身影，真切得如同在看一幅栩栩如生的油画。父亲为什么没有给他们自己画过任何肖像呢？

哈密认为托付给她抚养的这个男孩需要最严格的教育，因为他早年便显露出一种粗野、不羁的性格。他还在穿尿片的时候就纵火烧了

---

① 一种细菌的名称。

狗儿贝尔塔的窝,用他设法带过去的一盏灯笼。棚子和柴堆也着了火。拴在那里的狗仅仅多亏邻居相救才没有被活活烧死。哈密一直想不明白小西格蒙德是怎么从椅子爬上桌子摘下灯笼的。到他六岁时,不能把他单独留下与同龄女孩相处,因为她们的内衣让他产生强烈的兴趣。

他用了三年就读完了小学;这是因为在胡门内及其周边地区,小学只提供这么多年的教育。哈密不忍把这么个小家伙送去寄宿。她计划过几年再这么办。但是,西格蒙德再次给哈密来了个措手不及。还没等她得知他的三年劣绩——不能升入中学——他便穿着校服离家出走了。他的养母两个星期都没有他的消息,在此期间,她头发一把一把地脱落。

几星期后,一张装在红色信封里、费力拼写的明信片从米什科尔茨①市抵达。发信人是一个叫瓦施塔·迪奥梅的酒保兼咖啡商,恭敬地知会贝尔达-施坦·汉娜夫人道,那位年轻人齐拉格·桑德尔找到他那儿受雇做他生意的助手。他声称自己是一个孤儿,迄今为收件人所照顾。

"这个齐拉格·桑德尔是谁?"哈密大声问道,虽然她怀疑所得答案。她立即坐上马车前往米什科尔茨。

瓦施塔·迪奥梅的客栈坐落在镇子尽头一条声誉可疑的街上。在经常光顾他地盘的圈子中,午夜女郎与穷困放荡的艺匠或乞求赊账的无名小卒一样多。哈密从未涉足过这样的场合。现在,她横下一条心,双手拎起自己黑色的曳地蕾丝长裙、免得它的下摆碰到油腻腻的地面,挤进酒吧去。"日安,我的好人。我要找瓦施塔·迪奥梅先生。"

"那就是我本人。"一个机敏的家伙说道,他的喉结像中等大小的杏子。

---

① 在匈牙利境内。

"我是为那个男孩来的。"

"小桑尼在睡觉：他夜里当班。"

"小桑尼？哼！我立刻要见他。"

"我告诉您了，他在睡觉。"

"而我告诉您我不管了！"她把旅行穿的齐膝长靴的金属包头鞋在木地板上跺得那么狠，以至于留下了一个印子。半梦半醒的男孩从后面跌跌撞撞地出来，她兜脸扇了两个响亮耳光让他清醒过来。小男孩则回扇她耳光。哈密一时说不出话来。西格蒙德/桑德尔双眼射出最原始的仇恨，像某种野生动物。哈密毛骨悚然。

他们的谈话阴冷冷直奔主题。男孩宣称无论如何他都不回去。哈密从来没有爱过他，如果就该如此，那么现在分开最好不过。如果他的养母不祝福他在这里的生活，他就跳到附近的博德瓦河里淹死自己。"千万不要以为我没有我父亲坚决！"

哈密叹了口气。没指望了。她从来没有告诉过男孩贝尔达-施坦·孟德尔是如何亲手结束了他自己性命的，但这个家族的头生子们不需要二手的解释。"可是你没必要靠人施舍！"

"这不是施舍！我靠一份体面工作过活！"

"可是等你到了年纪你会继承大笔的钱，你这白痴！这名正言顺全部都是你的，你可怜的父亲积攒的一切，我都帮你照看着！"

男孩耸耸肩："我知道。您可以在适当的时候送来。"

哈密伏在客栈桌上放声大哭。她以为这是她最后一次看到自己的养子、她哥哥的可爱孩子。而且她将被抛下孤独终老。自从她父亲①去世，这个男孩是她唯一的亲人。最后她掏出手帕，吹喇叭似的很响地擤了擤鼻涕，问道："你怎么会把贝尔达-施坦·西格蒙德改成齐拉格·桑德尔了呢？你为什么要扔掉自己的真实姓氏？"

"为什么我的先祖们扔掉他们的古老姓名呢？"

---

① "她父亲"，疑为"他父亲"，即小西格蒙德的父亲、哈密的哥哥。

对于这个问题，哈密不知道该怎么回答。男孩眼中的烈焰把她的一颗心烧得千疮百孔。她觉得她坐下来与之交谈的人是一个任性的亲人——贝尔达-施坦·西格蒙德，而她留在桌子旁的齐拉格·桑德尔，却是一个她毫无影响之力的陌生人。她回到胡门内，没有达到自己的目的，或者更确切地说，放弃了自己的目的。

三年期间，齐拉格·桑德尔不断以新月形路线行走于国内。从米什科尔茨去到彼德山米哈利①，又从那里到尼赖吉哈佐②，然后到德布勒森。他在各式各样的客栈里谋生。他的数字感、勤恳和聪敏使他在哪儿都发展迅速。接着，他来到纳吉瓦拉德、他在特兰西瓦尼亚出生的镇子，他在那里一家男性旅行用品店里做帮手。他以为自己可能会在这个迷人的镇子度过余生，可店主不喜欢他迷恋他女儿的那种方式，可她似乎有所回应。齐拉格·桑德尔不得不再次收拾起他的家当，经由朱拉③前往阿拉德，再从阿拉德到马科④，在那儿的妇女服装店找了个工作。随后是塞格德⑤、巴哈⑥、佩奇。这个冲劲十足的年轻人在每个城镇都声称他了解首都最新时尚、材料选择以及合时宜的东西，别人很高兴便雇用了他。他不承认自己从未到过佩斯-布达，也就是现在所说的布达佩斯。

在佩奇，他受雇于基拉伊大街上的斯特劳伯鞋店，那儿也向镇上的鞋靴制造商批发销售皮革和制靴设备。他凭第六感从一对老夫妇那儿按月付费租了阿帕查大街上的一间房。房子的窗前开着美丽的紫丁香，从很远的地方便能看到。齐拉格·桑德尔有股强烈愿望——能每天早上在这样的房间里醒来，窗口开着紫丁香，在他起身开窗时会深

---

① 此地有犹太社区。
② 匈牙利东北部城市，位于蒂萨河上游，始建于十三世纪。有矿泉，为疗养地。
③ 在匈牙利境内，毗邻罗马尼亚。
④ 在匈牙利境内。
⑤ 匈牙利第三大城市。
⑥ 在匈牙利境内。

深吸到它们浓浓的香气。当明白丁香花每年只有几个星期身披华袍、其他时候则是可怜巴巴的干木丛时，他已经跟老人握手敲定了。不过，他没理由后悔自己的决定。沿着阿帕查街道漫步是愉快的，那儿吹着的风里总带着附近咖啡烘焙商及咖啡馆溢出的氤氲香味。头上的太阳斜斜地照射，墙壁笼罩着这种过滤后的亘古色泽，被涂染成雏菊黄。

斯特劳伯鞋店是镇上最晚出现的，但它已令竞争对手们头疼。不仅经销商们给老斯特劳伯·米克萨提供特殊待遇，而且买家们尤其对他颇为青睐，因为他不仅给那些他认为合适的人们提供明智意见，还提供赊账来买他的东西。对那些为小辈买鞋的人们，他会诚心解释哪款鞋子最耐穿，即便它们可能不如别的鞋那么舒服。对老妇人们，他能准确无误地指出哪款鞋可能会导致她们的脚上生鸡眼。不喜欢的鞋，他会很高兴地给换货，哪怕是几个月前买的，宣称道："在这里，买家是上帝！"然后，他会把手掌啪地捂在自己嘴上，满含歉意地仰视着天花板。① 尽管生为犹太人，但他跟罗姆瓦尔特·拉切尔·艾尔莎结婚后，他们两人都皈依了基督教。他这样概括自己的理由："入乡随俗嘛！"

每个人都喜欢老斯特劳伯·米克萨：他的高大身形、秃头和白胡须，即使在浓雾中都能认出来，还拿着一顶摘下的帽子。齐拉格·桑德尔第一次进鞋店的时候，把门玻璃窗上的铃铛弄得叮铃响，老斯特劳伯·米克萨正在浏览当地的报纸。听到铃声，他把报纸立刻放下，谦逊而自然地起身立正："早上好啊，年轻人。我能为您效劳吗？"

"我在找工作。"

"哦，好的。您打哪儿来啊？"

"我从巴哈来，我在那里为斯普拉里奇和林德纳工作，女士礼

---

① 因为这句话冒犯了上帝。

服、连衣裙和斗篷。在那之前，我曾在其他服装行业工作，但我在服装业界已经做够了，我宁愿卖鞋。"

"您是多么正确啊！她或许穿着一件脏雨衣，但如果她脚上的鞋能衬托这位女士，就会立刻使她优雅起来。"

"而且我喜欢它们的气味。"齐拉格·桑德尔说道。

"那么，您出去绕到后面吧，可以心满意足地吸个够。我的艾尔莎会告诉您什么是什么。"

齐拉格·桑德尔在艾尔莎大婶指挥下往货架上叠放灰色盒子的热情持久不衰。艾尔莎大婶曾经是个干巴巴的小个子女人，但因为鞋店运营良好，她已经胖得像个小衣柜，而她当工作罩衫穿的睡袍上的装饰则让人想到陶瓷抽屉把手。她在看到桑德尔的那一刻便把他置于她的卵翼之下。"那小伙子是个勤恳干活的人！"她那天晚上就寝时向丈夫汇报道。老斯特劳伯·米克萨轻声嗯了一下："他对我说，他到时候会买下我们的店。"

"小伙子有点野心不是错。"

他们笑起来。

齐拉格·桑德尔是认真的。等他到了年纪，便会得到哈密为他保管的所有财产。他到胡门内跟遗嘱执行人谈过。算上他继承的所有一切，他得出结论，他的财产足够他永远不工作的。他嘱咐卖掉房子，家具则送给哈密作礼物。两本《父辈书》他都随身带在他的手提箱里在路上阅读。即便第二卷也没有剩余空间了：贝尔达-施坦·孟德尔的星象图、运算和笔记填满页面，没留下任何空白。

一俟机会出现，他便即刻严肃地询问他的雇主："米克萨大叔，您会把您的鞋店卖多少钱，全部在内的话？"

"现金吗？"

"没错，肯定是的！"

斯特劳伯·米克萨大叔抽了半烟袋锅的烟草才作出答复。他开出一个他做梦也没想过能得到的天价。

"成交！那我们就说定！"

"你别忽悠我了，小家伙！你从哪儿到手这么多钱呢？"

"我自有办法！那么？说定了？"老人呆呆盯着他的时候，他补充说道："赶紧答复吧，不然，我会认真考虑在基拉伊大街对面开一家店做您的竞争对手！"

"艾尔莎，你听见了？奇迹永远有！"

交易在那个夏天完成。齐拉格·桑德尔将整个店铺进行了装修。他在入口处的两个锻铁烛架装了瓦斯灯；它们对晚间行人而言是街道的奇观。

"没有什么大不了，"齐拉格·桑德尔说。"在布达佩斯，那些最好的街道从一八七三年起就已经有电灯了。你必须跟上时代的步伐。"

新招牌是"斯特劳伯与齐拉格"，因为他认为丢弃已有商号会损害公司声誉。他给斯特劳伯提供了继续经营店铺的机会，佣金高得让他们无法拒绝。家有待嫁女孩的母亲们不久便盯上了这个雄心勃勃的年轻人，认为他是很好的婚配对象。可是他很少在佩奇，尽管他已在阿帕查大街买了房子。传闻他正忙着追求他家乡的某位贵族小姐，他们推测是胡门娜；有的说是一位男爵夫人，另一些则说是一位伯爵的女儿。

齐拉格·桑德尔抓住每一个造访首都的机会。他在英格兰女王酒店保留着一个永久套房。夜幕降临的时候通常会发现他在点着红灯的那些房子里。他对午夜女郎们可就不慷慨了，他只付不得不给的那个数。他对她们很粗野。

"这家伙又挠又掐，像只蝎子。"其中一个女人对老鸨抱怨道。

"要真是那样你会死的。"她答道。南美风情在那栋房子里巡回发生着。

早晨，齐拉格·桑德尔会坐在布利斯托尔酒店里注视着多瑙河及拱在灰色水面上的桥梁，去布达的马车从上面碾过。正值十一月，雪夹在柔柔细雨中落下。他又叫了一杯维也纳咖啡。当身穿蓝色制服的年轻侍者左手拿着盘子、右手抓着壶柄过来时,他摇了摇头。"就一只手啊!"他大恼其火。

他在无数次地阅读《父辈书》。现在是时候开始写他自己的部分了。他从"格罗夫与合作者"文具店订了一本大册子,甚至还带着一把小锁。他一买来便把它走到哪儿带到哪儿,把钥匙放在背心的表袋里。他有好几天都会甚为满意地抚摸着洁白的页张。它们全然空白,这个事实具有某种崇高性,他想道。他把搅扰它们空白的那一天不断地拖延推后,当他在布利斯托尔酒店要笔墨的时候自己都觉得吃惊了。

开始第三卷。我希望齐拉格·桑德尔及其后嗣只有快乐事项装点这些页张。

祷 告

但愿我有足够的力量控制自己不把能力浪费在卑贱娱乐上。这些动摇了我的整个存在,越是狂喜便越是空虚。我必须征服我的凡人激情,否则它们便会征服我。我的任务是:杀死我内心的卑鄙、低贱,以便净化之后我的精神能指引我去向理性世界。

我的族群拥有特殊的记忆天赋,属于头生子的一个特权;有时甚至未来的大门也在我们面前敞开。但我们要它何用呢?我们的命运并没有因此而更为从容,我们的生活也没有更加美好;我们无法让自己或我们的亲人摆脱厄运。把我所有的精力都关注于今天才是明智之举,昨日已逝,而未来或许已注定。正如贺拉斯所说:紧握今日[①]。

[①] 原文为拉丁语。常被引申译为"及时行乐",其实不甚合适,因为把握今天只意味着活在当下,并不一定是要及时行乐。故此处采用尊重原意的直译。

只要斯特劳伯不受痛风的折磨，齐拉格·桑德尔的旅行对"斯特劳布与齐拉格鞋店"就没什么影响。但后来他们几乎没有精力监督新的雇员。这些雇员对自己主人的忠诚不如前店主们，他们的手脚不干净以及漠不关心造成了破坏性的影响。齐拉格·桑德尔每每浏览账本便能觉察得出，可他并不在意。店铺收入已经足够应付我这种生活方式的开销。为什么别人不能分一杯羹呢？他想道。

在国家事务方面，塞巴利·朱拉①首相被维克勒·桑德尔②取代，举国上下正在做庆祝千禧年的准备，从第一批马扎尔人来到此地建立自己的家园迄今已有千年。布达佩斯被装点得像那些要参加介绍她们初次进入社交界的正式舞会的盛装少女。报纸上正在热火朝天地讨论，要在佩斯这边的多瑙河畔建一座运行有轨电车的高架桥。大多数人认为，这么长的一座高架桥会令市民散步的主要场所大煞风景。然而，如果不建高架桥，轨道就必须沿着每年都会遭水灾的码头周边铺设。齐拉格·桑德尔支持建高架桥。"我们必须跟上时代的步伐！"他推崇各种形式的交通运输。

一八九六年的第一天晚上，他在佩斯，纪念千禧年的钟琴齐鸣还长时间回荡在他的耳畔。几天后，他前往威尼斯。他乘有轨电车到西站，然后登上去里雅斯特③的快速列车；晚上八点离站，早上两点半抵达威尼斯。夜里，床已经为他铺好之后，他在走廊里站了很久，抽着雪茄凝视窗外笼罩在黑暗之中的景色。他突然闪见到未来：一百年后，人们会像今天这样乘火车旅行，尽管——很奇怪——旅程所需时间比今天少、只一个小时，甚至引擎是电动的，既不喷烟也不吐尘。

---

① 塞巴利·朱拉伯爵（1832—1905），匈牙利政治家，曾于1890—1892年间任匈牙利首相。
② 维克勒·桑德尔（1848—1921），匈牙利政治家，担任过三次匈牙利首相。
③ 位于意大利境内的东南部。曾是哈布斯堡王朝最古老的部分之一。

可信吗？电动引擎？打哪儿来的？怎么来的？嘿……瞎扯。

尽管他尽了最大努力下决心，在威尼斯，血液中的那股狂热还是驱使他接近了荡妇们。不仅去里亚尔托①周边的低档市场、也到在小岛上的青楼里狎妓，平底船的船夫会收取额外费用渡你过去。齐拉格·桑德尔在《父辈书》中不断写下新的赌咒发誓要自我约束、过一种纯洁的、有精神追求的生活，一种勤勉刻苦的生活。而当他未能履行这些承诺时，便会在自己的文字后面添上几行悔恨难当、立志痛改前非的话。

他突然渴望起全然的平和与孤独来：他从学院附近的小客栈搬到了里多。这个避暑胜地在一月份几乎完全遭弃；只有一家酒店还开放，即便如此，也只有半打房间入住。正如他在餐厅所发现的那样，大部分客人都是来做盐疗的、一些医生向肺部虚弱的人推荐这个。

当齐拉格·桑德尔听到房间里有匈牙利语话音的那一刻，竟忘记自己来这里是为了独处。他起身立正的同时鞠了躬——这是他从老斯特劳伯·米克萨那儿学到的东西——他在同胞的桌旁做了自我引见。戈德伯姆一家，父亲、母亲、两个年轻女孩，以四种不同音高迸发出充满活力的笑声，当他们认出在他们面前鞠躬致意的不是别个，正是佩奇那家"斯特劳伯和齐拉格"公司的人。

"我们从您那儿买过好多年的鞋类产品了。"母亲戈德伯姆·海伦娜说道。

"到我们这儿来吧！"一家之长戈德伯姆·曼弗雷德催促道。"您在这里多久了？"

他们踊跃地分享了意大利咖啡，在杂乱的谈话过程中得悉戈德伯姆家住在拜赖门德，离佩奇有半个小时的车程。戈德伯姆·曼弗雷德原先是裁剪裤装的，有一家服装公司，雇佣了十四位好手艺的裁缝和

---

① 威尼斯的金融商贸中心。

剪裁师、在德国进口的脚踏缝纫机上为他工作。女儿们、安东妮亚和伊洛娜，到了适婚年龄——说这些话时戈德伯姆·曼弗雷德使了个会心的眼色——嫁妆丰厚。齐拉格·桑德尔的嘴角露出笑意。

也许是神的启示，这两个美女经过了我的道路。我们花了大量时间三人行。我会很高兴和她们当中任何一人结婚的，但最好是两个都要……多么不可能的想法！我们三人每天都相处得越发无忧无虑、融合为一体。但紧张情绪也不断增加。我自己是否能诚实地面对她们两人？我害怕，如果我揭露自己真实感受，便会毁了一切。因此，不管怎样，我自己必须快刀斩乱麻。到他们动身离开只剩下三天时间来做此决定了。

安东妮亚二十一岁，肌肉结实得像只年轻力壮的小狗，肤黑如煤，内向、任性。伊洛娜二十岁，温柔如栗子树，小鹿似的浅棕肤色，一惊一乍的。两姐妹不相伯仲。伊洛娜像她的母亲。还有一点像她的父亲。安东妮亚最像的，或许是哈密。这让选择变得既容易又艰难。

在他们最后那天的下午，齐拉格·桑德尔向戈德伯姆·伊洛娜求婚。这对夫妻无动于衷地听完他的话。然后戈德伯姆·曼弗雷德说："您当然可以跟伊洛娜牵手。但我们必须先把安东尼娅嫁出去。只要有戒指戴在她的手指上，您就可以娶我们的小伊洛娜！"

齐拉格·桑德尔屈从了，为自己那不确定期限的婚姻兀自神伤。他没承想戈德伯姆·安东妮亚竟在当月便向她的父母引见了自己的未婚夫，一个叫胡拉契科·伊姆雷的人，拜赖门德一位药剂师的独生子。

我的船驶入港口。有了这桩体面的婚姻，我跟自己无精打采的青春岁月从此一刀两断。我年轻的新娘是我遇到的第一个女人，她的陪伴在任何时候、无论昼夜都给我带来欢欣。我从她的父母身上找到了真正的父亲和母亲。我的蛋形怀表、父亲的唯一遗物，在我自己的单身派对那个晚上，我出于突如其来的慷慨送给了岳父。尽管我是兴奋过了头，但一刻都未曾后悔过。我知道这块表显示的时间是我的先祖齐拉格·库尔奈那个时代，他后来选择用施坦诺夫斯基做自己的姓氏。据我所知，它是一个叫泰莱格迪·约施卡的强盗在泥泞中发现的。它被弄坏的时候显示的是一六八三年十月九日，也就是说，它停在帕尔卡尼战役当日。多么惊人的巧合啊！那个强盗的父亲在该战役中死去！被杀死在现场的泰莱格迪留下了他的所有财产，这块表就这样到了我先祖的手上，经过多次维修，一直传递在头生子们的手中。这条所有权之链并没有因为法蒂玫的偷窃而中断；相反，在他们因奥图的被害身亡而境况不佳时，正是她使事情重新上了正轨。这件珍贵遗物脱离我的占有并非坏事。我自己从不佩戴它。它跟戈德伯姆·曼弗雷德的背心口袋更为相称；愿它因此总给他带来好运。

戈德伯姆一家既不遵守犹太人的宗教习俗或饮食规定，也不去犹太会堂；他们倒是视自己为匈牙利人，把他们与祖国的纽带看得比与自己祖先的纽带更为重要。戈德伯姆·曼弗雷德考虑了很久要改变自己的姓氏，要是他能与海伦娜就新姓氏达成一致看法的话，他们早就被称呼为匈牙利味儿十足的"格勒伊"、"加尔多尼"或"格拉施"什么的了。最后，两对新人都在佩奇的犹太会堂举行了婚礼，为两对夫妇主持婚礼的是施坦·利波特大拉比，结果发现大拉比竟是齐拉格·桑德尔的远亲，而且还邀请齐拉格·桑德尔去他那儿喝茶。齐拉格·桑德尔虽然欣然接受，却从未兑现过自己的应允。

婚礼后，两对夫妇都搬进齐拉格·桑德尔在阿帕查大街的房子，但安东妮亚和伊姆雷只是暂时如此。胡拉契科·伊姆雷想在豪尔卡尼①发展，认为那里的温泉浴场为治疗和康复都提供了万无一失的商机。他用自己得到的那份嫁妆给当地药剂师的店面开了价，被拒绝后，他开了自己的药剂房，在一栋很久前就关闭了的小酒吧房子里。与此同时，他开始着手建造自己的房屋。

伊洛娜感到遗憾的是，四个人不能长久共处——跟姐姐分享婚姻生活、管理仆人的秘密以及烹饪世界的新发现是最愉快的事情了。这两个戈德伯姆女孩举止仍然活泼如故，她们无拘无束的响亮笑声高扬在这间或那间房里、或是花园某处，铃铃铃地透过窗户传到了阿帕查街上、甚至邻居家里。她们在那个片区被称作"大笑女士"。他妻子充满喜悦的响亮笑声要比安东妮亚高八度，在齐拉格·桑德尔听来根本就是音乐。他不会介意自己的连襟和大姨子永远跟他们住在一起。这将是实现他理想的办法之一，使他得以同时与两个戈德伯姆女孩生活在一起。

安东妮亚从来没显示出任何因齐拉格·桑德尔选择了她妹妹而有所怨恨的迹象。"你们两个我都爱！"是她永恒的重复，伴以温和的、梦似的笑容。

婚后不久齐拉格·桑德尔便产生了强烈的愿望要再次去布达佩斯看看。他知道自己一人出行不再是可接受的行为，但毕竟这是他真正的欲求。于是，他把这次旅行伪装成送给伊洛娜的生日礼物。伊洛娜快活地直拍手。"我们可以去歌剧院吗？我们可以乘坐高架桥电车吗？我们可以乘坐地铁吗？"

齐拉格·桑德尔曾告诉过她很多首都的奇闻逸事：去年春天地铁开通，而最近喜剧剧场完工了。不过，他说的有些东西是确有其事的。伊洛娜跳起来搂住丈夫的脖子吻她能吻到的任何地方。接着，她伤感起来："那……"

---

① 位于匈牙利境内的古老城市。

齐拉格·桑德尔很清楚她的意思。他温柔地爱抚了她一下:"我们要带上他们。为什么不呢?"

两对夫妇在英格兰女王酒店要了两个朝向同一个接待室的套房。头一个晚上,他们在歌剧院把手掌拍得生疼,那里上演的是当代意大利作曲家朱塞佩·威尔第①的《阿依达》,安泰什·捷尔吉②、弗拉特·吉塞拉夫人和瓦斯奎兹·伊塔利娅夫人以及埃尔德什·里卡德演唱主要角色;观众对埃尔德什·里卡德报以特别热烈的欢迎,那些在站席的人们还用脚重重地踏着地板,雷鸣般的响声吓坏了伊洛娜和安东妮亚。乐团由班柯·亨里克指挥。演员名单和票根作为永久性纪念品留在了女士们的晚装手袋里。包厢席位每一个都要花上十个克朗。中场休息的时候,他们品尝由包厢服务人员送上的香槟和鱼子酱。胡拉契科·伊姆雷一再提出要支付当晚的费用,但是齐拉格·桑德尔对此充耳不闻。"这是我的荣幸。"

在这个时候光临首都的还有德皇威廉二世,由使徒王弗朗茨·约瑟夫③陪同。所有报章都叽喳嗡嗡着这一消息。皇帝发现这座多瑙河上的城市相当可人,但很想知道为什么布达佩斯没什么古迹④、也就是雕塑和其他纪念物。齐拉格·桑德尔持赞同意见。他产生了为城市教化发起一个募捐活动的念头。尽管他或许本该敦促的是佩奇街道、广场的装饰,毕竟那才是他常常看见的地方,而且,那里也没有过剩的古迹。当他在报纸上读到使徒王弗朗茨·约瑟夫个人捐了四十万克

---

① 朱塞佩·威尔第(1813—1901),意大利作曲家,19世纪最有影响力的歌剧创作者之一。

② 安泰什·捷尔吉(1863—1922),男高音歌剧演唱家、布达佩斯学院音乐教师、歌剧院导演,是匈牙利歌剧史上最伟大的歌唱家之一。

③ 指奥皇弗朗茨·约瑟夫一世,他同时也是匈牙利国王。"使徒王"是教皇克莱门特十三于1758年正式赐予匈牙利国王的头衔,此后,匈牙利国王们都被称为"匈牙利使徒王"。

④ 原文为德语。

朗用以在布达佩斯竖立十座历史性雕塑时，他们已经回到了自己在阿帕查大街的家中。非常高尚的一种姿态，齐拉格·桑德尔想道。

虽然他没在斯特劳伯与齐拉格鞋店上花过什么时间，但伊洛娜对家族生意的贡献却远不止弥补此一缺陷这么简单。起初，她会到那儿去只不过是为了跟斯特劳伯们呆在一起打发打发时间，但渐渐地，她把缰绳拿了过来，而且没过多久便抓得非常紧了。事实证明，这对斯特劳布·米克萨的性格越来越像是一种测试。他习惯于不理会任何人而只听自己的，但伊洛娜母鹿般的温柔将其钢铁意志化为绕指柔。当这对老夫妇终于受够了、威胁着说要离开的时候，伊洛娜没有拦他们，反而接管了办公室的运作，她的第一项任务就是把那里面的单调家具换成又亮又新的。"嗯，你认为怎么样？"她带丈夫参观一番之后问他。

"嗯，"齐拉格·桑德尔不大确定地说。

"继续，告诉我！"

"它像个……闺房。"

"这就对啦！"伊洛娜说道，把稀释了香水往空中喷。"至少那些我不得不与之讨价还价的绅士们会感到轻松和自在。"

齐拉格·桑德尔并不觉得遗憾。让伊洛娜玩玩店铺吧。不知不觉中，他们的角色互换了。早餐后去工作的不是这栋房子里的男人、而是女士。齐拉格·桑德尔每日吻别时都说"我会顺道去看看的！"但每当他可以的时候都会逃避履行自己的许诺。他更高兴打理这栋房舍。他在浏览生意账目的事情上找不到乐趣，还不如安排午餐和晚餐菜色来得愉快。对于他的这一能力，两个女人和胡拉契科·伊姆雷从来都不吝赞美，只在一个方面他有时会受到批评：在紫洋葱的问题上他太让厨师自作主张了。

他装修房间的品味相当高雅：他毫不迟疑地在日本花瓶、布鲁塞尔花边、精致钟表和古代武器上一掷千金。他还把精力倾注到小花园上，亲手为花圃分界、铺设血红色的天竺葵，沿石头墙的那一溜儿，

233

他种了四箱盒的树，一等它们长成，园丁就会在他的指示下修剪成有趣的形状。一个狗窝、一个头戴钢盔的德国士兵、一个埃及方尖碑、一个胖胖的巨蟒。

于是，从阿帕查大街的房子里会有两个人离开一上午：齐拉格·桑德尔太太和胡拉契科·伊姆雷。一辆双马双轮轻便车等着后者，轱轱辘辘地把他拉到豪尔卡尼或拜赖门德。伊洛娜在他后面挥手道别，然后沿着阿帕查大街慢慢地走，穿过主广场：当她的高跟鞋鞋跟在基拉伊大街乱石路面上响起时，男人们便从店铺里跑出来以适当的时尚向她问候致意。尖刻的评头论足——在齐拉格家女人竟穿起裤子来了——只在她背后才说。

伊洛娜几乎是在她的新婚夜有孕的。我的儿子南多尔出生在十二月七日，提早了六周。很长一段时间他的皮肤都呈现出一种无法洗掉的鸭蛋黄色。一次，当他洗过澡、被包在襁褓中递到我手上时，我沉浸在狂喜中，不同于任何其他感情，那是父性的本质，令身心为之前所未有地震颤。我记得这是我所有先祖都经历过的，当他们把自己刚出生的孩子抱在手中。这种乳房发胀似的欢欣，便是促使我们这些凡间造物承担其家庭生活重轭的驱动力，这便是为什么值得为之奋斗与生存。

照顾婴儿成为齐拉格·桑德尔日常活动的重心。在抚育这个男孩的事情上，他不容忍有任何的干预，哪怕是伊隆卡（他从她分娩那日起就如此称呼她了）。胡拉契科·伊姆雷晚餐时间次数越来越多地暗示是时候让安东妮亚也进入这种有福阶段了。安东妮亚一提及此话题便深感困扰，脸红到脖子根儿。

他们四个人都知道这对年轻的药剂师来说是个敏感问题。这一情形由于胡拉契科·伊姆雷在豪尔卡尼的努力未获成功而愈发恶化——

这位化学师①并没有真的广受欢迎。人们还是忠于帕赫曼家族可靠的化学师，况且，胡拉契科的药剂及其医疗店所取代的那家臭名昭著的酒吧还存在于当地人的记忆中。这栋房子的建筑事实证明也是有问题的，胡拉契科与建筑商不断发生争执，他在完工前就耗尽了资本，但他目空一切地拒绝了齐拉格·桑德尔提供的贷款。安东妮亚和齐拉格·桑德尔经常讨论有什么办法能让紧张过度、压力过大的那个男人回到正轨上来，但他们没有找到任何解决方案。

"您应该有个孩子！"齐拉格·桑德尔说道。

"这不是我的错，没有一个是……"安东妮亚说着跑出了房间。

齐拉格·桑德尔发现她在花园里。他搂住她的肩膀。"不要在我面前感到羞愧，姨子。告诉我出了什么问题。"

从她吞吞吐吐的说明中，事情变得清晰，胡拉契科·伊姆雷的器官不能按应有的方式工作。它几乎没往正确的方向上做出过努力，在不应该的时候就泄了。

安东妮亚的脸绯红。齐拉格·桑德尔叹了口气。"这并不是非常罕见的事。早泄。"他把这个医学术语给她大大解释了一番。

"您怎么知道这个？"

齐拉格·桑德尔耸耸肩。他不觉得自己有义务告诉大姨子他的信息来源于街头妓女。他们挨得非常近，靠着围栏，肩碰着肩。安东妮亚热烘烘的，喘着气。现在是这个男人面红耳赤了。这毋庸置疑，任何情况下都不能！在那几个月里，他在《父辈书》的页张上写满誓言和承诺，一遍又一遍地写我们必须抵制诱惑，人与兽的不同之处在于人能用理性控制自己的本能感觉、那种让他青年时期备受其奴役的感觉。

如同火上浇油的是，在南多尔之后一年左右，伊洛娜很快又大了肚子，生下卡罗利。那时的胡拉契科家庭则几乎永远都处于战争状

---

① 在当时意即药剂师。

态，他们的争吵声长长地回响在阿帕查大街上。齐拉格·桑德尔和妻子到了迫不及待盼着他们搬去豪尔卡尼的阶段，他们的临时居住正变得旷日持久起来。但他们自己没办法对胡拉契科提及此事。

安东尼娅的脸羞惭得苦皱起来，因为扰乱了妹妹及其丈夫的生活，而且呈现出不堪入目的持久性。伊洛娜再次怀孕，带着有福气的笑容接受祝贺。在她怀孕的过程中，除了最后几天，她总是一次不漏地到鞋店干自己的工作。她从大象客栈叫午饭、从纳多尔咖啡馆叫下午茶。纳多尔的领班雷奇亲自用银托盘给伊隆卡送来她的水煮嫩鸡蛋、两个烤面包卷和带泡沫的卡布奇诺咖啡。第二次怀孕到一半的时候，雷奇壮了胆问道："我亲爱的女士，您在这种情形下怎么还能保持这种速度呢？"

"好吧，我得把椅子推得离写字台再远一些。"

这句妙语经常在镇上的贵族圈子里重复。

秋季的一天，风把尘土搅成漏斗形状，胡拉契科·伊姆雷未能回家。相反，他让自己的马车夫送来一封信。安东妮亚读了，然后把它撕成碎片，眼珠子都快哭出来了。几匹野马也没办法把她丈夫说的话从她嘴里拖出来，但他们有自己的揣测。几天后，安东妮亚告诉齐拉格·桑德尔："他已经在这里心力交瘁，所以要离开一段时间；我不该去找他，也不要期盼他；他能回来的时候会让我知道的。"

齐拉格·桑德尔陷入沉思。某种东西从里面挤压着他的胸口。他对自己的困惑感受无法言表。他简直不敢相信他……嗯，他羡慕他的连襟。他已经多年没有独处过了。他的外出之夜，特别是在布达佩斯的那些，现在都越来越多地回到他的脑海中。是否正是时机去看看使徒王付钱竖立起来的那十座历史雕塑呢？

"您还记得我们在歌剧院的时候吗？"他问安东妮亚。

"当然记得。那些是我生命中最快乐的日子。"

"真的吗？为什么？"

"我们日夜在一起……"她垂下眼帘望着地。

但他们的目光很快又相遇了。他们在沙龙里谈着,坐在有花卉图案的沙发上。齐拉格·桑德尔被安东妮亚吸引的力度比触电还要强大一千倍。无休止,无理智。

当他们回过神来,安东妮亚泪水顺着脸颊和肩膀奔流而下,在沙发罩上聚成发暗的小池塘。齐拉格·桑德尔把自己衣服扯理齐整,也催促安东妮亚做同样的事——某个仆人可能在任何时候进来。他们已经被训练进来之前要敲门,但他们经常忘记。几分钟后,他们都坐起身来,衣服理得整整齐齐,在有花卉图案的沙发上一头一个地待着。

"哦,我的上帝啊,我们都做了什么啊?我们会变成什么样子?"

齐拉格·桑德尔无法安慰她平静下;他的绝望比这个女人更甚。

"如果我的伊隆卡发现了怎么办?"

"她不会发现的。永远。我们来发誓!"

事实证明遵守誓言的难度比他们想象的要难。他们没有料到安东妮亚每当妹妹在场就莫名其妙地脸红。他们可能尚未料到要保持自己的模样和姿态都处于正常状态有多么困难。更别说在这栋房子里他们还会立刻想要扑向彼此了,但幸运的是,安东妮亚保持着淡定,马上便大声吩咐马车夫赶着四轮厢车兜风去:"保健运动,沿着泰蒂耶①河岸!"

他们手挽着手,迫使四肢宁静下来,朝密林走去。等他们确定马车夫也不可能再看到他们时,便动手撕扯掉自己的衣裳。在一小时左右的过程中,他们设法令对方一次次达到高潮。"齐拉格·桑德尔在迷狂状态中抓挠安东妮亚的脖子,她对此绝不抗议,而是发出又细又尖的叫声,把这个男人直送到七重云霄的仙境。为了这些蜜甜的小声音,他愿意赤脚走去蒂里雅斯特②、或甚至罗马。他们也会互相抓挠、猛烈地,直到出血为止。

---

① 佩奇的一个风景区。
② 意大利东北部港口城市。

他们知道自己在玩火。齐拉格·桑德尔一再硬起心肠尽量避开他的大姨子。为做到这一点，他把时间越来越多地花在鞋店里。伊洛娜很高兴。她告诉任何愿意听的人："看样子桑德尔终于成熟了。"

安东妮亚理解，并安于自己的命运。她不敢期望他们的关系会复燃，每当它复燃时总是很吃惊。她已经接受了胡拉契科·伊姆雷不会再回到她身边来的现实。她努力想让自己的灵魂做好承受孤独的准备，认为自己将不得不孤独地度过余生，只在某些时候从妹夫那里得到些许安慰。她试图让自己在这家里能派上些用场，尤其是跟孩子们，保姆很快就被遣走，因为安东妮亚很高兴、很喜欢承担她的工作。从她那里，小南多尔和卡罗利获得第二个母亲并爱慕着她。他们叫她董济，而且成了他们说得最频繁的词。伊洛娜和她的丈夫也开始把安东妮亚叫做董济了。

这是十九世纪的最后一年，与下一年越来越近。齐拉格·桑德尔对这一前景怀着极其兴奋的心情，仿佛千禧之交能给复兴或重生带来些希望似的。他决定他们将在布达佩斯英格兰女王酒店度过这个特殊的新年夜。他的妻子没有为此想法兴奋激动。"那时我已有7个月身孕了。"

"别担心，亲爱的。我们会带上胡萨里克教授一起去。"

"还有董济？"

"董济也去。还有你的父母。我已经预订了整一层楼。"

"斯特劳伯与齐拉格"鞋店经营得如此之好，以至于钱真的不愁挣。他们开了两家分店，一家在尤卡伊街，另一家在内波穆克街。齐拉格·桑德尔不失时机地向他心爱的伊隆卡大洒贵重礼物。在下城区的亚美尼亚珠宝店，他开了一个活期账户，以便能第一个看到最新的新东西①。他有从巴黎备受推崇的沃斯时装店带回来最上乘的服装。他订购瓶装的卡隆香水，还整箱地进口红色俄罗斯鱼子酱、他的伊隆

---

① 原文为法语。

卡对此永远无法抗拒，他们喝最独特的酩悦香槟①来配它。

千禧之旅原定于十二月二十八日启程。但在此之前的一天，伊洛娜病倒了，发作了可怕的痉挛，她面色惨白地告诉丈夫她有一点点出血。胡萨里克医生匆忙赶来，安排她上床，用他带来的一种特殊药膏摩擦。"显然，旅行是不行的！"

"我们不去了。"齐拉格·桑德尔说。

"别……"伊洛娜说道。"别为我担心；你去吧。"

"你怎么想象得出这种事！"

"我绝对肯定你应该去。没必要让这么多人因为我而难受。一切都会好起来；教授会照顾我。"

"永远为您效劳，夫人。"胡萨里克医生说。

齐拉格·桑德尔一直抗争到几乎要离开的那一刻，但他的妻子很坚定。整个小车队的四轮厢车摇摆着上了盘山公路，戈德伯姆·曼弗雷德和海伦娜打头，齐拉格·桑德尔和董济其次，仆人们在第三辆车。小南多尔和卡罗伊留在家，由紧急招聘来的慈善修女会修女照看。踏入马车前，齐拉格·桑德尔又回头望了一下，透过窗口看到伊洛娜。她坐在床上，带着疲惫的微笑挥着手。

多云大气的布达佩斯静静地接纳了来宾。英格兰女王酒店被一面面旗帜遮蔽，窗口饰以松枝，做好了庆祝的准备。齐拉格·桑德尔的那个套房在他看来自己一个人住有点儿太大了。儿童带篷小床和一张双人大床让他想起他不得不留在佩奇的心爱亲人。由于他经常觉得冷，他的男仆便总是把炉子烧得红彤彤、热腾腾的。只要有可能，他便会坐在安东妮亚的裙裾上，虽然保持着合适距离，因为他们在这里更不安全了，得防着酒店工作人员的眼睛和耳朵。然而，在夜深时分，她总是偷偷地溜到他的床上，两人享受上几个小时的如金春宵。他们唯一要操心的是，得用些枕头闷住他们欢愉的叫喊声。

---

① 酩悦香槟是法国知名香槟酒品牌，非常昂贵。

教堂钟声似乎为一九〇〇年的到来响个没完没了的时候，他俩躺在床上。他们对成堆的猪肉块、鲟鱼肉和这里的特色柠檬白菜汤没有胃口；他们尽情地互喂果子、喂一切对他们而言是禁果的东西。齐拉格·桑德尔躺回床席暗自思忖。为什么要伤安东妮亚的心呢？凡是以"当初若是……"开头的句子都有害。只听到了一句这样的话，是从她嘴里说出来的。凌晨四点钟，她溜出房间时低声说："这是我生命中最美妙的夜晚。每个*世纪末*都会如此么？"

二十世纪，你为我准备了什么呢？有没有不为我所知、却仍将发生在我身上的什么东西呢？我的人生已步入低谷，并将沉落大海，消失在通常称作死亡的黑雾中。我不会让它发生，尽管！——它会不请自来。

一九〇〇年一月二日——写下这个日期是多么的困难——我的第三个儿子意外地出生，取名多道尔。分娩时我无法在旁，因我正在从布达佩斯回家的途中。这个小生命像另外两个一样，要求被接纳到这个世界上的时间比原计划要早得多，所以显得有些瘦骨伶仃、难以养活。然而，这不再令我们惊惶失措。事实上，小安道尔在几星期内便赶了上来。

愿上天赐我以顺应天命的平和与担负责任的力量。

他的新决定只保持了九个月。对安东妮亚的欲望，哪怕只比这个时间多上片刻都令他无法克制。他的大姨子以不变的欢欣接纳了他，从不为那些间隔期而责怪他；她完全理解，而且她自己也祈求这种痛苦的吸引能够化为灰烬。

齐拉格·桑德尔甚至比以往任何时候都把更多的时间投入到鞋店上，并尽可能更为精心地照料三个男孩。他高兴看着他们成长：他想象着安道尔做法官、卡罗利做医生，而最年长的南多尔则接管家族生意。他们彼此是好兄弟，总是互相帮助，与他们的妻子们共同构成亲密的六人组合，并在适当的时候带给他九个健康的孙儿。

在小家伙们上小学的时候，这些美妙计划便看起来是徒劳无望的了。三个人都第一时间证明是捣蛋鬼，带头干所有的恶作剧，却全然无心学习。他们总是放学后被留下的人；在杀鸡儆猴的"耻辱"榜上展出的那些又脏又破的练习簿，总是他们的。无计可施：无论是藤条还是罚跪玉米棒子都无法取得效果，尽管这两样已被他们的父亲和老师大量使用。他们之所以一直能避免留级，仅仅归功于父亲为校长特备了礼包、为其员工提供了"斯特劳伯与齐拉格"的绩优股票。

"所有的教师都穿着咱们的鞋走路！"齐拉格·桑德尔垂头丧气的声明在一家叫"野人"的文化人酒吧里传来传去。这家酒吧高品质的烹饪和葡萄酒经常把齐拉格·桑德尔招了来，而且有时也是跟安东妮亚幽会的场所，他们的约会并没有引起满脑子生意事务的伊隆娜的注意。"野人"的窗户相当之低，从那儿便可以进去出来。有一次，安东妮亚的父母出现。瞅见戈德伯姆·曼弗雷德和海伦娜的齐拉格·桑德尔很不骑士地丢下了安东妮亚，从窗口逃跑离去。面红耳赤的安东妮亚问候了父母，他们谁也想象不出自己的女儿在无人陪伴的情况下到公共场合做什么。安东妮亚好不容易结结巴巴尴尬地说出了她所师从的一位音乐教师的名字，说是和他约了在这里见面讨论问题。

"哦，那么老师在哪儿呢？"戈德伯姆·曼弗雷德问道，眉毛越发狐疑地挑得老高。

"嗯……他迟到了。"

一九〇八年的秋天，齐拉格·桑德尔和安东妮亚又都强行自我约束了很长一段时间。在最后几周，他们几乎没有交谈过一句话。阖家正为齐拉格·桑德尔第四十个生日做准备。上午孩子们在——希望是吧——学校里，员工们的大扫除正在收尾中。齐拉格·桑德尔和安东妮亚在给室内植物浇水、布置。他们享受着两人在动作上的和谐。房子里洋溢着冬日纯净的阳光，在心满意足的静默中，只有两只匈牙利维希拉猎犬①爪子轻轻抓挠的声音，它们在挠走廊上的门；它们很乐意进入室内，但遭到伊洛娜禁止，虽然她不在场的情况下，齐拉格·桑德尔和安东妮亚有时仍会准许它们入内。

他们在棕榈树的两边已经站了好长一会儿了；圆形的木罐子已被齐拉格·桑德尔亲手油成了深棕色。他们用一块柔软的抹布把叶子向下擦干净，喷上水，给土壤一小堆一小堆地追肥。他们发掘再没什么工作可做了。随着时间流逝，安东妮亚的呼吸热辣辣地吹在齐拉格·桑德尔的脖子上。他们同时在威尼斯墙镜上偶然瞄了一眼。光阴在他发间犁出灰色条纹；锋利的两颧仿佛不太能容忍在它们身上长肉似的。它们之间的八年差别，以前似乎从不重要，现在，它则清晰地显露出来，而他们都看到了这个、想到了这个，以相同的动作点头承认了它。

此时他们才发现伊洛娜正从走廊上看着他们，一边抚摸着那两条狗。他们俩都以为她早就离开去了鞋店，于是乎尴尬不堪地省察自己、打量对方。可我们只是站在这里而已。她不可看见什么，他们暗想。安东妮亚的脸红了，齐拉格·桑德尔也是。

伊洛娜走了。他们甚至不能肯定他们真的看到了她、而非他们的罪孽对他们所做的提弄。安东妮亚匆匆走进厨房，而齐拉格·桑德尔则动身去鞋店。他发现伊洛娜俯身在一些账单上。她像往常一样问他："你是来工作的吗？"

在这种情况下，他会脚后跟磕到一起回答道："随时听命，夫人！"

这个小程序他们几乎每天都上演。

他生日那天收到了一封香喷喷、有两个吻在上面的短笺。他在房间里的洛可可风格桌上发现的，他们颇有些隆重地称这个房间为音乐室，因为它里面有一架白色立式钢琴。

---

① 一种短毛大耳的匈牙利猎犬。

亲爱的桑德尔：

在你四十岁生日之际，我敦促你勇敢地抛却你生命之舟上所有的虚伪与矫饰。相信我，这是一种挥霍你精力的浪费行为。毋须担心，但凭你的直觉引你行路。生命短暂。你可以一直依靠我，只要我觉得必要，我便会免除你的罪过，原谅你过去所做的你现在正在做的以及你未来将要做的一切。把这当作我给你的生日礼物加以接受吧。

送上你的伙伴、你的旅行伙伴、你的工作伙伴和你的母亲般的伙伴的拥抱。

伊洛娜

他揉揉眼睛。这意味着……真的不……他读了一遍又一遍。他胸口的重压越来越沉。我真是个人渣……而我的妻子是多么的高尚啊！

头昏脑涨。他发现要站起身走到沙龙厅里都感觉困难，那儿为他庆生的桌子已经铺好。

"桑德尔！"他的妻子突然在门口露了头。"是时候穿上晚礼服了。"

"伊洛娜……"

"以后吧。"她已经走了。

事实证明没有讨论这个痛苦话题的以后。齐拉格·桑德尔把它憋住了，而伊洛娜的举动则好像她什么都不在意。他把信给安东妮亚看，后者也被自己的罪孽重负打倒，想要立马收拾她的行李，好让自己别再污染她妹妹房子里的空气。但是，在她还没填满一个手提箱时，伊洛娜明确无误地要她去学校接南多尔。之后她再也没有机会跟她妹妹澄清。当她终于鼓起勇气时，伊洛娜打断她："不必。"

于是安东妮亚留下了。她和齐拉格·桑德尔避免在房子里彼此碰面，甚至试图避免眼神相交。齐拉格·桑德尔在阿帕查街房子里的时间越来越少。他加入了镇民保龄球俱乐部,然后是佩奇男声合唱团,都享受到了一定程度的成功感。在男声合唱团里,他偶然分配到一个独唱机会,其洪亮的男中音直击长空。

几年后,他明白了(看到了已成为过去的那段时间):一天夜里,伊洛娜掏出他背心口袋第三卷《父辈书》的钥匙,仔细阅读了全部。她就是这样知道的。但即便是发觉了这件事所产生的痛苦,也无法激起他对妻子的愤怒。他知道这不过是刺与梁①的问题罢了。相反,令他愤怒抓狂的是《父辈书》以及齐拉格家该死的记忆能力。所谓快乐,就是不知道没必要知道的。

这对夫妻往往在晚上会尽力通过私下的心灵锻炼来医治他们各自的创伤。伊洛娜被嫉妒啮咬,却明白她真的不能让它流露出来。根本没有什么好的婚姻,只有坏的婚姻、甚至更糟的婚姻,她用这个想法来安慰自己,以此看来她的婚姻算是相当成功的了。发生的事情,已然发生;至少还都是在家里。不要小气,她一直默默地对自己说了一万次、十万次;也不要为这么小的事情嫉妒;一个是你的丈夫,另一个是你的姐姐。

齐拉格·桑德尔只在《父辈书》里又记录过两次。

    我要感谢上天,
1. 我有伊洛娜的理解。
2. 我的孩子们健康成长。
3. 每一个家庭成员都矍铄、健康。
4. 我们在物质上的发展令后顾无忧。
5. 上天未因我的缺点和行事之错误打击我。

    一个人还能期望比这更多的吗?

---

① 典故出自圣经故事,用只看见他人眼里的刺、却看不见自己眼里的梁木来比喻只怪人错、不思己过。

就在那个星期,他在报纸上读到战争已经爆发了的消息,尽管很长一段时间佩奇都没受波及。应征的人们在镇消防队的铜管乐队和女士们抛掷的花束伴随下告别、开拔。齐拉格·桑德尔知道对于参军来说,他自己太老,而他的儿子又太年轻。

"您会看到的,战争将拖上好些年!"他在"野人"反复地说。他更悄声地补充道:"我们将战败。"

他的断言引来大肆嘲讽的笑声。从这时起,他们开始在他背后窃窃私语说他心智不大健全。

> 恐怖的幻象冲击着我。我感觉到我的生命之线不会很快断掉①。我认为另一场世界大战将紧随第一次而来。而最可怕的是:我预见到我会死于饥饿。怎么会这样呢?会有一些生意灾祸逼我破产吗?我努力避免危险的每一步,我谨小慎微——我的懦弱吗?——简直跟兔子似的。

这是齐拉格·桑德尔对《父辈书》的最后贡献,依照传统,他把它传给了自己的头生子。带着沉重心情,他深为忧虑。可能这个传家宝不会带来好运气。

岁月流逝。佩奇的第七万个居民来到这个世界、作为老斯特劳伯孙儿辈之一。佩奇市市长给这对父母颁发了一块纪念章和证书;应邀参加活动的人中包括齐拉格·桑德尔和他的妻子。

唉,齐拉格·桑德尔没有预见到犹太法令的到来。当他被召集跟其余的人一起在火车站被刺刀尖推上运送家畜用的货车时,他的糖尿病早已是晚期了;与他一同被赶上车的还有伊洛娜和安东妮亚及他的两个儿子,他们曾一度藏在家中。他已经七十六岁,确实很老了、深

---

① 古希腊神话认为人的寿命是女神纺锤上的线,断了时候就会死去。

陷于兀自不爱理人的状态中。旅程的第二天,他的尸体从正在行驶的火车上扔下来落在灌木丛中。流浪狗和狐狸分享了尸首。他的遗骸只是在战争结束后才得以识别,与坦克战中德国和俄国的受害者们埋在一起。

第九章

倘无必要，没有人会在这样的天气外出。那些如此不幸以至别无选择的人们，遭遇的便是肆虐严冬：门口被大雪封堵，几乎没有任何光线能穿透层云密布的阴霾。雪凝成冰块，硬邦邦抵抗着要把它们从人行道上铲掉刮除的木锹。天空无辜地眨着眼，不明白它何以能将这个世界变得如此空荡荡、白茫茫。不久便越发暗沉，来自天空无底袋的初雪再次飘落。

在登台之前，他至少得要三个小时来让自己进入状态。他会首先开始横膈膜练习，一只手掌放在后腰上，踱过来踱过去，吸入那赋予生命的元素，并将它送入他的肺叶最深处。在这种时候，他的手指能感觉到他总是用来酝酿声音的那种压力。然后，他像蛇一般发出咝咝的声音，将气流均匀地释放出来，如同一根无形的长弦。

接下来则是冥想，在这一过程中，他会竭力从上次的表演一直细想至今。无论他用多么强大的约束力去运作自己的大脑，思绪最终总是翩然飘入最隐秘的过去。他和父亲、弟弟们以及董济姨妈在布达佩斯度过的那一个星期，十分经常地浮现在脑海中。这是他孩提、或许整个青春时期最为美好的日子。那是一九一三年，他十六岁。首府的辛辣气味刺激着他的鼻子，耳边无休无止地响着车马的噪音和电车轮子在金属导轨上发出的独特尖叫声。即便是大雪，也不能让这种运输方式停顿下来超过几个小时，不像公车公司那些马拉的厢车——令他感到无限遗憾——在两个方向都暂停了服务。他们乘了四次电车，有时是往科苏特·拉约什街方向，有时是去伊丽莎白大桥。他们还尝试了地铁的那些车厢。南多尔每到一站便会下了车再跳回去，伴随着售票员鼓励式的说明："不用额外收费！"

"你长大了！"董济阿姨不停地对他重复道。他觉得她是在打趣他；毕竟，他们在学校上体育课列队时，他总是站在倒数第二个位置。他知道自己的样貌和身材让人想起他的先祖齐拉格·库尔奈。他的同学们管他叫"南瓜籽"，他对此恨之入骨，打起架来简直不要命。

他从未见过父亲像那次去布达佩斯的旅途中那样放松。生意上的事情让母亲留在了佩奇，她几乎总是穿着黑色的衣服，而且，由于某种原因，散发着一种持久的悲悼气息，似乎妈妈的缺席，对爸爸倒有一种振奋的效果。他就像个孩子，什么都想看。董济阿姨笑着跟在他身后，同时一刻不松懈地搂着两个真正的孩子的肩膀。"卡罗利，安道尔，你们都由董济阿姨照顾，而且没有我在的情况下不许行动，我说得够清楚吗？"——但她的眼睛里闪烁着笑意，以至她的叮嘱完全没有被当真。他，齐拉格·南多尔，把自己看成是一个成年人，尽管他还跟弟弟们欢快地四处玩耍。

可董济阿姨和他的父亲却在没有他们在的情况下行动了很多次。尽管齐拉格·南多尔当时没有注意到这一点，现在，作为家族幻象的承继人，他知道了。

一九一三年之旅的开始并非良兆；与计划正相反，他们没有住在英格兰女王酒店，因为他父亲由于没能保住供他自己独享的套房而生气了。他们在多瑙河畔的匈牙利酒店订了客房。齐拉格·南多尔好几个钟头地凝视着自己窗外布达的城堡景色，白雪覆盖的山丘，浮冰扫掠下游的灰色河面。他尤其喜欢在黑暗的时段坐在那儿，脸颊贴在冷冰冰的玻璃平面上。他嘴里哈出热气。他数了几次多瑙河对岸闪烁的灯盏，但每当他数到最后的时候，一些便熄灭了，而同时又会有亮起一些新的；他通常是在六十和八十之间的某个地方乱了数目。

他们外出去了一些动植物园，男孩们显示出的热情比他所期望的还要高涨。他父亲告诉他们，它们是上一年才翻修完工的，因为当时市政府已决心把它们从凄惨破败的原有境况中拯救出来，在它们的重建中投入了大约五百万克朗。爸爸几乎认不出那个地方了，大肆赞美了它一番，仿佛是他本人亲自负责了那项改造工程似的："多么丰富的动物种类啊！多么精美高超的建筑啊！崖壁和山峰如此栩栩如生，你简直会觉得它们是真的！这些回廊、路径还配有舒适的休憩处！有夏季和冬季的运动设施！还有操场和免费的流动图书馆！"

爸爸有一点点口齿不清，这就意味着他的讲话是男孩们取乐的无尽源泉。齐拉格·桑德尔这个时候四十五岁，但他对一切进步事物的青年式热情丝毫未减。他计划回去在佩奇促建一座类似的动植物园（然而，这是个未付诸实施的计划）。他还认为有必要在佩奇师法布达佩斯修建一些公共厕所，在首都的那些乃为拉斯洛·费伦茨公司所有。这些是他钦羡的对象，即便他感觉其实没什么使用它们的需要。

他们在卢达什温泉浴场度过了一个值得记忆的上午，爸爸解释说，它的名字得自横跨多瑙河的"飞"桥，意思就是，有着巨大松木桅杆（在匈牙利语中是"卢德"①）的渡轮停泊在浴场入口。市政府于一八八三年将老土耳其蒸气浴浴场加以重建，给主池及环绕着它的四个小池加建了顶棚，并开放了两个大型公共浴场，男女各一。爸爸带他们看了气泡浴缸，以及内铺陶瓷、大理石和石头的各种浴缸，孩子们不得不在每一个里面都泡上一泡。他们听到很多不同疾病的名称，都能被这儿的药浴成功治愈，药浴的温度——爸爸连这都能牢记于心——稳定地保持在四十四摄氏度，无论是夏季还是冬季。这种参观持续到了那些新开的汗蒸减肥干气室、温水浴间、热气浴室和高温浴室。

齐拉格·南多尔不像他父亲或弟弟们那样热衷于动物和浴场，倒

---

① 原文为 rúd，在匈牙利语中有"竿"之意。

是比他们任何人都更兴奋于影院屏幕上的动态画面。他们去了两次位于拉科齐大街七十号的大都会全能影院,该公司的广告许诺,为有鉴别能力的影迷们提供"优秀影片不间断演出"。酒店门房为他们打电话订了票,这本身在当时就是一件相当轰动的事件了,迄今他仍记得那个号码:53-27。放映伴随着极为专业的钢琴旋律,是一位留着科苏特式①胡须的圆胖男人弹奏的,无论什么时候,只要观众表示出赞赏,他便会摘下他的圆形硬顶常礼帽致谢。

每次演出有五个或六个短片。正是在其中一部片子里,齐拉格·南多尔头一回见到了一位歌剧演唱者。那个人面目狰狞,穿了件暗色背心;他唱咏叹调的时候嘴巴张得又宽又大,右手也会戳向空中、至少在他没有用左手这么做的时候。他同时转动着眼珠,仿佛他正处于痛苦的垂死挣扎中。齐拉格·南多尔已经师从易卜兰尼先生学习钢琴和小提琴有些年头了,后者会到他们在阿帕查大街的家里来。他们的父亲本打算让这三个男孩都上课,可无论是卡罗利还是安道尔都没有音乐的耳朵。齐拉格·南多尔在钢琴方面没什么才能,却能毫不费力地用口哨吹出或哼哼出任何时候仅仅听过一次的任何旋律。

"你像老施坦诺夫斯基·巴林特!"他的父亲会说。

在他父母的大力劝说下,这个男孩会用这一本事娱乐一下在他们家里举办的社交聚会,他原本还有些踌躇,但很快便驾轻就熟了。听众们往往会索要这些歌曲和民谣,女士们会将纸币作为奖品塞进他的口袋,而那些更为陶醉的男士们则会俯身贴贴他的额头,仿佛他是吉卜赛乐队的领班。

从十二岁起,他还在天主教教堂的唱诗班演唱,有些人对此侧目,认为无论齐拉格·桑德尔如何宣称自己是匈牙利人,他终归还是

---

① 科苏特·路易斯(1802—1894),匈牙利政治家,在匈牙利独立革命期间(1848—1849)曾任代理总统。他的下巴上留着一副连鬓络腮胡,上唇则留有两端上翘的八字胡。所谓"科苏特式"的胡子,便是类似的形状。

犹太人，而且他妻子家、戈德伯姆们也是。戈德伯姆家的两个女孩的婚礼都是在犹太会堂、而非天主教教堂举行的。无论什么时候，只要他的小南多尔在管风琴伴奏下独唱，齐拉格·桑德尔便会毫不理睬那些在他背后说小话的人们、大摇大摆地端坐在下面。"那是我的南迪①!"他会告诉坐在前后左右的人们，全不顾周围一而再再而三的嘘嘘声。齐拉格·南多尔对自己父亲的恣意赞颂深感羞窘，多次要求他收敛一些。齐拉格·桑德尔郑重答应了很多次，但他一听到儿子那柔和、圆润的歌声便无法信守诺言——自豪的激流卷走了他。"照这种速度，他会成为第二个卡鲁索②!"

他忍不住提起他与妻子、大姨子在布达佩斯亲眼见过神圣的卡鲁索，尤其是亲耳听到过他的歌唱，事实上卡鲁索在布达佩斯那里不光彩地落败了。他只在匈牙利皇家歌剧院出现了一次，是为约瑟夫王子疗养院做的公益演出。"他是拉达梅斯③，而我则被五十克朗一张的票弄穷了，即便如此，我也是好不容易才弄到它们的，而且，我是用电报定购的。人头涌涌，大家都疯狂了，很多人花钱共享一票，例如四个人，把它传给下一个人看接下来的那一幕演出。神圣的卡鲁索没完全在状态，只是在尼罗河畔之后那场他才多少振作了些。他大约四十岁，一个体格匀称的男人……在那个时候。那次出场他挣了一万二千克朗，一万二千!"

齐拉格·南多尔第一次听他父亲的维克多胶木唱片的时候，还是穿尿布的年纪，他是从来都没获准过自己去放唱片的。他从唱片的硬纸封套上很快就能认出来："恩里克·卡鲁索，空前伟大的男高音歌唱家，与维克多公司独家签约。"由卡鲁索演唱、钢琴伴奏的《女人

---

① 南多尔的昵称。
② 恩里克·卡鲁索（1873—1921），意大利著名男高音。
③ 意大利作曲家 G·威尔第的四幕歌剧《阿依达》中的埃及勇士。

善变!》①，和着他小齐拉格·南多尔细弱的声音，让他的父亲无比欣悦。他不久便对它十分精通，正如他对内莫里诺②的歌，超过了所有悲伤的咏叹调。《丑角》③——意大利文他一个也不认识，但还是从音乐中领略了它是关于什么的。

他的第一位声乐老师是出生于意大利的大教堂管风琴手。不久前他为了一个虚情假意的意大利小妞儿，放弃了在意大利颇有前途的歌剧事业。他和她一起私奔到蒂里雅斯特，之后独自到了佩奇。这个男人傲慢浮夸，留着八字唇髭和山羊须，是众所周知的"*目空一切先生*"④，因为他话虽不多，烟却抽得不少，还交了很多狐朋狗友。他们不晓得他的内向原因其实相当乏味平淡：居住了十年之久他都未能掌握匈牙利语，而他为此深感羞惭，所以尽量对这一点加以掩饰。他持之不懈地严苛教导齐拉格·南多尔，但下课时会用一块巧克力对他良好的表现以资奖励。有一次他无意中透露出，他本人曾师从那不勒斯的威廉莫·魏尔吉内⑤大师，后者教过的人当中，有著名男中音米西阿诺⑥和著名男高音卡鲁索。齐拉格·南多尔把这个珍闻带回家里，他声乐老师的地位在他父母眼里陡然飙升了。

很快，"目空一切先生"力劝他的父母让他带齐拉格·南多尔去参加布达佩斯音乐学院的试唱面试。在那里，他引起了相当大的轰动——他被誉为"*神童*"⑦。从那以后，他们每月一次去首都参加排练。自豪的父亲把儿子每个月的音乐培训费用增加了一倍。

---

① 威尔第的三幕歌剧《弄臣》中的著名咏叹调。
② 意大利作曲家多尼采蒂的歌剧《爱之甘醇》中的青年农夫。
③ 意大利作曲家罗格里诺·列昂卡瓦洛（1848–1919）的二幕歌剧。
④ 原文为意大利语。
⑤ 意大利著名声乐大师。
⑥ 意大利男中音，曾将卡鲁索引荐给自己的老师威廉莫·魏尔吉内。
⑦ 原文为德语。

事实上，当王储在萨拉热窝遇刺时，齐拉格·南多尔正在上声乐课。好些天里每个人嘴里说的都是位于弗兰茨·约瑟夫大街与码头交叉处的席勒杂货店、发生致命枪击事件的现场。① 震惊的齐拉格·桑德尔主要是惊骇于后续详情："王储竟被杀死以其名为名的大街拐角上，这对'皇帝兼国王'② 简直如匕首戳心般震惊！"

仅在一个月之后，天空便完全黑沉下来，发生了一场空前飓风，即使是年纪最大的当地人也不记得以往有过类似的现象：没有雨，但闪电来来回回哧啦作响。就连枝干巨大的树木都被连根拔起，看似坚实的屋顶滚到路上摔碎。报纸上报道了七桩重创。在布达佩斯，一股类似美国龙卷风的旋风造成几人死亡，摧倒了三座教堂的钟楼，而且还对链桥的结构造成了破坏。

"酒快花生了，打细件。"③ 目空一切先生说。

君主国与塞尔维亚断绝了外交关系。在佩奇，城市街道上来来回回没完没了地在进行爱国示威游行。一支军乐队演奏着令人振奋的《拉科齐进行曲》④ 和其他流行的征歌，上了年纪的狂热绅士们把手杖像枪杆子似的扛在自己肩膀上，来来回回地行进，而女士和儿童们则挥舞着灯笼和三角旗儿。

"这一切到哪儿才算完啊？"伊洛娜每天都要问她丈夫好几次。

"塞尔维亚茶杯里的风暴。"⑤ 他会这么回答。

齐拉格·南多尔原本都是在婚礼和家庆活动上演唱。他的声名远

---

① 奥匈帝国王储费迪南大公夫妇在驶往拉丁大桥时于街角暂停，遭到近距离枪击，不治身亡，成为第一次世界大战的导火索。

② 原文为德语。参见本书《作者注》对此术语的解释。

③ 原文只用字母模拟声音，而非使用正确单词，以表示他的匈牙利语发音很烂。其实是在说"就快发生了，大事件"。

④ 《拉科齐进行曲》是匈牙利非官方国歌。最早版本首现于1730年，由一个或多个佚名作曲者创作。后几经修改，至19世纪所流行的这首已更为成熟。

⑤ 意即，事件非常重大，以至于将如风暴涨裂茶杯般波及该国之外的世界。

播广传开来，不久便应邀跟专业歌手们一起参加音乐晚会的演出。海报赞誉道：齐拉格·南多尔，来自佩奇的金嗓子神童。他表演的时候，由他的父亲或董济阿姨陪同。

当报纸的头版已贴满战事报告时，邮差送来一个棕锈色的信封。从米兰来的。"目空一切先生"为他们翻译道："您受邀参加米兰的慈善演出。"

原来，音乐会是为滞留在德国的意大利劳工筹措川资：这些不幸的人们已经丢了工作，急于返乡。齐拉格·南多尔的母亲这个旅程。"你是不是昏了头？在打仗啊！"

齐拉格·桑德尔深信意大利将保持中立，便带着儿子去米兰了。根据意大利的晚报，他推断出翌日卡鲁索也将在罗马进行慈善演出，于是他们坐火车去看他的演出。很多年后，齐拉格·南多尔在《父辈书》里回忆了那个晚上。

一九一四年十月十九日，我有幸跻身于少数获选者在克斯坦兹剧院①舞台上聆听卡鲁索的歌声。观众对所有演出者都予以了热烈的欢迎。但没有什么能与致意恩里克·卡鲁索之演出的那些唿哨和汹涌掌声相媲美。当卡鲁索演唱自己的咏叹调《丑角》时，他的同胞们站起来无休无止地高声叫好喝彩，仿佛那欢愉永不会终结。托斯卡尼尼②指挥至少敲了十五分钟的台子，要求获准继续下面的演出，不愿答应再来一遍。剧院经理匆匆跑到他那儿，捶胸顿足好不容易才换来了仅此一次的例外。卡鲁索因此能把这首歌再唱一遍，让所有人都得到了巨大的满足。对我而言，这是我一生中最为重要的经验。正是从那个时候起，我有了一些

---

① 始建于 19 世纪，一直是欧洲最著名的歌剧院之一。
② 阿尔杜罗·托斯卡尼尼（1867—1957），意大利著名指挥家、音乐家。

如何在公开场合演出的构想。

在他的职业生涯中，由于伟大的卡鲁索的存在，无论是在舞台还是角色方面的雄心抱负，无一不受到抑压而化为泡影。他所做的努力几乎就是要挣脱掉那位意大利男高音造成的恼人重负，而他无法抗拒地模仿着他的技巧，哪怕是在最不起眼的那些方面。卡赛伊·艾德，他在布达佩斯的经理，直言不讳地说："请立即放弃这种行为。天才是无法模仿的；试图如此的话，您只会让自己显得可笑。一个平庸的齐拉格总比一个一流的卡鲁索模仿者要好。"

说起来容易做起来难。像他那样富有接受力的头脑，一旦听过卡鲁索唱的卡尼奥①之类的悲苦故事，便难以忘怀，如身中蛇毒般，惟有一种方法能够清除：用一把锋利的刀片。齐拉格·南多尔总是不得不在自己身上使用那把想象的刀片、如果他还想拥有在舞台上进行真正演出的能力的话。他的永恒不幸是，他最最经常被指派扮演的都是卡尼奥和图里杜②那些角色，而在这方面，根本就无法超越卡鲁索。

刚开始自己的歌唱生涯时，齐拉格·南多尔往往摆出一副架势，想让人知道他将是苍穹中比卡鲁索更加闪亮的明星。他们笑看他对自己的姓氏所做的双关隐喻③。但他是认真的。至少他希望能作为"匈牙利的卡鲁索"闻名。他奢华的发型和着装也是从自己的楷模那儿复制而来。后来，他放弃了夹克、斗篷、皮外套以及帽饰之类会让人联想到舞台服装的穿戴，但即便那样，在他父亲看来，他的装束更为倾向波希米亚、而非中产阶级风格。他嗜好昂贵的巴黎香水、不羁的时装，对于最新科技则更是如此。他重金购入新奇物品，部分原因是

---

① 《丑角》（详见前注）中的主人公，男高音。
② 意大利作曲家马斯卡尼（1863—1945）的独幕歌剧《乡村骑士》中的主人公。该歌剧于1890年首演后风靡整个欧洲，是马斯卡尼的十五部歌剧中最杰出的一部。
③ 齐拉格在匈牙利语中为"明星"之意。

为了改善自己的健康状况（抑郁如今会以和缓的节奏一波一波向他席卷而来，现在越发严重了），部分原因则是他的性情使然（亲手设计、制作东西对他总是有着舒缓的效用）。

他在进口商人拉兹洛·居拉那儿订购的美国滚珠轴承电钻，适合在石、铁、木以及大理石上开钻五毫米的深度，交货速度比佩奇的任何工匠都要快。从工具匠 V·M·维斯伯格那儿，他同样预订到了"K. u. K"的 18 种不同工具合而为一的神锤，从可调节 S 形扳手到锯子、从铰刀到金属尺，所有这些都镀了镍，还有一个小型铁砧和老虎钳。

他肯定是佩奇唯一一个从维也纳订购可加热浴盆的人，浴盆还有人造波浪的功能。这台给人的身心都带来好处的设备，从侧面看是月牙形，但从前端看，它就像一个巨大的摇篮。填入其四十升容量的水，就能在里面泡上个美妙的澡，假如利用人自身的重量来来回回地摇振，就会制造出波浪。齐拉格·南多尔还购置了一台桑拿蒸汽产生器。制造商卡罗利·贝茨克保证道，他的浴盆能够防外溢，即便是在产生最强波的情况下。齐拉格·南多尔对这个产品没有感到失望。他是如此经常地跑去这架奇妙装置里泡澡——每隔一天——以至于他的男仆在背后管他叫"水鼠"。但是，他对扁平足束套感到失望，这是布达佩斯的矫形鞋类制造商"塞克利及合伙人"度身定做的，地址是博物馆大道九号。纯正扎格利山区[①]的胸部甘露达到了预期要求：每天早上消耗的一玻璃杯这种草药煎汁，的确防止了他罹患任何咳嗽或气喘。

他自然是买了很多台留声机的，在这方面坚持使用制造商"施瓦茨与马诺图内"的产品。"施瓦茨与马诺图内"的电唱机，正如其公司宣称的口号：言语、欢笑与歌唱，回荡在每个舌尖上。在他们的

---

① 位于希腊东北部。

录制单上，几乎无一例外都是齐拉格·南多尔所买的一流艺术家的录音。他梦想自己的声音什么时候也能被录下来，就像卡鲁索的那些咏叹调，但这从未变成现实。

其他几件他所执著、顽强希冀着的事，也未能实现。虽然已尽其所能，他还是没能得到科芬园①或米兰斯卡拉②的签约。正是在这两座歌剧院里，他那位无法超越的完美典范堆砌了一次又一次的成功。其时的这一切对齐拉格·南多尔都颇为适时，恩里克·卡鲁索正激起海外、主要是大都会歌剧院③前排特等席上的歌剧爱好者们的狂奋热情。齐拉格·南多尔打最深最深的心眼儿里艳羡他，不只是为成百上千的美元收入，而且为那十次甚或十四次"再来一个"的观众要求，呼声持续时间超过十五分钟，其中纽约的意大利人颇为擅长，爬到廊台上喝彩叫好，把地板都踩坏了。齐拉格·南多尔在维也纳歌剧院获得了自己职业生涯中最大的两次成功，在那里，他不得不两次重唱《弄臣》中的"手套咏叹调"，但观众从没有为他起立过。这是他永远都无法原谅他们的事；有时候他会把他们称作买票的乌合之众。

他最隐秘的欲望、作为艺术大师在同一舞台上演唱，看来是相当难做到了。齐拉格·南多尔在欧洲许多二等公司和剧院出现，这让他获得了舒适的生活方式和体面的名望声誉，但心里既不快乐也不安宁。只有在他亲手于棚屋中造出的小工作台旁干活的时候，他才觉得自己处于安宁状态，或者说是停火状态。

他只在罕有的时刻才会疑心自己的天赋和技术也许跟伟大的卡鲁索根本不在同一层次上，但在这类闪念或醒悟之间会隔上很多年，而这期间，他把自己职业轨迹所划出的不完美弧线归因于居心叵测的导

---

① 即位于伦敦中部科芬园（或译为"科文特花园"）地区的皇家歌剧院。
② 即意大利米兰的斯卡拉大剧院，世界著名的歌剧院之一。
③ 指的是19世纪后半叶投入使用的位于美国纽约百老汇大街的前大都会歌剧院。

257

演、无知缺教的观众、贪污腐败的经理、粗俗愚钝的评论以及惯耍阴谋的对手。有时候,他则把它归结为彻头彻尾的不幸。他苍白面庞上那对圆得出奇的浅棕色眼眸怒气冲冲;持续、紧张的不满在他唇边蚀刻下苦涩怨恨的旋纹。

他玩味过几次到国外定居的念头,尤其是当他在阿姆斯特丹①和布伦斯塔特②有档期的时候。最认真的是后者,因为这是他遇见自己未来妻子的地方。伊尔莎是一位牧师的女儿,为歌剧痴狂。穿过小镇、在两座石桥的南边,还有一座长达九百八十维也纳步幅③的商业桥。演出后,在公司一些歌手和乐团成员的陪伴下,齐拉格·南多尔会在月夜漫步走回自己住处,期间会经过这座桥。经常会有一些观众加入他们,他们的脸因为寒冷而发红。有时整个公司会光顾开到午夜时分的啤酒屋喝杯啤酒。齐拉格·南多尔从不饮酒,但他精心构思的祝酒词引人注目。身材高大、一头干草色金发的伊尔莎引人注目,是因为她能一口气灌下一大杯。当齐拉格·南多尔表示惊诧时,她答曰:"我们德国人喜欢好啤酒。试试吧!"

"谢谢你,但是不啦,我还是不喝的好。它损害声带。"

"它有药用!如果有什么东西会损害什么东西的话,那就是你正在啜饮的掺水布劳兹④。"

伊尔莎那晚给他讲述了她自己的人生故事。造物主过早地把她的母亲召回到祂身边,她的父亲再婚了,她和她的继母不断发生冲突,他们俩都希望这个女孩最后能嫁掉。伊尔莎将湛蓝的目光停在齐拉格·南多尔身上,仿佛在等待一个答案。

答案三个星期后来了:这位匈牙利歌唱家拜访了那对父母,用一

---

① 荷兰首都。
② 法国东北部城市。
③ 指两腿跨出一步的大致距离。
④ 德国的一种类似柠檬汽水的软饮料,常添加一些香料,如车叶草。

束磨盘大小、勃艮地红的玫瑰花向他们家的女儿求婚。伊尔莎的父亲竭力不流露出他有多么高兴、以免鼓励了对陪嫁的奢念；但事实上，他已开始担心她可能会剩在货架上了。婚宴在当地是有史以来最为盛大的，被女孩的村子回忆了很长时间；就连狗儿们都有份享用配了蔓越桔浆果的烤鹿肉。

齐拉格那边的家人对伊尔莎一点也高兴不起来，将她的坦率开朗视为粗俗，觉得她频繁的笑声像匹马在嘶鸣。他们确信齐拉格·南多尔会在德国境内安家，但他合同到期后就带着妻子回到佩奇。他们在阿帕查大街房子的一楼住下，但很快又搬到他们自己的地方：齐拉格·南多尔买下一座破败、废弃的谷仓。令人大吃一惊的是，伊尔莎两个星期内就使用起匈牙利词儿了，到了第二个月便能组成句子，并在十二个月内进展到只有她的 rs 发音特点会暴露她的德国出身。她在晚会的组织和招待方面也表现出极大的才干；他们家樱桃木镶嵌的沙龙成了镇上文化精英们定期聚会的场所。

齐拉格·南多尔在他活跃的日子里很少能享受自己的屋宇和家庭，过着艺术家们的候鸟生活。他喜欢把伊尔莎变成他的永久陪伴，就像句做一切事情的女仆，无微不至地随时为他服务。但伊尔莎讨厌旅行。这成为频发矛盾的源头。她指责他出于纯粹的嫉妒要拖住她围着他转；但她不准备呆在欧洲各地的旅馆房间里无聊地打发自己的时间。因此，齐拉格·南多尔加入了一个国际性公司，在南美洲有三个月的行程，演出普契尼①的两部歌剧。"即便是阿根廷你也不跟我来吗？"他生气地问道。

"我不能去，"伊尔莎忸怩地笑着说。

"为什么不呢？"

"因为我发现了自己所处的状况。"

---

① 著名的意大利歌剧作曲家，广为人知的《蝴蝶夫人》、《图兰朵》等歌剧便是他的作品。

于是，齐拉格·南多尔得知自己就要做父亲了。他没时间欢喜快乐，因为他有两个不同的角色得在意大利学习。

齐拉格·巴拉日来到这个世界好费了番分娩挣扎，正应了那句古老谚语：万事开头难。这已不是我第一次意识到自己对家人负有严肃的责任了。我再不允许自己仅仅献身于艺术圣坛；我做决定的时候也得从经济角度考虑问题。按照我父亲的意见，我把自己的收入分成三部分。三分之一我存入邮政储蓄银行，供我们日常所需。三分之一我存入他所建议的瑞士银行。剩下的三分之一我将用来维持及扩充我们的资产。

我坚定地拒绝了音乐家同事塞尔玛·拜尔陶隆之力劝，他声称其叔可帮忙购买一家制造厂的股票，能产生三倍于投资成本的利润。利润方面，或许是吧，但风险颇大。而对一家之长来说，首要考虑的须是安全。假使人们不忘此则，世间许多问题便迎刃而解，令人安心的秩序将占上风，取代濒临爆发之紧张态势。

一天下午，他的父亲来造访他们。他问自己的儿子是否经常写《父辈书》。

"十分经常，"齐拉格·南多尔说。

"你让我很好奇。我可以看一下吗？"

"必须的。"

当他父亲读到上述文字，立刻想知道他怎么才能联系上塞尔玛·拜尔陶隆。

"我听说他在蒙地卡洛歌剧院有合约，"齐拉格·南多尔说。

"那他叔叔呢？"

"他我不知道。您问他做什么呢，父亲？"

"我想买些制造厂的股票。"

这让齐拉格·南多尔仔细掂量起来。他跟伊尔莎商量这件事，可他妻子不愿对此发表看法。"做你认为最好的事吧,亲爱的南多尔。"

等他经过长时间深思熟虑、决定参与其中的时候,那些制造厂的股票早就卖掉了。他没有为自己的失败懊悔太久,因为一系列的黑幕交易导致那家制造厂公司破产了——股票很快就比印制它们的纸张还不值钱。齐拉格·南多尔为自己良好的判断力感到庆幸,再次发誓在没经过长期、大量的深思熟虑之前绝不采取行动。

他的父亲不停地捶胸顿足。"我真是个傻瓜啊!多么可悲的家伙啊!你为什么不绑住我的手呢?把我关起来?我真是个疯子[①],唉,唉,唉!"

齐拉格·南多尔突然有个想法:"父亲,您为什么不试着探索未来呢?我们应该是能做到的吧,在一定程度上。或者说,我们不能?"

齐拉格·桑德尔在歇顶的额头上抹了把汗。"我已经荒疏了……你以为我没有试过吗,一次又一次,为了彩票?唉,我们在衰败,我们老了……"

齐拉格·南多尔点点头。就他而言,头生子所具有的能力只传给了他一小部分。他甚至没有怎么实践过这个本事,对过去无甚兴趣,甚至对未来也兴趣不大。然而,他想道:我或许应该在两个方向上都关注多些。

他牺牲了午睡慢慢地逐行翻阅《父辈书》,收集每一个可能有关联的含义。这也许是强化他幻象能力的适当方式。

有生以来他第一次发觉自己在歌唱上的野心渐次消退而去。他不会再为想签的合约没能达成而感到不快。他在棚屋里敲敲打打地度过得了空的晚上。他日益显现出来的兴趣,除木刻外,就是修理旧钟表。他在架子上放置了两台留声机,这样便可以轮番交替地播放他的

[①] 这里的"疯子"一词原文是意第绪语。

唱片，将换播之间的停顿沉寂减短到最低限度。梅尔巴①、卡鲁索和加利-库尔奇②的声音在灯盏们发出的闪烁光芒中翩翩翱翔，奇妙地盖过了钟表的滴答和撞击声。

仿佛处身于测时仪的阵仗中，他更有可能沉入"时间"。正是在如此安宁的一个夜晚，他获赐一瞥等待着他的命运。他溺水了，还有别的很多人，在半明半暗中。他大感不解。他思忖是否把这个幻象告知父亲。但齐拉格·桑德尔刚好去了巴拉顿菲赖德③、为他衰弱心脏做主要的治疗。

尽管在二十六七年间我得到了心灵上的安宁，却颇受各种烦恼的磨折。始于我父亲的疾病，继之以我嗓音的不稳定。我不得不取消几次演出，在我职业生涯中，比以往任何时候次数都要多。然而，我们的经济状况——多亏我的谨慎与储蓄——没有发生危机。虽然我在彭格④开始发行时因兑换利率损失了一大笔，但仍设法在塞梅什的巴拉顿湖区⑤购买了一座夏屋。我冬天打算在那里过。我已着手在旁屋⑥里建一个工作坊。

我的二儿子起名恩德雷，跟第一胎相比，生得出奇直截了当、精神抖擞。看来我的伊尔莎现在已熟谙此道了。也许我们应该不停地生到六个为止，我的先祖施坦·理查德所保持的家族记

---

① 内丽·梅尔巴（1861—1931），著名的澳大利亚歌剧女高音歌唱家。
② 阿梅莉塔·加利-库尔奇（1882—1963），著名的意大利歌剧花腔女高音歌唱家。
③ 匈牙利著名旅游城市。
④ 一种匈牙利货币的名称。
⑤ 巴拉顿湖是中欧最大的湖泊，位于匈牙利中部。
⑥ 英语是 outhouse，指在主房屋附近独立建成的小屋舍，以作他用，譬如厕所等。

录。获赐一个孩子也许是一个男人最大的快乐体验,所以我没什么可抱怨的。或许只是我那些不幸的"昼魇"幻象令我焦躁不安,但我已下定决心不让它们太过困扰我。

我想知道除我后嗣之外是否会有什么人读到这些文字。如果有的话,他们是否能从中推想出我们在世的日子是如何度过的。

他正处于事业的巅峰。如同一件意想不到的礼物,他从巡游各地的表演者那儿得到一次义演机会。在他的要求下,这回是《乡村骑士》和《丑角》。他们在全国范围演出了两个月的《乡》和《丑》①,但佩奇不在其中——齐拉格·南多尔对此深感遗憾。他们享受到适度的成功,未尝蒙羞,可是,值得为之牺牲诸多的那些欢呼声,这回也不明显。

这一系列演出结束时,齐拉格·南多尔启程回家,中途不得不转了好几趟列车。他还在旅途中间就开始盘算放弃歌唱后到哪里去过秋天。他算了一下,自己的钱财、包括巴拉顿－塞梅什的夏屋在内,会在八到十年中耗尽,假如在此期间资产完全没有增值的话。他不能把修理钟表当作职业。那么,他该怎么办呢?

这个问题他思考了数月。他甚少露面,没在歌剧院出现过,只在音乐厅或必要的时候才唱些炫技的意大利曲目。

伊尔莎第三次怀孕了。当她说"搞大的肚子是你这些日子在家里待的时间多起来的证据",令丈夫为她的这种措辞忍俊不禁。

齐拉格·南多尔有一天上午进了厨房,阖家对此感到惊讶。厨娘差点弄掉了手里的铜炒锅。"先生想要什么吗?"她紧张地问道,心想一定是出了什么差错:齐拉格·南多尔在这个时间通常还在睡觉。

"早餐吃什么?"

---

① 此处用了缩写(*Cav and Pag*)表示二剧,故如是译。

这更令人惊讶了,因为没人能回忆得出这位歌唱家曾经吃过早餐。说不出话来的厨娘指了指她正为这家女主人准备的煎蛋饼①和薄片吐司②。

"这是我的伊尔莎点的吗?"

"不是。"

"那么,你怎么知道这就是她想要的呢?"

"原谅我,先生……可我的夫人总是吃这种早餐的。"

"十分遗憾,"他说完便冲进上面的餐厅,圆滚滚的伊尔莎正在那儿调整窗帘,注视着外面的阳光。齐拉格·南多尔把手放在她的肩膀上,而非道声"早上好"。他说道:"心向爱情,胃需食欲。"

伊尔莎退后了一步。"你说什么?"

"在由我们的激情所组成的伟大乐团中,胃便是起着主导作用的指挥。"停顿了一会儿,他补充道:"这是罗西尼③大师的话。你知道,《理发师》④、《威廉·退尔》,还有所有那些。"

"我完完全全地知道罗西尼的歌剧。但关它们什么事呢?"

"从今天开始,我负责每天的菜谱。"

齐拉格家的膳食发生了彻底的改变。特色菜如鹌鹑蛋、松露和蜗牛出现在菜单上。齐拉格·南多尔弄来大量匈牙利及外国的烹饪书籍,要把其中的菜谱用在生活中。厨娘被打发掉,其继任者们的更换频率相当之高。齐拉格·南多尔很愿意监督市场采购、到屠户店里订肉,并且时不时地指挥厨房本身的事情。无论何时,只要伊尔莎或其

---

① 类似中餐的煎蛋饼,但要在上面撒上各种其他配料后对折,使之状如大个的饺子。
② 即烤面包片。
③ 著名的意大利歌剧作曲家。后面提到的均是他的作品。
④ 即众所周知的二幕歌剧《塞尔维亚的理发师》。

他一些亲人对此表示反对,他便带着一副傲慢表情声明:"如果'佩扎罗天鹅'① 能做到这一点,那么我也能!"

每个人都知道,乔阿奇诺·安东尼奥·罗西尼就是"佩扎罗天鹅"。

"南多尔,罗西尼从来都不是你的那杯茶②。现在又跟他有什么相干?"伊尔莎问道。

"因为我没唱过他,可我仍然可以遵循他的哲学,不是吗?"

  我在自己人生的全盛时期竟在伊壁鸠鲁式③的快乐中找到了幸福——对此无人比我自己更感惊讶。于食物、饮品、阅读、水彩调制以及沉思冥想的安宁时光中。我观看落在泰奇耶④的夕阳,在山坡生火,在露天烧烤食物,喝上好红葡萄酒:于是我终于寻获心灵的安宁。我醒觉到,没有比身心皆得完全放松更大的快乐了。

  我玩味着一个想法,我应该为本镇的美食家、好吃客们举办一次盛大晚宴,在一家"美食"⑤ 餐馆用我自己的菜谱烹制。陶醉在他们的快乐中本身就是一种快乐。我的计划遭到父亲的反对,与伊尔莎的反对同样强烈,因为他现在到了反对一切的人生阶段。但是,我花自己的空闲时间为我的客人们提供最优质的食物会得罪了谁呢?为什么这就是比经营著名的齐拉格鞋店更应该遭到鄙视的职业呢?我父亲今年初把旧有的"斯特劳布"从公

---

① 佩扎罗是意大利东部城市,罗西尼出生的地方。
② 如同汉语"不是你的菜",即,不是你喜欢的类型,或不合你口味,等等。
③ 伊壁鸠鲁(公元前341年—公元前270年),古希腊哲学家,伊壁鸠鲁学派创始人。其学说宗旨是追求身心两方面的快乐祥和,常被视为享乐主义。
④ 佩奇的一处知名景区。
⑤ 原文为德语。

司名上去掉了,因为听起来太犹太味儿。多么矫情的观念!倘若爸爸照照镜子,他就会看到,我们的血统特征比"斯特劳布"之类的名字更说明了实质。

但我现在必须拿起武器反对更为严重的威胁。我甚至不敢把它写下来,我是如此的迷信啊。愿上天赐予我足够的力量与耐心。

齐拉格·南多尔顽固地坚持他的初衷。他找到一栋缠绕着常青藤、废弃不用的空房子。镇消防联队一个多世纪前造的,但自从他们一九一〇年建了座新大楼之后便不再使用它了。这便是齐拉格·南多尔租下的地方。他给自己的餐厅起了个响亮的名字叫"罗西尼餐馆",但从来都没有真正用开,常客们会说"咱们去齐拉格·南多尔那家!"因为在南迪家①你可以品尝到为上流人士提供的法式汤品、意大利烤肉和西班牙甜点,别的任何地方都没有的。只有七张桌子,佩奇的居民们,不管愿意还是不愿意,已经习惯了预订餐台的观念,要么亲自去,要么是打电话或派信使。在南迪家,斯洛伐克女招待们端上装饰着一些小蜡烛的特色菜,而在晚上,留声机会播放威尔第、罗西尼、普契尼的咏叹调。

齐拉格·南多尔有一扇分割成很多小块的玫瑰窗②,消防队的值班人员曾经使用过,这样就可以时刻督望他的客人和员工。如果食客是熟人——事实上几乎所有镇民都算是——他一定要亲自跟他们打招呼。他迅速发起福来,这让他的那幅小身板显得滑稽。伊尔莎指出,人们可能会认为他们俩都怀了孕——她现在已有八个月身孕。齐拉

---

① "南迪"是"南多尔"的昵称。
② 玫瑰窗,又称圆花窗,常用于哥特式教堂建筑中。正圆形,窗玻璃用窗格分成很多小块。"玫瑰窗"一词来自英语玫瑰花名,17世纪以后才逐渐使用。

格·南多尔并不为自己的大腹便便感到遗憾,还蓄起了十九世纪的羊排胡须来与之相配。这些茂盛的胡须一周之内变白了,当《父辈书》中的预言成为现实的时候。

伊尔莎的行为变得越来越奇怪。她生下了达玛什,却一次也不让他吮吸。这对那些认为此职责应由乳母代劳的女士们来说,倒是可以接受;但伊尔莎不同,第一、二个儿子伊尔莎都是坚持亲自哺乳他们的。她经常宣扬自己的信念,说婴儿的健康取决于母亲的乳汁,并且力劝她的朋友们效法她。

她的匈牙利语知识似乎在迅速退化,有语法错误,而且很难找到适当用词。"我是不是老人①了?"她会问道,一脸的忧惧。丈夫的劝慰也安抚不了她。她的贴身女仆经常会发现她把自己锁在房间里,而且没有任何应门的意思,甚至不回应她的反复恳求。有一次她不吃不喝在自己房间里关了一天半,对她丈夫、公婆的呼唤充耳不闻。齐拉格·南多尔不明白她究竟是怎么了,而伊尔莎从不作出解释。

一天下午,她纵火点燃了织锦窗帘,整栋房子差一点就烧成平地。员工们吓坏了,报了火警。大火扑灭后,消防主管起草了一份正式报告,于是引发了关于伊尔莎精神状态的流言蜚语,一如她造成的火灾般传播开去。家庭医生一直安慰齐拉格·南多尔,说生产带来的紧张痛苦经常会令女性身体的神经系统发生短路。"老百姓说:脑子进水了。②这位好夫人要是能再次给婴儿哺乳,情况便会有所好转。"

伊尔莎面无表情地听医生说话。丈夫不得不提点她,最初是和婉地、进而益发催促,结果都徒劳无功,她什么也不说。几乎没等医生走出屋子,伊尔莎就扑倒在地上,开始用她的头撞击木地板,就好像有心要砸开自己的脑壳似的。没有女仆的帮助,齐拉格·南多尔甚至

---

① 伊尔莎说这句话时就犯了语法错误,把名词当成形容词用。
② 原文是"牛奶进了脑子"。

没法子让她停下来。

这种自我毁灭的发作很快便呈现出长期性的特征。董济是唯一能让伊尔莎的癫狂安静下来的人、轻柔但坚定地把她拉向自己丰满的胸怀。先是医生,然后是其他家庭成员,暗示他应该在妻子对她自己造成致命伤害前送进公共机构。这种建议会令他气愤地跺脚:"那种事永远不可能发生!我不会把伊尔莎送进那栋黄房子里的!绝不可能!"

但是情况进一步恶化了。不久,就连孩子们的安全也无法保证。齐拉格·南多尔请了两名受过这种医疗培训的修女日夜看护着伊尔莎。

难以想象究竟我们犯了什么罪孽活该遭受这种命运的惩罚。我本希望能够在与世隔绝的平静生活中度过我最后的日子,然而一桩没有尽头的可怕事件损害了我每一天的生活:疾病驱使伊尔莎做出令人惊骇的举动。无论我在镇上走到哪里,都被人指指点点,我的不幸已经成为镇上妇女们的闲谈八卦,咖啡馆里的男人们也是一样。我们的故事是一部值得歌剧词作者写出来的悲剧。没有比这更大的灾难能降临到我们头上了。

他一直持这种想法,即便是在匈牙利议会通过了一九三八年的第十五号法令之后。一份打印的副本在"南迪"和"野人"① 传阅开来。

第一节

为使社会生活达成更其有效之和谐稳定,匈牙利皇家内阁特授权刻不容缓即时实施三周内所颁布之现行法律的某些基本性重

---

① 此处的"南迪"是指齐拉格·南多尔的餐馆。野人则是另一家公共场所。

大举措——包括消除知识界失业现象的某些必要举措,并鉴于及按照下文所限定之原则,有可能实施此类合法举措,即便其实施需另行立法。

该死的官样文章!

常客中的律师们向他解释了那些基本性举措。律师、记者、工程师、医生、艺术家等几乎是各界人士组成行会,但每个行会中犹太人所占比例将不得超过百分之二十。

事情很快便清楚了,他,齐拉格·南多尔,近期在欧洲主要歌剧院演出过的人,不能成为行会成员,因为有人判定他属于犹太人、因为他从未正式皈依于一种"可接受与被认可"的信念。尽管这很伤人,但实际上并不重要;他早就认为自己作为艺术家的职业生涯已经结束了。

他依然坚持认为没有比伊尔莎的疾病更加难以想象的巨大打击了,即便一九三九年第四号法令已开始生效、在公共生活与经济生活领域对犹太人加以限制。其一般性原则精要——立法院的第七○二号文件——出现在报纸上。这份文件太容易理解了。

就在该法通过之前,该国的西部邻居德国已然采取了坚决行动驱逐犹太人,欧洲许多其他国家旋即紧随。

圣母啊,他想道,我们会被驱逐吗?他想象不出怎么会这样。

犹太人越来越被认为是一个特殊种族,与所有其他人大相迥异。

齐拉格·南多尔发作了一次。他又吼又嚎,以至于上来了五人才把他压住。镇上传言说他已经染上了他妻子的疾病。他会在街上拦住行人，恳求他们读一份印有那个法令前言的皱巴巴的报纸，怀疑地、痴迷地一遍遍重复道："我，竟不是匈牙利人！我，在欧洲最大的歌剧院用自己的匈牙利名字为我的祖国带来荣耀的人？匈牙利话说得完美、而一个音节的希伯来语都不说的人？其祖先为争取匈牙利的自由于一八四九年被处死的人？难道这儿所有的人都彻底发疯了吗？"

他会朗读从那卑劣文本中弄出来的冗长摘要，人们想要逃开只不过是徒劳；他们不得不全部听完，因为他会扯住他们的袖子。在最痛苦的段落处，他会不得不大口大口地喘息。

有那么一段时间，他把文件放在家族文档中。后来，他把它塞进书脊开裂破损的《父辈书》封皮里。他的儿子巴拉日自己写完这卷的时候，把它扔了出去。

在出于私利所犯下的罪行当中，尤其是可能损害本国经济基础的那些，犹太人所占、并继续占的比例远超其数。滥用包括汇率在内之金融手段的人，几乎无一例外全部都是犹太人，国家当局必须采取广泛措施以永保这些方面的滥用不至损害国家之经济前景。

法律用词"犹太人"与"犹太"乃指欲对其实施特别法规之族群。相较之，"以色列"则用于界定持该信仰之族群。法律纳之于"犹太人"这一术语之下者，未必等属于以色列信仰之持有者，犹太人之范畴更为广泛。

犹太人在立法部门、执法机构及地方政府中所扮演之角色，以及行使与此相关之选举权方面，法律均有所限制；

犹太人对官署公职之参与将彻底予以取消；

法律、工程、医学、新闻、戏剧、电影行会之犹太成员比例特此限于百分之六以下；

禁止犹太人于新闻、戏剧及电影公司担任涉及理论与艺术指导之职位；

犹太人不再持有或受颁地方当局所准许持有之证书；

公共交通与运输领域之犹太企业数目将逐步减至百分之六；

一般而言，工商执业执照禁止授予犹太人、直至此类执照与证书数量低于总数之百分之六；

贸易及其他收入行业中受雇之白领犹太人数量一般将不超过百分之十二；

内阁特此准予采取措施促进犹太人移居国外；

最后，

将采取法律步骤以确保任何蔑视法律之企图将受到严肃处理。

"好吧，也许现在是时候移民了，"当家人聚到一起时，伊洛娜说道，"如果它真会实施的话。"

"可这也是我们的土地！"齐拉格·南多尔说。"*他们*干吗不移民！"

"别喊了，我亲爱的，我的头在抽痛。你不是在舞台上。你用正常音高说话我们听得见。"

齐拉格·桑德尔前往布达佩斯，试图弄到所需公义。然而，他的老关系都被切断了，门一扇接一扇在他面前关闭。

《匈牙利》① 日报刊载的那些恶毒文章谴责佩奇当局对待犹太人太心慈手软。在齐拉格·桑德尔所举的例子中，"鞋业大亨厚颜无耻地将其鞋类售以天价，彻底地、可耻地盘剥穷人"，而他的儿子"有钱有势之犹太寡头的杰出代表、'南迪'所有者，总是为其吸食我爱国志士鲜血之犹太同胞提供食宿。"在这两个例子中，都在括号中给出了（施坦）一姓。

齐拉格·南多尔龇着牙，如同正在钉蹄铁的马。"太不着边际

---

① 报刊名为匈牙利语。

了！我有一大车的文件证明我们姓齐拉格！可话说回来，他们是打哪儿挖到那个的？"

家人很难劝阻他起诉那些编辑。结果只是火上浇油罢了。经营餐厅和鞋店的证书不久便遭到撤销的威胁。

"接下来是什么？"父亲问儿子、儿子问父亲。通过将所有权转到无疑是德国人的伊尔莎名下来保住生意，本来是合乎逻辑的，但不幸的是，这时候，应她丈夫的要求，她已被宣布为丧失管理其个人事务之能力、心智不再健全的人。

"我们需要一个阿拉达尔①！"齐拉格（施坦）·桑德尔说道。

"一个阿拉达尔？"齐拉格（施坦）·南多尔感到困惑。

"你是聋子吗？阿拉达尔！一个打掩护的傀儡！明白了吗？"

库罗茨瓦利·安迪成了这家人的"阿拉达尔"。库罗茨瓦利·安迪是出了名在佩奇的咖啡馆白吃白喝的寄生虫。齐拉格·南多尔定期给他点儿钱、登记在自己笔记本里的"安迪事务税"标题下。库罗茨瓦利·安迪因酗酒丢掉了自己在报社的工作，甚至当他正式在表面上——为了收多些钱——接手鞋店和餐厅所有权的时候都是不清醒的。在事关转让的文件上，竟把受益人的签名拼写错了两处，不过，没有人因为他把自己名字写成了库罗斯瓦利·安塔尔而在意。

德国人占领波兰的时候，齐拉格·南多尔开始疑心是不是等待着他们的未来跟伊尔莎的精神失常其实是一样可怕的。移民的打算接踵而至，但家人在目的地问题上意见不一。齐拉格·南多尔投票瑞士，董济投美国，齐拉格·桑德尔则为了袋鼠而选择澳大利亚。伊洛娜和她的父母更喜欢戈德伯姆·曼弗雷德的两个弟弟已在那里立足了的加拿大。

这是伊尔莎做出贡献的唯一议题。"德国！德国②！"她重复道。

---

① 德国男性名字。
② 第二个"德国"原文为德语。

"算了吧……希特勒就是我们不得不移民的原因!"

"不是希特勒!是德国!"伊尔莎不耐烦地回应道。她是欧洲尚不知元首存在的极少数人中的一个。

他们一直讨论到家族中大多数人都已被驱逐出境——主要是通过火车。伊尔莎从拱顶上挂着标语"*劳动带来自由*"① 的两重铁门下穿过,比以往任何时候都更为严重、可怕地发作了一回。她那两个痛苦地紧攥着她的手的幼子,被踢到了一旁。而伊尔莎自己正要像母狮跟随幼崽般扑倒在他们身后。她被踩踏到泥泞中的时候,一遍遍地踢腾呵斥着,用德语尖叫着什么。两个卫兵用他们的步枪枪托猛击她的头部、没有意识到伊尔莎实际上是在背诵德国小学四年级所学的海涅的诗,描述的是秋天景色的辉煌。(虽然那段文字在一九三六年已从教科书中撤除,与海涅一起被撤除的还有其他许多诗人,但两个卫兵肯定是在那一年之前上的学。)

齐拉格·南多尔对这一切毫无所见,因为他早就被迫与家人分开了。他算是幸运的,死在了"加拿大"。集中营里的分拣编队被称作"加拿大",因为它象征着活命,而名称本身原来是指他们作为分拣者所找到的那些数不清的财富。在"加拿大"的那些人分拣整理已被毒气致死的那些人的剩布残渣:金牙、戒指、眼镜,以及其他从被毁掉的垃圾中挽救出来的贵重物品、为了第三帝国的利益。他们默默进行的主要破坏活动,其中就有把看起来稍有一点价值的任何东西偷偷弄出来冲进厕所里去。

"加拿大"的人们怀着深切的同情看劳动编队来了又走。他们是在路途中挣扎求生、互相扶持的冥灵,各自的小小饭盒在他们的腰绳上晃来晃去。劳动编队每天被搜身,剩有的任何零碎物品都经由"加拿大人"去到了库房或垃圾焚化炉中。

在齐拉格·南多尔之后,有个长着大喉结的安静男人来到"加

---

① 原文为德语。

拿大"。从他被分配到齐拉格·南多尔旁边位置起,他只说过一句话:"弗莱施·蒂瓦达,基斯孔哈拉斯①的商人,为您效劳。"

他们等他说下一句话等了几个星期。这句话由"看!"这个词构成。

他在脏破成团的一件夹克衫里无意中发现了一块蛋形怀表。它显示了日、月,甚至年。它精准、有力的滴答声勾起了战前的美好旧时光。

"金的?"有人问道。

齐拉格·南多尔一语不发地从弗莱施·蒂瓦达手中拿了过来。他把它举到眼前看了良久;近来他的视力已经下降很多。

"认识?"弗莱施·蒂瓦达问道。

齐拉格·南多尔点点头。看到他的眼泪,他们没再问下去,这些"加拿大人"明白了一切。齐拉格·南多尔紧攥着这枚计时器,背面镌刻的花体字唤起了过去。这些凹纹一定也是以这种方式被他的父亲、祖父、曾曾祖父触摸过、感受过的,而一切都回溯到了齐拉格/施坦诺夫斯基·库尔奈。他知道,这块怀表曾被他送给了自己的未来岳父,在他单身派对的那个夜晚。那么,可怜的曼弗雷德大叔,拜赖门德的裤装之王,已经……

愿他亲爱的灵魂安息。对他而言,"劳动"的确带来了"自由"。②

齐拉格·南多尔只犹豫了几分钟,接着,把表恭恭敬敬地放入自己口袋中,请求宽宥。他喃喃念诵了一些匈牙利祷辞,还有他所知道的唯一一篇希伯来语祷词,然后将表交托给公共厕所。赞美主。③

---

① 基斯孔哈拉斯,匈牙利境内,位于布达佩斯南边。

② 引号中的词原文为德语,即前文已注释的德文标语"劳动带来自由"中的首尾两词。

③ 原文为犹太教常用祷词的希伯来语读音。

圣诞节的时候，囚犯剧院筹办了一个热闹的晚上。人们要齐拉格·南多尔表演些能让他自己高兴的东西。他谢绝了，借口是再也不会唱了。

"您会还是不会有什么重要的吗？"组织者说。"我是要跳舞的，毕竟……"他做了个轻蔑的手势。他叫莱泰伊·贝拉，曾是拉格歌剧院的芭蕾大师。他现在是所有营房中最为干瘦的人。相形之下，齐拉格·南多尔看起来几乎是肥胖了，尽管他体重已经掉了一半。

那好吧，让我们开始排练！

一到晚上，他深深弯下腰，抵着营房墙壁把自己绷紧，他很久没有这么做了。他的膈膜练习对别人没什么干扰，但他会到外面院子里做自己的音阶练唱、以为同伴们会无法忍受噪音。可是他刚一开始，他的狱友们便围了过来，对音乐之声如饥似渴。他永远无法抗拒听众：他不需要请求两次便为他们唱了自己从前的剧目。他如泣如诉的悠扬男高音高翔在笼罩着营地的黑暗之上，沿着营房一路震荡而去，以至成千上万的囚徒都听得到。从这里那里、四面八方传来了鼓掌的声音。

我成功了，终于，他想道。假如伟大的卡鲁索现在听到我的歌唱，或许他会说些赞美之词吧。

他自己用一张破床单为演出做了一套临时的小丑服装，用一根他将其尾端烧焦的树枝在上面画了些大纽扣。"笑吧，小丑，笑吧！"他为匈牙利十二个民族的观众演唱，在咏叹调结束时，一下子跪倒在地，哭了起来。雷鸣般的掌声停不下来，他却没有感知到这个。他突然发起烧来，失去了意识。第二天早晨，即便被牢头不停地踢踹，他还是无法从自己的铺上起身。他颤抖着，眼睛朝上望向空中，皮肤上出了一片片疹斑。

弗莱施·蒂瓦达帮着他走到阿佩尔广场上。他俩都被命令到那一行在栅栏边向侧楼缓慢前进的队伍里去。他们走到了淋浴厅。弗莱施·蒂瓦达帮齐拉格·南多尔脱掉衣服，把他破旧的鞋子整齐地摆在墙边。当他们在玫瑰花朵般的淋浴喷头下为生命战斗时,弗莱施·蒂瓦达又说了话。"母亲,我亲爱的母亲!"他想说话的时候是能说话的,齐拉格·南多尔想道。他想起了自己的母亲,然后是他的孩子们。至于巴拉日,他知道他是在俄罗斯的某个地方做劳工。伊尔莎或许在妇女营。恩德雷和达玛什,虽然……

他喉咙紧缩的时候,尝到了黑莓和蔓越橘的味儿。在他脑海中出现的最后图像,是一群向山上逃跑的鹿,紫红色的尘土在它们的蹄子周围打旋,鹿角刮擦着覆盖在大地之上的天空。

第十章

　　临近新年，天空变得愈发清朗。摇曳在肃杀严寒中的，是广袤无垠；年尾的憧憬、决心和希冀，都朝着天庭冉冉漂移。雾气笼罩的月轮预示出天气会更好。参差的松树枝枝杈杈从四面八方刺向空中；在它们的松果里，树种正准备开始其生命之旅。很多人从自己家中或远离它们的地方察看着天气。那些在破晓时分已经——或仍然——清醒的人们，能看见灰色云团吞没了月亮、然后是星星。像这般夜晚将近的时刻，天上那些鼓胖起来的靠垫们将自己的填充物爆溢而出，是很常见的。既不落雪、亦不下雨，反倒是各种兆头不吉的冰雹，因为它会击打屋檐、壁架和房顶。

　　办公室没有开灯，煤油灯已经除去灰尘、燃了起来。三个老妇人正在翻阅那些砖头大小的巨型事务簿，她们褪了色的蓝大褂散发出化学药品味儿。死亡的幽灵们盘桓在古旧气息中，因为每一位委托人的问询或零碎信息都涉及到它们。她们的手指因翻阅所有的文字记录而肿胀起来，三个老妇人的手在黑色大部头的宽阔页面上颤颤巍巍地摩挲。如果她们发现了正在寻找的名字，便用她们那同样弯曲的干枯指爪在页面上轻轻敲打。

　　齐拉格·巴拉日加入到队伍的最后，估测走到其中一张简陋办公桌前可能需要四十五分钟。他的胃咕咕噜噜响了一阵。微风从尤卡伊街上的面包房里携来新鲜出炉的面包香味儿，穿透了隔离效果不佳的窗户，但立刻便被弥漫在巨大房间里的末日气息覆盖了。齐拉格·巴拉日突然想起"布罗塞特尔"①。家人还在一起的日子里,他会跟自己的兄弟们为一片外皮有面包师微小标签的面包争斗到底,上面印有面包师的名字和烤面包的时间及地点。母亲严禁对"布罗塞特尔"的食用——印刷油墨是纯粹的毒药!——但他们还是照吃不误。他们凭空认定整条面包最好吃的那一口就是纸皮与面包皮融在一起的地方,其二者共同硬化成一种特别的美味。他们对那一点儿硬壳的嗜爱,胜过面包师傅因受厨师神奇感召而制作出的任何厨艺杰作,而齐拉格家的客人们对那位厨师的厨艺向来是不厌其烦地大加赞赏。

很难说清他们是为什么竟爱上了那黏有面粉的微小标签。齐拉格·巴拉日毫不妥协地执着于这个记忆,回到佩奇后的第一个停靠港便是恰萨家的面包房。那里的少妇他打小就认识,一看到是他便大哭了起来,不肯收那一公斤面包的钱。齐拉格·巴拉日在塞切尼广场的人行道边沿坐下来,一口气吃完了整条面包。他首先从里面掏出柔软的瓤芯、每次满满一把,然后才专心致志于被他撕成一条一条的硬壳。他把"布罗塞特尔"留到了最最后面。可是,它吃起来并不像当年他们——他和恩多斯②以及小托米③争抢的时候那么美味了。他心里清楚,从现在起,就连"布罗塞特尔"跟过去都不会是一样的了。

队伍中的其他人都是女性。他竭力想弄清自己会去到三个老妇人中的哪一位那儿。三张办公桌前都有委托人,而这一刻,她们三人都泪流满面。齐拉格·巴拉日倾听着那些声音——这个地球上无与伦比的声音,一直在想道,无论这世界上发生什么事,全都是以妇人们的哭泣告终的。可如果一个人至少仍处身于哭泣的妇人当中,就还不至于糟糕得像……他们,至少,是活着的。

---

① 面包的商标,由 brot 和 zettel 两个德语词组成。
② 恩德雷的昵称。
③ 达玛什的昵称。

他被告知费时最长的程序是正式宣布某人已经失踪，而他则希望其他人由于其他原因已经回来了。当其中两位老妇人满怀歉意将身影消失在被称作档案库的地下室里去寻找旧文件时，他彻底地心灰意冷了。可是，急什么呢？你无事可做。

两个月前，他还跟其他一万五千人在"7149/2 拉格①"。主要是德国人、意大利人和罗马尼亚人。匈牙利分队来了一千五百人左右。不断有传闻说解放在即。

"我们会被交换回去的！"是来自西尔瓦斯瓦拉德②的一位牧人小伙儿的口头禅，他在囚犯医院里截掉了一条生坏疽的腿。他从未放弃过希望，哪怕是一天之中的某一时刻；即使在睡眠中，他也不停地喃喃念叨着类似的什么。有一种普遍的信念，即，战争眼看就要结束，每个人都可以平安归家了。

总有些比较缺乏耐心的人在计划逃跑，而够勇敢的那些人有时索性尝试一下。最老的一群囚犯回忆道，有一小批罗马尼亚人成功了，据说。但几乎不消一个星期就有被警卫五花大绑、堵上了嘴的准逃犯们带了进来；然后他们会被弄到指挥所的地下室里拷打得奄奄一息。齐拉格·巴拉日曾参与了二次逃亡计划，一个也没有实现。

他是跟两个工友一起被俘的，纳吉·佐里和卡达什·皮斯塔博士，两个都是他在佩奇就认识的人。他们在维利泰大桥上被一支脚踩滑雪板、身穿白色风雪服的部队包围。其时，不仅仅是劳务营、就连整个匈牙利第二集团军都已经解散了，在一片混乱中，每个人都尽其所能地四处奔逃。他们三个正用一根棍子想敲破已结冰的冻河弄点儿水喝的时候，听到身后传来流利的俄语命令。桥上有一百五十名士兵，一百五十个雪白的幽灵。

---

① "拉格"乃音译，原文为德语，有"仓库"、"储存"等意思。
② 位于匈牙利赫维什州境内，山区。

齐拉格·巴拉日开始向他们奔去,欣慰的暖流也开始在他的静脉中奔走。"*Dobry den! Ne strelayesh! Mi vengerski!*"①他叫喊道。他们都知道这么多;在集中营里口口相传,说这是你必须讲的话。然而,他受到的不是迎接的怀抱,而是手枪枪托砸在了胸口上,那么狠,以至于他从桥上摔下去,只是恰恰被他的伙伴们拽住了。卡达什·皮斯塔博士懂一点点法语,开始用卢梭②的语言解释,说他们是匈牙利的犹太人,由于自身的血统之故而被逼进入了布雷区。那个俄国军官肯定是完全理解错误,因为他对"布雷区"这个词嗤之以鼻。"*Shomp de mean?*"③他恶狠狠地重复道,接着朝他打了过去。齐拉格·巴拉日和纳吉·佐里是会冲着卡达什·皮斯塔一动不动的身体跪下去的,倘若他们没有被枪抵着带走的话。

他们在那个"拉格"再次相遇。他们不明白自己为什么会沦落到这里,跟纳粹国防军和其他常规部队的成员在一起,可是无人可问。纳吉·佐里出生于拜赖门德,对戈德伯姆一家相当了解,胡拉契科家④也是。他们还没听说这几家人的所有成员都被驱逐出境,且未能留下一个人来讲述他们的故事。纳吉·佐里曾经在佩奇的伊丽莎白皇家大学攻读法律,直到他被第二犹太法令逐出校门为止。由于同样的法令,齐拉格·巴拉日甚至都不能申请。卡达什·皮斯塔博士则是一名律师;他被一九三九年的第四号法令逐出行会,此后便试图用笔名写作并出版来谋生。

---

① 这是一句用英语字母拟音的俄语,相当于英语的 Good day! Do not shoot! We Hungarian!(日安!别开枪!我们匈牙利人!)

② 卢梭是法国十八世纪启蒙运动中的主要思想家、文学家,对整个欧洲世界影响重大且深远,所以,即便不是法国人,只要受过教育,基本上都不可能不知道卢梭,同时,卢梭也代表着年轻、进步的思想。卢梭的语言,在这里意即法语。

③ 原文 Shomp de mean 乃法语词"布雷区"(champ de mines)的读音拟写。俄国军官不懂法语,只是在重复近似的发音。

④ 即齐拉格·巴拉日的姨父的家族。

他们三人在同一天被召集到劳务营。齐拉格·巴拉日没有感到太过烦乱。这已经是他第四次被召了，三次都是他父亲设法解决了问题，把他从召集名单里弄了出来。他以为父亲这次能做同样的事。

标记着 UHI①——紧急、迅速、立即——的召集文件中说，他们将前往纳吉卡塔②。他与纳吉·佐里和卡达什·皮斯塔博士结伴下了火车，仿佛他们是在求学之旅中的年轻人、在世上无人照应；在连队总部的院子里，他们一下子就转而变成了炮灰。朝他们口齿不清地大声吆喝的军官使他们明白了：如果他们迄今还纠结于当自己是人类的错觉中，那他们就得立刻忘掉这一严重误解，因为，他们不过是肮脏的犹太人罢了。他们不能对警卫人员说话；他们只获准回答问题——如果被问到的话，而且，即便在那时，他们也必须站在三步开外的地方。他们的个人财产须放到桌子上，而他们应与它们告别。他们的钱包也是照样：他们可以保留最多五十个帕戈③。不准接收从家里寄来的包裹。他们的信件将受到审查。他们每个月可以接受一次至近、至亲者的单独探访。他们不可以吸烟——既然规定中并没有配给他们烟草的份额。他们有义务昼夜佩戴黄色臂章。犹太血统的基督徒收到了白色臂章，而共产主义者和其他罪犯则是带黑色圆点的黄色臂章。他们有义务照料好自己的规定制服；他们有责任为它的任何损坏支付费用。星章④不可佩戴在他们的营帽上。

齐拉格·巴拉日忍不住放声狂笑。他觉得可笑的是，任何肮脏的犹太人都应得到一枚军帽星章，而一俟到达便又要小心翼翼地摘了下来。他的幽默感换来的回报是被大嗓门的军官五花大绑地捆在了树

---

① Urgent，Hurry，Immediate 三词的首字母缩写，即破折号后面解释的三个词意。
② 位于匈牙利布达佩斯附近。
③ 帕戈，匈牙利旧货币，于 1927 至 1946 年间流通，后被福林取代。
④ 小圆花结装饰，上面有作为犹太标志的六角星图案。

上，他们很快便知道此人乃是利波特·姆莱中校，在劳动营的工人们中间被称作纳吉卡塔的刽子手。他的手臂被强行扭到背后，肩膀都快脱臼了，被捆在树上的头三分钟里便已疼痛难忍，五分钟后则扩散到他的全身；到第八分钟时，他已经失去了知觉。在姆莱中校的命令下，一桶冷水让他活了过来。纳吉卡塔的刽子手对其受害者的昏厥并不热衷；得让这个肮脏犹太人在每时每刻都能体验到他们的惩罚。

他除了意识到自己不再享有任何形式的保护之外，无法可想，没有选择。随后而来的是几个星期的"训练"，而每天的高潮部分则是五点钟茶时——姆莱中校自己的独家发明：下午五点正——他们称之为"十七点零零分"——为此目的而中选了的犹太人被赶进总部的地窖，在那里，只要他们身体的任何部位被察觉到动了一下，劳动监管人员就会拷打他们。令人毛骨悚然的求救尖叫声或许周围的村庄都能听见。齐拉格·巴拉日从来没有中选，纳吉·佐里中了两次：第一次他回来的时候手臂骨折，第二次则是胫骨碎裂。他们被弄上货车作为第十四轻步兵的一部分押往前线时，他仍然一瘸一拐的。坐了几天的火车抵达列奇察①，他们从那里继续向东步行。

他们到达顿河②的时候，人数已经减少了一半。监管人员变得越来越歇斯底里，但导致死亡的主要原因是冻伤和体温过低。很多人停在路边，茫然的脸庞扑进雪地，还以为打个盹儿就会晃晃悠悠再次挣扎起来。士兵们知道没有在他们身上浪费子弹的必要。

劳工们的工作是修建雷障和铁丝网栅，以及修复被俄国游击队员们一再炸毁的铁路线。这项西西弗式③的任务似乎越来越没有意义；

---

① 现位于白俄罗斯境内。
② 俄罗斯在欧洲部分的河流。
③ 西西弗是古希腊神话中的人物，因得罪神明，被罚推巨石上山，但每当巨石到达山顶便会滚落，须从头推起，如此往复，无穷无尽。比喻徒劳无用。

有时候引擎只能开动半天时间。齐拉格·巴拉日算了算,他们在两个星期内将轨道折弯、炸掉以及炮轰的次数不会少于九次,而枕木则烧毁变成了炭。

在寒冷的一月份,他们接到命令去为正规军扫清道路;也就是在一片林间空地上挖地雷,在它的远处,一些高大的松树被猛烈疾风扑打得弯折垂地。劳动营里传闻四起,说那片森林已经提前隐蔽了几支俄国军队。齐拉格·巴拉日不相信这个。那些松针让他想起"巴拉顿－塞梅什"、爸爸的度假小屋。如果他们是在那儿会怎么样呢?当一个人不得不趴在地上用战壕铲从冻土里掘挖杀人地雷、而它们当中的任何一颗都有可能随时爆炸的时候,shetsko jedno,① 不管树林里是否有俄国士兵。

树影中有动静。他们相互发出嘘嘘声伏低身子。一只小小的山羊出现了,轻轻地蹦跳向雷区,开始啃食可口的绿灌木丛。劳工们屏住呼吸看它何时被炸上天去,但那只山羊似乎太轻了,无法引发爆炸——地雷已被设置为感应一个人的体重。齐拉格·巴拉日怀着极大的喜悦看着那头奇妙优雅的生灵。俄罗斯山羊与匈牙利山羊很相似,只不过它较为纤小。纤小得多的多。

大约就在此时,八俄里开外的地方,俄国人发起了进攻。他们突破了前线的中间地带,在德国、意大利和匈牙利军队之间楔形推进。齐拉格·巴拉日的劳动营几乎被彻底摧毁。然而,他们三个人由于某种奇迹而成功地活了下来。

纳吉·佐里、卡达什·皮斯塔博士和齐拉格·巴拉日由于惺惺相惜、志趣相投,总是在一起。别人把他们仨叫做"法律精鹰"②。他

---

① 俄语拟音,即"无所谓"的意思。
② 字面意思是"法律鹰",实际意思是指优秀杰出的法律人士,故此处综合音意译为"精鹰"。这三个人都与法律有关:一个曾是律师,一个曾在高校学习法律,至于巴拉日,则曾有学法意愿。

283

们组成攻守同盟,彼此承诺要用团结的力量在战争中活下来。纳吉·佐里没有守住这个承诺,他在装载原木时突然觉得头晕目眩,被坍塌砸落在他身上的枕木和原木撕成面目全非的碎片。他那点儿几乎没有什么的财产被平分。齐拉格·巴拉日最后分得一本书和一张照片。一个黑发鬈曲的女孩儿从照片里回眸浅笑,带着难以抑制的乐天神情,穿着柔软面料的泳衣,在海滩之类的地方,靠在一堵白得刺眼的墙壁上。在照片背面,有纳吉·佐里的精心书写:"尤丽,真正第一次。一九四三年八月二十一日。"齐拉格·巴拉日琢磨了很久,一九四三年八月二十一日真正第一次到底是什么、怎么回事。

那本书是世纪之交出版的一卷"家庭手册"。齐拉格·巴拉日试图猜测纳吉·佐里为什么会选择带着这样一卷专业书籍投身战场,但从藏书票①上所说的"孔德拉切克·海尔格的财产——概不外借,即便是你!"来看,他猜佐里也是找到它的,或是像他自己这样接手得来。

在他最艰难的时刻,总是在这卷书中找到了避难所。如果饿极,他就阅读所有聪明的家庭小窍门,还有令筋疲力尽下班回家的丈夫眼花缭乱的五六道菜的大餐。如果很冷,他就学习编织花样。如果被跳蚤困扰,他就研究洗涤和熨烫技术。三百六十五页的书他每段都熟悉。他怎么读都读不够。

    任何理智的绅士都不会严肃考虑婚姻的,除非他每年至少拥有三千克朗的收入。假如一个人节衣缩食、独自过活,一千克朗足以为生。一对已婚夫妇至少需要两倍,但最好是三倍、尽可能地多。

    一对中产阶级年轻夫妇能在三房的寓所中相当舒适地安顿下

---

① 贴在书的首页或扉页的艺术标签,起源于15世纪的欧洲,多为小版画,用以标明藏书属于谁。

来。一间卧室、一个休息室和一个饭厅足以适合官员、公务员或收入拮据的年轻商人居住。今天，租住没有浴室的寓所不再是理智的选择；修建一间，亦非现代习惯。老式的彩陶室内浴盆或盥洗盆不再符合现代清洁标准。

独立的接待室，或是现在匈牙利对它的时尚说法——沙龙，必须是奢华的，毕竟总是有可能好好装饰客厅一番，使之具有接待室的功能。

中产阶级的接待室扮演的角色具有不同寻常的重要性。这是该家庭的核心部分、女主人的自豪所在；这里有最昂贵的家具和最抢眼的装饰。一张压皱天鹅绒或印花丝绸面的沙发贴墙放在正中位置，在其两边则各放几张扶手椅和配有软垫的单人靠背椅、围成半圆形。桌子上放一个访客名片架和一些精装书。窗扇配以褶皱颇丰、布料厚重的窗帘；墙壁及家具上则是各种尺寸的绘画与照片以及装饰碟盘、马卡特风格①的花束及瓷像。在这里，我们可以招待更多的远亲、熟客、生意联系人；这里还能举办家庆活动。

读到这儿，齐拉格·巴拉日的眼睛里充满了泪水。他想起自己祖父在阿帕查大街的房子，然后是奈波穆克街上的那栋，共进周日午餐。落地大摆钟敲响了十二下的时候，爸爸给自己倒上一丁点苦味剂仰脖灌下。女仆铺好大桌子。半小时后，厨娘来送信儿，通过她，全家便能在桌边济济围坐。爸爸坚持要他们盛装出席这种场合，并让三个男孩轮流到面带机械微笑、因药物作用而目光迷离的伊尔莎那儿去，仪式性地吻一下她的手。他本人则在他们之后依样而做。

---

① 原文为德语。马卡特指的是19世纪奥地利画家、设计师、装潢师汉斯·马卡特（1840—1884），对维也纳上流社会文化风尚影响很大。

"不胜感谢!"① 伊尔莎吟诵四遍,如录音般一模一样。

在"7149/2 拉格",时间已经磨得几乎处于静止状态。他不能再从这里往家里写明信片,红十字会的俄罗斯和匈牙利式的明信片,上面预先印上了"战俘寄送"字样。明信片上留的空间只能写很少几行字,但齐拉格·巴拉日就连那些都不需要。我很好。你们大家好吗?尽快回复!他从未收到过回音。他经常尝试想象再次见到自己心爱的亲人们和故乡会是什么样的感觉;有时候他甚至都梦得到。在梦中,他通常都是个孩子,正在穿过奈波穆克街那所宅院的拱形大门;那是在深夜时分,他的母亲和父亲坐在炉火旁(虽然在阿帕查大街的那栋房子里才有壁炉)、烛光里;当他走进去的时候,他们会认出他来,然后母亲会用带有德国口音的匈牙利语说:"上楼睡觉去,快点儿!"而他则是遵命。

他是就快患上抑郁症的卡达什·皮斯塔博士的精神支柱。"你会看到的,我们将离开这里、回到家中,比你能想象的还要快!"

到了晚上,他会让他讲故事。卡达什·皮斯塔博士的故事最后总会扯到他做律师的那些年,而他言语方式也会转向法庭上所使用的那种,措词迂回冗长,佐以大量的"那么、现在"和"请注意"。他向齐拉格·巴拉日展露了一个后者试图进入却徒劳未果的世界,虽然家里每个人都认为他命里注定是要站律师席的。还在读小学的时候,他就在餐桌上发表了为控、辩两方所做的演说。

"好啊,非常好,② 我亲爱的法律顾问!"他的父亲说道。

在学校,齐拉格·巴拉日最出色的成绩是在希腊文和拉丁文方面。他只需稍加阅读便能背诵荷马、维吉尔、奥维德的诗作。拉丁文似乎也是通往法律职业之道路上的里程碑。

"我知道自己长大后会成为律师的!"

---

① 原文为德语。
② 叫好的话原文为意大利语。

"你怎么知道的?"卡达什·皮斯塔问道。

"在我们的家族,头生子知道很多东西。我不知道为什么会是这样。"

卡达什·皮斯塔博士继续对这件事问东问西,直到他无可奈何地解释了齐拉格家族的这些东西是怎么回事。卡达什·皮斯塔博士怀着愈益不安的心情听着。有的人一夜之间便丧失理智彻底疯癫,这在拉格迄今已不是第一次了。他不敢质疑这个故事;而是做进一步查探,希望他的朋友会突然放声大笑、就像是开玩笑的人那样。然而,齐拉格·巴拉日固执己见,坚称他由于某些神秘原因能够看到过去和未来。

"那你也知道我们将命绝于此吗?"

"不,我只知道会有难而已,有大难。关于它发生的方式,那些图像、影像经常都是模糊不清的。"

"但要是这样,假如你爸爸也知道……会发生什么事,你们为什么不在还可以移民的时候移民呢?"

"这也是一直令我不解的事。也许看见是一回事,而相信你所见却是另一回事。"

"嗯……你不会碰巧看到我们是否会离开这里吧?"

"我告诉过你了:我们会回家的,比你能想到的还要快!而且……我们的解放在某种程度上与牛奶有关……别那个样子看着我。真的,我没有疯!"

"牛奶……"卡达什·皮斯塔博士叹了口气。齐拉格·巴拉日说出的话里,没有比这更不着边际的了。"7149/2拉格"的囚犯们从来没有见过任何牛奶;他们最可能看见的,是那种黏糊糊的白色凝结物,即便搅拌到劣质咖啡代用品中还是会让你恶心作呕。它是装在齐拉格鞋店售卖齐拉格鞋油所用的那种金属罐里拿来的。

在伐木方面,证明齐拉格·巴拉日长的是两只左手,但他在估量树干尺寸和计算其体积方面,却颇为擅长,俄国警卫们很快便让他负责制作调度笔记的清单和最终数据。齐拉格·巴拉日学说俄语的速度非常之快，而且因此能偶尔充当一下翻译。他在自己能力所及的范围内尽其所能地确保卡达什·皮斯塔博士一直在身边，但这并不总是管用：体质羸弱、长着鹰钩鼻的卡达什由于某种原因，不招俄国士兵的同情。齐拉格·巴拉日在身体方面肯定与他们更加相仿，小而锐利的灰色眼睛，很长但有点罗圈的双腿，以及他在拉格长出来的黑色大胡子。冬天又来到时，他穿戴了俄国警卫们扔掉的棉服和乌斯汉卡①，这个印象就变得更加强烈。

如果有谁奉命进城去拉货，会被认为是得了一个特殊的恩惠。他们离开拉格，乘着两辆双层轮的卡车通过了几道铁门；这是最激动人心的时刻——当你把铁丝网抛在了身后。每个驾驶室里都有一名俄国士兵坐在司机旁边，囚犯们站在车的后面，晃晃悠悠、颠来荡去。在回来的路上，他们可以躺在拉回的货物上，手脚并用地牢牢抓紧。有时候其中某个人可能会从卡车上掉下去。卡车便会刹车、倒车，两人奉命将尸体扔到后面，而且一路上都得想方设法保证它不会再掉下去。活着还是死了，俄国人并不关心，但一具尸体就是清单中的一个条目，得有所说明才行。

齐拉格·巴拉日经常被选作运输人；卡达什·皮斯塔博士则罕有获选。有一次，卡车要出发前往城镇遥远的另一端。他们很少被告知要去哪里；等到了那儿再告诉囚犯他们的职责是什么就够了。这回他们开车来到一个院子里，围着涂了柏油的木栅栏，他们看到那儿有一个类似谷仓的木结构建筑。这些囚犯跳下车，立刻点上了烟；到了这儿，警卫准许这一行为。其中一人走进办公室，另外那个则跟一个胖女人开起玩笑来，她看起来像是管仓库的，正在抽一根像军人抽的那种短粗的雪茄。他的同伴很快便回来了，示意齐拉格·巴拉日走近

---

① 俄罗斯人冬天戴的一种帽子。由动物皮毛所制，两边耷拉着耳罩，可以将脸的两侧遮住保暖。

些:"你进去,把奶罐搬出来,到卡车上摆成一排,在它们上面再摆一排,明白了吗?"

这栋建筑是苏联集体农庄的牛奶收集站。体格健美的妇女们负责那个从天花板上垂挂下来的硕大龙头,从它下面把重型奶罐一次一个地拖出;这在硬木地板上弄出哐哐当当的巨响。囚犯们眼巴巴地注视着浓稠的奶流从龙头里涌出。妇女们给了他们一些。他们几乎所有的人都用那些木雕碗喝了个够,甚至太多,纵情滥饮导致许多人严重腹泻了一阵儿。

连队开始往外搬奶罐的时候,齐拉格·巴拉日站到一旁方便。卡达什·皮斯塔博士也跟着照做。

"后面没有围栏,"齐拉格·巴拉日说道,"数到十,然后……"

卡达什·皮斯塔博士看上去很震惊。齐拉格·巴拉日毅然向木结构建筑方向大步走去,他则如影子般跟随其后。他们准备随时会听见咆哮的俄语命令和拉开枪栓的金属碰击声。可是什么都没有发生。他们越过了围栏缺口部分的时候,撒腿狂奔,跳过弯弯曲曲的小溪流(齐拉格·巴拉日觉得很眼熟),以便尽快到达芦苇荡;在这里,他们更有机会躲开向他们射来的子弹。但是没有子弹。他们尽自己的双腿之所能起劲地奔跑,没膝于沼泽泥泞中,在紧贴他们手脚的苇草里磕磕绊绊。他们跑了三刻钟,形影不离地进入芦苇荡深处。第一个瘫倒在沼泽里的是卡达什·皮斯塔博士;齐拉格·巴拉日在他头顶上站住,呼呼哧哧直喘粗气,不停地回头张望。除了他们气喘吁吁的呼吸声,便是寂静;只听得到他们汗珠滴落在积水里的声音。我们已经有了牛奶,那么,齐拉格·巴拉日想道;可现在怎么办?

两株垂柳标志出溪水在冬末洪水改变地貌之前曾经流过的河床轨迹。他们爬上较大的那一株把自己身上弄干。脱掉了衣服的他们冻得瑟瑟发抖,一边在寒风中"嘶嘶"着,一边用他们的衣服拍打自己和对方。

"咱们继续跑吧,趁他们还没赶上来!"卡达什·皮斯塔博士说道。

"放松些。穿着湿衣服咱们一定会生病的,摆在咱们面前的是一个漫长的旅程……如果幸运的话。"

"是的,如果……"

他们等到衣物稍稍干了一点儿,便继续上路。齐拉格·巴拉日坚持沿着河床走,认为这是确保猎犬嗅不到他们踪迹的最好办法。他小时候在卡尔·麦①写的红印第安人②故事里读到过这类东西。他在前面奋力开路,靴子喷溅起泥浆。他的身后跟着走得比较慢的卡达什·皮斯塔博士:他无法想象他们靠步行怎么能去到任何值得去的地方。他越来越觉得冷,饥饿在他的胃里冻成冰冷的一团,恳求齐拉格·巴拉日停下来喘口气。

"不可能。如果我们能熬过第一天,我们就有机会了。来吧!"他挽住他的胳膊,一路拉拽着他。

急行军一直持续到夜幕降临。接着,齐拉格·巴拉日再次找了一棵合适的柳树,树干上生出四个主要分枝;他们爬上最粗的枝干栖息,背靠着背彼此支撑着。

"目前为止,还算不错,"齐拉格·巴拉日说道。

"到了早上我们就会饿死。"

"胡说!"

"会冻死。"

"胡说!"

"那样我们就会无忧无虑了。"

"我得告诉你多少次:我们会回家的!"

卡达什·皮斯塔博士再也无法回答;他牙齿打颤的声音这么响,

---

① 卡尔·麦(1842—1912),德国流行小说作家,很多作品都拍成了电影。
② "红印第安人"是对北美印第安土著人的称呼,带有贬义。

不忍卒闻。这噪音刺激了齐拉格·巴拉日，他抱住卡达什·皮斯塔博士，把他像孩子似的摇晃着。吾族祖先齐拉格/施坦诺夫斯基·库尔奈在荒僻的林间空地像森林小型动物那样顽强生活了很长一段时间，尽管他还只是个孩子，拖着受伤的双腿。即便如此，他仍设法学会了如何在溪流中抓鱼。

天光乍明，齐拉格·巴拉日小心翼翼从仍然沉睡的伙伴那儿脱开身来，在树枝上调整了自己的位置，然后爬了下去。这儿也有一条小溪，比另外那条要宽；它肯定会看穿我们的。他将测试那个技巧在大约两个半世纪之后是否依然管用。人的功能在二十世纪中叶是否一如既往？鱼儿的功能是否也一样呢？在这偏远地带的森林沼泽中的俄罗斯鱼？他在溪流边俯平身子，把胳膊垂入冰冷的水中，等待食物游过。

他打了一下盹儿。水里的嘶嘶声让他醒来。在他冻麻木了的手指下不到一拃宽的位置，飘动着一条背部发着乳白光泽的小胖鱼。它小心翼翼靠近的时候，齐拉格·巴拉日觉得自己看得出它眼睛里傻乎乎的神情："这五根红棒子是什么？我从来没有见过类似的东西！"齐拉格·巴拉日采用了自己古老血亲的技巧，一直等到鱼儿碰到他的皮肤，才几乎难以觉察地慢慢合拢他的手指。假如他对此操作适时地给予足够的关注，那就会好像鱼儿已在他手心，剩下的就是突然把它抛到岸上。

他默默地数到三，猛然一抓：可是鱼儿死死黏住他的手，弄出一阵刺痛来。啊哟，它咬了我！他甩着自己的小臂，但无法摆脱它的死咬紧抓。这个晃来晃去舞动着的小小造物——它在水里看着较大、实际上不超过三拃长——不放他走，直到他用左手捡起一块石头把它砸得稀烂。他的食指血肉模糊。他用一块破布把它包扎起来，难以置信地看着它变得越发疼痛。这些日子连鱼儿都饥渴嗜血了，他想道。

他的食指在这次受伤之后再也伸不直，永远都不会好使了。但这在当时并没有令他烦心。他进一步试验，猎取其他类型的鱼。他手里攥着一打左右的鱼儿回到卡达什·皮斯塔博士那儿。他们嘎吱嘎吱生嚼了它们,争先恐后地吐着鱼刺。

在沼泽藏了两天时间,他们按原来的打算向西行进。然而,几次之后,卡达什·皮斯塔博士开始确信他们是在原地打转。"我们到过这里!"

"不可能的。"

"可我记得这棵腐烂的树!"

齐拉格·巴拉日变得不大确定了。通过太阳的升落和树干上长满青苔的一面——在学校时他们被告知那是北面,他试图找到方向。但还是……他们需要一份地图。他们迟早得离开这个沼泽森林。在没有当地人帮助的情况下,他们毫无生存机会。他想尽力弄清他们离佩奇还有多远。他知道在俄国的那部分距离是多少俄里,在这个数值范围之内,每公里多出的那些六十七米可以忽略不计。光是说说就足够令人震惊:大约有一千四百(那可是一千四百啊)公里的距离将他们与自己的出生地分开。

被集中之前,他和他的几个朋友曾经打赌步行去过布达佩斯:花了六天时间;到了夜晚,他们便询问人家是否可以在谷仓和马厩过夜。在此基础上,他们归家的流浪之旅预计将费时约一个半月,假设他们始终没有中断旅程,并进一步假设他们没有被俄国人,或是德国人,或是匈牙利宪兵抓获的话。他们迟早得穿越前线。

他们披荆斩棘行进在灌木丛林地带,带刺的枝条在他们的皮肤上撕扯着。他们失去了溪流的轨迹,却发现有从大量伤口中流出的血迹贯穿了丛林。泥泞中新鲜的轮迹表明有大车经过这里,那就意味着附近必然有一个安身之所隐藏在山丘中。卡达什·皮斯塔博士有一枚幸运硬币,他们用掷硬币的方式决定往哪个方向走。车辙稀奇古怪地左拐右扭。不久,他们来到一间木屋前,烟囱里的炊烟正冉冉升上铁灰色的天空。一条拴起来的猎狼犬注意到他们,开始大声吠叫。他们趴倒在地上,静静观望了好长一段时间。

从房子后面现出一个敦实的身影，他们第一眼望去看成是男人，但结果是戴着毛皮帽子的老妇人。她让猎犬别再那样叫，但它还是继续兀自乱吠。老妇人扔给他一个什么东西，猎犬跳起来用嘴叼住，啃咬一番之后，狂吼狠叫着吞咽下去。这让齐拉格·巴拉日和卡达什·皮斯塔博士口水直流。他们开始朝房子方向缓慢寸移，极其谨慎地在地上滑动。可那头野兽一直冲他们吠个不停，尽管他其实并没有看见他们。老妇人又给了它一阵呵斥和一块更为坚实的东西，当他们听见牙床咬得噼啪声大作时，卡达什·皮斯塔博士后背一阵战栗。

"稳住。"齐拉格·巴拉日低声说道。

老妇人这才注意到他们。她朝他们的方向凝视了一阵，接着又回到屋里。

"咱们离开这儿！"齐拉格·巴拉日说道。卡达什·皮斯塔博士泄气地摇了摇头：他觉得自己没法子站起来了。

就在那个时候，老妇人突然再次出现。她用一个木碗端来热气腾腾的食物，留在白雪覆盖的草地上。那条狗侦察到了气味，可他的链子伸不了那么远，只好眼睛血红地在周围乱扑，愤怒地呜咽着。齐拉格·巴拉日直起身来奔向食物。他想要感谢那位老妇人，可她已经再次回到屋内。碗里装的是土豆汤，旁边有两个深褐色俄罗斯面包卷。没有勺子，他们用面包卷的硬皮往自己嘴里塞食物，觉得这简直是一顿适合王子享用的盛宴。几乎肚子空空地过了这么久，他们吃饱之后都觉得身体有些不适了。

在他们似乎没有尽头的流浪过程中，以此方式接受了很多次食物。俄国老妇人们之所以如此，似乎都是希望奉命到离家这么远的地方作战的儿子和孙子们在异国他乡也能被如此喂个饱。齐拉格·巴拉日上千次地提醒自己、卡达什·皮斯塔博士则十万次，这样的经历不该让他们放松警惕。他们是在敌人的帝国，他们在那儿至少是四种军装的猎物。他们依然认定，真正的行进还是在漆黑的夜晚进行更加安全些。因为没有地图，他们向北、而非西边走了很长一段时间，几乎远至库尔斯克①。他们在横渡索斯纳和图斯卡②两条河流的时候遇到了困难;在前者那儿,他们造了一个简易木筏,而在后者那里,他们因滑落了系船缆绳而纠结,最后决定游过去。

从一个死了的德国人的肩袋里,他们找出来一幅地图、一个指南针、一个望远镜和大量马克与卢布,因此,他们现在能给自己在途中买些面包和咸鱼了。他们用地图可以更加准确地规划自己的路线:格卢霍夫、科诺托普、聂兹京③。他们是在乌克兰坡地上。他们不得不横渡两条更加宽阔的河流才能到达基辅④附近。他们在这里的一座废弃粮仓待了几天,之前的业主留下两条拴着的狗,都已经活活饿死了。

他们接着向西南方行进。饱受了几日冻雨冰雹的狂敲猛打。一天夜里,卡达什·皮斯塔博士感到身体不适,各窍俱泄地倒空了他的五脏六腑。齐拉格·巴拉日怀疑自己的朋友没救了;斑疹伤寒在这种地方无法可治。

他们搭上一辆大车。齐拉格·巴拉日担心脸上刻满深深皱纹的农民会意识到他的朋友处在什么状态便惊恐地鞭打马而去、留下他们站在那里。然而,乌克兰老人颇为坚强。他帮着把现在已神志不清、满嘴胡话的卡达什·皮斯塔博士安置在一张临时担架上,后者正在恳求他的母亲不要因为他打破了那个中国花瓶揍他哩。

齐拉格·巴拉日坐在驾驶座上。能说一点点俄语的乌克兰农民抱怨日子过得艰难,一切都被涅米茨卡毁了。齐拉格·巴拉什原以为这是当地对德国的称呼,但结果竟是河的名字。"三个村庄全都是,"乌克兰人解释道,"齐腰深的水,房屋地基都被冲走了;它们会滑下

---

① 现位于俄罗斯西南部。
② 两条河均在俄罗斯境内。
③ 前两地现位于乌克兰境内,聂兹京则位于俄罗斯境内。
④ 今位于乌克兰境内。

山去,我们就会无家可归。"接着他问他们俩是哪里人。齐拉格·巴拉日搜肠刮肚用自己所知道的词汇尽力解释。他每次用他们的词"耶弗利"① 提到"犹太人"时,农民眼里就会闪过一道恐惧。齐拉格·巴拉日丝毫没有留意;他觉得如果他们的随行证明是负担的话,这个人会说出来的。他的故事讲完时,他们沉默了片刻,然后,乌克兰人喃喃自语地说:"Ney kharasho②"。

"*是啊*。"③ 齐拉格·巴拉什赞同地点点头。

农民给了他一些玛霍卡④。他有五个儿子,他说,三个在前线,一个已经在地下,是在沃洛科拉姆斯克⑤倒下的,还有一个埋在大烟囱旁——他一出生就没有四肢。

"但愿不要死在这儿。"齐拉格·巴拉日说道。

"*是啊*。"⑥ 乌克兰人赞同道。

接着,他建议他的朋友或许应该尽快被送到杜罗奇科……杜罗奇科集体农庄在基辅西边,靠近日托米尔⑦;当局在那儿设立了一个临时的伤寒医院,不幸的患者从乌克兰各地送到了那里——流行性发作。他们说不需要提供任何形式的文件。

"你不怕被他传染上吗?"齐拉格·巴拉日问道。

"除了上帝自己,谁能知道至高上帝的安排呢?"他用斯拉夫方式划了个十字。

因为卡达什·皮斯塔博士始终需要搀扶着走路,他不得不为他多恳求来两个马车夫,直到他们到达杜罗奇科集体农庄为止。相当庞大

---

① 俄语"犹太人"一词的读音模拟。
② 俄语"好的"一词的读音模拟。
③ 原文为俄语。
④ 一种俄国烟草,质量低劣,价格便宜。
⑤ 现为俄罗斯境内莫斯科卡亚的一个城镇。
⑥ 原文为俄语。
⑦ 今位于乌克兰境内。

却摇摇欲坠的红砖建筑扛着一个巨型告示:"隔离医院"。这场景令他沮丧。这不是医院;更像是某种形式的隔离监管,其设立不是出于病人、而是出于健康人群的利益。在各式各样的附属建筑和农场建筑——甚至屋顶都没有的棚子里,躺着垂死的人们;很多人没有床,甚或连一张干草垫都没,就躺在泥地里,眼睛直勾勾地望着天。

齐拉格·巴拉日去找接待处,可是一个也没有。一个穿皮围裙的肥胖家伙正在用像小汽锅似的一只器皿在明火上煮注射器针头。齐拉格·巴拉日试着解释自己为什么会在这儿;那人没有听他的,用大拇指朝他自己身后猛地一指,说道:"第三号。"

谷仓和棚屋都标了数字。齐拉格·巴拉日让卡达什·皮斯塔博士斜靠在自己的肩膀上,把他连拖带拉地带到第三号。他路过了一个大型厩棚,里面的尸体码得足有六英尺高。他不得不停下来呕吐了一番。在第三号,他连一平方英寸的空位置都找不到。人们身体上散发出的阵阵气味刺激着他的鼻孔,终于盖住了尸体的臭味。他设法让卡达什·皮斯塔博士在另外两个人中间躺下,跟着自己便蹲坐了下去——尽管他知道在自己还没有病倒之前逃离此地才是明智之举;可他连站起来的力气都没有了。生活就是这样的,他想道。冻雨从木屋顶的板条间隙倾盆如注,把他带病人来时弄的一脸汗珠洗了个干净。把卡达什·皮斯塔博士扛了这么多公里,只是为了死在这可怕的洞窟里……这番努力煞是可叹。

在这里,他坚如磐石的信念第一次动摇了,他会回家、仍有未来的信念,在奈波穆克街的房子里,餐桌又会铺上窸窣作响的锦缎桌布,用藏红花调味的肉汤会在瓷盘里冒着泡,家里的四个男性成员会轮流亲吻妈妈的手(在这一景象中,妈妈还是健康正常的),而接下来很长一段时间里,听到的只是碟子上的餐具和落地大摆钟不间断的滴答声所奏出的音乐。

他试图弄清自己在不可分割的时间里所处的位置,在脑海中为他们的流浪天数添上号码,而得出的结论是,或许是四月二十九日。后天是妈妈的生日,他想道。他几乎要哭了出来。一个脸部溃烂的秃头男人给了他一块破布:"给!"

他过了一阵才回过神来,自己听到的话竟是匈牙利语。他很想高兴地拥抱那个人,但紧接着常识便占了上风,他没有接那块破布;毕竟这是伤寒病院。他问这里是否还有更多的匈牙利人。

"曾经有。现在剩下的只有我们四个人了。"

他们都是从同一个劳动分队来到这里的。这个溃烂的人对此做了详细叙述,讲了他们所受的各种苦难,而且肯定是希望齐拉格·巴拉日及其同伴也报之以他们自己的故事,可是,巴拉日的精疲力竭甚至压倒了他的饥饿感,才说了一半就睡着了。

他被一声刺耳尖叫吵醒。炫目的白炽灯光、混乱的红色闪烁、汽油味儿、至少五种语言的绝望呼喊。在一片混乱中,齐拉格·巴拉日能清晰辨别出匈牙利语说的话:"着火了!他们放火烧谷仓了!"

能够站起来的那些人如怒兽般向侧墙处猛扑过去,尽管它们已然烈焰熊熊。在一个角落里,有人设法破松了一些板条,人们可以一次一个地从洞里通过。齐拉格·巴拉日也拼死杀出了自己的路,可他刚设法离开猛烈燃烧的建筑物,便惊讶地看到那些跑在他前面的都倒了下去。草地有这么滑吗?在自己的这个问题得到答案之前,他便听见枪弹爆炸之声,感觉到一些子弹击中了他的身体:两挺机枪从院子那边嗒嗒嗒不停地扫射,像割稻草似的,将那些如同有生命的火炬一样正在逃离的人们撂倒在地。在失去意识前的最后一刻,他明白了:这些混蛋想除掉传染病人。

他严重烧伤,躺了三天,冻结在自己的血泊中。他中了两枪,一处在肩膀上,另一处是肚子;后一颗子弹穿其背而出。当他再次苏醒,已是清晨。他有时间考虑该怎么办。他疑心自己要是被发现了的话就会一切都玩儿完。他们可不会需要什么目击证人。他应该无论如何把自己尽可能远地拖拽到树丛那儿去——就是他和可怜的卡达什·皮斯塔博士来的那个方向。但他没有力气离开,连坐起来都不行。他决定装死，直到夜幕再次降临。事实证明这是更容易办到的事，因为他很快就陷入深度昏厥中。最初他能清醒几分钟，后来则是几个小时。他看到他们纵火焚烧的是二号到四号谷仓。这么说，当局已决定是时候清洗这所临时伤寒病院了。这一切没有人会相信。

他的周围区域似乎已荒无人迹。或许除了他没有人活了下来。但一号、五号谷仓怎么样了呢？唉呀……到处都一样。

第二天夜里，他成功地将自己拖到了树丛里。没有发现人迹；他不得不让自己摆脱掉的，只是一条流浪狗而已。他在这些枞树里藏了六天左右，再次以溪流中的小鱼和树木上的苔藓为生。当他剥下自己的衣服，惊恐地发现有些地方的皮肤和衣服黏合在了一起。他的眉毛已经被火燎掉，一些头发也是，还有胸部和手臂上的。整个身体都受伤溃烂、疼痛不已；有些地方开始生坏疽。就是这样了，他想道。这不是哪个人能熬过去的。他的体力消退得很是迅速，直到他意识到自己已动弹不得。他任由灰色的无助之感如裹尸布般笼罩了自己。

他醒来时躺在一张临时的床铺上，盖着散发着麝香味的毯子。

"我是在哪儿？"

"在切波洛夫。睡吧！"一个悦耳的女人声音用俄语说道。

他顺从了。在发烧的梦境中，他看到自己的父亲在唱歌，穿着一套小丑的服装，对着与7149/2拉格非常相似的听众们。

当他又一次恢复意识时，杏眼的亚美尼亚护士告诉他说，他在一所营地医院中。

"我是怎么到这儿的？"

"不清楚。"

他一直没有发现究竟是哪位好心人挽救了他的性命；他只知道自己是从一辆停在营地医院前面的卡车后面抬下来放在空担架上的。医生相当肯定地认为，他的恢复无疑是个奇迹，因为他的身体已经被二度烧伤所覆盖。他的背部、胸部和右小腿在他们开始治疗时已经满是坑坑洼洼，以至他在有生之年都不会在别人面前脱掉衣服了。他的面部只有嘴的左边留下了火柴盒大小的一块伤疤，在很多年里每动一下嘴唇便火烧般疼痛。这是他不大愿意笑的一个原因。

他从这间医院再次转移到一个"拉格"，这次是189/13。一九四五年的春天，他从那里回到自己的家乡。最痛苦难熬的是最后那三天，火车停在别列戈沃、穆卡切沃①，然后在边界上似乎几个小时都不动上一动。事实上，他们在那儿被告知要离开火车。齐拉格·巴拉日没有流连，迅速步行到了尼赖吉哈佐②。与他在俄罗斯和乌克兰步行的距离相比，这应该是一种愉快的小小散步，但由于所遭受的持久损伤，现在他走得缓慢而笨拙。

在尼赖吉哈佐，他搭上了一列货车，足足花了一整天才好不容易抵达被炸毁的东站。开往佩奇的火车从南站驶出。假设有火车的话。其他人会发生什么事呢？他备受种种预感的折磨。他觉得自己无力径直继续他的旅程。

布达佩斯的废墟极不情愿地接待了他，寒风刺骨，行人带着敌意离他远远的，仿佛他是个麻风病人。齐拉格·巴拉日以为他们是被他双手和脖颈上的大面积创伤吓退的，他还没醒悟到自己身上散发着何种气味——他好不容易最后洗的一次澡是在别列戈沃火车站站台的水泵那儿。

他试图找到爸爸的一位朋友，罗兰叔叔，他过去经常到佩奇造访他们。他是在歌剧院工作的钢琴调音师，喜欢对人吹嘘有多少到访的世界著名艺术家称赞他的工作。罗兰叔叔住在哈约什大街，可是当齐拉格·巴拉日按响大厦里走廊上的门铃时，只有一个泼妇似的女人从泛黄的花边窗帘后面往外窥探，反复地尖叫道："他不在！"

齐拉格·巴拉日在走廊里坐下来等候。这个母夜叉跟罗兰叔叔有什么干系？大厦里这些寓所里的住户们来来去去，从他身上跨过。第

---

① 两个地方都在乌克兰境内。
② 现位于匈牙利境内。

二天早晨醒来时,发现一只狗在舔他的脸。从遥远的走廊尽头,它的主人冲这只狗喊道:"邦迪,不要!顽皮的小家伙!恶心!邦迪,这儿来,小家伙,马上!"

这只好几个品种胡乱混杂的狗离开了他,发出一声尖锐的呜咽。齐拉格·巴拉日起身拍打身上的尘土,放弃了罗兰叔叔。他一路走到南站,等来了开往佩奇的货运列车,跳上最后一节装载着建筑工地用的脚手架、锯木架的车厢。

奈波穆克街的那栋房子住了些完全陌生、甚至不会让他进去的人们。当局把这栋房子分配给他们居住了。他们对齐拉格家一无所知。齐拉格·巴拉日不想争辩,在塞切尼广场坐下。在那里,他被一位老同学撞见,为他提供了几天食宿。这个短暂的时期比劳务营、监狱和伤寒病院所有时间加在一起都更为痛苦:他在这里得到了消息。全家只有他一个人回来了。他没有父母、没有兄弟或姐妹、没有祖父母、没有姑姑或叔叔或侄女。他儿时的朋友无人幸存。甚至那个喋喋不休的邻家女孩巴布什佳也不在那儿了,跟她在一起的时候,他们总是在花园里玩妈咪和爹地的游戏。齐拉格·巴拉日曾发誓说会娶她。看来我结不成婚了,他想道。

别说婚姻,单是活下去的理由都难以找到。他搬到加尔文教派中学的大厅住下,那儿已经被改造成紧急庇护所。他躺在架子床铺上,盯着天花板。他只有战前三分之二的体重,却实在没办法往上增加一点点了。当然,他得吃到更多更好的食物才行。厨房每天一次供给热饭菜,可齐拉格·巴拉日甚至经常不下楼去领;好心人会给他拿上来。

之后他曾再次信步走到了奈波穆克街的房子那儿。在对面的防火隔墙上,他仍然可以辨认出匈牙利纳粹分子"箭十字"[1] 的招贴

---

[1] 四端呈箭镞状的十字图案,20世纪三四十年代曾被匈牙利纳粹分子组成的"箭十字党"作为标志。

画——一辆胜利的匈牙利坦克，在它的上下方写着标语和日期："一心一意！奔向胜利！"齐拉格·巴拉日看得目瞪口呆。这些凶残野兽到了一九四四年底还在鼓吹胜利？

这时候门被一个害羞的鬈发女孩打开了。她谈兴正好。她叫波卢布契里·玛丽亚，从拜赖门德来的亲戚；她在照看孩子。瓦格哈什一家到西孔达①弄吃的去了。

齐拉格·巴拉日不确定该如何表达自己要说的话。"您介意我抽烟吗？"

"请不要抽，这对小孩子们不好，"女孩说道，给他看看瓦格哈什的两个孩子，一个大约两岁，在儿童床上睡觉，另一个几个月大，还睡在摇篮里。"他们睡着的时候是不是很可爱？"

齐拉格·巴拉日只是站在那儿，试图把他毁了容的脖子和双手藏进自己的衬衫里。就算他曾经会、现在也已经忘了如何跟年轻女性说话了。他像鹳鸟似的从一只脚换到另一只脚站着。"这房子曾是我们家的。有一些东西在这里，如果它们仍然在这里的话，那是……不值钱的东西，只是对我来说有价值……家庭相册之类的一本东西……"他走向楼梯，他的父亲在那下面做了一个细长的分类橱柜。在过去的日子里，这是他存放自己音乐唱片的地方。后来这个可以上锁的储物柜给了齐拉格·巴拉日。房子的新主人撬开了它，用它存放柴火。在最底层，他们塞了些报纸，大概是用来引火的。他在其中找到了那些多少算得上完整的《父辈书》卷册。他自己开始写的最后一卷厚厚的，硬皮精装有内衬，但它是空白的、除了第一页上的这些话：我自此开始《父辈书》之最新一卷。没有别的了。就在这几天之后，他收到了召集令传票。

他紧紧搂住自己家族的过去②哭了起来，虽然女孩对这一切都弄

---

① 匈牙利巴兰尼亚州境内，离佩奇不远（佩奇今为该州首府）。
② 即《父辈书》。

不明白。他的泪腺管也已损坏,经常要点眼药水才行。

波卢布契里·玛丽亚的食指碰了碰他的胳膊肘:"但你会告诉我你的名字,对不?"

他想说的是:这重要吗?但接着他说:"齐拉格·巴拉日。你呢?"

"嘿,你没有注意!我已经介绍过自我了:波卢布契里·玛丽亚。但不会持续太久。"

"你是什么意思?"

"因为我就要做齐拉格·巴拉日太太了。"

"你要做什么?!"

"你听见我说的了。"

"齐拉格·巴拉日太太,我的齐拉格太太?"

"你的。"

"你发疯了吗?"

"没有,我生来就是疯的!"她的笑声响了起来。

她的预言在一年内实现了,后来她承认这不过是个无伤大雅的玩笑。婚宴是在拜莱门德她父母家里举办的。波卢布契里老先生跟他祖辈一样,是个木匠。

齐拉格·巴拉日去了教堂。他认识那个牧师,后者曾经是他爸爸的餐厅里的常客。"我要登记做天主教徒,"他声明。

"为什么?"

"你们是大多数……不是吗?"

这位牧师知道齐拉格家族发生了什么事。他没有再问什么,而是送他进了神学班。他跟十岁的孩子们一起听讲座学习戒律、殉道者和《圣经》篇目。

不久,他找到犹太社区办公室。拱门上有一个锈迹斑斑的牌匾:服务部转左——办公室转右。他向右转去。等轮到自己的时候,他向办公桌后的老妇人递交了他从天主教大教堂得到的证书。她好不容易读懂了它在说什么。她一脸的惊奇。"这是怎么回事？"

"我不想做犹太人。"

"我明白……那我该为此做些什么呢？"

"在登记簿上记下来。"

老妇人耸了耸肩膀，翻开相关卷册，在标头为"附加说明"的那一列写了几行字。

"你要不要收据呢？"

"我要。"

他收到盖了章的一纸文件，证明在犹太社区所保存的出生登记簿中做了以下修正：UB238/1945。在佩奇第一教区办公室的67/1945号文件基础上，申请人已于一九四五年八月二十五日当日转犹太教为罗马天主教信仰。

齐拉格·巴拉日把这张文件滑入自己的衬衫口袋里，走出去来到街上，犹如把什么东西抛到了自己的身后。自从他发现自己的亲人们都发生了什么之后，他唯一能做的，就是强迫自己不要去想他们的生命是如何结束的。但那些影像一次又一次涌上前来，而且伴随着声音和气味，没有人遭受着这些还能够保持心智正常的——他得逃离它们，不惜任何代价。如果是在室外，他就会开始奔跑，直到把自己累得上气不接下气；如果是在室内，他便迈着细碎的步子一圈又一圈地走，好像那些追逐自己尾巴玩耍的狗。他觉得如果一直这么下去，他会精神失常的。

他的一两个老熟人来看过他，他也会受邀出去；可是谈话转一圈也还是会回到这上头——他们已经失去的那些人们，而他自己便索性立即离开。惟有在波卢布契里·玛丽亚的陪伴下，安宁才降临到他身上：跟她相处起来很自然，不会有需要搜枯肠找话题的尴尬，况且她自己也说得比较多；他们在一起的时候，就像两株在草地上生长的植物。他觉得很难屈从于结婚这个想法，有很多顾虑："玛丽亚，如果我敢脱掉衣服的话，你会被那景象吓坏的，而且会对我反感一辈子的。"

"呃，现在，亲爱的巴拉日，你不知道还有比身体更重要的东西吗？"

他们在婚礼后继续与对方很正式地谈话。对齐拉格·巴拉日来说，他的新婚之夜与他许许多多祖辈的新婚之夜一样痛苦沮丧，而事实上他在那些时刻想到了他们，直到波卢布契里·玛丽亚用手握住他。"现在要关注我，巴拉日，不是过去！"

这句话被证明是一剂救命的妙药香膏。"我不去关注过去，"他用一种顽皮学童的声音反复自言自语道。当他的新娘用手指轻轻地追踪着他身上的伤疤沟谷时，他闭上了眼睛，深深地叹着气。出于某些他不得而知的原因，波卢布契里·玛丽亚朝他放射着爱情之光，他在这令人目盲的爱情中溶化了。

第二天早晨，天刚蒙蒙亮，在拜莱门德的厨房园子里，他撕下《父辈书》里所有多少有些发霉的页张，甚至他自己起头的那一本里面的空白页，小心翼翼地焚烧成一堆灰烬。接着他对封面如法炮制。第一册是最不愿意着火的，尽管它已分崩离析散了架、特别是在书脊部分，但他毫不留情。"我要放开过去，"他喃喃地说道。"我要让过去下地狱去。我要让过去过去。没有必要记住……"甚至那个"必要"也是继承来了，所以他更正了自己："我无须！**我无须！**"他极度狂热的声音抬得老高。

波卢布契里家的房子靠近拜莱门德的犹太墓地。看管人不得不早早起床去挖两个新坟，因为他的助手好几天没出现了。他的问题已经够多了。"而你无须叫喊！"他叫喊道。

主啊，请赐予我们和平。[①]

---

① 原文为拉丁语。

铅笔草图绘制的是室内的WC，监护房的居住者可以如厕的地方；或者更确切地说，是还能走动的人使用的厕所。在背景处可以看到一个双扇窗、有患者的病情记录的转角床和裸露着一条腿躺在那儿的病人。有人刚从室内的WC里出来——那人与画中的任何居住者都不相像——带着满意深情的那张圆脸面朝着自己热气腾腾的沉积物。

厕所由该医院的木匠建于三十年代，虽然这个动词可能有点夸张了，因为他只不过是在凳子上锯了一个洞，塞了个瓷便壶在里面，六十年代的时候则换成了一个厚玻璃制成的容器。后者在窟窿里有点松动，经常会导致些小事故。在律师协会的简报背面画这幅草图的时候，齐拉格·巴拉日博士已无法再使用这个室内WC；哪怕只是要抓住病床上所使用的那种便盆他都有困难。他在自己的大作下方写上了拉丁文祷辞，但深信自己在语法上犯了一个错误。然而他颇感自豪的是，自己终生都记得在中学所学的希腊语和拉丁语。他的头脑中回响着巴莱伊先生用自己烟草渍透的声调所作的表达。这方面的知识在他头脑中向来是随用随到的，就像一条心爱的看家狗那样，任何时候他都能一个唿哨便把它唤至跟前。他花了几个晚上跟自己心爱的看家狗一起，阅读自己已在雅典娜神庙印书馆①出版了的《希腊与拉丁诗人选集》。他的妻子玛琪②对此永远无法理解："他怎么对同一本旧书从来就不感到厌倦呢？"

"如果你一定要在阅读同一卷书一百次和一次阅读一百卷书之间选一个，那最好还是选前者，"他引用他的老师巴莱伊先生的话说道。对玛琪来说，这是一种异于常态的思维方式：她一次想要全部，如果不行，那她会希望尽量快点儿。

主啊，请赐予我们和平。是这样的吗？听起来怪怪的。

有时候他的脑子根本就不工作。这给他造成的痛苦远胜于任何身

---

① 雅典娜神庙一词本身有"图书馆"、"阅览室"等引申意。
② 玛丽亚的昵称。

305

体上的疼痛。原先他还对玛琪和自己儿子的来访迫不及待；现在他却不会感到遗憾了，如果他们不常来的话——假如让他们看到他现在这种可怕的样子，他是会非常难受的。他整天躺在床上，双目紧闭。

从他发誓要快刀斩断记忆之乱麻，把自己从无法承受的那一切当中解放出来，迄今已将近有二十年了。然而现在，他大脑里的聚光灯对准了他过去岁月的大街小巷，也就是说，他的人生。

拜莱门德的公墓经常在脑海里浮现，沉甸甸压在他的良心上。战后他的第一份工作是在佩奇议会刚刚重组过的运输部；他是被铁路总工程师索莫吉·伊姆雷推荐去的。他父亲在他之前也担任此项工作：索莫吉·伊姆雷前辈曾经是齐拉格·南多尔的亲密朋友。他自己现在也已被接受。每个人都被接收了。因为生还者甚少。在"箭十字党"统治时期，索莫吉·伊姆雷躲进迈切克①山区，他在那里接受过的侦察员训练帮助他存活了下来。佩奇是相对解放得比较快的，这里的主要咖啡馆都重新开门营业的时候，布达佩斯还在进行着巷战。在佩奇的主要宾馆"纳多尔"里，那个女子乐团再次组建，她们在阵容上有差距不说，她们的服装上也有补丁，但热情却是极大的。齐拉格·巴拉日就是在这里撞见了索莫吉·伊姆雷。他当时正在琢磨是否搬到拜莱门德去，以便更远地离开阿帕查和奈波穆克大街以及其他一切散发着战争臭气的东西。

运输部长使他有可能——事实上是力劝他——到佩奇大学读书。"我们将需要大量的适用人才！"

这是留在佩奇的主要原因。他们在大教堂对面租了间月租房。早晨的时候，他兜里揣着夹了鸡蛋和黄油的三明治出门谋生。玛琪则做些花边刺绣从旁帮补一点。齐拉格·巴拉日在那些日子里习惯叫她玛琪拉或我的玛琪拉格，他们都觉得这样挺逗的。

齐拉格·巴拉日在工作中与警察的运输部门有所接触。警方刚刚

---

① 匈牙利南部山脉。

接手过去的那些民兵营，他们可以开车从后门进入那里。部门主管——其父也曾是齐拉格·南多尔餐厅的一个常客——对他就像对一位老朋友，并且很快便雇用了他。"我这儿没有几个得力人手，至于脑袋还没蠢得像芥菜疙瘩的，就更少了。旧的人手不断地偷偷溜走、害怕自己会被追究责任。"

"可是，原谅我，您能看得过眼我穿制服的样子吗？瞧瞧我！"

"没有人是穿着制服出生。你会习惯它的。"

玛琪为这个机会雀跃，使出浑身解数说服丈夫接受这个职位，紧抓不放的论证不仅仅是薪水几乎长了百分之五十（现在使用脆生生的福林①纸币，取代了过度膨胀的彭格），而且还有分得一套公寓的好处。有一套自己寓所的钥匙、能把别人的喧嚣吵闹关在门外，那该是多么棒的事啊！如果你有自己的厨房，无论什么时候，只要你喜欢就能做饭，无须担心别人突袭你的食品柜。一个人泡在浴缸里的时候，没有人会来砸你卫生间的门。事实证明这一点对齐拉格·巴拉日特别有吸引力。他们一搬进去住，他就养成了泡在浴缸里阅读《希腊与拉丁诗人选集》的习惯。

他获得了少尉军衔，一年之后被转调到管理部门做代理负责人，跃过一级直接擢升为上尉，这是很少见的。他自动自觉地竭尽全力工作，以便在各方面都能与自己的职位相称。他便是这个时候被说服入党的。经过六个月的考察，他收到了自己的红色小册子。

他分配到的任务都极需细心慎重：着手教会学校、修道会和妓院的国有化改造。困难最大的是最后一个：需要动用武力将妓女从构成本镇红灯区的四所妓院里迁出来，奉命前去执行任务的警察在其中两处被投掷垃圾，而在另一处则有多宗严重伤害事件。

他尽可能对自己的童年和青春时代敬而远之。他一点儿也不为阿帕查大街更名为盖斯勒·埃塔大街感到遗憾。奈波穆克街的房子在等

---

① 一种匈牙利货币名称。

待拆迁,因为整个地区要重建成更宽的街道和马路。

内政部部长出人意料地到访佩奇警察总部。齐拉格·巴拉日被荣幸地介绍道:"他很快就会拿到博士学位了!"

部长问了几个问题,并询问了他的家庭情况。齐拉格·巴拉日采取立正姿势站着(他的上司认为不够硬朗)。"已婚,还没有孩子。"

"父母呢?"

"没有。"

"嗯?"

"我不想谈论这个问题。我可以告退吗?"他不待得到回答便离开了。

随后,他听说部长对他表现出了持续的兴趣,相信他是在隐瞒做过"箭十字党"或"霍尔蒂分子"①的父亲。几个星期后,他被召去布达佩斯到内务部工作。"如果我拒绝的话,会发生什么事呢?"他问自己的顶头上司。

"会发生的事情就是那是不会发生的。"

他以为玛琪拉会极为震惊,可他错了。这个女人喜悦地拍手鼓掌。"真是太不可思议啦,巴拉日亲爱的,你会带我去剧院吗?去看电影?还有歌剧?"

他在佩奇的最后一个任务是搬迁拜莱门德的公墓。当警察局长给他下指示的时候,他以为自己听错了。"搬迁?公墓?究竟是为什么呢?"

"因为这里将是电站所在地。工业化比死人要重要,那是显而易见的嘛。"

"可为什么需要警务人员呢?"

"因为这个公墓是犹太人的,齐拉格同志。你明白我的意思了

---

① 霍尔蒂·米克洛什(1868—1957)自1920年3月1日至1944年10月15日是匈牙利摄政王,乃反犹主义者。

吗?"警察局长心照不宣地眨了眨眼睛。

他派我去，因为……有人给我贴了"犹太人"的标牌，巴拉日·齐拉格想道。他阅读了相关文件。争端已经持续有一段时间了。拜莱门德的犹太社区和佩奇总拉比已做出攻击，他们在抗议中所使用的最温和表达是"在亵渎死者"。总拉比设法得到了议会的保证：完好无损地将所有墓碑转移到佩奇的犹太公墓。然而，两个工人一到地方就被六个拜莱门德的犹太人赶了出来。根据籍册，拜莱门德警站有四名警力，可事发的时候只有两个人，他们请求增援。

齐拉格·巴拉日下令骑警们前往拜莱门德，而且这一次是他亲自率领的。他们赶到村里的时候，他打磨得锃亮的警鞍把他臀部处的裤子和皮肤都磨了个稀烂。通往公墓的几扇大门仍为安息于内者的几个不安的后嗣提供着安身之所。一位戴着黑头巾、多少有点儿像伊尔莎的老妇人在齐拉格·巴拉日鼻子前摇晃着拳头，因此他费了好大劲儿才从马背上下来。"你们以为你们这帮人在干吗，嗯？你们把我们纠缠得还不够吗？毫无尊重，即便是对死者，嗯？"

局势被玛琪的父亲和母亲搞得复杂了，他们俩都高喊着躺在这里的全部家人的名字。"这是哪门子永远安息啊？"接着，他们突然看出来是自己的女婿。他们犹豫了一秒钟，然后决定无视他。

"这么说，即便是他们……"齐拉格·巴拉日想道。我早该明白的。他试着举起手来表示要说点儿什么。花了很长的时间才让他们安静下来。然后，他说："诸位，请听我说。命令就是命令。有了你们的帮助，我们就能挽救每一块墓碑。要是没有的话，我们就只能在截止日期之前尽可能多的挽救了。那些拖车明天就到。"

"当然啦，"令人想起伊尔莎的那个老妇人尖叫道，"搬石碑，那尸体就不用了吗？"

"瞧，我的好女士，我们动尸体干吗？最好还是让它们留在它们自己的地方，"齐拉格·巴拉日轻声而坚定地说道。他在"前线"亲眼目睹这样的场景够多了；他知道这些人会放弃的。

"你不是犹太人,对吧?不知道犹太人是什么吧,嗯?"老巫婆尖叫着,粗糙的手指往空中戳。

如同水泥板一块块离开地面、每一块都砰砰闷响着重重砸落在他心上。他告诉自己要置之度外:全都是一样的。你的亲人们甚至连一块墓地都没有!他在公墓里四处闲逛,觉得抽支香烟会有助于放松。

我不应该在自己的医院病床上抽这么多烟,他现在想道。多少人告诫过他、而且是多么经常地!他都置若罔闻:"你总得在某个时刻因某个原因死去吧。"

"对的,我亲爱的,"玛琪说道,"可到了那个时候却是不尽相同的。"

极有可能这个时候很快就要到了。尽管萨拉古博士相当乐观:"现在我们已经控制住了栓塞,对良性好转颇抱希望。"

对于能起身的良性好转,我会很高兴的,他想道。他使用病床便盆都有困难;女人们将它滑到他的臀下令他感到难堪,她们掀开毯子的时候能瞥见他干瘪、赤裸的躯体,还有他的男根——它会违背他的意愿弯到睡裤外面。他为自己的生活感到羞惭,不仅是为自己烧伤皮肤上的那些山脊和火山坑;他青春期的时候因为自己病恹恹的样子感到羞惭,战后则是因为体重增加了许多,而最近几年是变得如此干瘪、皱缩。只有在高中的时候他在女人方面还有一点成绩。从那时起,他最多不过是敢盯着她们看而已,如果谁碰巧回视了他的目光,他便会慌乱地看向一边。

现在,凹陷、无力、毫无价值地躺在医院病床上,他心里在为自己没得到足够的女性关注而烦恼。不算在学校时被偷了些吻的,他的生命中只有过三个女人。第二个他娶了。第三个——工作中的一件愚蠢情事——在因公外出时展开,并在西尔瓦斯瓦拉德的一块林间空地达到高潮。他之所以这么喜欢与管账务的伊杜什卡在一起,是因为他不用脱掉自己的衣服,所以没什么拘谨。在草地那儿,他意识到自己过去对男女互相取悦的各种方式的认识是多么错误。离婚的念头在他心里闪过,但伊杜什卡立即泼了盆冷水:"你一定是在开玩笑吧,我亲爱的巴拉日,我们都已婚,而且还生了一筏子的子女!"

"我只有一个。"

"嗯,我有三个。"

西尔瓦斯瓦拉德的记忆一再涌上前来,犹如一张没有失去光泽的明信片。自从他发誓要摆脱自己看得到过去的家族传统,这也许是他第一次允许自己的思绪在时间的峰尖上雀跃,如一头活蹦乱跳的小山羊。起初,只回来了一些战后的岁月。

他们搬进首都后,并没有利用自己那套内政部在其基什佩斯①地产上新建的两居室小公寓,因为他们有能力在的德利兹瓦卢什②的家族房子里安顿下来,低层被玛琪八十二岁的寡居姑母占据了;楼上是空的,因为这位姑母的弟弟、一个退休医生,获得特别准许,移民到他另一个姐姐所生活的加拿大去了。波卢布契里家的人暗地里希望,如果齐拉格·巴拉日上尉能搬进来住,当局便会放过他们的产业。玛琪的姑姑哈尔马特·路易莎博士一直把房子视为"别墅",而且相对匈牙利而言犹如是"巴尔干半岛!我亲爱的姑娘,这是最深层的巴尔干半岛!"

齐拉格·巴拉日被老太太的架子和恩惠激怒了,他没有采取半步行动去挽救别墅——事实上是一栋非常普通的建筑,一九四四年轰炸后,就复建得更是破败可怜;因此顺理成章被国有化了,哈尔马特·路易莎博士以及他们自己便成了租住户。

"就让咱们为他们不会分些房间给陌生人而高兴吧!"齐拉格·巴拉日表达了意见。但波卢布契里们不高兴,并且为此他们与这对年轻夫妇的来往或多或少地终止了。

---

① 布达佩斯的一个区,在历史上的佩斯城之东南。
② 也是布达佩斯的一个区。

工作的第三天,部长把他叫进去。"如匈牙利人所说,精力与健康,齐拉格同志。我希望你已经安顿好了。我很高兴地通知你,你将直接在我手下工作、起草文件。"

"明白,部长。"

事情很快弄清楚了,齐拉格·巴拉日被他的部长拉伊科·拉斯洛①当成了私人秘书来用;他自己的发言稿也让齐拉格·巴拉日来撰写。在他担任外交部长时,也确保齐拉格·巴拉日博士("暂时的"②,他说的时候使了个眼色)是分配给了他的、尽管他在形式上还保留着内政部的少校军衔。他经常叫他进去展开非正式的讨论。在他们私下接触时——亦即在关上的房门后——他马上就会建议丢开礼节客套,为此喝些用作酬酢津贴的白兰地。他总是显得兴致勃勃、善解人意。他支持了齐拉格·巴拉日正式到布达佩斯大学继续其法律学习的要求,还时不时地询问一些他所研习的课题以及考试情况。"我好羡慕啊。我宁愿去上大学。"

齐拉格·巴拉日对拉伊科·拉斯洛的感觉是毫不掺假的纯粹的敬重,甚至是钦佩之类。他必须签署"办公保密行为准则",不能跟任何人谈公事,直到他由于某种原因丢掉了职位才打破了这长达十年的沉默,他对自己老板的这种情感,对玛琪都没有说起过。拉伊科同志是一个活传奇、西班牙内战英雄,是那个童话故事里最年轻的男孩儿③,全靠个人努力成功攀上国家机器的最高峰。他是齐拉格·巴拉日的一个光辉榜样;为了他,他时刻准备着超时工作、挑灯夜战到天明,坚持不懈地钻研法律文本。他经常坐在床沿儿上把文本一而再地检查。有一次,他的目光扫到安装在衣柜门上的镜子,看见自己来回

---

① 匈牙利历史上实有其人,参见《作者注》。
② 原文为拉丁语。
③ 童话故事指西班牙内战。这种说法表明,西班牙内战对于齐拉格·巴拉日而言,是很遥远、对他没有任何影响的事件。

摇晃的时候活像正统犹太教徒在吟诵祷文。"让过去过去吧!"他命令自己的上身静止别动,且从那时起,他检查自己文本的时候便坐得笔直了。

玛琪,在床的那一边,在睡眠中翻来覆去,制造出她的典型噪音。她的鼾声打得像男人一样又粗又响。很长一段时间齐拉格·巴拉日都不敢说起,直到有一天早上他决定提一下。玛琪反诘道:"你在说什么啊,巴拉日!我怎么可能打鼾——看看我!"

"嗯,我估摸……可以肯定……"看起来这个轻灵的女人会打鼾的确不大可能。这个话题再也没有提起过。

在学位典礼上,看到其他毕业生——主要是年纪较轻的——在齐拉格·巴拉日接受栗色封皮学位证时鼓起掌来,玛琪的脸上焕发出异彩。他想知道当他介绍自己是"博士"、而且获授红色博士学位时,拉伊科同志会说些什么。玛琪为这个场合给他买了一块镌刻繁复的怀表,但对丈夫收到它时所表现出的喜悦没那么纯粹而感到失望。

齐拉格·巴拉日博士赶回部里。他的书桌上放着一个信封。里面有一个很小巧的金松果和写了字的卡片:"干得好!R.①"字母的右腿儿在饱满状态中卷曲不见了,齐拉格·巴拉日博士确信它是延续到了部长的硕大办公桌上。

他迫不及待要当面感谢他。可是,R.不在办公室,事实上那一个礼拜都没有出现。不过,他们仍然到内政部在希欧福克②的综合设施里度假去了,那里位于巴拉顿湖南岸。第二天早上,综合设施的指挥官、一位肥胖可憎的中校,召集度假的骨干们开临时会议。他向他们知会了社会主义农业自身所出现的状况:受恶劣天气影响,今年的收割被延迟,而这可能造成很严重的后果。困难之严重性要求他们这些骨干虽然是在放假、但不能对此坐视不理。"因此,我们将自愿到

---

① "R"是"拉伊科"的首字母。
② 匈牙利最负盛名的度假胜地之一。

SFAC——希欧福克农民的农业合作社——无偿地进行社会劳动,每天上午四个小时。大巴士将在八点钟从正门出发。"

这个宣布遭遇到一阵死气沉沉的静默。齐拉格·巴拉日博士举起手臂发言。"中校同志,我们今年已经一直建设社会主义五十个星期了,在我们来是为了休息的这两个星期里,我们就不能得以免除吗?"

"你叫什么名字?"中校挺起胸脯问道。

"齐拉格·巴拉日少校博士。"

"跟我说话的时候立正站好!"

"穿着运动服吗?您一定是在开玩笑吧。"

听众们的脸上流露出了真正的恐慌。他们都在糊弄自己,齐拉格·巴拉日博士心里想道。中校膨胀得像一只充了气的皮球:"绝不要认为事情会这样子就结束了。"

"我当然希望不会。"

没有人笑。这并非齐拉格·巴拉日博士头一次发现没有多少人能欣赏他的幽默了。中校命令每个成年骨干在规定的时间地点集合,穿轻便的工作服装。

"妻子们也要吗?"

中校被这个耍小聪明的少校弄得越来越恼火。"你听见我说的了:每一个成年人!"

"恐怕我的妻子不在内政部的受雇之列,所以,您的命令不适用于她。"

无论玛琪怎么恳求,齐拉格·巴拉日博士坚持让她留在综合设施里,她知道反对是无效的。于是,她上午都自己待着,穿着她的柠檬黄颜色的泳装在敦实的木桩码头上晒太阳,磁铁般吸引着男性的目光。其他妻子们则跟着自己的丈夫在锄地、拔草、摘果子。可奇怪的是，他们最后都比玛琪晒的棕褐色更加深些。①

度假村指挥官在会议记录上详细记下齐拉格少校不服从命令的事，送到外交部的党内人事部门。但是在那里，由于各级管理完全崩溃，被搁置了起来。已经好几个星期没看见 R. 了，有传言说他已秘密警察 AVH 逮捕。齐拉格·巴拉日博士完全没把这些谣言当真，相信 R. 是被委任了某种秘密任务。他坚持自己的这一观点，直到该部员工从一本传阅通知里得悉 R. 及其同伙所犯的那些罪行。

齐拉格·巴拉日博士设法进入在"钢铁与金属工人联盟"的总部所举行的听证会。时值九月，夏天渐渐变得不那么潮湿了。玛多拉街上的这幢大楼被内政部安全人员围起来做了最高级别的人员清理；这次破天荒头一回他的通行证没能保证他的优先权。他的通行证跟其他每个人的全无二致。听证会安排在上午九点开始，但在此之前聆讯室里就满满当当的了。鸦雀无声；安置麦克风的那个办公人员弄出的种种微小噪音，都被放大成一种无法忍受的尖锐吱吱声，特别是他的胶底鞋在闪闪发亮的打蜡木地板上搓来搓去的时候。

被告人被带进来时，齐拉格·巴拉日几乎认不出 R. 了：部长的皮肤变得蜡黄，他的头发被理成标准新兵式平头。齐拉格·巴拉日博士选了第五排的末尾，能引起 R. 注意的理想位置就座，但他竭尽所能也无法如愿。他甚至无法让他看见自己，尽管他们不止一次地四目相对过。难道他没有认出我来，他震惊地思忖道。

在被告席上，他吃惊地看到萨拉伊·安德拉什——他在佩奇认识的人，他怎么都难以把他想象成一个间谍，跟想象拉伊科·拉斯洛是间谍一样难。更为离奇的种种控罪加在了他们身上。R. 在大学时代是警方的眼线。据称他的煽动行径导致数百名建筑工人被监禁。他在西班牙内战期间充当间谍，后来成为盖世太保的眼线。从战争结束时

---

① 西方白人认为被太阳晒成棕褐色（即小麦色皮肤）很美很时尚，所以玛琪穿着泳衣专门躺在那儿晒太阳。

起，他便被招募为南斯拉夫特工，而且他还为美国人从事间谍活动。最近，他参与执行了暗杀国家最高领导三人组拉科西、盖罗和法喀什同志的铁托①阴谋。

R. 说话声音非常轻，人民法院特别委员会主席扬科·彼得博士一再要求他说大声些。

"你明白这项控罪吗？"

"我明白"，R. 说道。

"你承认你的罪行吗？"

"我承认。"

"全部吗？"

"全部。"

他再次嗫嚅着；他的语气让齐拉格·巴拉日博士想起在突击法律条文晦涩语言时自己的那种腔调。这段文字同样晦涩，而 R. 是以其最为言简意赅的表达闻名的。

"他是在机械说出别人要求他记住的一个脚本。"齐拉格·巴拉日博士当天夜里在厨房里叹道。

"什么？"玛琪对丈夫白天去了哪里一无所知。

"没什么……"

"我有重要的事情告诉你！"玛琪容光焕发，笑容神秘。她泄露自己的秘密时所感受到的心情，是跟她送他怀表时同样的失望。"你不高兴吗？"

"我当然高兴。"齐拉格·巴拉日博士有点儿机械地说道。他的脑子里满是关于 R. 的思绪：他一定是被下了药。他从来没见过他这么死气沉沉地呆板。

---

① 铁托（1892—1980），曾任南斯拉夫社会主义联邦共和国总统、南斯拉夫共产主义者联盟总书记、南斯拉夫人民军元帅。

如今，在重症监护室里，他能在生命垂危的病人脸上再次看见R. 在听证会上的那种怔怔的呆滞目光。他的最后一番话令人脊背僵冷：

> 我毫无保留地声明我的态度，无论人民法院作何判决，我将视之为公正的，因判决的确将是公正的。

这就是负有措辞简洁、思维清晰之盛名的 R. 口中说出的周密精巧的废话。

人民法院特别审判在九月底宣布了判决。拉伊科、索恩尼、萨拉伊获判死刑；布兰科夫和尤斯图斯终身监禁；欧根耐欧里希入狱九年。

处决于十月中旬在报纸上公布，《自由人民》① ——"自由民族"。齐拉格·巴拉日博士久久难眠，而睡着的时候，他看到自己在绞刑架上，咆哮着醒来、浑身冒汗。我们都上当受骗了，他想道，正如他们互相欺骗……每个人都是。整件事就是一个骗局、谎言、胡说八道；关于和平阵线、正义斗争、平等、兄弟情谊的一堆屁话。这不过是一场残酷的权力斗争，强势总是轧碎弱势。太阳底下没有新鲜事。

他觉得自己也已经随着 R. 一起死去，现在是第三次了。前一次是当他发现自己的父亲、母亲、两个哥哥、祖母、祖父以及其他所有亲人已经死去的时候。而第一次则是在杜罗奇科的伤寒病院里。

他的咆哮无声无息；其时他已被部里解雇，在佩斯的工业区昂雅

---

① 原文为匈牙利语。

福得①的一家工厂里做了非熟练工人，永远都值夜班。这种低下工作不需要履历。他回到家时候，玛琪已经起床了；尽管她身孕有问题，医生已令其卧床休息。齐拉格·巴拉日博士没有尝试寻找较好一些的工作，他知道，无论他到了哪里，都会有电话打过去的。只要事情不变得更糟就算他幸运了。一俟可行，他便报名参加了一项再教育计划，取得了机械加工的任职资格。他旋即与自己的团队一起荣获了斯达汉诺夫②式杰出工人奖牌。

后来，当他进步到可以轮班工作的时候，他们蹒跚学步的孩子有一次半夜抽泣着漫游到他们的卧室。不像妻子睡得那么死的齐拉格·巴拉日博士率先醒来："怎么了，年轻人，你在这里做什么呢？"

"妈咪在呼、呼大声③！"小家伙抱怨道。

玛琪这时已经醒了。"你说我在什么？"

"在呼！"

"哦，哦，年轻人，她怎么可能会打呼噜呢？看看她就知道啦！"齐拉格·巴拉日博士说道。

那句话在医院病房里产生了特殊回响，这儿几乎每个人都打呼噜，除了齐拉格·巴拉日博士。可那是因为他无法入睡。只要灯一亮，他就继续读他的《希腊与拉丁诗人选集》。如果是在黑暗中，他则继续观看他的人生电影。画卷总是杂乱无章的。

---

① 昂雅福得是佩斯的北部地区，名字本身在匈牙利语中是"天使之地"的意思。

② 阿列克谢·斯达汉诺夫（1906—1977），苏联斯大林统治时期一名只读过三年小学的普通矿工，其上司为创生产奇迹，派两名矿工与他一起采煤，但向上汇报时却只写他一个人的名字，于是便有了5小时完成8天采煤量的"奇迹"。斯大林借此掀起斯达汉诺夫运动，要求各行各业提高效率和业绩，其结果是乌烟瘴气的造假及各种可怕恶果。斯达汉诺夫因此得益不少。矿工出身的赫鲁晓夫上台后，不相信该"奇迹"，把他从莫斯科调到顿巴斯重做矿工，晚景落寞，酗酒成瘾，最后病死在精神病院里。

③ 此处原文中，小家伙还不能把"打呼噜"一词说完整，"大声"一词也词性错误，把形容词当副词用。

拉伊科·拉斯洛及其同侪得以恢复名誉,并于十月的第一个星期六举行仪式改葬在克雷佩斯①公墓。一段漫长的中断之后,齐拉格·巴拉日博士再次见到了 R. 的妻子,而他的老同志们没有一个是在工作的。当 R. 的棺椁随着缓缓哀乐降入地下,齐拉格·巴拉日博士第四次死亡了。他彻彻底底地缩回自己的壳里,无论是玛琪还是他的儿子都无法理解他。

第五次死亡不久便发生在一九五六年十一月四日。他和六岁的儿子在为面包排队。后来他死活都弄不明白自己怎么能带这个小男孩到入侵后的街道上去。一辆俄国装甲车路过,朝人群中胡乱扫射。人们为了逃命向四面八方慌乱奔跑,几分钟时间,他便不见了儿子的踪影。男孩吓得脸都绿了,此后一段时间里都结结巴巴的。

第六次死亡是在他提前退休后的一个秋日午后,正在填纵横字谜。他最近养成了这个习惯来打发时间,用闪电速度在纵横空格里填字母,精确如准备参加世界纵横字谜冠军赛的人。突然,他觉得自己的心脏像气球一样膨胀起来,粉碎了他周围的一切;他立刻失去了知觉,眉额砸在桌子上,蕾丝桌布的图案印在他的皮肤上。救护员成功赶在脑死亡前的最后几秒钟拽住了他,并用拳头猛击他胸口的方式重启了他的心脏,代价是弄断了他的三根肋骨。

对一个人来说,六次死亡已经是够多的了,而他却觉得比之前更需要顽强固守自己的救命口号:让我们离开过去!他再也无法承受被大火烧死、或是 R. 的审判与处决、或是为儿子性命忧惧得浑身颤抖的刹那却永恒的时刻了。更让他无力承受的,依然是发生在自己父亲、母亲、兄弟、祖父母和其他亲人身上的事。

但现在,他感觉到自己第七次死亡的逼近,也感觉有必要召回他

---

① 匈牙利最古老的墓园之一。

的家传能力所能看见的一切。他闭上眼睛，带着九代长子中第一个人①的那种面容，等待着万花筒般的影像、齐拉格家族历史的私家图景，施坦们、贝尔达们，还有施坦诺夫斯基们。

他只侦察到眼皮下的黑暗，以及闪动的光圈。

不管用。不再管用了。我太生疏迟钝了。

"你好，巴拉日，我最亲爱的！你怎么样了？"传来玛琪的声音，带着有感染力的欢快。"我给你带来了柠檬、新鲜面包卷、柠檬汽水，还有你的谜题杂志！"

"谢谢你。"齐拉格·巴拉日没有睁开眼睛。在这个新医院里，妻子的在场比以前更让他觉得沉重。男人是一种倒霉的造物，需得有爱心，即便是在他一点也不喜欢它的时候。玛琪以一种完成军事任务的架势全身心投入到照顾丈夫的事情上，她过度体贴的侍候让齐拉格·巴拉日觉得既聒噪又咄咄逼人。他坚持说两个橙子就够了，但这不过是白费劲而已；玛琪会他的床头柜上堆六个。甚至还有一些上次吃剩的面包卷，而现在这儿又是才送来的，突显出他没法吃东西的悲哀事实。如果你能让我自己呆着，我会无比感激的，他想道。

不一会儿，他的小男孩浑身是汗——他跟他父亲一样容易出汗——跑进来问道："您怎么样了，爸爸？"

"就那样吧。"他回答道，不愿让他感到惊慌。

"萨拉古医生怎么说？"

"有些许改善。"

这对话他们每回见面几乎都要重复一遍。然后会是一阵沉默。齐拉格·巴拉日博士知道他的儿子更愿意离开这该死的地方；看见自己的父亲这个样子肯定让他觉得痛苦。他应该让他赶紧离开。但他甚至

---

① 指齐拉格·库尔奈。与库尔奈当年一样，巴拉日垂死之际也希望能独自静处。

连那样做的气力都没有了。算了。你不得不承受它,当你的父亲……

他的人生不算长,其中没有多少快乐,而意义就更是少之又少了。有一次他曾暗自想道,他应该辛苦一次把这个告诉儿子。他不知道他是否能看见一些过去。他从来没有问过他。

也许对你父母和其他人的事三缄其口是错误的。一旦你好转些,你一定得进行一次谈话。你把过去从你这里挤了出去,但不知何故它却带走了当下……你没注意到你浪费了光阴和岁月。也许命运、天堂、上帝,或者子虚乌有,会确保你的儿子际遇要好些吧。

下回他来的时候,我真的要开个头了。千里之行始于足下。

就在当夜,死亡来敲门了。一月份的第二天刚过了两个半小时,所以,至少她丈夫没有在新年第一天辞世,那天他们在病房里为他庆祝了生日。他还能够接住蛋糕,吹灭蜡烛,喝了一滴香槟,并打开了他的那些礼物,其中有《堂吉诃德》谜题杂志的年刊。他已经开始做那个巨型字谜了。"莫扎特"、"比利山羊①"、"战争与和平②"、"伏尔加"、"人生即梦③"、"紫水晶"、"欧文·巴克代④"、"燕麦

---

① 指1945年发生的威廉·西安尼斯山羊咒事件,或该事件中的焦点、名叫比利的山羊,或自称"比利山羊"的威廉本人。美籍希腊人威廉·西安尼斯(1895—1970)在自己酒吧门口捡到一只从卡车后面掉下来的小山羊,为它疗伤并收作宠物,起名"比利",他自己蓄了山羊胡,别名"比利山羊"。1945年10月6日,他为山羊也买了一张票,同看在芝加哥瑞格利球场举行的世界棒球赛,但后来遭到周围观众投诉,因山羊气味令他人难以忍受而被驱逐出场。当时是底特律老虎队进行主场比赛。据说他诅咒该球场从此再也举办不成世界联赛。这个诅咒直到二十一世纪还在坊间流传。截至2012年,此地在104年间从未得到过举办世界比赛的机会。

② 俄国作家列夫·托尔斯泰的长篇小说。

③ 佩德罗·卡尔德隆的一部西班牙语戏剧,首次出版于1635或1636年,对人的境遇与人生进行哲学讽喻,以波兰王子为主要人物探讨自由意志与命运的冲突。是卡尔德隆最著名、研究最多的作品之一。

④ 欧文·巴克代(1890—1963),匈牙利画家、艺术史学家、东方学家、天文学家、作家及翻译家。

粥"、"印度"、"三色堇①"——这是他所填出来的。

在他最后的时刻,他看见自己站在泰姬陵前,就像他孩提时收到的一张黑白照片明信片。他渴望看到自己的全部人生,尽管他知道自己对此并不抱希望。根据病理学家的笔记,他的心脏由于他在生活中所遭受的磨难和忧患、已经比正常大小肿胀了两倍,侵入胸部右侧,压迫附近器官、尤其是肺部。他以前的同事致悼词时在毫不知情的情况下说了句"他有一颗伟大的心!"玛琪登时放声大哭。

---

① 该词同时有"心宁"之意。

第十一章

清晨微弱的阳光滚滚地倾洒而下,好似裂口麻袋里暴泄出来的谷物,而迎接它们的,是一派精疲力竭的景象。温度非常轻微地有所上升,弄皱了路旁金合欢树缩拢的躯干。那一块块被遗忘了几个月的窗户玻璃,显露出对彻底冲洗的需要。硬邦邦凝结在人行道上的融雪掺泥的包包块块,渐渐开始减缩。冰块虽然在积水桶里哭泣,夜晚的寒冷却给过度心切的植物带来了霜冻。二月冻煞人的空气涡流驱散了晨间任何一丝暖意的最后踪迹。

他六岁的时候切除了扁桃体。在那之前,齐拉格·维尔莫什还骨瘦如柴,幼儿园阿姨管他叫做"瘦棍儿"。等他体重增加了一些,又被戏称为"鼓棍儿"。只是到了上中学的时候,他才蹿高了。对自己在长相上的改善,他认识得相当迟缓。

他在中学一年级时,听到了班上的两个女孩在女厕所讲话,因为男女厕所共用一个通风井。阿吉和玛蒂抽着烟——尽管这是严令禁止的,在讨论班里的男生;班里女生以二十八对十三占了多数。只有一个男孩通过了检阅,是在法国出生的瘦长男孩贝尔蒙多(真正的名字是:克劳德·普利弗特),最近才来的,而且不愿透露他们家复杂的国际化历史。

"那齐拉格·维里①怎么样呢?"玛蒂问道。

---

① 对维尔莫什的昵称。下文的"威利"亦是如此。

"他是那种……"阿吉的声音变得不大确定,"一个不错的小男孩。"

她们咯咯地笑起来。

"不错的小男孩,是的,你说得对。一个不错的小男孩!"玛蒂像是在说某种新口号似的重复了这个短语。

"他眼睛迷人。"

"对!你已经注意到了吧,像个万花筒?"

"是啊。有时候灰色,有时绿色。"

"甚至浅棕色,有时候。"

铃响了。齐拉格·维尔莫什动也没动。他做梦也想不到自己竟会获得班上的银牌。他查看镜中的自己。此刻,他的眼睛是河水绿。

差不多一年后,他们在阿吉父母的寓所里复习法语,在厨房桌子那儿交换了一个稍纵即逝的吻。

"你做得不对!"阿吉抗议道。

"可这就是我通常的做法,"齐拉格·维尔莫什撒了个谎。事实上,这是他的第一次。女孩给他演示应该如何。结果证明齐拉格·维尔莫什学得很快。在他班上的女孩里,阿吉实在远远谈不上有吸引力之类。但在齐拉格·维尔莫什看来,她由于发现他有吸引力而理所当然上升了一两级。他想要的并不是这个女孩;而是爱情。

有一次碰巧只有她的姐姐维拉在家。她跟她的妹妹长得很像,但她是一个完全成熟了的女人,乳房丰硕,只要一看它们他就爆出一身的汗。

"是找阿吉吗?"

"她不在家?"

"你可以等她,如果你喜欢。"

维拉上的是同一所学校,正在进行毕业考试。她抱怨自己数学没机会通过了。"我死活就是记不全这些愚蠢的公式!"

"自己做个小抄,把它藏在你的……"他停顿住,目光闪烁不定地望着女孩的紧身裙边沿，在那儿可以看见她黑丝袜的松紧带、颜色比袜子更深些。

"好吧，亲爱的威利，我会弄一个的。"她抚摸着他的脸说道，涂红的指甲像五架燃烧着的飞机穿过男孩的视野。"听着……你跟我妹妹在一起了吗？"

"你的意思是说……"

"是呀。那么？"

他脸涨得通红，做了个不确定的手势。"我真的不能……我不想。"

"所以你们没有。果然不出我所料。她只是胡扯的。"

"她是……那么说的？"

"是呀。"

齐拉格·维尔莫什不知道在如此尴尬的情境该如何做才能保持住男性的自尊。他开始狠狠地咬自己的嘴角。维拉敏捷的手指赶紧到达那里将嘴唇跟牙齿分开。"不要……嘿，你的眼睛变成绿色了。"

另一次造访时，他又发现只有维拉在家。他们谈了很长时间，关于学校、暑假、老师们。维拉突然改变了话题："你应该把头发留长，威利。那会更适合你。"她拿来一把发刷，把男孩有些鬈曲的头发竖起来，弄出时尚的披头士①造型。他们在大厅里的镜子前照了照。齐拉格·维尔莫什明白，在未来几个月中，他将不会造访理发店了，即使是有校长命令——他们不准留披头士乐队的那种"蘑菇拖把"。

因为阿吉变得越来越不可靠，所以维拉变得越发愿意做他的陪伴。齐拉格·维尔莫什从不敢把这个穿着紧身裙、化着光鲜妆容的女人想成是在校的"女生"之一。

"你把头发怎么啦，威利？"

---

① 披头士乐队，或甲壳虫乐队，1962 至 1970 年曾风靡一时的英国利物浦四人流行乐队。

"我梳了梳。而且……我把它弄湿了!"

"你真是个甜蜜的家伙!"维拉揉弄着他的头发。"你唤醒了我内心的野兽!"

"什么样的野兽?"

"一头鲨鱼!"她嗒嗒嗒地磕着牙齿,好像要吞了他。

接下来的一次,她来到门口的时候说:"阿吉又不在,抱歉啦。"

"她在哪里?"

"不晓得。在学校玩,我猜。"

"啊。"

"哦,好吧,我要告诉你真相。她跟米什出去逛了。你明白我的话吗?"

"你说出去逛是什么意思?"

"一起出去了。"

"一起出去?"

"是呀。一起。"

"但是……我以为她要和我一起出去!"

"真典型。竟然不能花点时间让你知道她不会再跟你出去了。"

"我明白了。"他不得不在大厅里的洗衣篮上坐了下来。他竭尽全力想要忍住别哭,但眼泪还是夺眶而出。

"哦,我亲爱的威利……"维拉拥住他,用拇指擦掉从他眼里流出的泪水。"来吧!"领他进了她的房间。在那里,她耳语道:"派对时间!"

"我没听清,请再说一遍?"他用了新的表达方法。

"我的父母出去了,在帕拉达萨瓦拉德①。明白了吗?"

当她开始脱自己衣服时,齐拉格·维尔莫什觉得很尴尬,最初还装出没看的样子。

---

① 匈牙利境内。

"你也脱!"维拉给他帮忙。其他方面也是。

齐拉格·维尔莫什成千上万次想象过这种场景,但一直以为它会持续得再长一点。

女孩骨碌一下滚落、躺到他身边的时候,哂笑了一下。"需要更多的实践。"她检视着那个不听话的成员,它现在缩拢了,像两岁小孩那样睡着。"嘿,你是不是?"

齐拉格·维尔莫什过了好长一会问道:"我是不是什么?"

"割礼。"

"我为什么应该呢?"

"因为这是你们这帮人的习俗。"

"你指的是什么,我们这帮人?"

"嗯,犹太人,行了吧?"

"我不是犹太人!"

"我以为你是。"

"你凭什么这么以为?"

"阿吉说的。而且你瞧瞧它。"

"好了,好了……"他父亲的措辞溜了出来,他咬住了嘴唇。

维拉解释道,就拿他自己的相貌来说,只有从来没见过犹太人的人才不会认为他是。柔和的线条,深色的鬈发……

"我的线条柔软吗?"

"是呀。"

"遗憾。"

"不用担心,呵!我们也是犹太人,这没什么大不了!"她带着调皮的微笑等待男孩发笑,然而徒劳。

"是什么让阿吉认为我是犹太人?"

"哦,拜托,那没什么劲。也许你压根就不是……那海绿色的眼睛,它们是嫌疑。"

"那你觉得我'是'还是'不是'?"

"对呀，觉得你不是。"

齐拉格·维尔莫什迫不及待地等待父亲当晚回家。爸爸当时花在医院的时间比在家里的要多，由于战争岁月而加剧恶化的心脏问题一直困扰着他。他很少跟家里人说话，所以齐拉格·维尔莫什也就失去了与他分享自己想法的习惯。

父亲一进门便哼哼嗤嗤地跌坐在沙发上。齐拉格·维尔莫什叹了口气。"我能说几句话吗？"

他的父亲满头大汗，不停地擦拭额头。"坐下吧。怎么了？"

"就只是我们两个人。"

"只有我们两个人，儿子。你母亲在厨房里。"

"但她随时都可能进来。"

"好了，好了。"他父亲的脸上半是走神、半是漠然；他用那种表情把世界关闭在外。

齐拉格·维尔莫什知道自己只有很小的一个机会，但还是开门见山："为什么我对您的过去或您父母的事情一无所知？"

"不。不谈那个。"

"为什么？"

"很久以前的事了。毫无趣味。"

"可它有趣。"

"故事结束。"

齐拉格·维尔莫什勃然大怒："那关于……您真的是犹太人吗？"

他父亲跳了起来，用手背在他脸上抽打而过。齐拉格·维尔莫什踉跄倒在书架上，有那么一瞬间不清楚自己身在何处。他的下唇开始流血，鲜血滑落到他的衬衫领子上。他听见门吱地开了，他的母亲尖叫道："耶稣啊！"

"别把耶稣掺和进来。"他的父亲说着递给他一条手帕。

齐拉格·维尔莫什从来没有被父亲打过——并不是说他制造过很多该打的理由。在学校，他总是设法取得如果不是最高、也好得足以让他归入"好"学生行列的分数。但就他那糟糕的记忆力而言,他在理论上说算是相当出色了。唉,往往一两天过后,他便记不得自己逐字逐句学会的东西了。他的母亲极其偶尔地让他做点家务,他顺从地洗涤、干燥盘碟,以及去街头的小商店。他能记起的只有一个打在脸上的耳光,而且不是从他父亲那儿来的。六岁的时候,他突发奇想,想要一个弟弟或妹妹,开始不停地纠缠他的父母。他的母亲迅速解决了他:"问你的父亲。"

父亲说:"不要管大人的闲事。"

但是他并没有就此罢休,频繁如雨点儿地问他的父母:为什么、什么时候、怎么样,以及为什么不。在一次三人转的过程当中,他变得相当激动,声音开始听起来像狗在嚎叫,大吼道:"如果你们不给我弄个弟弟或妹妹,愿你们烂在地狱里!"

"很好。"他的父亲说道。

"嘿威利,亲爱的,太过分了!"他母亲惊叫道,开足马力在他脸上扇了一个生疼的耳光。

那次没有流血;现在则是不停地流。他的母亲抽泣着拿来了急救箱,取出一小块纱布垫放在破了的嘴唇上——她在自己工作的地方学过急救。她想知道两个男人之间发生了什么事,但谁都没有告诉她的意思。

几个小时后,他的父亲把他拉到一旁:"到阳台上来!"

在外面,他点燃了一支烟,并把自己的那包马特拉①香烟提供给儿子:"来一根吗?"

"爸爸,我不抽烟,而且……您禁止我抽!"

"好了,好了……你真的不抽烟?"

"不。"

"聪明的小伙子。"他喷云吐雾很长一段时间,一句话也没说。

---

① 匈牙利北部的一条山脉,其主峰乃匈牙利境内最高。

"我的孩子。现在仔细听我说。这话题是个禁忌。你知不知道禁忌的意思？对。百分之一百的禁忌。百分之一千。没有犹太人这种东西。只有人。有些人是臭狗屎，有些人是好的，有些人是一般般的。没有犹太人，没有吉卜赛人，什么都没有。你明白我的话吗？"他抓住儿子的衬衫，那么粗暴，以至于最上端的纽扣弹出了扣眼儿。

"是的。"他被吓坏了。

"那么，那就这么着吧。"

"可是您还没有……你没有……"

他的父亲插嘴道："解散。"

齐拉格·维尔莫什好些年里都想不明白为什么他父亲用了这个军队的表达方式。他一直准备再次提起这个话题。他只是在等待一个合适的机会。但他父亲跟他的交流越来越少，跟其他人也是。

有一次他想到了写信给他的点子。他花了几个星期的时间，试图找到最好表达方式，在活页纸笔记本上给自己的想法打草稿。他这儿这儿那儿那儿地修饰着草稿。他计划写好后誊抄到玉兰色的书写纸上，那是他在自己十四岁生日时收到的礼物，但这叠百页的精美纸品一张都没有用过。

    （　）（　）（　）（　）（　）（　）

亲爱的爸爸：

爸

我亲爱的父亲

亲爱的父亲

    ＋－＋－＋－＋－＋－＋－＋－＋－

父亲：

  我写信给您是要对您、我的父亲说，我写信是因为我觉得在谈话中要进行谈话，我无法你不想你无法我们无法。

那会多么好我会多么喜欢谈，如果我们不是活得像全然是陌生人两个英国绅士，彼此没什么共同之处或者可说的。为什么您不想与我有一个正常的普通的适当的关系人类联系？我小时候真的以为每个家庭的所作所为都与我们一样，就是说，每个人都做他自己的事、不关心别人。我以为任何地方都像这样他们的所作所为都像这样。我惊讶得瞠目结舌，当我在吉杜什家布达·亚诺什家看到他们总是共进晚餐、轮流告诉对方他们过了怎样的一天他们一天过得怎样，于是他们好的坏的都一起分享，就像童话里那样，您明白吗？！

XY XY XY XY XY XY

就在

自从

自从我明白您已经一直处于时好时坏地生着病，而我们的生活就是让您自己独处在安宁中流连，因为任何兴奋激动都对您不利。但为什么它算是兴奋激动呢，如果开始谈我们进行一次交流？如果一个父亲和一个儿子如果一个父亲把他的儿子想成是如果在父亲和儿子之间相互信任？如果他们让对方觉得如果他们表达出如果他们表露出他们彼此相爱？

我们哪里出错了，父亲？

什么时候出错

是什么使它

为什么

？！ ？！ ？！ ？！ ？！ ？！

我不明白为什么这是它非得是这样。我想问一些事。告诉我，您真的完全甚至一点都没有对我感兴趣吗？从未您对我一无所知，我对您也一无所知。或许您不会在乎您不会担心如果我逃学的话。您知道我进展如何吗？我最喜欢的科目是什么？（历史，匈牙利文学）。甚至于您知道我是几年级吗？

为什么您不想和我分享您的所知？为什么您不问我跟女孩们相处如何？这真荒谬，但既然我还活着，我能想起只有绝无仅有的一次不超过一次的认真像样的交谈，而且是因为我在您朋友面前令您蒙羞了；我想您还记得那个。我不可能超过六岁，当我从其他一些人那里听到一些脏话的时候，而我就当着所有客人的面问道：爹地，"操"是什么意思。但您即便在那时都没有笑、不像其他人，您只是命令我出去、去为我自己感到羞耻，并且把我锁在了外面；我对自己所做之事糟糕在哪里一丝一毫都摸不着头脑。第二天，您着手给我讲了一通鸟类、蜜蜂和人与人之间的相互尊重和关爱；我一个字也没有弄明白，可我害怕我会把您的愤怒惹到我的头上把您的怒气惹到我身上，当您把飞禽走兽世界里弄来的例子都用尽了的时候，我点头表示已经明白了。后来，皮鸠·法喀什揭开了整个大秘密的面纱，起初我简直不敢相信、听起来那么令人反感，我对他鹦鹉学舌般说着有关鸟类、蜜蜂以及人与人之间的互爱和尊重，他笑得东倒西歪，所以我踢了他的裆，他便给了我一顿好捶。您甚至不教我怎么打架；我从您那儿得到的一切只不过是"不要让他们逃脱惩罚"。那说起来容易做起来难。

越是

道德

我越写得多，它就越少容纳我所要我所想要它切中要点。

· · · · · · — — — — — — —

然而，等到这封信准备发出之时，齐拉格·巴拉日博士已不在人世。齐拉格·维尔莫什没有停止书写。增删一个句子可能需要花上他的几个月时间。关键不在于文字，而在于对它的思索。为注定不存的一番倾诉所作的自传断片，写了好多年。

= = = = = = = = = = = =

您不可能知道库林·加比；他从阿帕查那儿转过来的时候，我们已经是遗属了。有一次，在班主任的课上，我们讨论匈牙利最古老的家族，可以追溯到十七世纪的那些，傻乎乎的老博奈叫了库林·加比。他是个身材高挑、体格健硕、有着女孩气的小伙儿。

我不知道您会怎么说，倘若我表现得跟他似的：博奈和校长对他头发所做的不断责骂全然徒劳无功；他死不理睬，直到校长勃然大怒、拿理发剪来把他头发剪掉了长长一大把，说道："现在你会去理发了吧！"库林·加比的确去了理发店，另剪掉了一大把，横向交叉的！上帝啊，他们差点把他给扔了出去。

不过，那不是我这会儿要说的；在那堂课上，他终于站起来宣布：既然先生似乎颇感兴趣，那我就披露了吧，我的祖先可追溯到十二世纪，因为我们是库林侯①的后代，这就是为什么我的父母被国内流放到了纳吉卡塔②。博奈语塞，最后才说，肯定还有别的什么原因。库林·加比立刻反驳道：我没有说谎，我们没有犯罪，只有贵族证书，因为家族财产已经在牌桌上丢光散尽。博奈结束了对话：坐下吧，我的孩子，别再跟我顶嘴。

我跟库林·加比成了好朋友；他们住在市区外的西德库特③村里，他上学得转四趟车。我经常去看望他们；他的母亲会做最

---

① 库林（1163—1204），1180 至 1204 年间波斯尼亚的统治者（故此处将其头衔"bán"译为"侯"），最初是拜占庭帝国的封臣，后成为匈牙利王国的诸侯，是波斯尼亚历史上著名的政治家与历史人物，在波斯尼亚建立了库林尼兹王朝。其子斯捷潘·库林尼兹继他之后成为波斯尼亚侯。
② 在布达佩斯城中。
③ 该村属于匈牙利境内维斯普雷姆郡。

好吃的果酱三明治。我曾经常常问起他的家族,而他常常答以精彩的故事。当他问起我的家族,我很是羞愧,因为我什么人也不知道。

当我向妈妈问起她的家庭时,她把什么都掺和到一起了。她把名字和日期弄混。她甚至不告诉我你们两个是怎么相遇的。我从马尔西叔叔那里得知您是拉伊科的秘书,可那是怎么发生的呢?他曾提到您是从劳动营步行回到家乡的,纳粹杀害了您所有的亲人。但仅此而已。这便是我所知道的有关自己的全部历史了。

我觉得自己是从没有的地方来的,而我推想,从没有的地方来的人也没有地方可去。那果真、果然是您想要的吗?

您果真想要那样吗?

是吗??

父亲??

~~~~~~~~~~~~~~~~~~

*

很多事情他从未写下来。最重要的是,随着时间的推移,他没有减少对父亲的思念,相反,越发感受到他的缺席。伤口或许已经愈合,但在结了痂的伤疤下面,却已永久感染了。还在中学的时候,他在诗歌朗诵会上充满感染力地演绎了约瑟夫·阿提拉①的《一颗纯洁的心》,博得了满堂喝彩。单是说出第一行诗句——"我没有父亲,我没有母亲"——就足以令他那真诚的眼泪顺颊而下了,而师生员工们把它看成是难以超越的朗诵技巧的证明。

随着岁月的流逝,他母亲的话越来越危险地多了起来;事实上,她根本就停不下来。她现在随时准备谈谈自己已故的丈夫,但她描述

---

① 约瑟夫·阿提拉(1905—1937),20世纪匈牙利最重要的著名诗人之一。

的画面跟现实毫无相似性。齐拉格·巴拉日博士被注释成一位动手能力颇为出色的模范丈夫，是战时反法西斯运动的领袖人物，他之所以没有得到应得的一切，只是因为他高贵而敏感的性格无法忍受一位领袖人物在其生活中所必需做出的妥协。齐拉格·维尔莫什的适度插补（"事实上，不太像是那样……"）会遭到她的极力反对，并用响亮的声音说道："好了吧，我亲爱的威利，你对此知道些什么？你什么都不知道！"

在这一方面，妈妈可能是对的。尽管……也有一些事情，是她不知道的。齐拉格·维尔莫什很是记得父亲在家的最后那一个月，当时他健康状况尚且良好，还没被单调的医院生活困住。他表现得就像一个早早退休、领取退休金的人：他起得晚、睡得早，一整天都在阳台上裹着条毯子，腿上放着填字游戏，偶尔瞥它一眼，快速填入字母的时候几乎不看。齐拉格·维尔莫什经常走到阳台上，望着他父亲头顶正在变稀疏的头发被他的枕头推得竖了起来。在一次这样的场合上，他父亲发了话："我的孩子。"

他是如此惊讶，以至于花了几秒钟的时间才应道："唔？"

"告诉我。要是我搬出去，你会怎么说？"

"您说什么？"

"你妈妈跟我不再合得来。夫妇之间的关系早就终止了。我对她来说是个负担。我可以跟以前的一位同事搬到一起住。开始一个新生活。你怎么看？"

齐拉格·维尔莫什被这六句考虑成熟的话镇住了。他已经忘了自己的父亲是男而母亲是女的，就算他曾经这么认为过。他觉得更为吃惊的是，他父亲将开始一个新生活——当他如此接近……嗯，每个人都知道他接近的是什么。这样的转变实在是荒谬啊，就……就这么短的时期而言。从另一方面来说，只剩下几年（月？周？或，谁知道呢？）时间的人或许比普通人更能做出大胆的决定吧。

他的父亲在等他的回答，额头上的每一条深深的皱纹里都闪烁着一滴紫水晶色的汗珠。

"可是……为什么呢?"齐拉格·维尔莫什问道。

"说来话长。"

一阵阴沉的颤栗在齐拉格·维尔莫什身上掠过,因为他突然想象着父亲不再在那里——一臂之遥的地方。"您对妈妈说了吗?"

"我已经提起了。"

"然后呢?"

"她笑得前仰后合。"

"噢?"

"她不认为我敢。"

"啊哈。"

"你呢?"

"我认为……您敢。"

"我征求你的意见。"

"那我需要知道为什么——"

他父亲打断了他:"我已经告诉你了:我们不再提。你到底需要知道什么?"

"那么……我的意见是……只要您还病着,那就不值得。您待在这个家里更好,因为能从妈妈那儿得到一流的服务,而且我也一样,如果需要的话。等您又好起来的时候,会有时间思考这个问题的。"

"等我又好起来。"他父亲淡然地重复道。

在那一刻,他们都知道,齐拉格·巴拉日博士不会再好起来。

他的父亲像嗅东西的狗一样吸了一下鼻子,然后又沉浸到自己腿上放的填字游戏中。谈话结束了。齐拉格·维尔莫什在爸爸把一切抛诸脑后、飞快填空的时候继续观察了一会儿:每当他设法理清了一条线索时,唇边就会闪过一缕笑意。

事实证明,这是持续最久的形象。父亲去世五年后,齐拉格·维尔莫什只有在尽力的情况下才能记起他的面容，而十年后，在一些黑白快照所保存的那个男人身上，他已经很难认出自己的父亲。如果他梦到他，通常都是在露台上的情景，他裹在一条毯子里，稀疏的头发被枕头推了上去、在风中微微蓬乱，而他的唇边则挂着那种似笑非笑。

父亲是在齐拉格·维尔莫什读完中学之前便去世的，在他毕业考试之前——A＊、A＊、A＊、A（法语）、A（数学）——在他失败的入学考试之前，连续三年，人文学院法学专业，戏剧学院，以及教学证书；那时他听天由命不准备进高等学府了，并且不得不设法适应。

"""""""""
""""""""

关于这些事情

这类事情

所有这些事，您无法不可能知道任何事。也不知道我其他方面大大小小的成就，我的在这所您可能会引以为荣的艰难生活之大学里。或许吧。您总是让人难以了解。当我在中学的诗歌朗诵赛上获胜时，您说"可这还不够"，并因为我朗读这么伪爱国主义的诗歌感到羞愧。那是我的错吗？那是规定的文本！为什么您从来没有强调尽力告诉我、并非所有教科书里找到的诗歌都是好的？

我从您那里没有得到过指导，没有有助于我思考的东西，没有有理论框架或

难以……

您没有传递给我，即便是……

您既没有培养我对生活的了解，也没有……

您没有花时间……

您不在乎……

我不认为……

我对您毫无责备之意，然而，您在自己童年时代没有得到什么，你就会永远想念什么。这不是我，而是荣格①说的。我猜您永远也不会想到我会读这类书；只要您知道我在各方面都是一个二流学生。我想知道您认为我会成为什么样的人。您究竟有没有那样想过呢？

我成了专业摇滚音乐人。我认为您会很惊讶的，因为在那些日子这种东西根本不存在，只有斯图蒂欧11、托迪·玛丽亚、沙罗西·卡蒂和耐迈特·玛丽卡，妈妈说大家对他们的喜爱是那么那么的多，这种表达方式只有妈妈会说得那么那么的多。您能相信吗，四个家伙在台上——三把吉他和一架鼓，或许是一架电子琴——而且这个乐队能够制造出比一个交响乐团还要强十倍甚至百倍的声响？

可惜您现在再也不能在那时候

要是能跟爸爸您说说话该有多么好啊。

父亲

爸爸

亲爱的父亲

我们本该谈一谈。

要是谈过更多次，本来会好的。

或曾经

从来没有

　　　　，，，，，，，，，，

齐拉格·维尔莫什对墓地的造访实属罕见。在他看来，父亲不是

---

① 荣格（1875—1961），著名的瑞士心理学家，其理论对后世影响深远。

在那里找到的：如果他真的在什么地方存在的话，那便是他维尔莫什的记忆中，因此，他是否造访那块围着其他哀悼者的区域，就没有一丝一毫的区别了。他以此论点对抗他的朋友圈，而且通常都能赢过他们。

"我亲爱的小威利，即便是最底层的农民都会探访他亲人们的墓地。你是唯一说出这种狂妄胡话的人！"

"别跟我啰嗦了，妈妈。"

"行了，至少你会开车送我到那儿吧。你不用进去，你可以在外面走走。我需要的时间不超过十分钟，甚至更短，五分钟！"

这是圈套。你不能拒绝你母亲绝望的请求，如果他到了墓地的锻铁拱门那儿却固执己见地在周围转悠，而妈妈则把花束插入爸爸的大理石小墓碑附带的大理石花瓶，可那会很荒诞。如果我去那儿……我会跟她进去以尽人事的。

既然去公墓是不可避免的事，他便用最狡诈的诡计一直把它往后拖。等他们到了解决它的时候，又是二月份了，风很大、天奇冷。齐拉格·维尔莫什嘟嘟囔囔："我们不如等到春天！"

他母亲发表了一通长篇大论声讨道："你知不知道我求了你多久要你带我去？如果这对你来说实在是太费劲了的话，那我去搭电车好了，就像其他农民们那样！"

这是母亲的一张王牌，其他农民们，沦落到他们的档次的确可怜，但有时难免发生。齐拉格·维尔莫什从不明白他母亲从哪儿得来的无敌*傲慢*；判定我们是有教养的人，我们全部都是在道德、举止、优越这些方面的潜在博士研究生；与此相对的则是其他的那些农民，他们禀赋很少或是根本没有。他母亲的父亲——还有祖父——就所有可能性来看，要么是拜莱门德社区的朴实木匠，要么是田里的农夫，所以无论怎么说，"其他那些农民"这个标签似乎都甚是荒唐可笑了。家谱中不仅没有贵族，甚至连一个知识分子都没有，根本找不到把自己跟山野鄙夫和乡下土包子区别开来的真正理由。

齐拉格·维尔莫什对他的祖父没有记忆，对祖母只有最为微弱的一点，犹如照片的底片；在他五岁的时候，他们俩都死了。妈妈还想去看看他们的坟墓。关于那些所剩无几的亲人们的安息之地，她给儿子讲了一个令人难以置信的恐怖故事。从遥远到没人记得清的时候起，村里的墓地就是波卢布契里家族的最终安息之所，结果被社会主义——她把它读成了"舍、会主义"——清除掉了，能搬走的墓碑被迁到了佩奇，尸骨却留在地里，有个工厂或电站什么的建在了那个遗址上。这听起来似乎很疯狂。怎么会有人想要把工厂建在一片墓地上呢？齐拉格·维尔莫什把这个故事归结为他母亲的疯癫杜撰。有很多这种故事了，多一个（或少一个）没什么差别。

有时候他的母亲会说出一些令人震惊的故事，而且并不总是与自己的亡夫有关。那位拜莱门德的木匠升级为一家雇有五十、然后是一百人的工厂的厂主。齐拉格·维尔莫什长大后，拜莱门德的家由三个房间扩展成了二十二间。那辆沙滩越野车很快就有了个兄长——一辆六匹辕马的四轮厢车，就像齐拉格·维尔莫什心爱故事书《七十七个匈牙利民间传说》里的那种豪华轻便四轮马车——但那属于普鲁士国王、而非拜莱门德的波卢布契里家。他们最初的两公顷地增加了五倍，达到二十匈牙利亩之多。时髦潇洒的轻骑兵出现了，据称与曾祖父辈或更早的人相关。齐拉格·维尔莫什表示抗议的时候，脑子里只有自己不大可靠的记忆："妈妈，过去您从来没有告诉过我这个！"

"好了，好了，你知道什么，我亲爱的威利？你什么都不知道，所以你最好还是保持安静……"

"……就像草地上的狗屎！"他完成了母亲最喜欢的说法。

"没错。"

同样的变形也发生在齐拉格·巴拉日博士的职业上、他在佩奇的亲人们的富裕程度上,事实上是每一件妈妈透露了一点儿的事情上。她的父母一九五三年离开拜莱门德去首都的时候已经身患重病。他们搬后没多久就死在这里,看起来好像他们是被大都市的罪孽给毁灭的。齐拉格·维尔莫什偶尔会有弄清过去某件事情的欲望,但如果他向母亲询问,他就触爆了*往昔*①、过去那些人的夸张故事,而他觉得最后的结果是知道的比他发问之前还要少了。他不明白妈妈能在这种杜撰中找到什么乐子,丑行劣迹的夸大叙述——这是对此行径能找到的最礼貌用词。

深黄如芥末色的达契亚②小轿车在卖花摊档旁的车站停下,他立即开始自作主张起来:选了些鲜花,为它们付了钱,并攥住他母亲的胳膊,仿佛她脆弱得不能自己走路。

祖父母的坟墓覆盖着被葱绿青苔覆盖的朴素石板。下面的碑文是:*上帝王宰世界*。③

有一次齐拉格·维尔莫什问道:"可他们不是犹太人吗?"

"不完全是。"

"怎么能不完全是犹太人呢?"

"你可以的,如果你不希望是。他们在战后改信了天主教,定期去大教堂。直到今天我还在给教会缴纳自己的什一税④呢。"

"什一税?我完全不知道有这种东西。"

"有很多事情你完全不知道,我亲爱的威利。"

齐拉格·维尔莫什暗地里怀疑"王宰"其实应该写成"主宰"。他没学过拉丁语。他学了八年俄语,但他并不认为自己有能力给西里

---

① 原文为法语。
② 即Dacia,是罗马尼亚一家汽车制造商,此处指该厂生产的一款小轿车。
③ 原文为拉丁语,但是拼错了"主宰"一词。
④ 教会向教民征收的一种供奉教会开销的税费。

尔文的告示纠错。他没有语言天分。他有什么天分吗？问得好。

以他自己的判断，他的生活才刚起步。以他母亲的判断，他压根一无所成。斯普特尼克乐队夏天绕着巴拉顿湖进行巡回演出，冬天则在国家管理组织办公室（ORI）所组织的那些演出中表演，虽然他们已发行过一首贴有"夸里顿"① 正式商标的单曲②，电台还录制了四首他们自己的创作，其中三首被批准播放，但还是得不到认真对待。这些数字中，《桑托德③码头》进入了"一九七二年流行音乐节"半决赛，这就是说，电视观众们有两次看到、听到斯普特尼克乐队的机会。合唱的第一句——"我们在秋千上遗失的，我们在旋转木马上复得，耶，耶"——在十来岁的年轻人当中传唱了几个月。这个时候，妈妈为他感到非常骄傲，笑哈哈地接受朋友们的祝贺。但私底下，她还是建议儿子："急流勇退吧……我现在敢肯定你进得了大学——申请吧！"

"申请什么呢？"

"人文，法律，经济，申请哪个重要吗？最重要的是你有个文凭。"

"为什么？你有吗？"

"哦，我亲爱的威利……首先，我是个女人，而且我有可能上大学的时候我们是在战争时期，而另外最最关键的是，那时有严格限制，你不知道吗？"

"您是说犹太人法令吗？"

"好了，好了，为什么你非要把一切都说得那么刺耳？"

---

① 匈牙利一家唱片公司的唱片商标：1951年开始作为MHV（匈牙利唱片公司）的唱片商标，后被新创的"匈牙洛顿"取代，只作为民谣类音乐的商标。

② 单曲通常是一首比较好听的歌曲，为了扩大影响，被乐队和唱片公司挑出来单独发行。

③ 位于巴拉顿湖畔。

"我没有把它说得刺耳，这件事已经刺耳了。您是或不是犹太人？"

"你真的不能这样。"

"是或不是？"齐拉格·维尔莫什失去了耐性。

"现在是吼个什么劲啊？这是我活该的吗？"她已经哭了起来。精心策划的话题再次被推延。齐拉格·维尔莫什没有强行追问下去。如果他觉得自己的母亲处于侃侃而谈的情绪中，他是没可能更加接近真相的。当拜莱门德的犹太屠户碰巧出现时，他发现他是妈妈的第一个表亲，而且有非同一般的歌喉。然而，如果齐拉格·维尔莫什强问她她是否在犹太会堂里唱歌时，他只得到了一句废话："他在他们让他唱的地方唱。"

有一次得知，事情变得非常糟糕时，妈妈在她的女友维琦家里避过难。

"您躲了起来？"

"哦，我亲爱的威利，那时候每个人都躲了起来！已经开始空袭了！"妈妈还会详引当时电台播音员的话和他的空袭通告。

通过很多琐细碎片，齐拉格·维尔莫什最后终于拼在一起得出，老波卢布契里肯定曾经是斯拉夫人（塞尔维亚人？）或是某种杂交①，但他的妻子也许完完全全是个犹太人；她在娘家时的名字甘泽尔·海伦可视为犹太特性的证据，虽不能百分之一百。我们怎么知道她不是住在匈牙利的德籍塞尔维亚少数民族之一呢？无论是哪一种，我们都能推测出，基于纽伦堡法令②条款，妈妈可能会和爸爸的全家一样被驱逐出境。包括我，假如……当然，在现实生活中是没有"假如"的。

他母亲看到骨灰安置区的那些灰色石块时，加快了脚步。从一本

---

① 原文为德语。
② 1933年希特勒掌权后，纳粹德国于1935年颁布的反犹法令。

旧电话簿的后面部分，她读到了父亲的编号地址。齐拉格·维尔莫什只记得数量巨大、一模一样的人造大理石块组成了一个正方形，而他父亲的坟墓在最顶一排的某处。

事实证明果然如此。

齐拉格·巴拉日博士
（1921—1966）
愿逝者灵魂安息

*

两个日期被那个拳头大小的小花瓶遮住了，为此妈妈在葬礼后支付了一年的钱，但不可信的碑匠把它粘在石头上却花了三个月。妈妈一直气得冒烟："圣母玛丽亚啊，如果他不打算这么干为什么还一个劲儿地打包票！圣母玛利亚啊，如果他说不清什么时候能弄好为什么还要拿我的钱？难道他以为我能一直提前付钱给他直到世界末日吗？他把我想成什么了？国家银行吗？圣母玛利亚啊，他以为他自己是在干什么！"

"母亲，我们能不能别把可怜的圣母玛利亚掺和进来！"

"你对此事没有发言权！"他母亲正处于她的好斗情绪中。

这种时候，齐拉格·维尔莫什会赶紧避开自己的母亲，如同一条被吓坏的狗躲避一条恃强凌弱的狗。我母亲是一只又咬又吠的狗，他想道。那又怎么样！当妈妈处于战斗情绪的时候，她的嘴是不会停的。绝大多数时候她是在自言自语，可是声音很响亮，她的眼睛半睁半闭，激动地打着手势。"如果你以为你能打败我，那你就大错特错了！你没法打败我，每个知道我的人都知道这个，不是吗？我不可能没留意他在本楚尔街的超市做了多久经理，我在那儿做顾客也有那么久了，而那才是真正重要的。你不觉得吗？"

对于那些"你不觉得吗"，只有不认识妈妈的人才会贸然回答。

因呼吸而停顿的间歇短得来不及回应，话语洪流又重新滔滔不绝了，就连一句"你觉得呢？"都极少插入。齐拉格·维尔莫什还是乳臭未干小青年时，被母亲这些独白气得半死。他有一次问她："这是在交谈呢？还是您在独唱？"

"我会收拾你的，年轻人！好像我的问题还不够多、就差我的儿子跟我顶嘴似的！你说你已经没有牛奶了是什么意思？你应该定得足够多！牛奶和面包是最基本的东西，你的责任是保证每个市民都有！你不觉得吗？即使你还有一些剩的，那都凝固或是变质了！我当然已经把它写在投诉本上了——你不该把那个粘到你的橱窗上！我填满了那一页而且更多！简直是暴行！顾客有权利！你不觉得吗？"

就连在爸爸的坟墓前，妈妈也开始了一次她的那种咆哮，当她发现有人——很可能是安息在爸爸旁边的那个男人的亲属——把他们的三支玫瑰插在了*我们的花瓶里*，花瓣悬垂在班亚瓦里·盖伊萨的上面，他生于一九一七年，死于一九六六年，他的妻子、儿子、女儿并其他人致哀。这对妈妈来说简直是火上浇的油，她的眼珠子在它们的眶眶里转个不停，五根手指张开戳向空中："*并其他人！真不可思议！我倒是惊讶它怎么不说所有人等统统致哀！*可是那些*其他人*不自己买个花瓶，或是他的女儿、儿子，或是他的妻子？为什么他们要糟践我们的？你不觉得吗？他们有什么权利？他们有什么理由？"班亚瓦里·盖伊萨凋零的玫瑰飞走了，连同它们的线夹，远远地落在其他石板上。

齐拉格·维尔莫什为自己对母亲没什么耐心而感到羞愧，他暗自承诺过无数次要耐心地听母亲唠叨，甚至要用亲切的态度，因为你永远不能指望对你的母亲进行教育。然而，等到了下一次，在母亲咆哮六十秒后，他便无法咽下疙疙瘩瘩堵在喉咙里的愤怒了。妈妈砰的一声摔上门跑出去，即便是在她自己的寓所里……这些时刻的纪念碑，

345

已成行成列。我该不该去追她呢？我该等她回来吗？她反正会回来的……她会吗？你不觉得吗？他咬着嘴唇。好了，好了，想不到你也这样。

二十二岁的时候，他搬了出去，住进佩斯郊区祖格罗①一个音乐人朋友腾出来的寓所，女房东聋得跟木头似的，所以她的那些限制——不许带女人来、不许深夜闹腾、不许震耳欲聋地"耶耶耶"——没有被认真对待。

当他宣布要搬走的时候，母亲极为生气，但努力就此事摆出一副好脸色来。"我为什么要反对呢？这就是世界的方式：孩子们长大了，飞出巢去建立他们自己的窝。"

齐拉格·维尔莫什乐于思考如何布置自己的新居，他发现有一间带前门和厕所的房间是空的。他打算长期租住，因为看不到半点儿自己购房的机会。或许等他的母亲……不……愿上帝保佑她活上很多年。他在这种时候会感受到一种宗教式痛苦，尽管并不经常发生。他无法相信有谁在主宰着他的命运、甚或在密切关注之。倘若他有一个守护天使，她无疑会确保他不至于到末了还只是个疯狂的摇滚音乐人、一个充满风险且毫无出路的行当。

他很长时间没有像搬家这样因什么事情而如此激动过。起初妈妈还乐于帮忙。但很快便露出马脚：她一刻都没想象过她的儿子会拿走他的全部东西、把她独自留在这将归她一人所有的七十六平方米中。"其实……如果我到你的寓所里去，会更明智些。我不需要比那儿更大的空间，那样一来，你就可以留在这里……而且你不会介意我有时候在女佣房间里留宿……你不觉得吗？"

"啊哈！对啊！我搬了出去而我们还能住在同一屋檐下？"

"挖苦讽刺我吧，我亲爱的威利，就当我什么也没说。执行你

---

① 布达佩斯的一个区。

的旨意。"

齐拉格·维尔莫什痛苦地怒吼了一句："行在地上，如在天上，①您不觉得吗？"

他母亲的眼睛瞪得跟玻璃球似的："你怎么会知道那个，威利亲爱的？"

"好了，好了……一九五六年您让我去信新教②的……难道您忘了？"

"哦，那是很久以前了，我以为你全都忘记了。我想实现你亲爱的祖母的心愿，愿她安息吧。"

她一次又一次地找出各种理由论证她的儿子没有必要搬出去。我们已经有一个寓所了，而她很乐意让他拥有两个大房间，她只需要女佣房和厨房就足够了，她也不会使用浴室的，因为在较小的厕所里有一个洗手池。齐拉格·维尔莫什问她为什么在此之前没有反对他搬出去。他的母亲立即投降："行，行，让一切都如你所愿吧，我不会干涉。"

你不觉得吗？——齐拉格·维尔莫什给他自己加上一句。或者你觉得呢？当他的床、书桌和书架在巡回乐队设备管理员之一的帮助下往乐队的小面包车上装的时候，她围着他们满场飞舞，帮手撑着门、建议家具该如何摆，等等一切，仿佛搬家的人是她自己。可是，一等到齐拉格·维尔莫什在乐队管理员旁边的座位上坐下，她马上就泪流满面，冲他挥手，好像他是要被送往东线战场③似的。齐拉格·维尔莫什看见有人路过时感到很尴尬。但是没有必要：谁在乎素不相识的人会怎么看呢？

---

① 这一句与他的母亲所说的"执行您的旨意"是来自《圣经》的同一句话"愿你的旨意行在地上，如同行在天上"（马太福音，6：10）。
② 即基督教新教。
③ 虽然第一次世界大战和第二次世界大战均有东线战场，但此处应是指二战时以德国和苏联为主的东线战事，另有其他国家参与其中，各方军民均伤亡惨重。

在这之后不久,一个三人组合邀请齐拉格·维尔莫什作为第四人加入他们在斯堪的纳维亚半岛进行为期六个月的旅行。斯德哥尔摩、奥斯陆、卑尔根,在游轮上表演。他迟疑不决。"我……呃……晕船。"

"晕船?你是晕脑吧,如果你放过这个机会的话!"领头人说道,他已经算过了,挣的钱够每个人买一辆二手轿车。"两年龄的大众汽车,不费吹灰之力。"

———————————

父亲:
>我现在要离开了,而且不知道我会不会回来的。
>我在几年中多年已为您、给您写了这封信。
>如果您收到它,或许您会明白,
>这至少会使之清楚
>就是,我想你。超乎您的想象。
>回见。①
>永远,
>您的儿子
>威利
>维尔莫什
>……………………………………

他把这些页张塞进自己黏的一个厚厚的信封。在他离开前的那天,他带着它去了公墓。他不得不等了一会儿,直到骨灰安置区周围都没有了人。他把信放到上面。

他在电话中告诉母亲说他不会回来了。她没弄明白他的意思。

---

① 此处用了西方人熟悉的意大利语。

"你是什么意思,我亲爱的威利,你是要待在外面吗?"

"哦,妈妈……我敢肯定您是这世上唯一要求注解说明的人。"

"行吧,别叫喊了,可是你出境签证到期的时候会怎么样呢?"

"去他的该死签证,我会申请避难。我会弄一个南森护照①。"

"南——森?"她把它说得像是骂人的脏话。

"他们是这样称呼它的,您不觉得吗?"

"我明白了……可是你为什么不回来了呢?"

"因为我在这里会好些。我会赚很多钱,我会寄钱给您,我还不知道怎么弄,但我会搞清楚的……别担心,一切都会顺利的……我已经在这儿多多少少安顿下来了,我很快就会有自己的寓所……乐队里的一半人留下了,也就是说,我和另一个家伙……"

"噢,我的上帝!你在那里打算怎么过啊?"

"做我们直到目前一直做的,给醉醺醺的挪威人演奏音乐。"

"可那是不是说……我再也见不到你了?是那样吗?"

"好了,好了。头一件事就是您来这里探访,我会安排一切的。"

"哦,我亲爱的威利,你亲爱的父亲没有活着是多么幸运啊!这会要他的命!"

"当然不会,他会为自己儿子的好运气高兴的,他自由而且过得不错……相信我,妈妈,一切都会顺利!"

"那么……你真的……真的不回来了吗?"

他们俩都沉默了很长一段时间。终于,母亲说出了阴郁、悲伤的话:"那么我不会有儿子……或是孙子了……"

"为什么不会有孙子了?"

这句有气无力的插话没有被他母亲听见:"你知道你是齐拉格家

---

① 南森护照是弗里德托夫·南森于1922年起草提出,为无国籍难民和移民提供的身份证件,他本人因此获得诺贝尔和平奖。1946年在伦敦和日内瓦会议上得到再次确认。

族的最后一个人吗?"

"行啦,母亲!不要哭了。我们会再次通话的。保重!"

放下话筒,齐拉格·维尔莫什感觉自己身体的每一部分都浸在汗水里。我已经叛变了……匈牙利再没有齐拉格。这个不合语法的短语是一个信号,表明他的母语知识正开始下滑。

等到他重返匈牙利的签证申请获准时,已经八年过去了。当他还在欧洲时,他从未想过要申请。任何离开匈牙利人民共和国的人都被自动视为叛徒和坏人。

齐拉格·维尔莫什漠不关心:很长一段时间,他甚至不想听到"匈牙利"这个词,更别说回去了。

从斯堪的纳维亚半岛,他去了巴黎,然后渡洋而去。他在美国找不到做音乐人的工作,在那里,保留着的是盎格鲁-撒克逊①的经典剧目,没人有兴趣听他的口音。他当过服务生,后来在UPS②找到一份工作,驾驶那些奶油棕色的货车,派送从《大英百科全书》到五月花牌洗碗机等各种物品。

他是在飞往新世界的途中遇到他妻子的。席雅一半是美籍匈牙利裔,一半是美籍印度裔,出生在新德里,她父亲在那里刚开了一家出租车公司。那个公司失败得跟那场婚姻一样迅速,席雅被她的母亲带回美国,跟祖父母住在布鲁克林区的穷人区。席雅小巧、精致、口快,齐拉格·维尔莫什最喜欢的是她那张快嘴,因为她能对自己所熟练的五种语言、或第六第七第八种只懂一点单词的语言像跳芭蕾般轻松选择。如果他们在一间意大利餐厅,她就会和服务生谈论威尔第的歌剧,用难以模仿的那不勒斯口音。即便在中国餐厅,她也能说出一两句毫无瑕疵的话来,为鞠躬的服务人员脸上带来快乐的笑容。她灵

---

① 指英国、英裔或英国式的。
② 美国著名的货运快递公司 United Parcel Service 的缩写及其商标。

活调动起一打词汇来,好比巧妇能在不速之客造访时把食品柜里的剩菜瞬间做成美味汤羹。

从智力上说,齐拉格·维尔莫什在席雅身边感觉自己像个侏儒,甚至无法掌握足够的英语,只要一张嘴,便无法防止那些美国人在嘴角上露出专给外国人保留的、毫无感情色彩的僵硬微笑。和席雅在一起的生活,轻飘如时髦潇洒的远足郊游;第二天会怎么样完全无足轻重。如果说他们弄到了一点点钱,席雅立刻便找到了花掉它的方法。她对齐拉格·维尔莫什的忧虑毫不在意:"我们只活一次。你不觉得吗?"

她那音乐性的声音对齐拉格·维尔莫什是一种性感刺激,所以很长一段时间他都没有发现女孩是在嘲弄他的英语发音。

他们的儿子这么快就降生了,好像席雅在他们共享同一次航班时怀的孕。实际上,只有他们的指尖做了些漫游闲逛、在泛美航空公司仿毛皮的轻软毯子下。齐拉格·维尔莫什感到的是绝望,当她宣布:"我有新闻告诉你。你可以升一辈了。"

这一美分硬币费了些时间才落到地上。① "你的意思是……你……"

"哦,是的!你不觉得高兴吗?"

"哦,亲爱的……我甚至连绿卡还没有办下来呢。"

"你不用担心,我会办妥它的。我会办妥一切的。如果我办妥它,你会开心吗?"

席雅事实上的确设法办妥了一切,她唯一无法办妥的,是齐拉格·维尔莫什本人。对他而言,美国仍是敌人的领土,他只敢极其小心地走动,以免踩到日常生活中的小地雷。例如各种官方文件或印刷品,或是与陌生人的电话交谈。他从来都没能做到毫不忧心地听人讲话,

---

① 一美分(便士)的硬币落在地上,是"恍然大悟"的一种表达方式。这句话的意思其实是"齐拉格·维尔莫什半天才回过神来"。

假如有人在街道上或公共场所出乎意料地向他转过头来。

对席雅而言很自然的东西,对他却始终是负担。无论席雅怎么劝他只使用信用卡进行支付都是徒劳无用的;他更喜欢现金,因为他每次把自己的信用卡递给助理、服务生或收银姑娘时,胃都会自动收缩,担心他们或许把它拿走就不还回来了。

他们关于孩子的名字不停地讨论。超声波检查发现是个体重正常的男孩。席雅渴望起个有些异国情调的名字,向她的印度一面致敬,但齐拉格·维尔莫什很难想象儿子会跟着著名演员叫拉吉、跟着著名诗人叫拉宾德拉纳特①、或跟着著名西塔琴演奏家叫拉利。

"美国的每个男性名字都是以'拉'开头的吗?"齐拉格·维尔莫什问道。

"不要这么尖刻!在匈牙利有大量的'什',那又怎么样?"

"是的,但你有一个美国名字。"

"很不幸。你应该为自己的起源感到自豪。"

"你不觉得拉宾德拉纳特·齐拉格听起来很傻气吗?"

"我觉得。是因为齐拉格那部分。你应该取一个更明智的姓氏……"不过,当她看见他的眉毛抬了起来,便自己纠正道:"我的意思是,一个在这里读起来顺、叫起来顺的……齐拉格相当拗口,他们会说成齐雷格或克西雷格,你想要那样吗?为什么你不能叫维尔莫绪·斯塔尔!威廉·斯塔尔②!真太妙了,你不觉得吗?"

"你不觉得吗"仍旧让他想起了妈妈,她仍旧在马尔瓦尼街四号呜咽。还有展览在柜子上的那些照片、结婚照、穿军装的爸爸。齐拉格·维尔莫什在匈牙利婴儿微笑相册中的标准照,肚皮趴在一张模糊的桌子上,两腿在空中游着。然后是毕业照。邮票大小的推广照,从

---

① 著名印度诗人、文学家泰戈尔的名字。
② 实际上在匈牙利语中,"维尔莫什"就是英语人名"威廉",而"齐拉格"则是"星星"的意思,"斯塔尔"(Star)就是英语中的"星星"之意。

《电台与电视时代》上剪下来的斯普特尼克,带着标题:"半决赛中的新鲜人才!"

如果有新鲜人才,那么就肯定有停滞的、干枯的、甚至腐烂的人才,他想道;这就是现在的我。

至于他儿子的名字,他当即否绝了"斯塔尔"①,与他妻子"你应该以自己的祖先为傲"的原则针锋相对,他也毫不犹豫地否绝了印度名字。"而且无论怎么说,这孩子四分之三是匈牙利,而印度只有四分之一。"

席雅承认了这一点。他们一致同意,出于实际的考虑,会选一个无论在英语中还是匈牙利语中都存在的名字,而且对于印度人来说还不怎么拗口的。

"你父亲叫什么?"

"齐拉格·巴拉日。"

"那就出局了,后面有'日'的发音。祖父们②呢?"

"嗯……一个我不知道,另一个我想……米什卡。或者米卡沙!"

"你疯了。你不知道你祖父的名字?"

"这还只是最小的呢。我对我的部族一无所知。"这个词听起来老式。

席雅笑了起来。"你的部族?你的意思是说你的先祖!"

"对他们也一无所知。"

"你疯了!你甚至都不好奇吗?"

"我没疯。但是无人可问。"他开始解释说,只有他的母亲还健在,而且很难跟她谈论这类事情;她通常会转移主题,说:"好了,好了,我亲爱的威利,为什么要扒拉这些古老的东西!"

"但之后也许柜子里有个骷髅!"

---

① 即"星星"或"明星"。
② 指他父亲和母亲各自的父亲。

"你警匪电视剧看多了。"

"你怎么知道？您可能是战争罪犯！"

"你疯了！"他颤抖着说："我们是犹太人。"

"那又怎样？"席雅对欧洲的近期历史知之甚少。

席雅继续把这个话题时不时地拿出来说。她根本不相信维尔莫什·齐拉格对自己的过去知道得这么少。

"你要是认识我父亲，你就会明白的。"

即使在成年后，他也无法理解。你怎么能把一个男孩包裹在这种完全沉默的茧里面养大呢？"我什么也不知道。我想从不同场合的古怪话语中把事情搞清楚；结果只是微渺而混乱。我几乎不知道我父亲父母的名字，更不用说他父母的父母了。他哪个都不提。他是个遭到劳动营摧残的男人，我知道，后来则是拉伊科公审，还有慢性的、日益恶化的心脏病：这些都是原因，但不是借口。这不是他应该忽视的事情。也许他如果不是死得这么快……我那时听这些东西还显得太嫩了些，而且问得也不够经常，没能想到只剩下这么一点时间了。或者说，我是怀疑过，可这从未提上过议程。至于妈妈，嗯，她脑子太散乱了，不足以当作可靠的消息来源。"

他越是说下去，自己就越是不理解。

齐拉格·亨利是在布鲁克林的弗拉特布什医疗中心来到这个世界的。他因为脐带缠在脖子上差点窒息而命悬一线；他的皮肤变成青紫色，吓坏了医护人员。

席雅很久都不让丈夫近身，声称妇科医生说要过一段时间。最后，她承认自己对他已经没有了性欲。齐拉格·维尔莫什五雷轰顶："你说它没有了是什么意思？它去了哪里？"

"我要是知道就好了！你就相信我吧，我自己对此也不清楚。"

"但那……我们会变成什么？"

她没有回答。齐拉格·维尔莫什记起布达佩斯报纸上绝望的住房广告:"绝望:任何及一切解决方案皆可!"

但他的妻子没有看过布达佩斯日报。"你打算怎么办?我搬出去?你搬出去?"

齐拉格·维尔莫什意识到事情的严重性。席雅已经停止了对孩子的照管。她时不时会展现出典型的心脏病症状:突然冒汗、右臂麻木、昏迷几分钟。他们一轮又一轮地去见穿白大褂的人、从妇科医生到心理医生:大量专业术语兜头抛来,什么植物神经症、恐慌症、产后抑郁症;她接收了各种剂量的药物治疗和辅导;她被建议进行睡眠治疗、团体疗法和瑜伽课程。一切都是徒劳。亨利—— 他的父亲坚持以匈牙利语的形式叫他亨利克①,并经常加上"第八"——由自己的父亲照顾。

他因为迟到劣迹被 UPS 解雇。这时候席雅住进新罕布什尔州的疗养院,只能用社保支付一半费用。席雅的妈妈让女婿和孙子跟她住,尽管她自己也是靠福利为生。她狭小的家靠近拉瓜迪亚机场,在布鲁克林-皇后区的高速干线旁,窗户日夜被八车道高速公路上轰隆隆的车来车往震得嘎嘎作响。

齐拉格·维尔莫什找了很久都没有找到任何工作。最后来到了机场;虽然不是在拉瓜迪亚,而是在纽瓦克,要花两个小时才能到达。他的工作是把行李塞进飞机肚子以及把它们从里面取出。这个活动领域似乎特别吸引来自东欧的流亡者:有两个波兰人、一个保加利亚人、三个罗马尼亚人、五个俄罗斯人、一对从东德过来的夫妇,甚至还有一个阿尔巴尼亚人。难怪我从来没有把英语学好过,齐拉格·维尔莫什想道。

经过一番特别艰难的转变时期,"匈牙利!"一个词突然出现在他的脑中。就连匈牙利都会比这儿要好。

他致电大使馆,得知必须本人亲自去申请。从布鲁克林到联邦首

---

① 匈牙利语中的"亨利克"就是英语中的"亨利"。

都有半天的车程,当然不是开他自己那辆十二年车龄的黑斑羚①,因为才到三分之二的路途散热器就开始响得像恐怖武装分子在扫射,然后就断了气儿。一辆黄色 AAA② 小车一溜烟来到跟前,但 AAA 的人只往引擎盖下看了一眼便砰地把它扣了回去。"你可以跟这个生锈的铁筒吻别了。"

拦了几个小时的顺风车,终于上了一辆运载马匹的卡车,但没有把他带到比特拉华州更远的地方;他在这儿徒劳无功地运动着胳膊,直到夜幕降临。他走到最近的休息区,在一条长凳上度过了一夜。第二天他好不容易到了匈牙利大使馆,处在一种无法振作起半点儿自信的状态。但这并不是他们像对麻风病人一样对待他的唯一的原因。女办事员的脸让他想起烤焦的面包片。一个臭屁,他断定道,这个蛰伏已久的词颇有点儿愉快地顺利跃入他的脑海。

结果发现,他的情况还不算毫无希望,因为他非法离开匈牙利人民共和国之后,这宗正常情况下要追究的刑事诉讼没有发出,因此——如那个穿蓝色套装的女人所说——他的记录中"没有案底"。就算有,那也是他们的,不是我的,他想道。

"但是,齐拉格同③……先生,不要想象会有头戴鲜花花环的纯洁少女欢迎你!"她说道,"而且不要忘记从美国当局获取齐拉格·亨利的美国护照,因为他是美国公民。"

他被告知,孩子的护照申请必须有母亲的书面同意,因为亨利是未成年人。齐拉格·维尔莫什没有把这想象成一个问题,可是席雅很坚决:"你不能把我的孩子带去任何地方!你听明白了吗?我真是疯了,把他信托给像你这么一个二傻子!"

"癫狂东西!"他脱口而出,立刻便后悔了。席雅开始疾言厉色,

---

① 美国通用汽车公司旗下之雪佛兰的一款车型。
② 美国汽车协会的缩写及标志。
③ 她想说"同志",但改口为"先生"了。

就像是真的癫狂了,她的嘴里满是黄色泡沫,两名护士跑来,一个白大褂按住她在她手臂上打了一针。席雅改说英语,胡言乱语,速度快到齐拉格·维尔莫什一个词也没听懂。她希望在我这儿占上风的时候总是这样。

每次跟妻子提起这个问题的尝试,都以同样的狂怒发作而收场。他除了认输之外,别无选择:美国公民齐拉格·亨利——那时已经学会了大写字母不仅是英语的而且还有匈牙利语的——无法随他回到那个古老的国家。这令他再次感到惶惶不安。他们到底还会不会让我回美国?如果不会,我还能看到我的儿子吗?

对于这些问题,焦面包脸女士的回答令人欣慰。"我们为什么不让您回到他身边呢?您可不是什么国家珍宝。"

齐拉格·维尔莫什表示认同。

"再说,那些日子已经一去不复返了。匈牙利人民共和国不是监狱,而是十分像样的社会主义小国,拥有人权及一切!"

"及一切"会是什么呢?正当齐拉格·维尔莫什暗自思忖着,他在苏黎世转乘的瑞士航空公司航班降落在布达佩斯的费里海吉①。机长用法语和匈牙利语感谢乘客选择瑞航,并表示希望不久之后会在他们公司的航班上再见。还是不要了吧,齐拉格·维尔莫什想道。

在此之后,他们又呆了四十五分钟不准下飞机。外面的太阳升得更高,飞机里的温度甚至升得更快,汗腺高速运作。时值一九八二年五月,但布达佩斯以夏天热浪似的东西迎接他的到来。他的护照被一个身穿卡其夹克的边防卫兵彻底细查之后,滑入他胸前的明扣带盖口袋。卫兵站了起来:"麻烦跟我过来!"

他护送他来到一个狭窄的房间,相当详细地审问他离开这个国家的方式;根据他的回答,审问人向一个跟炎热做着斗争、以保持清醒的打字员口述了份正式谈话报告。所有这一切用了几个小时。齐拉格·

---

① 布达佩斯的国际机场。

维尔莫什问是否可以跟肯定是在外面等候着的母亲说句话,但遭到否决。他的护照不予退回;该官员说,这可能只是他结案前的短期扣留,而且他会得到正式收据的。

他获准离开了。他跟跟跄跄走出这栋建筑,与美国的机场相比,它就像玩具娃娃的房子,现在冷冷清清——下一趟航班的到达时间尚未出现在到达显示屏上。他的母亲不在那儿。看不到有出租车。他坐在自己的行李箱上。他蒙眬记得有一路大巴到市中心弗洛斯马提广场的匈牙利航空办公室,但他不知道怎么找到它。末了,一辆显然是私家车的斯柯达开上前来,司机索要一千福林带他到市内。

他从车里爬出来的时候,看见他那栋大厦门口有一位老妇人,正大声喊着什么朝斯柯达而来。他花了一些时间才认出是母亲向他跑来。他们互相拥抱,他的母亲把他狠狠地亲了个遍,已经开始唠叨起来,说她有多么大喜过望以及她已经为自己亲爱的威利做了一顿美味大餐。她那些 s、sh 和 ch 的发音听起来很奇怪。老天……妈妈装了假牙。

晚上在饭桌上,当妈妈的干果到了他盘子里的时候——它们一直是母亲引以为傲的特色菜——他开始感觉自己回到家了。他的母亲确信专门制干的梨和李子永远都不会变质;其实,这正是北极探险家、登山者和宇航员们应该随身带上的东西。"如果这里那里有些白点也不妨事的。不是发霉,只是有一点点嗯……盐。"

生命之盐,齐拉格·维尔莫什想道,往自己嘴里弹入一个果子。但它不是咸的,它是甜的,吱嘎吱嘎的,有点硬。你要是想让它下去的话,不得不努力地吞咽。

第二天他们乘电车去公墓,这次是齐拉格·维尔莫什要求的。他本来要预约一辆出租车,但他母亲说不:"哦,我亲爱的威利,你不要把自己的钱浪费在那些贼的身上,他们都头脑不清,他们索要这么巨额的小费,而这儿的公共交通很棒,我知道咱们该在哪儿换乘电车,我甚至已经给你买了张票!"于是妈妈的意愿得以执行:他们在电车上缓缓行进,驶入轻柔的风中。

当他们从最后一节车厢出来，太阳已经躲进棉花团似的灰色云朵背后。有很多活跃的昆虫围着卖花的人们嗡嗡嗡地飞。齐拉格·维尔莫什立刻产生了一种宾至如归的感觉，像在过去的好时光中那样主动起来，为妈妈的父母选了一把小花束，为父亲选了短茎玫瑰（以便它们能适合小花瓶）。

他们好不容易才找到波卢布契里夫妇的坟墓，因为它们盖满了青苔。墓碑已经发黑，只有知道在哪儿能读到碑文的人才能读到"上帝主宰世界"。他母亲把野生的植物齐茎拔除，喘着气，后悔没有把自己的小铲子甚或剪刀带来。

"你有把铁锹在家里？"齐拉格·维尔莫什问道。

"没有，但我可以借一把。"

"跟谁？"

他的母亲盯着他，眼睛蒙上了阴影。"你就帮我一下呗，行吗！"

他们在这儿度过漫长而笨拙的时间，但收效甚微。最后他母亲放弃了：我们不得不再来一次，带上适当的工具。她把小花束放在正中间，点燃两支蜡烛，并开始祷告。齐拉格·维尔莫什读得出她的唇语。万福玛利亚。我们在天上的父。或许我也应该祈祷，他想道，但感觉模仿母亲显得有些傻气。

父亲坟墓的所在地，他们完全找不着了。妈妈来来回回摇着头无奈地说："我真搞不懂，他肯定在这里，我发誓！"

齐拉格·维尔莫什肚子都要气炸了，当他找到了班亚瓦里·盖伊萨的坟墓，生于一九一七年，死于一九六六年，他的妻子、儿子、女儿并其他人致哀。他记得父亲埋在旁边的，可现在，在他上面埋了马瓦·索博博士，一九五五——九八〇。他活了二十五年，齐拉格·维尔莫什算了一下，但只是为了耽误别人，可怕的想法。妈妈也发现了班亚瓦里·盖伊萨，开始呼呼哧哧起来："这是什么？发生了什么啊？怎么……究竟……"她的呼吸变得不规则，然后瘫倒在骨灰龛上，几乎无法呼吸，脸色变得血红。

一个墓地园丁用自己的小货车把他们送到大门入口处，到办公室去叫救护车，但妈妈在办公室做了完全不同的事，而齐拉格·维尔莫什有些难以阻止她砸碎隔断办公室和接待处的玻璃板。她的嘴里发泄着含糊不清的噪声，穿着水手衬衫、代表国葬公司的女孩像个机灵学生似的，试图从妈妈所说的片段弄清她的问题是什么。于是，她开始翻阅一本厚厚的黑色文件夹，直至找到最终答案："齐拉格·巴拉日的骨灰瓮合同于一九七六年一月二日过期，我的好女士，因为那在十年前就过期了。"

"但我为什么没有被通知？"

"你知道我们有多少这样的情况要处理吗？实在不可能去函通知每一个人；但我们总会把已经过期的墓穴或骨灰瓮贴出来昭示。即便那样，还是延长有十二至十八个月的宽限期。如果在此期间死者亲属没有出现、将此问题解决并办理延展，公司就只能腾出非法占用的地方。"

"过期！腾出！岂有此理！"他的母亲像一条刚出水的狗那样甩掉齐拉格·维尔莫什要让她安静下来的手。"现在他们都不让死者安息了！某种'永恒的安息'！"

"我真的很抱歉，女士，我没别的什么可说了。我会认为，要是有人长期不去看望他们的死者，那就可以推定——公司就是这么考虑的，他认为他们不重要了。"

"为什么它不重要？只是因为我最近很忙、来得比较少了，因为……"

水手服女孩发作了："夫人，您的死者是在宽限期截止后又过了五年半才迁出的！而您现在才来探访？"

"五年半？完全不可能！"

女孩觉得她占了上风，耸了耸肩："至少"。

"行吧，行吧。把他迁回原地要多少钱？"妈妈拿出她用来做钱包和证件夹的破旧文件夹。

"不幸的是，我们无权这么做。"女孩嘴唇僵硬成薄而平行的两条线。

"如果我能获准提问的话,为什么你们无权这么做?"标准的正规答复总会激起妈妈更大的愤怒。

"因为过期骨灰瓮里的骨灰被放入普通坟墓,然后彻底消毒、用土覆盖。"

妈妈得让这些话重复三次才真正听进去。当她跟高高在上的水手服女孩、然后是墓地经理对话时,不能砸东西、尖叫、大吼了,在后者——一个短粗的小个子家伙——那里也一无所获。她的愿望已经无法满足,即便他们为她破例,因为从骨灰瓮里取出的几百个金属盒扔进同一座坟墓,没有任何标记,所以没人能确定哪个是齐拉格·巴拉日博士的。妈妈抽泣着,心如刀绞,墓园的全部员工来劝都没用:她不得不接受一个事实,那就是,她亡夫的骨灰到头来落在了沙草之下,只有一个大致的地点。她在那个地点边缘一张靠背破损的长凳上一直坐到关门时间,吸着鼻子,擤着鼻涕。

齐拉格·维尔莫什知道她伤心欲绝。他只是站在她的身后,把手搭在她的肩膀上。

他们吊在电车上时,他终于鼓起勇气问她:"妈妈,您怎么这么多年都没有去看爸爸?"

他母亲的眼睛蒙上了眼泪。"他一直在我脑子里,我总想去的,可接着就会发生些什么事。"她又在哭了。"我是个多么懒惰、卑鄙的可怜虫⋯⋯而他不该在熬过战争、战俘营、拉伊科审判之后,只落得一个像犯罪似的没有标志的坟。一起过了那么多快乐、无云的年头,这个好人从我这里得到的不应该是这个,我们是模范婚姻,我告诉你,模范,每个人都十分羡慕。"

很难让这一关过去。"好了,好了,母亲,您不是当真的吧!"

"为什么不,我亲爱的威利?虽然关于你亲爱的父亲能说出很多不好的事情,但他终其一生是一位模范丈夫和父亲。"

"真的?您认为一位模范父亲就是从来不跟他的儿子说话吗?"

"是的，好吧，或许他有点沉默寡言，这倒是真的。"

齐拉格·维尔莫什怒气上来了："模范丈夫，呃？在他病重的时候想要搬出去的人？"

他的母亲如五雷轰顶："你从哪里得知的？"

"从他那里！这是他说的！"

"你编造出来的。为了气我。"

他知道，在他有生之年他都会为此遗憾，但他对母亲并无怜悯。他告诉了她全部故事，一个细节也没有漏掉。

他的母亲只是听着，频繁地在她的手帕里鸣响。齐拉格·维尔莫什好斗的情绪挥发散去。现在好了，那么做有什么好处呢？他问自己。

母亲在第二天晚上对他说："你生我的气……像这样失去爸爸吗？"

他摇摇头。反正我们已经失去了一切，他想道。

他觉得自己不能就这样整天坐在家里，开始寻找临时工作。他在一个有遮篷的大市场里找到了活儿，有个同学在那儿卖活鱼。齐拉格·维尔莫什用网子从玻璃水族箱里捞起鲤鱼、鲶鱼、梭鲈；为了小费，他会把它们清干净、划开。他不断计划着要回美国去，又不断推迟了他的行期。起初，他每周与席雅和住在布鲁克林的岳母往来书信，之后变得越来越不频繁。他那在照片里的儿子跳跃着迅速成长，开始自己写上几行幼稚的话。地址和结束语会用初学者的马札尔格式，其余则是英文字母。他把自己的名字签成"亨利克"。

杂交①，齐拉格·维尔莫什想道。

几个月过去了。他渴望再次看到自己的儿子，虽然也许没有强烈到会采取必要行动步骤的程度。母亲突如其来的疾病消除了短期内踏上旅程的可能性。

---

① 原文为德语。前文已出现过，是德国纳粹用语之一。

他母亲从基果尤大街的诊所到公墓的旅程花了将近一年时间,在这期间,齐拉格·维尔莫什的头发已开始变得花白。他希望亨利克能出现在葬礼上,可他只发了一份吊唁电报,其中只有一个匈牙利词,那便是齐拉格·维尔莫什的姓氏。席雅和她母亲毫无疑问培养了这孩子对我的恨意。

现在他发现很难说清为什么他还呆在匈牙利。他卖掉了马尔瓦尼街的寓所,把钱存入商贸银行,根据目前的规定,他可以在国外旅行时从中取出规定数额。没问题。我会带回亨利克,而且我们会在巴拉顿湖度假。

他的飞机降落在肯尼迪机场。没有人接他,这并没有让他感到惊讶。他不舍得花钱坐出租车,而是上了机场穿梭大巴。他在纽瓦克工作的时候,司机会准备好为他在北方大道的拐角处停一下,离席雅母亲的住处只有十五分钟的步行路程。然而这一次,包着锡克教徒头巾的司机不会准许这种违章下车的,所以,他把自己那两个行李箱扔到交通安全岛上之后,还得至少步行半个小时。

他记得这个地区,并且知道,如果他能穿过中央公园大道,就可以把步行路程缩短很多。但这条多车道高速公路上的车辆接连不断、咆哮轰鸣,像受伤野兽般的嚎叫让他的脑袋都快炸了。没有这些包的话,或许他还能有辗转穿过,但拖着两个行李箱,他毫无机会。因此,只能走很长的路了。

他沿着通往汽车废料堆放场旁边那座人行天桥的斜坡一路走着。现在是掌灯时间,至少在理论上来说;但在世界的这一部分,要是在那些街灯里找得到一个亮着的灯泡,就算是例外了——街头少年喜欢用弹弓把它们敲出来。

废料场前面的路面铺着坑坑洼洼的混凝土块,往下拐到一家油腻腻的汽车修理厂入口处。这栋建筑一半沉入地下,其中一些窗户跟齐拉格·维尔莫什中学工场的那些很像。被打破的地方换成了两块不相配的窗玻璃。这个地方肯定早就破产了:大门悬敞着,公司的名称"克莱恩与福克斯,福特①巫师"破损了一端,垂在风中发出轻微的吱吱噪声。这名称很机巧。他很高兴自己理解了这个来自《欧兹巫师》②的文字游戏。阿布拉卡达布拉③,只消看着我的两只手,一、二,给你个福特④,有空调、真皮座椅、动力方向盘……他只知道"动力方向盘"在匈牙利语中怎么说;它永远不需要用英语说出来,因为每辆汽车里都有。

"克莱恩与福克斯。"

他努力向英语发音靠拢。"克莱恩"一定是"克雷因","福克斯"也许是"富克斯"⑤,然后……越来越多犹太人……哦耶。他想象着他们。贝拉·克雷因,不,阿尔伯特·克雷因,不,没有比这更好的了:米克洛什·克雷因,钢琴制造商。他们在大战期间从基什派什特⑥逃到了这里。米克洛什·克雷因从走街串巷的小贩做起,然后是吸尘器推销员,再后来是福特公司的办公人员,遇见了奥东·富克斯……耶诺·富克斯……理查德·富克斯……啊哈,这些巴拉莱伊们来自尤卡伊的杰作《硬心肠男人的儿子们》。所以说,米克洛什·克雷因遇到的是莱祖·富克斯,然后他们就变成了雷·福克斯和迈克·克莱恩,并决定开一个带汽车修理间的汽车展厅,他们得到福特公司的认可,生意兴隆,他们的实力逐步壮大,直到发生了大崩盘⑦,当……

---

① 指福特汽车公司生产的福特汽车。
② 即国内广为人知的《绿野仙踪》。
③ 《绿野仙踪》里面念的魔法咒语。
④ 即一辆福特汽车。
⑤ "福克斯"在英语中是"狐狸"的意思,而"富克斯"则是德语中的"狐狸"。
⑥ 匈牙利布达佩斯南部地区。
⑦ 指1929年10月底华尔街股票市场大崩盘,亦称作"黑色星期二",是美国历史上最严重的一次股市崩盘,标志着长达十年的美国经济大萧条开始。

不,他们肯定一直在蓬勃发展中、即便是到了去年,因为油迹很新。他走过了废料场,气喘吁吁,于是放下行李箱在上面坐了下来。当他继续上路时,觉得虚弱得可怜。

有没有可能我的某位祖父辈或曾曾祖父辈也来到了美国呢?

他停歇的次数不得不越来越多,他的夹克和裤子都湿透了;胖鼻涕虫似的汗珠潴留在他的发根,令头皮刺痒。

他已经很接近目标了,因为认出了席雅母亲所住的那片荒凉屋区,建于五十年代末,是帮助纽约贫困家庭的综合性城市计划的一部分。每一寸混凝土外层都被涂上某种俗艳的颜色,是嬉皮士?瘾君子?流浪汉?上帝才知道是谁干的。

他仍然听得见来自中央公园大道和布鲁克林——皇后区高速干线——的轰鸣声,后者令席雅母亲生活在地狱里。噪音让位齐拉格·维尔莫什想到尼亚加拉大瀑布。跟一百万其他美国人一样,他们去那儿度的蜜月。他永远忘不了摩托艇在港湾的环山海域把他们带到泛沫洪流之下的那一时刻。加强了这一视觉效果的,是砸落在翻腾湾面上的成万上亿的水滴发出的声响。尼亚加拉大瀑布,齐拉格·维尔莫什说道,不大成功地模仿着他妻子的口音。

"什么情况?"

两个有色男人跪在水泥地上,旁边是一些燃烧的垃圾,辛辣的气味就在那一刻刺激了齐拉格·维尔莫什的鼻孔。他无法回应;他得先清清自己的嗓子。"等一下,"他用耳语的声音小声说道。

"这肥佬儿是在跟咱说话哪?"他们其中一人穿着破旧的黑色皮夹克和同样质地的裤子,能一条条地看见里面的膝盖。

齐拉格·维尔莫什不明白"肥佬儿"一词:"什么情况?"

"你学(xiáo)① 我啊,傻蛋?"另一个家伙年轻些,二十到二十

---

① 这段对话前前后后用的都是当地的口语,所以,"学"读成北方口语中的 xiáo 比较接近原文感觉。

二岁的样子,牛仔裤,但上身赤裸。他的胸口、肩膀和两条胳膊上都漫布五颜六色的文身。

齐拉格·维尔莫什也不明白这个。他惊叹于那人皮肤上图案互相交融在一起的方式。他还在咳嗽。

"你拍拍屁股赶紧给我滚!"皮夹克说道。

"把你东西撂下!"年轻的那个说道。

齐拉格·维尔莫什不熟悉布朗克斯①俚语,不大确定地紧抓着行李箱拉手。他从语气上明白其中有某种侵略性意图,但没想到他那微不足道的东西或人会促使任何人采取行动。他一喘过来气儿,立刻点头并说:"幸会。"然后他开始继续走。

他已经学到的是,这是一句无害的问候语。他怎么也想不到这句话的字面意思在这个特殊的情景中会被视为一种好斗行为。在他明白过来之前,这两个黑人就把他打翻在地,而且开始踢他。赤裸上身的那个穿着双马丁靴,另一个是篮球鞋或运动鞋。齐拉格·维尔莫什试图向后者那边滚动。他等待他们停止这一切;究竟这是为什么呢?一句匈牙利语从他嘴里冒出来:"已经够了……我不敌视黑鬼们!"

"黑鬼?你是说黑鬼吗?"

鞋跟和鞋头冰雹般击中他的裆部、眼睛、鼻子,当马丁靴踢中他的睾丸时,他失去了意识。他再次看到了尼亚加拉大瀑布——席雅拍的曝光过度的彩色即时照片,还有他自己拍的黑白图像。

过了一会儿,两个男人揍这个一动不动的身体揍累了。

"他还有气儿不?"夹克衫问道。

"瞧,他还动哩。"

"咱看一下他的东西。"

他们拿走了他的一切,把他的钱分了,钱包和文件扔进火里。皮夹克想留下他的信用卡,但另一个从他手里拿过去也扔进火里:太冒

---

① 纽约市最北端的行政区。

险了。他们扯开行李箱,但只拿了一件套头衫和一双鞋子。从布达佩斯带来的礼物都在火里告终,而所有东西里燃烧得最厉害的,是齐拉格·维尔莫什在阿什托利亚酒店旁边那个地下道里从一个胡子拉碴的商人手里买来的套娃①。他们开了两小瓶图卡伊②,但觉得它太甜了。

齐拉格·维尔莫什在黎明时苏醒过来。他觉得自己的身体有几吨重,而且已经被践踏成小碎块。在他身上发生了什么可怕的事情,是的;起初他记不起是什么。他的意识缥缥缈缈迷迷糊糊。他看到了自己还剩下的东西:他最喜欢的天鹅绒夹克像一块湿毛巾似的躺在尘土中。

到晚上冷起来的时候,他终于设法坐了起来。他惊恐地发现,在摸自己脸的时候,他鼻子所在的地方有一个很痛的疙瘩。一个肯定是在哭泣的细弱声音,像是对他无助境遇的悲评。他需要吃的、喝的、医生,否则……他已经失去了自己的过去,而现在,他离失去未来也非常接近了。我必须保持意识清醒,他对自己喃喃自语道。这声音冒泡似的从他口中含混不清地说出;他缺了四五颗牙齿。

他有一种感觉,自己的呼救声不会得到回应的;最多就是吸引来几个像他的攻击者那样的人物、如果有什么人的话。他在痛苦中手脚并用、朝灯光更聚集的地方爬去。他看到锯齿状的星星在眼前跳来跳去。

这些灯近了,只是非常、非常的慢。

他没有注意到自己已经到了靠近拉瓜迪亚的空旷地方,跟他原本要去的地方正相反。巨大的"禁止翻越"警告牌表明陌生人不许进入这个地方。尽管如此,当地的男孩在周日上午会到这里打棒球、踢足球,直到保安把他们赶出去为止。齐拉格·维尔莫什曾经跟自己的同事在这里打过一次垒球。

---

① 即通常说的俄罗斯套娃。几个形状一样、尺寸不同的玩偶以大套小地重叠成一个。

② 匈牙利图卡伊地区的葡萄酒。

他到了一块灌木丛地,只能绕过去。他冻得直哆嗦,尽管第一缕阳光已经照亮了大地。我得稍微休息一下,他想道,然后瘫倒在地上。他侧身躺着,像胎儿在子宫里的姿势;这样他的脊椎就能少些痛苦。

如果我这个样子回去,我的儿子会怎么说呢?

这是他最后的、真正最后的想法。他陷入再也没有醒来的睡眠之中。在他的头顶开着美国版的金链花。它灿烂的黄色花朵缓缓撒在齐拉格·维尔莫什身上。

两个星期后,他的尸体被三个跑进树丛拿他们飞盘的孩子发现。格雷特内克①的警长到了现场。这年年底,标记为"未决"的文件被放在抽屉里。

> 没有取得进一步证据的前景。
> 肇事者或肇事者们不明、受害者不明。
> 文件封存。

---

① 即纽约州的 Great Neck。

第十二章

死气沉沉的冬天越长,春天便会越发灿烂夺目。在苦寒的最后日子里,大地在鸣禽的清晨大合唱中醒来,它由衷渴盼的重生现在渐渐靠近了。要不了多久,我们将很快迎来最纯粹的色彩、气息、味道、形态与结合,而它们可以不顾一切地,让世界变得更加美好。在这样的时候,似乎大自然就要僭越到艺术的疆土上。

在布达佩斯,每个人对亨利克的看法都比他对自己的看法要有利些。他瘦长的身形会相当的男子汉,假如他没有驼着背、明显缺乏自信心的话。他说话的时候,一些不确定的"呃"或"嗯"就先跑了出来,如果很激动,他会不停地咬嘴唇,以及撕扯大拇指的皮直到出血为止,有时甚至更为过分。尽管他竭力想把父亲的语言说得完美无瑕,却经常、几乎是下意识地在他的匈牙利语中使用英语的表达方式。他的陈述句在结尾时绝大多数都是以问句的升调形式卷上去的,哪怕他百分百确知自己在说什么——这种情况是极其罕有的。

在公司,他会坐在角落里,带着一副生气的表情,将目光投向那些能做到轻松自在的人们。很平常嘛、诸如此类的行为,他说、或者暗自想道,尽管隐藏不住对他们的艳羡之情。在他的麦金托什①经典电脑上,他开了一个文件夹,无论什么时候灵感乍现,就会相当不成体系地写下些类似日记的笔记。在匈牙利,他就用匈牙利语来写,刚

---

① 苹果公司于1984年推出的一系列微型计算机。

开始的时候到处都是毛病。他死死抓住自己那台过时的电脑不放,如果有人建议他换一台新的,他会感到震惊:"可这是一台业界经典之作啊!"并且指出有一台已经作为原型放在华盛顿的科学技术博物馆里了;他已经用自己真正的眼睛①看到了。他读过三本关于麦金托什帝国之崛起的书:他想象着两名十来岁的少年,在其中一人的父母的车库里,整合出那台界面操作简单方便的电脑,它的成功奠定了这个全球特大企业的基础。

这个不可思议的神奇故事让他想起孩提时代听到的那些故事。夜晚的时候,他的父亲会坐在他的床前,眼睛半闭着,开始了"从前的时候",而那个一丁点儿大的小男孩便会向广阔的世界进发,去寻找他的财富,手里拿着一个可信赖的棍子,肩膀上挎着一个包袱,里面总是装满了炭灰烤制的松饼。在一番令人兴奋的历险之后,他会得到一半王国并娶公主为妻,好像麦金托什男孩们赢得了名声和数十亿美元那般。那么——看来奇迹仍然能、而且在发生的喽。

亨利克在一所不起眼的公立学校接受了教育。弗拉特布什社区学校和李氏高中几乎没有什么白种人学生、除了他自己。在小学,黑色是典型的肤色;在中学,则是黄色。他深谙他们的谈话,能把黑人的俚语说得跟黄肤人群的鼻音一样顺溜儿。只要他们能不打不闹混到下课,教师们就会很高兴了。他们当中的大多数人口袋或包里都带着武器或防狼喷雾。

亨利克被认为脑袋不太好使。被叫起来去做白板上的题目时,他常常只会唉声叹气;他们把毡尖笔拴在白板上也没有用,总是有人把它偷走。比较醒觉的教师会带他们自己的来,而不大醒觉的教师则彻底放弃使用白板。但醒觉教师的数量在那些学校里是极少的。亨利克不得不一年三次循环往复地忍受这种丢脸的遭遇,但无论好歹,他总

---

① 齐拉格家的头生子有看到过去或未来的能力。

算度过了十二年的义务教育的磨难。没有哪个老师注意到他本质上其实是个脑筋不错的小伙儿，只不过是他的记忆力拖累了他。即便是他极其用心塞进脑袋里的东西也保持不住：轮到他用的时候，那些数字和名称已然在脑子里无助地化作混沌一团，尽管他水晶般清晰地记得所问内容出现在课本的第几页以及什么类型、颜色和排列。他能看见它；只是无法读取。十岁时候他就戴上了眼镜，希望能有所帮助，但它们不过是放大了一行行字母和数字罢了，他依然无法读取。

还在很小的时候他就健忘得出了名。如果他的祖母——他用那个奖项的名称叫她"格莱美"① ——派他去她们可以赊账的中国杂货店，亨利克几乎总是忘记本来是要买什么的。他问石春先生要的东西纯属猜测，后者的孙子们经常是他的同学。如果格莱美给他一张清单，他会把它忘在家里或弄丢。有一次在学校里填表，他的父母姓名一栏是空白，因为记不起来了。他的借口——它们长得要命——不能被马伯尔太太接受："一个盎格鲁-撒克逊新教的白人小伙儿应该总是知道他作为其宗嗣的家庭！"

亨利克会很高兴的、假如他理解了、哪怕只是"宗嗣"一词，他的老师在莎士比亚作品中首次遇到的一个中世纪英语单词。他在镜片后面拼命地眨着眼睛，每当他被问倒的时候便会如此。他那靠不住的记忆力并没有随着时间的推移而有所改善；事实上，它更加糟糕了。他不敢叫出亲近熟人的名字，免得说错。他这样做是对的；他经常说错。而更难以逾越的障碍是数字。如果他得去哈维大道八二号，那他打听的肯定是二八号。就算他想把一切都写下来也是没用的，因为一旦八二在他脑子里读出，结果就会变成二八（或三九，或一七三）——他钢笔尖儿下出来的就是这个。他讨厌拨打电话，因为他

---

① 指格莱美音乐奖，第一届始于1959年5月4日。该奖被誉为"音乐界奥斯卡奖"。该词Grammy与祖母的昵称"奶奶"（Grandma）有点接近，但感觉比"奶奶"更加亲昵、娇嗲，因为让人想起"妈咪"（Mommy）一词。

从日记本里读出的完整数字在他拿起话筒的那一刻便不完整了。他会再看一遍号码，但他的记忆就像一块力度不够的磁铁、在他还没有拨号之前就把号码弄掉了。他不得不把小册子撑开靠在电话上，以确保他能一直瞄得见正确的那行号码直到最后一位数字。

但他能准确无误地记住图像和音调；因此他成了学校合唱团次高音部分的顶梁柱。格莱美愿意让他学音乐，可是没钱交学费。李氏高中的声乐老师马斯廷先生有时会指导他，而且教他吹长笛，但亨利克缺乏读乐谱的耐性。他十岁时在徒手绘画方面得分相当之高，而高中时在制陶课上做的那些壶啊罐啊什么的让他颇有名气，可他很快便在洛贝娄小姐说了他的厚玻璃镜片后放弃了制陶。无可否认的是，到小学结束时，他的镜片已经到了厚如卵石的阶段：在硕大的镜片后面，他的瞳孔看起来像两条不安分的小鱼。

不管格莱美怎么使劲，亨利克高中毕业后就是没有申请读大学。他很确定自己的成绩只能让他上最普通的州立大学，其文凭的价值只比厕所卫生纸多一点点。他有两个行动计划：1. 他会申请加入海军，他们接受每一个能够接受紧张压力的人；和平时代的军人职业没有那么糟糕。2. 他可以申请到罗斯福大道（四七号，或者是七四号？）的律师事务所工作，他喜欢那儿的体态丰满的秘书。夏天的时候，他为多米诺批萨店送批萨，那儿的基本规则是，如果未能在下单后的三十分钟内送达，客户可以免费得到那份批萨。律师事务所的那个秘书迎接他的到来的话几乎总是"三十分钟到了！"——但她通常是在开玩笑。可是，亨利克无不答曰："这样的话，您的比萨免费了……祝用餐愉快，女士。"然后退了出去，目光一刻都不离开这个女人的丰满乳沟。在他的春梦里，他会把鼻子埋入那温暖的双峰。

A 计划很快告吹，他鹅卵石一样厚的眼镜导致他被拒。然而，B 计划似乎在进行中：秘书把他的申请转呈给她的雇主，该公司老板打电话要他来面试。"那你为什么选择申请我们这里的工作呢？"

"我被真理所吸引。"

身材壮硕宽大的律师点了头，给他提供了自行车派件员的职位，九月十五日生效，两个月试用期、少得离谱的周薪，只有一条非常低的要求："然后咱们走着瞧吧。"

亨利克接受了。格莱美会很高兴我找到了一份工作，他想道。不管怎么说，有整整一个令人兴奋的夏天了。

他在学校的时候跟两个男孩儿交上了朋友：小个子韩国人，他们几乎高不及他的下巴。这两个韩国人在计划进行欧洲背包游。亨利克做格莱美的工作，直到她同意他从银行取出他在几个送批萨的夏天里攒起来的积蓄，这样就可以跟朋友们一起去了。他们搭乘一家低成本航空公司的学生包机飞越了池塘①，飞机上既不提供食物，也不供应饮料。两个韩国人带了大量食物，他们很乐意与亨利克分享，但香料过多的饺子让他的胃痉挛起来，不得不每半小时到飞机尾部排队上一次厕所。

他们的路线在很大程度上取决于青年旅馆指南：他们尝试去该书编辑们在价格、位置及清洁度方面打分很高的那些青年旅馆所在的城镇。没有一家在东欧的旅馆得到最高分十分的。布拉格的一家得了八分，布达佩斯七分；后者只在夏季才能入住，一年当中的其余时间则是一栋宿舍楼。这两个韩国人对东欧不感兴趣。"现在没有铁幕②了，它肯定跟西欧相似，只是穷一些罢了，"他们当中的一个说道。

亨利克告诉他们，他是匈牙利裔，想看看这个古老的国度。另一个韩国人听到这个表示支持，但最后他又觉得南蒂罗尔和意大利很有吸引力。出于这一点，他们仍然待在维也纳，约定十天后在威尼斯碰头，虽然那儿没有比较好的青年旅馆，但还是不能错过。

亨利克坐在一辆德国卡车的驾驶室里从奥地利越过边界进入匈牙

---

① 池塘是对大西洋的谑称。
② 铁幕是指自1945年第二次世界大战后至1991年冷战结束期间将欧洲分为两个不同政见区域的界线。

利。他以为自己会产生一股情感冲动——但什么都没有发生。毫不起眼的海关建筑，身穿制服的冷漠警卫，跟欧洲其它过境点一样；只是队伍排得要长一些罢了。

他搭便车到布达佩斯的经历可谓喜忧参半。这种一直为他所不知的交通形式，是他在布鲁克林社区图书馆一本名为《欧洲二十五元一日》的出版物上读到的。在荷兰，他第一次经历了完全陌生的人们是如何停下来让路边竖起大拇指的那些人顺路搭车的。他很喜欢。他不明白为什么在他旁边竖起大拇指的老嬉皮士会哀叹搭便车的黄金岁月已经终结，司机们害怕拦车的人。这不像是在七十年代！他最后一程搭的那辆轿车形状像块砖头，前后都呈古怪的圆形，散发出难闻的气味。穿着T恤衫的开车人或许只比他自己年纪大一丁点，能说一些英语单词。亨利克问起这辆轿车，他开始解释说它是辆瓦尔堡①。"东德制造"。

"可现在没有东德了吧。还有吗？"

"昧右勒②。克是造介个车的使候，还右。③ 右两个……节奏。"

"节奏？"

"一启奈奔仅完油。"④

亨利克微笑并含含糊糊地点了点头，仿佛他听懂了。

当布达佩斯的标志第一次出现在高速公路上时，开车人问他要去哪里。亨利克指着自己书上的青年旅馆地址。

"真幸运。俄们介里前便九四。⑤"

----

① 德国的一个地名。此处指以它为牌子的小轿车。
② 即"没有了"。此人英语发音不准。
③ 即"可是造这个车的时候，还有。"
④ 这句话里只有"完"和"油"是正确的单词，其它全部都让人莫名其妙，所以亨利克无法辨别了。
⑤ 此人英语发音不准，语法亦错误。他的意思是说：它就在我们前面。

布达厄尔什①的青年旅馆的水泥砖让亨利克想起在皇后区的公立医院。当天,在楼下的咖啡厅里,他遇到几十个美国人。他们带他去了首都一些新开的酒吧,那里的赌客几乎全都只说英语。"这里现在是淘金的时期,"杰夫·麦克弗森带着浓重的爱尔兰口音解释道。"只消花上一点儿心思,你就能在这儿捞上一笔!"

亨利克花上了一点儿心思。一个星期后,他写信给格莱美说他要在匈牙利一直呆到夏天结束。他让她把他的麦金托什经典之作通过UPS寄过来、这家快运公司在布达佩斯开设了一个办事处。

> 能来到祖辈的国度实在令我心醉神迷。很遗憾您不在我的身边。您现在不想过来吗?我可以给您寄一张机票。
> 事实证明我的匈牙利语要比我想象的要好多了。格莱美,为什么我们不一起讲匈牙利语呢?毕竟您也是匈牙利人啊,不是吗?
> 妈妈和爸爸会目瞪口呆的:如今在这里您几乎可以得到任何东西。在一些地方,他们甚至会接受我的信用卡。他们没有活着看到这一点是多么的遗憾啊。

他经常想起那两个小韩国人,不知道他们在圣马克广场的商业街那儿等了他多久。他希望不会太长。

格莱美长长的回复以不寻常的速度抵达。

我亲爱的亨利克:
> 我很高兴你喜欢布达佩斯。你知道,对我来说,它几乎是一个外国城市,正如你所知道的那样,我们来自这个国家南部的塞

---

① 在佩斯地区,有很多人说德语。

克萨德①,我告诉过你的。

塞克萨德?他可以发誓他在此之前从来没有听说过。它还在匈牙利境内吗?他查了地图。

塞克萨德……

从他尘封多年的孩提早期的某处,升起一支小歌谣,浮现在他的意识表层。塞克萨德是我出生的地方,舞台明星是我所获的荣光!——爸爸过去常对妈妈这么说来着、当一切还好的时候。他们会为这句挪用自诗人巴比奇·米哈伊②的话大笑。他、亨利克,蹒跚学步的孩子,努力地跟着他们重复着:西克萨德!西克萨德!③——爸爸对此是这么的喜欢,他会抓住他往空中抛,亨利克尖叫,妈妈尖叫,甚至奶奶也尖叫。爸爸会把他一次又一次地抛起来,越抛越高,一边有节奏地吼道:塞克——萨德是我出生的地方,舞台明星是我所获的荣光!

我的父母只带我去过一次布达佩斯,在我十岁的时候,因为他们在设法办理我的移民文件。我们住在多瑙河畔的匈牙利酒店。去看看吧,并且想着我。

亨利克无法实现这一要求。他发现多瑙河上没有匈牙利酒店了:它那个地方已被佛卢姆酒店和洲际酒店取代。

我那疯狂的丈夫总是计划带我们到欧洲来一次盛大旅行,而

---

① 该市是匈牙利南部托尔瑙州的首府,旅游中心之一,境内有七座小山,以"七丘之镇"闻名于世。
② 巴比奇·米哈伊(1883—1941),匈牙利诗人、作家、翻译家。
③ 小孩子发音不准。

这趟旅行的高潮便是到匈牙利去、包括塞克萨德,他像你小时候一样把它读成了西克萨德。但他从来没有能够实现他的计划。像大多数印度人那样,他活在梦幻世界,而非脚踏实地。我想你甚至不知道他叫什么名字。虽然我之前已经告诉过你,但你从来没有留意。我说得对吗?你不知道,是吧?加尼旭·卡帕。这是他的名字——愿泥土轻轻覆盖在他的身上——在布鲁克林里亦大道的餐馆里遇见他时,我在那儿做洗碗工,他是侍应生。是的,我亲爱的小亨利克,我们的生活就是这么开始的。他是个不安宁的人,总是很冲动,我无法阻止他做任何他想做的事。在我还没明白之前,我们就在新德里了,身无分文,住在一个肮脏的小巷里,那儿有百分之七十的居民把街道当成厕所和卧室来用。我必须离开以他为象征的危险,回到美国,回到我父母身边。我再也没有结婚。

亨利克感觉自己听说过祖父来自印度,但他从未将两者联系起来,从而醒觉这便意味着他的血管里流有印度人的血液,而这就是他的皮肤为什么如此黑的原因。在纽约的出租车司机大多是印度人。更确切地说,是锡克教徒,亦即:来自军人阶层。有些人甚至开车的时候还裹着他们的包头巾。他们就像是……思绪的列车驶到最后时,这一美分的便士终于落了地:所以,那就是为什么……几天前在布达的一家餐馆里,那个小提琴手问他:"你是罗姆①吗?"

"对不起,你说什么?"

那个大块头的笨重家伙意味深长地点点头,回到他的乐队当中:"那家伙拒不承认。"

亨利克不懂这个词。

---

① 对吉卜赛男人的称呼。

非常感谢你邀请我来，但我一点儿也不希望扰动自己灵魂中尘封已久的任何东西。我怀疑我是否还会说匈牙利语。如果马札尔语词在我脑海中浮现，每个单词都会附着些痛苦的回忆，所以我宁可不去强行面对这个问题。你不会真的理解。祝你在那边过得开心，享受生活，然后回家！

那时的亨利克在匈牙利新开的一家麦金托什展销馆做推销员。到了八月份，他已经升格为记者，为第一家英文周刊的"首都生活场景"专栏写报道。七人团队中，四个是美国人，而他是当中匈牙利语说得最好的。文化专栏的负责人是安妮（金发碧眼，两条腿长可及腋，她几乎写所有的文章）。她喜欢讲两个话题。她在自己名字的拼写问题上，坚持不像大多数那样带上最后的那个 e；并且以同样的强烈程度坚持认为，她的美国同事不能在匈牙利表现得像个蠢蛋，而应该对这一小众的艺术、文学和习俗抱有兴趣。一弄清亨利克在本质上说是马札尔人，她便即刻把他视为同道，并把他收到她的羽翼之下。

自从生活在布达佩斯，我有充分理由感到满意。在家时不获成功的一切，在这里都起效了，比我想象的还要好。在这里，我的羞怯和与众不同的行为都能被接受，包括我在语言方面不够完美的知识。我的经济状况也很好：无须特别努力，事情本身便自然解决了。

安妮为他精心炮制了工作许可证的申请，附有主编的推荐信。她还帮他租了一个房间，虽然这很快便证明是多余的，因为他搬去跟她住了。安妮住在市外的齐拉盖伊①区，租住了一处带花园的独栋大房子的阁楼。阁楼已经改造成一个很大的独立空间，有一个长廊厨房，

---

① 在布达佩斯多瑙河右岸的布达部分，属多山地带。

只在角落里分出了一间很小的浴室。当亨利克第一次爬上鸡舍似的狭长楼梯时，简直无法相信自己的眼睛。虽然这栋建筑的下面两层看起来非常像远郊的独立住宅，但阁楼内部却建成了苏格兰城堡的一部分。在宽大的壁炉里，支撑圆木块的 U 形铁栏、风箱、拨火棍及火钳，都可能直接来自莎士比亚时代。镶嵌橡木板、凹凸不平的墙壁上装饰着老式火枪和乡村风景。家具也与之相匹配，尤其是那张带有笔直硬挺椅子的十二座餐桌。

安妮喜欢这家人的热情好客，他们自己徒手建起了房子，有人可能会说，房子连屋顶都没有、在她租下他们的夏季厨房时的确如此。这个男人在房子上所投入的多年心血累垮了他，已经由于健康原因退休了。"也就是说，他是被迫提前退休的。"看到他们的悲凉境况，安妮提议由她来完造这栋房子，其中包括阁楼，报偿则是免费在那儿租住，直到她收回自己的投入成本为止。

"那你能免费在这里住多久呢？"

"七八十年是肯定的啦。"

安妮的寄宿伙伴用警告性的低沉咆哮迎接了亨利克。这个杂交的邦德（詹姆斯·邦德）长得漆黑，个头像只绵羊。

"不用担心，他不会伤害你的！"当那头狗把一条沉重的前腿搭在亨利克的肩膀上、正对着他的脸喘气时，安妮向他保证道。她是对的；那狗只是想要人爱而已，它硕大的尾巴像链锤般重重击打着地板。

亨利克开始喜欢上这个动物，尽管他不是很高兴邦德（詹姆斯·邦德）在他们做爱的时候坚持到床上来加入他们。"我不忍心赶他走。他是个流浪狗，你知道，流浪狗会把一切都放在心上的。他除了我谁都没有。"

这句话像一支锋利的箭镞般射中亨利克。我也一样，是一条流浪狗，他想道。

在安妮的陪伴下，他开始去找"匈牙利"。但事实证明，安妮以为是那家老"匈牙利咖啡馆"——它现在叫作"纽约"。亨利克撒手了,但这高个子金发女郎从未放弃。在一本讲述布达佩斯历史的英语书里,她找到了踪迹,读给亨利克听。"匈牙利酒店是多瑙河畔的珍宝之一,当地年轻人在那个时候非常喜爱的聚会场合。在战争结束之际,盟军将它炸毁,废墟被拆除。"

亨利克不想把这个消息寄给祖母,他每周与她书信来往一次。格莱美问她的小孙子何时回家,他回复说他打算留下来,而且这样一来,格莱美就更有回布达佩斯的理由了。

他们带着邦德(詹姆斯·邦德)在多瑙河畔散步,这条大狗很快就在齐拉盖伊河畔地区出了名。尽管他外表吓人,但他从不找其他狗儿或动物的麻烦,只有当他以为安妮受到威胁时才会发怒。但接下来他就会毫不迟疑地发起攻击。

一天晚上,他们散了三刻钟的步,安提及她父母闪电离婚的事,从那时起,她每年跟父亲见两次面,分别在感恩节和圣诞节的时候。她母亲住在费城,她是一位儿童读物的插画作者。实际的故事则是她父亲写的。在佛罗里达,他们曾经是个很棒的团队。安妮自己是其中一些故事的女主角——用她的名字。所以她小时候很喜欢这个名字,但后来便觉得它令人生气甚至反感。从上大学起,她便与自己的父母渐行渐远了。她觉得母亲的心胸狭窄与父亲的愚钝固执一样烦人。她母亲的父母是苏格兰人,她父亲则起源于荷兰;她从她那儿继承了长雀斑的皮肤和玉米秆色的头发,从他那儿则继承了磨破一千张嘴皮子的姓氏:施古弗拉基。

"那你不是真的叫安妮·贾格尔喽?"

"是真的啊,我现在。我把它改了。"

"米克·贾格尔[①]的启发?"

"当然。"

---

① 米克·贾格尔(1943—),英国滚石乐队的主唱歌手。

"我更喜欢是列侬。亨利克·列侬。"

"那就改成它吧！"

当安妮问起他的家庭背景，亨利克把自己知道的那一点点告诉了她。

"你有兴趣寻找自己的先祖吗？"

"怎么找？"

安妮解释说，在匈牙利，现在可以通过教区注册追溯到大约十九世纪中期的信息。如果你知道你父亲是何时何地出生的，你就找得到他的出生证明。那会包含父母双方的一些信息，像是出生地及日期之类的东西，或许还有他们那个时候的住址，甚或他们的职业。如果你足够执着，你通常能找到祖父母的婚姻记录（你推测一下婚礼的可能日期，然后在那些年里搜寻），在其中你能找到丈夫和妻子双方的父母信息，等等。"结果只会令你忧伤，假如你找不到地方的话——因为你很可能会想去看他们出生或结婚的地方。"

"你是怎么知道所有这一切的？"

"我写过一篇关于它的文章。匈牙利人已经疯狂迷恋上他们的过去。他们成群结队地重建自己的家谱、寻找他们的贵族徽章和旧财产证。"

亨利克第一次坐火车去了塞克萨德。因为有格莱美的出生材料在手，他以为自己的这项任务非常简单。他设法让办公室的那位女士弄懂了自己的来意，结果发现，他不知道格莱美的娘家姓。他决定打电话给她。他的祖母听到他的声音欢乐地大叫了一声："亨利克！那么你办到了！"

"不，还没有。格莱美，您娘家姓是什么？"

"再说一遍？"

"您的娘家姓！您能听见我说话吗？"

"是的。别大喊大叫。"

"好的，赶快告诉我吧，因为我的手机卡要用完了……"电话线断了。他在店里买了另一个。"格莱美,拜托,趁还没用完……"
"你要它干什么呢?"
"一言难尽。我会在信里告诉您的,您只要告诉我姓什么!"
"不……我宁愿不说。"
"为什么?您为它感到羞耻吗?"
"不是的……可是……"他们又被切断了。

听你问起我的娘家姓,我有点震惊。我不是一个被追缉的罪犯[他的祖母在她下一封信中写道]。而更有甚者,我业已告诉过你这个很多次。我出生时叫斯托伊尔·雷切尔。

"你的祖母不是德国人就是犹太人,"安妮认为。"我觉得就是。"
"你觉得她'就是'哪一个呢?"
"犹太人。"
"为什么?"
"他们就像那个样子。"
"他们像什么样子?"
女孩没有回答。
"你不能说诸如此类的事!法西斯主义就是那样开始的!"
"不,这是你令人难以忍受的过度敏感的开始!"
"即便是一头大笨象也会为此生气的!"
"是个屁!"
他们这么吵闹了一回,亨利克几乎要搬了走。
他下一次去塞克萨德时发现,有不下三个斯托伊尔·雷切尔在格莱美出生的当天生于塞克萨德。办公室的那个女孩吃了一惊:"三个斯托伊尔·雷切尔在同一天同一个小镇!"她颇善交际,讲了她是如何从波克什①来的,但她出生于其中的父母的房子,已被国家收购并夷为平地。"他们需要空间,你知道,为了波克什核电站。"

亨利克不知道。他匆匆将注册记录上相关页面的复印件传真给布鲁克林的格莱美,通过罗斯福大道的那家邮局。他祖母的回复不久便到了。

> 我已经告诉过你了,我对自己的过去不感兴趣——谢谢,但是免了。不过,你总是疯得跟三月里的野兔似的。再看看我的信,我写的是斯泰纳尔——斯泰纳尔,而不是斯托伊尔!

亨里克感到羞愧。他在自己的电脑上把这个听起来怪怪的名字复制了上百次、一个顺着一个地下来,用纽约粗体字,足有半英寸高。尽管如此,他还是记不住它。"不是斯托伊尔,而是斯托沃尔!"当安妮问起他祖母是怎么写的,他说道。

> 在匈牙利,总是"第三次幸运"。这是一个民间说法,我从看门人那儿听来的。我第三次去塞克萨德有了的结果。就是说:
> 斯泰纳尔·雷切尔生于一九二七年七月三日,在塞克萨德,早上六点三十分。父亲:斯泰纳尔·沃尔特,蹄铁匠;母亲:杜巴·加布里埃拉。二者均住在雷泰克街一八号。父亲信罗马天主教,母亲的宗教没有注明。

> 母亲那边的家族信息,我只得到了这么多。

安妮欢喜地拍着手说:"蹄铁匠,这可真奇妙!恭喜!把它放进你的简历。"

---

① 在托尔瑙州,多瑙河畔。

"蹄铁匠究竟是干什么的?"亨利克问道。

他一被告知答案,眼前便立刻展现出这样的戏剧场景:斯泰纳尔·沃尔特,高高的个子,肌肉发达,袒胸露背,马龙·白兰度①的脸,身体像阿诺德·施瓦辛格②,拿着巨大的铁锤砸在炽热的铁砧上,暂停一下深吸口气,把汗水从他的额头上抹去,垂下铁锤,把它放在他的脚边,就像亨利克在朵夏·捷尔吉路③看到的那座雕像。

他不断向大型跨国公司设在布达佩斯的那些分支机构发送自己的简历(他没有在最后附上自己的蹄铁匠先祖),因为他很快就厌倦了新闻工作。但这并不是他厌倦的全部。起初他不愿意承认这一点,但他对安妮的热情正在冷却;只有邦德(詹姆斯·邦德)还继续令他钟爱。

待至落叶时节,格莱美认识到她的孙子近期是不会到布鲁克林来了。"我明天到,"她在电话里告诉他。

亨利克心中对祖母涌起了他在最近极度兴奋的几周里差不多都忘掉了的爱。"太好啦、太好啦,妙不可言的格莱美即将来到啦!"他在顶楼手舞足蹈的时候作了一个小曲儿。

安妮明白了。"她要到这里来?你的意思是这里吗?"

"嗯……"他泄气了。"她能去别的什么地方?"

"但这是我的家,只有我可以邀请她来住。"

"是吗?那,邀请她吧。"

"我怎么能邀请我从未见过的人呢?"

亨利克盯着她,有那么一会儿,他们定定地望着彼此的眼睛。接

---

① 马龙·白兰度(1924—2004),美国著名电影明星,曾主演过《欲望号街车》等获奖影片。

② 阿诺德·施瓦辛格(1947—),美国著名电影明星,曾主演过《终结者》、《真实的谎言》等卖座影片。

③ 以匈牙利历史上农民起义军领袖朵夏·捷尔吉(1470—1514)命名的一条道路。

着,亨利克开始打包收拾。他打电话给杰夫·麦克弗森。这家伙立刻知道是谁在电话那头。他那爱尔兰特色的口音在听筒里回响。"嗨,亨利克,好久不见。有什么新鲜事啊?"

"所有种种,杰夫。杰夫,你能收留我几个晚上吗?"

"给你地址。"

杰夫住在通往布达城堡的盘山公路旁,在四层小楼的顶层,也是一个阁楼,或者像美国人喜欢称呼的那样——顶层公寓。似乎美国人很喜欢这些阁楼,亨利克想道,拖着辎重爬了四段楼梯,然后又是一个平台,接着上螺旋楼梯。没有电梯。

他在厨房里的吧台享受了接风酒,并怀着歉意坦白说明天格莱美会加入他们。"对不起!"

"毫不麻烦!也许她会给咱们做红椒鸡。"

"如果她爬得上来的话。"

"嘿,我们自己会把她弄上来的!"杰夫的好心情是一缕阳光,照亮了人生最黑暗的角落。午夜时分,亨利克得知这套寓所是杰夫自己的,因为现在外国人可以在此购买房产。凌晨两点,他得知杰夫做地产买卖,购买破败的房子,改造之后以高额利润销售。凌晨四点,杰夫喜欢男人,但没有问题,他只跟像道格那样的男人,后者是他的搭档,到罗马尼亚出差了。"他喜欢旅游,我不喜欢。我们是很好的一对。"

道格的黑白照片随处可见。道格在帕拉蒂尼[1]海滨浴场。道格在威尼斯。道格在巴拉顿湖。道格在伊比沙岛[2]。通常穿着泳裤,但至少是半裸的。亨利克觉得他看起来像自己想象中的蹄铁匠祖父。

他们开着杰夫的藤绿色跑车去接格莱美。在最后一分钟,杰夫终于想起要给这位老女孩送一束玻璃纸包裹的花束。"我忍不住,鲜花

---

[1] 在意大利罗马市。
[2] 位于地中海中部。

是我的致命弱点。"

格莱美对杰夫大为惊艳。"一个魁梧的漂亮家伙,你的朋友!"她低声对他说道,用的是匈牙利语,所以只有后座上的他听得懂。她稀疏的头发绑成少女式的马尾辫,迎风飘舞。

"魁梧是什么意思?"

"很好。体面。坚实。难道他们不再那么说了吗?"

亨利克不知道。

杰夫为他们做了中国风味的晚餐。"烤鸭!"他隆重地宣布,猛地掀开看上去像银质的盘子上的华丽盖子。

格莱美被震住了。"你是做什么工作?"她问亨利克。对话用的是英语。

"我刚刚处于两个工作之间。"

"他要加入我们,"杰夫说,鼓励地笑了笑。"我们在做地产,是眼下正进行的事。"

亨利克的祖母三个星期后离开,认定她孙子正处在转折点。杰夫带他们参观了下一个要整修的乡间别墅。老太太突然哭了起来。这栋建筑让她想起自己在塞克萨德的童年时代。杰夫提出开车带她到塞克萨德,尤其是因为他从未到过这个地区,但格莱美谢绝了。"那里没有剩下这里所有的任何东西。"她敲着一边的太阳穴说道。

杰夫始终坚持说亨利克是个商业合作伙伴。当格莱美的飞机升到空中时,亨利克感谢他这个善意的谎言。杰夫摇了摇头。"不是谎言,吉姆小宝贝,我们需要新鲜血液……如果可行的话,你可以拥有公司股份……你将跟着道格工作。"

亨利克很快升级到合作伙伴的地位,在有限责任公司里拥有投票权,公司名称——最初是"杰德"(杰夫与道格)——出于他的利益改称"亨杰德",在英语中几乎变成"你的地盘"①。亨杰德房地产交易不仅在匈牙利很成功,而且在特兰西瓦尼亚和斯洛伐克也获成功。他们特别善于改造中型旅馆和乡村别墅。加拿大巨人道格在与建筑商和工匠们交涉方面展现了无与伦比的智谋,他们当中很多人都怕了他。他在脚手架上蹦跳得像灵活的山羊,头上戴着的白色塑料头盔上有"EASY"②标志。

杰夫跟买家谈判、做文件工作,而亨利克主要是做内部的装修。他在周游乡间的旅途中收购旧时期的家具,让专业人士修复,或者,有时他自己动手。他从未从哪种工作中得到过像这个工作那么大的快乐。他尤其喜欢新鲜木屑和胶水的气味儿。

在晚上,他们会围坐在杰夫的房子里(亨利克已经搬到另一个有几条街之遥的他自己的寓所)喝久藏的匈牙利葡萄酒,一边翻阅艺术史书籍和画册。亨利克掌握了有关家具、地毯、特别是灯饰风格的重要专业知识;他是让比克③灯饰博物馆的唯一常客。让比克的新贵们把亨杰德有限公司的电话号码看作是进入顶级富豪圈的通关码。

亨利克在匈牙利的第一辆汽车是十年龄的全地形切诺基④吉普车,从杰夫的一个酒友那儿买的。他试开到佩奇。在郡档案馆里,他受到比他预想中要更为亲切些的接待;他们接受了他想进行学术研究的郑重表达,并给了他一张临时读者证。在一个看起来像是学校礼堂的地方,有一位老档案员为研究人员的要求提供服务。亨利克向他坦言自己在寻找他的先祖。

"家族姓氏是什么?"

---

① "亨杰德"(HEJED)与匈牙利语的"本地、当地"(helyed)近似,谐音后再谐意,相当于亨利克的地盘,因为亨利克有匈牙利血统。
② 该词有"容易"、"轻松"、"舒适"等等意思。
③ 在布达佩斯多瑙河左岸的佩斯部分。
④ 切诺基是美国汽车公司(AMC,后被克莱斯勒汽车公司收购)于1974年推出了一款运动车型,后来不断更新,是越野车知名品牌。

"齐拉格。"

"真正的①佩奇人?"

亨利克不懂"真正的"一词,含混地点点头。

"他们是做什么营生的?"

"不幸的是,我不知道。"

几个星期前,他曾访问过布达佩斯的国家登记处,根据出生日期,他们能够给他提供他父亲的档案文件。齐拉格·维尔莫什,一九五〇年二月五日。父亲:齐拉格·巴拉日(1921),母亲:齐拉格·巴拉日太太,娘家姓:波卢布契里·玛丽亚(1929)。双方均居住于佩奇。

正是这一线索将他引至佩奇。他给档案室负责人出示了那份文件。他仔仔细细地阅读了,尔后建议道:"选一个名字吧,根据出生年份在当年开始查找。"

"我应该选哪个?"

"我会试试齐拉格·巴拉日博士。"

什么也没有。亨利克还翻阅了一九二〇年和一九二二年,只是以防万一……他的手都弄黑了,还是徒劳无功。没有祖父或祖母的迹象。

"你确定他们出生在佩奇吗?"

"不确定。"

"因为如果他们是的话,他们肯定在这里。啊,等一下,会不会是……"他靠近来,几乎是耳语道:"他们是犹太人吗?"

"是的。可能。"

"你不知道啊。"听起来像一个陈述句,而不是问句。

"他们都已经死了很多年。"

"幸运的是,我们存有自一九四九年以来的犹太人登记册副本。"

在犹太人登记册里,亨利克立刻发现了齐拉格·巴拉日博士——

---

① 原文为德语词。

他出生在新年第一天。很好,他想道。每到过年的时候,他们就可以为纪念爷爷而干杯了。在"其他备注"栏中,他发现了如下说明:UB238/1945。在佩奇第一教区办公室的67/1945号文件基础上,申请人已于一九四五年八月二十五日当日转犹太教为罗马天主教信仰。

他逐字逐句仔细读了四遍才完全明白它的意思。老档案员从狭长桌子的另一端俯身过来,他们的头几乎要在那本砖头似的簿子上方挨着了。他干瘪的手指戳在标题上。"老实说,我还从来没有在出生登记册上见到过这样的注明。"

"那么,这意味着我的祖父本来是犹太人,但后来他……"他没有说完这句话。

"这家人在艰难时期遭了很多罪,对不对?"

"这只是……我不知道。我对此一无所知!让我试试波卢布契里·玛丽亚。"

"好吧。"

没有波卢布契里·玛丽亚。

"看来她是在别处出生的。"档案员说道。

"所以就这样了,是吗?"

亨利克的美国口音让老档案员微微笑了起来。这伤害了亨利克,所以他没有问出口自己的那些问题,虽然其中一些他可能会得到答案。档案员觉得这个年轻人应该去犹太公墓,因为如果一家人是来自佩奇的,那就有机会找到一两个叔辈或是一个曾祖父/母,如果他能从墓碑上找到一个年份再回来,那他搜索起来运气会好些。可是,在美国长大的亨利克已经习惯了自己的事情自己做,他没有咨询建议。不管怎么说,他终于还是来到犹太公墓,尽管他先是去了大公墓。他在那里的办公室得知,要有齐拉格家的具体死亡日期他们才能在旧登记册上查找到他们。

"去犹太公墓看看吧!"一个办公人员建议道。

找的时候挺费劲,他把自己的切诺基吉普车从它面前开过去了两次。入口处开在一条狭窄的街巷里:黄砖围墙中间是涂成黑色的铁门,用铅笔写着"使劲长按门铃!"他这么做了,但没有人来。他几个小时后回来,发现门敞开着。

齐拉格·巴拉日博士、波卢布契里·玛丽亚,他像念第一句祷告辞般自言自语一直重复道。他们会在这儿吗?

  我的祖父是犹太人,但他不想是。因为战争期间犹太人在这里遭到迫害。但战争在一九四五年八月二十五日结束了。那还有什么必要变成罗马天主教,既然他在危险时期一直都是个犹太人?我不明白。

  另一个问题出现了。这是否意味着我的父亲是犹太人呢?那我也是一个犹太人?在犹太社区办事处,他们说母亲那一方才是重要的。我的母亲一半是印度人,一半是匈牙利人。杰夫说,格莱美非常值得怀疑,一个叫斯泰纳尔的,特别是一个叫雷切尔的,显然是犹太人。格莱美说不是,她说做蹄铁匠的人不可能是犹太人,而更可能是斯瓦比亚①人,也就是说,一个定居在匈牙利的德国人。可是,那为什么一个德国家庭要逃离这里呢?这一点我也不明白。

  根据那个档案员的说法,仅仅因为某人是罗马天主教,他或她就很可能曾是犹太人。令人困惑。他说改变宗教信仰的那些人依然被"箭十字"(纳粹)追猎。那么,我到底算什么,既然有这些祖先?印度、斯瓦比亚、改变宗教信仰的犹太人、这其中当然也有美国……一杯鸡尾酒。一杯真正的、像样的、彻底摇匀的鸡尾酒。

  要是能知道我尚未出生时的那些事,该有多棒啊。要是我能看见一次过去、哪怕仅仅一次,该有多棒啊。要是我能乘坐《回

---

① 位于德国西南部,边界不清。

到未来》①时间穿梭机飞回去,该有多棒啊!但那是不可能的,日常生活不像好莱坞。

但我父亲无影无踪地消失的确是个历险故事。可以肯定的只是,他飞回美国去了,因为他们在瑞士航空公司乘客名单里找到了他的名字。而这便是全部了。联邦调查局说他很有可能到另一个州开始了新的生活,或许是另一个国家,墨西哥、或南美的某个地方,十有八九用的是另一个名字,所以无法追查到他。

我父亲竟然把我们整个家族的历史带入虚空,这真是一件可憾且可谴的事。他弄丢了它。我想找到它。我已经开了一个新文件,名叫"父亲及其他",把我所知道的一切家族信息都粘贴在里面。我要打印出多个副本。至少我们所知道的那一点点不会丢失了。以便我有孩子的话,可以把它传给他。或是她。他(或她)便无须从零开始。

佩奇公墓似乎被忽视了,绝大多数墓碑都东倒西歪。亨利克不大确定穿着牛仔裤、梯瓦凉鞋②、戴着雷朋眼镜③入内是否合适,怯生生地走了进去。他试着阅读德语(意第绪语)和匈牙利语碑文,却只能抚摸希伯来语的字符。这里有没有办公室呢,找个人帮帮忙?入口旁那栋几层高的建筑所有的门都关着。后面的台阶通往一处寓所:一个婴儿浴盆和一个木马表明这里有些小孩子。在公墓——犹太公墓——长大会是什么样的呢?

他随便选了一行走下去。他知道齐拉格·巴拉日博士生于一九二九年,他的妻子波卢布契里·玛丽亚生于一九二一年。问题是:他们是什么时候死的呢?

---

① 斯蒂芬·斯皮尔伯格 1985 年推出的一部美国科幻电影。
② 1983 年在美国诞生的一种户外运动凉鞋及品牌。
③ 美国博士伦公司从 1937 年开始推出的一系列优质墨镜的品牌名。

他在那些读得出姓名的墓碑前停了停。

科勒·伊格纳茨和他的妻子海蒂。

魏斯·贝拉。魏斯·罗伯特。魏斯·亚历山大。魏斯·伊莎贝拉。魏斯·维尔马。

魏斯·阿尔伯特和他的妻子施科卡·阿兰卡。

施坦·利波特。

施坦·米哈利。

施坦·尤瑟夫。

施魏策尔·耶诺和维塞尔·尤迪特。

瓦尔泽·伊姆雷。

罗奇·马迪。

罗斯·姆泽旭和霍拉契克·艾丝黛尔。

摩尔·艾诺。

斯特劳布·米卡萨。

如施茨卡·奥托。

还有……他的头晕了……齐拉格家族的穹顶!

电话亭大小的两个建筑物高高超越了其他所有,圆形穹顶让人想起佩奇主广场土耳其教堂的圆顶。难以置信!……这些就是我的先祖!他想道。他开始冒汗。

这里躺着齐拉格·安塔尔博士,死于一九三三年,齐拉格·班采博士,死于一九〇四年,齐拉格·欧文博士,死于一八七七年。

天哪,他们在这儿!他的两膝颤抖。显然,齐拉格·安塔尔博士是齐拉格·巴拉日博士的父亲①,安塔尔的父亲是齐拉格·班采博士,而后者的父亲是齐拉格·欧文博士。太奇妙了!他草草写下这些名字。医生?或者律师,像祖父那样?那他们的妻子在哪儿呢?也许

---

① 事实上他弄错了。因为齐拉格·巴拉日的父亲是齐拉格·南多尔,而非此处的齐拉格·安塔尔。

在档案里找得到。

在就要离开的时候,他才注意到门口旁边角落里有一片小花园大小、长满了草的地方,有一排统一尺寸、形状的灰色墓碑靠着篱笆立在那儿。它们看起来非常陈旧:风、雨、雪把它们磨得光溜溜的。在那旁边,有一块金属板像路标似的:拜莱门德。他不知道这是什么意思。我问问别人。他把它写了下来,不然他会忘记。他在干枯的草地上站了好长一会儿。下午的气味闻起来越发甜蜜。野生蜜蜂的嗡嗡声刺激着他的耳膜。

"你还要待在这儿吗?"

一位着装鲜艳的老妇人站在他身后,头上绑着块褪色的薄纱巾,脚上一双旧木屐。亨利克没明白。

"不好意思,什么?"

"因为我打算锁门了。"

"哦,好的……"他抬脚要走。

"别匆匆忙忙的,留神!"老妇人拦住他说道。"你想待就待吧。"

"您能告诉我拜莱门德是什么吗?"

"拜莱门德?"老妇人使劲眨了眨眼,俨然发现什么顽皮行为。

亨利克指向金属标牌。

"啊,拜莱门德!那是一个村子,离佩奇不远,再往下走。"

"为什么在这里放标志呢?"

"还真是不知道。我是来给他们帮忙的……他们把钥匙给了我,他们都去参加在巴亚①举行的婚礼了。"

"哦,谢谢您。"亨利克说着走到街上去了。

老妇人跟着他,立刻从外面锁住铁门。"再见了。"

他匆匆赶回档案馆,但教区登记册上全无齐拉格·安塔尔博士、或齐拉格·班采博士、或齐拉格·欧文博士的踪迹。

---

① 位于匈牙利南部。

"证明不了什么,"档案员说。"总会有些文件散失的。如果我是你,我会相信那些墓碑。"

亨利克从佩奇开车到绍莫吉州的一个小村庄,杰夫和道格在那儿的露营车里准备了贺宴等他。他们在露天进餐。亨利克细述自己走了多远的路。

亨杰德公司在绍莫吉州买下两处破败物业。杰夫已经为它们找定了买家。在绍莫吉瓦莫什①,几乎完全无法想象在那片被合作社破坏性使用过的废墟上、能建起与十八世纪原业主温迪施家族的房子一样的乡间别墅。这个奥地利贵族世家在匈牙利几个地方开枝散叶;在绍莫吉瓦莫什住的是比较穷困的一支。他们缩小了的地盘在一九五〇年被红星农业合作社接管:一些比较宽敞的房间用作办公室,而那些附建的外舍则做了粮仓。合作社一解散便废弃不用了,几乎每个房间都是齐腰高的杂草。

亨利克在佩奇获得的冲劲丝毫未减,天一擦黑就去了村里的墓地。他从锈蚀的花体字标志"重生"②下穿过,开始察看那些十字架和墓碑。较富裕的家族在这里建的纪念墓室,他觉得大得可以住在里面。他机械地扫视着那些名字。最大的纪念墓室几乎是一个陵墓,安置着温迪施伯爵和伊莱施家族的死者。

当太阳消失在山丘背后,天儿渐渐冷了下来。亨利克突发奇想,想躺在床似的墓穴之一上,看看是否能感觉到在他下面安息的死者的存在、或是死亡本身的存在。新栽的树木排列在路两边,它们的枝叶拱覆在他头顶上方。当夜晚的微风刷过这些树木,它们的叶子交相碰触、沙沙叹息。羊毛卷儿似的云朵掠过天空。亨利克闭上了眼睛,并非头一回感觉到大自然的威严与美丽会有多么大的杀伤力。他想象着当你连这都不能体验时会是什么样子。假如你不再存在于这个世界。

---

① 绍莫吉州的一个村。
② 原文为拉丁语。语义衍生自圣经中耶稣复活的故事。

你会变成什么呢？你会去哪里呢？如果有什么地方……

"比罗？"一个女人的询问声音，显然很高兴。

亨利克睁开了眼睛。一位金发已经花白的阔脸妇女凝视着他，手里拿着一个金属的洒水壶。她微笑着，仿佛他是一个老熟人。

"对不起，但是……"亨利克坐了起来。

"比罗？"女人重复道，带着快乐安详的笑容。"比罗·约施卡！"

亨利克清了清嗓子。他现在才注意到，他躺下休息的地方是比罗·米哈利先生和他妻子的坟墓，永远爱他们的儿子们和女儿们致以哀悼。他站了起来，不好意思地拍拍身上的灰尘。

"哦，已经过了这么久啦——自从我们上次在这里看到你！"女人说道，精力充沛地跟他握手。

"其实……"

"是的，我知道在佩采尔有多么忙。"

"在佩采尔？"

"或者你已经搬家了？"

亨利克觉得越来越难以招架。但他得以幸免，因为女人出其不意地尖叫了一声：

"哦，个，我在说什么啊？你根本不是比罗·约施卡，你是另一个，他的朋友，在这里过夏天的那个……小维尔莫什……齐拉格·维尔莫什！什么风把你吹来了？"

"你认识我爸？齐拉格·维尔莫什是我爸……"

"老天保佑咱们！"女人把手拍在了她自己那张布满田间劳作痕迹的脸上。"当然……我怎么会……已经这么久了！可是感觉就像是昨天。"

艺术难以超越生活。我纯属偶然地躺在绍莫吉堡公墓的一座坟墓上，后来发现是比罗·米哈利的安息之处。谁能想到就在那时出现了一位老妇人帕鲁兹纳齐太太，婚前名叫曼德尔·阿吉，是比罗·米哈利之子儿时的一个朋友。爸爸五十年代正是跟比罗这家人待过一段时间，因为他们为城市里的孩子们提供乡村度假服务，一次接待三四个人。曼德尔·阿吉说，爸爸是唯一一个年年都回来的。

绝对不可思议！

我问她爸爸是个什么样的孩子。她说，文弱。他沉默寡言，不像那些叽里呱啦的乡下孩子。她还回忆说，他的眼睛颜色一直会变，取决于他的心情：有时是灰色，其他时候则是绿色，甚或是浅棕色。我觉得我能觉察出曼德尔·阿吉对爸爸情有独钟，但她否认了——她已经爱上比罗·约施卡（"神魂颠倒"，她是这么说的）。

我发现"箭十字"抓走了比罗·米哈利，因为他是犹太人；他从德国的一个劳动营回来后做了玉米交易商。由于村里没有自己的磨坊，农民们会把玉米拿到比罗·米哈利先生那里，他根据重量、质量进行一番复杂计算，换给他们面粉；之后，他自己会把玉米拿到最近的磨坊去。这就是他的谋生方式。直到严重的疾病（癌症）迫使他放弃为止。在他去世后，孩子们卖掉了他的房子、后来变成农业合作社的幼儿园。现在它空置着。比罗·约施卡做了石匠，就曼德尔·阿吉所知，他搬到了佩采尔。

我的祖父据说是内政部的"幕后男孩"（曼德尔·阿吉的话）。部长拉伊科·拉斯洛被处以绞刑。至于我祖父发生了什么，她就不知道了。我记下了她的住址和她工作地方的电话号码，她在面包店办公室工作，我把自己的详细信息给了她。

亨利克在村里待了几个星期，在此期间，曼德尔·阿吉邀请他吃过不止一次的饭。她的烤猪肉是如此鲜嫩多汁，亨利克吃了第三份、而非仅仅第二份。他随后几天身体不大适应，但仍然认为他一生中还从未吃过什么比这更美味的东西。

绍莫吉瓦莫什的房地产卖给了温迪施的远亲,一个叫弗劳·罗莎·温迪西的威尼斯女商人。她已年近四十,但下巴上火鸡似的赘肉让她看上去老得多。这还不是她身体上特别招眼的部分,她煞费苦心试图用金的银的珍珠的项链加以隐藏遮盖,结果却把注意力不断引向它。弗劳·罗丝①·温迪西讲起英语来就像狗叫,而且看什么都不高兴。她在半完工的建筑里大步地走上走下,挑着弓形眉,头不住地摇晃:"这让我无法相信!"她抑扬顿挫的腔调是对贝立兹教学法②之严谨性的一种致敬。

"她现在无法相信什么?"杰夫悄悄地问亨利克。

"她会让你知道的,不用担心。"

弗劳·罗莎·温迪西想在这里建一个种马场,还附带一个接待奥地利和德国客人的小客栈,主要吸引点是每天的骑马。她认为亨杰德公司所代表的品质尚未达到西方水准。但很快发现她自己的也没有达到:她的品味是奥地利小资产阶级的那种,她会更喜欢崭新的花园小径、而非杰夫及其团队精心修复的十九世纪浮雕。

他们三人巴不得赶紧摆脱这位暴躁易怒的女士,费事再为合同总价的百分之十质量扣押款跟她打交道。

"终于解脱了!"杰夫说。

他们开着亨利克的吉普车离开那块地产。他们在村头标志处停下来,一起心满意足地分别在它上面撒了尿。

杰夫和道格休息两个星期,到马耳他度假去了。亨利克经常走进办公室——它现在是多瑙河畔贝姆码头三间相互连通的房间——跟办公室女孩和会计聊天。因为没有工作可干,他意识到自己是多么的孤

---

① 此处将"罗莎"(Rosa)拼成了"罗丝"(Rose)。
② 1878年于美国罗得岛创立的一所语言学校,后来成为全球性语言教学商业机构。

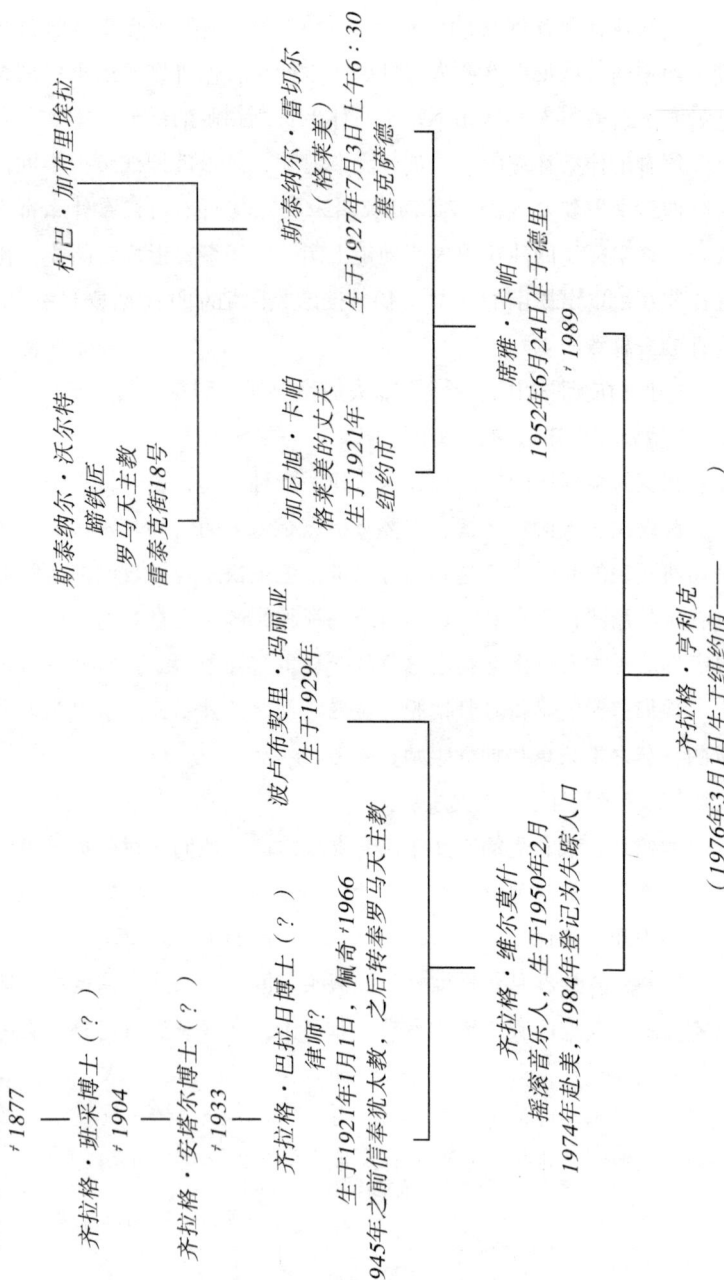

独。他修补着"爸爸①及其他"文件。他在电脑上把收集到的信息建成一株家族树,用亨杰德公司影印蓝图的全功能机打印出来,贴在自己寓所的墙壁上。

等有了什么补充的话,我会添上去的,他想道。

他经常想起安妮,并且更为频繁地想起邦德(詹姆斯·邦德)。这两个名字是他即使在梦中都能记得的罕见例子,也许是因为她们经常在那些梦里出现。他不得不提醒自己在最后的日子里他对安妮的感觉有多么温吞淡漠。但是,邦德(詹姆斯·邦德),他毫无保留地爱着(他像拥抱那只绵羊大小的狗儿一样热情拥抱过的最后一个人,是他的母亲)。邦德(詹姆斯·邦德)大度地忍受了这个,有时还会舔亨利克的脸,他的舌头粗糙、温暖而潮湿。

也许我应该给自己弄条狗……一头大个儿的。

然而,他的两个朋友不在,他确定自己需要的是一个两条腿的朋友。虽然他很肯定自己对男人不感兴趣,但在他内心的内心却不那么肯定自己对女人有兴趣。无论他与安妮多么亲密,他们从未像他在小说中读到的那样彼此融为一体过。他从未,到目前为止,感受过那种东西。这就是说,他从来没有恋爱过。不然就是小说家们在胡编乱造。

他晚上一般会在餐厅开始而在夜总会结束,绝大多数是在桑吉巴尔,经常有大量说英语的人光顾,主要是英国人,因为那里有多种啤酒可供选择。

亨利克从来没有喝醉过,但一两品脱健力士黑啤充分放松了他的四肢,然后漫步回到他就在附近的住所。遛狗的人们经常路过那儿,亨利克看那些狗儿的次数并不比看那些女人的次数少。那些狗通常会向他缓缓走来,挠他嗅他,尾巴摆得跟挡风玻璃刮擦一样飞快,而他总会高兴地弯下腰抚摸它们的背。他会问狗的名字、年龄、品种,如

---

① 此处与前面所使用的"父亲"(father)不同,用了"爸爸"(Papa)。

果主人或路人不着急的话。他那漏筛似的记忆瞬间便忘记了这些信息，所以他下次遇见同一个主人会问同样的问题。狗越大，亨利克就越喜欢。不远处住着一头大丹犬①，总是让他心都融化掉了。而且他每次都以同样的喜悦迎接那四头黑色的拉布拉多犬②；他已经知道它们是母亲和三只小狗，后者是七个月大的几只公狗，个头已经赶上了它们的母亲。

"他们叫什么名字？"

"他们仍然叫作米拉蒂、阿托斯、波尔托斯和阿拉米斯，"黑发女子说，四条牵狗绳不是在手上、而是绕在她的脖子上。

"不好意思，可那些都是陌生的名字啊。"

"你读过《三个火枪手》③吗？"

"我是美国人，我们不看书，我们总是只看电视的，"亨利克说道。他是当做笑话讲的。他的匈牙利辅音的发音让女孩唇边露出一缕笑意。亨利克拿出记有近日获悉的匈牙利单词的笔记本，开始把那些名字写下来："米拉蒂、阿托斯、波尔托斯……第四个叫什么？"

"阿拉米斯。"女孩的脸颊上有淡淡的雀斑。

亨利克使劲咽了一下。"我可以送你回家吗？"

"很容易做到。我就住在这里。Ciao！④"女孩把黑色拉布拉多犬赶进了大门。亨利克无法把自己的目光从她两条肌肉结实的腿上移开，裙子盖到小腿中部。

第二天晚上，他在同样的路段逛荡，希望再次碰到那个女孩和那些狗，但只是徒劳。第三天，他决定等在那个大门口，直到他们开门。十分钟后，女孩和狗就下来了。"等我们吗？"

---

① 一种名贵犬种。
② 另一种大型犬种。
③ 法国19世纪浪漫主义作家大仲马的代表作之一。
④ 此处用的是西方人熟知的意大利告别语，相当于"回见"。

"你怎么知道的?"

"从窗口看见你了。"

亨利克介绍了自己。女孩名叫森泰·玛丽亚。她的手坚定地握了握亨利克。他问他们是否可以专门见面,大概如此之类的话。玛丽亚看了他好一会儿。"难"。

"因为谁吗?"

"是的。"她指了指狗。"因为他们。"她解释说,他们不管多长时间都不能单独留在家里,幼崽们肯定会把寓所变成垃圾场的。

他们很快便进入直呼名字的阶段。亨利克提议周末去多瑙河湾①的北部旅行。玛丽亚在犹豫:这么多狗塞不进轿车。亨利克坚持说切诺基吉普车里有足够的空间。

他们出发去对着多瑙河湾的圣安德烈②。女孩在后座上铺了些旧毛巾,给狗发出"你去!"的信号,它们乖乖地跳了进去。亨利克可以在后视镜里看见它们正有点无聊地东张西望,好像麦迪逊大道上那些坐在她们豪华轿车里的女士们。

玛丽亚开玩笑说她是一个布头加骨头的女人。骨头与狗相关,但布头是真的:她设计缝制、编织地毯、窗帘、墙上的挂饰和靠垫。她最近刚毕业于应用艺术专业。她是个土生土长的霍德梅泽瓦沙海伊③人,来布达佩斯拿她的学位。她曾有过一段认真的关系,而现在则正处于百废待兴中。米拉蒂原本属于她的前男友尤瑟夫,但她是那么喜欢玛丽亚,所以分手后他们达成了米拉迪归她的共识。尤瑟夫是搞金属雕塑的。他们住在他的工作室兼寓所里。根据协议,玛丽亚可以在那里住到她找着自己的住处和谋生手段为止。与此同时,尤瑟夫搬回到他母亲那里住了。他好不容易从她的生活中搬了出去,接着,米拉

---

① 多瑙河在匈牙利境内的大转弯部分。
② 靠近布达佩斯。
③ 位于匈牙利东南部的一个城市。

蒂怀了孕,生下八个狗崽,它们的父亲未知,玛丽亚也只是从远处看到一只德国牧羊犬,或是某种杂交品种。尤瑟夫听说了这个门不当户不对的姻缘时,似乎打了米拉蒂。从那时起,他就对她完全没有兴趣了。新生的幼崽看起来像黑色的小老鼠;她设法送走了五只,自己留下了三只。"我不介意。我已经非常喜欢它们了。"

"我能理解为什么,"他说道,四条狗热烘烘的气息吹到他的脖子上。

就在他们路过位于比喀什迈耶①的新地产时,出现问题的端倪。阿拉米斯悄悄地开始干呕,头部和颈部抽搐。

"哇!"玛丽亚说。"最好停车,他要吐了。"

但亨利克无法及时转过去,阿拉米斯把肚子里的东西全部倒空在座椅和车内地板上,还有大量剩余留在亨利克的背上。玛丽亚狂道歉,试图用面巾纸将损失降到最低。他们刚刚再次出发,马上轮到波尔托斯呕吐。于是便继续下去。那些狗持续呕吐,一个接着一个来,切诺基吉普车内充斥着它们胃酸的刺鼻酸味儿。玛丽亚拼命想让那些狗安静下来,恳求着他们,并轮番冲他们喊叫,可他们只是狠狠地瞪着她,仿佛他们难过的黑眼睛全都反映出同样的想法:对不起,但我们别无选择,只能内急般呕吐。

如果能转头回去,玛丽亚会很高兴的,但亨利克说,让这个破坏他们的一天就太遗憾了。"不管怎么样,我不认为现在还能有什么东西可吐了。"

然后是圣安德烈、接着是维谢格拉德②,他们被那四只黑狗好一番折腾。亨利克表现得好像他是狗的主人。他们晚上十点左右回来,狗儿们在后座上睡着了。

"谢谢你所做的一切,"玛丽亚说。"稍等片刻。我先把这群家伙

---

① 布达佩斯的一个区。
② 在布达佩斯北边、多瑙河右岸的多瑙河湾处。

赶上楼去,然后下来帮忙清理车子。"

"好了,好了……我明天会处理它的。但一定要回来……至少一个小时左右。"

四只狗被锁在工作室内直到凌晨三点钟,把它们牙齿所能及的一切都嚼了个遍。亨利克送玛丽亚上楼回到寓所。她勘察了一片狼藉的战场,并没有绝望。"嗯,到大扫除的时间了。"

亨利克留了下来。当杰夫和道格回来时,他把玛丽亚作为自己的未婚妻进行介绍。

"真的吗?"玛丽亚似乎很怀疑。

"我没弄明白,"杰夫说道,而道格在想。亨利克重复道:"我的未婚妻。"

"你对此确定吗?"玛丽亚又问道。

"恭喜啦!"道格说道,杰夫点了点头。

玛丽亚后来指出,他应该事先跟她商量一下这件事。

"嗯……我很抱歉。那么,你怎么想呢?"

"没这么快。我们首先得更好地了解彼此。"

"但我已经了解你了!"

玛丽亚摇摇头。"我有很多事情你都不了解。重要的事情。"

"那就告诉我。"

"我不能就像那个样子做事。适当的时候。适当的时机。"

亨利克只得顺从地等待。

亲爱的格莱美:

我仍然过得挺好。亨杰德公司在不断壮大,但这次我要写的是别的事情。我想,或许这是我的亨杰德,我的地盘,永远。

我遇到了一个人、一个女孩,假如能随我的心意,我们明天就会结婚。如果您能来这里见见她,我会很高兴的。您不能再来一次吗?我给您买张票吧!

他的祖母立刻打来电话。"我就来,但咱们在这件事上稍微等等。不要操之过急。首先,你们应该真正了解彼此。"

"她也是这么说的。"

"聪明的女孩。"

这段时间玛丽亚很忙。她在制作墙上的挂饰,一家保险公司订购了四个大的。天刚破晓她就坐在了自己的织机前,只有在每天固定三次的遛狗时间才会停一停。如果亨利克想去看她,就只能在这段散步的时间了。他们在上码头更宽阔的人行道上散步,身后跟着一群活泼的小家伙们,并对容易受到惊吓的行人们致着歉。

"告诉我,你相信转世重生吗?"玛丽亚问道。

亨利克茫无头绪。他从来没有问过自己这个问题,所以没有答案。他小时候会去教堂,而他祖母肯定是喜欢他能做个正派的盎格鲁-撒克逊新教白种人,但由于他周围没有人把上帝当回事,他也就认为宗教只是个空洞仪式而已,一有可能便立即放弃了,就像他对待童子军那样。

转世重生是玛丽亚世界观的基石。死亡同时也是出生或重生。肉体腐烂后,灵魂徘徊约一个半世纪,通过各种方式进行净化;只有在这之后,它才能开始其下一次人生。一个人前世是男人的话,今生就会变成女人,反之亦然。

对亨利克而言,他死后灵魂还能得到另一个人的撑持,这种前景很是新颖,而且激动人心、颇有吸引力;然而他觉得这实在难以相信。

"你不用非得相信它,"玛丽亚说。"等到了时候,你会发现它自然得就像天空是蓝色的这一事实。"

亨利克不信服会发生这种事、就跟他盼望它能发是一样的。在进一步的交谈过程中,他发现玛丽亚分享了二十世纪初著名德国哲学家鲁道尔夫·斯坦纳①的观点。"他有心灵透视力。有些人拥有看到更高层面的能力,也就是说,他们可以看到别人看不到的东西。他们说你可以天生拥有这种能力,但也可以通过自我教育达到。在我们这个时代,自我教育者的这个途径更为常见些。今天的人已经丧失了他的内视能力。我们拥有所谓的心灵感应,但它们不能自行运作,得由个人进行开发。我有很多这方面的书,如果你感兴趣,我可以把它们借给你。"

然而,这些书绝大多数都是德语的。亨利克不懂外语;他的母语是英语,而匈牙利语则是父语。

心灵透视力与自我教育:这么多未知领域。就像轮回重生那样令人难以相信、同时又颇具吸引力。

原来,玛丽亚英语、德语和法语都说得非常好,甚至还能说些丹麦语。作为一个歌剧爱好者,她也会一点儿意大利语。

果然,亨利克想道,我真的不大了解她。

"为什么你从未上过大学呢?"玛丽亚问道。

"我来这里了。这就是我的大学。"

"啊哈。那么,你没有去拿个学位的勇气喽。"

"我没这么说。"

"但不管怎么说,就是这样的,不是吗?"

亨利克思考了一阵,然后承认是的。"你是怎么知道的?"

"典型的双鱼座。"

"霜与做?②"

"星座啊。你是双鱼座,不是吗?"

亨利克一无所知。玛丽亚问他什么时候出生的,听到日期时点了

---

① 鲁道夫·斯坦纳(1861—1925),奥地利哲学家、社会改革家、建筑师、神秘论者。他试图将科学与神秘主义结合起来。

② 他对此完全不懂,所以听成别的毫无意义的发音。

点头说道:"是的,就是双鱼座。"

玛丽亚非常精通星座运算,她从祖母那儿学来的。在征得人家同意后,她会给接触到的每个人算星座。

"你会征得同意吗?"

"当然。这是非常私隐的事。揭示出的那些事情,当地人①……有关的人也许会感到不快。或者他们不快的是,揭示它们的人是我。那么……我可以算你的吗?"

"是的。"

"你知不知道你出生的确切时间?小时和分钟。我需要用它算星座运势。"

"我不知道。"

他打电话问祖母,但格莱美不知道。"那段时间不是我们微笑和睦的阶段。"

"微笑和睦的阶段?"

"是的。你知道,我们不是很高兴她跟你父亲结婚……事实上,一点也不高兴。"

"为什么你从来没有提过呢?"

"你问过吗?"

"我怎么可能问起我还不知道的东西呢?"

电话那头沉默了,然后是一两下轻微的吸鼻子声。

亨利克换了话题。"您还没有问过玛丽亚的事呢……"

"我怎么可能问起我还不知道的人呢?"

他们双方都气呼呼地放下了听筒。

玛丽亚说她只能在确切出生地点、日期、小时、分钟的基础上算出上升星座,虽然她听说有的占星家根据对象人生中的最重大事件就能算出。她给塞格德一位这样的占星家写信,给她提供了亨利克母亲

---

① 她英语措辞不准确,想表达"当事人",却用了"当地人"一词。

的死亡日期和他父亲的失踪日期,还有他来匈牙利的日期,以及他们两个人第一次相遇的日期。她没有得到满意的答案(花了1万福林的天价)。"她说你的上升星座是白羊座。但我完全看不出你有白羊座特征。白羊座热情似火,能把自己的家烧起来,一而再地用他们的头去撞砖墙。当然啦,尽管如此,你也可能会是白羊座的,但十二宫的星宿如此井井有条,以至于你上升星座的典型性不如你的太阳星座,就是说,双鱼座。"

"嗯,现在,是好还是坏呢?"

"我不会那么说。你对此有多感兴趣呢?"

"非常。"

玛丽亚点点头,开始详加解释。她没有从星位推算运程,只就对象的人格做了个结论性说明。也就是说,某些基本特性,对象因此会希望或能够做什么。在她看来,一个人的星座对其命运本质的影响大约不超过25%;其余则在于基因、家庭背景、成长经历以及自我发展。尽管如此,出生在双鱼座的那些人在协调自我与世界的问题上会有一定困难。他们经常都是孤独的。作为最为复杂的第十二星象,它造成了最为复杂的个性。双鱼座普遍表现出对艺术的敏感性,甚或是某种艺术能力;例如,他们当中有很多音乐家。"他们很容易发胖……虽然你还无此迹象。恩里克·卡鲁索你有没有听说过?"

"没有。"

"他是世界著名的歌剧演唱家。有些人说他是所有时期中最伟大的男高音。他是双鱼座的。我的意思是他的太阳星座。然后是伊丽莎白·泰勒①。或者佐兰②。你听说过他吗?"

"没有。"

---

① 伊丽莎白·泰勒(1932—2011),美国著名影星。
② 佐兰·斯泰瓦维奇(1942—),塞尔维亚裔的匈牙利音乐家,是吉他演奏家、歌唱家、作曲家。

"他是匈牙利摇滚歌手。再有,让我想想看,莎朗·斯通①。你肯定知道她是谁。"

"你怎么会知道这么多人的星座呢?"

"我从《谁是谁》上查到他们的。这些日子我有时只从面部就能判断出来。尤其是天蝎座、处女座和双子座的人。"

亨利克从玛丽亚书架上找到丹纳·鲁蒂亚②的《性格占星术》,做了大量笔记。他还发现读英语版要比匈牙利语的容易。占星术又成了令他大为激动、沉湎其中的东西,尽管他的怀疑从未消减。怎么能声称一个人的性格——即便只是部分——取决于他的出生地点和时间呢?嗯……你肯定不能。与此同时毫无疑问的是,月球与潮汐的运动和月经的周期有关联,可它是所有像行星的物体中最小的一颗。那是否能肯定地说,天体对我们没有任何影响呢?嗯……你肯定不能。

他使劲儿地记忆十二星座的顺序,把它们像一首诗那样来掌握:白羊、金牛、双子、巨蟹……他到了这里总是卡壳,只好瞄一眼自己的笔记再继续:狮子、处女、天秤、天蝎……他再次需要帮助:射手、摩羯、水瓶、双鱼。他不明白为什么他不能把这十二个单词敲锤进自己的脑袋里,更别说每个星座的时间段了。他羡慕玛丽亚和她铸铁般牢固的记忆力:那个女孩不管看到、听到或经历了什么,只需一次便能永远烙在她的脑子里。在那个雕塑家尤瑟夫之前,玛丽亚跟一个丹麦男孩谈恋爱,为了他而学会了丹麦语——实际上是在短短两个月内(罕见动词形式的列表仍然固定在厕所的门上)。亨利克一无所成,即便是他设为目标的匈牙利语词汇。

"如果你为自己记忆力差这么犯愁,为什么不开发它呢?"玛丽亚问道。"你可以在各方面提高自己,这只是个意志力的问题。"

---

① 莎朗·斯通(1958—),美国著名影星。
② 丹纳·鲁蒂亚(1895—1985),生于法国,卒于美国。现代占星术先驱,也是现代派作曲家、作家。

在她的指导下,亨利克开始记数字表,然后发展到名称。他开始觉得自己有了一些进展。

玛丽亚不搬到他那儿住,也不让他与她共享工作室兼寓所。"那会是个不祥预兆。"

"臆造?"

"预兆。迹象,征兆。我觉得它来自希腊语,或拉丁语。"

"但我们现在肯定了解彼此了吧!"

"还不够。我还是不知道对你来说人生最重要的事情是什么。"

"你。"

"别冒傻气!我是认真的。"

"只有你才会问那样的问题。而且你立马让我觉得自己蠢得像蹒跚学步的幼儿。"

"蹒跚学步的幼儿也能在他或她的层次上做出回答。思考一下那个问题。"

我最后想出来的是,你应该幸福。于是她问:"你是谁?"我回答说:"我。"于是她说:"自私的观点,但是,好吧。那需要什么才能让你幸福呢?"

这又是一个典型的玛丽亚问题。我给了她一个清单:"钱,然后身体健康,有保障的家庭环境,我猜就是这样了。现在,你的呢?"

她神色凝重。因为我们没有在任何问题上达成共识。我所提到的东西,在她看来,是小资产阶级生活理想的老生常谈。健康就像是空气:只要你能呼吸到它,它就不会让你感到幸福,实际上你几乎不会注意到它。她也不会把有保障的家庭环境放在这儿,因为最终你必须靠自己。

在她看来,你想幸福需要的不是这种种东西,而是抽象的东西,例如:坚定而持久地遵循一些道德准则,然后是知识、毅力、耐力，还有好运气。她因为我甚至连那些都不懂而感到遗憾。她几乎不可能跟我结婚了。

她当着我的面说出了这个，我跑回家，哭了起来。我知道她是对的、在某种程度上。但是，我也知道我从未像想要她那样想要过任何东西或任何人。我掉转脚跟回去。我噔噔噔窜上五楼敲工作室的门。我知道我想对她说什么。

"如果我懂的不够，教我；如果我不完美，爱我！"当那扇黑色的铁门打开时，亨利克把这话付诸实施。

玛丽亚让他进去了。

"现在你对我了解得足够……？"亨利克在早餐的时候问道。

"也许。但你还对我了解得不够。你把我理想化了，尽管我有很多坏品质。"

"比如？"

"过度自信。坚信我必须不断地教育大家。一定程度的卖弄学问。时间观念差。但我是个水瓶座，不切实际，正如你所知。"

亨利克也爱玛丽亚的缺点，即使这些有时会惹恼他。他发现玛丽亚的坏品质恰恰跟她的好品质是一致的。在处理公事和生意方面，自信是很有利的。她教育别人的热情使亨利克得以从她那里学到东西。卖弄学问和知识是同一棵树上结出的果实。不太切合实际则使她灵魂纯洁。

循着这个思路，他明白了，很可能每个人的缺点同时就是他们的美德。他试图从这个角度看自己。他相对比较缓慢（亦即，周密而坚定）。他的自信心低（亦即，谦虚而谨慎）。他没有受过良好的教育（亦即，对知识很渴求）。他的记忆力很垃圾（亦即，很快就能原谅）。

他觉得自己和玛丽亚的关系越来越近，尽管事实上她继续跟他维持着一臂之长的距离。最令人担忧的是，玛丽亚坚持平均四天就有两个晚上在自己的工作室里度过,在那些夜晚,亨利克不得不垂头丧气独自溜达回家。只要提到结婚一词,她的眼里就冒火:"不,还不行。"

有一次,在床上,亨利克问她:"如果你怀孕了,你会嫁给我吗?"

"我保证不会。"

"噢,我的……现在我可真不明白了!"

"但这很简单啊。如果我们有了孩子并且结婚了,假设离婚的话,我们就会为孩子争斗不休。如果我们不结婚,那就不会发生。你不可能什么事都为我做。"

"可为什么我要什么事都为你做呢?"

"就你的情况来看,实在让人提心吊胆。也许有一天你决定回美国去,你会把孩子带上……"

"哦,玛丽亚,你看事情的眼光真古怪!"

"现实的看法。这在目前可能很难想象,但我所有的女朋友都离婚了,我已经见识到它是如何把人降低到了动物层次上的。"

"可是看看婚姻的诸多有利因素吧:安定,共享我们拥有的一切;即使在离婚的情况下,根据匈牙利法律,半数的东西都是你的!"

"我告诉过你我不是物质主义者。"

亨利克觉得自己的头都要炸了,就像一个过度膨胀的足球。这是个什么配置!每个女孩都渴望结婚,唯一例外的女孩却被命运带来跟他在一起了。他觉得争论是毫无意义的;他只会从玛丽亚钢铁般的意志上反弹回来。只能把她作为她所是的那个样子加以接受了。

玛丽亚生我儿子的轻松程度,几乎就像她一直在实践似的。齐拉格·康拉德于一九九六年四月十四日来到这个世界,重二点五公斤,长四十八厘米。玛弗医院(铁路员工的)的顾问认为最好是把他放进早产儿保温箱里。但玛丽亚拒绝了她的建议,说不需要。她是正确的。小康拉德蓬勃生长,十天后我们就获准接他回家。那时格莱美也已安全抵达,愉快地拥抱了她的曾孙,并承认她没有想到自己会活着看到这一天。

我们也通知了玛丽亚的父母,但他们没有来。由于玛丽亚不肯结婚,他们跟我一样恼怒。尽管我不再恼怒了。我已经接受了这个事实:涉及到她的事情都不会是简单明确的。只有她的祖母艾尔西从霍德梅泽瓦沙海伊赶来;格莱美仍然和我们在一起。我以为她们会相处得很好,可她们却带着些敌意尽量避开对方。艾尔西不断检算我儿子的星座(白羊座,上升星座是金牛座);她或许在这上面比在小康拉德身上花的时间还要多。

然后,他们住在俞勒姆①一栋完工了四分之三的独立住宅里。玛丽亚的工作室会设在阁楼,亨利克的办公室则在地下室,但这些都还处于蓝图阶段。室内工程本来是交由亨杰德公司的正规队伍完成的,但公司本身的工程多得泛滥,只好把他们家的一再推后。在一楼的休息室里,亨利克用未经修饰的石头做了一个壁炉,是玛丽亚寓所里的翻版。他以为在匈牙利没办法弄到纯正的风箱、拨火棍和火钳,却在布达佩斯的埃切利跳蚤市场上惊喜地找到一整套。某个有开拓精神的匈牙利人正在成打成打地(再)生产。

较为寒冷的半年即将过去,但亨利克还是高兴在晚间生上火。向玛丽亚展示烟道工作得多么良好,令他感到愉快。他能几个小时地看着火焰吞噬噼啪作响的圆木段。一个快乐的结局,变成了光明和温暖,他反思道。

狗儿们霸占了花园,把植物刨出来大嚼。玛丽亚没有为此太过烦恼。"我们得空的时候把花园收拾收拾。"

但他们好长一段时间都没有得空,因为新来的那个人儿占据了他

---

① 在布达佩斯内。

们的每一个瞬间。眼下,亨利克顾不上亨杰德公司了,但杰夫和道格却处之泰然。他们喜欢跟他开玩笑地说:"要是我们有个孩子,我们一点工作都不干了!"

玛丽亚希望康拉德接受洗礼。亨利克不理解。"可你一直都会去教堂啊!"

"这并不意味着他应该拒绝圣水。"

"有什么意义呢?"

"你刷牙有什么意义呢?"

亨利克又一次放弃了辩论。但他坚持认为,杰夫或者道格应该做他的教父。玛丽亚没有提出异议。"但他们哪个呢?"

"让他们决定吧。"

"我们俩都做!"杰夫决定。

于是我的儿子有我两个亲爱的朋友和商业伙伴做教父。至于教母,我们荣幸地请到了玛丽亚的儿时朋友奥尔加。

生意在我受雇为全职父亲的阶段并未萧条;而是相反!道格四处嗅探,发现如今翻新匈牙利旧城堡能得到国家基金的资助,我们成功地申请到了一些。

目前,我们在匈牙利和特兰西瓦尼亚的五个地点工作。我从未想到做自己喜欢的事情还能够赚钱。我们的工作成果是用石材和木材重建过去、使之得以历久弥坚。

遥远的美国变成日益淡薄的记忆。有时候我觉得那些年像是在做梦,也就是说,实际上是我整个童年和青年时期。现在我可以确定的是,我要住在这里,只要上帝、命运、际遇、老天以及所有的星象允许……或是?我的儿子在这里出生;等到了时候,让他把我埋葬在这里、我祖先的土地。

康拉德被他母亲叫作塔普西,有时则被他父亲叫作弗洛普西,两个意思几乎是一样的。康拉德确实像一只小兔子,尤其是他眨眼的样子。他的两腿趋近O形,换尿布的时候,他会高兴地在空中踢腾,像某种电动玩具。

他开始四处摸爬滚打、牙牙学语、蹒跚学步,比书上说的要早得多。亨利克按捺不住要记录每一个瞬间的冲动。他拍照、录像、录音,还在他的"爸爸及其他"文件里做笔记。因此有可能得知他儿子说出的第一个连贯的句子是"我们上前向后!"——是对他婴儿车的运动做的一个中肯分析。

他很快便使他的父母感到惊奇了。一岁半的时候,他能记住并背诵自己听到的故事,一字不差。听过几次的诗歌也能一遍又一遍地准确背出,跟原作一模一样。数字就像词语那样留在他的记忆中。他继承的肯定不是我,亨利克想道。

康拉德在幼儿园也是个轰动人物。他轻轻松松就能完成拼图和拼字;他在扣子和鞋带方面也持有王牌。在幼儿园里,他总是在特殊活动或场合上朗诵诗歌或演唱歌曲的那个人。他的画作贴在墙报上。

还不到三岁的一个下午,发现他在地下室——亨利克的办公室终于完工了——坐在电脑前按着键盘上的按键。

"你在做什么呢?"亨利克问道。

"画画儿。"

他确实在使用一个绘图程序:屏幕上正现出一个正方形房子图案。

"他们在幼儿园添置了一台电脑吗?"亨利克用的是英语。

"没有。"

"可是那……你是怎么知道如何做这个的呢?"

"你知道的!"

父母简直不敢相信。康拉德看到过他们开机,而且这不是他第一次玩电脑了。当亨利克把这告诉了杰夫和道格,杰夫点点头说:"他一离开幼儿园就会加入董事会!"

那个房子被康拉德反复绘制，开始看起来像个堡垒。

"这是什么？"亨利克问道。

"堡垒。"

"什么？"

"堡垒。过人组的底方。①"

"你在哪儿看到过这样的东西？"

康拉德把食指放在自己额头上。

杰夫和道格是正确的，亨利克想道，他将成为一名建筑师。

那年夏天，上四年级的时候，康拉德自己学会了所有大写字母。他从母亲那儿得到了一个带小锁的小笔记本。他在第一页用红、绿、蓝蜡笔写道：

爸爸佐防子。

妈妈佐坦子。

完我协。②

这三句话被他父母无休止地引用，在他们俩之间以及跟他们的朋友们。

后来他在封面上歪歪扭扭地写道：

弗背书③

"你是什么意思呢，'眼泪的书'吗？"

"父辈书！"康拉德纠正了他和自己写在本子上的字：**弗背书**。

---

① 康拉的发音不准。意思是"过去的人们住的地方"。
② 都是错别字。意思是"爸爸做房子。妈妈做毯子。完，我写。"
③ 即"父辈书"，只有"书"字写对了。

"可是为什么呢？"

"我想。就像你有'爸爸及其他'。"

亨利克变色道："你是怎么知道的？"

"在机器里。"

"你读过吗？"

"哦，爸爸，不基道①没小字母！"

亨利克没有想到，只要触摸到一个键，就能把电脑里的每个文本全部变成大写字母。

这段时间玛丽亚的生活完全被即将来到的日食所占据。她读了能找到的一切相关材料。她决定前往巴拉顿湖畔的希欧福克②，因为天文学家已经测出那里将是最佳观赏地点。"如果我们错过了，下一次机会就要等到二〇八一啦，我们活不到那个时候的。"

康拉德大概可以，亨利克想道，而这个想法多少令他有些沮丧。

玛丽亚觉得大事件正在酝酿中。她引用了诺查丹玛斯的话，后者也预言过此事。亨利克不明白为什么日食会是一首四行诗预言出来的，玛丽亚把那首诗翻译如下：

在一九九九年的第六个月里，
大蒙古王将从天而降。
这个恐怖统治者将说出他的话，
上述力量来自火星的影响。

但他也被这神秘事件所带来的兴奋激动所笼罩：假如奇怪的事件果真在八月十四日准备就绪，会发生什么呢？他专门去买了辐射物理研究所推荐的有色眼镜，并在希欧福克租下一栋房子，为期一周。

---

① 即"知道"，发音不准；此句语法亦不对。
② 在绍莫吉州巴拉顿湖的南岸。

在月食的前一天晚上,巴拉顿湖公路交通堵塞,汽车缓慢痛苦地寸行着。狗儿们感觉不舒服,呜咽,流口水,但是因为没有给它们喂晚饭,所以没什么可呕吐的。康拉德坐在后排它们中间,不厌其烦地抚摸着它们,用一块湿抹布擦拭它们的下巴。

"如果明天是阴天,那我会气出心脏病,"亨利克嘟嘟囔囔地抱怨道。

但黎明晶莹剔透的光线令他们醒来。他们吃了顿丰盛的早餐,坐到了外面阳台上,以免错过任何东西。亨利克拿了一个记事本和一支笔,康拉德也拿了自己的笔记本和一些彩色铅笔。狗儿们围着花园互相追逐着。

康拉德在信手涂鸦。亨利克偷偷看了一眼。是一幅发生在陡峭山坡上的奇特场景,一个战场,天上有五个或六个太阳,虽然它们可能是加农炮射出的炮弹在爆炸。

下面是三个红色的字。

    山洞   观看   开始

"你为什么写那个?"亨利克问道。

康拉德耸了耸肩。

玛丽亚关切地看着太阳。"是不是该戴眼镜了?"

"还太早。"

狗儿们变得越来越焦躁不安。他们能感觉到了某种不寻常的事情正在发生,他们三个都这么觉得。

天空中的奇观从十一点二十四分持续至十二点四十六分。

亨利克试图尽可能准确地记下一切。他没有料到自己的先祖齐拉格·库尔奈也是如此,尽管那是事实,他老年的时候在记忆中回想过儿时所目击到的景象。那些句子再也不可能被任何人读取了,永远。它们已经消失在稀薄的空气中。

在我地产上干活的吉卜赛人给我讲了个故事，说是太阳变黑是因为巨大的格利芬①在拥抱太阳。它的尿液洒下来便是有害的露水，带来瘟疫和疠病；所以日食的时候要把井口盖上。只是头脑简单的民间迷信吗？或者真是如此？我要是知道了答案，一定会如实铭记在后文中的。

在那些日子里，我自己头脑简单地疑心没有什么奇迹会到来。对我而言，黑暗不过是夜晚降临得比较快罢了。接着，我看见云彩的颜色在变化，它们和大地变成了深绿色。空气也迅速降温。随着黑暗越发厚重，鸟虫的惊恐愈甚。它们向四面八方飞散，有的落在地上死去。和我在一起的狗儿们发出哀嗥。我吓得要死。

当最后一缕太阳也暗了下去，夜晚的星星突然出现在苍穹。到目前为止我所记得的就是这些，之后我便一片茫然。吾睹己之末日将至，世界亦然也。可我的故事几乎还没有开始呢。

后来我从别人那里听说，我错过了多么神奇的景象：太阳冒出一团钻石般的火焰，好像戴了冠冕。他们可以欢喜了，主在他们的天空中魔术般变出了这样的荣光。

当这也过去了之后，据说出现了迅速短暂的第二次黎明。惊恐的兽类和百姓欢喜地迎接了重生的光芒。

---

① 古希腊神话中半狮半鹫的怪物。

作者注

瓦莫什·米克罗什

  出版商要我就小说的历史背景写几句话。虽然我真的不认为了解匈牙利或者其历史对于理解这部小说会有多重要，但有些读者可能想知道一点点更为广阔的文本语境。

  首先是一些个人历史。这本书的匈牙利语原版是我在匈牙利出版的第二十本著述及第九本小说。之前一本小说是关于我母亲的，她的性格在我看来，与主导我国四十年之久的社会主义颇为相似。她专横、不公正、残忍、变化无常——但同时又令人发噱（我生于一九五〇年，所以是在一种"较为柔和"的社会主义中生长的，这不无滑稽的一面）。若干年后，我感觉好像也欠为我父亲写上一本小说。不幸的是，他少言寡语——如果有的话。他去世的时候我才九岁，我对他了解不多。

  因此我决定做一些研究。我去了匈牙利南部的佩奇——我父亲出生及其家人生活的地方。档案材料披露了些谜一般的事实：我的父亲有两个哥哥,他的父亲也叫瓦莫什·米克罗什。那个米克罗什——我的祖父,来自纳吉瓦拉德(现在的奥拉迪亚,就在罗马尼亚境内)。他在佩奇拥有一家很大的鞋店。他的父亲,维什博尔格·孟德尔,在布达佩斯拥有一家酿酒厂,而他自己却是在霍蒙纳出生的(现在胡门内位于斯洛伐克共和国境内)。我的曾祖父是如何来到布达佩斯拥有了自己的酿酒厂、而他的儿子却出生在纳吉瓦拉德呢?我的祖父最终又是如何在佩奇开了鞋店的呢?那酿酒厂怎么办呢?我没有找到这些问题的答案。

我父亲在第二次世界大战期间所进行的斗争,要比实际战争持续得时间长。他甚至在战前就被征集参加演习了,目标是匈牙利王国以前的领土,第一次世界大战期间被周边几个国家吞噬了。战时,他是一名普通的士兵,直到犹太法令开始执行,他成了手无寸铁的犹太强制劳动营中的一员,在德国军队前面扫除布雷区,为他们"打扫干净",其时他们正在向莫斯科进发。他是极少数生还者之一。前线崩溃时,他和其他一些人逃跑,被苏联军队抓获、成了战俘。他跟一个朋友逃了出来,步行几个月回到了佩奇。他回到来之后发现,全家都已被纳粹杀害。

我以前甚至不知道自己是犹太人。小学的时候,我的同学们表达了反犹情绪,我还学他们的样子,相信"犹太人"跟其他粗鲁词语一样糟。高中的时候,一个女朋友问我是否是犹太人。我回答说不是。我向父亲提及此事,并说我知道我们跟犹太人扯不上关系。我父亲扶了扶他的眼镜,然后说道:"嗯,我不太确定。"没有进一步的解释。就那么着,我知道我是一个犹太人。(我不说希伯来语和意第绪语;我不知道那些习俗、规则、祷词。然而,每当我听到反犹主义,我知道我是一个犹太人。)

回到我父亲身上。不知怎的，他成了后来被公审并处决的拉伊科·拉斯洛①部长的秘书。我父亲幸运地逃脱了起诉。他病倒之前，在一家工厂工作了七年，在医院进进出出了很长一段时期，去世了。关于他，我所知道的就这么多——很难凑够一本小说。

我该怎么办呢？如果我不能写一本关于我父亲的小说，那为什么不能写一部关于每一位匈牙利父亲的小说呢？我从中挑选了一百个知名的和不知名的人，开始收集他们的个人档案。但那似乎有点乏味。我决定选出十二个，各自代表十二个星座——他们将代表每一位匈牙利男性。在初稿中，每一章中心人物的名字，其首字母都与他的星座首字母一样。介绍章节内容的"简介"试图营造一种与之相关的情绪：句子都是从匈牙利旧历和年鉴中收集来的。

小说描述了一个家族十二个头生子的生活，每一个都是未来那一个的父亲。这就提供了一个稳固坚实而简单明了的结构，并且我真心希望读者能毫无问题便掌握了故事，即使有些地方很复杂。需要注意的是，这个家庭的犹太姓氏是施坦，而匈牙利姓氏是齐拉格——两者都是"星"的意思。我知道最后的场面是一九九九年八月十一日的日食，因为那是我所见过的最美丽的景象。我试着查找大约三个世纪前是否也发生过，而我果然发现了，于是小说的时间框架便定了下来；就这样，它变成一部匈牙利家族的萨迦②。

匈牙利的许多读者，以及德国的一些读者，写信说他们是多么羡慕我对自己先祖的故事如此了解。我倒希望那是真的。现在必须澄清的是，我几乎什么也不了解。我编造了一个家族史，因为我失落了自

---

① 拉伊科·拉斯洛（1909—1949），匈牙利共产主义政治家，曾任内务部及外交部部长。原是匈共重要组织者之一，后被公审并处以极刑。其中有内部权力斗争的因素，但也因为他反对由斯大林支持的拉可西（1892—1971）。

② 原本是北欧英雄史诗的一种名称，后成为普通词语，有"家族传说"和"英雄历险故事"之意。

己真正的家族史。但我并无不快,假如读者认为他们知道的是我祖先的故事。

它还可以帮助读者了解匈牙利贵族,以及十九世纪初之前说法语和德语的匈牙利知识阶层。只有穷人才使用匈牙利语,当时的匈牙利语缺乏大量词汇。匈牙利文化史最开心的篇章之一,是十八世纪末、十九世纪上半叶剧烈的语言更新时期。作家、诗人和语言学家为了建构现代匈牙利语走到了一起,主要手段是创造出大量的新词汇。我认为,如果每一章都使用那个时期有问题的词汇和语法,会很有意思的。前三章的故事发展到一八〇〇年左右,我尝试只使用当时存在的词汇。我深知这不是印欧语译文能轻易再造的东西,但我希望这部小说的语言能随着我们越来越接近现在而明显地逐渐"年轻化"。

关于匈牙利历史的几个注意事项

一个众所周知的事实是,在文艺复兴时期的国王马蒂亚斯·科维努斯①之后,匈牙利和匈牙利人便输掉了每一次重要战争和革命。马蒂亚斯·科维努斯占领了维也纳,并成为奥地利王子。他于一四九〇年去世。自那时起,这个国家和它的英雄们只能在战败的一方出现。

一个著名,或许古老的笑话很能说明问题。

一个匈牙利人走进纽约一家小商店,想买帽子。可他身上没有足够的美元,于是便问他是否能用匈牙利货币福林付款。

"我从来没有见过福林,"店主说,"给我看看。"

于是那个匈牙利人给他展示了一张十福林钞票。

"这里的这个家伙是谁?"店主问道。

"这是裴多菲·桑德尔,匈牙利最耀眼的明星诗人。他生活在十

---

① 马蒂亚斯·科维努斯(1443—1490),14岁当选为匈牙利国王,战胜过奥斯曼土耳其。

九世纪。他是'三月青年'的成员,该组织发动了一八四八年至一八四九年的独立战争。他在塞格萧拉的一场战斗①中遇害,这场战争是被奥地利和俄国粉碎的。"

"噢,我的上帝,多么可怕的故事……二十福林上的这个家伙是谁呢?"

"这是朵夏·捷尔吉②,领导了十六世纪的农民起义。起义被镇压了,他被处死了,实际上是被火烧死的。"

"好吧,好吧。这五十块上的又是谁呢?"

"这是拉科齐·费伦茨二世,领导了另一场独立战争,被哈布斯堡王朝镇压了。他被迫流亡到土耳其度过了余生。"

"我应该猜到的。那一百上的呢?"

"这是科苏特·拉约什,一八四八年至一八四九年独立战争的领袖,你知道的。被镇压后,他不得不逃离——"

店主再次截住了他。"好吧,你这个可怜人,走吧——你可以免费③拥有这顶帽子。"

(注:这些钞票已不再流通,由于通胀的摧残。)

十八世纪

近十七世纪末,韦谢莱尼-兹林尼④推翻哈布斯堡王朝的密谋迅速遭到血腥镇压。一些参与者、如第一章里的祖父及其家人,尚有能

---

① 塞格萧拉之战,或称作"瑟什堡大血战"(在特兰西瓦尼亚,现在是罗马尼亚的锡吉什瓦拉),是1848年匈牙利革命中的一场战役,发生在1849年7月31日。战役以俄-奥军队获胜告终。据说裴多菲在这次战斗中牺牲,但并未找到他的尸体。
② 参见本书第十二章"朵夏·捷尔吉"注释。
③ 英语中"免费"(for free)包含了"自由的"(free)之意。
④ 此二者本书第一章均有注释。

力逃往国外。直到一六九九年《卡罗维茨条约》① 签订，才结束了这个混乱动荡时期，最终将土耳其人赶出匈牙利和特兰西瓦尼亚（事实上，土耳其人对现今匈牙利的控制要比哈布斯堡王朝更甚），而之前却经历了漫长得似乎永无尽头的占领时期，事实上持续了一百五十年之久。此后的奥地利统治为时更长。匈牙利或多或少沦落为一个殖民地，直到第一次世界大战。

但是，对统治者的反叛和密谋一直在继续。事实表明，所谓的库鲁茨（"流浪汉"）游击队是哈布斯堡王朝最感棘手的存在。库鲁茨最初由特克里②领导，后由拉科齐·费伦茨二世领导，几近成功。反叛失败之后，如我们在前文所见，他和他的一些指挥官逃往土耳其避难，而匈牙利则遭到哈布斯堡王朝的血腥报复。几个世纪以来，"库鲁茨"一词被用来指称反对哈布斯堡王朝或任何暴君的任何人。奥地利的支持者们则被称为"拉班茨"（"蓬乱"），是一个用来指代通敌者和反动派的术语。两个名词都见于匈牙利诗歌。

十九世纪

语言更新运动已经提到过了。它也具有反哈布斯堡王朝的立场，因为说匈牙利语、而不说德语的那些人以此拒绝君主国的官方语言。这一时期最为突出的反哈布斯堡事件，无疑是一八四八年革命和独立战争。两年之中，这个民族由衷相信能将奥地利人赶出去、获得理所应当的独立。在拉约什·科苏特领导下的叛军独立革命军几乎成功——只可惜奥地利人在俄国沙皇及其哥萨克部队的协助下最终扭转了

---

① 卡罗维茨条约于1699年1月26日签订，结束了奥匈帝国与奥斯曼土耳其帝国自1683至1697年间的战争，标志着土耳其对中欧大部地区之控制的终结与哈布斯堡统治势力的建立。

② 特克里·伊姆雷伯爵（1657—1705），是特兰西瓦尼亚王子、匈牙利政治家、反哈布斯堡义军领袖。

局势。报复行动比以往更加残酷。几个月内便创造出许多的烈士：你会在布达佩斯和匈牙利其他城市的街头标识牌上发现他们的名字。

随之而来的是最为黯然绝望的沉默与痛苦忍受的时期。多亏迪亚克·费伦茨、一个走中间路线的政治家（在小说中作为配角出现过①），一八六七年开始了一个和解的新时代。在认为既不该忘记过去、又应于未来与奥地利和解共处的那些人当中，他是一位领军人物。协定被称为"补偿条款"②（"和解书"），双重（奥－匈）君主政体诞生了。这便是当地人所说的"K. u. K."，即"帝国的与皇室的"③ 的缩写（"帝国的与皇室的"），因为宝座上的哈布斯堡既是奥地利的皇帝、又是匈牙利的国王。尽管也有各种政务部门，但最重要的机构仍把持在奥地利手中。

一八九六年，匈牙利国家大张旗鼓地庆祝其第一千年的存在。一些历史学家称，该国实际建立于八九五年，那样的话，当局就需要更多的时间来组织铺张浪费活动了。如果是真的，那就是另一个典型的匈牙利故事了。

二十世纪

对匈牙利的犹太人而言，生活从来都不容易。在过去几个世纪里，他们不允许拥有属于自己的任何东西，包括土地。情形在不同地区和城市略有不同，但他们的平等权只是在一八四八年革命和独立战争末期才被看作是神圣不可侵犯的，因为大批犹太人参加了战斗（他们当中绝大多数人都想做匈牙利人，且言行举止也是据此而为的）。

第一次世界大战之后，巴黎和平条约对匈牙利很不友好。这个国

---

① 在第七章中，贝尔达－施坦·孟德尔遇到过这位政治家，有简短对话。
② 原文为德语。
③ 同上。

家丧失了大约三分之二的领土及大约一半的人口。在新的、变小了的匈牙利,犹太人的比例——尤其是在从业者中,现在便显得非常高了。这助长了原本就存在的反犹主义。例如,一种名额限制①的规定对进入大学的犹太人数加以限制,其依据是他们在犹太总人口中所占比例。尽管有这项规定,我的父亲还是获得了法律学位,可是,二十世纪四十年代推出了一系列更为严苛的反犹法令,他无法从事律师工作。

作为第一次世界大战的战败方,匈牙利想在下一次大战中成为赢家。他们迎合似乎愿意帮忙恢复其失地的德国和希特勒——匈牙利式远见的又一事例……待至一九四五年,匈牙利折损了两支军队以及将近十分之一的国民,包括其一半左右的犹太人口。

社会主义也不轻松。新国家统治者们所进行的权力博弈,依照的是苏联的格言。而且,如果一个独裁者活的时间足够长的话,他便能将那些被杀害的人们重新安葬并恢复名誉。这就是发生在拉伊科·拉斯洛身上的事。他于一九五六年被重新安葬,恰好在几乎动摇了苏联帝国的革命之前。苏联坦克在几天之内便将它碾碎了。这制造出了更多的烈士。革命政府总理纳吉·伊姆雷②便是被绞死的烈士之一。

他和其他人,在东欧社会主义发生剧变的一九八九年被重新隆重安葬。一九五六年开始其统治的卡达尔·亚诺什③被视为屠杀纳吉和其他很多自由战士的凶手,被取而代之。一九八九年我正好在美国,当我在《纽约时报》上读到匈牙利所发生的事情时,我简直不敢相信自己的眼睛。我以为是西方记者夸大了事件,并一直在等待坏消息

---

① 原文为拉丁语。

② 纳吉·伊姆雷(1896—1958),匈牙利共产主义政治家。1956年在匈牙利改革失败后下台,两年后被处决。

③ 卡达尔·亚诺什(1912—1989),匈牙利共产主义政治家,自1956年至1988年担任匈牙利社会主义工党总书记32年。

的到来：俄国人再次入侵匈牙利，因为他们总是那么干的。结果表明，谦卑的作者在预言未来方面很是无用，而不像这部小说中的很多人物那样。文学有其用途，即便它是匈牙利的。

二〇〇五年十二月

"蓝色东欧"译丛(部分书目)

第 一 辑

- **《石头城纪事》**(小说)
  【阿尔巴尼亚】伊斯梅尔·卡达莱 著　李玉民 译

- **《错宴》**(小说)
  【阿尔巴尼亚】伊斯梅尔·卡达莱 著　余中先 译

- **《谁带回了杜伦迪娜》**(小说)
  【阿尔巴尼亚】伊斯梅尔·卡达莱 著　邹琰 译

- **《石头世界》**(小说)
  【波兰】塔杜施·博罗夫斯基 著　杨德友 译

- **《权力之图的绘制者》**(小说)
  【罗马尼亚】加布里埃尔·基富 著　林亭、周关超 译

- **《罗马尼亚当代抒情诗选》**(诗歌)
  【罗马尼亚】卢齐安·布拉加等 著　高兴 译

第 二 辑

- 《我的疯狂世纪（第一部）》（传记）
  【捷克】伊凡·克里玛 著　刘宏 译

- 《我的疯狂世纪（第二部）》（传记）
  【捷克】伊凡·克里玛 著　袁观 译

- 《我的金饭碗》（小说）
  【捷克】伊凡·克里玛 著　刘星灿 译

- 《一日情人》（小说）
  【捷克】伊凡·克里玛 著　高兴、杜常婧 译

- 《终极亲密》（小说）
  【捷克】伊凡·克里玛 著　徐伟珠 译

- 《等待黑暗，等待光明》（小说）
  【捷克】伊凡·克里玛 著　杜常婧 译

- 《没有圣人，没有天使》（小说）
  【捷克】伊凡·克里玛 著　朱力安 译

- 《花园里的野蛮人》（散文）
  【波兰】兹比格涅夫·赫贝特 著　张振辉 译

- 《带马嚼子的静物画》（散文）
  【波兰】兹比格涅夫·赫贝特 著　易丽君 译

- 《海上迷宫》（散文）
  【波兰】兹比格涅夫·赫贝特 著　赵刚 译

- 《父辈书》（小说）
  【匈牙利】瓦莫什·米克罗什 著　许健 译

第三辑

- 《乌尔罗地》（散文）
  【波兰】切斯瓦夫·米沃什 著　韩新忠、闫文驰 译

- 《路边狗》（散文）
  【波兰】切斯瓦夫·米沃什 著　赵玮婷 译

- 《第二空间——米沃什诗选》（诗歌）
  【波兰】切斯瓦夫·米沃什 著　周伟驰 译

- 《无止境——扎加耶夫斯基诗选》（诗歌）
  【波兰】亚当·扎加耶夫斯基 著　李以亮 译

- 《捍卫热情》（散文）
  【波兰】亚当·扎加耶夫斯基 著　李以亮 译

- 《索拉里斯星》（小说）
  【波兰】斯塔尼斯瓦夫·莱姆 著　赵刚 译

- 《遗忘的梦境——查特·盖佐短篇小说精选》（小说）
  【匈牙利】查特·盖佐 著　舒荪乐 译

- 《流星——卡雷尔·恰佩克哲理小说三部曲》（小说）
  【捷克】卡雷尔·恰佩克 著　舒荪乐、蒋文惠、程淑娟 译

- 《神殿的基石——布拉加箴言录》（箴言）
  【罗马尼亚】卢齐安·布拉加 著　陆象淦 译

- 《十亿个流浪汉，或者虚无——托马斯·萨拉蒙诗选》（诗歌）
  【斯洛文尼亚】托马斯·萨拉蒙 著　高兴 译

第四辑

- 《耻辱龛》（小说）
  【阿尔巴尼亚】伊斯梅尔·卡达莱 著　吴天楚 译

- 《三孔桥》（小说）
  【阿尔巴尼亚】伊斯梅尔·卡达莱 著　施雪莹 译

- 《接班人》（小说）
  【阿尔巴尼亚】伊斯梅尔·卡达莱 著　李玉民 译

- 《绝对恐惧：致杜卞卡》（小说）
  【捷克】博胡米尔·赫拉巴尔 著　李晖 译

- 《严密监视的列车》（小说）
  【捷克】博胡米尔·赫拉巴尔 著　徐伟珠 译

- 《雪绒花的庆典》（小说）
  【捷克】博胡米尔·赫拉巴尔 著　徐伟珠 译

- 《温柔的野蛮人》（小说）
  【捷克】博胡米尔·赫拉巴尔 著　彭小航 译

- 《无常的夏天》（小说）
  【捷克】弗拉迪斯拉夫·万楚拉 著　张陟 译

- 《赫贝特诗集（上、下）》（诗歌）
  【波兰】兹比格涅夫·赫贝特 著　赵刚 译

- 《垃圾日》（小说）
  【匈牙利】马利亚什·贝拉 著　余泽民 译

第 五 辑

- 《壁画》（小说）
  【匈牙利】萨博·玛格达 著　舒荪乐 译

- 《鹿》（小说）
  【匈牙利】萨博·玛格达 著　余泽民 译

- 《两座城市：论流亡、历史和想象力》（散文）
  【波兰】亚当·扎加耶夫斯基 著　李以亮 译

- 《另一种美》（散文）
  【波兰】亚当·扎加耶夫斯基 著　李以亮 译

- 《思想的黄昏》（随笔）
  【罗马尼亚】埃米尔·齐奥朗 著　陆象淦 译

- 《着魔的指南》（随笔）
  【罗马尼亚】埃米尔·齐奥朗 著　陆象淦 译

- 《乌村幻影》（小说）
  【罗马尼亚】欧金·乌力卡罗 著　陆象淦 译

- 《裸浴场上的交响音乐会——罗马尼亚20世纪小说精选》（小说）
  【罗马尼亚】诺曼·马内阿等 著　高兴等 译

- 《我行走在你身体的荒漠——立陶宛新生代诗选》（诗歌）
  【立陶宛】阿纳斯·艾利索思卡斯等 著　叶丽贤 译

- 《魔鬼作坊》（小说）
  【捷克】雅辛·托波尔 著　李晖 译

第 六 辑

- 《简短，但完整的故事》（小说）
  【波兰】斯瓦沃米尔·姆罗热克 著　　茅银辉、方晨 译

- 《三个较长的故事》（小说）
  【波兰】斯瓦沃米尔·姆罗热克 著　　茅银辉、林歆、张慧玲 译

- 《挑衅》（小说）
  【阿尔巴尼亚】伊斯梅尔·卡达莱 著　　李焰明 译

- 《娃娃》（小说）
  【阿尔巴尼亚】伊斯梅尔·卡达莱 著　　张雯琴、宋学智 译

- 《天堂超市》（小说）
  【匈牙利】马利亚什·贝拉 著　　余泽民 译

- 《秘密生活》（小说）
  【匈牙利】马利亚什·贝拉 著　　余泽民 译

- 《蓝色阁楼寻梦》（小说）
  【罗马尼亚】阿德里亚娜·毕特尔 著　　陆象淦 译

- 《两天的世界（上、下）》（小说）
  【罗马尼亚】乔治·伯勒伊泽 著　　董希骁、【罗马尼亚】梅兰（Mara Arion） 译

- 《生命边缘的女孩》（小说）
  【罗马尼亚】米尔恰·格尔特雷斯库 著
  张志鹏、林惠芬、陈进、李昕 译

- 《希特勒金钱》（小说）
  【捷克】拉德卡·德内玛尔科娃 著　　姜蔚茜 译

第七辑

- 《致爱丽丝》（小说）
  【匈牙利】萨博·玛格达 著　舒荪乐 译

- 《对欢乐史的贡献》（小说）
  【捷克】拉德卡·德内玛尔科娃 著　覃方杏 译

- 《患病的动物》（小说）
  【罗马尼亚】尼古拉·布列班 著　陆象淦 译

- 《去往巴巴达格》（游记）
  【波兰】安杰伊·斯塔修克 著　龚泠兮 译

- 《伊莎贝拉的中国情人》（小说）
  【斯洛伐克】爱莲娜·西德维格优娃 著　荣铁牛 译

- 《木屋旅馆》（小说）
  【阿尔巴尼亚】迪安娜·楚里 著　陈逢华 译

- 《迟来的莫扎特》（小说）
  【阿尔巴尼亚】巴什金·谢胡 著　李玉民 译

- 《弗拉迪米尔·霍朗诗歌精选集》（诗歌）
  【捷克】弗拉迪米尔·霍朗 著　徐伟珠 译

- 《瓦斯科·波帕诗选》（诗歌）
  【塞尔维亚】瓦斯科·波帕 著　彭裕超 译

- 《恰佩克散文精选集》（散文）
  【捷克】卡雷尔·恰佩克 著　徐伟珠 编译

·部分书名为暂定，以出版时为准·